曹禺海外研究资料

叶萍 唐小娟 编

曹禺研究资料长编

长江出版社
CHANGJIANG PRESS
上海科学技术文献出版社
Shanghai Scientific and Technological Literature Press

图书在版编目（CIP）数据

曹禺海外研究资料 / 叶萍，唐小娟编.
—武汉：长江出版社，2021.3
（曹禺研究资料长编）
ISBN 978-7-5492-7606-6

Ⅰ.①曹… Ⅱ.①叶… ②唐… Ⅲ.①曹禺（1910-1996）－戏剧研究 Ⅳ.①I207.34

中国版本图书馆 CIP 数据核字(2021)第 047410 号

项目统筹：张　树
责任编辑：李海振
封面设计：汪　雪　彭　微

曹禺海外研究资料
叶萍 唐小娟 编
出版发行：上海科学技术文献出版社
地　　址：上海市长乐路 746 号 200040
出版发行：长江出版社
地　　址：武汉市解放大道 1863 号 430010
经　　销：各地新华书店
印　　刷：武汉市金港彩印有限公司
规　　格：787mm×1092mm　1/16
印　　张：20.25
字　　数：460 千字
版　　次：2021 年 3 月第 1 版　2021 年 3 月第 1 次印刷
书　　号：ISBN　978-7-5492-7606-6
定　　价：130.00 元

编委会

丛书总序

史料与现实的关系

以刘川鄂为带头人的湖北大学中国现当代文学学科不仅注重作家作品、文学社团、文学现象和文学思潮的研究，同时也把大量的精力投入到中国现当代文学历史资料的发掘和整理中，从对湖北作家的相关史料发掘整理和研究出发，逐渐拓展到对文学史上重要作家作品的史料整理和研究。显然，这样的学科发展战略目标，是循序渐进、良性循环的学术策略。正是在这样的学术背景下，由刘川鄂、刘继林两位教授担任主编，湖北大学中国现当代文学学科团队精心编选的《曹禺研究资料长编》（共十一卷），旨在将业已僵化的著名大作家研究导向一种新的研究范式之中，让围绕曹禺的学术研究重新焕发出活气来。

一切学术研究的基础首先就是史料的梳理，离开了史料的依托，研究就如悬在空中的楼阁，看许多现实问题也就囿于平面化。正如编选者在其中的《曹禺综合研究资料》卷“导言”所言：“研究文学史上名有定论的作家本来就有一定难度，加上随着时间的推移，史料和研究视角越来越难发掘，未来的曹禺研究工作会越来越难超出前人的成果，越来越难找出有新意有理据的命题。”显而易见，史料的重新发掘和编选，直指的是学术研究的拓展。编选者在研究资料的选取上，充分注意到一些重要的历史节点。比如将1949年作为研究资料编选的历史切分点，并不完全是由于学科的界限，我以为更是一种对学术态度的历史检验，其中的奥妙就在于作为当时的剧评家和研究者采取的是什么样的学术价值观——是凭着自己的学术良知和艺术审美对作家作品进行判断，还是跟着时代的潮流风向标走，这才是艺术评论生与死的考验。

曹禺是中国现当代文学史上的一个具有特别意义的作家，属于那种"井喷"以后就戛然而止的剧作家。"曹禺现象"恰恰是中国现当代作家在文学史变迁中最具代表性的范例，他才是与我们文学思潮史上最贴切，也是最契合文学史解剖的研究对象。如果我们意识不到这样一个"曹禺现象"在文学史上的独特意义，即便是再多的文学史资料的呈现，在许多研究者的视野中，恐怕也是一个盲点。所以，我们只有重新解读曹禺作品，重新梳理各个不同时代的曹禺研究资料，或许才能真正获取解剖"曹禺现象"的密码。只有回到历史的原点和原典之中，站在一个新的历史制高点上，我们才能看清曹禺作品的思想内容和艺术内涵，才能廓清许许多多迷失在历史河流中的"飞鱼"和"蜉蝣"行状。

毋庸置疑，自《雷雨》开始的曹禺戏剧创作，是中国戏剧史上历经八十七年的奇迹，也是中国现当代文学史上"最雷雨"的戏剧发生的时段，它见证的是中国文学在启蒙主义进入一个复杂的现代语境窗口时的深刻内涵，同时也是中国戏剧文学在艺术方法和艺术技巧上借鉴西方戏剧第一次"吃螃蟹"的历程。如何看待这一现象，应该是值得研究者注意的问题。

之所以说《雷雨》在启蒙主义的窗口上，强化了对封建的专制主义的批判，用"最雷雨"的批判现实主义方法抨击了家长制戕害人性的本质，是因为尽管窗外雷电交加，但是，那个"铁屋子"里仍然在演绎着一幕幕人间的悲剧，也只有悲剧才最能引起人们心灵的震撼。从某种意义上来说，它引起的不仅仅是亚里士多德古典悲剧的"同情和怜悯"，从悲剧的本质意义上来说，"最雷雨的"《雷雨》才是见证历史的活剧。这样一出活剧贯穿于中国文学的过去、现在和未来，这才是《雷雨》的意义所在。因此，也只有翻开这八十七年对《雷雨》以及曹禺几个代表作的批评研究、传播接受的历史，我们方才可以看出这套丛书的重大意义所在。

之所以说《雷雨》是中国戏剧汲取西方戏剧艺术方法与技巧精华的真正开端，为中国戏剧走向现代奠定了坚实的基础，并在一定程度上影响了整个文学领域对外开放的格局，让人们知晓中国文学正因为有了世界文学艺术方法和技巧的参照，才成为独特的艺术，只有“拿来”，方才可以攻玉，才能走向新生；亦只有熟悉了自《雷雨》开始的两种艺术观的争论，在史料的长廊中寻觅到艺术的真谛，我们的文学艺术才能得到长足的发展。

我充分理解湖北大学文学院编辑这套研究资料的良苦用心，囿于曹禺研究的停滞不前、文学史研究的基本定型，没有史料的重现，就不足以唤醒人们的价值理念，就不能触发研究者的研究冲动，也就不能让这个领域的研究走向深入。编选者认为四十余年来“海内外、多视角全面推进”的曹禺研究格局成就很大，似乎过于乐观了一点。尽管涌现出的著述颇丰，但多为重复叠加的著述，难免捉襟见肘，鲜有能够警醒世人、真正拓展研究深度和广度的扛鼎之作。而这套即将面世的丛书，将极大催生新见解、新角度的曹禺研究著述的问世。在某种程度上，它应该是曹禺研究的“助产士”。

道路是曲折的，也是十分艰难的，今后也许会更加艰难，但是我们仍然要前行，谁让你是一个只能尊重历史的研究者呢？！

中国现代文学研究会会长
南京大学文学院教授　丁帆

2020年10月1日草于南大和园

目录

欧美研究

导言：多元文化视域下的曹禺研究

——曹禺海外研究综述

唐小娟　叶　萍

身处中国戏剧现代化转型的关头，曹禺的处女作《雷雨》甫一问世便引起轰动，由此奠定了他在中国现代戏剧史上不可动摇的经典地位。此后，曹禺接连推出《日出》《原野》《北京人》等佳作，新剧演出反响巨大，在当时的报章杂志上引起持续性的热议和论战，吸引了中国众多戏剧研究者，其影响力更是远涉重洋，成为众多海外学者持续关注和研究的对象。而这些从异域文化视野反观曹禺作品的研究成果不仅为本土研究提供可资借鉴的研究角度和原始材料，更是为国内外的曹禺戏剧研究架起一座对话和交流的桥梁。

曹禺研究是中国现代文学整体建构中不可或缺的部分，在过去80多年时间里，学界对于曹禺先生的创作现象、经典作品、剧本演出、海外传播诸方面都进行了细致深入的研究，硕果累累。其中关于曹禺作品的海外研究资料多、分布广，涉及各种不同语种，整理难度大，因此目前还未有大规模的集中整理。本卷资料汇编参照已有资料，并大量筛选、整理散见于各种文献中的海外学者的曹禺研究成果，按照地域划分为两个部分——日韩研究、欧美研究，试图将曹禺海外研究的最高水准尽可能系统、全面、清晰地展现出来，为国内研究提供有益的参照和补充。

一、日韩研究

日本的曹禺译介和研究时间早、成果多，一直处于海外曹禺研究的前列。1888年，话剧从欧洲传入日本。相对于旧派的歌舞伎戏剧艺术，日本的“新剧运动”作为新文化运动与民权运动结合的艺术形式，从编剧到演出都获得了长足的发展，也影响了在日中国留学生对于话剧艺术的学习与接受。到1930年代，日本话剧的创作、演出已经进行了50余年，在审美样式、表现手法、艺术呈现等方面都已经完全成熟。曹禺的《雷雨》及其话剧就在这一时期有意无意与日本发生了关联。

曹禺与日本的渊源可以追溯到大学毕业前的修学旅行。当年，曹禺参加了由钱稻孙带队的清华大学赴日本修学旅行团，在日本游览了东京、神户、横滨、大阪、京都、奈良等地，还冒雨去东京筑地小剧场观看了荷兰剧作家海耶曼的《好望号》。曹禺回忆道：“我们听不懂日语，却被演员们真实、诚挚、干净的表演紧紧抓住。戏演完后，我们和日本观众一起为他们鼓掌。日本话剧深远的现实主义传统，从那时起一直使我萦怀不止。”[①]日本的修

① 田本相、胡叔和编：《曹禺研究资料》，中国戏剧出版社，1981年。

学旅行，开阔了曹禺的眼界，特别是现场观看话剧演出的感动，使他进一步认识到话剧的艺术魅力。

曹禺的处女作《雷雨》1934 年在《文学季刊》第 3 期上发表后，并没有什么反响。直至次年 4 月，留日学生戏剧团体中华话剧同好会在日本东京将《雷雨》搬上戏剧舞台，由杜宣、吴天、刘汝醴导演的《雷雨》在东京神田一桥讲堂演出，引起了轰动。这次演出，是《雷雨》第一次公演，也是曹禺戏剧在日本的第一次演出，主要是“以东京、横滨地区的中国人为对象”①。为配合演出，东京大学学生影山三郎和留日中国学生邢振铎将《雷雨》翻译为日文。影山三郎作为译者之一也观看了这次演出，并在《帝国大学新闻》上刊登了题为《理解吧，中国戏剧》的文章②。这篇文章是日本第一篇评介曹禺戏剧的文章，也是曹禺戏剧研究在日本的开始。当时的著名左翼作家、深谙易卜生戏剧与苏维埃文学的秋田雨雀读了影山三郎的文章，得知有《雷雨》演出的消息，于 1935 年 10 月间先后两次观看，并给予《雷雨》极高的肯定。

1936 年 2 月，《雷雨》的日文译本在东京汽笛社（サイレン社）出版发行。译本出版前，秋田雨雀撰文《关于中国现代悲剧〈雷雨〉的出版》，认为曹禺“是中国惟一的古希腊悲剧的研究者”。“这位作者赋予了近代中国的社会与家庭悲剧以意义深刻的戏剧形象”③。同期刊发的还有影山三郎的《〈雷雨〉的反响及其它》，这两篇文章不仅客观精准地评介了曹禺的戏剧，而且也极大地肯定了曹禺及中国现代话剧的审美价值与艺术价值。

1937 年 2 月，东京的中国留日学生排演了曹禺新创作的话剧《日出》，还特别邀请了演员凤子参加演出并扮演陈白露的角色。《雷雨》《日出》在东京的演出使日本话剧界与文学研究界进一步看到了曹禺戏剧的创作实际与艺术价值，一直关注曹禺话剧的秋田雨雀在观看《日出》之后也对该剧给予很高的评价。

自 1936 年至今，曹禺的《雷雨》共有 5 个日文译本出版：第一个是 1936 年影山三郎和邢振铎翻译、汽笛出版社出版的初译本；1939 年多磨松也翻译为《大陆的雷雨》，由天松堂出版社出版；1953 年影山三郎独立重译《雷雨》，由未来社出版；1994 年内山鹑翻译了《雷雨》，刊发于《悲剧喜剧》第 6—9 期；新世纪以来的译本是饭塚容于 2009 年翻译、晚成书房出版的《中国现代戏曲集》第 8 集。多译本的出版，不断地重新排练与演出，可以见出日本学界与戏剧界对于《雷雨》作为中国话剧经典的重视与青睐。

日本的曹禺研究可以说是随着《雷雨》的演出与翻译同步进行的。开始由爱好文学的大学生介入，接下来便是左翼作家、出版家的加盟与支持，以后随着时间的推移与曹禺创作的发展，逐渐进入戏剧演艺界、大学与研究机构。

依据饭塚容的整理与研究，1930 年代就有两种《曹禺论》发表，即土居治的《曹禺论》与野中修的《曹禺论》。土居治认为曹禺的剧作属于命运悲剧，缺乏对于现实生活的反映。

---

① ［日］影山三郎：日文版《雷雨》后记，东京：未来社，1953 年，第 316 页。

② ［日］影山三郎：《理解吧，中国戏剧》，《帝国大学新闻》第 576 号。

③ ［日］秋田雨雀：《〈雷雨〉日译本序》，《汽笛新刊月报》（汽笛社），1936 年 2 月。

《雷雨》《日出》都属于“习作”水平；与土居治相反，野中修给予曹禺的话剧创作很高的评价，他认为“曹禺不但是优秀的剧作家，而且是优秀的人道主义者”“春柳社以来中国话剧经过 30 年的岁月，带来最大收获的功名毫无疑问应该授予曹禺”。

1937—1945 年抗日战争期间，日本的曹禺话剧的演出与研究基本处于停滞的状态，剧团被解散，仅有的演出是道化座的两次《雷雨》公演；评论文章只有中村贡的《曹禺——以〈雷雨〉〈日出〉为主要对象》(1940.5)和服部隆造翻译、东京青年书房出版的《北京人》(1943.8)。二战结束之后，冈崎俊夫 1948 年 11 月在《剧作》杂志发表了《曹禺的戏剧》，分析、评论曹禺的《雷雨》《日出》《北京人》与《蜕变》，对曹禺的创作的文学艺术的西方接受及舞台演出多有批评。这个时期，目加田诚也写了《曹禺的戏剧》，详细地介绍曹禺的主要剧作，并且指出欧美近代戏剧的影响。

直到 1950 年代，日本的曹禺戏剧研究才真正地从学术层面不断展开。佐藤一郎在《三田文学》上连续发表了《关于曹禺的〈雷雨〉》,《骸骨的梯子——曹禺的〈日出〉》,《古陶与黄土之子——曹禺的〈北京人〉》,《走向近代的实验——关于曹禺的〈原野〉》等论文，标志着曹禺话剧研究走进大学、走进研究机构的开始。大芝孝 1956 年发表了《新旧〈雷雨〉之比较研究》，认为“《雷雨》的修改正显示了新中国话剧界的动向”。[①] 此后，他在《曹禺的新作》中对解放以后曹禺的作品《明朗的天》《胆剑篇》给予很高的评价。1956 年，曹禺应邀随同中国代表团对日本访问，中日两国戏剧家与文学研究者的直接交流，大大促进了日本国内对于曹禺戏剧的普及与了解，也在某种程度上激发并深化了日本的曹禺戏剧演出与研究。日本大学中国文学研究室的教师与学生逐渐形成了常态化、学术化、艺术化的研究方式，从曹禺文本的细读、曹禺舞台艺术的分析、曹禺话剧的历史修改与演变、曹禺话剧艺术的审美样式与风格的研究等等方面全方位、多视角、多元化地展开了学术研究，并取得了巨大成就。1950—1980 年代的研究者主要有佐藤一郎、目加田诚、阿部幸夫、吉田幸夫、大芝孝、宅间园子、木下顺二、名和又介、井波律子、关根谦等等。

1982 年，曹禺应日本日中文化交流协会邀请，率中国戏剧家代表团访问日本[②]，受到了日本戏剧界与研究者的热烈欢迎，并与学术界的松枝茂夫、佐藤一郎、松井博光、木山英雄、新村彻、饭塚容、内山鹑等，戏剧演艺界的千田是也、杉村春子、村冈久平、西田辰雄等进行了广泛的交流，进一步促进了中日话剧艺术的交流、研究与发展。进入 1990 年代之后，曹禺戏剧的历史与时代性、曹禺与宗教的关系、曹禺话剧的艺术表达以及曹禺与日本及西方文学的关系等等研究课题得到了濑户宏、饭塚容、米田和弘、内山鹑、今井静子、铃木直子、张景珊等学者的深入研究。

总体来看，日本的曹禺研究者主要由以下人员组成：第一类是曹禺作品的翻译者，如影山三郎、冈崎俊夫、松枝茂夫、目加田诚、大芝孝、饭塚容、吉村尚子等人，他们既是曹禺与中国文学的译者，也从事中国文学、文化的研究；第二类是大学中国语与中国文学研究

① 大芝孝：《新旧〈雷雨〉之比较研究》,《神户外大论丛》第七卷第一至三号，1956 年 6 月。

② 《中国戏剧家代表团赴日访问》,《人民日报》，1982 年 10 月 22 日。

室的汉学家、教师与学生，与第一类不同的是这一部分学者、教师是专事研究中国文学的学者，并未从事文学翻译事业，主要有吉野造作、阿部幸夫、佐藤一郎、吉田幸夫、宅间园子、牧阳一、白井啓介、坂野学、濑户宏、铃木直子等；第三类是从事戏剧演艺创作的作家、演员、中国文学爱好者，如秋田雨雀、木下顺二、伊藤巴子等等。这三类研究者组成了日本的中国现代文学研究队伍，也建构了日本的中国现代文学研究理念、方法、样式与成就。

日本的曹禺研究就目前所掌握的资料来看主要涉及以下领域：

第一是关于曹禺话剧文本的研究，包括话剧的剧本结构、语言、文化接受与舞台表达。主要论文有：饭塚容的《曹禺的〈家〉和吴天的〈家〉》、牧阳一的《基督教式的悲剧——曹禺的〈雷雨〉〈日出〉〈和原野〉》、白井啓介的《曹禺戏剧的舞台指示——从〈日出〉到〈北京人〉》、佐藤一郎的《古陶与黄土之子——曹禺的〈北京人〉》等，这一类论文，主要是从舞台表演的表达来解析曹禺的话剧及剧本。对于曹禺的话剧《雷雨》《日出》《北京人》《原野》等作品中出现的演出提示，日本学者多有批评与指摘。木下顺二在《曹禺的资质》中认为，曹禺的戏剧犹如一个不可动摇的建构物，总是意图主宰表演艺术与表达，没有给表演艺术家留下足够的表演主体表达的艺术空间。《北京人》中“远远地在冷落的胡同里有算命的瞎子隔半天敲两下寂寞的铜钲”这段舞台提示中的“瞎子”也绝不单纯指现实中的盲人，即不能按所谓的自然主义来理解。换成笔者的话，不仅舞台提示，就是台词的字数也要控制在充分必要的最小限度，然后在观众席上期待导演和演员借助这最小限度的文字去将作品世界尽可能扩展到无限大。① 在日本研究者看来，太多的表演提示有妨害表演之嫌。

第二是曹禺话剧与历史时代的关系与嬗变。主要论文有大芝孝的《曹禺的新作》、坂野学的《曹禺〈明朗的天〉的“思想改造”的描写方法》、宅间园子的《曹禺〈雷雨〉的悲剧性与社会性——以人物关系的展开与悲剧的手法为中心》、佐藤一郎的《古陶与黄土之子——曹禺的〈北京人〉》、濑户宏的《曹禺〈雷雨〉的近代性》等，中国现实主义话剧中取材于当下时代的作品往往难以进行超越现实的审视而存在贴着现实创作的倾向。对于这样的写作，佐藤一郎认为：“中国文学的主题都和人性、社会性的苦闷联系在一起，它与中国社会的落后性一样绵延不绝。现代作家们还在延续‘家’这个话题。”②确实，家庭问题一直是文学描写的重要问题之一，家庭是人伦最集中的表演场与表达地，如何对待亲情、爱情、人情，往往在家庭中可以得到集中的体现。曹禺戏剧中的家庭问题，关于“罪”的代际遗传，关于伦常失序的幽暗，关于人性与社会性的问题的凸显，往往表现得淋漓尽致，但缺少批判。坂野学注意到了 1949 年之后的思想改造对于曹禺话剧写作的影响，认为曹禺是认同思想改造并将思想改造的现实运动场面再现于艺术舞台，“曹禺是赞同思想改造的，在这部作品（《明朗的天》）中，舞台上虽然没有再现运动的所有场面，但是，这可以表明曹禺的见地，不应该受到指责”。③

① 木下顺二：《曹禺的资质》，《现代中国文学》第 6 期，河出书房新社，1971 年 12 月。

② ［日］佐藤一郎：《古陶与黄土之子——曹禺的〈北京人〉》，《三田文学》第四十一卷第 5 期，1951 年 9 月。

③ 坂野学：《曹禺〈明朗的天〉的“思想改造”的描写方法》，函馆大学论究，第 51 辑第 2 号，2020 年 3 月。

第三是曹禺话剧的审美价值与艺术价值以及比较研究。主要论文有牧阳一的《曹禺与厨川白村》《基督教式的悲剧——曹禺的〈雷雨〉、〈日出〉和〈原野〉》，阿部幸夫的《〈正在想〉溯源考察："笑剧"肚子里的填充物——从墨西哥民俗演剧到曹禺戏剧的道路》等，牧阳一认为，曹禺对于厨川白村的接受与鲁迅不同，鲁迅看到了厨川白村的"优越意识与乐天主义"，而曹禺则是"接受了厨川白村的影响，并在作品中表现了白村所主张的文艺要从包含'因袭''权威'的社会'压抑'下解放自己，表现自身作为'社会存在物'与'个人'，'道德存在物'与自我'本能'，以及'神性'与'兽性、恶魔性'，'利他主义'与'利己主义'，'精神'与'物质'，'灵'与'肉'，'理想'与'现实'等多重的二元对立之力的'冲突''纠葛'中产生的'苦闷懊恼'。[①]"牧阳一不仅仅比较曹禺与厨川白村的接受与同质，也看到了鲁迅与厨川白村接受中的超越与否定。阿部幸夫在关注抗战戏剧的同时看到曹禺的独幕剧《正在想》，"一方面，我从历史、地理角度对 1910 年代以来与墨西哥革命相关的时空进行了总结，当然，另一方面也准备思考梳理一下 1940 年前后的大后方——国统区的中心即作为中国抗战大本营的重庆一方，是如何接受这部戏剧的"。[②] 阿部幸夫在他的论文集《幻的重庆二流堂——日中战争下的艺术家群像》中，对于陪都重庆的戏剧家进行综合评论，其中有郭沫若、老舍、夏衍、杨翰笙、吴祖光，曹禺也是其中之一。这部著作对于抗战之下的艺术家的命运进行分析，将曹禺改编的剧作和演出进行记述，"如果当时是由于改剧本中嗅到了某些危险气息而将其中断的话，那么这种动物性的感觉，恐怕是评价如何理解战争中敌国文艺的唯一一点值得关注之处"。

此外，在关于曹禺的戏剧研究中，很多日本的学者注意到了曹禺的多部话剧在 1949 年前后的改变，并进行了详细分析。如吉田幸夫《关于〈日出的修改〉》中包括了曹禺所著的各个版本异同的比较列表；大芝孝在《新旧版雷雨比较研究》中关注到雷雨关于劳资问题处理的不同、鲁大海形象的演变、侍萍向神的祈祷等等；大阪市立大学大学院文学研究科中国学研究室师生《〈雷雨〉的再评价》一文中认为《雷雨》从神秘的宿命色彩的命运悲剧、乱伦悲剧转向社会悲剧、阶级悲剧，其中凸显的时代特质值得关注与分析，究竟是何种力量导致作家对于作品进行大幅度修改，是世界观的转变还是人性的转变？诸如此类的分析和探讨在日本的曹禺剧作研究中比较集中。

值得我们注意的是，在日本的曹禺研究不仅仅存在于日本学界、演艺界，而且也存在于留日学生与学者中。例如，梁梦廻[③]从曹禺戏剧登陆日本开始就一直关注曹禺戏剧，1959—1962 年在《新剧》杂志连续撰写了《现代中国的剧作家们》等文章，介绍曹禺以及欧

① ［日］牧阳一：《曹禺与厨川白村》，《中外学者论曹禺》，南开大学出版社，1992 年。

② ［日］阿部幸夫：《〈正在想〉溯源考察："笑剧"肚子里的填充物——从墨西哥民俗演剧到曹禺戏剧的道路》，原载于《文学与文化》，2010(04)：49-55。

③ 梁梦廻(1910—1977)，原名梁延武，山西人。在日中国戏剧研究者。毕业于日本一桥大学，主要研究中国近现代戏剧。担任近畿大学讲师，东京亚非学院、外务省研究所中文讲师，NHK 国际广播汉语节目编导等。主要论著有《昆曲关系日语资料目录》《秋田雨雀与中国演剧》《十一年来的中国演剧》等。

阳予倩、洪深、郭沫若、老舍、田汉、夏衍等戏剧作者，研究1949—1959年11年间中国戏剧演出的发展变化，分析中国话剧与日本的关系，为在日本介绍曹禺及其中国戏剧文学而不断写作。

韩国是亚洲国家中演出曹禺话剧最多的国家之一，“从1946年至1988年近半个世纪以来，曹禺剧作在韩国的演出，不但推动了韩国话剧艺术的发展，而且也促进了曹禺名剧的翻译和研究”。[①] 韩国学界从20世纪80年代开始对曹禺戏剧呈现出高度的关注和研究热情，从作者生平、剧本、演出情况等各个方面进行探讨。在韩国曹禺研究中最具代表性、成就最高的学者是韩相德，他不仅将曹禺的早期三部曲《雷雨》《日出》《原野》翻译成韩文出版，而且完成了15万字的博士论文《曹禺三部曲研究》，是韩国第一部曹禺研究专著。《曹禺剧作在韩国》这篇论文是韩相德在1993年武汉曹禺国际学术研讨会上提交的论文，介绍了曹禺剧作在韩国演出和研究的情况。《试论曹禺的家族文化意识》是韩国学者赵浚熙1997年在石家庄举行的曹禺国际学术讨论会上提交的论文，论文选取了“家族文化意识”这个新颖的角度去分析曹禺剧作，注意到曹禺剧作的“多义性和浑融性”，[②]并论述了曹禺剧作丰富复杂的精神内涵。

曹禺戏剧对于东南亚地区的影响则更多地表现在剧运方面，从1937年至1942年南洋沦陷这段时间，曹禺戏剧在南洋各地纷纷上演，并形成一次又一次的演出高潮。二战结束之后，中国艺术团体多次到南洋演出，曹禺剧作成为话剧演出的经典剧目，剧本也被翻译成泰语、马来语、英语等，在泰国、马来西亚、新加坡、菲律宾等地广泛流传，对南洋的戏剧创作产生了巨大的影响。

二、欧美研究

相较于曹禺研究在日本学界的累累硕果，欧美学界的研究成果在数量上并不是很多，但是文化背景的差异为欧美学者提供了观照中国话剧和剧作家的别样角度，显示了多元的研究方法和理念，同国内的曹禺研究形成长期良好的互动关系，共同有力推进着曹禺研究持续纵深地发展。

《日出》剧本1936年11月由文化生活出版社出版，1936年底至1937年初，萧乾在他主持的天津《大公报》的文艺副刊上先后组织了关于《日出》的两次集体批评，其中，1936年12月27日《大公报》刊发了一组评论，时任燕京大学西洋文学系主任的英国学者H.E.谢迪克教授以《一个异邦人的意见》[③](A Foreigner's Comment on Sunrise)为题，对《日出》进行了细致的批评，措辞恳切，颇具眼光。在文章中，谢迪克教授极力称赞“《日出》在我所

---

① 曹树钧：《曹禺名剧在韩国的演出与研究》，《学习与探索》，2006年第4期。

② [韩]赵浚熙：《试论曹禺的家族文化意识》，选自《曹禺研究论集——纪念曹禺逝世周年学术研讨会论文集》，田本相、刘绍本、曹桂方主编，花山文艺出版社，1998年。

③ [英]H.E.谢迪克：《一个异邦人的意见》，原载《大公报》(天津)，1936年12月27日。《曹禺研究专集》(下册)，海峡文艺出版社，1985年。

见到的现代中国戏剧中是最有力的一部。它可以毫无羞愧地与易卜生和高尔斯华绥的社会剧的杰作并肩而立”，他首先肯定了剧作的人物塑造，尤其是女主角陈白露“是一个美丽的完全的创造”，创作技巧上“善于运用精彩的口语的对话”和使用“富有诗意”的象征；同时也公允地指出了该剧的缺陷：“主要的缺憾是结构的欠统一”“行文的冗赘”和“重描”的写法，“总括说来，这部剧是一个极伟大的作品，作者对女性人物有着深切的体验，又为一种社会正义的渴望所感动而完成的”。这篇评论在当时引起了读者和学界的极大反响，又以《〈日出〉批评》为题，转载于《月报》1937 年第 1 卷第 1 期“文艺栏”，是欧美曹禺研究中最早和最有影响力的成果。

天津《大公报》对于曹禺剧作表现出持续的关注，并且同剧作者、观众和评论者建立了长期有效的互动。1946 年 2 月 26 日，天津《大公报》刊发了法国学者明兴礼神甫的《曹禺的宇宙观》[①]，明兴礼神甫是来华传教的法国耶稣会会士，他于 1937 年来华传教，对于中国现代文学有着浓厚的兴趣和持续的关注，他的博士论文以中国现代作家群为主题，其中文译本《中国现代文学的巅峰》1953 年由香港新生出版社出版。作为国外学者，他对中国现代文学的关注为当时不熟悉中国现代作家的法国文坛作出了筚路蓝缕的贡献。在《曹禺的宇宙观》中，明兴礼神甫从神学和道德批评的角度对曹禺的《雷雨》《日出》《原野》三部作品进行分析，首先指出在这三部曲里体现了“自然与原始的天性”：“自然催醒了人们兽类的本能，在他的蛮性上给予力量，曹禺在他的三部曲里表现给我们这种自然的盲力和原始本能的叛乱。”指出三部戏剧奠基在“罪”的上面：“在这三部曲里都是道德观念很贫乏的人物。从道德的眼光看，这只不过是屈服于自然法则的傀儡和不负责任的罪人而已。”注意到了曹禺对于“家庭和社会的不和谐”的批判，但是曹禺找不到解决的方法，是由于“他自己没有发现真理，也没有发现道路。他像在他的时代他的国度里许多读书人一样，哲学的思想还很茫然，宗教的信念仍在怀疑”。

根据曹树钧在《走向世界的曹禺》中的记载，1961 年 1 月苏联艺术出版社出版了俄文版的《曹禺戏剧集》，共二卷。第一卷收录了《雷雨》《日出》两个剧本，前面有曹禺写的“作者的话”。第二卷收录了《北京人》《明朗的天》两个剧本，最后附有一篇一万五千字的长篇学术论文《论曹禺的创作》[②]，这篇论文的作者是苏联学者、著名的汉学家 B.彼得罗夫。他以典型的马克思主义的文艺美学观来解析曹禺的作品，论文对曹禺的创作背景、生平和各个时期的剧本创作进行了详细的介绍和点评，重点评价了《雷雨》《日出》和《明朗的天》三部戏剧。认为曹禺的戏剧作品在思想内容方面，描写了“旧社会苦难的人们”，作品有着尖锐的揭露特征。“尽管按出身来说，作者是属于统治阶级，但是他十分明确地主、资本家的社会是必然要灭亡的，它有着不可调和的矛盾，是一个垂死挣扎的社会。曹禺的剧本打击了整个寄生的社会制度，而他剧本的主要意义也就在这里。”

① 明兴礼神甫：《曹禺的宇宙观》，《大公报》（天津），1946 年 2 月 26 日。

② ［俄］B.彼得罗夫：《论曹禺的创作》，曹树钧译，载于曹树钧《走向世界的曹禺》，天地出版社，1995 年。

而剧本的思想局限，按照彼得罗夫的观点，则是由于曹禺缺乏先进的科学的世界观，因此，"不是革命观点促使他批判社会，而是抽象的、超出阶级利益之外的'正义感'，尽管他的同情明显地是在被压迫的劳动者这一边。不公平使得曹禺'没有片刻的安宁'，但是，他在揭露这个社会有害的东西时，并不是始终明白造成社会灾难的原因和根源的"。这种分析典型地体现了二十世纪六七十年代的苏联文艺观，在解放后相当长的时间里对我国的文艺批评产生巨大影响。

彼得罗夫同样注意到曹禺对于西方经典戏剧的借鉴，指出在他的剧本中"已经形成了曹禺独特的创作风格的基本特征：它表现在形象的塑造上，语言和结构的创造上"，并且细致分析了其创作风格。对于争议比较多的抗战期间和抗战后的曹禺剧作，彼得罗夫也给予了充分的肯定，并热情洋溢地预言：作为一个"卓越的剧作家"的曹禺"并不满足于已经达到的成就，正开辟新的创作道路"。

《戏剧家曹禺》①的作者是当时在中国外文出版社任翻译的德国友人乌韦·克劳特，他一直致力于中德文化交流，1980 年，他第一次把中国戏剧带到了德国，引起了德国观众的极大兴趣和良好反响。这篇文章通过作者克劳特同曹禺先生的对话和访谈，对曹禺的生平和主要创作进行了详细介绍。在采访中，克劳特详尽地记录了曹禺重要作品的具体创作过程、演出情况及反响，同时对曹禺各个阶段的人生经历和创作心理进行了客观的分析，特别是解放后曹禺创作遭遇的困境和重新获得创作激情的过程。这些文字为后来的曹禺研究提供了可资借鉴的珍贵的第一手材料。

随着文化交流的加强，曹禺剧作的艺术价值受到了越来越多海外学者的关注。1991 年 8 月，来自海内外的 50 余名曹禺研究的专家学者云集天津南开大学，参加由南开大学、中国艺术研究院、中国戏剧家协会天津分会共同举办的首届曹禺研究国际学术讨论会。其中，来自美国俄亥俄大学艺术学院比较艺术系的杰西卡·梅格妮教授和罗伯特·沃特曼教授提交了会议论文，论文收录在南开大学次年 10 月出版的《中外学者论曹禺》中。杰西卡·梅格妮教授的论文《〈原野〉中的民间小调》②以剧本一、二、三幕中出现的民间小调为研究对象，结合了严谨而具体的文本分析探讨这些音乐成分对强化主题、组织结构和增强感召性的作用，指出："曹禺对于中国和西方的戏剧传统的熟知促成了他对于民间小调的熟练运用，就像古希腊悲剧中的歌队一样，这些民间小调以一种富于感召力的方式被用来合成戏剧动作和戏剧主题。它们提供了单纯的动作和对话所不能提供的东西，它们虽然被融入戏剧动作之中，但又存在于另一种感性层面上。"

罗伯特·沃特曼教授的《实用智慧的条件》③则显示了比较文学的视野和对于不同民族文化个性的尊重，他在论文中首先指出单纯考察曹禺戏剧对西方戏剧的借鉴，会使研究

① [德]乌韦·克劳特：《戏剧家曹禺》，《曹禺研究专集》(上册)，海峡文艺出版社，1985 年。
② [美]杰西卡·梅格妮：《〈原野〉中的民间小调》，《中外学者论曹禺》，南开大学出版社，1992 年。
③ [美]罗伯特·沃特曼：《实用智慧的条件》，《中外学者论曹禺》，南开大学出版社，1992 年。

者忽视"中国文化的独具特色"，要研究曹禺的戏剧艺术，必须注意它所生长的特定文化环境，寻求其审美品质。沃特曼教授以《雷雨》中周冲的人物形象塑造为例，从他的台词入手，细致分析了曹禺在塑造这一人物形象时在戏剧技巧上所体现出来的"卷轴画"传统："在中国叙事性的卷轴画中，画面形象几乎是与画轴的打开一起移动的。场景伴着叙事的步伐向两边伸展，每一个动态的形象在流动的事件中占据着属于它自己的基本时刻。映衬着全部事件的是一个暗示着自然界的坚定背景。"而《雷雨》可称为"历史性的艺术品"，"是因为它超越了表面的主题和素材进而达到了更具普遍意义的层面上"。

曹禺剧作在欧美国家的研究成果有很大份额来源于华人学者，其中影响最大的当数1970年香港文艺书屋出版的美籍华人学者刘绍铭的《曹禺论》。这本著作共收录四篇论文和一篇自序，分别探讨了《〈雷雨〉所受的西方文学的影响》《从比较文学的观点去看〈日出〉》《〈原野〉所倡导的原始精神》《废人行：论曹禺的〈北京人〉和柴霍甫的〈依凡诺夫〉》。这四篇论文中，《原野》篇被收入本研究长编的《原野》卷，《北京人》篇被收入2014年广西师范大学出版社的《海外学者论曹禺》，本书则收录了在学界大量被引用的《自序》和《从比较文学的观点去看〈日出〉》两篇。

刘绍铭写作《曹禺论》时以比较文学角度介入，因而特别注意发掘曹禺剧作的外来渊源，这种贯通中西的研究方法在当时显得非常新颖，同时，刘绍铭将时年23岁初出茅庐的曹禺置于世界戏剧大师的行列中予以批评，对他剧作中存在的技巧上的"硬伤"直言不讳，整体而言呈现出较为明显的批评态度，虽然稍失之求全责备，但是论者观点犀利、目光敏锐，在当时一片赞美声中显得格外醒目，也深刻地影响到了整个华语学术界的曹禺研究，是非常重要的研究文献。

在《自序》①中，刘绍铭并不否认曹禺剧作取得的成功："在中国剧作家中，他是最受读者和观众欢迎的剧作家。而且，研究中国近代文学史的，不提话剧则已，一提话剧，曹禺不但占一席位，而且占极其重要的一席位。"但是他总体上认为《雷雨》的盛誉大大超过了它应得的赞许，其原因在于广大观众对于作品中外来文学的影响不甚了了，因此刘绍铭立意研究曹禺，"以正视听"。在书中收录的四篇论文里，刘绍铭条分缕析地分别解析了《雷雨》《日出》《原野》《北京人》四部剧作的外来渊源，指出"曹禺的问题，不在'偷了大师们的金线'，而是未能好好地利用这些'金线'"。

在谈《日出》②一文中，刘绍铭首先肯定了曹禺对戏剧艺术的探索和对于大师的借鉴，注意到从《雷雨》到《日出》反映出的剧作家戏剧观念的转变，指出《日出》"可以算是曹禺的一个实验剧"。这个见解非常敏锐，注意到曹禺创作的发展性，但是同时刘绍铭也毫不客气地指出这个实验并没有收到良好的效果。按照刘绍铭的分析，"《日出》的问题不在技巧

① [美]刘绍铭：《〈曹禺论〉自序》，(香港)文艺书屋，1970年。
② [美]刘绍铭：《从比较文学的观点去看〈日出〉》，(香港)文艺书屋，1970年。

上，而在曹禺对柴氏[1]戏剧精神的了解不足”。违背了契诃夫戏剧创作的原则：“客观的态度是艺术成功的要素”，曹禺在剧中大量用到“述评”的方法，“在‘评述’此剧的过程中，曹禺会屡次不能自已，越过了剧作家的责任而变成了一个‘品头论足’的评判员”，这些见解犀利辛辣，能够直言不讳地指出曹禺剧作技巧方面的不足，同时结合了具体的例证分析，有理有据。多年后，刘绍铭在《君自故乡来——曹禺会见记》里修正了他早期对曹禺的评价：“如果我今天重写《曹禺论》，我对他的剧作的评价会高许多。我对《雷雨》和《日出》二剧批评得极不客气，理由不外是那时我刚念完比较文学的课程，眼中尽是希腊悲剧以来的西方戏剧大师……那时我没好好考虑到，第一，曹禺写《雷雨》时（一九二三年），年纪才廿三岁；第二，而且也是最要紧的一点，他的作品与易（易卜生）、契（契诃夫）、奥（奥尼尔）诸人比起来虽然失色，但在中国话剧史上，他实在是一代宗师。”[2]

夏志清教授在 1961 年出版的《中国现代小说史》[3]中提到了曹禺的戏剧创作，一方面充分肯定了其成就，指出“到了 30 年代中期，西方式的戏剧，终于在沿海诸城市的中产阶级中，建立起商业上的地位。这种成绩，差不多是曹禺一个人的功劳。曹禺在战前的三个剧本，《雷雨》《日出》和《原野》，无论在什么地方上演，都受到热烈的欢迎”。认为曹禺是“一位非常用心的剧作家”“曹禺的成就，比其他同期的剧作家高出许多”；另一方面也指出了他的局限，“他的剧本一直未能以成熟和朴实的笔法表现生活”，原因则在于作家“很容易受当时社会潮流左右”“他虽然非常仰慕契诃夫，但是因为缺乏很成熟的观众，所以他无法试图依照契诃夫的方法来创作”。

1980 年，曹禺访问美国哥伦比亚大学，夏志清教授在陪同曹禺观看话剧《北京人》之后，撰写了《曹禺访哥大纪实——兼评〈北京人〉》[4]，这篇文章中用了相当篇幅介绍剧本及演出情况，尤其是剧中人物形象的塑造，认为袁圆的形象并不成功，究其原因，“曹禺自己是旧式家庭出身，对旧人物了解较深，对当年的新派少年所知较浅，往往捉摸不到他们的个性深处”。在这部剧中，曹禺主要是为了把她当作健康的象征。对于学者刘绍铭将剧中人物曾文清称为“多余的人”的观点，夏志清也表达了不同意见，认为曾文清完全是旧中国的产物，而剧中的江泰更具有“多余人”的气质。夏志清特别指出，剧中的愫方“具有俄罗斯伟大女性的气质”，而引导她出走的瑞贞则是“不甘屈服于现实，肯为自己的前途而奋斗”的新女性。

除了以上提及的论文和著作之外，海外学者编撰的中国文学史中通常也会收录关于曹禺戏剧的内容，2013 年 6 月由三联书店出版的《剑桥中国文学史》由美国学者孙康宜、宇

① 指契诃夫，刘绍铭原文译作“柴霍甫”。

② ［美］刘绍铭：《君自故乡来——曹禺会见记》，《海外学者论曹禺》，广西师范大学出版社，2014 年。本书未收录。

③ ［美］夏志清：《中国现代小说史》，浙江人民出版社，2016 年。

④ ［美］夏志清：《曹禺访哥大纪实——兼评〈北京人〉》，《海外学者论曹禺》，广西师范大学出版社，2014 年。

文所安主编，在这套文学史的下卷中，收录了王德威关于曹禺的论述，这段600余字的论述主要面向西方文学爱好者介绍了曹禺的三部戏剧作品《雷雨》《日出》和《原野》，尤其是《雷雨》对西方经典作品的借鉴和剧本的文学性。

2016年7月新星出版社引进和出版了由美国学者梅维恒主编的《哥伦比亚中国文学史》，下卷中有关曹禺的部分大约有1800字，主要介绍了《雷雨》与西方读者较为熟悉的《玩偶之家》在情节、人物设置上的异同，特别关注其中对于女性命运的刻画："二十世纪三十年代戏剧中，女性追求自由恋爱和自我独立的五四主题得到最生动表达的作品莫过于曹禺的《雷雨》(1933)。在许多戏剧史学者看来，这部分水岭作品标志着现代中国戏剧的成熟。"[①]由于体裁的特殊性(文学史)，这些介绍通常都比较简短，但是能够在卷帙浩繁的文学通史中占有一席之地，也从侧面有力地证明了曹禺剧作的成就和影响力。

综上，曹禺剧作代表了中国现代戏剧的最高水准，自诞生以来就以其独特的艺术魅力激发着世界各国读者、观众和研究者的关注和热情，一直都是海外研究者青睐的研究对象。而随着世界文化交流的频繁深入，关于曹禺及其剧作的研究也必将大量进入我们的视野，为国内研究者提供珍贵的来自"他者"的视角和方法论启示，同国内曹禺研究形成互相观照、互相补充的良性互动。

① [美]梅维恒:《哥伦比亚中国文学史》，新星出版社，2016年。

日韩研究

血，他说："《日出》不演，则已。演了，演第三幕无论如何应该有。挖了它，等于挖去《日出》的心脏，任它惨亡。如若为着某种原因，必须支解这个剧本，才能把一些罪恶暴露在观众面前，那么就砍掉其余的二幕吧。请演出的人们容许这帮'可怜的动物'在饱食暖衣、有余暇能看戏的先生们面前哀诉一下。"①确实，第三幕是这部作品的压卷之作。但正因为如此，它给人以游离于整体的感觉。比起《雷雨》，该剧可以说在技巧上多少有些进步，没有多大问题。

第三部作品《原野》不作评论。

第四部作品《北京人》在战争初期的《大公报》上连载，1941 年出书发行。这是抗日战争时期的作品，但是剧中根本没有抗战的内容。该剧以古都北京为背景，把痴迷于野蛮文明的老北京人和充满野性的"原始北京人"作对比，表达了作者对中国现实的批判和对未来的憧憬。全剧三幕四场，舞台是大时代背景下的北京，某个士大夫家庭。

家长曾皓是一个吝啬、霸道地尊奉虚伪礼节的老人。他年轻时走仕途，现在一无所有。他对死亡极度恐惧，整天求助于补药维持生命，还想死后用一口好棺材，把每天给棺材涂漆当作一件大事。

长子文清身体孱弱，意志薄弱。他绝顶聪明，儿时即有"神童"之誉。但如今三十六岁了，却仍无所作为。他风趣不凡，谈吐也好，分明是个温厚可亲的性格，然而他总给人一种沉滞懒散之感。他忧郁的最重要原因就是不幸的婚姻。他的妻子是依旧习娶回来的，他并不爱她，他爱的是表妹愫方。愫方也爱着表兄，因此一直独身，他们互相把感情埋在心里，不想对任何人说。

妻子思懿比丈夫年长一岁，出身士大夫家庭，知书达理。整天满面堆笑，但笑里藏着刀，虚伪、自私，而且多话，从来不知自省。她以为自己慷慨大方，而周围的人都是谋害她的狼鼠。

他们的孩子霆今年十七岁，已经有了妻子，两年前结的婚。对年长自己一岁的妻子，曾霆感觉不到一点爱情。他也很聪明，按照祖父的教诲好好学习，但是灰暗没落的家庭环境，造成了这个少年拥有和父亲一样忧郁的性格。

愫方三十岁左右，是一个心地纯正的姑娘。她是一个孤儿，被这个家庭领养，她封锁了自己的爱情，每天用作诗画画来掩饰内心的忧愁，不论受到思懿怎样的挖苦，她都轻轻避开，耐心服侍曾皓和思懿。

文清的妹妹和丈夫江泰寄食在家里，江泰曾留学国外，总说要赚钱，但只是口头说说，没有能力实行。

由这样一些人物构成的剧本，肯定会晦暗沉闷，但与《雷雨》那种燥热窒息又不同，全剧萦绕着一种淡淡的哀愁，冷森森要把人拉入地底。胡同里传来的叫卖声、啾啾鸣响的鸠笛等越发搅浓了空气，这就是被封建载体"家"扭曲了人性的老北京的形态。不过即便在同一个北京，自然也有世代的差别，"家"中姓袁的人类学教授，与独生女袁圆一块过日子，曾霆被袁圆的天真、野性所吸引，他年轻的妻子瑞贞与那个姑娘截然不同。年轻的瑞贞不

① 《日出·跋》

愿逆来顺受，对自己生活在没有爱情的家中却要早早成为母亲的状态极为反感，她向唯一的倾诉对象愫方倾诉。“愫姨！我就是问为什么呀？为什么爷爷要抱重孙子，就要拉上我们这两个可怜虫再生些小可怜虫呢？”沉闷的老北京在寻求出路。具有讽刺意味的是，“北京人”出现了。人类学者袁任敢为探险队雇了一名男子，他有着倔强的性格和力气，是北京人的代表。

第二幕中，袁任敢指着猿人的投影对江泰说：“这是人类的祖先，这也是人类的希望。那时候的人要爱就爱，要恨就恨，要哭就哭，要喊就喊，不怕死，也不怕生。他们整年尽着自己的性格，自由地活着，没有礼教来拘束，没有文明来捆绑，没有虚伪，没有欺诈，没有阴险，没有陷害，没有矛盾，也没有苦恼；吃生肉，喝鲜血，太阳晒着，风吹着，雨淋着，没有现在这么多人吃人的文明，而他们是非常快活的！”

第四幕中，曾家因为拿不出钱，其珍视的棺材被邻家的有钱人搬走。在骚乱中，北京人被引了出来。瑞贞和愫方要离开这个家，愫方也劝文清，但刚回到家中的文清知道，自己虽很想离开，却是一只想飞但羽毛孱弱的鸟，最终他吞鸦片自杀了。

陈旧制度的瓦解让人想起《樱桃园》。但《樱桃园》展示了新旧阶级的交替，而这部戏剧没有。棺材只是搬到了同样需要棺材的邻居家，因此他们并不知道离开家要去哪里。只是，他们绝不会去山里过猿的生活。

对原始野性的憧憬，是《雷雨》以来曹禺作品的基调。在《雷雨》中，原始野性被描绘成命运，作者拜倒在它面前，但是在《北京人》中有所不同，原始野性作为针对扭曲人性的本来人性而被接受，不过在最根本的神秘主义上没有改变。“人吃人的文明”是鲁迅所说，是在《狂人日记》中咒骂支配中国社会的礼教的语言。但是，鲁迅没有说为了消除“人吃人的文明”要回到原始。原始人性是神圣的，可是，我们不可能成为猿，我们要做的是创造出不损害原始人性的另一个新的文明社会。只说是憧憬原始野性的人，结果成了否定社会革命的人。在曹禺之前，中国还有一位小说家沈从文，他称要为衰老的中华民族体内注入新鲜的野性的血液，致力于描写苗族和边境的田夫野妇的原始生活，而对人为的社会革命失去信心。无独有偶，在当今日本的作家中也可以看到类似现象。

以上是我对《北京人》的认识。在此我还要顺便说些题外话。其实我对《北京人》的评价比对曹禺任何一部作品都高，因为它写出了中国“家”的可怕。现在我的妻子就边读边叹。她说：“说是中国的家，可日本也一样啊！”“那么，我是文清吗？”我问。妻子马上说：“嗯，你是江泰。”我问：“你是谁？”妻子沉默了。文清、江泰、思懿、瑞贞、愫方，其实我们周围有很多这样的人。中国和日本完全没有差别，从这个意义上来说，如果这部戏剧在日本演出，也一定会受到欢迎。

《北京人》之后，曹禺创作了四幕剧《蜕变》。1941 年，其作为《曹禺戏剧集（六）》出版。这是一部纯粹的抗战作品。

该剧第一幕背景是，1938 年 1 月，非沦陷区一个小城市的省立伤兵医院的临时办公室，早上。院长与当地的头面人物日夜沉浸在玩乐中，办公人员也耽于私事搁置工作。其中，有个姓马的庶务主任是个恶棍，接收了政府发给的医疗物资，大部分都私吞了，黑市的粮食大量囤积。有一位姓丁的女外科医生，四十来岁，已失去了丈夫。以前她曾是上海的著名医师，抗战开始，她毅然投入了伤兵医院。她有个十七岁的儿子，抗战后加入了战地服务团，在前线工作。她因为不能顺利得到医疗品，愤而决定辞职，并捉住马主任，揭穿他干的坏事，在痛诉抗战中官吏的状态时，她言语相当犀利。

第二幕，一天下午，丁大夫的诊断室。丁大夫的儿子昌要到山西打仗，来和母亲告别。丁正在忙着给伤兵做手术，出来见了一下就又回到了手术室。政府派来的专员来视察，以院长为首的全体职员唯唯诺诺地带路。这个上级官员其貌不扬，看上去像个乡下老头，但极为廉洁正直，他迅速看了一下医院内杂乱无章的状态，就不容分说训斥院长和马主任。他看到忙得没有工夫和他打招呼的丁大夫，称赞丁大夫的精神，告诉她这个医院要改组，劝她不要辞职。

第三幕背景是在第二年 6 月，临近前线的某个县城医院。丁大夫因之前的医院改组转移到这里。通过第一幕三场的描写，表现了空袭威胁下女医生的牺牲精神和奋斗精神。在继续工作的办公人员中，有的人经过严厉的考验被锻炼得更加坚强，也有人摆脱不掉原来的性格，从而被淘汰。

第四幕是在十个月后，丁大夫一行人转移到某个城市的医院。丁的儿子受重伤住进了医院，病情很严重。但是母亲忙着给其他的伤兵治疗，出席出征战士的欢送仪式，延误了治疗自己的孩子。就在儿子差点要送命的时候，她终于轮到了给自己的儿子做手术。此时传来收复某地的喜讯，窗外一片欢呼之声。

《蜕变》的内涵是指中国会像蝉蜕掉旧壳一样，一定能弃掉旧壳，获得新生。剧中把一个担心自己孩子的安危，但是为了国家而充满牺牲精神的丁医生形象描绘得栩栩如生。《蜕变》就是一部抗战剧，所以在战争中屡次演出，受到了热烈欢迎。

不过，如果让笔者来吹毛求疵的话，感觉上第二幕一下就到了结尾，似乎其后没什么可期待的情节了。但看到第三、四幕之后，才知道这是前面的后续。而且这一后续太过冗长。第四幕中，得知梁专员发达了的亲戚们都来求他，出狱后的马主任服鸦片自杀，梁专员跟前任院长夫人一起访问等确实是有点作秀，令人反感。还有，女医生被描写得太英雄化了，难道因为自己的孩子是个抗战勇士，就应该延后治疗吗？作者在创作《雷雨》时就形成的极端固执也不幸地残存在这里。

抗战后曹禺创作了《桥》，据说该剧以钢铁工业中的资本家和技术家之间的矛盾为题材，但我没有机会看到这部剧作。其时，这部作品还未完成，曹禺就和老舍一起被邀请去了美国。在美国的十个月，他们到各大学去讲中国的戏剧，还向欧洲介绍关于中国戏剧界的现状。据说克罗地亚大学的戏剧系学生非常欢迎从遥远的异国来的教授，所以他们特别选取了《北京人》来上演。

（李明韵译）

原载《剧作》第十七号，1948 年 1 月

曹禺的戏剧

[日]目加田诚[1]

今年夏天，由于参加教师培训，加上往年少有的炎热，我没有按预定计划学习，而是躺着把《雷雨》《日出》《原野》《北京人》《家》《正在想》《蜕变》这七部曹禺的戏剧给通读了一遍。曹禺的作品还有几部独幕剧，以及他在抗战结束后写的话剧《桥》，但这些作品现在仍没能拿出手。这里我想探讨一下这位著名的中国剧作家。首先，翻开《现代中国辞典》，上面这样记述着：

> 曹禺(1910—)，剧作家，本名万家宝。曾用本名写过小说，但没有得到承认。首部话剧《雷雨》(1934)获得成功。第二部作品《日出》获《大公报》文艺奖金，此后又发表了《原野》(1937)、《北京人》(1941)等，被誉为“中国的易卜生”。抗日战争时期写了《蜕变》，战后发表了话剧《桥》。后因美国国务院邀请，与老舍一同赴美，宣讲中国话剧。归国后，在香港执笔剧本《艳阳天》，并协助拍成电影，随后迁至北京。在现代剧作家中独占鳌头。1949 年 9 月作为中华全国民主青年联合会总会代表出席了人民政协会议。现任中央人民政府文化部直属中央戏剧学校副校长。

遗憾的是，我所知道的关于曹禺的经历仅此而已。

1935 年，复旦话剧社把《雷雨》搬上舞台，从此曹禺一跃成为中国名噪一时的现代剧作家。复旦话剧社是数年前在复旦大学成立并由洪深领导的话剧团。

查阅中国话剧界的历史，得知话剧产生于 1919 年五四运动时期。新文化运动中的启蒙人物胡适评论当时的话剧时说，可以把西洋的问题剧、象征剧、心理剧、讽刺剧等作为今后中国戏剧的摹本，特别主张把话剧作为传播思想、改进社会的工具。他提倡要摆脱旧的、封建社会的传统道德、成见和风俗的束缚，极力主张“易卜生主义”。因此有多部易卜生的话剧被译为中文。五四运动之后，在中国的普通青年中间掀起了反抗旧婚姻制度的浪潮，要求婚姻从家族主义和旧礼教中解放出来的呼声逐渐高涨。这些都成为刚刚诞生的中国现代话剧的重要主题。胡适自己写的《终身大事》就是关于这一主题的作品。

继易卜生之后被介绍到中国的作家，恐怕要数萧伯纳。民国十年，汪仲贤劝说夏月润，在上海新舞台上演了话剧《华伦夫人的职业》。这部翻译剧起初的演出成绩惨淡，因而

① 目加田诚(1904—1994)，东京大学毕业。曾任北九州大学、早稻田大学教授。

引发了很多关于翻译剧演出方法的反思。此时，一些文学家开始跻身戏剧界，如田汉、郭沫若、成仿吾、叶绍钧等，其中田汉的《获虎之夜》及其他作品至今读起来仍旧是上乘之作，他不愧是中国话剧界的奠基人。此外，欧阳予倩、洪深等在身为戏剧作家的同时，还作为导演活跃于戏剧舞台上。

欧阳予倩于1904年①留学日本，受当时日本新派的影响，加入了留学生剧团“春柳社”。春柳社由新派演员指导，曾出演过《茶花女》《汤姆叔叔》等。归国后，欧阳予倩便一心致力于改良话剧。洪深在民国五年于清华大学毕业后，留学美国，在美国参加了哈佛大学贝克教授的话剧培训课程。贝克教授在哈佛大学已从教二十余载，他的学生中有不少人在话剧界取得了卓越成就，奥尼尔(1888—1953，美国剧作家)就是其中一位。贝克教授讲授戏剧创作，“英文第四十七”的课程编号也闻名全国。每年有三百多名来自美国各地的大学毕业生、教师、新闻记者、小说家来面试，最后只有其中的十一人，至多十四人被录取。他的上课方式是，大家围坐在圆桌旁反复进行讨论和辩论。考试录取的方法是，每个人创作多幕剧、独幕剧各一篇，从中选取有潜力的作品。因此被录取成为“英文第四十七”的学生成为一种荣誉。据洪深自述，他就是这样被录取的。“英文第四十七”拥有自己的实践剧场，在那里，作者可以把自己创作的话剧搬上舞台，观察观众的反应，再对剧本加以修改。在这个剧场里，舞台背景、组装、搬运、安装电线、调节灯光以及其他如服装、道具、导演等无一不是由作者自己负责的(女性演员可以从外面请)。这样，作者不仅能目睹自己作品的上演过程，而且还能体会到舞台的物质设备对戏剧本身有多么大的限制。——据说洪深的导演技巧和后台管理技术都是从这儿学到的。另外，还有S.S.Curry博士主办的波士顿表演学校。当时博士已经年迈，他的夫人代他担任了该学校的校长。洪深就是在这里接受了专业发声法的训练——包括必要的发声练习、表演练习，并学习了舞蹈。从那时起，他才开始真正明白要锻炼发音必须得先锻炼身体，而舞蹈是表演的根本所在。在波士顿有个名叫“Copley Square Theater”的专业剧院，每隔一两周就会上演一部新话剧。这个剧院是英国人开的，专门上演英国一些著名的话剧，比如萧伯纳、平内罗爵士等的作品。贝克教授曾因事去欧洲半年，洪深便来到这里学习。学习内容除了有关戏剧的一切东西外，还包括剧院的经营和管理等方面的知识。

洪深在美国留学期间，与身在中国的汪仲贤建立了书信往来。而汪仲贤自《华伦夫人的职业》上演以来，一直在费尽心血探寻话剧运动的方法。民国十一年，洪深留学归来，当年冬天创作了话剧《赵阎王》。

在此六年前，洪深曾听说有关奉直战争后吴佩孚军活埋对方士兵的传闻，这使他的心灵受到震动。他对北方军阀的罪恶感到愤慨，对那些受残害的民众有着无尽的同情，随后也对干了这些恶事的士兵产生怜悯，就在这样的感情触动下，洪深花了数个月的时间，完

① 原文为民国前五年。——译者注

成了《赵阎王》这部作品。但完全出乎作者意料的是，这部剧上演的时候，剧院方面却将这部剧当成提倡裁减军备的话剧来宣传。实际上正如作者自己所说的，该剧第二幕之后基本上就是奥尼尔《琼斯皇》的改写版。剧中逃亡到森林，在黑暗的森林里跑来跑去，神经错乱出现幻觉，追赶而来的众人敲鼓的声音，甚至连剩下五颗子弹等内容，都是从《琼斯皇》照搬而来。然而观众却看不太懂，只议论说那个独自在舞台上喊叫的男人大概疯了。

洪深由欧阳予倩介绍加入了戏剧协社并任排演主任，导演了胡适的《终身大事》、汪仲贤的《好儿子》、王尔德的《温德米尔夫人的扇子》，以及易卜生的《玩偶之家》等作品。他从美国学来的话剧知识对中国的话剧界产生了很大的影响。戏剧协社里还有欧阳予倩、汪仲贤、谷剑尘、应云卫等人，该社组织合理并实行委员合议制。大家都信任洪深的导演，协社也取得了相当不错的成绩。

那时，田汉曾写信给洪深，对他提出忠告说，不要因为受到称赞而被虚名所误，而且决不能与旧势力握手言和。后来，戏剧协社中外行人消遣娱乐的气氛越来越浓，洪深对该社失去了信心，于民国十七年转入了田汉的南国社。

民国十四年，北京美术专科学校新设了戏剧系。前一年即民国十三年的夏天，熊佛西、余上沅、赵太侔在纽约碰面，三人盟誓要共同为中国的国剧建设付出毕生的努力。第二年，余、赵二人率先回国竭力促成开设戏剧系。之后闻一多加入，上海的欧阳予倩、洪深、汪仲贤也给予了巨大的援助。由于财政拮据，大家纷纷离散，很快只剩下了熊佛西一人。不久该社就解散了。[①] 民国十四年 5 月，上海“五卅运动”爆发，在五四运动中兴起的资产阶级新文化运动此时也顺应世界潮流发展成了阶级斗争运动。自此，文艺开始“左”倾。话剧方面，田汉在上海率领南国社坚持“艺术至上主义”，并在上海艺术大学设立了话剧系，还掀起了小剧场运动。民国十七年，由于欧阳予倩等人的加入，建立了南国艺术学院，继续开展话剧运动。之后，南国社应邀去广东演出《怒吼吧，中国》等剧，由于内部思想的对立，一部分人分裂了出去。加入南国社的洪深，先是一同去了广州，而后不久就回到了上海，在复旦大学主持复旦剧社，上演了罗思丹・E 的《西哈诺・德・贝热拉克》等。

民国十九年，南国社在上海演出《卡门》（根据法国作家梅里美的同名小说 *Carmen* 改编）时，掀起了一股自我批判之风，田汉终于转向左翼。也是在这个时期，左翼剧团联盟成立。由于反动政府的大势镇压，南国社被查封，左翼戏剧联盟继之开始活跃。当时最活跃的应数大道剧社，其他剧团也在剧联的领导下，公演被禁时就加入各个学校的组织，终于由复旦大学以及其他一些高校的话剧团体创建了上海学生剧团联合会。似乎此时奥尼尔、施尼茨勒、秋田雨雀、山本有三等剧作家被介绍进来。接踵而来的九一八事变、一・二八事变，使抗日题材的话剧骤然兴起。由于政府压制，话剧界略有衰退，但不久，话剧就对民族统一战线发挥了巨大作用。这个时期，在应云卫的努力下，由复出的戏剧协社表演的

① 原文如此。——译者注

话剧《怒吼吧，中国》取得了巨大成功。

话剧被强烈呼吁要大众化也是在这个时期。1934 年，中国旅行剧团诞生，北平也成立了北平戏剧协会。我曾经在北平的真光戏院看过由北京戏剧协会演出的熊佛西的话剧《屠户》。印象中演出很有气魄，但剧本和导演都略显幼稚。这个时期地方剧团——农民剧团开始纷纷兴起，洪深也从此时开始创作农村剧。

1935 年，由陈大悲主持的上海戏剧乐剧培训所成立，而业余剧人协会后改名为业余实验剧团，上演了果戈理的《钦差大臣》。在南京，以田汉、洪深、欧阳予倩、应云卫为首成立了中国舞台协会。同年，国立戏剧学校在南京创立，余上沅任校长，应云卫任教务长，教授有田汉等人。多次举行的公演以及演出果戈理的《钦差大臣》都与接下来要论述的话题有着密切的关系。

有着上述历史的中国话剧界，于民国二十四年由复旦剧社上演了曹禺的《雷雨》。洪深任负责人，欧阳予倩担任导演。

此时曹禺已是国立戏剧学校的教师，自 1937 年中国戏剧协会在南京成立以来，他一直是中心人物之一，他参加《日出》的演出，并在国立戏剧学校出演了《威尼斯商人》等剧目。

同年 7 月，卢沟桥事变爆发。抗战初期，中华全国戏剧界抗战协会在武汉成立，并组织流动话剧队在各地开展工作。国民政府迁去重庆后，开展文化工作变得困难重重。而话剧无须印刷，在街头空地都能实地表演，这对宣扬和强化抗战意识起到了重要作用。在这样的逆境中，话剧界逐渐锻炼成长，于民国三十一年在重庆迎来了话剧的鼎盛时期，无论官方的剧团还是民间的职业剧团都热情高涨地开展工作。从郭沫若、茅盾、老舍等作家，到田汉、洪深、欧阳予倩等话剧人都相继执笔创作。而此时剧作家的第一人当数曹禺，他在此之前发表的《原野》《北京人》《家》等受到广泛好评，抗战时期（民国三十年，1941）又发表了《蜕变》，从而稳固了其作为剧作家第一人的地位。（《蜕变》的序，是民国二十九年 11 月由巴金在重庆所作。）

以上内容，是根据《中国新文学大系・戏剧集》洪深的导言，而一些新情况则参考了中国研究所编的《中国的现代文化》中的话剧条目，在回顾中国话剧运动的历史时，我格外留意了中国对欧美现代剧的引进，特别是洪深对美国话剧的引进等与本文的研究对象曹禺关系密切的问题。我认为注意到这些情况才能很好地探讨曹禺的话剧，进而来研究剧作家曹禺。

《雷雨》作于 1934 年，是曹禺的成名作，同时也可说是一部力作。这部话剧由四幕组成，并附有序幕和尾声。

序幕在教堂附属医院的一间特别客厅内——冬天的一个下午。

第一幕　十年前，一个夏天，郁热的早晨。——周公馆的客厅内（即序幕的客厅，景与前大致相同）。

第二幕　景同前——当天的下午。

第三幕　在鲁家，一个套间——当天夜晚十时许。

第四幕　周家的客厅（与第一幕同）——当天半夜两点钟。

尾　声　又回到十年后，一个冬天的下午——景同序幕。

由第一幕至第四幕为同一天内发生的事，可以想见作者是努力想要实践“三一律”的创作方法，只是前后附上了序幕和尾声，把故事时间推到十年前。留学生在东京演这部剧的时候，由于演出时间的限制，对这部分作了处理。作者对序幕和尾声的想法，我将在后面介绍。

序幕。在某教堂附设医院内的陈旧的客厅里。这曾经是周家的客厅。农历大年三十。外面远处有钟声。教堂内合唱赞美诗，和着大风琴声。头束着雪白布的尼姑领着一位苍白的老人。老人的眼睛沉静而忧郁。他的妻子常年躺在二楼的病房中，在楼下客厅旁边的屋子里，有一个疯了多年的女人。老人留意了一下楼下的病人，随后便上了二楼。后面是静悄悄的。

年幼的姐弟俩来找在这做看护的母亲。今天是农历大年三十。在寂静的屋子角落等待母亲的时候，听着走进来的尼姑的窃窃私语。

两位尼姑的问答。

——楼上的病人今天睡得挺好，就是大笑了一场，把玻璃又打破了。

——楼下的女人，总是那样，哭的时候多，我来这一年了，也没听她说过话。

——可怜，她在这儿九年了，比楼上的只晚了一年，可是两个人都没有好。

——今天是旧年腊月三十，楼下的又会出来，到这屋子里；在这窗户前面站着了吧。

——大概是望她十年前失去音讯的儿子回来吧。我想，过一会儿周先生会下楼来见她来的。

——奇怪，周先生为什么把这么好的房子卖给医院呢？

——不大清楚。——听说这屋子有一天夜里连男带女死过三个人。

——他太太就在这楼上发的神经病，她自己说什么也不肯搬出去。

——楼下的那个女人也是从那时起疯的。

弟弟在尼姑们悄声出去之后，耐不住好奇心，一个劲向姐姐打听。

姐姐：你别在这屋子里问，这屋子闹鬼。

[楼上忽然有乱碎东西的声音，铁链声，脚步声，女人狂笑，怪叫声。]

弟弟：（略惧）你听！

姐姐：（拉着弟弟手紧紧地）弟弟！（姐弟抬头，紧张地望着天花板）

[声止]

弟弟：（安定下来，很明白地）姐姐，这一定是楼上的！

姐姐:(害怕)我们走吧。

弟弟:(倔强)不,你不告诉我这屋子怎么死了三个人,我不走。

姐姐:你不要闹,回头妈知道打你!

弟弟:(不在乎地)嗯!

[右边门开,一位头发斑白的老妇人颤巍巍地走进来,在屋中停一停,眼睛像是瞎了。慢吞吞地踱到窗前,由帷幔隙中望一望,又踱至台上,像是谛听什么似的。姐弟都紧张地望着她。]

弟弟:(平常的声音)这是谁?

姐姐:(低声)嘘!别说话。她是疯子。

弟弟:(低声,秘密地)这大概是楼下的。

姐姐:(声颤)我,我不知道。(老妇人躯干无力,渐向下倒)弟弟,你看,她向下倒。

弟弟:(胆大地)我们拉她一把。

姐姐:不,你别去!

[老妇人突然歪下去,侧面跪倒在舞台中。台渐暗,外面远处合唱声又起。]

弟弟:(拉姐向前,看老太婆)姐姐,你告诉我,这屋子是怎么回事?这些疯子干什么?

姐姐:(很惧怕地)不,你问她,(指老妇人)她知道。

弟弟:(催促地)不,姐姐,你告诉我,这屋子怎么死了三个人,这三个人是谁?

姐姐:(急迫地)我告诉你问她呢,她一定都知道!

[老妇人渐渐倒在地上,舞台全暗,听见远处合唱弥撒和大风琴声。]

[弟弟声:(很清楚地)姐姐,你去问她。]

[姐姐声:(低声)不,你问她,(幕落)你问她!]

[大弥撒声。]

序幕落下,第一幕开幕时舞台漆黑,渐明,屋子的布局和序幕相同。但全屋的气象是比较华丽的。这是十年前夏天的一个上午,在周宅的客厅里,那是正值周家昌盛之时。

这部话剧演出需四个小时。剧情相当复杂。

某矿山公司董事长周朴园五十五岁,鬓发已经斑白,椭圆形的金边眼镜底下有一对沉鸷的眼在闪烁着。他的脸带着长年的世故和劳碌,从冷峭的目光和偶然间在嘴角逼出的冷笑,可以看出他平日的专横、自信和倔强。年轻时所有的冒失、狂妄已经转为脸上的皱纹深深避盖着,再也寻不着一点痕迹。

下人鲁贵,四十八岁。卑贱狡猾,眼睛下凹进去的黑圈,表示着他肉欲极端地放纵。他的眼睛锐利,如一只狼,常常贪婪地窥视着,把在主人面前隐藏着的一面露骨地显现出来。这个仆人和后妻鲁侍萍长期分居,最近几年才来周家做下人,同时还把他跟侍萍的女

儿四凤也带进周府做女佣了。

鲁的后妻——侍萍在离此很远地方的一所学校里做女佣。女儿四凤十七八岁，脸色红润，是个健康灵巧的美丽少女。她厌恶父亲的卑贱，等待着初次来这里探望的母亲。四凤的哥哥——鲁妈带来的儿子鲁大海，生性淳朴，性格倔强刚烈，说话微微有点口吃，因为鲁贵的关系，在周家的矿上干活。他煽动矿上工人罢工，是带着要求来和周朴园谈判的。

周朴园的妻子蘩漪，三十五岁。生一子周冲，十七岁。从眉目间可以看出她是忧郁的。在那静静的长睫毛的下面，她的目光时常为心中郁积的火燃烧着，充满了一个年轻妇人失望后的痛苦与怨恨。哀静，忧郁，还带有一些原始的野性。

周家的二少爷周冲，活泼，有着所有孩子都拥有的幻想，他活在美梦里。他喜欢四凤，也想让四凤去上学，但在父亲严厉目光的威慑下，一切都变得无可奈何。

周家大少爷周萍，脸色苍白，面目清秀，甚至可以说美，因内心的犹疑、怯弱、烦恼而疲惫不堪。他的内心有着不能道出的苦闷——那是曾经发生在他和继母之间的不伦关系。后来，他遇上了年轻的四凤，被她的开朗健康所感染，而获得了新生。二人默默地私订了终身——关系甚至有了更进一步的发展。这件事情，别说是弟弟，谁也不知道。四凤的父亲鲁贵，则为周家大少爷和自己女儿的关系窃喜。萍想要离开这个罪孽深重的家庭，去矿上工作，并一直想找时机劝说四凤和他一起去。但是继母蘩漪却不让他离去。

萍：那么，我是个最糊涂、最不明白的人。我后悔，我认为我生平做错一件大事。我对不起自己，对不起弟弟，更对不起父亲。

蘩：（低沉地）但是最对不起的人有一个，你反而轻轻地忘了。

萍：我最对不起的人，自然也有，但是我不必同你说。

蘩：（冷笑）那不是她！你最对不起的是我，是曾经引诱过的后母！

萍：（有些怕她）你疯了。

蘩：你欠了我一笔债，你对我负着责任；你不能看见了新的世界，就一个人跑。

萍：我认为你用的这些字眼，简直可怕。这种字句不是在父亲这样——这样体面的家庭里说的。

蘩：（气极）父亲，父亲，你撇开你的父亲吧！体面？你也说体面？（冷笑）我在这样的体面家庭已经十八年啦。周家家庭里做出的罪恶，我听过，我见过，我做过。我始终不是你们周家的人。我做的事，我自己负责任。不像你们的祖父、叔祖，同你们的好父亲，偷偷做出许多可怕的事情，祸移在别人身上，外面还是一副道德面孔、慈善家，社会上的好人物。

萍：蘩漪，大家庭自然免不了不良分子，不过我们这一支，除了我，……

蘩：都一样，你父亲是第一个伪君子，他从前就引诱过一个良家的姑娘。

萍：你不要乱说话。

蘩：萍，你再听清楚点，你就是你父亲的私生子！

萍：（惊异而无主地）你瞎说，你有什么证据？

蘩：请你问你的体面父亲，这是他十五年前喝醉了的时候告诉我的。（指桌上相片）你就是这年轻的姑娘生的小孩。她因为你父亲又不要她，就自己投河死了。

萍：你，你，你简直……——好，好（强笑）

……

蘩：你既知道这家庭可以闷死人，你怎么肯一个人走，把我放在家里？

萍：你没有权利说这种话，你是冲弟弟的母亲。

蘩：我不是！我不是！自从我把我的性命、名誉，交给你，我什么都不顾了。我不是他的母亲。不是，不是，我也不是周朴园的妻子。

此时，鲁贵的妻子鲁侍萍从她务工的地方回到丈夫身边，她和女儿四凤一同走进来。鲁侍萍初次来到丈夫搬来的地方。一踏进这个屋子，她就莫名其妙地有种似曾相识的感觉。可那时候她身在南方，而周家从二十多年前就一直住在这里了。然而，就像做梦一样，总觉得哪儿很奇怪。——这家人也姓周——。四凤在母亲恍恍惚惚呢喃的时候，从镜台上把这家主人前妻的照片拿了过来。侍萍一看大吃一惊，顿时说不上话来，一双手不停地颤抖着。

四凤：（站在鲁妈背后）您看她多好看，这就是大少爷的母亲，笑得多美，他们说还有点像我呢。可惜，她死了，要不然，——（觉得鲁妈头向前倒）哦，妈，您怎么啦，您怎么啦？

侍萍：不，不，我头晕，我想喝水。

周家的长子萍爱着鲁妈的女儿四凤，并想带她离开周家。继母蘩漪得知后，怕失去萍，于是想把四凤给辞退了。鲁妈下决心要尽早把四凤带走，带她去远方——自己打工的地方。鲁妈一个人待着的时候，周朴园突然进来了，起初并没察觉到什么。周朴园点着一支吕宋烟，看见桌上的雨衣。

朴：（向鲁妈）这是太太找出来的雨衣吗？

鲁：（看着他）大概是的。

朴：（拿起看看）不对，不对，这都是新的。我要我的旧雨衣，你回头跟太太说。

鲁：嗯。

朴：（看她不走）你不知道这间房子底下人不准随便进来么？

鲁：（看着他）不知道，老爷。

朴：你是新来的下人？

鲁：不是的，我找我的女儿来的。

朴：你的女儿？

鲁：四凤是我的女儿。

朴：那你走错屋子了。

鲁：哦。——老爷没有事了？

朴：（指窗）窗户谁叫打开的？

鲁：哦。（很自然地走到窗户，关上窗户，慢慢地走向中门。）

朴：（看她关好窗门，忽然觉得她很奇怪）你站一站，（鲁妈停）你——你贵姓？

鲁：我姓鲁。

朴：姓鲁。你的口音不像北方人。

鲁：对了，我不是，我是江苏的。

朴：你好像有点无锡口音。

鲁：我自小就在无锡长大的。

朴：（沉思）无锡？嗯，无锡（忽而）你在无锡是什么时候？

鲁：光绪二十年，离现在有三十多年了。

朴：哦，三十年前你在无锡？

鲁：是的，三十多年前呢，那时候我记得我们还没有用洋火呢。

朴：（沉思）三十多年前，是的，很远啦，我想想，我大概是二十多岁的时候。那时候我还在无锡呢。

鲁：老爷是那个地方的人？

朴：嗯，（沉吟）无锡是个好地方。

鲁：哦，好地方。

朴：你三十年前在无锡么？

鲁：是，老爷。

朴：三十年前，在无锡有一件很出名的事情——

鲁：哦。

朴：你知道么？

鲁：也许记得，不知道老爷说的是哪一件？

朴：哦，很远的，提起来大家都忘了。

鲁：说不定，也许记得的。

朴：我问过许多那个时候到过无锡的人，我想打听打听。可是那个时候在无锡的人，到现在不是老了就是死了，活着的多半是不知道的，或者忘了。

鲁：如若老爷想打听的话，无论什么事，无锡那边我还有认识的人，虽然许久不通音信，托他们打听点事情总还可以的。

朴：我派人到无锡打听过。——不过也许凑巧你会知道。三十年前在无锡有一家姓梅的。

鲁:姓梅的?

朴:梅家的一个年轻小姐,很贤惠,也很规矩,有天夜里,忽然地投水死了,后来,后来,——你知道么?

鲁:不敢说。

朴:哦。

鲁:我倒认识一个年轻的姑娘姓梅的。

朴:哦?你说说看。

鲁:可是她不是小姐,她也不贤惠,并且听说是不大规矩的。

朴:也许,也许你弄错了,不过你不妨说说看。

鲁:这个梅姑娘倒是有一天晚上跳的河,可是不是一个,她手里抱着一个刚生下三天的男孩。听人说她生前是不规矩的。

朴:(苦痛)哦!

鲁:这是个下等人,不很守本分的。听说她跟那时周公馆的少爷有点不清白,生了两个儿子。生了第二个,才过三天,忽然周少爷不要她了,大孩子就放在周公馆,刚生的孩子抱在怀里,在年三十夜里投河死的。

朴:(汗涔涔地)哦。

鲁:她不是小姐,她是无锡周公馆梅妈的女儿,她叫侍萍。

朴:(抬起头来)你姓什么?

鲁:我姓鲁,老爷。

朴:(喘出一口气,沉思地)侍萍,侍萍,对了。这个女孩子的尸首,说是有一个穷人见着埋了。你可以打听得她的坟在哪儿么?

鲁:老爷问这些闲事干什么?

朴:这个人跟我们有点亲戚。

鲁:亲戚?

朴:嗯,——我们想把她的坟墓修一修。

鲁:哦——那用不着了。

朴:怎么?

鲁:这个人现在还活着。

朴:(惊愕)什么?

鲁:她没有死。

朴:她还在?不会吧?我看见她河边上的衣服,里面有她的绝命书。

鲁:不过她被一个慈善的人救活了。

朴:哦,救活啦?

鲁：以后无锡的人是没见着她，以为她那夜晚死了。

朴：那么，她呢？

鲁：一个人在外乡活着。

朴：那个小孩呢？

鲁：也活着。

朴：（忽然立起）你是谁？

鲁：我是这儿四凤的妈，老爷。

朴：哦。

鲁：她现在老了，嫁给一个下等人，又生了个女孩，境况很不好。

朴：你知道她现在在哪儿？

鲁：我前几天还见着她！

朴：什么？她就在这儿？此地？

鲁：嗯，就在此地。

朴：哦！

鲁：老爷，你想见一见她么？

朴：不，不，谢谢你。

鲁：她的命很苦。离开了周家，周家少爷就娶了一位有钱有门第的小姐。她一个单身人，无亲无故，带着一个孩子在外乡什么事都做，讨饭，缝衣服，当老妈，在学校里伺候人。

朴：她为什么不再找到周家？

鲁：大概她是不愿意吧？为着她自己的孩子，她嫁过两次。

朴：以后她又嫁过两次？

鲁：嗯，都是很下等的人。她遇人都很不如意，老爷想帮一帮她么？

朴：好，你先下去，让我想一想。

鲁：老爷，没有事了？（望着朴园，眼泪要涌出）老爷，您那雨衣，我怎么说？

朴：你去告诉四凤，叫她把我樟木箱子里那件旧雨衣拿出来，顺便把那箱子里的几件旧衬衣也捡出来。

鲁：旧衬衣？

朴：你告诉她在我那顶老的箱子里，纺绸的衬衣，没有领子的。

鲁：老爷那种纺绸衬衣不是一共有五件？您要哪一件？

朴：要哪一件？

鲁：不是有一件，在右袖襟上有个烧破的窟窿，后来用丝线绣成一朵梅花补上的？还有一件，——

朴：（惊愕）梅花？

鲁:还有一件绸衬衣,左袖襟也绣着一朵梅花,旁边还绣着一个萍字。还有一件,——

朴:(徐徐立起)哦,你,你,你是——

鲁:我是从前伺候过老爷的下人。

朴:哦,侍萍!(低声)怎么,是你?

鲁:你自然想不到,侍萍的相貌有一天也会老得连你都不认识了。

朴:你——侍萍?(不觉地望望柜上的相片,又望鲁妈。)

鲁:朴园,你找侍萍么?侍萍在这儿。

朴:(忽然严厉地)你来干什么?

鲁:不是我要来的。

朴:谁指使你来的?

鲁:(悲愤)命!不公平的命指使我来的。

朴:(冷冷地)三十年的工夫你还是找到这儿来了。

鲁:(愤怒)我没有找你,我没有找你,我以为你早死了。我今天没想到到这儿来,这是天要我在这儿又碰见你。

朴:你可以冷静点。现在你我都是有子女的人,如果你觉得心里有委屈,这么大年纪,我们先可以不必哭哭啼啼的。

鲁:哭?哼,我的眼泪早哭干了,我没有委屈,我有的是恨,是悔,是三十年一天一天我自己受的苦。你大概已经忘了你做的事了!三十年前,过年三十的晚上我生下你的第二个儿子才三天,你为了要赶紧娶那位有钱有门第的小姐,你们逼着我冒着大雪出去,要我离开你们周家的门。

……

那件事情发生以后,周家迁居到了北方。侍萍的现任丈夫鲁贵让妻子出去找活干,自己却偶然地来到了周家当下人。侍萍生的第一个孩子就是周家的大少爷周萍,被救的那个婴儿也就是现在那个年轻倔强的青年鲁大海。毫不知情的他在自己亲生父亲的矿山里指挥着工人罢工。

鲁妈撕碎了周朴园给的支票。周规定,以后鲁家的人永远不许再到周家来,鲁贵要辞退,四凤也要回家,还收买罢工工人,解雇了鲁大海。但是,命运的车轮并没有就此停息。鲁妈和后夫的孩子四凤在周家做女佣,与周家的大少爷——实际是同母哥哥的周萍相好。这件事情目前谁都不知道。周家的二少爷——单纯的少年周冲死心塌地地爱着四凤。激愤的鲁大海,要带四凤离家出走的大少爷,阻挠他们离去的继母——这样复杂的关系让故事急速走向了悲惨的结局。

当夜,鲁贵家。

鲁贵被周家解雇了,此刻正口无遮拦地在那里抱怨失去了赚钱的营生,咒骂鲁妈和大海，逼得愤怒至极的大海拔出了手枪。母子俩决定明天离开这个地方，随后大海的身影消失在黑暗中。大海前脚走后，就传来了轻轻的敲门声，周家二少爷冲来了。毫不知情的年少的周冲总是憧憬着美好的未来，他对四凤怀有纯洁的爱，对于今天四凤被辞退的事，他感到懊恼无比。他有着无止境的幻想，忘了家，忘了现在。在四凤面前，他还想着：晴朗的天空，在无边的大海上，海风吹得紧，有一条轻得像海燕似的小帆船在行驶。天边浮着几片薄云。——（自己同四凤）我们坐在船头，望着前方，前面就是我们的世界。我同你，我们可以飞，飞到一个真真干净、快乐的地方，那里没有争执，没有虚伪，没有不平等，没有……就在他充满着无边幻想的时候，四凤的心却不知道飞向了哪里。此时大海回来了。他认为周冲是同情安慰他们一家人来的，所以感到异常愤怒。在鲁贵家，周冲忍受着鲁大海的侮慢，他也渐渐明白自己和鲁家中间永远隔着一道无法填补的鸿沟。

鲁妈打算第二天一早便带四凤离开。然而四凤的心里却有着无法与父母诉说的苦恼，有着无法割舍的东西。满是担心的母亲要求四凤永远不再见周家的人。

外面下着暴风雨。远处隐隐传来雷声。说不出的苦闷以及母亲郑重的嘱咐充斥着四凤的心。雷声轰地滚了过去。鲁妈要女儿在轰轰的雷声下发誓永不见周家的人。

此时，大少爷周萍冒着暴风雨见四凤来了。周萍说在路上摔了一跤，右半脸沾着鲜红的血。四凤已向母亲立下了誓言，于是拼命地想要拒绝见周萍，但全身湿透的周萍还是进屋了。雷声大作。外面有女人叹息的声音。大雨声。雷声大作，一声霹雳。就在两人不禁拥抱之时，大海回来了。他见着两人，大吃一惊之余，便把母亲给叫了进来。鲁妈跑进屋一看，不禁大叫一声："天！"愤怒的大海，操起桌上的刀，奔向周萍。周萍在漆黑一片的暴风雨中逃走了。四凤也跟着跑了出去。雷鸣，母亲在暴风雨中呼唤女儿的声音。幕急落。

周宅客厅内。

欲制止周萍明天离去的继母在责备、怨恨和哀求。蘩漪在雨中追周萍一直追到鲁妈家。但是周萍不听她的，她绝望了。她和周萍争吵的情景被鲁贵撞见了。鲁贵还告诉她鲁妈就是侍萍。追来的鲁妈还试图把周萍和四凤分开，但事到如今，一切都太晚了。四凤说她已经怀着周萍的孩子三个月了。周冲此时也知晓了一切。从自暴自弃的母亲口中，他亲耳听到自己的母亲和兄长之间的乱伦关系。同样也是从蘩漪口中，周萍和四凤得知鲁妈是他们共同的母亲。一切都已明了。四凤跑出屋子消失在暴风雨中。所有的希望都已破灭的周冲也跟着跑了出去。随即，远处传来四凤的惨叫声，周冲狂呼四凤的名字，又是一声惨叫。四凤碰着那条走电的电线。周冲赶紧拉了一把，两个人一块儿被电死了。这时隔壁传来枪声，朴园和蘩漪跑出去。周萍用大海拿来的手枪自杀了。鲁大海在屋外和仆人打斗，伤了一些人后逃走了。

鲁妈站起，向书房颠踬了两步，至台中，渐向下倒，跪在地上，如序幕结尾老妇人倒下的样子，舞台渐暗。

奏序幕之音乐。幕落，即开。

黑暗中。

弟弟声：（很清楚地）姐姐，你去问她。

姐姐声：（低声）不，你问她，（幕落）你问她！

舞台渐明，景同序幕，又回到十年后腊月三十日的下午。老妇（鲁妈）还在台中歪倒着。周老人（年老的朴园）下楼。老人叫着“侍萍”，她毫无反应。年幼的姐弟俩走进。外面下着雪。老妇至窗前，慢吞吞地拉开帷幔，痴痴地望着窗外。老人绝望地转过头，望着炉中的火光。修女走进，开始静静地朗诵圣经。

——幕落。

作者自己说，这部剧的序幕和尾声将戏剧情节带来的强烈的刺激推向远方，就像隔了一层面纱一样，给人以静观的距离感。很显然，这部话剧的紧张气氛并不只是在第三幕之后由渐趋强烈的雷雨声伴随而来的，而是从开始到最后一直弥漫着极其紧张的气氛。从这点上来看，用序幕和尾声制造一定的距离感是很恰当的手法。尽管序幕和尾声只是很常见的手法，但我们也不可否认它有些电影的感觉。还有第三幕，几乎就是追求电影式的效果，诸如在电闪雷鸣的暴风雨中，窗户打开，滴着雨水的脸朝里面窥望的情景，又如在风雨中追逐女儿的场景，都是很好的电影镜头。总的来说，这部剧在复杂性和紧张感方面有些过头。然而，雷雨正是这部剧的象征。作者曾这样说过：

《雷雨》对我是个诱惑。与《雷雨》俱来的情绪蕴成我对宇宙间许多神秘的事物一种不可言喻的憧憬。《雷雨》可以说是我的“蛮性的遗留”，……情感上《雷雨》所象征的对我是一种神秘的吸引，一种抓牢我心灵的魔手，《雷雨》所显示的，并不是因果，并不是报应，而是我所觉得的天地间的“残忍”。

宇宙里斗争的“残忍”和“冷酷”。有人称为“上帝”，有人称为“命运”，现代人叫它为“自然的法则”。“而我始终不能给它以适当的命名，也没有能力来形容它的真实相。因为它太大，太复杂。人们生活在狭小的笼子里，却以为是徜徉在自由的天地里，称为万物之灵的人类不是做着最愚蠢的事么。人类是怎样可怜的动物啊。”这就是作者所说的人世间的残忍，以及对苦苦挣扎在其中的人们所怀有的悲悯之心，并没有让这部剧堕落为因果报应的肥皂剧。作者的这番话是我们正确理解该剧的关键。

这部话剧公演之后，有人评价说作者（曹禺）是易卜生的信徒，也有人说剧中的某些情节的灵感来自于欧里庇得斯的《希波吕托斯》和拉辛的《费德尔》。对于这个传闻，作者解释说，自己还没有能力去窥探大师们的艰深。或许是在过去十几年中读过的几部作品在脑中有了潜意识——自己可从没想过要怎样模仿哪个地方之类的。但对于这部话剧被指出是受到奥斯特洛夫斯基的《大雷雨》所启示这一问题时，作者却并没有作出回应。奥斯特洛夫斯基的作品《大雷雨》早在民国十年之前就被翻译成中文了。虽然题目同为《雷雨》，剧中也都有雷声轰鸣，但是两部作品不论主题还是结构都是完全不同的。然而，我们

是否也可以认为，把雷雨运用到话剧中，这本身就是受到了奥斯特洛夫斯基作品的启示呢？不管怎样，这部话剧作为中国首部真正的现代话剧，在中国引起了相当大的轰动。当然，在此之前也有很多人创作戏剧，但多很简短，没有出现过这样一部大规模的剧作。据说小说家巴金先生非常感动，在病中还精心为曹禺修改。另外，在日本，中国留学生演出了该剧，后在秋田雨雀的援助下出版了日语版《雷雨》。

1936 年，《日出》问世。

这一部剧以某旅馆的一间华丽的休息室为舞台。第一幕和第二幕的时间分别为同一天的早晨和晚上。第三幕是一星期后晚上，在三等妓院内。第四幕时间紧接第三幕，场景回到旅馆。

主角是住在旅馆的一个二十三岁的女人，名叫陈白露。她对待生活倦怠且自暴自弃。在她骄傲的自尊心之下，压抑着真实的感情。自以为在虚荣的世俗里玩弄着男人，实际上是为了金钱出卖自己，过着失去自由的金丝雀般的生活。她周围的人物有银行家、银行的小秘书、有钱的寡妇及她的情夫，还有舞台上没有出现却在这个大都市的金融界呼风唤雨的大老板、大老板的部下以及遭他们虐待堕落的可怜少女，留过洋的轻薄的英俊小生，一心想把陈白露重新带回到健康的田园生活中去的软弱、贫穷、满怀梦想的知识青年方达生。表面上看，陈白露和方达生很像《茶花女》中的玛格丽特和阿芒，但剧情却大相径庭。作者曾说过：

> 《日出》里没有绝对的主要动作，也没有绝对主要的人物。……剧中人物只是萍水相逢，凑在一处。他们互为宾主，交相陪衬，而共同烘托出一个主要的角色，这“损不足以奉有余”的社会。

作者在此说他想写出社会的一个横断面，却坦言自己力量的不足。作者还说：

> 我若有一支萧伯纳的锋芒的笔，我该写一篇长序，痛快淋漓地发挥一次，或者在戏里卖弄自己独到的见地，再不然，也可模拟《人与超人》后面 *The Revolutionists Handbook* 的体裁，另辟蹊径，再来饶舌。闭口无言的自己，只有在这部剧的前面附着八段引文，多少欲说不能的话，都藏蓄在那几段引文里。

以下是这些引文的内容。

> 天之道其尤张弓与？高者抑之，下者举之，有余者损之，不足者补之。天之道损有余而补不足，人之道则不然——损不足以奉有余。（《老子》）
>
> 上帝就任凭他们存邪僻之心，……（《新约·罗马书》）
>
> 我的肺腑啊，我的肺腑啊！我心疼痛，我心在我里面烦躁不安……（《旧约·耶利米书》）
>
> 弟兄们，凡有弟兄不按规矩而行，不遵从我们所受的教训，就当远离他。……我们在你们中间未尝不按规矩而行，未尝白吃人的饭。倒是辛苦劳碌，昼夜

作工。……我们在你们那里的时候，曾吩咐你们说，若有人不肯工作，就不可吃饭。(《新约·帖撒罗尼迦后书》)

弟兄们，我劝你们都说一样的话，你们中间也不可分党。是要一心一意，彼此迎合……(《新约·哥林多前书》)

我是世界的光，跟从我的，就不在黑暗里走，必要得着生命的光。(《新约·约翰福音》)

复活在我，生命也在我，信我的人虽然死，也必复活。(同上)

我又看见一片新天新地，因为先前的天地已经过去了！(《新约·启示录》)

透过这些引文，我们可以大致看出作者的意旨，即从黑暗走向光明。然而作者能通篇坚持这个意旨吗？在这部剧中，太阳最终也没有完全升起。这里描写的都是日出以前的事情，希望、未来、太阳，仅止于暗示——而且是非常观念性的暗示。可以说，这些对作者自己而言，也是朦胧而不知其真面目的。

方达生不能代表《日出》中的理想人物，正如陈白露不是《日出》中健全的女性。这一男一女，一个傻气，一个聪明，都是所谓的"有心人"。他们痛心疾首，厌恶那腐恶的环境，都想有所反抗。然而白露气馁了，她，一个久经风尘的女人，断然地跟着黑夜走了。方达生，那么一个永在"心里头"活的书呆子，怀着一肚子的不合时宜，整日地思索斟酌，长吁短叹。末尾，听见工人们卖力劳作的声音，忽然欢呼起来，空泛地嚷着要做些事情，以为自己得了救星，多么可笑又可怜的举动！我记得他说过他要"感化"白露，白露笑了笑，没有理他。现在他的想象又燃烧起来，他要做点事业，要改造世界，独自把太阳唤出来，难道我们就轻易相信这个呆子么？倒是白露看得穿，她知道太阳会升起来，黑暗也会留在后面，然而她清楚"太阳不是我们的"。这个"我们"有白露，算上方达生，包含了《日出》里所有的在场人物。这是一个腐烂阶级的崩溃，而其他人也作了无辜的牺牲。

在最后一幕的末尾，响起了砸夯建筑工人的声音和歌声。方达生打开窗户，阳光从外面射了进来。

方：你听我一句，你这么下去，一定是一条死路，你听我一句，你还是跟我走，不要再跟他们混，好不好？你看，(指窗外)外面是太阳，是春天。

然而陈白露却安静地躺下去。

陈：太阳升起来了，黑暗留在后面。但是太阳不是我们的，我要睡了。

此时让人联想起契诃夫的《樱桃园》。果然，作者曹禺这样说：

写完《雷雨》，渐渐生出一种对于《雷雨》的厌倦。我很讨厌它的结构，我觉出有些"太像戏"了。……过后我每读一遍《雷雨》便有点要作呕的感觉。我很想平铺直叙地写点东西，想敲碎了我从前拾得那一点点浅薄的技巧。

曹禺说此时他想到了曾一度使他沉醉其中的契诃夫，特别是契诃夫对三姐妹的描写手法。于是便脱开《雷雨》的“戏”，舍弃《雷雨》中所用的结构，减少了事件的起伏，描绘人生的一个断面，来刻画这个矛盾重重的社会。由于作者想要描写这个社会的世态，因而第三幕对作者有着特别而又重要的意义，似乎这也是作者花力气最多的一幕。由于作者的努力，这里，三等妓院阴惨的气氛被活灵活现地表现出来。作者的本意是要让资产阶级的腐败与被摧残的下层社会形成鲜明的对照，然而从全剧角度来看，稍欠统一性。果然，在话剧上演之际，由于演出的难度和时间关系，第三幕又成了问题。可作者却认为，删除这一幕就如同割他的心脏一般。作者其实希望演出这一幕的时候，能像奥尼尔的《发电机》一样，将舞台分为左右两部分，两边同时演出不同的场面。其他地方我们也可以看到作者试图模仿奥尼尔的话剧。比如说，《雷雨》中周朴园的后妻和周萍之间的关系，就如奥尼尔《榆树下的欲望》中伊本与艾碧的关系，而蘩漪的心境与拉住第二天将远去西部的伊本不放的艾碧的心情是相似的。朴园的第三个儿子周冲关于海的幻想——稍微有些牵强——跟《天边外》中罗伯特对波光粼粼的大海以及未知世界的憧憬似乎不无关系。《日出》最后的场面也让人不得不联想到奥尼尔《天边外》最后罗伯特说的“日出太迟，我恐怕等不到了呢”这句话。另外我们从与《日出》同一年发表的《原野》中，可以明显看出作者对奥尼尔模仿的成分，特别是这部剧的后半部分，简直就是对奥尼尔塑造的琼斯皇的模仿。越狱犯仇虎逃回故乡，弄开手铐和脚镣，来到昔日仇人焦阎王家。夺回嫁给焦阎王儿子的原来的未婚妻金子，杀了金子的丈夫和孩子，然后带着她一起逃跑。最后逃进了森林，想穿越森林却只能不断彷徨在黑暗的森林中，这时接二连三地出现幻觉。忽远忽近的太鼓声，越来越少的子弹，最终又转回到出逃的地方并惨死。这部剧最后一幕的五个场景和《琼斯皇》中森林大逃亡的情形完全一样。

前面提到过洪深在《赵阎王》中模仿奥尼尔的这部话剧，而这里，曹禺也作了同样的尝试。当然，《原野》和洪深的话剧比起来，远为复杂而且更具震撼力。就主人公为何要逃进森林这个问题来说，奥尼尔设定了土著人这一特殊的世界，揭示了文明人的虚伪和未开化社会之间的矛盾；而曹禺则把其设置为中国农村的土豪和被土豪抢占了土地、房子、父母、妻子的男子之间的——带着非常原始粗野的激情——复仇杀人的故事，仅这一点就已经构成深刻的悲剧。洪深《赵阎王》里的主人公是一个杀死长官后逃跑的士兵，显然曹禺的剧情要复杂得多。奥尼尔和模仿他的洪深的剧，都将主要笔墨放在主人公在森林中的迷失和幻觉上。而为什么曹禺在这部剧的结尾部分，也让主人公在森林中迷失呢？这里有必要考虑前面提到的洪深和曹禺的关系。洪深是第一个采纳曹禺的剧本，并将其搬上舞台的人。洪深师从哈佛大学的贝克教授，改编过奥尼尔的话剧。作为和洪深关系很亲密的后进，曹禺也尝试了与其相同的手法。在洪深的剧中，主人公是赵阎王，而曹禺的剧中主人公复仇的对象是焦阎王一家。这两个名字的相似或许也是曹禺有意的安排吧。总之，《原野》是一部充满力度的作品——尽管和它所模仿的作品很出色有关——和《雷雨》一样，堪称曹禺的代表作。

我们知道，奥尼尔话剧的一大特色就是醉心于原始人的激情。而吸收了这一点的，莫过于曹禺的《北京人》。

研究二十五万年前的古人类北京人（北京猿人）的考古学家雇佣的考古学术察勘队里的一个卡车修理工，他貌似原始人，是个单纯粗野的巨人。他正体现了这一点。有一个走向没落的旧式大家族。贪财若命、虚伪、阴狠、心口不一的大少奶奶。感受到时代的变迁、看出一家没落的命运、对人生感到绝望，最后为了寻求出路离家出走却又无力而归的失败者大少爷。因旧式婚姻而陷在不幸中的年轻夫妇。不得不把自己老后所依的私藏多年的棺材卖给隔壁暴发户的年迈的老太爷。一生陪伴这个老人，牺牲了自己的青春和爱情的老太爷的侄女。租住在这个几欲崩溃的大宅子里，作风怪异的考古学家袁任敢，他无视现代社会的礼教束缚，一门心思搞研究，其余时间就陪自己没有妈妈的独生女儿疯玩。这个女儿在他父亲的抚育下，完全成了一个天真烂漫、自然、活泼开朗、率直勇敢的少女，她永远无法理解成为旧家族制度牺牲品的人物的心情。而考古学家家中那个不会说话、绰号叫北京人的野蛮巨人，或许是出于义愤吧，他以自己毫不经意的破坏力在这个大家庭里引起了一场骚乱。

作者将虚伪的礼教社会和简单的原始人的行动形成鲜明对比。在此，我不禁想起了奥尼尔的《毛猿》。就像毛猿似乎暗示了工人阶级和资产阶级的对立，这部中国剧刻画出了单纯的原始人与拘于陋习、并在虚伪的封建社会礼教中痛苦着的人之间的对立。奥尼尔对原始人激情的憧憬似乎是作者所喜爱的。前面已经提到过，《雷雨》表达了蛮性对作者的吸引，而《日出》的主题则是对现代物质文化的诅咒。在我看来，对作者来说，问题不在于工人和资本家之间的阶级矛盾，而是他更醉心于从腐化世人并最终要消亡的物质文明中脱离出来，回归到单纯的自然世界中去。在《日出》的结尾处，工人们健康洪亮的歌声就暗示了一个全新的世界，在那里，已经远离了那个被腐化的空气所笼罩的世界，人们可以在阳光下健康地劳动和生活。当然，这也仅仅是朦胧的观念中新世界的一种摸索。从作者自身的气质来说，我认为他内心期待的是回归原始自然社会的淳朴健康中去。这种想法在中国，自老子以后就不再稀奇，它自古以来就是潜藏在中国人心中的思想所发展出来的一种类型。而事实上，作者也确实说过他爱读老子。与此同时，作者的心里面还暗藏着对消亡之物的悲悯之情，这些都构就了作品的基调。

《家》改编自巴金的小说，在此就不作介绍了。

另外，还有几部独幕剧，我读过其中的一篇《正在想》。这是一部关于一个闹剧戏班子的喜剧，改编自墨西哥作家尼格里的《红线绒的山羊》。剧中主要人物夸张的性格被塑造得栩栩如生，内容上还触及了让人啼笑皆非的人生的悲哀。因为没有读过尼格里的原作，所以在此就不多加评论了。

此后，中国进入了抗战时期。在这期间，曹禺创作了《蜕变》。这部四幕话剧在他的作品中占有重要地位。由于篇幅的限制，很遗憾无法对其做详细的介绍。抗日战争中，中国正遭受着难以言状的苦难，也是在这个时期，摇摆不定者、腐败分子逐渐没落，新的力量、新的生命在苦难中崛起，在把自己的孩子送上战场的崇高的女医生的积极努力下，软弱的知识分子也脱去了旧外壳，为完成民族的使命而共同努力。

作者的意图显而易见，作品全篇都渗透着解救国难的强烈感情。但作者并不是一味地空喊口号，而是借女医生丁大夫描绘了神一般的慈爱和铁一般的意志，而借视察员梁公仰展示了取代旧官僚的新型领导人的形象，而对随战争的推进逐渐紧张起来的场面，作者赋予了极大的热情。作为日本人，在读完这些之后，引起了内心格外强烈的反省和感动。再想到该剧是在非常艰苦的抗战期间创作的，内心不能不受到很大的触动。在探讨该剧在结构和对话技巧上的巧拙之前，作为一个日本人，我首先坦白自己在很多方面受到了感动。

有一点，就是剧中那位和蔼可亲的视察员，不露声色地来到旧式腐败分子——院长那里视察，最后严厉地指责医院经费方面的谬误和欺瞒行为，这让我不禁想到果戈理的《钦差大臣》，它恐怕至少给了曹禺一点构思上的灵感吧。果戈理的剧中是误以为已经来了的钦差大臣其实还没有来，而该剧则是钦差大人已经来了却还浑然不觉。前文提到过，当时中国已经多次上演果戈理的《钦差大臣》。

考虑到篇幅，以上内容，除了《雷雨》之外，没有对其他作品作过多的分析。我最想说的是，读曹禺的话剧，发现他从欧美现代戏剧作品中吸收了很多东西。如前面各处提到的，易卜生、奥斯特洛夫斯基、契诃夫、奥尼尔、果戈理以及其他戏剧的影响，几乎在曹禺的话剧中随处可见。中国现代戏剧的发展，根基尚浅。自 1919 年五四运动以后胡适对易卜生的介绍开始，曹禺可以说是第一个出现的真正有实力的剧作家。没有传统的地方不会突然产生出杰作。自古以来，中国的戏剧是所谓京剧或者昆曲，以歌曲为主，没有什么舞台设备，靠具有象征意义的表演来实现。内容也大多是关于英雄、神仙、妖怪、才子佳人、侠盗、贞女的故事。民国初年一时兴起的文明戏是由日本新派所传授的，后因简单、过于迎合观众以及演职人员的腐败，不久便堕落了。超凡脱俗的翻译剧因脱离大众而以失败告终。而曹禺或从欧美现代剧中寻找灵感，或把甚至没有消化好的东西大胆地引进，致使中国的话剧发展到了目前的水平。当然，也不可否认之前很多作家和戏剧人十几年来所取得的功绩。总之，对欧美现代剧的快速的吸收借鉴，促成了中国话剧的诞生。关于曹禺的话剧学习了外国戏剧这一点，在中国，人们根本不把它当回事。充分吸收外国戏剧的手法，在此基础上创造中国的现代剧，既然这样，人们也就不去做追根究底的多余之举了。

今后中国的话剧又会走向何方呢？如今中国的政治形势发生了更为急速的变化。值得我们关注的是，当今的中共为了让戏剧贴近民众，正在提倡秧歌剧以及集体创作的戏剧。可见，由于中共的革命意识，话剧就此也将开拓出一条新路。虽然中国的小说在传统方面与戏剧略有不同，但现在已经出现了高水平的作品，那么毋庸置疑，戏剧方面不久也会再次出现很优秀的作品吧。

我无法想象，曹禺今后会走向怎样的风格和路线。遗憾的是，我尚未阅读他在战后所作的《桥》。如今中共的人民文学正处于鼎盛时期，曹禺也如前所记，活跃在人民政府之中，他所掌握的话剧创作技巧，一定会显示些什么来的。从他以前的倾向上来看，有些让人把握不准，但他的哀愁，他的怀疑，他的憧憬，在经历苦难重重的“蜕变”之后，是否能迈出新的一步呢？为考察这一点，这篇关于曹禺的文章也该有续篇。以上，仅就我目前所能了解到的曹禺，阐述了一些感想。

（该文在行文之时，滨一卫先生给予了很大帮助，在此深表谢意。）

（蔡晓辉译）

原载《文学研究》，九州大学，1951 年 11 月

关于曹禺的《雷雨》

[日]佐藤一郎[①]

对于中国现代文学，人们也许只记得鲁迅的《阿Q正传》。或者也有不少读者知道老舍的《骆驼祥子》、巴金的《家》、林语堂的《京华烟云》，以及新近推出的黄谷柳的《虾球传》等小说，然而号称“中国现代戏剧之父”的曹禺的作品，却只受到少数专业读者的密切关注，虽说曹禺的处女作《雷雨》以及第四部作品《北京人》已经被翻译过来，但阅读群体也主要限于这个小范围内。

其实曹禺的创作值得更广泛的读者来品评，他吸收并消化了丰富的西方现代戏剧传统元素，在此之上形成了他中国化的独特风格，进而创作出具有世界性价值的一系列作品。曹禺所面对的是比日本近代更为复杂的，发展中的中国现代社会和人群。如半封建制度下的大家族制度、这种制度下两代人思想意识的差异和冲突、逐步建立统治地位的资本家及其周边人物、旧式知识分子（读书人）以及自由主义者等（可以说这些是处于上升时期的民族所特有的积极的戏剧素材），曹禺以活生生的现实为素材，将人物形象不断叠加、凝缩，再用他浓重的悲剧精神进行整合。极富个性却又能从中反映出现代人苦恼的本质，这是他戏剧作品的一个特色。曹禺将中国社会各个阶层意识到的和未意识到的精神活动，与他在自我追求的过程中意识到的文学上的真实融为一体，并进一步提升到具有象征意义的高度。曹禺作品的现实感就源于此。

分析曹禺的作品，尤其是初期作品《雷雨》之前，有必要对作者本人进行介绍。曹禺本名万家宝，1910年（宣统二年；明治四十三年）出生于天津。父亲曾任陆军中将，所以曹禺生长在当时很富裕的中国家庭，过着优裕的、无拘无束的生活。曹禺在北京的清华大学（美式学校）主攻西洋文学，毕业后曾继续在研究生院学习戏剧，不久受聘于天津女子师范大学教授英国文学。这一阶段曹禺对戏剧和西洋文学的研究，毫无疑问为他后来的戏剧创作打下了坚实的基础。

1934年（民国二十三年；昭和九年）12月曹禺在《文学季刊》上发表戏剧《雷雨》四幕，而后在《文季月刊》创刊号（1936年6月）至九月号连载话剧《日出》四幕，每月一幕，后获《大公报》文艺奖金，他随后转任南京国立戏剧学校教授。当时年仅二十出头的曹禺已成为中国剧作家的第一人，受到海内外瞩目。曹禺的剧作至今都是中国各地主要的上演剧目，年年都被搬上舞台。若想在小说界挑选一位代表作家，势必声浪四起众说纷纭，但说

① 佐藤一郎（1928—），庆应义塾大学毕业。曾任庆应义塾大学教授。

曹禺是中国现代戏剧的确立者和集大成者，却不会有什么异议。其实，曹禺在文学史上的重要地位，只要回顾一下虽然轰轰烈烈却没能使中国自己的现代剧充分成熟起来的文明戏时代、启蒙翻译剧时代、南国社时代等戏剧文学史，就一目了然。当时的戏剧人多埋头于反帝抗日主题的救亡剧，这是当时中国知识分子的思想状况，一方面要面对政治课题，另一方面还要苦于郁结于内的深层民族病根，实际上他们对这两个方面的课题也都倾注了极大的热情。

曹禺在国立戏剧学校(国立演剧学校)担任教授期间，翻译了易卜生的《人民公敌》等作品，对奥尼尔和契诃夫的喜爱之情也日渐强烈。《雷雨》不仅在大剧场上演，还由"中国旅行剧团"在全国各地巡回演出。在南京，马彦祥、曹禺等人创建的"中国戏剧学会"将《雷雨》作为首演剧目，公演时曹禺走马上阵扮演周朴园，一展演技，博得了各界好评。

《原野》三幕、《北京人》三幕也是这一时期的作品，特别是《北京人》，与《日出》一起被视为曹禺前期的代表作。之后，曹禺积极参加抗战，并以此为题材创作完成了两部第二时期的代表作。《蜕变》四幕视角锁定在后方野战医院，描写了动荡期的中国自内而外的更生；《桥》四幕真实地刻画了民族工业的窘迫，并探究了其发展的规律。抗战时期，曹禺从南京搬迁至武汉，又从武汉辗转至重庆。在这个过程中，他一直是开展戏剧运动的中坚力量。这期间，延安上演了《蜕变》《雷雨》和《日出》。在战火四起、极度艰难的情况下，曹禺戏剧的观众群反而扩大，原来城市知识分子是主要受众，如今受到了广大普通民众的喜爱。抗战结束后，知识分子陆续回到北京、南京和上海。曹禺 1946 年年初受到美国国务院邀请，与小说家老舍一同赴美讲学。到同年年末，曹禺先后在华盛顿大学、华盛顿天主教大学、芝加哥大学、加利福尼亚大学、科罗拉多大学、耶鲁大学讲授中国戏剧。回国后在上海翻译完成了尤金·奥尼尔《送冰的人来了》。其后随着国共矛盾的加剧，曹禺逃至香港并创作了电影剧本《艳阳天》，该剧本于 1949 年年初拍成电影，曹禺也参与了演出。① 同年 9 月，曹禺接受邀请，作为文化界代表参加在北京召开的新政治协商会议筹备会。② 现任文化部直属中央戏剧学校副校长。

下文对曹禺的所有作品进行梳理，试图从中找出曹禺戏剧文学的问题所在。曹禺的思想作为一个主题观念，而是在整部戏剧中统合地表达出来。曹禺初期醉心于易卜生的戏剧，甚至还动手翻译了易懂的《人民公敌》，但是从中借鉴的只是戏剧创作的框架而非表现手法。如果硬要在曹禺作品里找出类似的表现手法，那么只能说是与《野鸭》相近的象征手法，而这种含有象征性的写实主义在《北京人》里则发展到了顶点。值得注意的是，野鸭的命运象征着人类的命运，饱含讽刺意味的悲剧性，随着作品主题逐渐偏离社会问题，《野鸭》作者更注重心理刻画和技巧表现。而曹禺则着眼于大家族制度下的家庭问题，以爱为主题，描写大家族没落的悲剧。他并没有像易卜生那样把社会问题和人的问题彻底分离。生活在十九世纪的易卜生将毕生的教训通过受伤后受骗而死的野鸭来加以暗示、

① 参照《曹禺全集》第六卷，实为曹禺自任导演。——译者注

② 参照田本相所著年谱，该会召开时间为 6 月 15 日至 19 日，9 月份曹禺作为青联代表出席中国人民政治协商会议。——译者注

讽刺，从中求得安慰。而曹禺所生活的现代中国，处于现代化进程中的激烈变革的时代，古老的文明大国在迈入二十世纪后，其根深蒂固的封建思想仍冥顽不化，而新兴力量则不屈不挠地竭力抗争。曹禺亲身经历了湖北世家的瓦解，预见到了世家背后旧习俗和旧势力的没落，他执著地追求自己的理想，是一位富于理想主义憧憬的诗人。他一方面切身地感受着没落者的痛苦，另一方面又具有热烈向往美好、正直事物的精神。宛如一把蓄势待发的弯弓，支撑着自己等待日出，呼唤着光明的到来。他就是这么一个知识分子。面对危机时期，采用主观性很强的象征方式来构建文学世界，这也与他的个性有关。易卜生无论身处何地（大部分时间在意大利度过），都一心想要唤醒挪威民众，潜心研究挪威的社会，使自己的作品具有一定程度的世界视野。而曹禺也正是因为不断思考着作为中国社会根本的“家”的问题（《雷雨》《北京人》《家》），以及民族的问题（《蜕变》《桥》），还有现实与未来、死与生、资本家和地主的问题（《日出》《原野》），才能接二连三地创作出一系列优秀作品来。反过来说，对这些问题的思索也将他的悲剧拔升到更为崇高的位置，导致他自然地将作品中主人公的命运引入真正的悲剧世界。他自身所具有的民族意识使得他不会让悲剧精神流于技巧表现而被埋没。他的民族意识凸显在第一时期作品中的民族悲剧特色和第二时期作品中抵抗运动所呈现的现实主义方向上。

在第一时期的作品里，曹禺表现手法上所追求的未必和内容相吻合。他最初没有追求注重形式的艺术至上主义，但也确实是在努力整合中国现代戏剧的创作手法。中国的现代戏剧在中国这一特定文化里应该如何发展？要解决这个疑问，就不得不多去尝试现代戏剧的创作手法。在内容方面，更是不能避开现实中存在的任何问题。因此，曹禺想方设法设定各种矛盾纠葛，借此来思考“家”的问题。内容上，以家庭的问题为中心，曹禺提出了恋爱、结婚、家族制度、劳资纠纷、都市等众多问题，但这些问题到最后都以死亡这一带着宿命意味的方式解决。这多少受到希腊悲剧手法的影响。从某个角度盯紧问题、丰富深入地进行挖掘，这种提出问题的方法具有一般现实主义作家所未曾带来过的效果，然而作者提出问题之后，就此返回自己的世界，也就是说，敏锐洞察之后好不容易提出问题来，却甘心停留在抒情式的表达上。曹禺第一时期的作品基本上都是这一风格。虽说这凸显了戏剧效果，却同时也限制了作品对社会、家、人的深入思考，我们可以称之为希腊悲剧和易卜生的曹禺式结合，即在古典的协调美里，捕捉社会问题，一味渲染悲剧式情调。但是从《雷雨》到《日出》，再到《北京人》，希腊悲剧性要素逐渐减弱，流露出契诃夫戏剧所特有的敏锐感觉，看似平平淡淡，实则抓住问题进行深入而又细腻的刻画。

第一时期作品所达到的这一高度，其实也是作家自身的平衡点。只有在一定界限内，才能保持住自己的特色。曹禺从《雷雨》到《家》（巴金《家》的改编），一直试图打破自己的这一界限，希望能在艰难的处境下维持自己的文学世界，最后却自己把自己拉了回来。曹禺是出身于中国上流阶层的知识分子，诚然不可能熟悉庶民的生活和情感，他更多感受到的是旧事物的崩溃和身处其中的苦痛，同时具有高扬的精神和理想主义信念。面对现实的动荡，曹禺有着敏感的灵魂，但他的人道主义并不是现世的，也并非逃避现实的，而是升华为从更高处而来的同情与洞察之心。与此同时，他一刻不停地呼唤自由，纯粹地追求那个时代所有弱者和一切渴望生存的人们的希望。（《日出》）（这种精神在作品中具有一贯性，在后来的《蜕变》中，主人公丁大夫出于纯粹的正义感和民族感情而走上抗日道路。）

而当这样的理想主义受到旧事物的万般阻挠时，就促使曹禺以悲剧的形式一部接一部地加以描绘，直到《北京人》为止。此外，曹禺本身极度纤细的神经、内省孤独的心灵、忧愁的思绪以及洋溢着的热情，都使他的作品出类拔萃，独具风格。

曹禺是走向中国现代戏剧道路上的最后一位作家。以他为顶点，在抗日战争之后，包括曹禺在内的作家们都突然转向现实主义的创作方向。曹禺是这一转变时期知识分子阶层中个性鲜明的代表人物。九一八事变后的中国，是一个无论身处何地都能切身感受到动乱、破坏以及重建气氛的国家。城市里的抵抗文学（无产阶级文学）和作家受到压制，作家们要么改变写作方向，要么转入“地下”活动，而事实上大多数普通的知识分子都手足无措，深陷不安的精神状态中。曹禺是在这种环境下成长起来的作家，他一方面隔绝来自外界的一切不安，另一方面在作品中以文学的形式进行抵抗，从中获得内心的安宁。西欧早在十九世纪中叶就已经建立现代社会，并且从资本主义演变为帝国主义，其时人们的不安也在文学上表现出来，这就是更为彻底的象征主义、超现实主义和达达主义产生的背景。相比之下，中国的资本主义尚不发达，封建主义根深蒂固，传统文化所造成的压力令人窒息，置身于这一时代的作家们想要往前走，就不能回避这些问题。曹禺正是勇于直面现状，才留下了以上提到的作品，他在可能的范围内竭力推动中国走向现代的步伐。曹禺这位戏剧作家本身也可以说是中国现代的象征。

简短的希腊戏剧风格的序幕落下之后，第一幕的舞台设置在周家宽大华丽的客厅。舞台左侧、右侧、中央各有一扇门。虽说是夏天的上午，但天空灰暗，气闷郁热，一副将要落暴雨的样子。四凤脸上红润，是个健康活泼的少女，鲁贵是她的父亲。父女两人都在周家干活。鲁贵有意问四凤大少爷是不是给她钱花了，继而找茬说要告诉四凤妈，死皮赖脸地要钱去赌，处于弱势的四凤故意揭父亲的短。二人的对话暗示了鲁家夫妇复杂的经历以及四凤同母异父的哥哥的情况，同时也浮现出周家人的大致轮廓。鲁贵凭借自己世俗圆滑的才能受到老爷的器重，还帮儿子大海谋得一职，在周家的矿上当工人，可是大海现在却煽动工人闹罢工，鲁贵的妻子侍萍独自一人看家。对鲁贵来说，只有大海是让他发怵的人物。

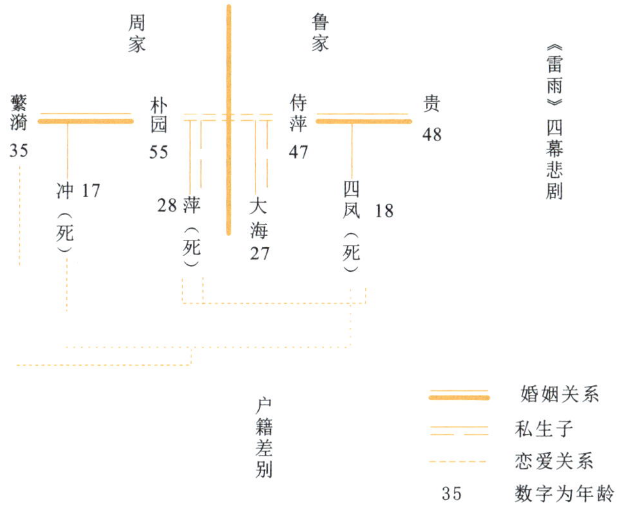

贵:哦,(低声,恐吓地)可是半夜送你回家的那位是谁?坐着汽车,醉醺醺,只对你说胡话的那位是谁呀?(得意地微笑)

四凤:(惊吓)那,那——

贵:(大笑)哦,你不用说了,那是我们鲁家的阔女婿!——哼,我们两间半破瓦房居然来了坐汽车的男朋友,找我这当差的女儿啦!(突然严厉)我问你,他是谁?你说。

四凤:他,他是——

就在鲁贵紧紧追问四凤的关头,哥哥大海登场。几个月来煽动煤矿罢工的神经紧张,使他现在露出些许疲态。罢工不仅影响到周家,更是威胁到鲁家一家所有的经济来源。对此,鲁贵以自家为重,认为多一事不如少一事,四凤则抱着怀疑的态度,而工人鲁大海的立场与之尖锐对立,由此,一种非同寻常的预感支配着整个舞台。鲁贵拼命讨好鲁大海后退场,而对四凤抱着思慕之情的周家次子周冲低声唤着四凤登场。作品中随处穿插着周冲对四凤如幻想般纯粹的爱慕之情,这种感情总是在剧情异常紧张的时刻出现,起到缓和危机的作用,犹如打开一扇通风的窗户。

鲁贵和四凤说到周家半夜闹鬼的事情,并且向她暗示了纠缠在周家的鬼的秘密,还提及侍萍回头就到周家来。第一幕中途的这段对话,将人物的介绍扩大到周家的主要人物身上。随后从教养深厚的周家女主人蘩漪口中得到证实。

这老房子永远是这样闷气,家具都发了霉,人们也都是鬼里鬼气的!

周冲告诉母亲,父亲昨天对他说后天要搬家,而蘩漪完全不知道这回事,这一异常的家庭关系被反复暗示、逐渐呈现出来。蘩漪听到儿子周冲提及房子闹鬼时,仍旧述说着对这所老房子的爱恋之情。

我不相信,不过这老房子很怪,我很喜欢它,我总觉得这房子有点灵气,它拉着我,不让我走。

周冲将对四凤的爱慕向母亲倾诉,蘩漪惊愕而不知所措。

接着蘩漪与周萍的对话中透露出来的哀怨和难以平静的情绪,让人联想到二人表面为母子,实则有着相当复杂的关系。

周朴园强迫带病的妻子喝药,妻子蘩漪不愿意喝,从而遭到周朴园的折磨,内心深受伤害,夫妻间的矛盾不可调和。

周萍无法忍受这个家,打算离开家到矿上去。周朴园在临搬家之际,向周萍断断续续地述说对亡妻的思念。就这样,第一幕在临近搬家这样一个时间限定下,以搬家为中心,逐渐编织出周家浓厚的宿命色彩,展现了除侍萍以外的七个主要人物,并且暗示了郁结在这个家庭内部的浓稠恶瘤。

第二幕(当天下午,景同前)呈现了问题的深化和纠葛的发展。并对第一幕所暗示的事件加以具体诠释,很快就提示了解开谜团的线索。

离家出走前的周萍和四凤交谈,四凤告诉周萍自己可能由于他弟弟的缘故而被辞退,哭着哀求周萍带她一起走,但是周萍态度坚决,只说好晚上十一点去四凤家找她。虽然害怕被母亲知道，但是在最后关头，四凤是一个只看得见爱情的女人，于是答应等父母睡了之后点灯作为暗号。四凤退下之后，周萍与继母蘩漪之间的交谈，更加明显地表露出异常的爱憎情绪。

萍：我最对不起的人，自然也有，但是我不必同你说。

蘩漪：（冷笑）那不是她！你最对不起的是我，是你曾经引诱过的后母！

面对过去，周萍极力想逃避，而蘩漪则坚决地表示自己“不后悔”。两人都意识到周家是纠缠不清的一切罪恶的根源，而蘩漪更是气极地说：“周家家庭里所出的罪恶，我听过，我见过，我做过。”这是第二幕所交代的乱伦恋情。

接着，剧情营造的紧张气氛被多层次地加重。第一次来到周家的侍萍和女儿四凤登场，虽然是第一次来这里，侍萍却说：“这屋子我像是在哪儿见过似的。”四凤笑着说：“真的？您大概是想我想的梦里到过这儿。”侍萍低下头说道：“奇怪，这地方怪得很，这地方忽然叫我想起了许多许多事情。”

侍萍把三十年前的事情一件一件清楚地想起来了。当她看到桌子上摆着自己年轻时候的照片时，惊愕得说不出话来。随后大呼：“哦，天哪。我是死了的人！这是真的么？这张相片？这些家具？怎么会？”就在这时，蘩漪登场，絮絮叨叨地说着周冲的事情，向侍萍暗示希望四凤走人。此时周朴园登场，侍萍忙躲在一旁，神色大变，观察周朴园向妻子推荐德国医生的样子。终于将身心疲惫的妻子赶走看医生后，周朴园才察觉到侍萍有些不同。

朴园：你站一站，你——你贵姓？

侍萍：我姓鲁。

朴园：姓鲁。你的口音不像北方人。

侍萍：对了，我不是，我是江苏的。

听到侍萍说她三十年前在无锡的时候，周朴园打探性地问道：“梅家的一个年轻小姐，很贤惠，也很规矩，有一天夜里，忽然地投水死了，后来，后来，——你知道么？”

之后，二人互相确定身份，同时也就表明四凤和周萍是同母异父的兄妹。三十年岁月的无情流逝，使周朴园和侍萍倔强地拒绝接受彼此，拒绝尝试改变现状。四凤和周萍之间居然是兄妹的近亲之爱，更可怕的是周朴园的亲生骨肉居然在矿上鼓动罢工反对他。看不见的宿命法则，无情地玩弄着周家和鲁家这八个人。鲁大海和周朴园、鲁侍萍和周萍四人的会面（除了周朴园和鲁侍萍以外，其他人这时还不知道大海和萍的兄弟关系），以及彼此社会阶层的对立关系，将这部戏剧的前半段推向了顶点，同时将这一段段复杂的爱恨情仇清楚地剖开给读者和观众看。

第三幕（当天夜晚十点半左右，鲁家）情节从侧面展开，事态变得更加复杂，全剧一步步迈向高潮。一开幕就是鲁家的争吵。鲁贵责备鲁大海闹不必要的乱子，断了一家人的生计，让全家都得饿着肚子等死。鲁大海抽出手枪对着鲁贵，被四凤阻拦后就去车厂看有没有认识的人。鲁大海走后，鲁贵立刻找四凤要钱。侍萍告诉鲁贵已经将周公馆给的工钱全还了赌账，现在没钱了，预备大后天带着女儿四凤收拾家当一块儿回济南。鲁贵让女儿跟着他，但是四凤选择跟妈妈走。侍萍出门到附近商量卖家具的事，不久周冲来到鲁家。四凤十分意外，鲁贵笑着不断迎合，周冲则表现出天真的快乐，说蘩漪让他送来一百块钱。这时鲁大海进门，剧情节奏再次急促起来，最后周冲失望地拿着一分不少的一百块钱离开。鲁大海对四凤和周冲的关系产生疑惑，将周冲来的事加上自己的想法告诉母亲。侍萍严肃地质问四凤，这个时候雷声轰地滚过去。

侍萍：孩子，天上在打着雷，你要是以后忘了妈的话，见了周家的人呢？

四凤：（畏怯地）妈，我不会的，我不会的。

侍萍：孩子，你要说，你要说。假若你忘了妈的话，——

四凤：（不顾一切地）那——那天上的雷劈了我。（扑在鲁妈怀里）哦，我的妈呀！（哭出声）

这句誓言是全剧悲惨结局的最直接暗示，也是“雷雨”这一名字所代表的悲剧象征。下一个场景四凤与周萍在雷雨里密会，许下的誓言随即被打破。听着周萍在外面敲窗户的声音，四凤掂量着誓言和爱情，内心矛盾而痛苦。即使被周萍说自己“变了心”，也犹豫着没有开窗。周萍终于一怒之下走了。谁知当四凤打开窗时，周萍忽然立在窗口，四凤叫了声“哦，妈呀！”在电闪雷鸣中与周萍拥抱。这时，大海和侍萍登场。

侍萍：（喑哑）天！

鲁大海大怒，周萍与四凤冒着雷雨逃了出去。鲁大海和侍萍一边喊“四凤”，一边追着跑出去。

第四幕（当天半夜两点钟，与第一幕同）雷雨愈下愈大，周朴园一个人坐在沙发上。四凤许下的誓言被打破了，可是谁也没有办法。这时周朴园也好，蘩漪也好，都不再迫于传统的威严而装着一副平静的嘴脸，而仅仅是内心深受重创后试图寻找最后出路的可怜人。

夜已深，朴园仍旧一个人待着，周冲进来找母亲，朴园突然想跟自己的儿子亲近一些，于是说道，“你今天早上说要拿你的学费帮一个人，你说说看，我也许答应你”，但这句话如今为时过晚。

蘩漪登场，朴园和蘩漪因桌子上侍萍的照片引发争吵。周萍回来说今天夜晚两点半有一趟车，预备现在就走。

台上，周萍和蘩漪。蘩漪接二连三地质问周萍，周萍急于摆脱，他对蘩漪已经没有任何爱情可言了。蘩漪绝望地告诉周萍自己在鲁家看见他同四凤，并且从外面把窗户锁上。

鲁大海来周公馆寻找四凤，碰到周萍。两人就四凤的事对吵。大海退下，继续寻找。①

台上，四凤和周萍。四凤破了誓，觉得自己有罪，浑身打哆嗦。失去了一切的四凤觉得只有周萍的爱情是真实的，周萍也最终下定决心不顾一切和四凤私奔。这时侍萍登场，发现向二人诉说事实真相已太迟，不得已只好默许两人的关系。当然，这是一个流了血也无法除掉的病患。

蘩漪暴露与周萍的关系，发疯似的喊着：“我没有孩子，我没有丈夫，我没有家，我什么

① 实为四凤登场，大海退避。——译者注

都没有。”这使建立在侍萍隐瞒真相基础上的周萍和四凤的幸福，也被蘩漪的痴狂卷入深渊。

听到蘩漪的喊声由书房进来的周朴园，一时疏忽将侍萍所隐瞒的真相说了出来，缥缈的幸福至此被一扫而光。一切都成了悲剧。

朴园：(明白地)怎么——(向鲁妈)侍萍，你到底还是回来了。

周朴园完全没有意识到周萍和四凤的爱恋关系。

朴园：(严厉地)混账！萍儿，不许胡说。她没有什么好身世，也是你的母亲。

就这样，四凤和周萍就知道了在第二幕结尾时已提示给读者的彼此之间的兄妹关系，同时也明白了近亲相恋的事实，最后只好以死清算。

四凤发疯一般跑出门，冲进肆虐的雷雨中，周冲紧追其后，不久仆人进来报告二人触电身亡的消息。“四凤碰着那条走电的电线。二少爷不知道，赶紧拉了一把，两个人一块儿中电死了。”

书房传来枪声，周萍自杀。幕落。

《雷雨》四幕，基本采用三一律的原则，贯穿全剧始末。事件基本发生在周公馆客厅里，时间大约在二十小时以内。作者追求形式美所带来的平衡感，设计了这种周到缜密的结构，并且不断提升危机感，直至全剧高潮，而隐藏在悲剧中的复杂的宿命纠葛最终通过死得到解决。被宿命力量紧紧纠缠在一起的两个家庭(周家和鲁家)将剧情结构孕育的危机感不断推向顶峰，两家与其说是互相排斥，不如说是被某种向心力所支配。这里，甚至相互抵抗的努力都被转化为更大的必然力和向心力。《雷雨》里没有悲剧《哈姆雷特》那样的主人公。周朴园、蘩漪、周萍、周冲四人与鲁贵、侍萍、大海、四凤四人在“雷雨”这一象征下，各自走着自己的轨道，但最后却又被纠缠到一起。即使是最为异质的登场人物鲁大海，最终也逃不出这一磁场。而这一点对剧情的推动起到决定性作用。从前面所示的图中可以看出，单纯就技巧来说，曹禺有意尝试通过近亲相恋来铺陈家庭悲剧，并且借此营造出剧情上的特异的紧张气氛。

亚历山大·奥斯特洛夫斯基也以《大雷雨》为题，阐述过“家”的问题，但是更过着眼于各个家庭自身的结构。卡捷琳娜的悲剧不是因为近亲相恋，其根源正如典型的软弱可怜虫奇虹最后所抗议的，在于代表旧式家庭的婆婆身上。但事实上，奥斯特洛夫斯基对曹禺的《雷雨》影响并不是很大，进一步说，《雷雨》结构上的整齐带来了庄重的效果，与内容上的希腊悲剧的味道相呼应，富含古典气息。该剧不是描写悲剧发生后的情形，而是描写如何至于悲剧结局的过程，这或许是达到上述效果的原因吧。

(陈颖艳译)

原载《三田文学》第四十一卷第二期，1951年6月

骷髅架起的天梯

——曹禺的《日出》

[日]佐藤一郎

《雷雨》问世后仅一年半，中国现代戏剧最后的巅峰之作《日出》四幕问世，其中多处显露出作者试图脱胎换骨的痕迹。中间《原野》绕了一段弯路，而之后的《北京人》，则与《日出》前后呼应。说《日出》是中国现代戏剧最后的顶峰，也许听起来有些奇怪。但对于一心恪守西方现代文学传统的人们而言，确实很难立即肯定现实主义文学和戏剧运动的丰富表现，殊不知这些表现上的剧烈变革诞生于抗日战争这一危机背景下人民的现实生活以及人类灵魂的最深处。事实上，即使从西方现代文学的传统来看，曹禺的这一系列作品，也确实打造了西方文学意义上的巅峰——依据自身的性格特质展开构思，将现实中的问题作为主题，通过一些人物形象，创造出细腻而又庄重的世界。能将身处危机之时的精神沉潜下来的人，他所捕捉到的和谐的世界，必然不同于危机被升华的当时。不久，在中国整体大变革的背景之下，现代悲剧也在新生事物的名下落下帷幕。

1917年（民国六年），陈独秀、胡适以及随后的鲁迅等人开始编纂杂志《新青年》，并以该杂志为中心，在中国掀起文学革命。到第二次文学革命——抗战文学为止的短短二十年间，中国现代文学交替着出现了数个文学潮流，文化人贪婪地汲取一切新思想，大胆思考并尝试加以表现。回顾戏剧文学的历史，首先是现代戏剧出现之前的“文明戏”时期（1910年前后），介绍与翻译剧的全盛时代（1917年起的数年），之后出现了大力推动戏剧创作及研究活动的若干团体（1920年以后），“南国社”浪漫主义戏剧运动的兴盛（大体持续至1930年），而自相当早期已经有扎根现实并提出问题的生活派作家旗帜鲜明地主张无产阶级戏剧（大体至1935年），后期则是民族主义倾向占了主流。现代戏剧文学史瞬息万变的发展过程，着实令人惊讶。而中国现代文学史几乎没有时间允许一名作家代表一整个文学时代。民国革命比明治维新晚了近半个世纪，然而文学史上各个潮流的更替速度却比日本快得多，潮流与潮流之间的间隔极其短暂，甚至是相互叠加着出现。各个潮流的出现都有各自的必然性，尽管时间很短，内容却纷繁复杂。这篇小论文以代表性的剧作家曹禺的作品为中心，旨在分析曹禺在各个作品中如何处理所面对的问题、为何苦恼、最后又是怎样表现出来的，进而思考现代中国戏剧文学史——文学史和戏剧史。

大陆民族的传统文化不会轻易发生任何细微变动，然而经过百年时间，一旦内外都开始发生动摇，就谁都无法阻止。随着民国年号数字的递增，中国在社会结构上连续出现崩溃点，在文学史上的表现，则是在所应获取的思想面前，早就出现危机时期特有的及其激进的表达方式。这一时期，中国文学在每一年，都完成了相当于英国文学二十年、法国文学十年、日本文学五年所经历的演变。在这一背景下，从《雷雨》到《日出》的一年半时间里，创造性的精神所发挥的作用及其成果值得我们深入考察。

《日出》(四幕)。上海某大饭店的休息室。早春清晨五点左右。畸形的陈设。一切都笼罩在异常现代化的环境所带来的不安感中。这座城市是繁荣与罪恶的代名词，女主人公陈白露让自己艰难而倔强地活着。黑暗过后必将迎来“日出”，虽然陈白露从矛盾的缝隙中仰望那片“日出”，但人生残酷的现实使她万分清楚，有时只有肯定“恶”才能维持生活。

帷幕拉开。在大都市过着奢华、独立生活的白露面前，孩提时的好友方达生登场，带着她久未想起的故乡的气息。

白露：进来吧！……咦！你怎么还不进来呀？走进来点！怕什么呀！

达生：(冷冷地)不怕什么！(忽然不安地)你这屋子没有人吧？

白露：(看看四周，故意地)谁知道？(望着他)大概是没有人吧！

达生：真讨厌。这个地方到处都是人。

二人开场就表露出迥然不同的精神对立，两种异质的精神在抒情性的抗衡中展开进一步的交流，人物以及环境等背景介绍也随之铺陈开来。为了生存，陈白露认可现实中的阴险，甚至很懂得如何利用它，但心灵上反而因此受到严重的伤害。她有意无意地努力与伤口保持距离，反而越来越强烈地渴求纯净的世界。

她看到玻璃窗上的霜花很感动，达生对此却无法理解。这个男人保持着朴素的本质，而女人则已走出很远。从生活方式的各个细节都可以看出二者的对立。白露所过的奢靡的夜生活是以强有力的实业家作为庇护，以自己的才貌作为资本构筑起来的。当达生喊道白露的小名“竹均”时，白露的感觉异常复杂。就在此时，彻头彻尾的西洋迷、大学教授张乔治从卧室烂醉如泥地走出来，随后夹杂着洋文一边道歉一边离去。

达生几度吞吞吐吐，白露察觉出他是要表白爱恋之情，于是出人意料地问他：“你有多少钱?”达生终于求婚，并希望白露能够慎重思考几天后再答复，白露立刻答复道：“那么，(替他拿帽子)你就可以走了。”随后白露提到自己的都市生活说，“你要问我自己是谁么?你听着：出身，书香门第，陈小姐；教育，爱华女校的高材生”，履历方面，“一阵子的社交明星，几个大慈善游艺会的主办委员”，“父亲死了，家里更穷了，做过电影明星，当过红舞女”，这些经历表露出白露极端物质化的生活态度。即便如此，白露却并不失温情。总是让达生和观众大感意外的白露身上仍旧带有闪亮的光芒。也许从正面看，会看到打在她身上的并不美丽的阴影，但若是从侧面端详，仍然可以看到她那沉静而透澈的眼睛。身处至关重要的大转变时期，善良的灵魂也要在恶劣的环境里生存。而或许正是因为善良，才能耐得住这无处可逃的绝境。

达生说在这样的屋子里睡不着，转身离去，就在这时，对全剧发展起决定作用的小东西登场。白露关了灯后屋内光影暧昧，不见轮廓，屋的左面悄悄爬出一个人形，颤抖着，蹑足向门口走，预备乘机偷逃。开灯后，在白露面前立着的是一个穿着肥大蓝绸褂子的小女孩，十五六岁的样子，带着一张求助的哭泣的脸。

白露：(忍不住笑——但是故意地绷起脸)啊，你怎么会想到我这里，偷东西?

啊!(佯为怒态)小东西,你说!

小东西说衣服是偷妈妈的,继父母想让她和黑胖子睡一起,她只好从楼上逃下来。看到被作为消遣工具的小东西,白露流露出母爱,毫不犹豫地庇护起小东西。这个时候的白露不再是任何人的附庸,连一直资助白露的银行家潘月亭也成了白露为行善而利用的棋子。白露如此感情丰富的侧面在这里被仔细地描绘出来。

旅馆茶房福升拿着一大把账单进来。两三个男人找小东西找到门口,在外面大声吵嚷,嚷嚷完后足步声渐远。上海经济界的泰斗级人物潘经理进屋。白露立刻向他提小东西的事。虽然潘经理皱眉说道,“你见着我,没有别的,你专门好管这些闲事”,但是被白露强求着也没办法拒绝,最后只好答应道,“这帮人他们大概都认识我,叫他们走还容易”。他把再次回来找小东西的一帮人巧妙地打发走了。此时舞台上再次被纯洁的气息笼罩。太阳升起。白露手舞足蹈,此刻的她与后天染上的虚伪全然无关。她满心欢悦地给潘月亭念起诗集《日出》,虽然潘月亭根本无法理解。其实白露也是在念给自己听,借此保持内心的平衡。这既是与塑造她灵魂的诗人进行心灵的交流,也表达了她在都市生活中渴望摆脱深陷其中无法自拔的环境的愿望。“……太阳升起来了,黑暗留在后面。”白露抱着希望。“……但是太阳不是我们的,我们要睡了。”白露心里明白太阳的光辉不属于自己,而是属于另一个世界。从这里也可以看到白露复杂生活的另一个侧面。

突然外面有敲门声。小东西吃了一惊。方达生推门进,说这个地方太吵睡不着。他像哥哥一般慈爱地看着小东西。潘月亭让白露介绍一下达生,白露称达生是自己的表哥,向达生介绍说潘月亭是自己的爸爸。这一情节的设定既巧妙,又留下了轻松有趣的余味。第一幕至此落幕。

第二幕。当日晚五点。景同第一幕。不知不觉中被命运紧密联系在一起的几个人——潘经理、秘书李石清及其妻子、银行职员黄省三等人在银行破产前悲喜交加的举动,阔太太顾八奶奶及其情人胡四、茶房福升、白露的奢靡生活,白露、达生、小东西三人被玩弄的善意,在作者满怀同情的笔触下,无一不表现了当时中国人的悲哀。

幕升起,达生和福升。福升听不懂窗外工人们的打桩歌,对于消费生活的寄生虫福升平庸的灵魂来说,达生“那么,太阳是谁的呢”的问话,更是属于另一个世界的语言。工人们正在建的新楼是潘经理让银行起死回生的最后手段。沉重的打夯声仿佛暗示着什么似的,始终贯穿着这一幕。

达生:唱得真好听!

福升:好听?

达生:他们真快活!你看他们满脸的汗,唱得那么高兴!

不久达生听到敲门声,因为不愿见外人,就回卧室去了。此时黄省三登场。舞台上只剩黄省三和王福升。福升对于比自己弱的人,总是抱有极度的优越感,而此时的黄省三是人生的落魄者。他在都市生活的激流中失掉了自我,丧失了行动能力和自信心,被人恶意地玩弄和摆布,不由得挥起拳头叫喊“你这个,你这个东西,我要……”,最终却又无力反抗。

潘月亭和福升。福升势利小人的态度本来会让读者和观众觉得很好笑,但这种情形现实中随处可见，往往容易被忽略。一瞬间态度骤变，廉价的优越感与卑躬屈膝的自卑相辅相成，一体两面。这里曹禺运用对比的手法，凭借缜密的神经，嘲讽着。其间还穿插了潘月亭最大的客户金八打来电话的情节，让人嗅到潘月亭背后不安的阴影。一旦出错就会立刻波及全经济界，这般残酷的经济竞争哪怕是透过电话都能窥见它火花四射。在这令人窒息的你争我斗的关键时刻，顾八奶奶上场跟潘月亭打招呼。这位被称为顾八奶奶的女人几乎就是一块装扮着的行尸走肉，有钱孀妇的身份是她唯一的资本。别人的意见她一概听不进去，和潘月亭是金融关系往来，和陈白露是玩乐伙伴。从顾八奶奶聊天时蹦出来的安眠药、情人等话题，就可以窥见她们生活的颓废。

白露和顾八奶奶。潘月亭利用顾八奶奶的无知，说服顾八奶奶把资本继续留在银行后退场。舞台上留下白露和顾八奶奶。顾八奶奶滔滔不绝地赞美白露的姿色，接着又絮叨起她迷恋的情人胡四。顾八奶奶声称之所以会头痛，或许是由于一向让她引以为荣的大学毕业的独生女儿反对自己和胡四结婚。轻薄的胡四突然做起电影明星的美梦，顾八奶奶求白露帮忙，“只要他当了电影明星，我就想法子嫁给他”，而胡四用她的话说，也不过是“总像个小狗似的跟着我”的男人。

白露和乔治。乔治又一次满腔热情地口吐英文登场，欢欣雀跃地告诉白露他正式离婚了，一边细数自己的财富和名誉，一边向白露求婚。不料白露丝毫不理会，喊道“达生，达生，你快出来”，“我要吸一点新鲜空气。这屋子忽然酸得厉害”。

这些都是都市性格的一个侧面。作者有意将日常的片段叠加起来，在这些貌似没有任何焦点的生活片段交替出现的过程中，渐渐浮现出围着潘月亭转的李夫妇、黄省三，以及白露等人的经济危机（即都市生活存在的危机）。这与《三姐妹》第二幕在结构上有共通之处。贯穿第二幕的打夯声让人想起与大丰大楼息息相关的人们的命运，事实上，大楼还关系到大丰银行是否会破产。潘经理的这个商业机密被秘书李石清所知，李石清以此为把柄强化了自己在潘月亭面前的发言权。原银行书记黄省三的生死也掌握在李石清手中，但李石清极端厌恶地拒绝了黄省三渴望复职的哀求，潘经理更是厉声把黄省三轰走。几个被卷入漩涡边缘的人物的命运让人预感到漩涡的中心，而且事态绝无好转的可能。

第三幕。一星期后晚十一点半。三等妓院内。小东西现在被挂名小翠，混事三天还没接过客，因此常常被狠打，被训斥，被欺负。胡四、黑三等人和拼命寻找小东西下落的方达生各自抱着不同的目的出入妓院。与此同时，小东西被迫开始直面黑暗残酷的人生，正如她的同行说的，“我好些年没有眼泪了，我跟你说，人心都是肉长的，我这是老了，早晚替家里大的小的累死了，用芦席一卷，往野地一埋就完事”。

妓院外传来卖报的声音：“看报，看晚报，看看小书记跳大河的新闻。”黄省三自杀。小东西极度苦闷时，听到的却是：“你这孩子，你有叫爸爸的工夫，你为什么不想法挂个客。”

胡四和福升与小翠碰面。小翠对福升恨得咬牙切齿，一开始强忍住福升侮辱的言辞，但最后还是无法抑制怒火，连打福升两个嘴巴。这时，地痞黑三登场，像狼咬着小鸡子似的把小翠拉出房门。接着听到黑三凶恶的嗓门，“（狠狠地）妈的！（在小东西脸上一巴掌）妈的！”“又一巴掌，小东西倒吸口气迎着他的粗重的手，‘啊！’‘啊！’叫出来。”

之后小东西被赶到小屋去。胡四和福升张大耳朵细听传来的声响。随后，舞台隔成两半，两边剧情同时发展。方达生走进左边的小间，探听小东西的下落。黑三卖弄伎俩敷衍、嘲弄方达生，并且对此得意扬扬，还以帮他跑半天找人为借口索要赏钱，得到不少钱之后才放他走。

这般喧哗的世界里也有夜深人静的时候，但此时小东西已无法入眠，她丝毫看不到明天的希望。短暂的人生里充斥着屈辱，小东西选择自己结束生命，她将头颈伸进麻绳套里，把椅子踢倒——那样小，那样柔弱，一个可怜的小生命便悬在门框下面，外面传来淫荡的歌声，靸着的鞋悄然落下一只，屋里没有一个人。

第四幕。舞台第三次回到第一幕的休息室里(时间紧接第三幕，翌日早晨四时许)，分别以陈白露和潘月亭为中心交代结局。第三幕里白露置身其中的都市依旧奢靡繁华，而白露却因都市腐烂的毒气而大受刺激。小东西和达生的出现使她万分痛苦。白露无法彻底变成另外一个人，而她利用都市的毒气所经营的虚伪生活必然有它的限度。眼前发生的各种事迫使白露逐渐袒露原本的自己。

最终，白露低声说："我大概是真玩够了。玩够了！我想回家去，回到我的老家去。"顾八奶奶等人邀她去玩，她没心情出去。白露渴望达生能真正理解她的心，但达生却只是用一个非都市人的眼光审视着都市生活的表里。她此时渴望完全地展露自己，希望能够立刻远离这丑陋的都市。

达生认为白露若是能嫁一个真正的男人，就能够得到幸福，但是白露却连这种平凡、简单的幸福也无法相信。她告诉达生，自己曾经和一个有才华的年轻诗人结过婚，诗人怀有激昂的理想主义热情。但理想主义一旦进入家庭也就变成了平庸无聊，两人陷入互相伤害的境地，孩子死掉之后，诗人带着追求浪漫主义的希望离家出走。白露对这段往事终究无法释怀。

以潘月亭为中心展开的剧情，主要是围绕大丰银行面临破产而发生的一系列争斗。李石清和潘月亭意见对立，而大丰银行的债掌握在金八手中。残酷的资本主义竞争的结果，是潘月亭和李石清都失去了靠山。白露以及在大丰银行的存款瞬间灰飞烟灭的顾八奶奶，全都被卷入了这个大漩涡。

最后，舞台又留给了白露。她不仅心理上严重失衡，而且经济上的危机也扑面而来。白露希望亲手结束自己矛盾的人生。她虽然寻求着光明(外面就是春光)却终于香消玉殒。黄省三和小东西的自杀及其所带来的暗示在这里被提升，强化了悲剧结局的效果。曹禺让白露死去。正因为曹禺自己懂得外面传来的工人们的劳动号子的意义，才让他的知识分子懦弱地死去。虽说采用悲剧的死亡结尾，这原本也是曹禺所喜欢的。

《日出》的主人公陈白露身上融合了《雷雨》中所有女性的特质，侍萍的母性、蘩漪略带神秘的娼妇特性、四凤的纯真以及这些女性所怀有的憧憬和所背负的悲剧性。白露身上具备她们单个人所没有的丰富个性，同时又很有真实感。这里，作者减少了故事结构所带来的悲剧要素，而将悲剧的主题转移到主人公的内心。希腊悲剧式的内容(近亲相恋)和现代古典戏剧丰富多变的场面转换都大大减少，《日出》更接近于易卜生式的、人物活动少的自然主义系列。还有，《日出》也让人联想起契诃夫的现实主义，即将一些本身并不具有高度象征性的小事件重重叠加，构筑起一个有机协调的世界，表达对光明的无限憧憬。

例如,《雷雨》过于倾向于古典戏剧艺术,而没能充分意识到时代意志的力量。而《日出》里个人的命运并非起初就能预见得到完全由悲剧性的环境所决定,并且这是在到第四幕为止主人公试图把握自己命运的紧张过程中逐步明了起来的。前三幕的紧张感不是表现在外部,而是源自人物内部的心理和性格。该剧的悲剧性沉潜在主人公的性格之中,大大改善了《雷雨》中因戏剧结构缺乏必然性造成的感伤倾向。在《雷雨》中萌芽的局部的现实性,到《日出》则发展为贯穿全篇。关于这一点曹禺本人这样写道:"写完《雷雨》,渐渐生出一种对于《雷雨》的厌倦。我很讨厌它的结构,我觉出有些'太像戏'了。技巧上,我用得过分。仿佛我只顾贪婪地使用着那简陋的'招数',不想胃里有点装不下,过后我每读一遍《雷雨》便有点要作呕的感觉。我很想平铺直叙地写点东西,想敲碎了我从前拾得那一点点浅薄的技巧,老老实实重新学一点较为深刻的。"

从《雷雨》到《日出》的一年半时间,是曹禺重新探究戏剧表现手法的过程。通过与《雷雨》的比较,可以更加明确《日出》的特点。创作出第一部作品《雷雨》后,曹禺获得了宝贵经验,他放弃了技巧完美的、强烈的命运观支配下的古典悲剧的均衡整齐的结构,改用接近现代戏剧的创作方法。这与他自身的思索和对人生观察的深化有着密切联系。正如上面引文所表明的那样,虽然正试着接近自然主义戏剧理论,但曹禺的作品体现出他自身的个性。曹禺用较强的主观作用,将两者结合起来,这一点(例如对死的处理,以及从中表现出的人生态度)充分地体现在每一段对话中。然而曹禺的个性并没有破坏自然主义理论,进而发展成为一种新的表现方式。如果他真尝试创造新的表现方式会如何呢?也许会出现与日本美术史上的野兽主义运动一样的后果。野兽主义运动虽然有意识地进行形式上的革命,但传入日本没多久很快就与日本不彻底的现代革命结合在一起,埋没在倒退的日本趣味的世界里。在中国当时的状况下,使新的艺术追求成为可能的理性主义思想刚刚起步,发展尚不成熟,在与自然主义相结合的基础上追求个性,才能形成最为进步的艺术形态。即使在戏剧手法上已经进步到表现主义的阶段,但只要是在中国的土地上进行创作,就无法得到支撑这一创作风格的现实感。曹禺尽可能协调人物形象来支撑戏剧结构,这种想法基于自然主义,却是具有新风格、新形式的中国的现实主义。

人们在这部作品里找不到对主题的强烈表现,因为在这里,光还没有炙热的温度,而只是微微闪耀,不是横挂在空中,而是刚刚从地平线上映射出来,新鲜的预感温暖着我们读者的心。在曹禺这个阶段的悲剧里,再也看不到世界史规模的、宏大深邃的现实了。

此外,在环境的设定和处理方法方面,曹禺有意突破中国现代文学以及自己在《雷雨》《北京人》《家》中惯用的大家庭(宗族体系的大家族、父权至上的大家庭)背景,转而描绘个人之间的联系,以及都市里形形色色的现实。

《日出》中的环境,摆脱了《雷雨》中的家庭和血缘之爱的束缚,同时在人物性格方面承继了《雷雨》人物所表现出来的对高尚、美好事物的憧憬,淳朴的感受以及对所处环境的反叛之情。

《日出》通过白露表现现代人的一种性格,而将其他几种性格以准确地体现时代潮流的方式组合起来表现。这些人物决不能孤立地看。若是勉强把其中的一个单独拿出来看,例如剧中性格不大鲜明的乔治,那么他就变成了一张褪了色的素描。塑造体现时代潮

流的性格需要有三个以上人物的和谐共振。独白和两人对白，以及这两类场景过多的戏剧，都无法产生这种协调感。剧中人彼此互相影响、互相牵制，从而形成了《日出》的世界。

在制造戏剧紧张感方面，达生是第一个与白露对立的人物，他的出现，穿过白露以往的生活经验，给她的内心投来一束光明。在这之前，白露虽然被一大群人追捧着，却是孤独的。她的灵魂带着一抹无法抹去的阴暗，即便踏上故乡的土地也许仍会感觉虚无，而且灵魂的阴暗让白露看不到明天的希望。白露的悲剧并不是突然发生的，她的死绝不是因为债。她的人生是在前面提到的那些人物性格多半无意识地相交叉的过程中逐步成形的。而在曹禺所处的九一八事变以后的时代，这些人物都处在极度的紧张状态中，他们实实在在地感觉到被什么逼迫着，经历着马上要被剥得赤身露体的惊恐。即使对时事的变迁毫不关心，这些人物日常所接触的当时中国的大都市、大高楼，无不带着重重不祥的阴影。

《日出》再也看不到将一切归于家族宿命的古老的悲剧精神，这里有的是时代，是那样一个暗中操纵着人们在它面前抑郁沉沦的身心，却又时刻等候什么发生的时代。那是一个不能不感到灵魂里无法填补的空白的时代，那个时代本身就是悲剧性的。当时的诗歌也表达了同样的心声，想逃避却无处可逃，想前进却无路可走。

在这都市的道旁，
划出一块大的空场，
在这空场的中心，
正在建一座大的教堂。
交横的木架比蛛网还密，
像用骷髅架起的天梯，
一万只手，几千颗心灵，
从白到黑在上面搏动。

（臧克家《罪恶的黑手》）

追求着什么却又不得不因此痛苦和受伤，这担负着希望的孤独的精神——若是脆弱敏感的灵魂，也许很快就消亡了，然而白露不仅有很强的生存能力，还具备敢于赌上一切支撑自己走下去的自信，以及看透他人、巧妙利用他人的才能。可以说，这些能力与前述的状况纠缠在一起，导致了白露的毁灭。

没有才能的人往往遵循一般法则，而有才能的人因此演绎着凡人所不知晓的悲剧。也许，这就是悲剧吧。

（陈颖艳译）

原载《三田文学》第四十一卷第四期，1951 年 8 月

古陶与黄土之子

——曹禺的《北京人》

[日]佐藤一郎

秋之未尽，严冬将至，《北京人》就是当年中国那个时代之秋的最后果实。为了忍耐社会环境的严冬，所有爱国者迅速聚集在一个中心，重新磨炼自己，而感情丰富敏感、颇有西洋气质的曹禺，则在这严冬的前夜创作出了一部文学奇葩——《北京人》，成为他众多文学遗产中的一部。

中国现代那些才智超群的作家，似乎都在不可避免地反复咀嚼近代以前就一直存在的民族宿病——以"家"为象征的几代人的隔阂。曹禺的《雷雨》讲述了一种近亲乱伦的关系，《日出》则试图脱离这一轨道，而《原野》《北京人》又进入了这个反复探究的主题，这些与作者的精神有怎样的联系呢？

笔者以为，作者有意识地以"家"的沉重（即中国的沉重）为主题，恰恰体现了向往西洋特质的作者在心理上寻求平衡的努力。有时为呼应现代精神的强力召唤，作者那种灵动而明确的目标就被打乱，一下子飞离中国的土壤冲上天空，形成《原野》中的癫狂之气，这种气质也延伸到了《北京人》。每次与异质磁场交叉，曹禺的磁场就在伸缩中逐渐增加透明度。毫无疑问，《北京人》和《日出》一样，都是曹禺前期作品中透明度最高、意蕴最广的代表作品。作者从一开始就试图使表现现代苦闷这一巨大的精神课题得到充分展现，到此时才大胆地摆脱冗余，构造了一个严肃的造型世界。这种摆脱效果是积极的，其中最明显的就是使沉湎于欧洲现代野性的作者回到了表现东方的野性气质上。《北京人》不是一部结构缜密的作品，而是一部已经结晶化的作品。如果我们不带感情倾向地对这个结晶体本身进行分析与分类，就可能削弱对作者精神的关注。而笔者想在这里更深层次地研究曹禺，试图弄清他笔下那种被宿命氛围笼罩的"家"这个主题的本质内涵。

如果我们从内容上来比较《日出》和《北京人》，就可以发现前者一度摆脱了家的层面，转变为探讨个人与社会的关系问题，而《北京人》则又回到了他创作的起点，当然，作者并不满足于表现《雷雨》中因宿命般的死亡导致"家"崩溃的悲剧世界。在《北京人》中，"家"（即大家庭制度下的家）在新秩序里因自己的沉重而崩溃。这个"家"里的曾家三代人，谁都没有过错，但都痛苦不堪。他们想逃脱这里却都未成功。这就是中国制度下的"家"。从清朝初期《红楼梦》描写宁国公、荣国公后代整个贵族家族的（一家老小、满门家眷）故事开始，直至现代，中国文学的主题都和人性、社会性的苦闷联系在一起，它与中国社会的落后性一样绵延不绝。现代作家们还在延续"家"这个话题。巴金的《家》描写了一个青年从四川地主家庭逃走的故事；林语堂的《北京好日》反映的是辛亥革命时期满洲贵族三代家庭崩溃的过程；茅盾《霜叶红似二月花》写的是一个四世同堂的大地主家庭；老舍的《四世同堂》三部曲，以抗日战争为时代背景，描绘了他灵魂的故乡——北京胡同祁家四代人的生活，行文中穿插刻画了古都风貌，据说其第三部《饥荒》在十年之后的今天仍在创作中。或许赛珍珠并不是一个严格意义上的外国人，她的《大地》执着地书写了新兴地主王家三代的盛衰荣辱，小说让王家当上了地主（在落后的农民意识当中，对家族的支配者、宗族之长的地主身份充满向往），王家的子孙过上了城市生活，由此他们也经历了家族意识的分化。

在这种大背景下，我们与其说曹禺的《北京人》重新回到了旧主题，不如说是表现了他在用文学表现中国社会的缩影时一种进退两难的状态。但这并不意味着作家精神上的止步不前，而是体现着一种炽烈的文学精神，因为曹禺不是那种小有成就就止步不前、只会拘泥于守旧贫乏表现手法的人。

在这部作品中，曹禺不再像以往那样追求以宿命的死亡来解决问题，他探求的是象征“家”的内部法则。此时他的作品就有了一种特别的意义，那就是以“家”为代表的旧中国的崩溃，它是通过结束自身来否定性地推动历史的。伟大事物的崩溃，往往伴随着庄重之美。曹禺希望把这两方面的内容完美表现出来，于是创造了精巧而机械的戏剧性结构。

在《北京人》中，“家”虽然最终灭亡了，但是标题所指的那个一直潜伏在剧情发展之后的原人北京人绝不会死去。人从即将崩溃的“家”的重压下出逃，必须要生存下去，他们已经不再像《原野》之前所描绘的那样，成为自身灭亡的悲剧主人公。“北京人”一方面是对清代以来如曾家一样的旧式家庭末日到来的奇异暗示，一方面也是对原始生命的共鸣，另外，作品通过敢于打破传统的袁任敢和袁圆，表现出了超越烦琐常识的赤子之心。这一原人比任何理论说教更能增加戏剧的光彩。

对曾家的另一个暗示是棺材。对于北京人来说，棺材就是一种直接的不祥的预感。作为一族之长，曾皓不是靠坚定的生存志向和正确的决策去维护岌岌可危的权威，而是靠着自慰式的古板行为——在记忆和对来世的约定中几十年如一日地为自己漆棺材。甚至所谓的戏剧性的剧情发展也都体现在棺材这个意象上。棺材的意蕴是悲剧性的，因此故事的结果肯定是悲剧。如果用最现代性的解释来说，作者留给我们的是一部写实性象征的悲剧。

戏剧舞台是北京曾家的小花厅，三幕四场戏都在这个小花厅里上演。舞台本身只是提供了一个空间，没有任何豪华之处。悲剧性是一种心理上的象征性郁结，并且这种郁结的根源就是社会悲剧。

大幕拉开。曾家长孙文清之妻思懿正与仆人争吵。商人们来索要老太爷（曾皓）涂棺材的油漆费，曾家拿不出。就连思懿这个泼辣的女人此时也无计可施，她极为焦虑。如前所述，通过曾家交不起棺材费这一事件，象征了走向没落的旧式家庭，也对全剧进行了巧妙的暗示。作者通过背负这一象征意义的思懿和仆人的争论，以及与过来拜访的奶妈之间的寒暄，描绘出了这个旧式家庭的经济困境和多年来所处的环境。

正说着，文清就上场了。他不能像曾皓那样在这个旧式的传统家庭中活在往日的梦里，但在现代经济社会中他又毫无能力。虽然主观意识里热切地盼望着逃开家庭的重压，但他毕竟流着贵族血脉，只谙风雅之事，面对生活中种种问题他心里徒有苦闷。“别说了，晚上我就不在家了。”在某种程度上，他还不如妻子思懿。他对愫方表露了出行的想法。这对夫妻也是这个行将崩溃的复杂家庭的一环，没有爱情的惯性支撑着他们的生活。他儿子的婚姻也如此，并非因两人相爱而结婚，而是家庭与家庭的结婚。文清与思懿、霆与瑞贞这两代夫妻都是妻子的年龄偏大，也昭示了他们之间的关系。戏剧就是以纵向关系揭示出了与“家”相关的深刻悲剧。

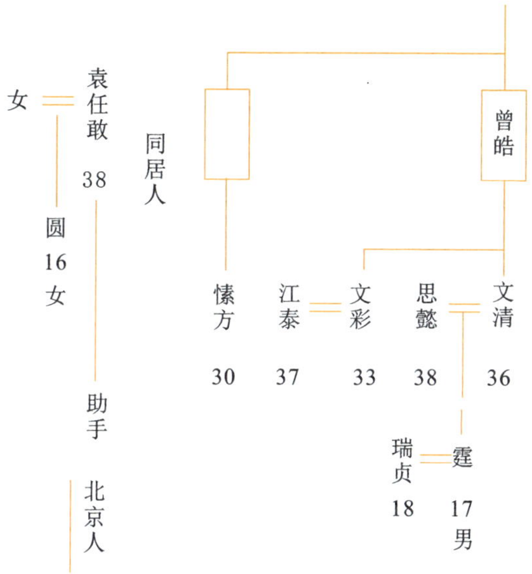

曾霆只有十七岁，被指腹为婚，在早熟和幼年的矛盾中生活，而这两方面性格在旧式家庭中都无法得到释放，他极度苦闷。就要当父亲了，然而他还只是一个在户外与十六岁袁圆玩水，又与妻子瑞贞夺风筝、抢金鱼的丈夫。他就是一个真实反映病态家庭的病态典型。而他的妻子瑞贞，就像她对愫方诉苦所说的，只有忍耐过活。而愫方是一个丧夫后回到曾家的不幸之人，她受过旧式家庭的教育，悉心伺候谁都不好好照顾的老太爷。但她良好的古典教养和屈身忍耐的生活没能给她带来幸福。“你不明白没有家的女人是怎么过的。”愫方对瑞贞说。

在这个不可救药的环境中生活的一家人都出现在这个小花厅，而第一次来敲门索要油漆费的男子，以及从邻家借来的五万元等推进剧情展开的力量也开始出现在主题之中。

曾皓从里面出来了。老人慨叹，这些子孙连历经十五年涂上三寸厚油漆的棺材都不能保护，简直毫无志气、愧对祖宗。他身体有病，但是从不看西医。

他的女婿江泰好说大话，态度傲慢，但却意识不到自己一直过着寄生的生活。

曾思懿为了让丈夫不再和愫方接近，一个劲地在曾皓面前撮合愫方和人类学者袁任敢。不久，袁任敢带着他的爱女袁圆和类似原始人的巨人助手“北京人”应邀来曾家共进晚餐。此时，包括“北京人”在内的袁家超传统的一群人，与曾家的传统主义形成了鲜明的对照。在这一幕中，“北京人”作为前一群体的象征意义似乎更加明显。在曾家最年轻的继承人曾霆眼中，少女袁圆天真而野性，那种感觉让人震惊、让人憧憬，同时也引起了他的共鸣。袁圆在一个不懂约束女儿、超越世俗的学者型父亲身旁长大，她的一举一动，从不迎合一切环境的制约，如同野孩子一般自由。人们把她看作是“可怕的孩子”，袁任敢也会一起被称作“可怕的父亲”。

曾皓：我这小孙儿年幼无知，说是在令嫒头上泼了一桶水——

袁任敢：哎呀，起来吧，起来吧，那桶水是我递给他泼的——

晚餐席间，突然闯进来要账的人。多亏了当时做客的“北京人”出面，才赶跑了这些人。曾家在物质和精神两方面的颓势，恐怕已经不能靠自己的力量挽回了。就在曾思懿等人努力化解这种不愉快的氛围中，大幕徐徐落下。

第二幕，当天晚上。在第一幕中已经交代的曾家人物关系在这一幕进一步展开，只要是这个家庭的成员，任何人都无法超越这种关系，想洁身自好则更为困难。在没有决定性危机的情况下，他们各自的人生步伐都在不经意间聚向一个焦点，而每一点微小的进展，都有着相应的分量，他们似乎没有意识到这个中心，但渐渐地都被这个中心吸引过来。

在不断被催债的过程中，曾家内部也存在着很多问题，三对夫妻不和睦，文清决心离家，文清与愫方的爱情，愫方的婚姻问题，曾霆对袁圆的爱情袁圆只认是友情，以及老太爷曾皓的病情，但是其间没有发生一件决定性的事件。“北京人”的黑影时常出现在小花厅。袁家越发发挥了拓展戏剧宽度的作用，而“北京人”就是对残留在现代社会的无意义的人的生活的绝妙讽刺！当人类还不了解自己所建立的制度将带来悲剧的结局时，尚存着豁达完美的情怀。袁任敢说：“这是人类的祖先，这也是人类的希望。那时候的人要爱就爱，要恨就恨，要哭就哭，要喊就喊，不怕死，也不怕生。”

这是对现代社会的消极批判。

陈奶妈：袁小姐怎么叫他脱衣裳？

袁圆：（很自然地）一个人为什么要穿那么多衣服呢？

笔者以为，这种对人本性的肯定和对原始的热情，比《日出》中的逃脱似乎更为让人感动。

作者围绕棺材创造出了诸多无能者的类型。比如曾家最年轻的曾霆，徘徊于袁圆和瑞贞之间，在他自己还未成年、不能爱自己所爱的女人之际，却得知自己快要做父亲了，他惊呆了，发出了呐喊——“我真是想死啊！”

围绕愫方的婚姻问题，思懿和文清不断争吵。而江泰和文彩之间也没有一刻安宁。文清牵挂着愫方，一时又难下决断，就在他还没出发之际又被曾皓撞见抽大烟。此时江泰在发着疯，曾皓终于被气倒了。一直被曾皓看成鬼、很害怕的“北京人”救起了他，带他去他从来不愿去的医院。（具有讽刺意味的是，“北京人”已经两次救了曾家的急。）这个旧式家庭最古老的精神支柱就此崩塌，他崩塌在自己子孙无休止的争吵中，此后只留下了家族内部人们情感上的对立。

第三幕，第一景。这是一个月之后，阴历九月末的傍晚，同一间小花厅。

今天是曾皓的生日，也是出院的日子，而邻居杜家又来索要棺材。杜家是在资本主义浪潮中发展起来的新兴资本家，而曾家作为一个旧式家庭已呈现出极度衰颓之势。在文清离家之后，谁也没有什么办法，一家人仍然只是围着曾皓喋喋不休地争吵。最后，他们把最大的希望寄托在出去找朋友借钱的江泰身上。此时，瑞贞终于下定决心跟随袁家离开这里，曾霆向她宣读了写好的离婚证书。愫方怀着一种古朴的爱情要继续照料文清的父亲和他留下的孩子，并决定就这么满足地过下去。愫方和瑞贞谈起了女人的人生。而已离家的文清此时一无所获，悄然归来。

第二景。终于到了最后一幕。思懿打算放下身段让文清迎娶愫方。瑞贞要离开了。愫方万没有想到思懿竟然跟她说让她和文清结婚，终于她也决定离开这里。这个家庭，逼得连独自生活能力都没有的人也要离开！这时，大家热切盼望的江泰终于回来了，但是因为他被疑为偷窃，陪他一块来的还有警察。棺材——这一古老家庭的象征也终于被搬走，一家人四散分离。一切都结束了。

曾皓：刚从那屋里是什么？

曾文彩：耗子，闹耗子。

曾皓：哦。

大幕在此时落下。旧时代的北京人（贵族）不复存在，反传统的"北京人"去追求新的生活。

曹禺创作出了一部中国的《樱桃园》。他不会为了古老没落的事物而牺牲活着的人，也不愿用陈旧的羁绊去束缚那些能够自食其力的人。笔者认为，如果没有抗日战争之前的窒息郁结在他心里，他的清高秉性也没有被压抑，那么，由中国家庭（或社会）的悲哀所引发的扭曲状态暂且不论，他或许会任由那种解脱感驰骋，让年轻人迈开自由的步伐。不过也许正因为如此，"北京人"才有了目标。它有一种生命的预感，这大概就是对以创作《樱桃园》为发端的理想主义的转变吧。

这一转变是伴随着作者试图把西欧的智慧和黄土之子的血脉融合在一起的努力。我们可以看到，《雷雨》和《原野》所表现的似乎就是倾情于欧洲的中国，而《日出》《家》《北京人》就是立足于中国的欧洲。尤其是在作者因《原野》达到的奥尼尔式的现代戏剧状态感到困惑之后，再次感受到契诃夫才是与自己最为接近并适合自己的人。中国社会的苦闷，应该不会与近代欧洲落后俄国社会的具体的人生思考形式相同吧。我们在《日出》中已经发现了契诃夫的影子，而《北京人》让我们再次看到了契诃夫的影响。这就是作者老老实实致力于学习的结果。他出色地运用了曾一度被彻底颠覆的"三一律"等法则，可以说在契诃夫扬弃的地方都有他接受影响的烙印。

关于曹禺与契诃夫，这里还需提及一点，很多契诃夫的追随者片面地学习他的手法进行创作，建立了所谓"情感剧"这种肤浅的阐释学，进行毫无意义的模仿（这些人别说前进一步，就是前进几十步，其作品都不会有任何艺术性可言），最终都没有留下任何有价值的成果，这一点值得我们铭记。契诃夫艺术不竭的源泉在于人生。当这些人还没有了解导师的写实主义意味时，曹禺却开始探索中国式的人生。他终于找到了矿脉，在中国那个黑暗的转折时期孕育出了累累硕果。欧洲智慧给予曹禺作为古陶和黄土之子精神上的觉醒。每当他沉迷于欧洲的风情时，就更加深刻地意识到中国气质的存在。那不是古代文化传统的回归，而是对存续在传统的巨大阴影中、阻碍着现代步伐并行将崩溃的旧事物的惜别之情，更是对已经清晰的社会必然发展方向的认识。中国式悲哀的本质通过感觉实现了立体传递。于是曹禺开始了立体并富有智慧的思考。最初，几乎整部戏剧都是反映他诗意精神的独白，甚至让人在被雕琢过的悲剧形成过程中体验到心醉神迷的感觉。后来，这种倾向于希腊式悲剧的感觉被他自己截断了。这是一个非常必要的决断，由此形成的血淋淋的伤疤刺激了内部的生命之火，又触碰到了世间凛冽的寒风，于是他开始面对本质上的中国，欧洲之风促使他走向了现代的自觉。

曹禺肯自揭伤疤，证明他是一个优秀的作家，领悟力极高。他优秀得让人自惭形秽，甚至让人嫉妒，希望他能稍微平庸一些。当然他跟日本式优秀作家志贺直哉和宫本百合子等人不同。从结果来看，前者是对现代的自我进行了本土化、固定化，而后者在此基础上还探讨了社会的解放。曹禺没有接受思考十九世纪欧洲问题的宿命，并把中国人的形象与现实的自我重合起来进行描写，它只探求了一个难以还原成自我的个体与社会之间的造型。曹禺在写作之前，会控制住感觉上的随意，使自己的思考得到梳理。但是思考有时可以梳理，有时就不适合梳理。于是我们会觉得，这种思考既具有契诃夫面对社会的那种黎明的意识和姿态，又在某些最坚定的部分与直哉和百合子气质相同。他想讲述黎明前充满苦难的事物、面对任何历史转变都毫不动摇地沉默着意志，以及阳光不及之处那个庞大的百姓群体的呼吸吗？不，他的出发点不在那里，他只能观察。我们感受到，他好像非常缺乏对不确定事物的非理性的狂热，经常出现的是理性的决断。而且，当他面向现代时，明知很多问题仅靠这些无法解决，却压制着这种感觉，被动地去仰望理想。

曹禺是一位在形象创造方面具有特殊才能的作家。他去繁取精，创作出属于自己的简洁形象。他对形象投入了极大热情。他坚持不懈地把那种形象创造的能量源源不断地输入，直到构成一个浑然一体的世界。因此，在理应倾注热情却没有适当对象的一幕剧上，他似乎没有成功的作品。比如，他有一部描写演员在各地巡回演出、过着奔放生活的翻案风俗喜剧《正在想》，但仅仅抓住的一个生活场景，与带给人新鲜的感铭肺腑效果还相差很远。可以说，他长于多幕剧，那种形象创造的能量源泉就扎根于中国传统自身。中国这种大陆式文学传统产生了《三国演义》《水浒传》《西游记》《金瓶梅》《红楼梦》，其后在文学革命(民国六年，即 1917 年)时期，它作为世界文学的一环经受了巨大波折，但是仍然推动了民族的创造精神，并在这一过程中逐渐得到丰富。而在岛国日本或英国那样与盆景式自然抗争的民族当中，没有大陆式的文学传统。武田泰淳在他的《史记的世界》一书中，通篇表达的就是《史记》一百三十卷也是以历史为素材的文学化的形象创造。曹禺的这种造型精神倒是与欧洲智慧相通的，是作者与生俱来的东西。这种精神不仅丝毫不妨碍他缜密细腻的精神之流，还常常把他从沉浸于自己创作空间、偏向趣味性的危险中解救出来，并保证他的感觉得到全面释放。写到这里，我们要重新思考契诃夫和曹禺的差别了，因为曹禺已经完全恢复了自身的独立。中国内在的造型热情，就此获得了丰富的现代智慧，那智慧的名字就叫曹禺的写实主义。

(李明韵译)

原载《三田文学》第四十一卷第五期，1951 年 9 月

一部值得惊异的杰作

——论《雷雨》的艺术魅力

[日]影山三郎

中国剧坛以惊异的神色迎来了曹禺的《雷雨》。《雷雨》发表不久，《大公报》等许多家有影响的报纸以“天才的剧作家”“值得惊异的杰作”“极大的刺激剂”之赞词介绍了作家及其作品。如果考虑到长期以来许多中国人是多么盼望这样的话剧剧本问世的话，那么，上述过分夸张的表现是可以理解的。盼望已久的东西终于出现了。因此，作为创作剧第一次问世的这一剧本使曹禺立刻成为剧坛首屈一指的人物。1934 年，他年方 25 岁。曹禺此时已明确地作为“中国现代剧的确立者”，在中国文学史上留下了自己的大名。许多剧团在各地反复上演该剧，并通过电影化进一步为广大群众所喜爱。而且，由于《雷雨》作为“专供阅读的剧本”非常有趣，现在仍不断再版。《雷雨》长期为人们所喜爱，便说明了这部作品的艺术价值。所以有不少中国文化人把它同托尔斯泰的《复活》、尾崎红叶的《金色夜叉》和德富芦花的《不如归》等相提并论。

纯洁、浪漫少年的初恋，违背伦理的 30 岁少妇的苦闷，经常处于焦躁不安的西班牙传奇人物 Don Juan 式的知识青年，领导煤矿罢工的工人，以及迷恋于异性的 18 岁姑娘等非常富有对比性的人物的心理及行动贯穿全篇，复杂交错。虽然使用了已婚女子不正当的恋爱同尽情相爱纠缠在一起这一通俗手法，但该剧本作为悲剧有其逼真的力量，这完全有赖于其结构之巧妙。《雷雨》深入群众心扉的原因就在于此，亦即以高超的技巧把艺术性与通俗性协调起来了。该剧具有不因四幕之长而使人厌倦的魄力，情节进展颇为新奇。然而人们认为《雷雨》作为中国民众的精神食粮并非仅仅因剧本的技巧而长期维持其生命力，《雷雨》早已占据了作为经典著作的不可动摇的地位。可以说，它得到高度评价就在于同封建势力作斗争这一社会性。这一悲剧的极大魅力是：既是波澜起伏的家庭悲剧，同时又是不受约束的一个社会侧面。

作者以其关注女性在家庭中的地位的人道主义，想把封建性浸透到房间每一个角落的家庭作为舞台，从中尖锐地挖掘出社会的矛盾和病根。曹禺把资本主义的经济结构与社会主义思想、富人和穷人、现实主义和理想主义之类的问题，以谁都能理解的形式极其自然地编织在这一剧中。出场人物的心理、台词及品质有时使人产生如同自己的心情，有时又使人觉得某些地方同周围的某些人们相似。其亲近感在于《雷雨》为群众所熟悉，内容涉及恋爱、婚姻、家庭制度、劳资斗争等多方面的问题。该剧动员观众人数之多，将创史无前例的纪录。而且，不论剧中出场的人物还是剧中提出的各种社会性问题，不能说仅仅中国存在，同时也是我们的社会、我们的家庭所须认真思考的问题。顽固的封建性所带来的苦恼与痛苦，可以说并非创作该剧当时的中国所独有，也是日本的现实。《雷雨》具有这样的广度。

曹禺原名万家宝，其父是陆军中将。1910 年（明治四十三年）生于天津。后来在北京清华大学攻读欧洲文学，不久在研究室学习戏剧。之后，成为天津女子师范大学教授，讲授英国文学。这时他翻译了莫里哀的《吝啬鬼》（或《悭吝人》——编译者），并亲自登台演出，其多方面的才能得到部分人的认可。1934 年（昭和九年）12 月，在北京立达书局出版的《文学季刊》上发表《雷雨》，1930 年由洪深领导的复旦剧社首次上演，并博得好评。1934、1935 年，在我国，新协剧团公演岛崎藤村的《黎明之前》，在政治上曾发生了建立伪“满洲国”帝政、禁止发行美浓部博士著作事件。

曹禺以《雷雨》开始登台时的中国剧坛，正巧是要在全国积极开展戏剧运动的时期。由于在此之前发生了 1931 年、1932 年的东北事变（九一八事变——编译者）、上海事变（一·二八事变——编译者），反日反战作品大量上演。受事变前日本无产阶级剧本的影响，中国也出现了大大小小的左翼剧团。这期间在上海由前不久客卒于我国的陶晶孙演出了雷马克的《西线无战事》。但事变后，上海自不必说，从整体来讲也未能避免演剧活动的衰退。两年后，曹禺始为该剧执笔。中国的演剧作为民族主义文化政策的一环再一次开始走向最为灿烂的兴隆时期。

在中国话剧运动的中心移到南京的 1935 年（昭和十年）末，由田汉、洪深、欧阳予倩等著名剧作家发起成立了中国舞台协会。与此同时，作为坚实的戏剧研究家小组成立了中国戏剧学会，曹禺成为该学会干部。该学会首次上演的作品即为《雷雨》。作者扮演了剧中的主人公，其出色演技受到了各方面的高度赞扬。当时在北京、天津、汉口、南宁等地也组织了话剧团，上演山本有三、秋田雨雀、易卜生、高尔基、辛克莱等人的作品。

1937 年（昭和十二年）日华事变（七七事变——编译者）发生时，曹禺担任了这一年建立的国立戏剧学校教授，翻译了易卜生的《人民公敌》，并对契诃夫、奥尼尔给予强烈的关注。不久，随着战火的蔓延，演剧也主动参加了抗战活动。1937 年末，全国戏剧界抗敌协会在武汉成立，曹禺被选为协会理事。武汉失陷后，这一抗日演剧运动移至重庆。另一方面，在延安，鲁迅艺术学院实验剧团等继续进行活动，这里也上演了《雷雨》。从完成处女作到这时，曹禺创作了下述剧本。

《日出》：四幕。通过以大亨为靠山的沙龙女王、投机失败的银行家及妓女的出场，描写了日趋崩溃的上海殖民地社会。从 1936 年（昭和十一年）6 月至 9 月在《文季月刊》连载，获《大公报》文艺奖。

《原野》：三幕，作于 1937 年。以农民对地主的斗争为主题，标志着抗日战争中作者的发展方向。

《北京人》：三幕，批判封建制度的家庭剧。以日益没落的北京旧豪门为舞台，描写了青年、壮年、老年各代人如何生活，多么痛苦，真实的爱情同旧思想的冲突，其中还糅进了北京的风土人情。

《家》(根据巴金的同名小说改编):以五四运动前后的时代为背景,描写了大家族制度崩溃的形象。五四运动是中国历史上最大的一次文化革命,是1919年(大正八年)5月4日在俄国革命的影响下发生的一次学生运动。当时在我国也发生了"米骚动"等运动。北京的学生要求中国政府代表在巴黎和会上取消不平等条约,在国内以北京为中心进行抗日救国运动。毛泽东当时在领导学生团体,1921年(大正十年)中国共产党诞生。毛泽东在《新民主主义论》中称"五四"以前的文学为旧文学,"五四"之后的文学为新文学。

《蜕变》:四幕。以后方的野战医院为舞台,描写了抗战初期的中国。剧情为有良心的医生改革腐败分子管理的某医院。作于1939年。

《桥》:四幕。描写民族工业的困难处境。

战后,1946年(昭和二十一年)春,曹禺和小说家老舍一同赴美,在华盛顿大学以及芝加哥、加利福尼亚、科罗拉多、耶鲁等各大学讲授中国戏剧,并应巴尔·巴克之邀,在纽约市政府进行特别讲课。还通过美国国务院海外广播电台向全欧洲广播中国戏剧界的现状,向祖国谈对美国戏剧界的印象等,进而在西雅图出席太平洋西北作家会议,并应加拿大政府邀请在加逗留一个月。在大约十个月的访美期间,积极从事中国戏剧的介绍活动。从美国回国后,翻译了尤金·奥尼尔的《卖冰的人来了》,在上海出版,并开始写电影剧本。1949年(昭和二十一年)其剧作《艳阳天》在香港开拍时,他本人亲自执导。是年9月,作为文化界代表他参加了在北京召开的新政治协商会议。现任北京中央戏剧学院副院长。

我在学生时代曾同中国留学生一起翻译过该剧本。1935年与《雷雨》在中国的首演相呼应,由当时在东京留学的中国男女学生组织的"中华话剧同好会"首次公演的也是这一剧目。这是4月底的最后三天在东京神田的一桥礼堂以侨居京浜地区的中国人为对象公演的。当时,我作为东大演剧研究会会员之一观看了该剧,并将自己的感受与介绍写给《东大新闻》刊登了。嗣后又被中国报纸转载了。这便成了我结识话剧同好会的机缘。那年秋天,我还协助进行了第二次公演,而且扮演了《雷雨》的主角。同当时在东京商大留学的邢振铎用半通不通的英语作解答,翻译了该剧。这是出于想方设法让更多的人——哪怕多一个人也好——知道中国的戏剧即话剧这一朴素的愿望。其后,承蒙秋田雨雀先生审阅并推荐译稿,于1936年2月由三上於菟吉、长谷川时雨夫妇主办的汽笛社出版。但不久就发生了"二二六"事件,随之而来,话剧团遭到破坏,出版社也解散了,译本成了绝版。本书卷首所载郭沫若先生和原作者的序言均为当时所写。原作者的照片为最近所得,舞台剧照均为中华话剧同好会初演时摄。演出人员是东京大学、早稻田大学、商业大学、日本女子大学等大学的学生,战争以来,我失去了很多这样的亲爱的友人。

这里译出的《雷雨》是根据上海文化生活出版社1951年1月发行的第25版翻译的。在用日语重译《雷雨》时,得到了在中国多次接触舞台和银幕上的《雷雨》的北京的戏剧研究家刘佩丹先生的合作,并请东京大学文学系中国文学教研室的仓石武四郎教授审阅了译稿。此外,还请日中友协的岛田政雄、久松公、松枝茂夫、冈崎俊夫几位先生以及专攻中国文学的诸君指教,才弥补了我的才疏学浅。在这里举出给我以帮助的各位的名字,谨深致谢意。

我们的近邻中国的人们在日常家庭生活中谈论些什么，思考哪些问题？考虑到了解中国的男人和女人、老人和青年的心理的一部分——喜怒哀乐等，这对我们今后的生活很有必要，于是我下决心介绍该剧。通过了解扣动民众之心弦并成其为精神食粮的艺术，我感受到了多少可接近那个国家人们内心的喜悦，这一点，我要衷心感谢对本书出版给予了极大热忱的未来社的西谷能雄、细田隆司两位先生。该剧的舞台设置与服饰道具比较简单，由于此剧较长，因演出时间关系不得已时，也可省略序幕及尾声部分。此外，关于剧中的音乐，原作者认为用巴赫的《弥撒曲》较为理想，但我以为用莫扎特的阿贝·贝鲁马·考鲁普斯效果会更好些。这个曲子也有用伴奏合唱的，庄重典雅，也容易弄到唱片（约四分钟）。诸如此类的问题我决定注上“征得原作者同意”。近二三年来，几个自立剧团、学生团体中，轮流拿着我手中仅存的一册译本上演，直到破不可阅为止。译者想向阅读本书的读者表达如下的心情，即该剧如能对我们进一步加深对中国人民的亲密感情多少起一点作用的话，那将十分荣幸。我们关于新中国的知识，近来逐渐丰富起来。正如郭沫若先生在序言中说的那样，把过去“悲剧性的社会”同现在“解放了的中国”联系起来考虑，对生活在“当今日本”的我们来说，没有比这更有意义的了。

译后记：

本文作者影山三郎先生是日本著名的学者、翻译家，1936年与邢振铎合译的《雷雨》是最早的日译本。1953年，他又根据上海文化生活出版社1951年版本重译了《雷雨》，并撰写了译者后记。本文即译自《1953年日译版〈雷雨〉译后记》。题目为编译者所加。

（张翠兰译　宋绍香收）

本文译自《1953年日译版〈雷雨〉译后记》

曹禺

[日]佐藤一郎

一

要在中国现代戏剧界推举出一位代表作家，我一定首推曹禺。一般说来，如果在小说领域推崇某一位首屈一指的作家的话，肯定会引起很大争议。但在戏剧界，曹禺却可以被看作中国现代戏剧的确立者和集大成者。同时我们也可以说，从现代文学开始以来，在包括小说家的众多作家当中，他是掌握最新文学方法的一个。他之前出现的剧作家，用不太娴熟的现代戏剧创作方法，来描写中国的现实问题——例如家庭问题等，形成了一批水平很高的作品，他们要求戏剧完全摆脱文明戏的遗风和生硬、不成熟的缺点，回到文学应有的位置上来。我们知道，曹禺具有深厚的欧洲文学素养，他绝不只是发挥单纯的介绍者作用，而是会充分利用其素养使作品达到世界性的高度。一般认为，曹禺第一次把此前人们在观念上认识到而实际创作中没有达到的东西通过作家的思想表现了出来。虽然经过了作品的过滤，但我们还是能通过作品中的人物感受到他独特的风格。《雷雨》中具有纤细的病态心理和善良本性的周萍，《日出》中表面上自由任性却常常渴望日出、憧憬外面世界的陈白露，《北京人》中被隐隐潜伏的理性的神秘主义笼罩的曾、袁两家人等，都是作者激发于内、生成于外的形象化的血脉相通的人物群体。这样的人物，都生存在特定的戏剧化结构当中。在作品中他们是素材，也是作者倾力刻画的人物个体，这在热烈但成果贫乏的中国戏剧文学传统中很是少见。

我们举几个常见的例子，来说明曹禺所达到的高度。陈大悲有一部被北京人艺戏剧专门学校排演过的《幽兰女王》(五幕)。当时，作者对戏剧整体的结构能力还很差，主人公的悲剧还不能脱离现实。当陈大悲们从领导地位逐渐退下以后，在戏剧领域出现了代表戏剧第二个时期的熊佛西，他的创作已经非常接近现代社会。在其代表作《洋状元》(三幕)中，他尝试去创作一部喜剧，这总算也是作者正式追求的目标，他在剧中设定了该笑的人与环境，似乎大体收到些成效。作者在确立主题时，已有了对话剧发展之初启蒙期反省的痕迹。但是那种盛行于风俗小说的描写力，还不足以表现人物性格，因此这部作品也不过是一部风俗喜剧而已。它的台词没有任何精彩之处，整部作品的象征性也不是很强。另一方面，1922 年冬在上海成立了戏剧协社，以欧阳予倩、洪深为中心，开始了戏剧协社时代。洪深有部作品《赵阎王》(三节九幕)，从内容和形式两方面进行了戏剧实验，这在中国现代戏剧史上很值得关注。这里我想特别强调一下它和曹禺《原野》的关系。《赵阎王》以军阀问题为题材，第一节围绕逃走的士兵来展开，把主人公赵阎王与怂恿逃跑的士兵老李、小李相对照，用相当长的心理描写来充实场景，在换幕前实现了形势急转。在构思上，作品第一节与第二节赵阎王幻想过去的各场分别在两个层面上与第三节悲剧性的结尾保持着联系。作者用象征手法把主人公塑造成一个平凡善良的人，把他的过去放在严酷的历史和命运之中，在现代场景中营造了悲剧效果。一般认为，这种现代性受尤金·奥尼尔的《琼斯皇》中独白、回忆、幻想场景以及逃走场面的影响。而曹禺也非常喜爱尤金·奥尼尔，他的《原野》就是一个实验——笔者认为，这是曹禺送给珍贵的二十世纪文学的实验，他在创作时也一定研究了洪深的《赵阎王》。

其后一个时期，戏剧领域以南国社和田汉为代表。在戏剧文学史上，田汉的角色很重。第一部《获虎之夜》是一部社会剧，尽管创作社的文学运动和田汉有关，但此部作品前半部分流露的却是自然主义手法。出场人物魏福生（富裕的猎人）、魏黄氏（福生的妻子）、女儿莲姑还有黄大傻，都秉性善良但又互有矛盾，作者以抒情的笔调贯穿全剧，最后在形式上构成悲剧。该剧还提出了爱与死的问题。到了《苏州夜话》，社会问题剧的要素退居其后，《南归》则强调了诗意的抒情，《湖上的悲剧》靠幻想展开了诗人漂泊和感伤的内心世界，这表现了当时一部分知识分子陷入的精神苦闷状态，而漂泊就是对苦恼的美化和慰藉。田汉的作品充满了淡淡的虚无之美。到了无产阶级戏剧时代，田汉创作了《顾正红之死》《暴风雨的七个女性》，前文提到的洪深则创作了优秀作品《五奎桥》（一幕）。而曹禺正出现在无产阶级戏剧退潮时期，当时露骨地表达思想倾向的戏剧已走向末路，而对具有较高艺术形象性的作品呼声很高。这种戏剧环境在曹禺崭露头角之时，深刻影响了他。

曹禺的第一部作品《雷雨》（1934），吸收了西欧现代戏剧手法，庄重地描绘出一个实业家大家族制度下发生的近亲乱伦和家族没落的悲剧，可以说，这部作品得益于他的资质和经历，是需要提出问题的时代与其素养完美结合的产物。而且，曹禺的第二部作品《日出》、第四部作品《北京人》也都略有此特点，第三部作品《原野》仍属于这个系统。一般认为，作者以文化人的身份参加抗日战争后创作的纯粹现实主义的第五部作品《蜕变》，以及战后不久创作的《桥》，标志其进入了创作的第二个时期。以上作品都是多幕剧。

曹禺在中国现代戏剧中占据重要地位，他首先凭借处女作把西欧现代戏剧手法成功移植到了中国的土壤，此后便作为中国现代戏剧的集大成者登上了中国戏剧的顶峰。今后的剧作家如果要开创新路，必须像曹禺当时叛逆自己、苦心钻研国内外现代戏剧史那样，去认识曹禺的功绩。因此，我们在这里更加深入地去理解曹禺的作品，是很有现实意义的。

二

在详细叙述作品之前，我想先介绍一下作者。曹禺，本名万家宝，祖籍湖北潜江，1910年出生在天津，父亲是陆军中将，可以说他成长于当时中国最富裕的家庭，且表面上是个自由人。长大后在北京清华大学（西洋文学系）学习欧洲文学，毕业后不久，留在研究院继续学习戏剧，后来被聘为天津女子师范大学教授，讲授英国文学。不言而喻，这期间他对戏剧和欧洲文学的研究，为日后剧作家曹禺的出现奠定了坚实的基础。

1934 年 12 月，曹禺在《文学季刊》发表了四幕剧《雷雨》。随后，《文季月刊》创刊号（1936 年 6 月）到九月号每月一幕发表了他的四幕剧《日出》，此剧获得《大公报》文艺奖金。不久，曹禺成为南京国立戏剧学校教授。刚刚二十岁过半的他，成为中国剧作家中的顶尖人物，受到了国内外瞩目。在国立戏剧学校任教期间，他翻译了易卜生的《人民公敌》等作品，对奥尼尔、契诃夫的关注也让他更有干劲。当时《雷雨》不只在大剧场上演，中国旅行剧团（移动剧团）还带着《雷雨》《日出》去地方巡演。此后他创作了三幕剧《原野》、三幕剧《北京人》，稍后时隔较长，1941 年又创作了四幕剧《蜕变》。抗日战争期间，曹禺从南京到武汉，又到重庆，经常出现在戏剧运动的中心，其间，延安也演出了《雷雨》《日出》《蜕变》。此前他的戏剧主要受到都市知识分子阶层的支持，在极度困难的战争条件下，反而在广大民众中受到欢迎。战争一结束，文化人都纷纷回到了北京、上海。曹禺受美国国务院邀请，于 1946 年初和老舍到了美国，直到同年末，一直在华盛顿大学、华盛顿天主教大学、芝加哥大学、加利福尼亚大学、科罗拉多大学、耶鲁大学等学校讲授中国戏剧。回国后，他在上海翻译了尤金·奥尼尔的《送冰的人来了》。国共斗争尖锐时期，他逃到香港，创作了剧本《艳阳天》。这个剧本于 1929 年初拍成电影，作者自己也参加了演出。同年 9 月，他作为文化界代表之一被邀请参加北京的新政治协商会议筹备会，现任文化部直属的中央戏剧学院副院长。

三

如同所有作家都在处女作中具备了其一生作品中最精彩的原型一样，《雷雨》尽管不能说是曹禺作品中水平最高的，却是其全部作品的缩影，意义非凡。我们首先从这部作品的构成上来看，四幕剧《雷雨》大体上以“三一律”的法则贯穿了一条纵的线索，事件固定在周家客厅，且在大约二十个小时内展开。特别要指出的是，作者不断追求稳定的样式美，在这里构筑了一个非常缜密的作品世界，甚至高潮都是靠不断地对危机的预感来推动的，高潮过后，复杂的命运纠葛以死的形式来解决。被宿命的力量结合到一起的两个家庭（周家和鲁家）的结构，形成并强化着若干危机感。这两个家庭与其说是互相排斥，不如说是被向心的作用力所支配。虽然他们都竭力要分开，却被一种更大的必然力量引向向心方向。在雷雨这个象征物下，剧中没有特定的主人公，周朴园、蘩漪、周萍、周冲四人和鲁贵、侍萍、大海、四凤四人各有自己的行动轨迹，但又都加重了这个向心力。就连最特别的人物——工会代表鲁大海，也无法摆脱这个磁场。而这对戏剧的展开具有决定性作用。从技巧上来看，曹禺是希望用近亲乱伦的题材来展现家庭悲剧这一主题，并由此制造一种特殊的戏剧化的紧张。亚历山大·奥斯特洛夫斯基在同样名为《大雷雨》的作品中也提出了家庭问题，但是他更多着眼于家庭的结构。卡捷琳娜悲剧性的死不是乱伦的结果，而是因为那个代表旧式家庭的母亲，就如同零余者的典型之一奇虹最后所抗议的那样。由此看来，奥斯特洛夫斯基对曹禺《雷雨》的影响似乎不是很大，曹禺的《雷雨》中表现的匀整具有庄重的效果，内容上与希腊悲剧的风格相似，带有古典的味道。

在希腊戏剧风格的序幕之后，第一幕马上就开始了，舞台是周家宽敞华丽的客厅，左边、右边、中间各有出入口。夏天的早晨乌云低垂，看上去大雨将至。台上站着健康而精神饱满的少女四凤和父亲鲁贵。父女俩在周家当差，鲁贵为了赌钱又找四凤的茬，死乞白赖地向四凤要钱，他揭露四凤说大少爷又给她零花钱了，要把这个情况告诉她母亲等等，被父亲说中要害的四凤便和父亲起了争执，与此同时，兄妹同父异母、鲁家夫妇间的复杂关系，以及与此相关的周家的轮廓渐渐浮现在观众面前。鲁贵凭借世俗之气受到主人器重，因此义子大海在周家的煤矿当了矿工，但现在却成为罢工领袖。鲁贵的妻子侍萍一人在家。大海的存在对鲁贵来说确实是可有可无。

鲁贵：哦，（低声，恐吓地）可是半夜送你回家的那位是谁？坐着汽车，醉醺醺，只对你说胡话的那位是谁呀？（得意地微笑）

鲁四凤：（惊吓）那，那——

鲁贵：（大笑）哦，你不用说了，那是我们鲁家的阔女婿！——哼，我们两间半破瓦房居然来了坐汽车的男朋友，找我这当差的女儿啦！（突然严厉）我问你，他是谁？你说。

鲁四凤：他，他是——

正当四凤被逼问得无路可走的时候，几个月来没日没夜与资本家斗争、面带倦色的哥哥鲁大海出现了，整个局面便围绕着撼动周家乃至鲁家经济基础的罢工来展开。他们之间的对话，表现出鲁贵小心侍主、如奉神祇的心理和四凤的疑惑态度，以及与此完全对立的工人鲁大海的立场，一种不寻常的预感笼罩着舞台。鲁贵陪着大海离开了。不一会儿，暗恋四凤的周家次子周冲叫着四凤的名字出场了，作品中随处可见周冲对四凤幻想式的纯粹的爱慕之情，可以说这是对剧中不断高涨的危机的缓解，是紧张的通风窗。

侍萍来到周家，她的询问与周家屋子里闹鬼的传言、人们对笼罩在家中的神秘事件的暗示等交织在一起。此时——剧幕到了一半，作品以周家人物为中心，渐渐扩大了介绍的范围。具有古典修养的周家女主人蘩漪，道出了一句似乎是印证传言的话。

这老房子永远是这样闷气，家具都发了霉，人们也都是鬼里鬼气的！

周冲告诉母亲，父亲准备后天搬家，而蘩漪对此毫不知情。这种不正常的家庭关系逐渐累积，对剧情的暗示也在加深。周冲也跟蘩漪说房间有鬼，但蘩漪还是表达了她对这个家的依恋。

我不相信，不过这老房子很怪，我很喜欢它，我总觉得这房子有点灵气，它拉着我，不让我走。

周冲对蘩漪说自己爱四凤，这让蘩漪感到为难。周萍与蘩漪表面上是情理上的母子关系，但蘩漪情绪波动而幽怨的语言让人们猜想他们之间可能还有更复杂的关系。周朴园无理地强迫生病的妻子吃药，更给蘩漪造成了无法愈合的精神创伤。

周萍再也受不了家里的气氛，坚持要去煤矿。周朴园又提到了后天搬家的事，开始絮絮叨叨地说起了对死去妻子的怀念。这一切，都给家庭增加了宿命的色彩。至此，作品在以搬家为中心的有限时间内，把除侍萍之外的八个主要人物都做了介绍，并预测了故事郁结发展的形势。

第二幕（当天下午，舞台与第一幕相同）中，作者一方面力图深化前面提出的问题，推进错综复杂的关系，另一方面，对第一幕中所暗示事件具体化，并很快就提示了解开谜团的线索。

周萍在离家前与四凤谈话，四凤告诉他因为他弟弟的缘故她被解雇了。她哭着说，希望萍带她一块走。萍不同意，只是和她约定当晚十点半去家里找她。四凤怕母亲知道，但是最后一刻还是心软了，对萍说如果她睡在父母隔壁的房间，就点亮红灯，说明萍可以进去。作品接着就明示了萍与继母蘩漪不正常的爱情关系。

萍：我最对不起的人，自然也有，但是我不必同你说。

蘩漪：（冷笑）那不是她！你最对不起的是我，是你曾经引诱过的后母！

周萍要极力逃避眼前这个女人，而她对他说："我一点也不后悔！"蘩漪还意识到了纠缠在周家"我听过，我也见过"的罪恶的根源。二人乱伦的过程终于呈现在读者眼前。

危机重重加深，舞台上是第一次到周家的侍萍和女儿四凤。刚进房间，她们的对话就展开了：

侍萍：这屋子我像是在哪儿见过似的。

四凤：真的？您大概是想我想的梦里到过这儿。

三十年前的事一件件在侍萍的记忆中鲜活起来。随后，她在桌子上发现了自己年轻时的照片，惊愕得说不出话。缓了一会儿，她才悲叹道：

哦，天哪。我是死了的人！这是真的么？这张相片？这些家具？怎么会？

此时出现的蘩漪对侍萍絮絮叨叨地说了一通话，告诉侍萍要解雇她的女儿。接着周朴园出场了，侍萍的脸倏然变色，她躲到角落里，开始观察这个强迫妻子看德国医生的周朴园。身心俱疲的蘩漪被迫去看医生后，周朴园终于发现了她，面露疑色。

朴园：你站一站，你——你贵姓？

侍萍：我姓鲁。

朴园：姓鲁。你的口音不像北方人。

侍萍：对了，我不是，我是江苏的。

他知道了三十年前她在无锡，就接着问：

朴园：梅家的一个年轻小姐，很贤惠，也很规矩，有一天夜里，忽然地投水死了，后来，后来，——你知道么？

于是二人互相认出了对方，这说明周萍和大海就是他们的孩子。三十年的岁月流逝，固执地拒绝了他们彼此走到一起的努力。无形的宿命法则笼罩着周家和鲁家的八个人。大海和朴园、侍萍和周萍四个人的亲子见面（除了朴园和侍萍之外，别人还不知道大海和周萍的兄弟关系），以及他们之间社会性对立关系的构成，形成了该剧前半部分的高潮，到此，剧作已经向读者和观众展示了一干人全部复杂的爱憎关系。

第三幕（当天晚上十点半左右，在鲁家）通过侧面的场景来展开，使高潮不断上升和复杂化。一开幕，鲁家一家就在争吵，鲁贵冲着大海发牢骚，责备大海断了全家的生计，会让大家都饿死。大海手握手枪对准鲁贵，被四凤制止，于是他离开家去车厂找朋友。大海走后，鲁贵马上乘机向女儿要钱。侍萍大后天要去济南，打算收拾家当带着四凤一同走，她告诉鲁贵，自己已用那点微薄的月薪偿还了他到处借的债，现在没钱了。鲁贵不想让四凤走，但四凤愿意跟随母亲。侍萍为处理家具去了街坊那里，此时周冲找到了他们家。四凤很意外，鲁贵则表现出一副奉承的样子。周冲流露出天真的喜悦，他奉母亲之命给他们带来了一百元钱。正在这时大海回来了，一家的危机又开始加深。周冲最终白跑一趟，原封不动带钱离开了。可是大海对四凤和周冲关系的疑虑没有消除，他把自己主观的判断告诉了母亲，侍萍神情严肃，她要向女儿问清事实真相。此时外面的雷雨更加猛烈。

侍萍：孩子，天上在打着雷，你要是以后忘了妈的话，见了周家的人呢？

四凤：（畏怯地）妈，我不会的，我不会的。

侍萍：孩子，你要说，你要说。假若你忘了妈的话，——

四凤：（不顾一切地）那——那天上的雷劈了我。（扑在鲁妈怀里）哦，我的妈呀！（哭出声）

这是对即将到来的悲惨结局最直接、最具象征性的暗示，也是“雷雨”这个题目所代表的悲剧性象征。随后，四凤和周萍在雷雨中幽会，四凤的誓言瞬间便被自己打破。当屋外响起敲窗的声音时，四凤开始在戒律和爱情之间挣扎。就是被周萍问“你变心了吗”，她仍在犹豫着要不要开窗。萍终于生气要走，四凤再也控制不住自己，叹了声“哦，妈妈！”就打开了窗子，二人在闪电中拥抱在一起。这时大海和侍萍上场。

侍萍：（喑哑）天！

由于被大海发现，周萍、四凤二人先后冒雨逃走。大海和侍萍一边喊着“四凤”，一边追了出去。

第四幕（凌晨两点左右，舞台与第一幕相同），雷雨越来越猛，周朴园一人待在客厅。而业已打破的誓言，谁都无法挽回了。暂且装作平静的朴园和蘩漪也一样。这里的每个人都受了伤，都在试图作最后的逃离。

周朴园半夜起来，一个人来到客厅，不久，周冲进来找母亲。看到急匆匆又可爱的儿子，周朴园说，早上你不是说想用自己的学费资助四凤吗，你说说看。但是周冲告诉他说用不着了。

随后在客厅中的是朴园和蘩漪，他们因桌上的照片开始争吵。此时萍回来了，跟他们说夜里两点半就要出发去矿上。

接下来萍与蘩漪单独在一起的时间里，蘩漪不断地质问他，不想放他走。而萍急于摆脱她，他觉得彼此之间已无爱情可言。于是蘩漪坦白地说：“我看到了你和四凤，从窗户外面关上窗户的就是我。”

这时大海来找四凤，碰到了萍，谈及妹妹的问题，二人开始争论。大海向他要妹妹。

四凤和萍见面了，四凤意识到自己违背了誓言，害怕得全身战栗。她已失去了一切，现在只有萍的爱情是真实存在的。正当萍终于不顾一切地决定和她私奔时，侍萍上场了。

她道出了事实，极力要拉回两个人，但为时已晚。出于无奈，侍萍最终默许了他们的关系，当然，这终究是一个无法消除的心病。蘩漪一句“我没有孩子，我没有丈夫，我没有家，我什么都没有”的呐喊，就把建立在欺瞒之上的幸福都卷入了癫狂之中。

周朴园闻声赶来，他不经意的一句话，使所有的谎言纷纷打破，终于把一切都推向了悲剧的结局。

（明白地）怎么——（向鲁妈）侍萍，你到底还是回来了。

他全然不知周萍和四凤的恋爱关系，所以对周萍说：

混账！萍儿，不许胡说。她没有什么好身世，也是你的母亲。

读者在第二幕结尾就知晓的乱伦之事，当事人双方此时才知道。而血缘的罪恶要以死来清算。四凤发狂地冲进了暴雨中，周冲随后追了出去。不久，周家的男仆来报告他们的死讯。

四凤碰着那条走电的电线。二少爷不知道，赶紧拉了一把，两个人一块儿中电死了。

紧接着，萍开枪自杀。戏剧幕落。

四

上面是以日本读者比较熟悉的《雷雨》为例，大体分析了曹禺戏剧的结构和内容，笔者同时也想在这里对曹禺其他主要作品的成就略作描述。

《日出》（四幕）的背景是处于恐慌期充满繁荣和罪恶的都市——上海，作品围绕放弃了自己的一切、谋求生存的女主人公陈白露来展开，陈的经济后援人潘月亭，青梅竹马、如今仍心地淳朴的主人公方达生，崇慕西洋的张乔治，都与这个社会背景巧妙地融合在一起。潘月亭和秘书李石清或是银行职员黄省三等围绕银行破产的前兆而悲喜交集的行为，还有被卖的小东西和城边的花街柳巷、阿飞出场，这些人物和场景都丰富了戏剧内容，而且使作品具有高度的完结性。作品捕捉到了近代中国人的心理、行为和社会的本质。在这部剧中，希腊悲剧惯有的内容（乱伦关系）和现代古典作品中场面转换上丰富的戏剧性逐渐减弱，作品更加易卜生化，即接近了行动较少的自然主义作品。同时，作品还和后期契诃夫的现实主义有密切关系，创造出了一个象征性并不高的由微小事件组合的有机融合的世界，表现出对光明的无限憧憬。例如，因曹禺受古典乡愁的局限，我们在《雷雨》中无法完全体味到时代的意志力量，而《日出》从一开始就没有把个人的命运交付给预知的设定好的悲剧性环境，直到主人公决心要开创自己未来的第四幕，都一直处于紧张状态中。作品中流露的那种紧张与其说是外露的，不如说是心理的和性格的。所谓的悲剧性也融入了主人公的性格之中，由《雷雨》戏剧结构上的必然弱点所导致的感伤，在《日出》中被很大程度上削弱了。可以说，从《雷雨》中萌芽的部分现实感，发展成《日出》中整体的现实感。经过首部作品的宝贵体验，曹禺舍弃了那种在强烈命运观支配下，以技巧的完美让作品达到古典悲剧匀整的方法，而是更多地采用了现代戏剧的创作方法。

《北京人》大体延续了这种倾向，但笔者感兴趣的是《原野》所处的位置。我们纵观中国现代文学，除了此部作品以外，基本再也找不到其他具有独特风格的作品。也许这部作品难以列入非常成功的作品之列，但正因如此，才提供了一个让我们放大作者的资质和才能，探究其灵魂深处的机会。《原野》基本没有出现在《日出》中运用得比较成功的写实性的象征手法，作者把处女作《雷雨》里的神秘主义倾向与新的表现派形式相结合，探讨了一个他前期作品共同的主题——家庭问题，以及农村面貌的发展变化。而且比起他的任何一部作品，《原野》运用技巧的比重都要更大。在技巧上，他充分接受了奥尼尔的影响，下决心要从以往的拘束走向自由。但是作者为什么要在中国采取这样大胆的手法呢？作品又获得了怎样的效果？如果我们设身处地地去体验作者内心的那种冲动，就知道他经历了一个从被未知对象迷惑到创作出作品的发展过程。我们在这个过程中去认识这部作品，就感到顺理成章了。《原野》似乎过度打破了中国现代的界限，即便褪去现实感，按曹禺作品产生的时间顺序来看，反而更明显地显示出创新意义。《原野》试探、验证着现代戏剧最后的可能，作者曹禺完全具备了开潮流之先的资格。然而，作者不得不放弃这个珍贵的试验。1938 年，文学恢复了现实主义，要求作家所探究的课题要与现实的分量等同。文学作品那种靠自身顶住压力、支持新技巧的内在必然要求根本无法抵御这种潮流。这样一来，作者要实现跨越式的飞跃并赶上欧美现代文学（二十世纪文学）的愿望，在某种程度上破灭了。

《蜕变》是一部现实主义戏剧。作者从否定和肯定两方面描写了抗战时期的现实。否定的方面是以野战医院的腐败分子为代表，道出了作者自身的苦恼、民族的病根；肯定的方面则体现在丁医生、梁专员这样符合他炽热理想主义的人物身上，这一点比以前作品有很大进步。作者受理想主义的正义感所制约，直到《北京人》才完成了写实性的象征悲剧，但《蜕变》中这种写实性的象征又开始与现代的悲剧精神相割裂。此时已经处于现代戏剧末流的自然主义和曹禺所希望的希腊悲剧精神关系并不密切，现代戏剧改变了从古典戏剧开始就张扬自我的积极的时代主题，曹禺一直在内心纠结深思的问题，被民族理想与高扬的爱国主义旗帜所取代。他有意识地形象化上升期历史，并要复活希腊戏剧的英雄和民族意志。乱伦的希腊悲剧，在成就了若干作品的同时，也渐渐隐没在背景深处，但不论此时作者的意图如何，那些英雄已经出现。此时在西欧，那种久远的高涨的民族精神破灭了，陷入了种种混乱之中，给文学表现增加了危机；而此时的中国，新的民族性格从混乱中复苏，初期近代戏剧社会的、积极的精神被更有力的行动所支持，并开始向前发展。

（李明韵译）

原载《现代中国作家》，和先社，1954 年 7 月

新旧版《雷雨》的比较研究①

[日]大芝孝②

一、序

王瑶教授在《中国新文学史稿》中，把中国话剧的发展分为三个阶段，并将曹禺的《雷雨》摆在了时代顶峰的位置上。

> 艺术得以完美展现的这部话剧，与前期（二十世纪二十年代）的翻译剧、浪漫抒情剧以及后期的政治色彩浓厚的国防剧相比，显然是一部有着独立成熟性质的近代自然现实主义的作品。

旧《雷雨》不仅是作者曹禺迈出戏剧界的出世之作，更作为"话剧的经典"，甚至于"五四文学的代表作"，成为中国话剧史和新文学史上不朽的杰作。这部话剧于1934年在《文学季刊》上首次登载（当时作者二十五岁），次年（1935年）由复旦剧社搬上了舞台。至今二十年来，《雷雨》成为中国话剧界上演次数最多、同时得到观众好评最多的话剧。（据笔者寡见，仅二战后在神户，道化座剧团上演了两次，神户大学演剧研究会上演了一次，华侨团体上演了一次，该剧成为各剧团的保留剧目。）

然而，可谓突如其来，1951年曹禺断然对这部"经典"的《雷雨》做了大幅修改。《日出》《北京人》虽也有所改动，但其修改幅度远无法与《雷雨》相比。掐指一算，这次修改已是距《雷雨》诞生十七年后的事了。那么，其中到底有什么缘由呢？而《雷雨》又被修改成什么样子了呢？前年，即1953年的夏天，北京人民艺术剧院根据新剧本尝试了全新的演出。那么，全新的演出如何诠释剧本？新中国的话剧评论家和观众又是如何看待这部新版《雷雨》及其舞台表演的呢？不管是谁，总会有这样的疑问吧。

笔者以为，这个问题是和《雷雨》——曹禺——新中国话剧联动着的。从结论上说，我认为《雷雨》的修改正显示了新中国话剧界的动向。

二、对旧版《雷雨》的评价

世人对旧版《雷雨》的评价，大致可以分为以下两种。

---

① 本文原稿未完。——译者注

② 大芝孝（1921—），康德学院毕业。曾任神户外语大学教授。

1.强调封建式家族的悲剧。例如：

《雷雨》中，我们可以深切感受到旧中国封建残余之顽固。它是一部家族的命运悲剧。

——辻部政太郎（神户大学演剧研究会演出节目单）

毫不留情地揭露了赤裸裸的封建家族制度的罪恶、人与人之间的欺骗、利己主义和社会的黑暗。

——杨秩华（同上）

在中国上演的时候，是被作为家庭悲剧来处理的。在此，我不把它解释成深入表现人内心世界的作品，而是想把它诠释为长子萍的悲剧。

——升屋治三郎（神户新闻）

戏剧《雷雨》的悲剧性，我认为主要是源于中国的封建家族制度，而主人公周朴园则是象征现代中国的人物。

——辛岛骁（《中国的话剧》）

2.强调希腊式的命运悲剧。例如：

我在导演《雷雨》的同时，不得不思索作者说过的"世间的'残忍'和'冷酷'的背后，还有着某种有力量的东西"这句话。不管把作者所说的"某种有力量的东西"称作什么，我们都能在剧中人物身上感到它的存在。我们的内心也不甘将这一切都只归于冷酷的命运，或是因果报应就了事，我们似乎愿意给现实的悲剧赋予意义，渴望寻求其背后的某种人格化的，而且是超力量的东西。

——角野源平（道化座上演节目单）

其实以上两种看法，都很大程度上是受了作者"序"的影响。

大有人问我《雷雨》是怎样写的，或者《雷雨》是为什么写的这一类的问题。老实说，关于第一个，连我自己也莫名其妙；第二个呢，有些人已经替我下了注释，这些注释有的我可以追认——譬如"暴露大家庭的罪恶"——但是很奇怪，现在回忆起三年前提笔的光景，我以为我不应该用欺骗来炫耀自己的见地，我并没有显明地意识着我是要匡正讽刺或攻击些什么。也许写到末了，隐约仿佛有一种情感的汹涌的流来推动我，我在发泄着被抑压的愤怒，毁谤着中国的家庭和社会。然而在起首，我初次有了《雷雨》一个模糊的影像的时候，逗起我的兴趣的，只是一两段情节，几个人物，一种复杂而又原始的情绪。

曹禺明确承认《雷雨》是一部揭露家庭罪恶的悲剧。然而，他用的是被人问及而承认这样一种消极的表达方式，这一点我们不可忽视。与此相反，他积极坦白当时执笔的动机是出于一种神秘的命运剧式的情绪。可以说，这中间包含了刚才所提到的两种看法，而这两种不同看法的产生也是必然的结果了。

因此，也有人批判说，这样暧昧的创作动机本身就是这部作品的不足。

作者强调的悲剧，是希腊式的命运悲剧，但正因为这样，和它的形式之新鲜相对照，它的悲剧情调却不免有些古风。人生已可成为黑暗的命运之主人了。

作者对这一方面的认识似乎还缺乏得一点，因此它的全剧几乎都蒙罩着一片浓厚的旧式道德的氛围，而缺乏积极性。就是最积极的一个人格如鲁大海，入后也不免要消沉下去。作者如要受人批评，最易被注意到的怕就是这些地方吧。

——郭沫若

《雷雨》的题材本来是极富现实意义的。那些人物有的死，有的逃，剩下的也变成了疯子。这自然是一种社会制度的残酷所挤成的；但作者处理这题材的时候，却以一种悲天悯人的心境，认为“宇宙里斗争的残忍与冷酷”只是“自然的法则”，而他所要表现的“只是对宇宙这一方面的憧憬”，结果就特别强调阴暗的宿命论的观点。……他强调了一种不可知的力量，而且希望能收到希腊悲剧一样的效果。因此，如果换一个角度，从这个悲剧发生的社会意义和对现实生活的影响来观察，那主题就被他的“憧憬”所歪曲了，他以性爱和血缘的各种巧妙结合的伦常纠葛来冲淡了这个悲剧的社会性质。

——王瑶

尽管受到过如此严厉的批判，旧版《雷雨》在过去近二十年里还是备受欢迎的，甚至被说成是“一上演必成功”的话剧。分析其成功的原因有：其一，话剧结构所拥有的高超的艺术水准；其二，中国观众更倾向接受其社会性而不是神秘性；其三，《雷雨》中出场的主要人物性格被细致地形象化为各类人的典型，各个角色的描写都很细致周到，以至于让人无法区分哪个是主角哪个是配角，结果激发演员竞相付出极大的热情来演出，这也是其演出成功不容忽视的原因。观众一方面在步步紧逼而来的冷酷的命运悲剧面前战栗，一方面却坚定了与家长专制、男女不平等及其背后的封建礼教思想进行斗争的决心。

作为《雷雨》主题之一的反封建思想，是五四以来中国文化的标语口号，而在反帝斗争的抗战时期，这也是主要任务之一。因此这一时期并不会使《雷雨》的价值减少。同时，曹禺自身思想上有了巨大的成长，希腊悲剧式的思想倾向已经消退，先是转向《原野》的表现主义形式，进一步到《蜕变》的明确提出民族爱国主义的现实主义倾向。

中华人民共和国成立后，在文学思潮上高举社会主义现实主义，《雷雨》的神秘主义主题自然也愈发显得古色苍然。当然，《雷雨》作为五四文学的纪念是具有经典意义的，但如果把《雷雨》搬到今天的舞台上，想让它持续发挥其积极的现实意义的话，保持旧态近乎毫无意义可言。而正好在那时，中国又掀起了一股以京剧改革为开端的包括古典在内的传统戏剧改革浪潮。在新中国，文艺的教育启发性成为最高要求，并对文人施行了思想改造。

经过新的社会认识以及严厉的自我批判之后，曹禺终于拿起笔来修改《雷雨》。

三、新旧版《雷雨》的比较

1.序幕和尾声

新版《雷雨》删除了旧版《雷雨》中的序幕和尾声。目前还没有听到作者对删除的原因进行任何说明。显然,创作动机有了根本的变化,但我认为这未必一定意味着戏剧形式也要修改。即便作品从原先的希腊悲剧风格转向了社会主义倾向,但形式只要适合主题,怎样都没有问题。假如曹禺考虑到这点而又没有采用原有结构的话,我们也不得不重新思考旧版《雷雨》中序幕和尾声的存在价值了。

在现代剧的结构中,序幕和尾声原本就是不好处理的。它并不能在所谓的戏剧要素“起初、中间、结尾”,即发展、高潮、结局这三个节奏之外。然而旧版《雷雨》的尾声只是承接了序幕的情节,两者合一构成一个故事,而从全篇内容来看,这个故事完全只是一个序篇。剧本正篇的内容在形式上算是序幕中人物的回忆,如果是电影还说得过去,但一般批评认为对于话剧来说,这种形式却是可有可无的,而且在中国演出时这两部分基本上都被剪裁掉了。(道化座第一次演出时,我就亲眼看见大多数观众在第四幕结束时就立刻离席而去。)我想,恐怕是因为旧版《雷雨》受到这样的批评,才让曹禺下决心把序幕和尾声给删除了。另外,从主题的角度来看,他也许是考虑到旧版的序幕和尾声背负着太多命运主义的要素吧。

2.情节

情节上,第四幕的故事情节、对劳资问题的处理、与此相关的人物性格(后述)和命运悲剧性要素等修改最引人注目。

(1)第四幕的情节

这里先看旧版《雷雨》第四幕的梗概。

> 蘩漪目睹了萍和四凤的私会,嫉恨无比,怒火中烧。拽住从四凤处归来的萍,作最后绝望的挣扎。但萍心意已定,对紧跟而来的大海也讲明他要和四凤结婚。大海最终理解了他们,自己也要离开封建而又污浊的家另谋生路。鲁妈接受现实,默许了他们有悖常理的爱情,吩咐两人远走高飞。然而,在两人将要出发之际,所有的关系却暴露了。四凤得知自己的恋情多么可怕,发疯般地跑向暴风雨中的院子,追着四凤跑出去的冲——不久后,在雷声轰鸣中传来惨叫声——,随后的枪声——。封建社会的势力,就这样葬送了三个青年男女。
>
> (神户大学演剧研究会演出节目单)

而新版《雷雨》中,蘩漪并没有做“拽住萍,做最后绝望的挣扎”之类的行为。反而是萍来对她说甜言蜜语。“默许两人有悖常理的爱情,吩咐两人远走高飞”的不是鲁妈,而是蘩漪。蘩漪恨萍,丝毫不爱他。因为萍和他父亲周朴园一样玩弄女人,这在人道上是不能原谅的。因此,蘩漪为让他负责任,而把四凤带到萍的面前,硬要两人一同离去。

在蘩漪、萍、四凤、鲁妈等都在场的情况下“所有的关系却暴露了”,这一点是相同的。但在旧版中是通过周朴园之口,面对鲁妈时他不自禁地叫了声“侍萍”,一切得以明了;新版则是通过鲁妈之口主动说出“我就是和四凤一样,被你们所欺骗的侍萍”。

旧版中,四凤和周冲先后冲出屋外触电而死,萍是开枪自杀的;新版中,鲁妈拉起四凤的手毅然离开了公馆,去寻找成功逃脱警察追捕的鲁大海(旧版里的大海只是去为萍和四凤叫车了)。

侍萍离开公馆的时候对朴园扔下一句"这件事还没完",接着蘩漪也说,"我会留在这个家里,看你们两个怎么死",而后回到自己的房间。萍把身体埋进沙发一动不动。这时乔参议登场,和朴园进行简短的对话:"劳动纠纷闹大了。已经没有办法下手了。"幕落。

(2)对劳资问题的处理

在劳资问题的处理上,整体上明确了阶级立场。旧版第一幕中,拜访周家的是为把房子改建为医院而请的建筑工程师;在新版里,则变成了朴园邀请来帮助处理工人暴动的警察局长。

从朴园和冲、萍的对话中我们可以看出,不同年龄层对劳动争议的看法也明显不同。萍一心想要去矿山,其缘由在旧版中是为了逃避家庭矛盾,而在新版中则变成了想要锻炼自己。

新版中,工人代表鲁大海被描写得很正义也很重要。其人物形象也一改旧版中的粗暴,变成滔滔不绝、有条有理地辩论。同时,镇压工人运动的资本家方面则被描写得更加狡猾、强硬和残忍。新版甚至增加了一位买办官僚乔参议。最后由资本家口里说出汹涌澎湃的罢工浪潮已经无法压制,以此来预示劳动运动的光明前途。

(3)人物性格(后述)

(4)去除命运悲剧性要素

最明显的就是对序幕和尾声的删除。在正篇故事中,首先删除了雷雨的象征性意义。例如,旧版中作为伏笔,第一幕就是提示了藤萝架边坏电线需要修理的话题,然后第四幕中再写两人触电身亡,这样的情节在新版中全部被删除了。其次,阴森的客厅、闹鬼的传说(第一幕),鲁妈从似曾相识的周家衣橱中发现绣着老虎的鞋,从而深感命运的机缘巧合而惊恐战栗的场景(第二幕),侍萍看到自己犯下的不义之罪不仅自己要身受,连女儿也在犯同样的罪孽,为此向神祈祷的场景(第四幕),都被删除了。

3.台词,舞台提示

修改情节,自然就会删除一些旧台词而添加一些新台词。但曹禺对那些对情节发展无关的台词也进行了修改。例如,重复的第二人称代词,仅在舞台提示中说一下就够了的感叹词、夸张的副词和语气词等全被删除了。

同样,在舞台提示中,台词之间的提示也被删除了,特别是人物描写变得很简洁。曹禺的舞台提示一贯都是仿佛给导演的提示,恳切又细致,在新版《雷雨》中,这种风格完全转变为简洁明了。

四、新版《雷雨》的演出

1953 年夏天,新版《雷雨》由北京人民艺术剧院首次搬上舞台。安冈氏在评价夏淳导演对《雷雨》的全新解读时说,他的特点是将处理剧本的根本方针转向了历史的和社会的角度。

导演夏淳同志在这个戏的思想的处理上，作了努力，使这次演出较之过去一般的演出跃进了一步：首先，他竭力避免用宿命论的观点来解释这个戏，这样那不可抗拒的“命运”，那冥冥之中自有主宰的恐怖神秘的气氛，在舞台上是比较地澄清了；其次，关于过去一般演出中常常强调的男女关系——“乱伦”，以及其他色情的部分，这次在舞台上也没有任何津津有味的刻画和描写，这次演出基本上是从历史的和社会的角度来着手处理的。①

以下综合阐述一下导演对上场人物的诠释以及戏剧评论家对各个人物的评价分析。

1.鲁大海

以前这个角色并不怎么被重视。他的性格粗暴且有些无赖，是一个为泄私愤而一心想着报仇的个人主义者。但在新版《雷雨》的演出中，他是一个淳朴、诚实且具有正义感的煤矿工人，是一个重要的正面人物。故事发生在1923年，那时中国共产党已经成立了，因此，工人阶级已不再是进行原始斗争的群众。在这一点上，新的处理方法是和历史事实相符的。

2.蘩漪

这个女性一直被诠释成一个由生理苦闷带来精神异常——歇斯底里的形象。在此次演出中，她仍有着忧郁苦闷的感情，但被诠释为是在这个大家庭中长期苦闷的生活造成的。她受过两代人的欺骗和侮辱，如今仍对生活充满热情，并与压迫者进行着反抗和斗争。因此，在当时的社会状况下，她是一个值得同情的女性。然而，有评论说此次演出并没有表现出她积极的一面。

3.四凤

她仍是一个纯洁天真的女孩形象，这点没有改变。她爱周萍，但绝不是出于想脱离雇工阶级进入雇主阶级的目的。这一点在演出中被准确地表现出来了。最后让她选择自杀，是对黑暗和罪恶的控诉，也反映了美丽善良的灵魂和这个丑恶的社会现实的格格不入。

（蔡晓辉译）

原载《神户外大论丛》第七卷第一至三号，1956年6月

① 安冈：《谈〈雷雨〉的新演出》，载《戏剧报》，1954年8月，页26。

再评《雷雨》

[日]中国学研究室[①]

去年5月，我校学生剧团排演中国剧作家曹禺的处女作《雷雨》，他们委托中国学研究室，希望就当今中国人如何理解该作品，直接听取原作者和导演的意见。我们就此向中方咨询后不久，北京人民艺术剧院导演夏淳氏寄来了《〈雷雨〉分析》及其他一些资料。

从这些资料可以看出，中国正在讨论"重新评价和继承以往艺术作品"的问题，而对该剧的理解，正是对此进行实践的一个具体范例，故在此略作介绍。

在"解放前"话剧《雷雨》的演出中，"神秘的宿命的色彩一直盘踞在舞台上，从没有被彻底清除过"，《雷雨》一直被解释为"命运悲剧"或"乱伦悲剧"[②]，而最近导演过《雷雨》的夏淳在《〈雷雨〉分析》中把它定性为"社会悲剧"，并就此作如下阐述：

> 二十世纪二十年代，可以说是最为"雷雨"式的时代。这个时期，共产党成立，无产阶级初登政治舞台，虽很年轻，却已显现出不容小视的力量。与此同时，资产阶级已暴露其残暴但又软弱的一面。无产阶级和资产阶级的矛盾已成为国内的主要矛盾……
>
> 曹禺作为剧作家也面临着这场斗争。由于当时的环境以及其他种种限制，《雷雨》没有具体描写具有明确的斗争目的和严密组织结构的革命力量，但曹禺却通过自己所熟识的人物形象，从极其重要的侧面（思想、意识、感情方面）反映了这场斗争。剧本深刻地揭露了资产阶级的罪恶，热情歌颂了无产阶级及其他受压迫民众的顽强意志，这在客观上是有利于革命的。周扬同志在评价五四时期的文学作品时指出，这些作品"来源于作家忠实于生活的态度，深刻地揭露了阶级矛盾，表达了对黑暗势力的憎恶，坚决拥护了人民的利益"（《"五四"文学革命的斗争传统》），这其实也就是贯穿于《雷雨》的思想，《雷雨》也是理当受此褒扬的作品之一。二十年前，尤其是《雷雨》无数次在解放区上演，也证实了这一点。事实上，这部作品一直被观众看作是一部"社会悲剧"。

文章从以上观点出发，对出场人物进行了如下分析：

> 我们从突出周、鲁两个家庭的阶级差异以及阶级矛盾与冲突入手。也就是说，出场人物之间错综复杂的血缘关系和感情，彼此产生纠葛发展成悲剧，我们

① 全名为"大阪市立大学中国学研究室"。

② 安冈：《谈〈雷雨〉的新演出》，载《戏剧报》，1954年8月，页25。

> 认为其根本原因并不在于这种“纯人性”的关系本身，而在于支配着这些人言行举止的阶级关系及其之间不可调和的尖锐的矛盾。

周朴园是封建地主阶级出身，曾留学德国。作为以矿工的生命为代价来赚取财富的矿主，他可以说是当时中国资产阶级典型性格的代表。这样的阶级出身也是该人物在剧中各种行为（有时候看上去很矛盾的行为）的总体根源所在。他是家族中绝对的统治者，苛刻地对待妻子蘩漪，对儿子周冲也很冷酷。他把阴暗的枷锁（实际上已经破绽百出）当作最有秩序最体面的家教。然而，他不得不拼尽全力维持这种秩序。他曾春风得意地一路发迹，而如今他面前的路却布满险恶的陷阱，要想前行只能挖脚下的土来填眼前的陷阱。但这样反使他的脚陷在深泥中无法前行。单个人的力量永远无法扭转人类历史前行的车轮。然而，他没有意识到这一点，甚至也不想承认这一点。这就是该人物悲剧命运的缘由。在话剧《雷雨》中，最能反映这个人物性格的是他对侍萍的态度。这个态度充分暴露了他自责不安而又不得不逃避现实的阶级性格。

他有着独特的逻辑和情感，而所有这一切都源于他所谓的“只有自己才正确”的世界观。

我们不能简单地把他追忆侍萍看作是虚伪做作。这背后有着他自己特有的逻辑。对于和侍萍的过去，周朴园感到痛心，他认为那是他完美人格的唯一污点，为了赎罪，为了对自己年轻时犯下的荒唐事情表示忏悔，他时常想起侍萍但并不认为从前是罪恶。重要的是，他认为侍萍已经离开了人世。所以，他一旦发现侍萍仍然活着，并且有可能损害到他现有的尊严和体面时，他很自然地想到了金钱，想到用金钱来弥补自己的过错，用金钱来堵住侍萍的嘴，还试图把侍萍赶到一个与周家人毫无关系的地方去。他对侍萍的不同态度，就像剥茧抽丝一样，一层层逐渐暴露出他的丑恶本质。而这些都是基于周朴园独特的世界观和逻辑发生发展的，可以说人物形象被刻画得生动鲜明。

在下着倾盆大雨的深夜里，老年的周朴园心灰意冷，无依无靠。有人说这表达了作者对该人物的宽容和同情，但确切些说，这是一个对自己的魄力和能力拥有自信，怒斥、收买并破坏工人运动的资本家，预感到自己风中残烛般的命运、将要面对死亡时的情形。

作者通过资产阶级的代表人物周朴园，彻底揭露了资产阶级外强中干、必然走向灭亡的阶级本质。不能把周朴园演绎成大时代中的小丑，图解式的分析不能代替真实的体验。越是详尽具体地分析这个人物的性格、特征和感情，越能生动地突出其阶级本质。

与周朴园尖锐对立的人物是鲁大海。在《雷雨》中刻画鲁大海这个形象，是作者现实主义的杰出成果。事实上，鲁大海并没有被完全刻画成当时无产阶级中先进人物的代表。但这无损这个人物作为中国初期无产阶级一分子的气概和素质。这个人物使《雷雨》冲出了所谓“家庭悲剧”范畴，触及了当时的社会矛盾和阶级斗争。

鲁大海憎恨周朴园，一直把他当作阶级敌人。作者把这个人物设定为“最雷雨式”（换言之，最具斗争性）的性格并不是偶然的。这显示了作者曹禺对当时阶级斗争的深刻理解以及如实反映客观现实的态度。

剧中描写的鲁大海，彻底揭露了周朴园沾满血腥的发迹史。这不仅在当时很稀有，就是现在看来也不得不说揭露得正确而又彻底。鲁大海并不是个粗鲁的人物，他怀有强烈的感情，毫不掩饰厌恶和仇恨，同时又具有高度的理智和清晰的思想。比如在第三幕和周冲的对话中可以看出，一方面，鲁大海意识到对方是和自己处于不同阶段的人，态度比较生硬；另一方面，与周冲善意的想法相比，鲁大海的想法更为实际。他很清楚，阶级不同是他们之间的根本差异，他甚至了解解决这种矛盾的方法。

第三幕中，鲁大海对母亲说："周家逼着我，没有路走，这就是一条路。"虽然当时作者还无法断言，但现在对于我们来说，这句话的意思是很明了的。直到最后，大海都没有和周朴园妥协。作家用意味深远的远方来表现大海的前途与去处。

如果不沿着这条清晰的纵向线条，挖掘并明确剧中积极的主题，就无法充分显示悲剧《雷雨》的意义。

鲁侍萍在剧中起着联系周、鲁两家人物的作用。那么，在《雷雨》中刻画这个人物形象有什么目的呢？她活过来了，三十多年，她都坚强地活过来了，这就是目的。

侍萍的经历，在革命前中国妇女的命运当中是相当普遍的。过去她对周朴园抱有某种幻想，但三十年的惨痛教训让她认识到自己和周朴园之间有着不可逾越的鸿沟。她和周朴园的再次相见，虽很意外，但她对此早已有了很明确的想法。因两人的重逢而受到打击、惶惶不安的人是周朴园，而不是她。她故意说起和周朴园三十年前的往事，既不是为了回忆过去，也不是对这个男人有所留恋。那或许是出于母爱，因为此刻她仍想见自己的儿子——萍。比这更重要的是，她要明白地告诉周朴园，我仍好好活着，虽然以前你残酷无情地待我，但我终于脱胎换骨，已经抚养儿子长大成人，而且他走着与你完全不同的道路。她的身世就是对周朴园无声的控诉，她依然活着，给了周朴园巨大的打击。人是不会轻易屈服于统治者残酷的压迫的。在话剧结束前让侍萍离开周家，是因为我们认为结尾处让侍萍离开周家更符合侍萍的人物性格。侍萍竭力保护四凤，但这个无辜的孩子终于还是落得惨死，侍萍虽然因此悲伤至极，但她清楚周朴园的真实面目。她必须离开，必须让种下恶果的人——周朴园一个人来背负这罪责。三十年前他种下了恶果，三十年后的今天他必须把恶果吞下去。何况，侍萍还有一个逃离周家远去的亲人——大海可以依靠。

叛逆者蘩漪的悲剧根源在于这样一个矛盾，即一方面憎恶束缚自己的社会制度，一方面又不能完全否定它。在《雷雨》中，这个角色恰好起到了如白色闪电般的作用。作家描写她时怀有深切的同情和尊敬，因为这个形象不只是作品刻画火一般激烈性格的工具，也是对处在矛盾之中的知识分子的哀悼和通告。蘩漪是个头脑聪明的人，但是她没有办法和力量从根本上消除自己所憎恨的人、家庭、制度和社会。从这个角度出发去理解她的苦闷和激愤，就能触摸到她苦闷的灵魂深处。

除此之外，必须提一下具有一定进步思想的周冲和周萍。周冲因意外事故而死以及周萍自杀的情节是震撼人心的，在抨击封建家族制度的残暴和罪恶的同时，也显示了这个制度的破绽和危机。

值《雷雨》上演之际，在给政府商业部的报告记录中又作了如下的分析总结。"朴园是周家最右翼的分子，萍倾向于朴园，蘩漪是左翼人物，令人同情。在鲁家，大海是最左翼的人物，鲁妈也属左翼，四凤则是中立派中的左翼，鲁贵则是个右翼人物。”

这种把《雷雨》定性为“社会悲剧”，并依此分析人物的态度，是与对艺术经典的重新评价和继承问题相关联的。关于这一点，上述的报告中也有相关记述。

> 正值我国社会主义建设突飞猛进之际，为何不上演“新”剧而将《雷雨》搬上舞台呢？……以往时代的文学作品中，有些是对当时的革命发挥过一定作用的。我们应该怎样处理这些文化遗产呢？在专制统治的时代，统治阶级不懂得尊重艺术遗产。只有在无产阶级领导的时代，我们才有资格讨论“艺术继承遗产”的问题。有些同志喜欢读外国尤其是西方文学作品，却对自己祖国的文学遗产抛以鄙夷的目光，这不能说是得当的态度。这里还潜含着爱国主义和民族自尊心的问题。
>
> 当前关于尊重民族遗产的问题，虽然认识已经很清楚了，但到底应怎样尊重呢？我们来举例说明吧……《雷雨》上映结束后，有些人说：“蘩漪为何不自谋生路呢？”“四凤为何不和大少爷一起出走呢？”这些同志为剧中人物着想才提出了这样的疑问，但却没有能够从心底设身处地地体谅生活在那个年代的人物。看《梁山伯与祝英台》，有人觉得祝英台太没骨气。要按那些人的意思，这部剧的结尾要改为祝英台离家私奔才是。这些人忘了剧中人物生活的时代背景及其状况，也就不能理解剧中人物所采取的行动已经是对那个黑暗时代的顽强抗争了。作品中那些人物的思想行动都受当时历史条件的决定和制约。在年轻的同志当中，也有人觉得阅读旧的文学作品不能得到满足。例如，读了《红楼梦》，感到它无论如何也不及《金星骑士》精彩，毫无学习的价值。这是因为他们认为身怀崇高革命理想的英雄只诞生于我们今天的社会主义制度下。苏联电影《彼得大帝》中的彼得大帝，在苏联也算是旧时代的英雄，但如果与无产阶级革命家（比如列宁）比起来，他也不过是“沧海一粟”。学习旧时代人物时存有这种狭隘思想是完全不妥的，它缺乏唯物主义历史观的观点，是基于反历史主义的错误观点。游离历史现实去评价和辨别旧时代的历史人物，或用我们现在的尺度去评论他们都是不恰当的。我们有必要立足于历史现实，以进步的观点对历史上的人物进行科学的评价。
>
> 《雷雨》重新搬上舞台具有继承五四文学传统的意义。《雷雨》在革命年代发挥了其应有的作用，今天它仍有其独特的现实意义。《雷雨》深刻地揭露了腐朽的旧统治制度，因此它使我们对统治制度的认识更加鲜明，也就更加憎恶它。同时，这又使我们更加热爱新生活，更加竭尽全力保护我们今天的胜利果实。
>
> “五四”是反对旧文化、树立新文化运动中的一支有生力量，在“五四”以来的文学作品中都倾注着这支新生的革命力量对新生活的热爱之情。《雷雨》这部话剧具有“五四”新文化革命的优良传统。
>
> 因此，目前摆在我们面前的是关于这部作品的艺术处理工作。这个工作有两点：第一，在既不违反也不超越当时历史时期人物的真实面貌的前提下，我们

该怎样做，才能不仅提炼出原作中所描绘的阶级斗争思想，而且使之更加明朗？

第二，怎样以此为主线，重新认识和把握上场人物的思想、感情和行为？①

以上，可以借用安冈的话来总结，即夏淳“在这个戏的思想的处理上，作了努力，使这次演出较之过去一般的演出跃进了一步：首先，他竭力避免用宿命论的观点来解释这个戏，这样，那不可抗拒的‘命运’，那冥冥之中自有主宰的恐怖神秘的气氛，在舞台上是比较地澄清了；其次，关于过去一般演出中常常强调的男女关系——‘乱伦’，以及其他色情的部分，这次在舞台上也没有任何津津有味的刻画和描写，这次演出基本上是从历史的和社会的角度来着手处理的”。② 这就是让本次演出“取得成功”的原因。

本文参照中华人民共和国北京人民艺术剧院寄送的以下资料而完成：

(1)对《雷雨》的分析，夏淳(打字印刷)；

(2)《雷雨》导演夏淳为商业部同志所作关于《雷雨》报告的记录(油印)；

(3)《雷雨》导演的自述(打字印刷)；

(4)《读〈雷雨〉的新演出》，安冈，《戏剧报》，1954 年 8 月；

(5)曹禺以及北京人民艺术剧院的来信。

中国学研究室的学生服部、莑地、牟礼、山本四君在本文资料的翻译和整理中给予了大力协助。

(蔡晓辉译)

原载《人文研究》(大阪市立大学)第七一六号，1956 年 7 月

① 夏淳：《〈雷雨〉分析》。

② 安冈：《谈〈雷雨〉的新演出》，载《戏剧报》，1954 年 8 月，页 26。

曹禺《雷雨》的悲剧性与社会性

——以人物关系的展开和悲剧性手法为中心

[日]宅间园子

引言

《雷雨》是一部结构极为复杂的戏剧。人物的错综关系、人物上下场，以及把这些交织在一起的剧情发展，哪方面都无法用简单模式来表现。但是，这种复杂性恐怕丝毫不会给读者和观众带来烦琐或费解之感。因为从事件开始到结束，似乎都被一种必然的趋势所支配。尤其是第一幕中种种伏笔的巧妙安排，第二幕中真相的发现，第三幕和第四幕中激烈的心理斗争和事件急转，都无疑会让读者感到一种神秘的压抑感、发现真相的震惊，以及因事件急转而产生的让人震撼、扣人心弦的魅力。另外，那种缜密的戏剧结构和从容的节奏，显示出作者高超的创作技巧。

那么，曹禺到底要通过这部戏剧表现什么呢？有人说是所谓人的宿命性悲剧，有人说是人类的爱与恨，有人说是从封建制度到资本主义制度过渡时期具有社会意义的家庭关系的悲剧，有人说是女性心理的苦闷及由此造成的冷酷和残忍。这种种解释都没有错，但也不能说完全准确。通观全剧，它的确给我们以异常紧张和悲惨之感，但我们必须进一步思考，它以怎样深刻的内容使读者产生了戏剧性的共鸣。为此，我对该剧从序幕到尾声进行了详细分析，得出了如下结论：对戏剧中各个人物的苦闷和矛盾冲突进行的揭示，即查明悲剧产生原因，在第一、二幕和第三幕前半部分就结束了，从第三幕后半部分到第四幕，重心开始转移到各个人物之间的冷酷斗争和悲剧情节的展开，看不出作者真正对事件产生原因作进一步挖掘的意图。当然，这也许是符合戏剧创作基本原则的。但是就《雷雨》来说，作者整体上关注的是人的憎恶、冷酷、复仇之类的种种感情，甚至更极端一些说，作者关注的是燃尽这些感情的悲剧。剧中对所有抗争的渲染描写，确实体现了作者敏锐的洞察力，使剧情倍增趣味，但它除作为伏笔暗示了悲剧结局外，在整部戏剧中没有占很大分量。以上就是我对《雷雨》的整体认识。

我们详细研究一下该剧，可以看到，戏剧前半部分描写的是环境和环境造就的人之间的密切联系；再集中精力看后半部分，它呈现出强烈的命运悲剧状态。人们对《雷雨》产生种种不同理解的原因就在这里。我将在文中就曹禺剧作在人物关系的展开和构成这些关系的巧妙创作技巧之上所表现出来的特征进行探讨。一方面，作者对环境和人物作了深刻的描绘；另一方面，他在真正探讨社会问题时却受到过于脆弱、不合逻辑的感情波动的驱使，写成了一部在本质上属于命运悲剧的戏剧，可以说这就是作者的某种悖理之处。

本文论述结构如下：

一、悲剧的成立条件及其社会性；

二、社会性的展开：以人物对立及其心理发展为中心；

三、社会性探求的欠缺、人物非逻辑性的情感活动；

四、曹禺创作手法的特征：以他的戏剧理论为中心；

五、结论：《雷雨》的悲剧性和社会性。

一、悲剧的成立条件及其社会性

形成《雷雨》这一悲剧的条件是什么呢？如果我们追溯事件的缘起，首先就会想到年轻时的周朴园那种资本家性格以及与此关系密切的封建思想。他现在拥有的财产和社会地位，建立在众多人的血汗之上。正如同剧中蘩漪和大海所说，为了获得金钱和地位，他故意弄垮堤坝，淹死了两千两百个工人；为了镇压工人罢工，他叫来警察，枪杀了几十名工人。虽说这种性格本身不是悲剧事件的直接原因，但恐怕直接原因与他的这种生活有很大关系，同时也与后文提到的第二个最为重要的原因关系更为密切。这个直接原因就是，周朴园在年轻时，迫使一个产后三天的女人在雪天离开家门跳了河。他最初对侍萍流露的感情也可以说是爱，并不是对女佣人的欺骗和玩弄。虽然这暴露出他本质上的虚伪，但应该承认，他对侍萍还是有爱的。在认为侍萍已去世之后，周朴园怀念她，房间摆上她的照片，三十年如一日地保留当时房间的模样，为她庆祝生日，更为极端的是，即便是炎热的盛夏，也保持着侍萍因生病不爱开窗的习惯。这些都表明他心里还是想念侍萍的。可是一旦到了要与蘩漪这个有钱有地位人家的女儿结婚的关头，他就彻底暴露出功利思想，把侍萍和出生三天的婴儿（大海）推向了死亡。这最初的欺骗性开端，是构成剧中悲剧事件的首要条件。

第二个条件，也是最重要的原因，即周朴园的封建思想、他在家庭中的家长式作风和伪道德家的态度，以及由此产生的令人窒息的沉重家庭氛围。在《雷雨》中位置最为重要，并且具有突出个性的悲剧人物周蘩漪，就是这阴郁氛围的产物，可以说在蘩漪——周萍——四凤之间纠缠的种种问题，归根结底都来源于此。剧中曹禺最杰出的创作手法之一，就是对这种沉重压迫感的描写和与此对立的人物心理纠葛的描写。如周朴园的首次出场，作者安排在鲁贵、四凤父女对话中铺设的激发读者兴趣的离奇伏笔之后，文中表现形式如下：周朴园的儿子周冲喊着四凤名字，从客厅往里跑。

> 里面的声音：（严峻地）是冲儿么？
>
> 周冲：（胆怯地）是我，爸爸。
>
> 里面的声音：你在干什么？
>
> 周冲：嗯，我叫四凤呢。
>
> 里面的声音：（命令地）快去，她不在这儿。

虽然观众只听到周朴园的声音，但已明显感受到他就是家庭的支配者。他压制的对象首先必然是周冲。因为作者要通过长于世故的权势人物与纯真无知的弱小少年的对比，来凸显周朴园。

周朴园的正式出场在第一幕结尾，它巧妙地伴随并暗示着矛盾冲突的萌芽，让我们感到这个家庭无可掩饰的封建特征必将爆发。这一发展过程如下：

舞台上周家老少聚齐。此前的情景已暗示了蘩漪和周萍暗中的纠葛。周冲对他们之间的失和毫不知情，只是难过。此时书房的门打开了，周朴园出场。看到他，周萍和周冲同时叫了声“爸”。仅这一个字，含义却很深。“爸”，是两个兄弟争先说出的，这是他们对父亲异乎寻常的敬爱和亲近的表现，充分显示了周朴园束缚整个周家的不可撼动的权威。其后，周朴园用从容不迫的语气责备生病的蘩漪（其实是周朴园自己断定她有病）不该下楼。接着，周冲反对父亲对为工会事而来的鲁大海采取强硬态度，却受到父亲的训斥。

周朴园：（眼翻上来）你知道社会是什么？你读过几本关于社会经济的书？我记得我在德国念书的时候，对于这方面，我自命比你这种半瓶醋的社会思想要彻底得多！

可见，周朴园全然不把儿子当回事，而且极为反感儿子与父亲对抗。此后，周冲对父亲提出，要让出自己的一部分学费供心仪的女孩——下女四凤上学。这个场面是这样表现的：

四凤由饭厅门入，端了碗普洱茶。

周冲：（犹豫地）爸爸。

周朴园：（知道他又有新花样）嗯，你？

周冲：我现在想跟爸爸商量一件很重要的事。

周朴园：什么？

周冲：（低下头）我想把我的学费的一部分分出来。

周朴园：哦。

周冲：（鼓起勇气）把我的学费拿出一部分送给——

[四凤端茶，放朴园前。]

周朴园：四凤，——（向周冲）你先等一等。——（向四凤）叫你给太太煎的药呢？

鲁四凤：煎好了。

其实在此之前，蘩漪就说药苦不想喝，她趁朴园不在的时候让四凤把药倒掉了。朴园听到此事，让四凤把剩下的一点药拿来。

周冲：爸，妈不愿意，您何必这样强迫呢？

周朴园：你同你母亲都不知道自己的病在哪儿。（向蘩漪低声）你喝了，就会完全好的。（见四凤犹豫，指药）送到太太那里去。

蘩漪：（顺忍地）好。先放在这儿。

周朴园:(不高兴地)不。你最好现在喝了它吧。

蘩漪:(忽然地)四凤,你把它拿走。

周朴园:(忽然严厉地)喝了它,不要任性,当着这么大的孩子。

蘩漪:(声颤)我不想喝。

周朴园:冲儿,你把药端到母亲面前去。

周冲:(反抗地)爸!

周朴园:(怒视)去!

[周冲只好把药端到蘩漪面前。]

周朴园:说,请母亲喝。

周冲:(拿着药碗,手发颤,回头,高声)爸,您不要这样。

周朴园:(高声地)我要你说。

周萍:(低头,至周冲前,低声)听父亲的话吧,父亲的脾气你是知道的。

周冲:(无法,含着泪,向着母亲)您喝吧,为我喝一点吧,要不然,父亲的气是不会消的。

蘩漪:(恳求地)哦,留着我晚上喝不成么?

周朴园:(冷峻地)蘩漪,当了母亲的人,处处应当替孩子着想,就是自己不保重身体,也应当替孩子做个服从的榜样。

蘩漪:(四面看一看,望望朴园,又望望周萍。拿起药,落下眼泪,忽而又放下)哦,不!我喝不下!

周朴园:萍儿,劝你母亲喝下去。

周萍:爸!我——

周朴园:去,走到母亲面前!跪下,劝你的母亲。

[周萍走至蘩漪前。]

周萍:(求恕地)哦,爸爸!

周朴园:(高声)跪下!

[周萍望蘩漪和周冲;蘩漪泪痕满面,周冲身体发抖。]

周朴园:叫你跪下!

[周萍正向下跪]

蘩漪:(望着周萍,不等周萍跪下,急促地)我喝,我现在喝!(拿碗,喝了两口,气得眼泪又涌出来,她望一望朴园的峻厉的眼和苦恼着的周萍,咽下愤恨,一气喝下)哦……(哭着,由右边饭厅门跑下)

[半晌]

周朴园:(看表)还有三分钟。(向周冲)你刚才说的事呢?

周冲:(抬头,慢慢地)什么?

周朴园:你说把你的学费分出一部分?——嗯,是怎么样?

周冲：（低声）我现在没有什么事情啦。

周朴园：真没有什么新鲜的问题啦么？

周冲：（哭声）没有什么，没有什么，——妈的话是对的。（跑向饭厅）

至此，朴园的性格和周家充满伪善的家庭制度下的矛盾已一览无余。“你喝了，就会完全好的。”这句话看起来像是他希望妻子的病情康复。这是他的惯用手段。正如在前文提到的朴园出场时孩子叫了声“爸”之后，他就对妻子说：“你怎么今天下楼来了，完全好了么？”“你应当再到楼上去休息。”当然，这些言语表面上显得温柔、体贴，却是他阴险威逼的表现。他对家人的威严总是以强权者特有的傲慢的保护者意识表现出来。众所周知，随后他立即就暴露出了本性。“蘩漪，当了母亲的人，处处应当替孩子着想，就是自己不保重身体，也应当替孩子做个服从的榜样。”这才是他的本意。我们看着这三个人苦苦恳求，拼命反抗父亲的强迫，到头来还是受到层层束缚，任凭父亲摆布，我们仿佛看到，这种状况正在被虚伪所打破，却又被虚伪捆上了坚韧的绳索，他们就是这样渺小的存在。而强大的是那种强加于人的温柔、关切和强人所难的行为。在此我们需要注意的是曹禺杰出的技巧。我之所以在此前引用了周朴园强迫喝药的情节，还引用了周冲由提出请求到打消念头的情节，就是要在这里提及。周冲出自纯真的想法向父亲提出请求。“（鼓起勇气）把我的学费拿出一部分送给——”周朴园毫不掩饰地打断他：“你先等一等。”接着继续说喝药的事，过后才说：“还有三分钟。（向周冲）你刚才说的事呢？”“你说把你的学费分出一部分？——嗯，是怎么样？”周冲已经知道要说什么了，“（低声）我现在没有什么事情啦。”下面这句话是对周朴园性格的决定性描写。“真没有什么新鲜的问题啦么？”周朴园把喝药事件当成他施展威压的手段，而且还以不予理睬的方式拒绝了周冲的请求。如果没有对后者的描写，这场戏给人的印象就会大打折扣。曹禺这种杰出手法，在剧作中随处可见，这里只列举其中一例。

第一幕最后部分，用周朴园训谕周萍的话总结了周朴园和他的家庭生活。

周朴园：我的家庭是我认为最圆满、最有秩序的家庭，我的儿子我也认为都还是健全的子弟，我教育出来的孩子，我绝对不愿叫任何人说他们一点闲话的。

这样我们就明确了该剧构成悲剧的第二个条件。因为这正是让蘩漪对萍产生乱伦之爱的原因，恐怕也是使周萍因爱的渴求而倾心蘩漪的原因。最后，蘩漪又以冷酷的、近乎疯狂的复仇导致了剧终时悲惨的死亡和恐怖。现列举蘩漪的几处台词来说明这一点：

蘩漪：（气极）父亲，父亲，你撇开你的父亲吧！体面？你也说体面？（冷笑）我在这样的体面家庭已经十八年啦。周家家庭里所出的罪恶，我听过，我见过，我做过。我始终不是你们周家的人。我做的事，我自己负责任。不像你们的祖父、叔祖，同你们的好父亲，偷偷做出许多可怕的事情，祸移在人身上，外面还是一副道德面孔，慈善家，社会上的好人物。

蘩漪：你父亲对不起我，他用同样手段把我骗到你们家来，我逃不开，生了冲儿。十几年来像刚才一样的凶横，把我渐渐地磨成了石头样的死人。

这第二个条件也同时造就了周萍的性格和生活。周萍出于软弱的性格爱上了继母，最后落得个悲惨结局。用他自己的话来说，他对蘩漪的爱是年轻时的一时冲动，但是我们从极力要摆脱蘩漪的周萍身上，不仅要看到蘩漪那种执著纠缠的彻底性，也要看到其中巨大的欺骗性。同时，周萍对四凤的爱总是犹豫不决，不能采取果断的行动，可以说也体现了周家充满虚伪的秩序和圆满对周萍的压迫。

以上我们提出了构成该剧悲剧性事件的两个主要条件：一是通过最初周朴园赶走侍萍和与蘩漪结婚，体现出的资本家的封建性格；二是他与蘩漪结婚后，周家生活重压的封建性格。

二、社会性的展开：以人物对立及其心理发展为中心

这一部分我们准备探讨两个问题：第一，前一部分提出的悲剧成立的两个条件（它本身具有强烈的社会性）如何随着剧情的展开而发展；第二，剧中人物的社会性体现在哪些方面。因此，前一部分，特别是和第二个条件有关的地方，此时还会再次引用。为了避免重复，笔者准备对几个重要问题集中焦点来探讨。需要指出的是，钱谷融在他的《〈雷雨〉人物谈》（载《文学评论》，1962 年 1 月）中对这些问题已经作了一些有益的分析，这一部分参考了相关论述。但是笔者认为，钱谷融的论文对戏剧整体的考虑不够充分，其批评有断章取义之嫌。当然，这可能是由于其论文是一篇人物论吧，但尽管如此，如果不根据人物与整体戏剧之间的密切关联进行思考，就会逐渐远离作为戏剧艺术的真髓，结果往往会流于片面。

1.蘩漪和周朴园

正如钱谷融的论文所说，蘩漪是支撑《雷雨》的中心人物。对读过《雷雨》的人来说，如果问及对谁印象最深，一定会首先想到蘩漪。蘩漪就是剧中所有事件的动因，是我们在研究这部戏剧的整体性质时，具有极其重要意义的人物。对此问题，我们将在第四部分进行详细论述，本节准备以蘩漪和周朴园的冲突和纠葛为中心，主要通过蘩漪执著的反抗和复仇暴露出的周朴园的伪善性格进行论述。

蘩漪被周朴园剥夺了所有人性，好不容易找到了与继子萍之间的爱情，想拼命抓住不放，但当蘩漪的影子从周萍心中消失时，她就变成了可怕的复仇之鬼。她的种种行为固然只是为了拴住萍，然而爆发的愤怒和绝望导致的不顾后果的言行，又殃及了周围的人，特别是同周朴园屡次三番发生矛盾，结果是以种种形式暴露了周朴园的本质。曹禺没有直接采取揭示社会性的写法，但他确实把该剧潜在的深层的社会性深深印在了读者心中。笔者在第一部分的最后引用的蘩漪的几处台词，表面上看都是蘩漪为了攻击周萍进而留住他，也就是说她没有与周朴园直接对抗，却起到了把观众的意识不断牵引到戏剧的社会性矛盾上的作用。这里要特别提一下蘩漪和周朴园的四次直接的会面和冲突。我将参考钱谷融的详细分析进行说明。

这四次会面，每次两者的关系都有变化，即蘩漪的态度从消极发展到积极，从被动发

展到攻击，最后竟然强烈到以近乎疯狂的势头打破了周朴园那个平静圆满的家庭秩序，击垮了他专横的态度。第一次会面是之前提到的喝药事件，当时蘩漪把燃烧般的反抗意识隐藏在心底，最后消极地喝下了药。第二次是第二幕中周朴园逼迫着蘩漪看医生。此前，周朴园已经两次派人催促她看医生，但蘩漪没有看。于是周朴园亲自过来劝她。

周朴园：蘩漪！你怎么还不去？

蘩漪：（故意地）上哪儿？

周朴园：克大夫在等着你，你不知道么？

蘩漪：克大夫？谁是克大夫？

此时我们发现，蘩漪实际对克大夫很熟悉，却佯装不知，若无其事地挑衅。她说根本不认识的克大夫，过去也曾来给蘩漪看过病，她就好几次听鲁贵和周冲说克大夫来过，要给她看病。看蘩漪这种态度，周朴园不得已只好又介绍了一下克大夫的身份。但蘩漪说自己没有病，即便有病，也没必要看医生。说着就走向饭厅。

周朴园：（大声喊）站住！你上哪儿去？

蘩漪：（不在意地）到楼上去。

周朴园：（命令地）你应当听话。

蘩漪：（好像不明白地）哦！（停，不经意地打量他）你看你！（尖声笑两声）你简直叫我想笑。（轻蔑地笑）你忘了你自己是怎么样一个人啦！（又大笑，由饭厅跑下，重重地关上门）

周朴园：来人！

蘩漪在这里的最后一段话，充分表现出她对周朴园无尽的轻蔑和嘲讽。周朴园受到了她侮辱性的拒绝，而给人印象最深的是最后的关门声。比起第一次，她第二次的反抗大大增强，但因为周朴园家长式的专横，还是不得不接受了克大夫的治疗。但到了第三次，情况就完全变了。在周朴园的专横下生存的蘩漪，这次一反常态把攻击矛头对准周朴园。在第四幕的开头，半夜，下着雨，周朴园极度疲惫，凝视侍萍的照片陷入沉思，去鲁贵家作复仇准备回来的蘩漪，以怪异的样子出现了。周朴园感到很惊讶。

周朴园：你？（走近她，粗而低的声音）你上哪儿去了？（望着她，停）冲儿找你一晚上。

蘩漪：（平常地）我出去走走。

周朴园：这样大的雨，你出去走？

蘩漪：嗯，——（忽而报复地）我有神经病。

蘩漪一边品味着复仇的快感，一边吐出了一连串反抗性的言语，并且在周朴园前妻侍萍（鲁妈）的照片前跟他纠缠。她对过于看重这幅照片的周朴园说：

蘩漪：放在这儿一晚上，不会掉的，我替你守着她。

最后，周朴园愤怒了，"到楼上去"，但这个惯用的专横强权行为，也遭到蘩漪的坚决拒绝。蘩漪的巨大变化终于让朴园害怕，他担心她是否疯了。周朴园这次的确失败了。从强迫蘩漪看病到现在没多久，周朴园反而让蘩漪是否精神失常的问题弄得苦不堪言。被塑造出来的人，以自己的力量反抗了塑造她的人。在第四次会面即将结束的一场戏中，正当周萍和四凤要走的时候，蘩漪叫来了周朴园，给了周朴园决定性的打击。直到这里，她对周朴园的进攻才算结束。

我们看到，剧中一次次描写了蘩漪与周朴园的冲突，首先从喝药事件开始，直到最后惨剧的形成，贯穿着一条清晰的主线，塑造了一个叛逆的形象，笔者以为，这种进展愈发激烈的冲突，既与戏剧走向高潮的速度有密切联系，也是体现曹禺剧作手法极为杰出的实例。最初喝药事件的矛盾增强了蘩漪的反抗意识，也激发了她要苦缠周萍，由此矛盾越发激化，蘩漪的性格也更加叛逆。在这种描写手法中，矛盾冲突的发展具有无法挽回的必然性。我们在这个叛逆形象形成过程中看到的蘩漪、周朴园之间冲突的进展，恐怕就是当时社会矛盾发展过程的一个真实写照，同时也具有很强的现代性。这里还要补充一句，虽然我们有了如上结论，但并不是说该剧就是在逻辑上追求矛盾冲突发展过程的社会剧。这一点我们在探讨戏剧及其缺陷时自然会发现。

2.侍萍与周朴园

如上所述，侍萍是周朴园虚伪性格的牺牲者，也可以说她是当时社会矛盾的牺牲者。周朴园在抛弃她之后，并非把她忘得一干二净，毫无挂念之情。正如我们在前面所说的，三十年后，他在读者眼中反而成了一个对自己所做的非人道行为感到羞耻的善良人。即便一个极恶之人，也并非毫无世间普遍所谓的善良和人性的因素吧。所谓杀人恶魔有时也有柔肠，这是通俗作品中的常套。另外，我们也常听到这样的事情，在外面干着欺压工人，甚至间接杀人（塌方事故等）勾当的资本家，在家里却是一个好丈夫、好父亲。话虽如此，是不是我们就可以忽略这些人的本质呢？当然不是。人复杂多样的具体生活是由无数个侧面组成的，这些侧面不能以一个图式简单得出结论。然而正是这些无数侧面的存在，才有文学和艺术存在的可能性。以周朴园为例，他那种不可思议的悔恨和对年轻时赶走的妻子的怀念，并非无法解释，也并非不合情理。他以为侍萍已死，用种种方式来表达怀念之情，这既表现了人们惯有的对失去事物的留恋，同时也显示了他内心的安全感，因为侍萍已经离开，不会给他带来任何不利的影响。然而，作者用深刻的笔触描写了他与侍萍的重逢，再次暴露出周朴园的本质。下面，我们就来探讨一下这个问题。

在第二幕重逢的场面中，周朴园知道了在场的女人就是曾经的妻子后有一段话，描写得细腻而丰满，如果我们细心观察，就可以发现其中蕴藏着朴园的阴险心理。他知道鲁妈就是侍萍后，第一句话是这样说的：

周朴园：（忽然严厉地）你来干什么？

这就是一个耻于自己无情行为、希望能够赎罪，而且一直在怀念侍萍的人所说出的第一句话。这一句话足以揭示周朴园伪忏悔者的性格。这一刻的周朴园，好像忘记了以往所有的忏悔，完全成为一个计较利害得失的人。“你来干什么”，这种防御性的语言形象地表现了他的得失心理。当时的周朴园，恐怕第一念头就是侍萍来这里一定有所企图。这句话意义匪浅。接着他又说了下面的话。中括号[]里的内容是笔者分析的周朴园的心理。

> 鲁妈：不是我要来的。
>
> 周朴园：谁指使你来的？
>
> [如果不是你自己有所图，就是受谁指使来敲诈的。]
>
> 鲁妈：（悲愤）命！不公平的命指使我来的。
>
> 周朴园：（冷冷地）三十年的工夫你还是找到这儿来了。
>
> [他听说这既不是她自己的企图，也不是受别人挑唆，就放心了。但是他认为她一定还是为了要钱或有别的什么目的；不过如果只为这些倒大可放心。他冷淡地试探对方的心理，要问出她到底是为何而来。]

听他这样问，鲁妈愤而辩解，自己不是找你们的。在鲁妈看来，已没必要重提三十年前的惨事。而且，她来到这个房间后，知道周朴园很怀念自己，还保留着当年的习惯，墙上挂着自己的照片，心就有些软了，只要跟他重逢就够了。然而她发现，他表现出来的关心，不过是利己主义的自我满足，他的本质品性丝毫未变。一时间，三十年前的悲哀耻辱和此后长久辛苦生活的种种在她的心中被唤醒，那么真实地撞击着她的心。她用充满愤慨和悲哀的语言表现出了这种心情。随后，她又连续重复着相同的语言。周朴园忍受不了她的语气，想用巧妙的甜言蜜语转变她的情绪。

> 周朴园：你静一静。把脑子放清醒点。你不要以为我的心是死了，你以为一个人做了一件于心不忍的事就会忘了么？你看这些家具都是你从前顶喜欢的东西，多少年我总是留着，为着纪念你。

这句话立即奏效，鲁妈低下头，渐渐平静下来。他继续说个不停，那语气与其说是自我辩护，不如说是压制对方。

> 周朴园：你的生日——四月十八——每年我总记得。一切都照着你是正式嫁过周家的人看，甚至于你因为生萍儿，受了病，总要关窗户，这些习惯我都保留着，为的是不忘你，弥补我的罪过。
>
> [他已完全把鲁妈掌握在手中，此时鲁妈甚至希望不要再提到旧事。于是周朴园放心了，他想要是她觉得没有必要提以往的事了，就得说清楚她来这儿的目的，把这个问题解决干净。]

如果我们再逐字逐句地仔细分析，就会发现其语言非常有深度，意味无穷。我们姑且结束这种详细的语言分析，简单地往下看，原来周朴园是想尽快用钱来解决问题。他心里想的是有钱能使鬼推磨，尤其是对这种生活在下层的人，这个办法可行。周朴园的伪善性格就这样被淋漓尽致地描绘出来了。尽管这是全剧唯一表现侍萍和周朴园冲突的地方，但作为第一部分中提到的悲剧成立条件——周朴园三十年前的残酷，再次以不同形式展现在读者面前。这不能不使我们强烈地感到该剧的社会性。

3.其他问题

笔者以为,如果从社会性的角度来读这部作品,会在更多地方发现它的背景,以及产生各种事件、冲突和对话的根源,即社会性这个问题。例如,周萍和四凤之间的爱情,也与那个时代的封建意识紧紧联系在一起。正如前文所说,他们的爱情不知为什么总是很模糊,很暧昧。究其原因,一般认为主要在于周萍。这大概是基于以下两点:第一,周萍对与蘩漪的关系心怀悔恨。他生活无度、喝酒、折腾自己,都与这点有密切关系。他倾慕四凤这个清纯的少女,又不能从心灵的创伤中摆脱出来,永远也实现不了他们的爱情。第二,笔者认为很重要的一点是,他无法对父亲说出自己要与一个阶级地位不同的少女结婚。蘩漪对周萍的威吓也总是围绕着这件事,尽管周萍如此勇敢地反驳,但如果要面对自己的父亲,他的态度恐怕就不会那么强硬了。而且,他要离开周家赴煤矿之际,四凤请求跟他一块走,但他做不到。由此我们完全可以推测,这恐怕就是来自他对父亲的顾虑。因为如果依四凤说的做了,就会破坏圆满的家庭秩序。其实由爱情而引起的阶级差别问题(这是封建思想最大的问题之一),在剧中没有得到充分的挖掘,但是我们从中还是可以看到社会的一个侧面。

我们再来思考一下周冲。笔者认为他在这部戏剧里最大的作用就是结尾的悲惨死亡(这一点我在第四部分进行论述),但他的出现还伴随着一个问题,就是他理想观念的软弱性。一般来讲,资产阶级出身的知识分子尤其具有观念上的进步性和面对现实的可悲的软弱性。这个问题虽然只是初步提出,但是在第三幕中给人印象很深,当他的理想碰到工人鲁大海身上的现实问题时,一下子就轰然崩塌了。不过这个过程并没有伴随着激烈的冲突和纠葛,深度也不够。它之所以给人印象深刻,让人关注,不是因为周冲的软弱和大海强势之间的冲突,而是因为强弱对比太过明显了。在这种情况下,人们很容易从大海的角度看问题,恐怕注重观察该剧社会性的人都是如此。关于大海,笔者将在下一部分从社会性的欠缺角度进行探讨。

在本部分最后,我要提一下鲁贵。剧中鲁贵作为一个仆人,处处发挥着助推剧情发展的作用(比较重要的一点是,他发挥了暗示蘩漪和周萍关系的作用、传人出场的作用、给封建家庭的生活增添现实感的作用等),毫无疑问,他作为封建制度下一个具有典型性格的人物,一定会引起读者的关注。他的对话者主要是鲁家人:鲁妈、大海、四凤,这三个人尽管都有下层社会的苦闷,却都坚强、干净,不失尊严地活着,与此相比,鲁贵则甘于自己男仆的地位,他认为要很好地过活就得过卑躬屈膝的日子。可以说,在整部剧中他的性格与其说是忠诚,不如说是狡猾的仆人根性。他精神上空虚,活得现实,注重眼前的快乐。因此,在鲁贵眼里,蔑视丈夫生活方式的鲁妈才是窝囊废、不懂世故,才是最值得蔑视的人。他觉得儿子不听话,是个忘恩负义的无赖之徒,归根结底因为大海是个私生子。就连亲生女儿四凤,在鲁贵看来也不过是赚钱和吃喝嫖赌的手段之一。因此,他用常人难以想到的卑劣的手段逼迫、敲诈蘩漪也就很正常了。和鲁家人相比，鲁贵在剧中占据重要地位，形成了独特的性格。他就是当时下层阶级具有愚劣奴隶根性的典型代表。

以上我们从社会性的角度探讨了几个问题，其中第一、二点是最重要的，而第三点占的比重不大。

本文在第一、二部分讨论了戏剧所表现的社会性。笔者以为，使悲剧成立的各种因素，都以各种形式与社会状况保持着紧密联系。但就如同在序言里提到的那样，不能简单下结论认为，这部戏剧在根本上就是追究了这个问题。下一部分我将从与戏剧理论的关系的角度探讨作者对社会性探求到了何种程度；第四部分将仅论述戏剧的结构和形式（方法），最后得出结论。

三、社会性探求的欠缺、人物非逻辑性的情感活动

这一部分我们要探讨以下问题，即对于在第二部分明确了的社会性的表现，如果我们继续推进的话，就能更加尖锐地触及社会性的问题，甚至暴露封建社会的种种问题以及阶级问题，而曹禺对那些人物关系和人物心理到底要探究到什么程度呢？他的基本态度是并不真正去面对这些问题，而是注重对悲剧（命运悲剧）的描写和非逻辑性的情感，对此我们边论述边思考。以上这些同戏剧理论有着千丝万缕的联系，放在第四部分去说也未尝不可。但考虑到非逻辑性的和解和破灭这一模式是曹禺创作手法中一个显著特征，考虑到与前一部分所述社会性等问题的衔接，决定在这一部分进行论述。

1.鲁大海—周朴园

鲁大海在周朴园的煤矿里做工，是工会中斗争意识很强的一个人。他因劳资关系而与朴园对立。从这点来看，如果此剧被当作社会剧来描写，的确可以说他就是一个发挥重要作用的人物。从一出场，他对朴园的敌对方式似乎就带有无产阶级的觉悟。但如果我们仔细分析，会是什么情况呢？下面引用一段第一幕开头他与四凤的对话。

鲁大海：我——恨他们。

鲁四凤：哦！

鲁大海：（刻毒地）周家的人多半不是好东西。这两年我在矿上看见了他们所做的事。（略顿，缓缓地）我恨他们。

鲁四凤：你看见什么？

鲁大海：凤儿，你不要看这样威武的房子，阴沉沉的都是矿上埋死的苦工人给换来的！

以这段台词为首，鲁大海对周朴园的强烈憎恶贯穿全剧。但这并不是觉醒的无产阶级认识到了社会结构的矛盾，也不是决定性的冲突。他的憎恨是突发性的，也是直接的。它真实再现了当时工人不够成熟的状态。这一点我们从鲁大海轻易地就被伙伴出卖这件事可以感受到。但是该剧给我们的印象却是作者好像一点也不想写真实状况。作者需要

的是内心燃烧着憎恨之火的人和可能杀死对手的人。笔者以为剧中鲁大海形象之所以单调,就是这个原因。周朴园是矿山主,受他压迫的工人就是最合适的素材。作者在这里与其说要描写出真实的劳资关系,不如说是要写出一种悲剧性的宿命,即把鲁大海放在一个让人震惊的宿命般伏线上来描写——自己憎恨的资本家实际上却是自己的父亲。也就是说,作者要向读者传达的,并不是那种只有完全推翻自身的绝对立场才能挽回的人际关系悲剧,而是感情的对立和父子关系暴露这一急转的瞬间的悲剧感情。这虽然不是和解—破灭的模式,但很大程度上显示了曹禺作品的悲剧特征。

2.鲁大海—周萍、四凤

下面,我们来谈一下临近尾声时鲁大海与周萍的和解。从鲁大海出场开始,人们就觉得他不会理解四凤和周萍的爱情。比如,我们来看下面的对话:

鲁大海:(忽然)刚才我看见一个年轻人,在花园里躺着,脸色发白,闭着眼睛,像是要死的样子,听说这就是周家的大少爷,我们董事长的儿子。啊,报应,报应。

他还说:

鲁大海:你是要骂我么?“少爷”?哼,在世界上没有这两个字!

而且在第二幕中,周萍在不知情的情况下打了自己的亲弟弟鲁大海,两人的和解似乎也越来越困难。这已经是彻底的决裂。第三幕中,鲁大海发现周萍来找四凤,甚至对周萍起了杀念。这似乎暗示着鲁大海与周萍、四凤之间难以和解的悲剧。但是将近尾声时,鲁大海却表现出了非逻辑性的充满人情味的和解态度(此处曹禺的描写很通俗)。当然它被写成这样,也是剧情发展至此必然产生的结果。但这场戏也同周朴园那场一样,曹禺一开始所关心的就不是去描写鲁大海与周萍因思想、生活环境差异而产生的冲突,而是在于不知情的亲兄弟的对立、有人情味的(非理性的)和解,以及走向最后悲惨结局的感情起伏。实际上,正是在这看似一切都能顺利发展的和解之后,发生了令人揪心的悲剧。这正是曹禺的创作手法。

3.周萍—四凤

按照第一幕人物说明的介绍,周萍是一个具有道德心和丰富情感的人,他希望过现实的生活,但他在理智和感情之间有很大的矛盾,自制力很差。正因为这样的性格,他在父亲的压迫下爱上了蘩漪,但又为这种不正当的关系感到苦恼。他需要新的力量,拯救他的人就是四凤。但只要待在这个家里,他就摆脱不了对过去那些丑恶事情的回忆。他希望打破这个牢笼。这两人(周萍、四凤)之间的问题是:打破牢笼就要避开蘩漪,而与四凤这个同父亲认为的与家庭秩序和圆满形成对立的姑娘结婚,却又不能真的和父亲对抗。于是在最后关头,他决心与四凤一起出走。周萍在第四幕中作的决定,既让读者经过了一个心理接受的过程,又使悲剧结尾呈现了异样的高潮。但是可以看出,曹禺根本没有想让二人的爱情成功,也没有使之作为对立关系发展。作者在这里也还是舍弃了对社会性的追

求，让二人在迫近周家的异常氛围中非理性地决定结婚。但一瞬间，他们的近亲关系一目了然，于是两个人都走向了死亡。笔者这里并不是要讨论这个未依逻辑而决定的爱情，笔者关注的是曹禺的兴趣所在和前面提及的所谓和解—悲剧（破灭）这种创作手法。

4.朴园

周朴园的性格正如第一、二部分所指出的，他作为深受封建思想和现代资本主义思想浸润的人物，是一个极端利己的伪道德家，专横跋扈。但是第四幕中他给我们的印象与前三幕有所不同。比如，开始的时候他虽然对周冲还保持着家长的威严，却是和平时的态度不太一样。他对一直跟自己保持距离的儿子周冲问长问短，表示希望周冲毫无拘束地跟他谈一谈。他们有一段对话：

周朴园：（立起，拉起他的手）为什么，你怕我么？

周冲：是，爸爸。

周朴园：（干涩地）你像是有点不满意我，是么？

周冲：（窘迫）我，我说不出来，爸。

他又说（只引用周朴园的台词）：

周朴园：（寂寞地）今天——呃，爸爸有一点觉得自己老了。（停）你知道么？（忽然）你怕你爸爸有一天死了，没有人照拂你，你不怕么？

他为什么会说出这些话呢？因为他真的对自己以往的所作所为完全失去了信心，甚至我们觉得他都要窥视周冲的心理。下面的一段话似乎揭示了这种变化的原因：

周朴园：（畏缩地）不，不，有些事简直是想不到的。天意很——有点古怪，今天一天叫我忽然悟到为人太——太冒险，太——太荒唐，（疲倦地）我累得很。（如释重负）今天大概是过去了。（自慰地）我想以后——不该，再有什么风波。（不寒而栗地）不，不该！

当天白天，与侍萍的重逢给了他非常大的冲击。但是我们感觉这种软弱与他在面对侍萍时的冷淡、狡猾相比，又很不协调。当然，或许可以说这显示了周朴园的另一面，人性的一面——但是这样写有什么必要呢？当最后周萍和四凤要一起出走时，被蘩漪叫来的周朴园是什么表现？他看到理应早就离开周家的侍萍、四凤，非常惊讶，但马上就冷静下来，说："你们这是做什么？"理解错蘩漪挑战意图的周朴园，在不得已的情况下说出了侍萍就是周萍的亲母。

周朴园：我老了，刚才我叫你走，我很后悔，我预备寄给你两万块钱。现在你既然来了，我想萍儿是个孝顺孩子，他会好好地侍奉你。我对不起你的地方，他会补上的。

这一节，我们一直在讨论周朴园的变化，他看起来的确在反思自己的行为，恢复了善良，并要与大家和解。这确实明显削弱了前文所述的剧作的社会性。钱谷融说，这是由作者当时思想上的资产阶级特征，即民主主义和人道主义思想的局限性所决定的。这样说当然没错。但是笔者认为，即便为了达到戏剧的悲剧性结局，周朴园这样的态度也是必要的。也就是说，从戏剧结构上来讲，即使作者有意要把周朴园描写成一个彻头彻尾的恶劣的伪道德家，他在第四幕中表现的软弱，思想上看似稍有飞跃的变化，无论如何也都是一个自然的发展过程。因为前面已经提到，曹禺的悲剧手法，就是在这样的感情变化之后引出悲剧的结局。

5.侍萍

侍萍的情况有些不同，她与周朴园的冲突仅出现在第二幕中很短的一个场景，其后，我们了解了她的痛苦经历和周朴园的伪善，却再也看不到哪里描写她与周朴园之间真正的对立交锋。鲁大海也好，侍萍也好，他们都没有成为社会背景的对立物。另外，侍萍在第四幕快结束时还不承认周萍和四凤的关系，但她最终还是承认了。只有她一个人知道事情的全部，她在痛苦中承认了他们的关系。在作这个决定之前，她的动摇和对命运的恐惧超出我们的想象。最后，她那冗长而痛苦的告白是这样说的：

> 鲁妈：今天晚上，我让他们一块儿走，这罪过我知道，可是罪过我现在替他们犯了；所有的罪孽都是我一个人惹的，我的儿女们都是好孩子，心地干净的，那么，天，真有了什么，也就让我一个人担待吧。

在她终于作出这个心如刀割的决定之后，紧接着便发生了惨剧。关于这个手法的意义，我还将在下一部分提到。一般认为，它与前面所述的三种情况具有很强的共通性。

以上我们列举了几个例子，认为曹禺悲剧手法的特征就是进行非逻辑的和解（即事情开始向好的方向发展），之后惨剧（破灭）发生。和解越积极，悲剧越惨烈。

因此我们说，作者在《雷雨》中对社会性并没有给予很大关注，也没有去描写它，他为了结尾悲剧感的深化，非逻辑性地放弃了对社会性的追求。由此，我们得到了一个重要的线索，即作者的基本态度和戏剧的终极意义是以构建一个命运悲剧为目标的。

四、曹禺创作手法的特征：以他的戏剧理论为中心

在前面几部分就社会性问题进行了探讨，笔者提出，作者对社会性的探究没有贯彻始终，而是偏于建构一个悲剧。之所以笔者从社会性问题渐渐引出结论，有两个原因。第一，如引言所述，在第一、二幕出现的种种问题，表现了周朴园作为封建社会向资本主义社会发展这一历史背景下的产物，与周家每个人之间发生的矛盾冲突，而且此后剧情的发展，也是随着戏剧走向高潮而逐渐转向悲剧结局。第二，社会性问题在该剧前半部分得到了充分展露，苦难的人物描写得非常到位，所以笔者以为在谈论该剧时，无论如何不能越过这一点。当然我们前面也提到过，该剧并不能从根本上去面对当时的社会矛盾，而作者的意图恐怕也并不在这里。

不过大家也注意到了，笔者在前面谈及社会性问题时，除了就蘩漪对周朴园反抗态度的变化，以及第三部分中显示的和解—破灭模式进行论述外，并未特别地把它同剧情发展

和结构相联系。这是因为如果我们一边关注从第三幕到最后一幕的剧情，一边从戏剧整体的结构、曹禺的戏剧理论层面来思考问题，就无法集中地思考社会性问题。在这一部分，我们将把整个戏剧的结构与蘩漪的重要性放在一起来探讨，然后以曹禺悲剧中体现的发现和急转这个戏剧理论为中心，就几个问题进行论述，进而得出结论。

1.戏剧的整体结构——蘩漪的重要性

戏剧结尾的那场悲剧是如何发生的呢？我们暂且不考虑悲剧成立的根本条件，先从剧情发展的过程来看一看。如果我们首先看该剧最后的场景，就会明白四凤、周冲和周萍的死，是两个母亲发疯的直接原因。在第三幕中，母亲让四凤发下誓言，决不再与周家的人来往，而四凤与周萍的幽会又被母亲和鲁大海发现，她被逼得走投无路。她逃离自己的家到了周家，跟周萍说自己只有离开这个地方了，请求萍一定要带自己到煤矿去。此前周萍已同大海和解，得知了四凤的感情和四凤想不开而冒雨离家的事情，便决心带她一起走。这时大海和母亲出现了。侍萍知道周萍和四凤是兄妹，感到自己罪孽深重，命运的安排让她不寒而栗。周萍出于弥补自己罪过的心理，哀求侍萍让自己和四凤一起走。鲁大海不了解情况，也请求母亲放他们两个人走。侍萍无论如何不允许，四凤便拿出已怀了周萍的孩子这张王牌。正如在前一部分我们引用过，侍萍祷告上帝，认为两人的罪孽都是由自己造成的，她终于允许了两人离开。几乎与此同时，不顾后果怀着激烈的复仇心理的蘩漪带来了周冲，把周萍和四凤的关系公之于众。但由于周冲不知所措，蘩漪没有达到目的。就在周萍和四凤快要出发的时候，蘩漪又叫来了周朴园，朴园对侍萍的去而复返大吃一惊，错解了她的意思，说出她就是周萍亲生母亲。得知真相的周萍和四凤几近发疯。蘩漪也没有料到这个现实，对周萍渐渐恢复了母爱。四凤如同发狂似的跑出房间，在暴雨中碰到被雨淋湿的电线而死，要救她的周冲也死了，周萍在自己的房间里用手枪自杀。于是幕落。

到此我们明白了，周萍和四凤两个人发现自己的近亲关系，是悲剧发生的直接原因。但我们必须注意的是，从结果上看是蘩漪造成了这个关系的败露。叫来周朴园的是她；为了让四凤的母亲侍萍和鲁大海发现四凤和周萍幽会，从外面关上窗子的是她；回过头来看，把侍萍叫到周家来，让四凤辞去了工作的也是她。这样看来，似乎蘩漪操纵了戏剧的一切进程。归根结底，可以说使周萍陷入苦闷，进而转向四凤一边的也是蘩漪。那么，她为什么会控制着戏剧的发展呢？正如前面所述，这不外乎是因为蘩漪在周家窒息的氛围中好不容易得到周萍这根救命的稻草，而周萍却采取了逃离的态度。蘩漪在剧中的一切行为，都基于要挽留周萍的心理。即便是在开始时揭露周朴园的虚伪，也是出于这个原因。笔者在前面没有过多论及蘩漪，因为前面论述的中心是社会性问题。但我们已经提到，蘩漪给读者留下了最深刻的印象。可以说，蘩漪就是这篇戏剧的主人公，作者曹禺对人物的描写在蘩漪身上也是最出色的。因此她与这部戏剧的结构联系得最为紧密。蘩漪感情激昂，她从强烈的嫉妒转到复仇，这种心理变化把戏剧一步一步引向最后的悲剧，同时这也是对周朴园反抗的高潮。

下面，我们以蘩漪为中心，从戏剧的第一幕开始来分析一下戏剧的结构。但首先要指出的是，这部戏剧与古典主义悲剧的戏剧构成是一脉相通的，虽然并不是彻头彻尾一样。因此，可以说它与亚里士多德在《诗学》中所说的悲剧的特征也有共同点：有开头，有过程，有结尾。当然它与拉辛等在法国古典悲剧中严格遵守的所谓五幕剧的形式有所不同。

第一幕

幕启之后，四凤和鲁贵的对话持续了很长时间，我们从台词中摘录出一些主要的戏剧伏笔。中括号[]里是与后面有联系的主要内容。

(1)四凤的母亲在南方某学校当女佣，两年回来一次。今天是她回来的日子。她很讨厌女儿当佣人。[侍萍与周朴园的关系；两个人的重逢。]

(2)鲁大海为了工会的谈判来到周家。[大海与周家的冲突；朴园是他的父亲。]

(3)四凤与大少爷(萍)的关系。[这是一条直到剧终的重要线索；近亲乱伦的悲剧。]

(4)闹鬼的事情。[周萍与蘩漪的关系是该剧最主要的线索。值得注意的是，这种关系是被当成闹鬼的故事讲出来的。读者会感到周家异样的氛围，强烈地预感周家要发生什么可怕的事情。这就是作者技巧的高超之处。]

(5)蘩漪与四凤的母亲鲁妈(侍萍)见面。[这个伏笔设计得非常厉害。蘩漪对侍萍是什么人毫不知情，她叫来侍萍是引发悲剧的一个原因。]

在以上对话的伏笔中，已经基本包含了构成这部戏剧的主要因素。这次对话之后，蘩漪在第一幕中一直待在舞台上。因此，我们以蘩漪为中心来论述它的结构。

蘩漪—四凤

蘩漪按捺着自己的妒火，但还是敌视四凤，试探她与周萍的关系。作者对此时此刻的蘩漪的描写，不能不使读者心中预感到这个女子定要惹出什么事来。如果是舞台演出，观众的注意力恐怕都会集中在她身上。

曹禺的一部分人物说明是：

> 她一望就知道是个果敢阴鸷的女人。她的脸色苍白，只有嘴唇微红，她的大而灰暗的眼睛同高鼻梁令人觉得有些可怕。但是眉目间看出来她是忧郁的，在那静静的长的睫毛的下面，有时为心中的郁积的火燃烧着，她的眼神充满了一个年轻妇人失望后的痛苦与怨怼。[……]她对诗文的爱好，但是她也有更原始的一点野性：在她的心，她的胆量，她的狂热的思想，在她莫名其妙的决断时忽然来的力量。[……]然而她的外形是沉静的，忧烦的，她会如秋天傍晚的树叶轻轻落在你的身旁，她觉得自己的夏天已经过去，西天的晚霞早暗下来了。

在下面这段对话之前，两个人谈的是鲁贵。开始的“他”即指鲁贵。

> 蘩漪：他倒是惦记着我。(停一下忽然)他现在还没起来么？
>
> 鲁四凤：谁？

繁漪：(没有想到四凤这样问，忙收敛一下)嗯，——自然是大少爷。

鲁四凤：我不知道。

繁漪：(看了她一眼)嗯？

鲁四凤：这一早晨我没有见着他。

繁漪：他昨天晚上什么时候回来的？

鲁四凤：(红脸)您想，我每天晚上总是回家睡觉，我怎么知道。

繁漪：(不自主地，尖酸)哦，你每天晚上回家睡！

在下面这段对话之前，她们一直谈周朴园。

繁漪：(忽而抬起头来，眼睛张开)这么说，他在这几天就走，究竟是到什么地方去呢？

鲁四凤：(胆怯地)您说的是大少爷？

繁漪：(斜着看四凤)嗯！

鲁四凤：我没听见。

繁漪—周冲

周冲被描写成纯真的、不懂世故的理想主义者。繁漪对他显示出了母爱。周冲爱着四凤。(这三方面与最后一幕中繁漪叫来周冲的残酷行为，以及冲的惨死紧密联系在一起。)周冲跟母亲说，哥哥周萍对他谈起过他以前犯过错误。繁漪受到了微妙的影响。

此后的部分就如我们在第一部分所述的。也就是说，这里揭示了周朴园的性格和周家所具有的伪善的秩序与圆满的本质。喝药事件则表现了繁漪和周朴园的冲突(第一回合)。

第二幕

萍—四凤

周萍为过去自己和繁漪之间不正当的关系而苦恼，他失去了自信，甚至嫌恶自己。看起来，他的父亲也介意他和四凤的关系。他试探四凤是否知道自己与繁漪的关系。四凤深爱着周萍，对他与繁漪的关系虽有耳闻，但不愿相信。

繁漪—周萍

繁漪拼命要留下周萍，但周萍想方设法要摆脱她。她越来越绝望。笔者借钱谷融评论繁漪的一段话和繁漪的台词来揭示她此时的心情。因为她为了让周萍留下而焦躁，逐渐转向自暴自弃的反抗，这些状态都使读者产生了可怕的预感。钱谷融说："就是这样一个女人，落进了周朴园的魔掌，被他软禁在这个仿佛是与世隔绝的周公馆里，已经十八年了。寂寞枯淡的生活，沉重窒息的空气，把她闷得气都透不过来，本来她已经不存在什么希望，只安安静静地等着死亡的到来了。忽然，三年前，周萍从乡间跑来了，对她表示了爱慕。这虽是一株苍白无力、弱不禁风的小草，但因为他如今是出现在荒凉而阴冷的周公馆里，又是刚从乡间来，身上多少总还留着一些年轻人应有的淳朴清新之气；……就是在他这种热情奔涌的时候，他赢得了繁漪的心。而繁漪犹如一株行将枯死的奇花，得到了点滴雨露的滋润，又逐渐有了些生气。她就按照她自己的性格，把她的生命、名誉，整个地交给了周萍。然而周萍毕竟是周朴园的儿子，他犹疑怯弱，胆小怕事，绝不是值得蘩漪爱、值得蘩漪为他牺牲的人。后来，他又爱上了四凤，尽量回避着蘩漪，并且想离开周公馆，撇下蘩漪，一走了事。”①

蘩漪的感情是如何变化的呢？看蘩漪自己是怎么说的。

蘩漪：萍，我盼望你还是从前那样诚恳的人。顶好不要学着现在一般青年人玩世不恭的态度。你知道我没有你在我面前，这样，我已经很苦了。

蘩漪：你欠了我一笔债，你对我负着责任；你不能看见了新的世界，就一个人跑。

蘩漪：这不是原谅不原谅的问题，我已经预备好棺材，安安静静地等死，一个人偏把我救活了又不理我，撇得我枯死，慢慢地渴死。让你说，我该怎么办？

蘩漪：热极了，闷极了，这里真是再也不能住的。我希望我今天变成火山的口，热烈烈地冒一次，什么我都烧个干净，那时我就再掉在冰川里，冻成死灰，一生只热热地烧一次，也就算够了。我过去的是完了，希望大概也是死了的。哼，什么我都预备好了，来吧，恨我的人，来吧，叫我失望的人，叫我忌妒的人，都来吧，我在等候着你们。

再看侍萍、四凤母女阔别两年后的亲切交谈。

侍萍在这儿看到客厅里的家具，渐渐好像感觉这里是自己曾经住过的房间。接着四凤给她看了桌子上的照片，她由此知道了这就是残忍的巧合。她茫然若失，想要在灾难到来之前赶快回家。

侍萍—蘩漪

蘩漪要把四凤从周家赶走，把原因说成是周冲向四凤求婚。侍萍为四凤面临着和自己完全相同的命运感到悲哀，她诅咒上天的无情，决心要带四凤回去。

蘩漪—周朴园

（即第一部分论蘩漪的第二次反抗）

周朴园—侍萍

他们的重逢已经在第二部分论述过。周朴园唯恐自己利益受损，同意辞掉四凤和鲁贵，并且答应想办法安排侍萍与周萍见一面。

鲁大海—周萍

周朴园很狡猾，即便是对亲儿子大海也绝不手软。大海的反抗意识越来越强。因为侍萍希望见周萍一面，一无所知的周萍被叫过来留在现场，周萍不能忍受大海对父亲的侮辱，兄弟二人在母亲面前满怀仇恨，互相殴打。作者描写了捉弄人的命运，但也正像前面所说，这个场景在很大程度上具有大海与周萍和解前提的意义。

① 钱谷融：《〈雷雨〉人物谈》。

四凤、侍萍回家。（雷鸣）

蘩漪—周萍

下面引用的虽然是简短的对话，但足以让我们了解蘩漪浓烈的感情，预感悲剧即将到来。

蘩漪：萍，你刚才问四凤说的什么？

周萍：你没有权利问。

蘩漪：萍，你不要以为她会了解你。

周萍：你这是什么意思？

蘩漪：你不要再骗我，我问你，你说要到哪儿去？

周萍：用不着你问。请你自己放尊重一点。

蘩漪：你说，你今天晚上预备上哪儿去？

周萍：我——（突然）我找她。你怎么样？

蘩漪：（恫吓地）你知道她是谁，你是谁么？

周萍：我不知道。我只知道我现在真喜欢她，她也喜欢我。过去这些日子，我知道你早明白得很，现在你既然愿意说破，我当然不必瞒你。

蘩漪：你受过这样高等教育的人现在同这么一个底下人的女儿，这是一个下等女人——

周萍：（爆裂）你胡说！你不配说她下等，你不配！她不像你，她——

蘩漪：（冷笑）小心，小心！你不要把一个失望的女人逼得太狠了，她是什么事都做得出来的。

周萍：我已经打算好了。

蘩漪：好，你去吧！小心，现在（望窗外，自语，暗示着恶兆地）风暴就要起来了！

周萍：（领悟地）谢谢你，我知道。

第三幕　鲁家

鲁家全家人都在，他们各自都在想当天发生的事，言语之间要么互相安慰，要么互相敌对。这一幕让我印象深刻的是，侍萍为一种难以捉摸的厄运之兆担惊受怕，大海对周家则满腔仇恨。

周冲出场；他与大海有段对话（这点已在第二部分“大海与周冲”部分论述过了，此处省略）。

四凤的誓言

为预感到的命运而担惊受怕的侍萍得知周冲来访，便联想刚才听说的周冲求婚之事，她让四凤发誓今后决不再见周家人。此处的描写形成了一个高潮，也成为四凤在与周萍幽会后离开家的主要原因。还必须注意的是，蘩漪让周冲替她到鲁家去，大概是预料到这

个誓言而采取的一个策略。(此时雷鸣不止)

幽会及败露

周萍来见四凤。尾随而来的蘩漪从窗外看着他们,妒火中烧。她从外面紧紧关上了窗户。(隆隆的雷声中站着面色苍白的蘩漪,戏剧效果极为可观)接着,他们的幽会被侍萍和大海发现,周冲逃走,四凤在暴雨中不知去向。

第四幕 周家

周朴园—周冲

周朴园改变主意,周冲不知所措。这点已在第三部分谈到。

周朴园—蘩漪

蘩漪的第三次反抗。这点在第二部分已论及。

蘩漪—周萍

二人之间产生决定性的决裂。蘩漪的挣扎越发激烈,周萍忍无可忍,想早点逃脱。

蘩漪:(恳求地)即使你要走,你带我也离开这儿——

周萍:(恐惧地)什么?你简直胡说!

蘩漪:(恳求地)不,不,你带我走,——带我离开这儿,(不顾一切地)日后,甚至于你要把四凤接来——一块儿住,我都可以,只要,(热烈地)只要你不离开我。

周萍:(望着她,忍不住地狂喊出来)哦,我不要你这样笑!(更重)不要你这样对我笑!(苦恼地打着自己的头)哦,我恨我自己,我恨,我恨我为什么要活着。

蘩漪

她刚开始知道一些侍萍的情况,又由于鲁贵的出场而忘得一干二净。这就是捉弄人的命运。

大海—周萍

大海和周萍和解。这点在第三部分已论及。

此后就如本小节前面所述,最终发展成了悲剧。

以上我们考察了该剧第一至四幕的结构,已大体明白蘩漪的行动和戏剧的展开有着怎样紧密的联系。的确如前所述,如果溯本求源,造成蘩漪现在性格、让四凤和周萍陷入乱伦,根子都在周朴园。不过这毕竟是悲剧成立的条件,而从戏剧结构来看,蘩漪内心的殊死挣扎和绝望的激烈斗争,以及发疯般的复仇等才是贯穿该剧的中心。

该剧从第一幕到第四幕的结构与古典悲剧的结构有相似之处。第一幕表现周家充满了矛盾,四凤—周萍—蘩漪的关系成为必然会引起新矛盾的因素。第二幕,蘩漪得知自己在周萍的心中早已不复存在,在本文分析部分,笔者引用的她台词的后半部分就暗示着她将被人过河拆桥;紧接着侍萍来访,四凤被解雇,这让周萍忍无可忍,不得不采取行动;蘩漪把这一切看在眼里,开始复仇。四凤被解雇是无法挽回了。第三幕是斗争的展开,鲁大

海和周家彻底决裂；蘩漪施计让侍萍和大海知道了周萍和四凤的关系。第四幕是爆发—破灭的结果。笔者以为，该剧剧情的真正展开，即成为悲剧展开原因的，是侍萍的来访、大海和周萍的争吵、四凤被解雇（指剧中她们快要回家的场面）。总之，这就使周萍越发坚决地倾向于四凤，而蘩漪的悲剧则从她明确知道这一点时就展开了。雷声的效果是从四凤退场的瞬间开始的，那是暴风雨的前奏，暗示着四凤的回家将引出严重的惨剧。

鲁侍萍：四凤，收拾收拾零碎的东西，我们先走吧。快下大雨了。

［风声、雷声渐起］

鲁四凤：是，妈妈。

鲁侍萍：（向蘩漪）太太，我们走了。（向四凤）四凤，你跟太太谢谢。

鲁四凤：（向蘩漪请安）太太，谢谢！（含着眼泪望周萍，周萍缓缓转过头去）

［侍萍与四凤由中门下。风雷声更大。］

这一场中蘩漪、周萍、四凤三人都在，他们的心理活动很微妙。悲剧因这件不可挽回的事情开始了。

2.发现和急转

亚里士多德在《诗学》中，提出了形成希腊悲剧动人瞬间的“发现”和“急转”的原理。所谓“发现”和“急转”是指发现了某种情况后，其结果导致主人公命运发生急剧转变。“发现”就如同俄狄浦斯王发现自己的命运一样，是以根本否定发现者自身的形式进行的发现。也就是说，在“发现”中已经包含了“急转”，而且在发现之前，当事人完全不知道必须要急转。在这种情况下，为什么要发现，发现的结果为什么是急转，这些都源于希腊悲剧中人与命运（上帝、神谕）的紧张关系。

《雷雨》中的发现和急转是怎样表现的呢？在《雷雨》中，尽管近亲乱伦造成了最终决定性的毁灭，但我并不认为发现、急转只局限于四凤与周萍。当然此说也并非没有道理，但我更愿意以蘩漪为中心来探讨这个问题。对此，前面已作过多次论述，这里不再赘述。对于蘩漪来讲，生活在周家而失去周萍，就意味着死亡。她的心中只有周萍。因此她才叫来侍萍。此时，未知的命运已悄然降临。由于赶走了四凤，蘩漪被周萍彻底抛弃，于是她开始复仇。最后她找来了周朴园，周朴园在毫不知情的情况下说出了近亲乱伦的事实。蘩漪自己都为这个事实感到惊讶，一瞬间她对周萍报以同情，但为时已晚，一切都毁灭了。真相已经大白。蘩漪只为周萍而行动，她被某种无形的力量牵引着，最终引发了这场惨剧。周冲可怜的死亡、周萍的死亡，这一切都彻底否定了蘩漪。不仅如此，连周朴园、侍萍、周萍和四凤也一并否定了。作者似乎要说，究其根源，周朴园虚伪欺骗行为产生的昔日悲剧不断发展，就是一种命运。并且正如第三幕中所说，种种和解刚刚达成，悲剧反而更加惨烈。我们稍作思考就会明白，近亲乱伦虽然是决定性的因素，但如果没有蘩漪的复仇，悲剧就不会发生。因为连侍萍都忍痛同意两人结婚了，只有命运不允许这样。正如第三部分所讲，侍萍对二人婚姻的承认，在这里是产生悲剧的前提条件。

3.尾声和序幕，雷声的效果

前面我们已经明确了，《雷雨》在根本上是以蘩漪的行动为中心展开的命运悲剧。印证这一点的是尾声、序幕以及雷声的效果。

序幕

开幕时，远处传来教堂的赞美歌和巴赫的 B 小调弥撒曲。这里是某教堂附属医院。这个开幕已经让人感到，作者要对观众讲述一段遥远过去的命运悲剧。开幕通过女甲、乙的话，片段性地暗示了这个家中(周家)发生的悲剧故事，使人感到一种难以言状的恐怖和战栗。三人死亡、两个老妇人发疯、一个老人软弱无力，以及他们之间的复杂关系，这些就足够了。读者和观众恰似那小孩的目光，充满恐怖和期待，满怀兴趣地关注着这个故事。作者的切入点非常好。接着侍萍出场，为了寻找下落不明的儿子，她在每年除夕晚上都会以奇异的姿态靠近窗户。两个恐惧的小孩和一个奇怪的老妇人，这正符合命运悲剧、怪诞剧的开幕特点。这时，场景逐渐转暗。(这老妇人的姿态同第四幕结尾时相同，也与尾声的最初部分相同。作者采用了蒙太奇的手法和追忆的形式。)

尾声

笔者以为，尾声与亚里士多德所说的感情净化的作用有关。观众被再次拉回现实，会说“多么可怕的人生斗争啊，可偏偏是老天的安排”，通过最后激烈的斗争何惨剧，读者感到自己内心的一切情念已被燃尽、净化了。而尾声到来之前，在读者的意识当中惨剧转移到了遥远的过去，便产生了理智和感情上的安定感。比起老人的姿态，小孩子健康的叫喊声似乎表明，这就是一种被净化的人。老人已经死去。

雷声的效果

如上所述，雷声始于四凤和鲁妈的退场。它表示戏剧性行为的开始，暗示了悲剧的发生。一直到剧终，雷声到处存在，它同戏剧的高潮相呼应，显示了不同凡响的效果。即使一一列举，也无法说明其效果。下面仅就雷声的含义列举一二：

(1)表示戏剧性行为的开始；

(2)表示蘩漪复仇的强烈；

(3)表示命运力量的可怕；

(4)将戏剧推向高潮。

可以说，用这几项概括命运悲剧的效果是最恰当不过了。

五、结论:《雷雨》的悲剧性和社会性

《雷雨》在本质上是一部命运悲剧。社会性是悲剧成立的基本条件(主要因素)。可以说，即便读者(观众)把在此发现的东西说成是命运，但造成惨剧的最初的罪恶源于周朴园抛弃侍萍，虚伪地与蘩漪结婚。但是从整部戏来看，这毕竟是悲剧的前提，作者绝不是要在本质上探究造成周朴园虚伪的社会矛盾。在各种场面中被尖锐描绘的社会矛盾归根结

底也只能是前提。随着戏剧趋向尾声，作者的技巧更加突出，这表现了作者构筑命运悲剧情节的态度。

那么，这部作品为什么被视为中国现代戏剧的起点，在它发表三十年后的今天仍然保持着生命力呢？这大概是因为以下几点：《雷雨》在戏剧结构和表现手法上让人想到与希腊悲剧完全吻合；蘩漪是戏剧的中心人物，性格与众不同、极有特色（可以说这是该剧最引人入胜的地方）；剧中随处可见作者对现实的敏锐洞察，虽然很不彻底，但也包含了社会性戏剧的要素；等等。

作者关心那些具有冷酷和残忍心理的人，试图把戏剧结构为命运悲剧。但是在寻找素材时，他直面丑恶的现实，选择了以周朴园为中心的周家这个社会性很强的家庭。不管这个具体过程如何，通过作品分析我们可以看到，作者要描写一个命运悲剧，但也具有了很强的社会性，我们也似乎看到活在一个有意义的时代、封建（半资本主义）时代的悲剧作家的非理性。作者在1936年的序文里写道："我并没有显明地意识着我是要匡正，讽刺或攻击些什么。也许写到末了，隐隐仿佛有一种情感的汹涌的流来推动我。我在发泄着被抑压的愤懑，毁谤着中国的家庭和社会。然而在起首，我初次有了《雷雨》一个模糊的影像的时候，逗起我的兴趣的，只是一两段情节，几个人物，一种复杂而又原始的情绪。……《雷雨》所显示的，并不是因果，并不是报应，而是我所觉得的天地间的'残忍'。如若读者肯细心体会这番心意，这篇戏虽然有时为几段较紧张的场面或一两个性格吸引了注意，但连绵不断地、若有若无地闪示这一点隐秘，——这种种宇宙里斗争的'残忍'和'冷酷'。在这斗争的背后或有一个主宰来管辖。这主宰，希伯来的先知们赞它为'上帝'，希腊的戏剧家们称它为'命运'，近代的人撇弃了这些迷离恍惚的观念，直截了当地叫它为'自然的法则'。而我始终不能给它以适当的命名，……"

附记

这篇论文可以说完全排除了对《雷雨》外部的考察，纯粹地从戏剧内部来探讨它的本质。我尽可能写得详尽一些，但也难免有武断之处。今后，我想对《雷雨》与中国文学史的关系、与当时社会背景的关联、与各种同类悲剧的比较，以及与曹禺其他作品的共同点和差异性等外在的因素进行研究，以弥补不足。

（李明韵译）

原载《中国文艺座谈会笔记》第十四辑，1963年12月

曹禺的新作

[日]大芝孝

一、杰作与寡作

曹禺是一个有杰作的剧作家，同时又是一个作品很少的剧作家。

到目前为止，他的作品有：四幕剧《雷雨》(1934)；四幕剧《日出》(1936)；三幕剧《原野》(1937)；四幕剧《蜕变》(1941)；三幕剧《北京人》(1941)；幕剧《家》(1942)；《桥》(1946)，据说这部作品最初在《文艺复兴》上连载，没有刊登完就中断了，笔者没有见过；《明朗的天》(1954)，同时发表在《人民文学》和《剧本》的九、十月号上，当时是四幕七场，1956 年，以“中国戏剧家协会编”的名义，改编为三幕六场，单行本由北京人民文学出版社出版；《胆剑篇》(1961)，与梅阡、于是之合著，发表在《人民文学》七、八期的合刊上，五幕剧，实质是两本。

曹禺所有的作品，都是继承了起承转合这种正统的现代自然主义剧作方法的典型杰作，因此，多是四幕剧。《原野》在三幕之外有一个序幕；《北京人》虽是三幕，但第三幕包含两个场景；修订本《明朗的天》每一幕都有两场，与旧作四幕七场接近；《胆剑篇》五幕中的第一幕与第五幕是同一个舞台背景。

从 1934 年发表处女作《雷雨》到 1942 年根据巴金同名小说改编的《家》，九年间曹禺共创作了六部作品，也许不能说创作量很少。但是到此后写作《桥》隔了四年，再到《明朗的天》隔了八年，到《胆剑篇》隔了七年。从 1934 年到现在的三十二年间共有九部作品，而从中华人民共和国成立到现在的十六年间只有两部作品，这个数量大概就很少了。

对于曹禺来说，创作量小绝不意味着懒惰，相反，只是证明了他在创作上谨慎的态度，这在解放前就已经是众所周知的事实了。数量少会产生杰作。也正因为杰作少，才值得期待。新中国成立后，曹禺比抗战时期还要繁忙，主要是适应总路线的任务来建设社会主义文学艺术。但是这项事业非常艰巨。为了适应这个任务，1951 年，他对《雷雨》进行了大幅度修改。[1] 这次修改甚至贯穿情节的始终，其努力程度也接近了创作时的状态。《日出》《北京人》也作了不同程度的修改。

新中国成立后，曹禺担任中央戏剧学院副院长，为了培养戏剧新人而忙碌；担任北京人民艺术剧院院长期间，因站在一线靠前指挥而忙碌；担任继田汉之后的戏剧家协会主席时，在中国文艺工作者代表大会上作了重要发言，特别是在反右斗争非常激烈的时代，发

① 拙作《新旧版〈雷雨〉的比较研究》，载《神户外大论丛》第七卷第一至三号。

表了很多对丁玲、胡风、吴祖光、萧乾、孙家琇等的批判文章。1957 年，曹禺入党。他在不断深入全国各地之余，还于 1952 年作为中国作家代表访问莫斯科，参加果戈理逝世百年纪念大会；1956 年访问印度；后又作为中国代表团成员访问日本，参加世界禁止原子弹、氢弹大会。他唯一的散文集《迎春集》（北京出版社，1958）就是在这种繁忙而活跃的状态中完成的。曹禺在《后记》中写道：

> 日子过得快极了，像坐了神仙的飞车一样。工作，学习，劳动，开会，看戏，旅行，听报告，参加热火朝天的各种运动——生活仿佛是一道愉快的泉水，晶莹闪耀，奔流过去。我们在歌唱中，在战斗中，过着忙碌而又充实的日子。

笔者曾对解放前的中国新剧史作过这样的论述："各种事实证明，《雷雨》一直是中国新剧史中演出次数最多的戏剧……"①这个论述也不只限于此篇作品。总之，他的作品演出频率高。因此我们评价曹禺作品，在杰作与寡作之外，还要再加上演出次数多这个特点。

二、关于《明朗的天》

1954 年，《明朗的天》最初在《人民文学》和《剧本》两个杂志九月号发表的时候，预告是四幕八场，当期杂志刊登了作品的前半部分，即第一幕和第二幕的第一场、第二场。然而，到了十月号，《剧本》的目录上变为四幕七场（《人民文学》没有注明），内容和《人民文学》一样，刊登的后半部分是第三幕第一场、第二场、第三场，第四幕。

但是，到了 1956 年出版的单行本就修订为三幕六场，很明显作了重大修改，可以看出作者煞费苦心。其中较大的变更，是把旧作中的第三幕放到了修订本第二幕的第二场之后。我们在这里并不把重点放在比较研究上，主要是基于修订本来展开论述。

笔者和同仁们的观点一样，认为《明朗的天》的主题是描写知识分子的思想改造。事实也确实如此。但是笔者想指出，在形象化的层面上，美帝国主义扮演了"反面教师"的重要角色。作品以资产阶级个人主义思想和非人道的细菌战侵略中国为经，以医学院教授这群高级知识分子从资产阶级的人生观向社会主义思想转变的过程为纬，把两者巧妙地结合在一起来推动情节的发展，最后以抗美援朝的胜利和思想改造的成就结束。作者从具体的实践中探索问题、解决矛盾，可以说，这对孜孜以求要树立社会主义现实主义写作的曹禺来说是一个新手法。比起在《雷雨》和《北京人》中用的希腊悲剧的主题和自然主义手法，这应该说是一个很大的飞跃。实际上，他此前的创作也有了某些预兆：修订后的《雷雨》和《日出》，已经赋予了部分正面人物明确而积极的性格；抗战时期的《蜕变》，突破了一直以来在舞台方面都是典型室内剧的局限，到了《明朗的天》，这种变化已很明显。

曹禺所在的北京人民艺术剧院不愧是一流的国立剧团，演出也受到了很多好评。

> 作者对新生活的热爱和对旧社会的憎恨，使他的作品充满着对生活的热情和鲜明的政治态度；他所选择的"知识分子改造"这一题材，是他所熟悉的，这些

① 拙作《中国新剧史略（三）》，载《神户外大论丛》第十二卷第三号。

高级知识分子的灵魂是他能够细致理解、体验的。因此，在作品中，刻画了许多真实的人物性格，揭露了这些人物的内心世界。现在，这一个作品，在观众的面前演出了，得到了观众很大的欢迎。①

在描写知识分子的思想改造时，作者不只针对一个主人公凌士湘教授，而是安排了很多各式各样个性相异的教授、医生群像出场。这既体现了该剧的规模之大，同时也印证了作者严格的现实主义眼光。我们引用一段作者在剧中对所描写的人物的评论。

教务长江宗道：

在这个医学院里，大约除了贾克逊以外，最有势力的人就是他了，因为校长和院长都是有名无实的，贾克逊和他故意请一些他们认为是好好先生的来充任，做招牌。他温文有礼，但又是阴气森森。[……]对于凌士湘，他保持着“谦恭下士”的态度，口口声声称呼他是老前辈，实际上他是谁也不佩服，他觉得他的前途是无限的。

他的出身是一个没落世家的子弟，家境很穷，他小时便很乖巧玲珑，在大学里遇见徐慕美，费了很大的心机才把这个买办的阔小姐弄到手。他是得过他有钱的丈人的好处的。他有些学问，在美国得过两个博士的头衔。但自从多年以前受了贾克逊的赏识以后，和他所认为的美国有力量的人做了朋友，当了这实际上比院长还高得多的教务长，他渐渐对政治的兴趣浓厚起来，觉得人应该有“抱负”，有“雄心”，对于学术也不甚钻研了。这个人英文不错，还会两句旧诗，自己觉得很风雅很博学。[……]他非常爱惜自己的“丰采”，穿着一身毛质的潇洒的长袍，一尘不染，里面是笔挺的西装裤，皮鞋头是尖的，擦得晶亮。他是有惊人的洁癖的。②

眼科主任兼医务主任陈洪友：

他是这个医学院的老毕业生。他是在美国留过学的。回国以后在校服务几年，在上海和北京都挂过牌，营业很好。他确实有些学问，疑难大症，他看了不少。偶尔他也写几篇论文——当然仅仅为了点缀，这和他这几年来，极力想钻进这个医院当眼科主任是一样的用意，都是为了所谓医学界中的地位。这个人小心谨慎，多少年来，学了一种尽量与人无争，却又像处处讨便宜而又不失身份的处世哲学。[……]在背心两个口袋之间系着金表链，链上悬着两把金钥匙，是他在美国大学读书时得来的“荣誉”标记。③

此外，还有眼科医师尤晓峰、内科医生孙荣等，尽管性格、经历各不相同，但都崇尚美国，希望自己显赫荣达，这正是鲁迅笔下的“阿Q精神”，他们都具有奴性，是存在于半殖民地中国的有着畸形资产阶级思想的人物。在这部作品中，作者最下功夫塑造的凌士湘教

① 左莱：《谈〈明朗的天〉中几个演员的创造》，载《戏剧报》，1955年3月。

② 曹禺：《明朗的天》，人民文学出版社，页11。

③ 曹禺：《明朗的天》，页19。

授是个怎样的人呢？其表面和内心相当复杂深刻。

> 凌大夫是细菌系的主任，五十九岁，是一个老美国留学生。他的出身可能是一个旧的书香世家。他考进清末的理工一类的学校，终于决定学医，当时多少是为了科学救国，和一些有志之士想把泰西的科学传进来。他有一些人道主义的思想，多少年来认为医学是救人的。他在美国也吃过很多苦头，半工半读，靠自己的努力学了一些东西。他很自信，脾气倔强、耿直，但做起事情来有时显得很迂，也有通常一般学者的那种心不在焉的神气。一般来说，他为人是十分热情的，不过不大容易看得出来；靠近他的朋友都认为他诚实、忠厚、可靠，但是钻牛犄角，利用他，因为他在细菌学方面确有成就。[……]他的面貌看不出像个学者，只有跟他常在一处的人才看得出他内在的风度。乍一看，他倒有些土头土脑，像一个内地来的不出名的中学教员。[……]他穿着一身旧西装，有些单薄，拿着一件磨光了的黑呢大衣和一顶旧呢帽。①

对知识分子阶层的这些描写，在某种意义上可以说具有世界范围内的典型性，其观察非常透彻。同时，正因为如此，针对主人公的剧评也很严厉。

左莱的批评是这样的：

> 刁光覃同志扮演了凌士湘，他创造了一个令人可信的科学家的形象。演员不单是创造了角色的职业特点，更重要的是抓住了凌士湘的思想线索，刻画了一个高级知识分子的内心世界。凌士湘是一个正直的科学家，他热爱科学，刻苦地工作，忠诚地对待自己的事业。他是不懂政治、脱离政治的，有些地方显得很幼稚。这是旧社会善良人物的典型，人物形象就显得真实与合乎逻辑。第一幕，凌士湘听到说有田鼠充满兴奋和喜悦，而当何昌荃被特务抓走时，引起了他极大的愤怒："这，这还叫什么国家！"这些都形象地刻画出了他的性格。但是，在凌士湘许多资产阶级意识流露的地方，导演和演员没有加以强调，含混不清了。在他对何昌荃的谈话里充分表现了出来："你到底预备干什么？一个人一生只能选择一条路，你要好好地想一想，是政治呢？还是科学？你这样下去，我跟你说，你会退步的，退步的！"他对学生的亲切感情，缺少那顽固思想的流露。还有他对贾克逊的看法："在科学上我允许一个人大胆怀疑，但是在个人是非上，我不喜欢一个人偏见、主观，失掉了一个科学家应该有的冷静态度。"正是表演出他失去冷静的态度来，把凌的矛盾形象化了。②

张光年这样评论说：

> 凌士湘的正直、有良心、正义感、人道主义和对事业的埋头苦干的精神，这些都是好的，应当肯定的。但是不管凌士湘的动机如何善良、纯正，只要他一天保持着他的资产阶级的立场和观点，他就不可能做出有利于敌人、有害于祖国的行

① 曹禺：《明朗的天》，页13。

② 拙作《中国新剧史略（三）》，载《神户外大论丛》第十二卷第三号。

为。二幕二场在凌士湘客厅的戏，就显然是有缺点的。主人公正在经历剧烈的思想冲突，许多人一个接一个地来说服他，而且都表现得那样急躁，似乎是负有某种使命。这里，过分强调了压力，过分强调了外力推动的作用。三幕三场凌士湘转变时的痛哭流涕，以赎罪的心情要求上前线似乎也表现得浅露一些。董观山动员他上前线，而且催促他马上动身，也是不太适当的。①

张光年的批评是针对旧作的。在修订本第二幕第一场对凌进行劝导的情节中，周围人站在各自必然的立场上发言，恰如其分，不会让人感到外部的压力。作品修订后似乎对凌教授寄予了同情。在这一幕终场时，凌还绝对不放弃他作为科学家应有的观点，即确信文明的美国不会发动细菌战。即便真像他人所说，自己也要亲眼查明。本幕以凌决定去看"反细菌战展览会"而落幕，设下了一个自然的悬念。

即便如此，正如诸家评论所说，一旦把知识分子思想改造这个大问题形象化，就会出现各种各样的要求。这也是必然的。一般观众不管是否会发表意见，也一定会如此，可以说这就是激昂的中国气势。如果我们从资本主义生活的一面来看，这部作品主人公的人性就是顽固的诚实，对学问执着的热情，无私无欲，不修边幅，献身于研究，这大概就是一种理想的学院派形象吧。学问自由也好，象牙塔也好，信奉这些的人绝不少，可是在社会主义国家，特别是中国，该怎样去解答、怎样面对呢？这恐怕也不仅仅是社会主义国家应该关心的主题。1957 年 7 月，在新协剧团的村山知义演出这部作品之际，我和另一位翻译人黎波先生对在日本上演的意义作了如下评价：

学者必须保持严肃中立，他应该超越政治，一心扑在学问上，那才是有益于人类的。固执地信奉这个信念，并以此教育学生，一味埋头进行细菌学研究的老教授，其研究成果也就是所谓的纯粹科学的研究成果，却成为细菌弹，撒落在无罪的人民头上。[……]二十世纪的科学突飞猛进，以超音速绕地球一周的飞机，难以想象的数字能量……这些了不起的科学很多都是生产技术基础、医疗技术基础的科学，为的就是营造平和快乐的生活，我们不是很想拥有这些吗！纯粹做学问的科学家即便主张自己的无政治性，政治也会靠近他，把其拖入政治当中，强迫他为某个阶级服务。《明朗的天》最大程度地挖掘出了这个意义并展示在我们面前。②

曹禺自己也为这次公演写了祝词，祝词中这样写道：

《明朗的天》是在中国人民赶走了帝国主义和蒋帮的反动统治者之后写出的。它描写中国的旧知识分子如何从美帝国主义文化侵略的枷锁中挣脱出来，如何开始觉醒，和自己的人民站在一起，成为一个真正爱国的、富有革命人道主义心肠的中国的科学工作者。著名的新协剧团演出这个戏对于作者是一个很大的鼓励，我相信这个演出将会十分精彩，得到日本观众的同情和拥护。中日两国

① 张光年：《曹禺的创作生活的新进展》，载《剧本》1955 年三月号。

② 黎波：《新知识分子发展的道路》，新协剧团第六十六次公演节目单。

的文化交流必然会使我们两大民族的关系日趋密切，我们的文艺是永远为真理而斗争的文艺，是为人民的幸福生活而斗争的文艺。它必然有助于我们争取民主自由的伟大事业，它是一个不可征服的力量。热诚地祝新协剧团为和平民主的戏剧事业有更大的贡献。①

这部作品的主题，不只是“学问与政治”的问题，它还触及了学者追求的理想状态的问题，进而引申到“知识分子的改造”“服务人民大众的科学”等主题。第二幕第二场中凌教授在中场的台词说“细菌战是有的”，这很符合一个科学家的身份，这是带有信念的发言，是基于自己亲眼所见而得出的结论。实践证明，思想改造这一严肃的事情不能强迫，而要靠自觉的行动。

曹禺在为公演写解说时说：

抗美援朝开始了。在开展大量的事实教育和党的援助工作的同时，医师、教授们渐渐认识到了美帝国主义进行文化侵略的真实面目，看透了贾克逊的恶毒，可是，凌士湘依然不信。直到美帝国主义在朝鲜发动了细菌战，他才开始认识了敌人的真面目，为了参加反对细菌战的斗争，他亲赴朝鲜，以科学的武器来对抗敌人。这些高级知识分子被党的伟大政策所感动，受到了教育，终于区分了敌我双方，改正了思想的错误，走上了人民科学家的道路。②

限于篇幅，作品省略了凌以外的人物的思想改造过程。这一点张光年有详细的评论。对曹禺自身来说，《明朗的天》也是一个他思想改造的转折点，是一部值得纪念的作品。不用说，它通过演出为教育广大观众发挥了作用。从艺术的观点来看，它对社会主义文艺的进步作出了很大贡献，应该大书特书。

三、关于《胆剑篇》

《胆剑篇》是一部历史剧。虽说是曹禺和梅阡、于是之集体创作，但梅、于二人担任演出任务，是表演界的人，曹禺才是“执笔者”，所以这部作品又可以看作基本属于他个人的创作。《胆剑篇》是曹禺的第一部历史剧。中国历史悠久，脍炙人口的故事丰富多彩。包括地方剧在内的很多传统古典剧自不必说，就是在五四以后的新文学、新剧、电影中，历史的、古装的题材也很多，特别是抗战时期反映反抗和讽刺的历史剧受到了很高的评价。郭沫若作品就是其中之一。解放后，在呼吁建设社会主义文艺过程中出现的历史剧，有力地表现了人民文学的特征，积极地反映了人民性。如郭沫若的五幕剧《蔡文姬》(1959)、五幕剧《武则天》(1960)，田汉的十一场剧《关汉卿》(1958)、十场剧《文成公主》(1960)等，以这些大作家创作的优秀作品为开端，掀起了改变旧剧体裁、创作历史剧的高潮。同时，围绕

① 曹禺：《〈明朗的天〉在日本演出的祝词》，载《戏剧报》1955年十二月号。同时，译文刊登在《日本与中国》，1955年6月12日，新协剧团公演节目单。

② 曹禺：《“明朗的天”的故事》，《明朗的天》，页123。

历史剧的真实性、主题的确立、英雄形象的塑造等诸多问题，展开了活跃的所谓的历史剧论争。

在众多取材于有名故事的历史剧当中，《胆剑篇》是以吴越春秋为题材的最早的新剧剧本。在如上所述的环境中创作的《胆剑篇》，也同时受到了围绕上述论点而引发的各种各样的评论。现列举出主要资料：

《〈胆剑篇〉》，晓林，载《中国青年报》，1961 年 8 月 3 日。

《〈胆剑篇〉和历史剧——漫谈〈胆剑篇〉的艺术处理和形象创造》，李希凡，载《人民日报》，1961 年 9 月 6 日。

《构思、集中和提炼（谈〈胆剑篇〉）》，万青，载《光明日报》，1961 年 9 月 13 日。

《〈胆剑篇〉的结构艺术》，屈文泽，同上。

《一场值得称道的戏中戏〈胆剑篇〉》，税海清，载《光明日报》，1961 年 9 月 14 日。

《谈〈胆剑篇〉中古典语言的运用》，王新，同上。

《勾践、西施及其他——〈胆剑篇〉排演侧记》，李大千，载《光明日报》，1961 年 10 月 4 日。

《〈胆剑篇〉里的越王勾践》，林涵表，载《北京晚报》，1961 年 10 月 4 日。

《吴王夫差用过的宝剑（谈〈胆剑篇〉）》，沈之华，载《北京晚报》，1961 年 10 月 8 日。

《从西施到西村的施姑娘（谈〈胆剑篇〉）》，林涵表，载《北京晚报》，1961 年 10 月 12 日。

《〈胆剑篇〉》，沈仁康，载《中国青年报》，1961 年 10 月 14 日。

《一时强弱在于力，千古胜负在于理——漫谈话剧〈胆剑篇〉》，康戈，载《中国青年报》，1961 年 10 月 18 日。

《勾践形象的塑造——〈胆剑篇〉读后》，张伟，载《天津日报》，1961 年 11 月 2 日。

《初谈〈胆剑篇〉——观后走访记》，肖云儒，载《陕西日报》，1961 年 11 月 4 日。

《善听与不善听——谈话剧〈胆剑篇〉有感》，喻更生，载《黑龙江日报》，1961 年 11 月 12 日。

《弦外音响——〈胆剑篇〉学习札记》，邱扬，载《文汇报》，1961 年 12 月 7 日。

《〈胆剑篇〉演出浅谈》，风子，载《人民日报》，1961 年 12 月 9 日。

《话说〈胆剑篇〉》，中原，载《新民晚报》，1961 年 12 月 10 日。

《自强不息——话剧〈胆剑篇〉中三个细节的启示》，寒英，载《解放日报》，1961 年 12 月 14 日。

《略谈〈胆剑篇〉》，吴晗，载《中国青年》，1961 年第 16 期。

《读〈胆剑篇〉有感》，邹荻帆，载《剧本》，1961 年十月号。

《谈〈胆剑篇〉的艺术成就》，颜振奋，同上。

《漫谈〈胆剑篇〉》，刘有宽，载《戏剧报》，1961 年第 21、22 期合刊。

《关于历史和历史剧——从“卧薪尝胆”的许多不同剧本说起》，茅盾，载《文学评论》，1961 年第 5 期。

《关于历史和历史剧(读完)》，同上，1961 年第 6 期。[①]

笔者并没有读尽全部的资料，料想其后也还有很多评论，不过看起来大致都是正面的评价。

《胆剑篇》讲述了春秋时代越王勾践“卧薪尝胆”，最后打败吴王夫差，一雪“会稽之耻”的历史故事。把这个故事戏剧化的传统剧历来就不少。梅兰芳主演的京剧《浣纱记》就是明梁沉鱼的传奇，汉剧、越剧、秦腔、滇剧中都有“卧薪尝胆”的剧目，川剧有《吴越春秋》，包括“会稽山”“姑苏台”“尝粪疗疾”“战石山”几部。但是，这些作品都是通过描写范蠡、西施悲欢离合的爱情，把吴越兴亡史作为主题，同时也反映了两个人为了国家利益不惜作出自我牺牲的主题思想。《胆剑篇》是新剧中最早写吴越故事的，因为是新时代的创作，题材、主题都与旧剧不同。正因如此，它受到了好评。作品以勾践为中心人物，涉及越国的忠臣范蠡以及西施、文种、泄庸等诸位大夫，还有苦成、无霸、黑肩、鸟雍等庶民、奴隶等许多虚构人物。与此相对，吴国方面以吴王夫差残虐傲慢的形象为典型，忠臣伍子胥为首的伯嚭、王孙雄、被离、希虎等将相被塑造为反面角色。作品并没有采取过去那种反复报仇的历史观，贯穿始终的是以越国为中心的爱国主义。作者在对这个历史题材的艺术处理上，努力做到超越史实，达到艺术的真实，可以说是“真人假事、假人假事”之作。然而在题材、人物形象的虚构上，通过艺术上巧妙的舞台演出处理得到了升华，反而创作出了真实。它“不是历史的图解，而是有剧作者注入的思想生命”。[②]

“有两个人物——西村施姑娘和苦成——可以说完全是虚构的。这种虚构，是完全允许的，而且是创作历史剧中所需要的。”[③]

五幕中的各场，都形象地展示了尖锐复杂的生活矛盾。笔者以为，这部作品获得成功的最大因素是创作出了扣人心弦的脚本。第一幕从勾践被俘开始写起，这一点在其他剧作中不曾见过。戏剧性的矛盾也从此展开。不同凡响的开头方法，大概充分考虑到了这段史实人所共知吧，作者在剧中制造出了超出伏笔的效果。越国的强大威力，从第一幕延续到第二幕，而勾践一直无所作为。剧本让观众暂时抑制住看到长久之后勾践报仇的喜悦，只管深深地埋进座席，沉浸在剧情之中。这场战争是抗日战争八年所不能比拟的。主张一气铲除的伍子胥与主张吴王应施恩让越国心服的伯嚭展开了论争，主导着同情越国的观众时喜时忧。第三幕，被释放回国的勾践谋划复兴大业，道路也并不平坦，局势很是严重，特别是国家遭受了自然灾害，其惨景就如同这部作品创作时的中国。我似乎可以看

① 福建师范学院中文系中国现代文学教研组、资料室编：《中国现代文学作家作品评论资料索引》(续编)，福建人民教育出版社，1961 年。

② 李希凡：《〈胆剑篇〉和历史剧》，载《人民日报》，《文艺评论选集》第一辑。

③ 刘有宽：《漫谈〈胆剑篇〉》，载《戏剧报》1961 年第 21、22 期合刊。

到作者曹禺英勇的书生意气，在与殃及全中国的三年自然灾害作斗争的过程中，他欲通过写《胆剑篇》，为自力更生的国家贡献一份力量。可以说，这部作品有着强烈的现实意义。李希凡说："第五幕的后半场的胜利结局也转换得太快了。"但是，戏剧的高潮无须等到第五幕，在"自强不息"一部分的描写中就出现了，我反而很是赞赏干净利落的结尾。

前面我们提到了"真人假事、假人假事"，当然也可以从这一点来批评作品。茅盾的《关于历史和历史剧》是一篇名作，它论及了"怎样甄别史料""先秦诸子、两汉学者对于吴越关系的记载和看法""先秦诸子、两汉学者对于吴夫差越勾践的评价""先秦诸子、两汉学者对于吴越两方的文臣武将的评价""从历史到历史剧，我国的悠久传统和丰富经验""对传统的继承和发展"等各个方面，显示了作者详尽的考证和独到的见解。特别是第六章，在历史剧创作的基本问题这个论争点上，他提出了"古为今用的问题""历史上人民作用的问题""历史真实和艺术虚构相结合的问题""历史剧的文学语言问题"等条目，在《胆剑篇》这样的新剧方面，给了创作者和评论家以启示。文中对《胆剑篇》的评论，有八页之多，这里摘录几个：

> 人物性格的描写，是《胆剑篇》的优点之一。但是可惜，夫差的性格还稍嫌片面些，虽然已经不把他写成一个糊涂蛋。虚构的人民英雄大都是在当时历史条件下可能产生的，虽然这些英雄人物还缺少个性；苦成的戏不少，也很动人，可是不知为什么，他给我的印象不深，没有特点。
>
> 剧本的文学语言是十分出色的。它是散文，然而声调铿锵。剧中人物的对白，没有夹杂着我们的新词汇，没有我们的"干部腔"；它很注意不让时代错误的典故、成语滑了出来。特别是写环境，写人物的派别，颇有历史的氛围。
>
> 总而言之，《胆剑篇》的真人假事、假人假事，——即凡虚构部分，不论是吴国的内部矛盾、越国的人民力量的代表人物、越国的保守分子，或是越国人民埋头苦干、勾践的与民共苦等等，都写得颇有分寸，尽力避免以今变古的毛病。
>
> 作者有些地方谨守历史事实的范围，有些地方则对历史事实作了改动。这些改动，大都是为了取得更大的戏剧效果，然而也有一二处的改动，我以为不必要，或者效果适得其反。

《胆剑篇》发表后不久，《人民文学》十月号上发表了颜振奋的论文，他对此剧大加赞赏，开头是这样写的：

> 曹禺同志执笔写的《胆剑篇》是近年来出现的非常优秀的历史剧。这个剧本对题材处理、人物创造和结构、语言等方面都有它独到的地方。直到目前为止，它是许许多多描写春秋时代越王勾践发愤图强、兴国报仇的历史剧中最好的一个。

特别是在语言方面，他进行了详细的解说，其主要论点为：

> 《胆剑篇》的作者善于用简短的语言描写人物的内心活动。言简意赅，语言性格化和富有动作性，是这部剧本艺术上的一个特色。
>
> 在《胆剑篇》中有些台词虽然很短，有的只有几个字，但由于作者掌握了剧中

人物丰富的内心根据，简短的几个字也有丰富的内容。

在《胆剑篇》中，作者也写了一些唱词，穿插了一些歌子，这些歌子不但加强了舞台气氛，也是与表现人物的内心活动有联系的。

《胆剑篇》的语言不但简短而深刻地挖掘了人物的内心活动，也准确地表现了人物的复杂关系。

《胆剑篇》描写的是公元前494年的历史生活，离现在已经二千多年，所以剧本的语言应当既是能为今天观众所易懂的普通语言，也要注意古代人说话的结构、规律和表现思想感情的方式，避免今天常用的政治术语。这一点，《胆剑篇》的作者是做得好的。

（李明韵译）

原载《神户外大论丛》第十六卷第三号，1965年8月

中国的小市民

——聚焦曹禺《日出》

[日]芦田肇①

本文通过分析曹禺的《日出》，就中国小市民形象的典型、《日出》中的小市民形象与曹禺本人的关系等问题，作一些阐述。

话剧《日出》(原题《日出》四幕)由曹禺创作于1935年，翌年发表于《文季月刊》。

曹禺于1934年在杂志《文学季刊》上发表处女作《雷雨》。《雷雨》通过近亲私通的悲剧，描写了一个家族内部悲惨的矛盾纠葛，揭露了封建制度的罪恶。而这里要分析的《日出》，则正如其前言引用的老子《道德经》七十七章"天之道损有余而补不足，人之道则不然——损不足以奉有余"所表明的，作者怀着对"人之道"的不公平，即对社会不公平的极大愤怒，通过描写在腐败的都市和资本主义社会机构、组织中挣扎、蠕动的小市民的苦恼和悲哀，痛切地揭示出社会对人的不公平以及造成这种不公平的社会形态和组织。

从《雷雨》到《日出》所发生的题材、视角上的变化，与二十世纪三十年代初期中国社会的状况不无关系。1929年，世界资本主义的金融大恐慌波及日本，客观上使得日本帝国主义露骨地侵略中国以谋出路，于1931年发起了"满洲事变"(九一八事变)，接着又于1932年爆发了"上海事变"(一·二八事变)。半殖民地中国面临着外国帝国主义赤裸裸的侵略，小资产阶级为了维持生存，只能一方面忍受外国帝国主义对民族主义的压迫，一方面逼迫底层民众付出血的牺牲。对他们来说，这是一种极其沉重的两难之境。小资产阶级内部出现了严重分化，一部分人主动与帝国主义列强结合成为买办资本家，一部分人则在买办资本、封建制度和帝国主义三座大山的压迫下，逐渐没落灭亡。

资产阶级不但内部产生阶级分化，而且它与帝国主义和资产阶级双重压迫下的民众之间的矛盾也在激化。在这种复杂的状况下，位于资产阶级和民众之间的小市民，一方面绝不可能成为资产阶级，一方面却也无法与底层民众同化，只能无奈地走进死胡同。加之小市民赖以生存的基础纷乱复杂，包含各种因素，所以从资产阶级到下层市民所有人的苦恼，在小市民阶层身上都或多或少有所反映。

曹禺的《日出》，客观上也是受到二十世纪三十年代初期中国这种状况直接或间接影响而产生出来的作品。生于天津、创作《日出》时任教于天津女子师范大学的曹禺，正置身于尖锐地反映出小市民这种状况的都市之中，从他那时的身世来看，他的人生算不上是饱受压迫打击、起伏跌宕的颠簸之路，基本是小市民固有的、教养良好、没有太大波折的人生

① 芦田肇(1942—)东京大学毕业。现任国学院大学教授。

道路。因此，这既成为曹禺的局限，却又能够使他一方面客观地面对小市民活生生的痛苦和种种血淋淋的现实，同时又为在腐败的都市和资本主义机构中痛苦挣扎着的小市民感到格外痛心。看到身边原本可爱的人们被逼迫，作为同是小市民中的一员，曹禺不能不发自内心地去揭露、去大声疾呼社会组织的冷酷、残忍和社会的不公平。

与处女作《雷雨》相比，《日出》的情节很简单，可以说没有《雷雨》那种苦心设计的戏剧性。但是《日出》中有几个出场人物的形象，却超越了单调的情节，深切地传达出普通人的苦恼、悲哀和心理感受，颇具真实感。普普通通的小市民和他们非常单调的日常生活，可以说是曹禺为《日出》所有出场人物设计的共通状态，以至于我们甚至找不出哪个人物是特别突出的主人公。几个或者几组各样的人，以饭店一间华丽的休息室为舞台，交替不断地登场又退场，在这种近乎单调的结构中，小市民们充满倦怠感与烦恼的生活被生动地表现出来。

以各种方式出入华丽饭店的一群人：生活在饭店里的年轻女子陈白露，陈以前的“朋友”方达生，留学生张乔治，大丰银行经理潘月亭，有钱的孀妇顾八奶奶，大丰银行秘书李石清和他的妻子素贞，大丰银行的下层职员黄省三，黑三、小东西……这些就是《日出》的出场人物，他们赖以生存的基础各不相同，正可说是一群小市民。

这些出场人物中，没有一个人满足于自己目前的生活。上到有钱人、银行经理潘月亭，下到大丰银行书记员黄省三、年幼的小东西，在某种意义上他们都被周围无奈而又残酷的状况压制、逼迫着，早已精疲力竭。他们一方面对自己的小市民生活无比爱惜、满怀期望，另一方面却又试图摆脱和否定目前不堪忍受的生活，打破这种沉重的状况，这两种心愿哪一个都无法实现，而且即便否定、摆脱了现状，他们也找不到具体的前行目标，无奈中只能又回到原来的生活中去。这种沉重的两难之境，浓重地附罩在《日出》所有出场人物身上。

当然，如果从赖以生存的基础来划分，潘月亭接近资产阶级，而黄省三、小东西则处于直接受摧残的底层……这里我们暂且不去细分，如果说小市民整体位于社会中间部分，那么处于小市民中既不上也不下的中间位置、身上凝缩了小市民的所有要素或者矛盾的人物——银行秘书李石清和陈白露，正是当时小市民形象的典型。透过他们，作者曹禺将自己也身处其中的小市民阶层的苦恼形象地表达了出来。

首先看银行秘书李石清。李原本是潘月亭大丰银行的一个小职员，狡黠、逢迎的本事使他升为潘的秘书，成了潘的左膀右臂。他极力模仿他心中向往的大人物的气魄，结果却恰恰相反，他总在偷偷地观望别人的脸色，顺从而谄媚地笑着，拼命讨好自己的主人。

李石清额头上的皱纹里，蓄满了他在人生中所遭受的羞辱、穷困和辛酸，身处众多他所羡慕的“既富且贵”的人中间，他时常有“自惭形秽”之感，同时他又不得不对这些人逢迎讨好，将屈辱的愤恨倒咽到肚子里，和妻子一起自掏腰包，甚至不惜当掉冬天的皮大衣，每晚来饭店陪有钱人打麻将。

时而，他会把自己无处发泄的哀鸣与愤怒倾倒给妻子素贞。

素贞，你没有觉出有时我是怎么讨厌我自己，我这么不要脸来巴结他们，我什么人格都不要来巴结他们。我这么四十多岁的人，我要天天鞠着躬跟这帮王八蛋，以至于贱种像胡四这个东西混，我一个一个地都要奉承、联络。我，李石清，一个男子汉，我——

本来小有财产和家庭，也多少拥有"人格"尊严的小市民李石清，现今的生活却是不顾廉耻，"什么人格都不要"，充满了屈辱和痛苦。作者曹禺本人也是这种小市民中的一员，他借李石清的口，沉痛地述说他自身的痛苦和愤怒。

曹禺也透过其他出场人物对现状的控诉，来表达他自身难耐的痛苦，但其后他逐渐改用与自己拉开距离的视角，来描写人物的生活。也就是说，曹禺试图有距离地描写小市民实际上所过的或者说不得不过的生活，一方面对他们给予无限的同情和怜悯，一方面又以冷彻的笔触来突出表现当时典型的小市民生活。

李石清一方面对社会的不公平感到激愤："我告诉你，这个社会没有公理，没有平等。什么道德、服务，那是他们骗人。"另一方面他说："你按部就班地干，做到老也是穷死。只有大胆地破釜沉舟地跟他们拼，还许有翻身的那一天！"即决心要硬起心肠改变自己悲惨的现状。

然而，李石清虽然决心复仇，"要硬得成一块石头，我要不讲一点人情。我以后不可怜人，不同情人，……我就要起来了"，可他这种复仇似的决心反而使他目前的屈辱生活更加屈辱。对上愈发低声下气极力逢迎，虽然不时受着潘月亭的践踏和侮辱，却要和潘月亭串通一气，顺利地买下公债，为渡过行市低落的难关忍辱负重。只有当公债一项有了结果，银行的经营走上正轨，他付出一切代价盼望得到的襄理职位才能最终到手。

另一方面，从他必须对上逢迎献媚的秘书身份来看，要狠心打破现状，就必须更加残酷地对待下面的人，否则他的生存就会受到威胁。因此，他不得不对下更加盛气凌人、冷酷无情。

于是，李石清为了让银行经营走上正轨，断然实行银行裁员和减薪。被辞掉的下层职员黄省三乞求他看在家里那么多孩子的份上给一份工作时，李石清冷酷地赶走了他。

促使李石清在这个充满血腥痛苦的社会上狠心挣扎、变得像冰一样冷酷无情的哲学是，"怎么你连偷的胆量都没有？……你简直就是个大废物，你还配养一大堆孩子！我告诉你，这个世界不是替你这样的人预备的"，这使李石清公然劝黄省三偷盗和自杀。

对只有靠这种残酷哲学来突破现状的小市民李石清，作者曹禺虽然难免怜悯之情，但更多用冷彻的笔触描写他这个无奈哲学的空虚与无力。因为"这个世界"正是李石清想要报复的、令他饱经屈辱的世界，而令人感到讽刺的是，他却没有注意到他的哲学正是"这个世界"强加给他的。他越是要贯彻实行他的哲学，就越陷入那个强大的组织机构中去，他只不过是在无意识地原地转圈，李石清就是这样一个可怜的小市民形象。

然而使李石清毁灭的正是他自己的哲学，他赌上自己的未来和名誉来巴结的潘月亭欺骗了他，而潘月亭所依据的，正是李石清自己所信奉的——除了自己谁都不可靠，可靠的只有自己的哲学。潘月亭只给他剩余的 20 块钱工资，就把他辞退了。正当走投无路、几近崩溃的时候，李石清又接到妻子素贞的电话，得知生病的儿子已经死了。因为李石清

“卖脸”换来的20块钱不够，医院不肯收治他的儿子。

李石清悲壮地决定要打破现状，却只能以悲惨的结局告终。可以说，曹禺一方面用冷彻的眼光描写李石清的生活，一方面又对他的结局——可以说是当时小市民的典型性的人生结局——抱有无限的同情和悲悯。他用这种结局来痛彻控诉逼迫他身边的可爱人们的腐朽的社会组织自己隐藏在其后的力量。

下面我们再来看看生活在饭店里的陈白露。

她原本散发着年轻的生命力，能够讴歌活泼的青春，时而发出“我喜欢太阳，我喜欢年轻，我喜欢我自己”的欢声，讴歌太阳、青春和自身生命。这隐约显露出陈白露天生的心志，也可以看作是曹禺在血腥的痛苦中对自由奔放的热切向往和追求。

然而陈白露的现实生活却是无聊、平庸又杂乱的，她非但不满意，甚至还感到难耐的痛苦。因此，年轻的她总是表情有些忧郁。

她原本的丈夫相信一切都是有希望的，是勇于面对巨大又黑暗的社会的诗人，可是陈白露却无法跟他过一样的生活。目前的生活虽然让她难耐，但她却没有勇气舍去，因为她还太爱这个世界，这个能够满足她“我要舒服……我出门要坐汽车……应酬要穿些好衣服……要痛快花钱”欲望的世界。

为满足自己这种欲望，她不得不作出牺牲。“我弄来的钱是我牺牲我最宝贵的东西换来的。……我的生活是别人甘心愿意来维持，因为我牺牲过我自己。我对男人尽过女子最可怜的义务，我享着女人应该享的权利！”她的这个心声是悲哀而又沉重的。陈白露爱着她的“世界”，同时也对她的“世界”“生活”感到难耐的痛苦甚至厌恶。她曾尝试逃离，但她已经失掉在天空中自由飞翔的能力，结果只能又回到原来丑恶的生活圈子里。对现在的她来说，尝试脱离这种生活不过是可笑又可怜的梦而已。陈当年的“朋友”方达生梦想改造黑暗生活，也劝她脱离目前的生活，陈白露可怜他却又悲哀地回答：“去吧！你们去吧！我知道我会被你们都忘记的”，“我告诉过你，我是卖给这个地方的。”

然而陈白露还是被无聊、平庸又杂乱的生活和越积越多的账单逼迫着，最终也没有什么人是她可以从心底真正依靠的，她仿佛被泥沼似的生活吞没了一般，拿出安眠药，安静地进入永眠。夜已经白了，窗外工人们唱着夯歌“日出东来，满天大红”，陈白露听着歌声，嘴里轻轻地念着，“太阳升起来了，黑暗留在后面。但是太阳不是我们的，我们要睡了”。

这是陈白露悲惨的结局，也是《日出》落幕的一刻。陈白露只有毁灭自己的生命，才能从无聊、平庸的生活，或者说难耐的进退两难之境中解脱出来，才能摆脱凭她所奈何不得的沉重的生活状态。她并非完全没有认识到她的前夫真心追求的“日出”和“光明”的道路，正因为她内心还隐隐向往着那条道路，才会在光明与黑暗的矛盾中挣扎，却无法投身于任何一方，剩下的唯一的道路，就是以年轻宝贵的生命为代价，挣脱沉重难耐的生活枷锁，飞向天空。她不断讴歌的太阳，工人们的歌声所象征的、将东方染得漫天大红而升起来的太阳，不是她的，也不可能成为她的。

认识到有光明、有“日出”，却无法去拥有，而只能灭亡的陈白露的形象，是作者曹禺在《日出》出场人物中最带着感情塑造的人物，她或许就是当时身为小市民的曹禺自身的投影。

通过分析李石清和陈白露两个形象，我们可以这样总结《日出》所表现的当时曹禺眼中典型的小市民形象。

两个人(或者说《日出》中出场的所有小市民)都很留恋自己的生活，但又不满足于目前的生活，他们在这种进退两难的窘境中痛苦着。他们都渴望脱离这种窘境，李石清有着冷酷残忍却某种意义上很明确的志向要摆脱窘境，而且他越努力挣扎越深陷到一个机制中无法挣脱，而且他对此浑然不觉。最终，与他试图用来摆脱窘境的、冷酷残忍的“哲学”相同的“哲学”彻底击垮了他。与李石清这种完全认识不到光明的小市民相反，陈白露正因为心中意识到了光明所在，才在光明与黑暗的矛盾中痛苦挣扎，却无法下决心脱离现有生活，所剩的唯一道路就是毁掉自己的生命，全面否定自己的存在。这两种典型的小市民形象相互对照、相互补充，构成了《日出》中小市民的典型形象。

曹禺目睹身边很多原本可爱的小市民被折磨得痛苦又无奈，最终被黑暗所吞没的情形。他用沉痛的笔触，通过《日出》将小市民这种悲惨的境况表现出来。为了表达包括自己在内的小市民痛彻的心声，他必须用“日出”作题目。的确，笼罩着《日出》全剧的是无尽的黑暗与痛苦，而暗示“日出”的，只有工人们“日出东来，满天大红”的歌声。然而，剧中小市民们的生活却能将“黑暗痛苦”与“日出”之间的关系清晰地印刻在读者的心中。这一点暗示出，《日出》中的小市民，甚至作者曹禺本人都不曾料想的光明日后在中国实现的部分必然性(从小市民方面来说)。而且，曹禺塑造的小市民形象告诉我们，原本在资产阶级和无产阶级之间左右摇摆的、所谓“游移不定”的小市民，其实已经根本没有余地“游移不定”，他们只能是被压迫直至毁灭，这又让我们不得不深感当时整个中国所面临的形势是何等严峻。

附记

日文引用平凡社中国现代文学选集六《老舍曹禺集》中松枝茂夫氏译《日出》。[1]

(戴焕译)

原载《近代中国的思想和文学》(大安)，1967年7月

① 译文引自《曹禺全集》，花山文艺出版社，1995年。——译者注。

曹禺的资质

[日]木下顺二[1]

曹禺，作为中国现代戏剧作家，可以说是最早在视野广度、思维方式以及问题意识等方面吸收世界戏剧成就的人，而且他的摄取具有相当的深度和高度，绝非仅仅停留在实验性的独幕剧上。以笔者浅见，在他之后，中国几乎再没有出现过这样的剧作家。当然，这并不是说再没有后人能像曹禺一样学习希腊戏剧专业并翻译莎士比亚、莫里哀、易卜生的作品，而是说中国这一阶段的社会环境本身难以产生和容许曹禺这样的剧作家。在笔者看来，曹禺初期——也是他最大限度发挥了才华的时期——创作的诸多作品，都是需要大量书斋式思考的剧作。

自 1934 年发表第一部作品《雷雨》（同时也是力作），到 1940 年的六年时间，是曹禺创作的第一个阶段，他发表了包括《北京人》在内的五篇长篇剧作，而且篇篇堪称名作（笔者还没有读到第三部作品《原野》）。

曹禺对《雷雨》深感不满甚至怀有自我厌恶的情绪，[2]其后他一面追缅自己一度最为喜爱的契诃夫，一面做契诃夫学徒，写出了第二部作品《日出》，[3]曹禺创作《日出》是在 1935 年，身为天津女子师范大学英国文学教授——据说他为寻找第三幕的素材曾有一个月出入天津的贫民窟，并被流氓殴打——据一个年表上说，当时正是“北京学生抗日游行波及天津、南京、杭州（一二·九运动）”等地的时期。1937 年发表（或执笔）第三部作品《原野》时，曹禺已经转任南京国立戏剧学校，而引发中日战争的卢沟桥事变应该对他的生活产生了很大的影响，后来他担任发起于武汉的全国戏剧界抗敌协会理事，戏剧学校转移到重庆后又出任教务主任职务，使得他在这段时期公私两方面都非常忙碌，也没有发表作品。但仅过了三年时间，即 1940 年，曹禺就发表了《北京人》和《蜕变》两部作品。这时曹禺大约三十岁，而且如果不考虑今后，这段时期可说是曹禺创作力的巅峰时期，之后从发表作品的数量（我都还没有读到）上来看，他的创作活动并不活跃。直到九年后新中国成立，他只改编了一部剧本，创作了一部似乎未完成的剧和一个脚本，而解放后仅有两部剧，其中最近（1961 年）的一个还是所谓“集体创作”。

他的这些经历让笔者产生一些想法。非常遗憾的是，笔者虽然曾在北京见过曹禺一

① 木下顺二（1914—2006），著名剧作家。主要作品有《夕鹤》《子午线祭》《叫作奥托的日本人》等。

② 参照影山三郎译：《雷雨·后记》，未来社，1953 年。

③ 松枝茂夫：《关于日出》，收于《中国现代文学选集（六）》，平凡社，1962 年。

次，而且在那前后几年也几次有幸在北京见过他，可惜笔者那时还没有认真读过他的作品，只记得我们见面闲谈各自失眠症的情形。他肤色略黑，脸庞消瘦，有点像中野重治，但是比中野要好看，深沉的表情让人印象很深。今后或许还能相见，但笔者毕竟不止一次失去了当面请教的机会，作为代价，只能在这里写下一些推测，对此深感遗憾。

首先，从作品年表看（暂抛开今后的变化不论），可以说剧作家曹禺在二十几岁就用尽了作家的全部力量。一般来说，像美国的奥尼尔那样，在三十到四十岁的十年间几乎燃尽所有创作力的剧作家很多，但曹禺的特别之处，却与前面提到的中国的社会环境有关。当然，如果曹禺创作的是所谓的“政治剧”的话，我也就不会特别在意这种环境状况了。卢沟桥事变爆发后，上海十六位剧作家立刻着手集体创作戏剧《保卫卢沟桥》，据一本书介绍说，一个月后，“在群众近乎狂热的感动中搬上舞台”，而曹禺在这个时期所发表的却只有《北京人》和《蜕变》两部作品。《蜕变》从抗战期间的“后方”伤兵医院开始其第一幕，是以一位“英雄”女军医为主角的群众剧，跟这种剧情设计相配合的是，剧中的描写比之前更接近“写实”风格，从这个意义上倒也可以说是预示了他创作风格的转变。然而《北京人》仍沿袭之前的创作风格，剧中笼罩着一种象征主义的阴影，它没有生动地描写眼前的现实或者展望未来，而是凝神透视旧中国内部所蕴含的矛盾。曹禺在多产时期（巅峰时期）一直持续创作这种风格的作品，一方面也证明这才是曹禺的资质所在。前面提到，曹禺以契诃夫弟子自居，创作了他的第二部作品《日出》，而《北京人》中愫方、文彩和瑞贞等人的台词里，不难找到被消化了的或者说被升华了的契诃夫的台词。这个时期，不知曹禺是怎样认识和平衡“书斋”与“街头”之间关系的？

从资质方面还要谈一点，我只读过（也只能读）曹禺作品的日译本，最初读到的记得是《雷雨》（顺便提一下，至少在1955年的中国，奥斯特洛夫斯基的剧本题目被仿照曹禺的《雷雨》，译为《大雷雨》）。最初读《雷雨》和后来读《北京人》的共同印象就是舞台提示多。除了萧伯纳的具有特别含义的舞台提示的例子外，这是世界戏剧中很少见的现象，我认为这个特征正和曹禺的资质有关。不但是场面、人物和场景的说明细致入微，曹禺的舞台提示有时甚至包括对人物心理的详细解说。下面是《北京人》中的一段，而该剧本几乎每页纸都有如此多的舞台提示。

> 曾文彩：（抬起头望江）脚冷吗？
>
> 江泰：（心烦）唔？（又翻他的书，彩又低下头织毛线）
>
> ［半晌］
>
> 曾文彩：（斜视江泰一下，再低下头织了两针，实在忍不住了）泰！

如果换成笔者（请原谅这个假设），上文中的提示一句都不会写，至多在曾文彩第二句台词前加上“一会儿”三个字，并期望这三个字就能使演员演出“再低下头织了两针，实在忍不住了”的效果。

当然，在舞台演出时，笔者的期望也常常落空。然而，曹禺绝不仅仅是怕自己的期望落空才写下那么详细的“注意事项”似的提示，而正是从这一点上，笔者看到了曹禺的资质。

也就是说，用包括舞台提示在内的所有的戏剧文字，使自己设计的作品世界成为不可动摇的构建物，这就是曹禺的资质。同样，《北京人》中“远远地在冷落的胡同里有算命的瞎子隔半天敲两下寂寞的铜钲”这段舞台提示中，“瞎子”也绝不单纯指现实中的盲人，即不能按所谓的自然主义来理解。换成笔者的话，不仅舞台提示，就是台词的字数也要控制在充分必要的最小限度，然后在观众席上期待导演和演员借助这最小限度的文字去将作品世界尽可能扩展到无限大。曹禺却全然不同，这就是他与笔者完全不同的资质。曹禺曾扮演《雷雨》（大概是首演）的主人公，这作为中国话剧运动的一种习惯，也许没有什么可奇怪的。但是这种情况与上面所说的曹禺的资质并不矛盾。

二十四五岁的曹禺发表处女作《雷雨》那一年，适逢中国“大西迁”开始，也就是说，那是中国也是曹禺本人在公私两方面都开始面临今后持续几十年的风云变幻的一年。仅从曹禺对世界戏剧的研究或者进行大量“书斋式”思考的角度来说，这种时代状况对曹禺未必是好事。对此究竟如何评说，其实也是曹禺给中国戏剧界提出的课题。换句话说，曹禺的出现和存在本身，对中国戏剧界究竟有何种意义，这还要由今后的中国来作答。

（戴焕译）

原载《现代中国文学》第六期，河出书房新社，1971 年 12 月

《雷雨》笔记

[日]名和又介[1]

《雷雨》创作于1933年，初稿经巴金和靳以审读后，发表在1934年《文学季刊》第一卷第三号上。第二年经复旦剧社演出以后，[2]这部戏剧就受到了各种各样的评价，但不可否认，它却是演出次数最多、最受欢迎的作品。这并不只是因为它介绍了乱伦这种冲击性事件和易卜生思想，而在于它通过悲剧特征“暴露了大家庭的罪恶”。

作者创作该作品的直接目的是试图写一部真正的悲剧。这一点从《雷雨》序中便可以看出来。[3] 在研究这部作品的悲剧特征时，我们先来看看剧中具有重要意义的情节（这里接近于故事梗概），主要剧情如下：周家年轻的主人周朴园和女佣人侍萍私通，生了周萍和大海。但是周朴园却抛下侍萍赴德国留学，被周家赶出家门的侍萍抱着小儿子大海投河自尽，不料被救了上来，后来和一个卑微的男佣人鲁贵结了婚，生了女儿四凤。周朴园回国后经营煤矿业获得了成功，其间娶了一个家境殷实的女子蘩漪，和她生了儿子周冲。因为反抗周朴园，周萍和蘩漪走到了一起，之后萍便在罪恶感中挣扎，他向周家的女佣人四凤寻求解脱（被四凤的父亲鲁贵怂恿）。四凤接纳了萍，但是萍的弟弟周冲也真诚地爱着四凤。因嫉妒而发狂的蘩漪叫来四凤的母亲侍萍，欲赶走四凤。来到周家的侍萍公开了有关周家的种种罪恶，四凤和追随其后的周冲触电而死，周萍开枪自杀，蘩漪和侍萍因悲痛而精神失常。为了有助于理解复杂的情节，笔者把出场人物之间的关系列个图表（数字为年龄）：

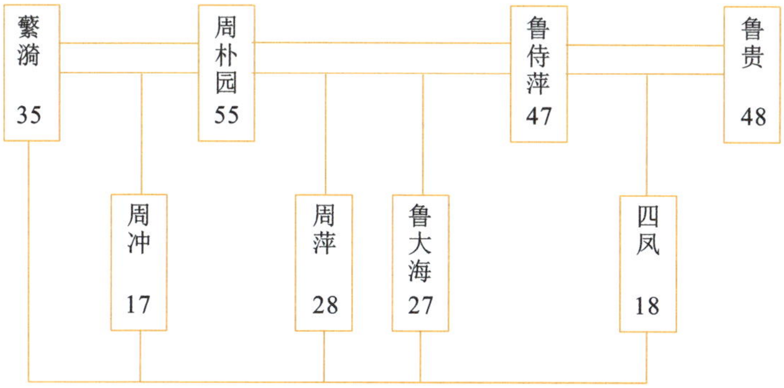

① 名和又介（1947—），大阪外语大学毕业。现任同志社大学教授。

② 1935年4月27日，由日本的中国留学生组织的“中华话剧同好会”在东京神田的一桥讲堂第一次演出《雷雨》，向中国留学生介绍《雷雨》的是武田泰淳等。

③ 《雷雨》所显示的，并不是因果，并不是报应，而是我所觉得的天地间的“残忍”……自一面看，《雷雨》是一种情感的憧憬，一种无名的恐惧的表征。（《雷雨·序》）

从情节可以得知，贯穿《雷雨》全篇而又集中的情节系统，都结束在与此有关的罪恶上，罪恶的"发现"便成为戏剧的高潮。笔者在这里用了一个陌生词"发现"，有如下原因："发现"是《诗学》（亚里士多德）中所说的 anagnorisis 的翻译词。引用《诗学》中对"发现"的说明可知，"命运的'逆转'和真相的'发现'，是悲剧打动人心的最重要的要素，……'发现'这个词，指的是从不知到有知的变化——心情的转换，它存在于受命运支配的幸或不幸的人们之间"。

一般认为，《雷雨》有效运用了"发现"的技巧，"发现"形成戏剧的引发点和紧张点。我们再通过对主题的说明来具体看一看。作者出于保持戏剧之戏剧性的必要，不得不高度集中精神。实际上，这部话剧展现在舞台上的只是长达三十年故事的最后部分，三十年发生的事件被压缩在很短时间。（曹禺担心"太紧张"，在序幕和尾声部分安排了十年的缓冲时间，这个处理方法颇有意味。）在时间集中的同时，舞台空间、出场人物、情节之间的关系便受到了一定的限制。第一幕和第二幕的舞台是周家的客厅第三幕的舞台是鲁家的小房间，第四幕的舞台还是周家客厅。舞台的转换明确显示了这部戏剧起承转合的结构。虽然我们在这里比较幕数没有太大意义，但是如果对照一下《日出》和《原野》，就可以发现《日出》是四幕剧，只第三幕舞台有变化；《原野》是三幕剧，加上序幕也是四幕。我们从《雷雨》的舞台无法了解二十世纪二十年代中国的家庭和生活，周家的客厅，只是由沙发、桌子、壁炉和挂在墙上的油画等组成的典型资本家的客厅。可是它暗示了三十年前的事件，对情节的发展是有帮助的。例如，夏天紧闭的窗户。三十年前，鲁侍萍曾关上了窗户，让人预想到雷雨即将来临。更重要的一个前兆，是周萍已故母亲（实际就是鲁侍萍）的照片。在第二幕中，这张照片引出了鲁侍萍的"发现"，她知道了周家的主人就是周朴园，年轻的主人就是自己的儿子萍。只是作者在强调"发现"之余，太过于注重对话，影响了戏剧性的氛围。如图所示，剧中主要出场人物有八个，一个很奇妙的现象是，他们相互之间都存在血缘关系。被"发现"的包括乱伦的罪恶就出现在这八个人之中。曹禺用《雷雨》特有的形式，展示了八个出场人物和事件，并赋予他们适当的位置，同时通过这些来批判中国的社会制度。因此，我们应该避免夸大资本家与工人斗争这一场景来评价整部《雷雨》的误区。《雷雨》在开头就说，通过悲剧的性质"暴露大家庭的罪恶"，笔者希望在考察每个主题的过程中来证明作者的意图。

一般认为，《雷雨》中继母与继子乱伦的故事是以欧里庇德斯的《希波吕托斯》为素材的。众所周知，拉辛的《费德尔》也以此为素材。我们研究曹禺为什么会选中这个题材，他以怎样的风格、带着怎样的目的来改变故事，对于理解这部作品将有重要的启示。我们首先来看一下被认为对曹禺产生了影响的欧里庇德斯。应该注意到，曹禺曾在清华大学攻读西方文学，专业是希腊悲剧，他尤其爱好三大悲剧作家的作品。

> 430 年前后的几年间，欧里庇德斯对人，特别是女性内心活跃的情感所具有的惊人作用——理性的压抑和惯例的束缚全都割裂了，四散开来，由此必然带来的悲剧后果——有浓厚的兴趣。以《美狄亚》《希波吕托斯》为首，被推断为大体是那个时期创作的一系列作品都有相似的主题，这种现象就证明了这一点。

上述关于欧里庇德斯的介绍中，加着重点的内容在蘩漪身上得到形象化的表现。《希波吕托斯》和《雷雨》共通的一点是，继母对继子的爱是产生剧中各种戏剧化行为的动力。例如，第二幕中，蘩漪叫来鲁侍萍，想破坏周萍与四凤的关系，从而挽回周萍的心，这成为引出推动事件发展的鲁侍萍“发现”的原因；第四幕中，蘩漪大怒，把周朴园和周冲带到欲私奔的周萍和四凤面前，导致了悲惨结局，等等。不过，这两部戏剧中继子的性格差别很大。《希波吕托斯》中的继子希波吕托斯，“称我们（女神阿弗洛蒂特）是最不祥（可恶）的神，他轻视爱情的喜悦，坚持单身”。与这个禁欲的青年相比，周萍给蘩漪造成了“两代的欺侮”，是一个性格“软弱”的人。两个继子性格的差异与两部戏剧悲剧性的差异是分不开的。另外，曹禺在创作蘩漪的过程中，融入了欧里庇德斯笔下女性身上应该称为“原始的”生命力的东西。“原始的”，不仅意味着未开化、野蛮，还有更多自然、本来的内涵。我们看一下对《北京人》中出现的北京猿人的说明就更容易理解了。

如果没有礼教的约束，没有文明的束缚，没有虚伪、欺诈、阴险、诽谤、矛盾和苦恼，吃生肉饮鲜血，日照风吹雨淋，过自然的生活，就没有像今天那样的人吃人的文明。

当看到忠实于人的原始感情的蘩漪，与象征封建专制家长的周朴园对抗而战败负伤时，人们才把中国的家族制度当作一个社会问题去认识。实际上，蘩漪是在《雷雨》出场的八个人中觉醒最早、态度比较明确的女主人公，作者对她寄予了许多同情。不过不能否认，因为情节的复杂，两人的对立关系没有以对立的形式展开，而且在第四幕的结尾，曹禺用“机械降神”的手法，以蘩漪精神失常、周朴园怀着深深的悲痛去看望她这种方式，反而让这种对立变得非常含糊。曹禺对原始野性的呼唤憧憬，还反复出现在《雷雨》之后的作品中。《雷雨》中的蘩漪、《原野》中的仇虎、《北京人》中的北京猿人都具有相对原始的野性，除了北京猿人，另外两人是激发戏剧化行动的动力。与他们相对的人物就是《雷雨》中的周冲、《日出》中的方达生、《原野》中的仇虎。仇虎有着两种相反的性格，在第一幕和第二幕中，他具有原始的野性，第三幕中则表现出了性格的另一面。在周冲和方达生身上，我们能看到作者的影子，而作者也通过周冲的死和对方达生的戏谑，否定了游离于现实的理想主义，同时，还从侧面抨击了不容其生存的社会。只是具有原始野性的人物不能成为变革社会的力量，他们“愈挣扎，愈深陷在死亡的泥沼里”，作者最终并没有给出解决问题的答案。

同样的单亲兄妹（周萍和四凤）乱伦题材也出现在易卜生的《幽灵》中。众所周知，《幽灵》是为回应《玩偶之家》的评论家们而作的，易卜生要证明因袭的资本家婚姻的空虚。主人公阿尔文太太把人生的价值寄托在独生子欧士华身上，但是她却在和女佣人吕嘉娜（实际是同父异母的妹妹）调情的儿子身上看到了亡夫的影子。当她得知儿子染上了遗传自丈夫的恶疾时，她大声呼号，自己也终于悟到应该像娜拉那样离家出走。欧士华和吕嘉娜的关系，令人想起二十年前阿尔文大尉和女佣人乔安娜的关系，因此，事件更带有悲剧色彩。这与周萍与四凤的情况很相似，虽然侍萍一直担心，但三十年前周朴园和侍萍的旧事还是重演了。而且，周萍和四凤不只是年轻主人和女佣人的关系，还是同父异母的兄妹。

曹禺为什么要选择两人乱伦的故事呢？近亲乱伦“不是生物学意义上的犯罪，它的第一要义是社会性的犯罪，它以围绕着性产生的抗争和嫉妒从内部毁掉了家族”。它是人类

社会的禁忌。事实上，在《雷雨》中因为“发现”乱伦，才导致家庭瓦解。乱伦题材被屡次用于希腊悲剧的主题，如《俄狄浦斯王》和《希波吕托斯》等，因此，对专业为希腊悲剧的曹禺来说，这是熟悉且容易操作的题材。蘩漪和周萍的必然遭际，表现了周朴园的专横，同时，蘩漪被周萍抛弃，也进一步表明她受到了“两代人的欺侮”。作品通过蘩漪的受难，批判了中国的家庭制度。而四凤和周冲的关系，造成了四凤“自己并无过咎的死”。

除了二人乱伦的关系（继母和继子，兄妹），我们注意到《雷雨》中还存在着其他关系，如敌对的兄弟关系——周萍与鲁大海（他们是实际的兄弟关系，周萍让大海负了伤，大海要杀周萍）、周萍与周冲（他们是同时喜欢四凤的情敌，周冲冲周萍大喊那一段达到了高潮），敌对的父子关系——周朴园和鲁大海（他们是事实上的父子，同时还是资本家和工人的关系。这种安排被有些人批判说模糊了资本家和工人的斗争）、鲁贵和鲁大海（大海是侍萍带来的儿子，与鲁贵没有血缘关系）。命运悲剧中经常用到被认为死去的人又出现的题材，而舞台上的事件事实上是经过时间被压缩后事件的一部分，这也是命运悲剧特有的。曹禺说想创作一部真正的悲剧，这种真正的悲剧就是西方话剧中所谓的命运悲剧。《雷雨》的结构忠实地遵循了悲剧的诸多法则，没有超越其范围，他的其他作品也同样遵循了这些法则。曹禺戏剧观由此可见一斑。为了在《雷雨》中“暴露大家庭的罪恶”，作者考虑的不是怎样安排结构，而是如何把内容放到命运悲剧的形式中。八个出场人物通过种种形态，时而表现出对立抗争，时而表现出同情与爱，但都与事件相关联，在关联中产生了矛盾和问题。作者也正是用同样的形式把八个人全部毁灭了，在“天地间的残忍”中消解所有的矛盾与问题。假如我们把曹禺看作视形式重于内容的作家（并不意味着轻视内容），那与他相对的一位就是九一八事变之后的田汉。田汉的作品强调反帝国主义，不太在意运用戏剧法则。例如 1936 年创作的《洪水》，不过是对受灾地区的一个速写，没有什么情节。作品借出场人物的演讲直接和观众说话，而无视近代话剧要设立第四堵墙、忽略观众的前提。我们知道，当代表中国话剧界的这两位作家同时活跃于文坛时，舆论主流是倾向于田汉的，而曹禺是一个比较特异的剧作家。

在《雷雨》发表的 1934、1935 年，中国知识分子已无法躲进书房，他们被迫面对现实，除此外已别无办法。此时曹禺对自己以前的态度进行了反省，开始意识到剧作家的使命感，这是对《雷雨》的否定，也是创作《日出》的起点。

> 写完《雷雨》，渐渐生出一种对于《雷雨》的厌倦。我很讨厌它的结构，我觉出有些“太像戏”了。技巧上，我用得过分。仿佛我只顾贪婪地使用着简陋的“招数”，不想胃里有点装不下，过后我每读一遍《雷雨》便有点要作呕的感觉。我很想平铺直叙地写点东西，想敲碎了我从前拾得那一点点浅薄的技巧，老老实实重新学一点较为深刻的。

（李明韵译）

原载《野草》第十四、第十五期合刊，1974 年 4 月 20 日

论《雷雨》

——探寻原像

[日]井波律子[①]

二十世纪三十年代到四十年代前期，曹禺发表了处女作《雷雨》(1934)以及《日出》(1936)、《原野》(1937)、《蜕变》(1940)、《北京人》(1941)、《家》[②](1942，根据巴金同名小说改编)。抗日战争结束后发表《桥》(1946)，在中华人民共和国成立后，发表了《明朗的天》(1954)和《胆剑篇》[③](1961，集体创作)。这些剧作都为多幕话剧，其中《雷雨》《日出》《原野》《北京人》《家》五篇。都是以剧中主要人物自杀、他杀或病死结尾的悲剧。除这些多幕话剧外，还有少数如轻喜剧《正在想》[④](改编剧)等独幕剧。但真正使曹禺充分发挥才能的，还是调动安排各类拥有复杂历史的登场人物，逐渐使戏剧气氛达到高潮的多幕剧。遗憾的是，《胆剑篇》以后，曹禺再没有发表新作。"文化大革命"期间，曹禺受到批判，最近《人民文学》(1977 年 2 月)上刊载了他的诗《胜利的奠基》，可以确认他还健在。

曹禺在《雷雨》序中，花了很多篇幅叙述《雷雨》的创作过程。首先，他认为，当初他没有意识到如"暴露大家庭的罪恶"之类的，要匡正什么，讽刺或攻击什么，当初推动他创作的，只是一两段情节、几个人物的模糊影像、一种复杂而又原始的情绪。

其次，他说《雷雨》是被这种原始情绪推动而写的，在这种原始的情绪中，含有对任意操纵着渺小的人类、让他们破灭的冷酷而又残忍的神秘力量——有人称之为上帝，有人称之为命运或者"自然的法则"——的难耐的憧憬和无名恐惧，而整部《雷雨》就是这种力量的象征。他这样表述被这种不可知的神秘力量所吸引的感受：

---

① 井波律子(1944—)，京都大学毕业。曾任金泽大学、国际日本文华研究中心教授。

② 《雷雨》《日出》《原野》《北京人》《家》《蜕变》六篇，分别收于上海文化生活出版社《曹禺戏剧集》一到六集(1936—1941)。中华人民共和国成立后，代表作《雷雨》《日出》、《北京人》三篇数次修订出版，主要如下：

(1)《曹禺选集》(收有《雷雨》《日出》《北京人》，北京开明书局，1951)，其中对《雷雨》进行了大修改，甚至改动了原有的结局。与大芝孝《新旧版本选》完全相同，《北京人》未见。《桥》根据与本文第一个注解列举的作品一同编入《〈雷雨〉的比较研究》(《神户大学论丛》第七卷)对此进行了详细的考察。

(2)《曹禺剧本选》(收前列三篇，人民文学出版社，1954)，三篇基本还原为文化生活出版社的形态。

(3)《曹禺戏剧五四以来话剧剧本选》(中国戏剧出版社，1957)收有《日出》《雷雨》。其中《雷雨》除个别字句改动外，与(2)的《曹禺剧本选》完全相同，《北京人》未见。

③ 《明朗的天》于 1954 年在《人民文学》和《剧本》上同时发表，1956 年由人民文学出版社发行单行本。《胆剑篇》1961 年发表在《人民文学》上，是描写越王勾践的历史剧(这也是曹禺唯一的历史剧)，形式上是曹禺、梅阡、于是之三人集体创作，却又标明"曹禺执笔"，很可能是曹禺创作的。

④ 收于《中国现代独幕剧选》，香港，智源书店，1949 年。

恰如童稚时谛听脸上划着经历的父老们，在森森的夜半，津津地诉说坟头鬼火、野庙僵尸的故事。

并且说，“然而奇怪，这‘怕’本身就是个诱惑”。这很明显是在诉说对唤起神秘感和恐怖感的怪诞事物的一种嗜好——情感上的倾斜——而完全否定了社会或政治方面的目的意识。

然而正是曹禺本人，在中华人民共和国成立以后，作为一个生活在大转换时代的有资历的剧作家，却满怀苦涩地决心要更生为新中国的剧作家，并这样进行自我批判：

《雷雨》中的周朴园自然是当作一个万恶的封建势力代表人物而出现的，我也着力描写那些被他压迫的人们。当时我认为这种看法是“大致不差”的。但在写作中，我把一些离奇的亲子关系纠缠在一起，串上我从书本得来的命运的观念，于是悲天悯人的思想歪曲了真实，使一个可能有些社会意义的戏变了质，成为一个有落后倾向的剧本。这里没有阶级观点，看不见当时新兴的革命力量；一个很差的道理支持全局的思想，《雷雨》的宿命观点，它模糊了周朴园所代表的阶级的必然的毁灭。[曹禺：《我对今后创作的初步认识》，载《文艺报》第三卷第一期，1950 年 10 月。]

把这段自我批评和前面《雷雨》序中讲述的创作经过相对照，可以看到明显的不同。面对《雷雨》这部完整的作品，作者的意识却完全改变了。在完全否定其现实功利性的情况下创作的作品，经过一段时期以后，作者本人却批判它没有社会意义。这实在奇怪。但不管怎样，《雷雨》就是《雷雨》。它只有被看作是完整的作品时才发生作用，所以我们应当注意的是《雷雨》这部作品本身表现了什么，构筑了一个怎样的世界。作品一旦离开作家，就完全独立了。《雷雨》曾由作者本人大幅度改写过①，但一般把 1954 年发行的《曹禺剧本选》所收版本②作为校定本，正如作者自己所说的，这个版本“除了一些文字的整理外，没有什么大的改动”，基本保持了创作当初的原貌。

除序幕和尾声外，《雷雨》在创作原则上忠实地遵守法国古典戏剧的“三一律”，即在同一地点、太阳运行一周内，所有戏剧活动符合一个主题。当然，就“同一地点”上来看，第三幕有些违规。从内容上看，该剧从欧里庇得斯的《希波吕托斯》、索福克勒斯的《俄狄浦斯王》以及拉辛的《费德尔》中得到了很多启发。从根本上说，这部剧从西方古典戏剧中汲取了充足的营养，并把这些养分移植到中国的土壤上使其开花结果。

首先，我大概整理一下登场人物和主要情节。

开幕后，观众逐渐明了以下几个事实。主要舞台是某煤矿公司董事长周朴园家。周

① 指本文第一个注释中的(1)，北京，开明书局，1951 年。

② 《曹禺剧本选》(以下称《剧本选》)前言中说：“两年前，我曾将《雷雨》《日出》《北京人》这三本比较为观众所知道的剧本，修改了一下出版。在这个集子里，仍然选了三本戏。不过这一次，除了一些文字的整理之外，没有什么大的改动。现在看，还是保持原来的(《曹禺戏剧集》，以下称《戏剧集》)面貌好一些。因此，就在此地提一提。如果日后还有人上演着几个戏，我希望采用这个本子。”须注意的是，虽然主要情节没有大的改动，但比较两个文本，仍能看到若干不同。

朴园(五十五岁)不论在家里还是社会上都是有些虐待狂倾向的专政暴君。他有前妻生的长子周萍(二十八岁)和后妻生的次子周冲(十七岁)。周萍的性格矛盾,一方面怯懦如温室中的苗,有时却又能做出冲动的举动来,但他始终害怕他的父亲。周冲是纯真的梦想家。后妻蘩漪(三十五岁)比周朴园小二十岁,被迫屈从周朴园,是一个几乎失去了生存希望的女性,但她心中郁积的热情有时也会狂热地爆发出来。作者曹禺称她是"犀利的刀",是作者满怀喜爱塑造的女性形象。蘩漪和周萍过去(两年前)曾陷入"不道德的"恋爱关系,蘩漪至今仍然留恋着周萍,而周萍却已经对以前没有希望的关系感到后悔,为那些记忆而痛苦,衷心盼望能够重新开始。周萍找到了新的恋爱对象、他的拯救天使、周家的女仆鲁四凤(十八岁)。四凤与蘩漪形成鲜明的对比,是单纯健康的少女。而周萍的异母弟弟周冲也对四凤产生了纯真而充满幻想的恋情。四凤的父亲鲁贵(四十八岁)和四凤一样是周家的仆人,在剧中是惯行卑小邪恶行为的靡菲斯特式的人物。四凤的母亲鲁侍萍(四十七岁),一个人在外地打工,和丈夫鲁贵形成鲜明的对比,有着"大家户太太"的高贵沉静的气质。她与鲁贵是再婚,还有一个与前夫生的儿子、四凤的异父哥哥鲁大海(二十七岁)。鲁大海是周朴园经营的煤矿公司的工人,作为工人代表,和周朴园有激烈的冲突。

剧情进一步发展深化,描绘出周家四口人和鲁家四口人的毫无出路的矛盾冲突。冲突开始于第二幕鲁侍萍的出现。她巧遇周朴园,两个人原来是恋爱关系,并且生了两个儿子(周萍和鲁大海)。由于周朴园突然变心抛弃了鲁侍萍,逼得侍萍自杀未遂。周萍原来并不是周朴园死去前妻的儿子,而是周家的女仆、周朴园的情人侍萍生的孩子。第二幕时,侍萍和周朴园还不知道四凤和周萍的关系,而这两个人也不知道他们父母之间的关系。周萍和四凤并不知道彼此是兄妹,关系已经发展到进退两难的境地,周萍为了了结过去,决定到父亲的煤矿去工作。这时四凤要求他明确和自己的关系,而蘩漪却因为他要抛弃自己而激烈地谴责他。潜伏在剧中人物之间的可怕的事实,首先被侍萍察知。第三幕舞台转换到鲁贵家,在电闪雷鸣的舞台效果之下,四凤和周萍的幽会被鲁大海和侍萍发现。第四幕是全剧的高潮,四凤和周萍是兄妹的事实,由周朴园告知给所有的在场人物。这时四凤已经怀了周萍的孩子,绝望中在周家花园触电而死。周冲得知哥哥和四凤的关系以及哥哥和母亲的关系,也追随四凤触电而死。周萍得知两人之死后开枪自杀,鲁大海从此失踪。剩下的侍萍和蘩漪发疯,全剧在黑暗绝望的气氛中降下帷幕。

剧中描写了日常生活中少有的被扩大了的矛盾纠葛和极端的爱憎,这些情感逐渐酿成令人毛骨悚然的大恐怖。而日常的每一件小事、登场人物的每一个细微的行动或语言,都变成具有特定意义的因素,直接把剧情导向最后决定性一幕的悲惨结局。这里流动着的,无疑是精心凝缩出来的悲剧性的时间。《雷雨》通过其高度集中的悲剧性强行诱导观众——或者读者——进到仿佛中邪一般的亢奋的精神状态之中,参与剧情开展的节奏之中。这种精神高度集中的效果,是如何形成的呢?

从戏剧结构上看,第一是一连串的时间忠实地按照前面提到的"三一律",从暴风雨前的闷热的夏日的早晨,经过夜间令人联想到神的愤怒的雷鸣和暴风雨,再到次日黎明,即在"太阳运行一周内"发生。在很短的时间内,周朴园和鲁侍萍黑暗又遥远的过去、蘩漪和

周萍毫无希望的交往、周萍和四凤宿命的关系等错综复杂的关系一举暴露出来，黑暗的过去带来的沉重突然爆发，人们也随之一起毁灭。在“太阳运行一周”的戏剧时间内，所有的戏剧性事件接连不断地展开，出场人物的感情被牵连着高潮迭起，这使得《雷雨》完全不容许从容的距离感、批判和反思等冷静的第三者式的感情介入其中，而始终充满着迫切狂热的气氛。

继“时间”之后就是“空间”的问题。曹禺的戏剧几乎都采用典型的室内剧的形式。特别是《雷雨》，除了引出高潮（第四幕）的导火索——第三幕场景被切换到鲁贵家之外，基本戏剧空间都是在窗户紧闭、密室一般的周家客厅。第一幕的舞台说明这样描述周家客厅的密室状态：

> 屋中很气闷，郁热逼人，空气低压着。外面没有阳光，天空灰暗，是将要落暴雨的神气。

第一幕这样表现房间里闷热的气氛：

> 周冲：（前略）怎么这屋子这样热？
>
> 蘩漪：大概是窗户没有开。
>
> 周冲：让我来开。
>
> 四凤：老爷说过不叫开，说外面比屋里热。
>
> 蘩漪：不，四凤，开开它。他在外头一去就是两年不回家，这屋子里的死气他是不知道的。

可以看出，这里表现房间里将所有生者的活气都消耗殆尽的死气——沉郁的空气，用来衬托和强化登场人物的窒息感。正是周朴园坚决禁止房间通风，一直让房间保持在密室状态中。同样在第一幕中，他固执地命令周冲把打开的窗户再次关上。

> 周朴园：怎么这窗户谁开开了？
>
> 周萍：弟弟跟我开的。
>
> 周朴园：关上，（擦眼镜）这屋子不要底下人随便进来，回头我预备一个人在这里休息的。
>
> 周萍：是。
>
> 周朴园：（擦着眼镜，看周围的家具）这间屋子的家具多半是你生母喜欢的东西。我从南边移到北边，搬了多少次家，总是不肯丢下的。（戴上眼镜，咳嗽一声）这屋子摆的样子，我愿意总是三十年前的老样子，这叫我的眼看着舒服一点。（踱到桌前，看桌上的照片）你的生母永远喜欢夏天把窗户关上的。

周朴园的话使人明白，房间里的“死气”源于带有来历的古老家具和习惯。在紧闭的闷热的密室中，过去的亡灵肆意横行，这令生活在现在的人们感到窒息。

第二幕周朴园和鲁侍萍重逢时，让我们知道周朴园固守密室，是因为他内心深深的罪恶感。

> 周朴园：（前略）你不要以为我的心是死了，你以为一个人做了一件于心不忍的事就会忘了么？你看这些家具都是你从前顶喜欢的东西，多少年我总是留着，

为着纪念你。

鲁侍萍:(低头)哦。

周朴园:你的生日——四月十八——每年我总记得。一切都照着你是正式嫁过周家的人看,甚至于你因为生萍儿,受了病,总要关窗户,这些习惯我都保留着,为的是不忘你,弥补我的罪过。

背负着三十年来的罪过的密室,必然充满着不祥的瘴气。

完全与外界隔离、将人禁锢起来无法逃脱的戏剧空间,有效地发挥了营造某种极限状态的作用,迫使登场人物的心理矛盾发展到极致,每个人的情感得以彻底宣泄。充满罪恶味道的房间,在其中受到过去的诅咒不可避免地走向毁灭的人们。封闭的房间和无可救药的人,在这里相互渗透。

除戏剧时间和空间以外,与《雷雨》高度集中的悲剧性密切相关的,就是其有机缜密的整体结构。可以说,《雷雨》中相继发生的事件和人物的语言、行动,没有任何一个细微的部分是生硬、孤立的,这些东西不论大小都是锁链中的一环,环环相扣关乎整体。例如第四幕接近结尾处,四凤和周冲相继在花园触电而死,但这完全不给人突兀的感觉,因为之前剧中反复出现触电的话题,提示观众。首先是第二幕蘩漪和鲁贵的对话。

蘩漪:(看鲁贵)你在干什么?

鲁贵:我等太太还有什么旁的事要吩咐。

蘩漪:(忽然想起来)有,你跟老爷回完话后,你出去叫一个电灯匠来,刚才我听说花园藤萝架上的旧电线落下来了,走电,叫他赶快收拾一下,不要电了人。

这场对话在第二幕中作为日常的话题,不着痕迹地穿插进来。而第三幕鲁侍萍和四凤的对话,用恐怖的方式暗示了四凤的结局。之前四凤被母亲半强迫着答应不再和周家的人见面。接着是四凤发誓的场面。

[雷声滚过去]

鲁侍萍:孩子,天上在打着雷,你要是以后忘了妈的话,见了周家的人呢?

四凤:(畏怯地)妈,我不会的,我不会的。

鲁侍萍:孩子,你要说,你要说。假若你忘了妈的话,——[外面的雷声]

四凤:(不顾一切地)那——那天上的雷劈了我。(扑在鲁妈怀里)哦,我的妈呀!(哭出声)

[雷声轰地滚过去]

用几乎令人惊悚的方式,由四凤亲口说出应验她誓言的悲惨结局来。还有,第四幕开始,周朴园和仆人的对话中,也出现了触电而死的内容。

[外面闪电,朴园回头望花园]

周朴园:藤萝架那边的电线,太太叫人来修理了么?

仆人:叫了,电灯匠说下着大雨不好修理,明天再来。

周朴园:那不危险么?

仆人:可不是么?刚才大少爷的狗走过那儿,碰着那根电线,就给电死了。

> 现在那儿已经用绳子圈起来,没有人走那儿。

仅仅看“触电”这件事,从第二幕起周到的伏笔不断重复,逐渐把剧情引向高潮。这种部分和整体有机地结合在一起的、紧凑的结构,营造了持续不断的戏剧气氛,给整体以波澜起伏的紧张感。

这种紧凑、持续并且处处有伏笔的结构,也有效制造了全剧的悬念。例如第二幕周朴园和鲁侍萍重逢一场是前半部分的高潮,这里已经表明周萍和四凤是异父兄妹。但这里的重点在于前文提到的、让观众了解预示悲剧结局的可怕的“秘密”,相反却不让侍萍和周朴园注意到周萍和四凤的关系。这样,悲剧的结局就随着令人战栗的悬念——对看到可怕事物的期待——向后拖延了。这几乎是侦探剧的手法了。曹禺本人有意识地设计了这种剧情发展的方式。

> 在这些(剧中人物)不知道自己的危机之前,蠢蠢地动着感情,劳着心,用着手。他们(观众)已彻头彻尾地熟悉这一群人的错综关系。我使他们征兆似的觉出来这酝酿中的阴霾,预知这样不会引起好结果。①

江户川乱步在散文《侦探小说的定义和类别》(收于《幻影城》)中这样给侦探小说下定义:“与犯罪有关的费解的秘密,通过逻辑推理逐步被揭开,侦探小说就是以展示这个过程的乐趣为主旨的文学。”他解释说,“首先,必须有一个贯穿整部小说的秘密”,然后加上趣味性这个条件,而“起初的不可理喻,中间的悬念以及结尾的意外性”则是必需的,最后他说:“以逻辑推理逐渐解开费解之谜的乐趣,和以数学为首的所有科学研究的乐趣是完全相同的。”而《主教谋杀案》的作者范·达因在《侦探小说二十则》中定义说:“(侦探小说中)所有的线索都必须毫无隐瞒地展示给读者。”当然,不能因为有“秘密”“悬念”以及解密的“线索”在剧中交织成网络,就把侦探小说的定义直接套用在《雷雨》上,然而,在使观众的紧张感持续到最后这一点上,好的戏剧向来和侦探剧的手法密不可分。例如索福克勒斯《俄狄浦斯王》的结构,在俄狄浦斯与妻子约卡斯塔其实是母子关系的谜底被揭开之前,一直充满悬念,高潮迭起,用的就是恐怖剧的手法,借此突出俄狄浦斯不知不觉之中触犯人伦禁忌的毁灭性命运。《雷雨》中,那令人战栗的“秘密”什么时候、在哪里被全部暴露出来?而这秘密既然又是无法挽回的决定性的,那么人们会怎样面对它,怎样因它而不可避免地走向毁灭?悬念就建立在观众的这些期待之下,最终发展到高潮,这一点,《雷雨》无疑运用了恐怖剧的手法。通过这些手法,进一步增加了《雷雨》的悲剧效果。

当然,所谓的侦探(推理)小说——恐怖剧与《雷雨》《俄狄浦斯王》在最终目的上,是完全不同的。因为侦探小说趣味的中心点在于用逻辑推理揭开谜底,而《俄狄浦斯王》和《雷雨》创作动机的中心点在于毫不留情地描写出场人物被秘密所诅咒、在极限状态下毁灭的情形。

以上,从时间空间的设计、整体剧作结构的有机紧密以及恐怖剧的手法等戏剧结构方面分析了《雷雨》中高度集中悲剧性的成因,从中可以看出,《雷雨》的世界,虽然内容奇特

---

① 《雷雨·序》

恐怖，却是经由非常缜密的方法论创作而成的。曹禺绝不是被“神魔”所动，创作出了“神魔”的世界。即使他自己这样述说：

情感上，《雷雨》所象征的，对我是一种神秘的吸引，一种抓牢我心灵的魔。《雷雨》所显示的，并不是因果，并不是报应，而是我所觉得的天地间的“残忍”。①

《雷雨》的世界是用极其缜密的方法意识创造出来的，能证实这一点的，除了前述以外，人物结构也是很明显的例子。富豪周家是朴园、蘩漪、周萍和周冲四人，而相对照的“底下人”鲁家也是鲁贵、鲁侍萍、四凤和鲁大海四个人。完全成比例的四比四。其中，周萍、四凤和鲁大海三人是同母异父的兄妹，而周萍、周冲和大海是同父异母的兄弟，这也是三比三，其中没有血缘关系的只有四凤和周冲，而这两个无辜的人像消元法似的在接近剧终时触电而死。周朴园和鲁侍萍、蘩漪，周萍和蘩漪、四凤分别在过去或现在是夫妻或者恋爱关系，形成相互重叠的三角关系。这些拥有整合关系的出场人物像蝮蛇一般相互纠缠，但纠缠的方式却奇特地遵循一定的法则，仿佛在拼一个规则的几何图形。

内容上的不合理性与写作手法的规则性和合理性令人感觉相互矛盾，但是正如恐怖小说《厄舍古屋的倒塌》的作者埃德加·爱伦·坡（《莫格街杀人案》等侦探小说的鼻祖，设计阴谋的名家）在他宏大方法论的基础上，写下了他的宇宙论《我发现了》一样，曹禺也说在《雷雨》中“为宇宙作一种隐秘的理解”②，以它象征对不可知力量的憧憬。为了表现令人毛骨悚然的神秘，他必须保持清晰的意识，运用熟练的技巧。当然，感知恐怖和神秘的事物，或者被这些事物所吸引入迷，与创造性地表现这些事物是完全异质的。只有冷静地、有意识地把视线投向每一个角落，同时拥有建构一个语言结构体的成熟的技巧，才能把模糊不定的情感固定下来。

那么，清晰明确的方法意识，加上结构上的巧妙安排，如此建构起来的《雷雨》的世界，究竟是怎样的呢？

《雷雨》的主要创作意图在于周萍和四凤的近亲私通，周萍和蘩漪的乱伦，周朴园过去对侍萍犯下的罪孽等，这些主题在所有的命运悲剧中都能轻易发现。这些主题是和雷鸣、闪电、暴风雨等舞台效果相辅相成，烘托出了无边无际的黑暗的。而在这黑暗中为爱而焦灼、烧尽了憎恨之火，癫狂而最终走向死亡的一群人的行动，像噩梦一般牢牢地束缚住了观众——读者的心。的确，《雷雨》正酷似“噩梦”。这种噩梦般的感觉，来源于统领全剧的作者坚定的信念即命运观。第四幕接近结尾处，鲁侍萍得知四凤和周萍关系的真相后，幽怨地朝天悲叹：

（沉重的悲伤，低声）啊，天知道谁犯了罪，谁造的这种孽！——他们都是可怜的孩子，不知道自己做的是什么。天哪，如果要罚，也罚在我一个人身上；我一个人有罪，我先走错了一步。（伤心地）如今我明白了，我明白了，事情已经做了

① 《雷雨·序》
② 《雷雨·序》

的，不必再怨这个不公平的天；人犯了一次罪过，第二次也就自然地跟着来。① ——[……]——所有的罪孽都是我一个人惹的，我的儿女们都是好孩子，心地是干净的，那么，天，真有了什么，也就让我一个人担待吧。

侍萍这段悲痛的独白表明，周萍和四凤的行为和结果，不是他们自己的主体意志和判断所造成的，而是具有魔力的天——命运、宿命从一开始就注定了他们的悲惨结局。这种命运观渗透到每一个出场人物身上，使他们化作被超越人力的强大而又残酷的命运所操纵的木偶。因而，这些被封杀了意志的木偶所演出的行为和他们所发出的语言乃至悲喜，都仿佛噩梦一般令人觉得怪异恐怖。因为并非出于自己意志却被引入恐怖的深渊，这是噩梦特有的现象。

曹禺自己也把这八个出场人物称为"傀儡"，并对导演提出了异议。

《雷雨》里原有第九个角色，而其实最重要的，我没有写进去，那就是被称为雷雨的一名好汉。他几乎总是在场，他手下操纵其余八个傀儡。而我总不能明显地添上这个人，于是导演们也仿佛忘掉他。②

把这里说的"雷雨"替换成雷雨——自然的奇异——天——命运时，我们可以清楚地看到，作者自己心目中的《雷雨》，是由被命运这个主宰者所操纵的八个木偶——傀儡——所演出的阴暗剧。而且在《雷雨》序中，曹禺用非常极端的形式，表述支配全剧的观念——多少带有庄子色彩的命运观。

写《雷雨》是一种情感的迫切的需要。我念起人类是怎样可怜的动物，带着踌躇满志的心情，仿佛自己来主宰自己的命运，而时常不能自己来主宰。受着自己情感的或者理解的——捉弄，一种不可知的力量的，——机遇的，或者环境的——捉弄。生活在狭的笼里而洋洋地骄傲着，以为徜徉在自由的天地里。称为万物之灵的人物，不是做着最愚蠢的事么？

文中还有这样的描述：

他们(剧中人物)正如一匹跌在沼泽里的羸马，愈挣扎愈深沉地陷落在死亡的泥沼里。

《雷雨》正达到了作者所预想的效果，以这种虚无的命运观为支柱，成功地刻画出八个傀儡在世上令人恐怖的、悲惨的、破灭的形象。这里，可以看到木偶剧特有的怪异可怕和残酷。

呈现出一种噩梦般的形态，是《雷雨》世界的最大特征。另外，值得注意的是其极其强烈的阴暗分明，不，甚至过去明暗分明的世界。最显著的是人物性格的塑造。例如，作者认为最能代表《雷雨》性格的人物蘩漪，她燃烧着鬼火般的热情，对自己和他人全然不顾忌，只是专注于自己的感情，在爱恨两极中激烈地摇摆。剧中这样表现她不可避免地伤及

① 如前文所述，这里《戏剧集》和《剧本选》有较大不同。最显著的是《剧本选》中，引文"我明白了"到"第二次也就自然地跟着来"被删除，可看出是要尽量减少《戏剧集》中表现出的浓厚的宿命观。

② 《日出·跋》

所有接触她的人的那种激烈。第四幕，看到周冲得知四凤和周萍关系而自动放弃对四凤的感情时，蘩漪这样说：

(昏乱地)你(周冲)真没有点男子气，我要是你，我就打了她，烧了她，杀了她。你真是糊涂虫，没有一点生气的。你还是你父亲养的，你父亲的小绵羊。我看错你了——你不是我的，你不是我的儿子。

蘩漪因儿子不中用而气得发昏，狠狠地骂周冲。她甚至失去理智，不顾一切地暴露自己与周萍过去的关系：

(揩眼泪，哀痛地)我忍了多少年了，我在这个死地方，监狱似的周公馆，陪着一个阎王(周朴园)十八年了，我的心并没有死；你的父亲只叫我生了冲儿，然而我的心，我这个人还是我的，(指萍)就只有他才要了我整个的人，可是他现在不要我，又不要我了。

她全然无视世上的"良知"，一心一意地坚持自己的主张，打破所有的桎梏，不惜付出毁灭的代价来贯彻自己。对要逃离自己的周萍——这不过是一个在对父亲的负罪感中苦恼的、苍白懦弱又欲火中烧的男人而已——她蛮不讲理地痴缠滥打，试图以此拯救自己。在蘩漪身上，可以看到鬼气逼人、寻求宣泄的狂热与兴奋。当然，她也不过是木偶中的一个，在必输无疑的战争中败北、受挫——不得不走上发疯的末路。曹禺格外喜欢这个偏执的女性形象，说"这类女性总有她的'魔'，是个'魔'就有它的尖锐性"，而且，"她是一柄犀利的刀。她愈爱的，她愈要划着深深的创痕"。[①] 的确，在曹禺的戏剧中，与《日出》中将少女的纯真和成熟女人的倦怠感这两种相互矛盾的因素集于一身的陈白露一样，蘩漪也是最具魅力的女性形象。

与盲目却又激烈的蘩漪形成鲜明对照的，是她的丈夫周朴园。周朴园指责终日酗酒赌博、自暴自弃的周萍的生活态度，却这样评价自己：

我的家庭是我认为最圆满、最有秩序的家庭，我的儿子我也认为还是健全的子弟，我教育出来的孩子，我绝对不愿叫任何人说他们一点闲话的。(第一幕)

他对家里复杂矛盾的现状视而不见，不爱生事，对外一心顾及体面，遮遮掩掩试图永远维持现状，大事化小，小事化了，将一切都抹平了事。也就是说，他像是一个书里画上常见的保守人物。蘩漪痛骂他是"伪君子"，"祸移在人身上，外面还是一副道德面孔，慈善家，社会上的好人物"。

蘩漪不能不把一切真相都暴露出来的尖锐和激烈，以及周朴园的狡猾和保守，都被极度夸张化，这种尖锐激烈的过于尖锐激烈、迟钝保守的过于迟钝保守的性格塑造，仿佛对观众的研究形成强烈刺激的对比度过强的照片一样，异常鲜明。这种性格刻画的极端性，在其他出场人物身上也有所体现。例如，鲁贵满是仆人的卑琐，而周冲就极端纯真又充满幻想。这些性格上形成鲜明对照的、极端化的人物塑造，使得出场人物间的矛盾纠缠越发激烈而又无从妥协，最终走向悲惨结局——悲剧性结尾——的过程显得理所当然而又清

① 《雷雨·序》

晰明了。

这噩梦般的氛围中，有着性格过于鲜明的八个木偶，在令人诅咒的纠葛之中，径直奔向悲惨的结局。《雷雨》就是这样一场命运悲剧，这种非日常性的感觉把人们从安稳的日常世界中剥离开来，逼到仿佛天塌地陷般的恐怖中去。如果说戏剧是观看者对某种体验的刻意追求的话，《雷雨》以非常凝练的形式，无情地描写被逼到绝境中的人们在无奈中不可避免地毁灭的过程，这部同剧名“雷雨”本身一样富有戏剧性的话剧，正赋予了人们异常而又极端化的戏剧体验。从这个意义上说，曹禺当年自述的《雷雨》创作动机，即“一种情感的憧憬，一种无名恐惧的表征”，完全得到了实现。法国哲学家阿兰说，二流戏剧通过道德或政治问题，即意义来鼓动人，而真正的戏剧从不“意味”什么，而仅仅是“存在”。套用他的话来说，《雷雨》展现了一个被强韧的命运之线所操纵的世界，这世界就这样存在着，让看了它的人们感动而又毛骨悚然。这就足够了。

然而，《雷雨》毕竟是 1934 年在中国出版和上演的作品。从年表上来看，在这部以希腊悲剧为基础的命运悲剧创作的那一年，所谓的“满洲国”帝国统治开始施行，而蒋介石在提倡新生活运动。正是人们——特别是知识阶层——感到“长久积聚的黑暗”[①]，对自身存在的不确定性感到恐惧和窒息的时代。毫无疑问，简单直接地将政治社会状况与文学作品联系在一起的做法是非常危险的。何况曹禺当时只有二十五岁，是刚刚毕业于清华大学希腊戏剧专业的年轻学者，几乎与现实的政治运动没有任何关系。但是否就可以说，《雷雨》和《希波吕托斯》等希腊悲剧一样，只是纯化观众——读者的情感，给他们情感净化就完成使命了呢？绝非如此。该剧在深层上还是与它所处的时代状况具有密切的关系。只是它与时代的关系绝非下文所说的那样简单明了、积极果断。

> 这《雷雨》是一部描写富商大家庭的悲剧。通过夫妻、父母、子女、主仆等复杂的关系，揭露充斥整个家族的伪善、自私、残酷和怯懦等各种各样的丑恶现象。作者把这当作社会的缩影，无情地鞭挞了黑暗的社会制度。剧中反映了尖锐的阶级斗争，指出封建制度和资本主义相结合的社会必然走向灭亡。[②]

好坏姑且不论，曹禺本人在写作时绝没有考虑过这些事情，[③]而且从作品里无论如何也读不出这种积极的政治和社会性。我认为，《雷雨》和时代的关系——或者称之为《雷雨》所包含的时代性的意义——是更加“隐秘的”，仿佛熏画一样，是从整部剧中逐渐浮现出来的。《雷雨》描述了被命运的黑手所捉弄，自己的意志被封杀，在无奈中毁灭的人们的形象，这些出场人物只是被操纵着不断遭遇挫折，却无法把握自己的存在，从这一点上来看，他们是深层意义上的被疏离的人物，因而他们在舞台上创造出来的世界也是充满着被疏离者的恐怖感的世界。这与前述 1934 年时人们的精神状态，以至曹禺自身的精神状态在结构上是相符合的。《雷雨》绝对没有直接而且理性地“无情地鞭挞了黑暗的社会制

① 参照《雷雨·序》。

② 复旦大学中文系现代文学组学生集体编著：《中国现代文学史 1919—1942》，第二编第六章“进步作家”第五节“曹禺”，上海文艺出版社，1959 年。

③ 参见前文所引《雷雨·序》。

度”，但是它却在古老的命运悲剧的框架中，鲜明地展现了1930年代的社会状况以及生活在其中的人们的精神状态，被理性化以前的状态或者气氛——强烈的疏离感和恐怖感，在这一点上可以看到该剧具有很强的时代意义。还有，该剧主题中有“乱伦”“近亲私通”等打破“良俗”禁忌的内容，这可以说是它的反社会和与既有的权力机构的对抗吧。正因为如此，该剧在发表时便受到称赞，并被广泛宣传。

前面从各个角度论述了《雷雨》是一部成功的戏剧，当然，这部剧也有它的缺陷。首先，最显著的一点，或许是主题过多而造成了大杂烩的印象。例如，后来曹禺自己批判说“只是穿上工人衣服的小资产阶级”[①]的鲁大海，关于他的故事——领导煤矿劳资纠纷，与自己的亲生父亲周朴园产生矛盾——从情节发展上来看并不是必需的，让人感觉就是为了加入当时流行的事物，反倒与《雷雨》戏剧情节的发展不协调。还有，从作者的意图来看，被压抑的女性蘩漪不屈服的激烈与强韧，本该更突出地表现出来，但为了突出四凤和周萍宿命性结合的强烈程度，对蘩漪强韧性的描写有些逊色，有时仅仅成了阻碍两个年轻人恋爱的存在，这是非常遗憾的。我认为，要让蘩漪被迫地反叛和单恋更有说服力，需要进一步明确表现周朴园的蛮横霸道和好儿子周萍的不中用。

其次，这当然不是缺陷，《雷雨》结构上最具争议的就是序幕和尾声的处理。《雷雨》除前述的四幕外，还有很短的序幕和尾声，时间是十年以后，地点是原来周公馆的客厅（十年后这里成了修道院附属精神病院的会客室，精神失常的蘩漪和鲁侍萍在这里住院。周公馆此时已经全都卖给修道院了），出场人物是修女、跟妈妈来探望病人的一对小姐弟，以及来看望妻子和以前情人的周朴园，还有精神失常后默默无语的鲁侍萍。序幕的作用是把观众带入《雷雨》的悲剧性时间，而尾声则宣告这段疯狂的时间的结束。

曹禺自己也指出，在写作时，认为序幕和尾声是必不可少的，具有希腊悲剧“choros”（合唱队）的作用，将错综复杂的罪恶推到非常遥远的地方去，并披上一层面纱，给观众以“欣赏的距离”[②]。然而，当时就有很多人认为序幕和尾声是“累赘”，演出时多把它们删掉，而后来也有人从意识形态的观点出发提出了批判意见。例如：

> 《雷雨》剧中的宿命论观点和神秘主义色彩，损害了作品的艺术价值。作者所尊崇的序幕和尾声，在我们看来，反倒是累赘，增添了作者的宿命论观点和神秘主义思想。
>
> 周朴园是个地道的买办资本家，他的全身心都渗透着反动意识，虚伪而又冷酷。然而作者出人意料地在尾声中让他成了悔改的人物，这明显有悖真实。[③]

曹禺本人不知是否赞同这种观点，他的真意我们不得而知，但是自1951年以后，所有

① 曹禺：《我对今后创作的初步认识》，载《文艺报》第三卷第一期，1950年10月。

② 见《雷雨·序》。另外，曹禺在《日出》跋中说：“最近，我一直为《雷雨》和《日出》遭遇而感到不可思议。这些剧本总是迫不得已地被分解，以前因为剧本太长，《雷雨》的‘序幕’和‘尾声’总删去，变得没头没尾，只剩下身体的中间部分，僵硬地摆在那里。”而对于《日出》，有人指出第三幕可以删去，对此曹禺作了激烈的反驳。

③ 复旦大学中文系：《中国现代文学史》。

版本都删去了他曾一度强烈为之辩解的序幕和尾声。

尽管如此，这种意识形态论的批评还是过于粗暴了。周朴园在第一幕到第四幕中一直是充满威严、自信，极其傲慢的形象，相比之下，尾声中的周朴园失去了两个儿子，妻子和情人发疯，处在孤独一人既不能死也不能发疯的惨淡结局中，毫无疑问是一个失败者和绝望者。显然，他被他自己所犯的罪静静地报了仇。这里，虽然没有“买办资本家”周朴园身败名裂、彻底被打垮的劝善惩恶式的场面，但他已经被描写得遭了十二分报应了。说“让他成了悔改的人物，这明显有悖真实”，这个说法作为社会批判就算行得通，但从《雷雨》编剧艺术上来看显然是不恰当的。

如前所述，写作当初，曹禺执著于序幕和尾声，绝不是为了弱化周朴园的破灭，而是要对充满非日常性的异样要素的《曹禺》以经典的方式适当加以抑制。将距离主要情节发生十年以后的场面放在这个命运悲剧的前后，即使剧中的时间多重化，又把主要情节发生的悲剧性时间推到不能唤回的、辽远的过去，从而减少它的血腥气。这样，被框在序幕和尾声中的波澜起伏的戏剧时间，最终沉静下来，同时，观众随着剧情发展兴奋起来的感情也得到抑制。作为一部悲剧作品，这种效果的序幕和尾声，显然使结构更完整，更能给人以有头有尾的完整印象。

然而，后来曹禺戏剧结构的技巧趋于成熟，改变了当初的想法，删掉了序幕和尾声。买办资本家必然灭亡论正确与否姑且不论，这或许是因为他认为，已经没有必要给《雷雨》加上传统方式的抑制，来安慰观剧后观众的心了。《雷雨》所展现的被疏离者的故事，只有必要让它更加鲜明，而再没有为它加上软焦点使视觉效果柔和一些的必要了。从这个意义上说，责备曹禺改变了初衷也是不妥当的。因为这也是一种态度，究竟喜欢古典式的抑制，还是喜欢直接侵犯日常感觉的异质性，这是面对《雷雨》的人各自趣味的问题了。

可以说，无论是设计得周到细致的紧凑的结构，还是无情地将出场人物逼迫到穷途末路的富有紧迫感的剧情发展，《雷雨》都极大地展现出了曹禺作为悲剧作家的卓越的才华和技巧。然而，《雷雨》以后的作品，除了具有奇妙的怪异性魅力的《原野》①外，固然都是失败之作，都有意识地回避了这种极具紧张感的悲剧性。例如，他这样叙述创作《日出》时的情形：

---

① 《原野》中多少有些瑕疵的出场人物中，焦母这个瞎眼婆婆，被描写成阴惨、邪恶、狡猾的化身，这种充满恶意的人物在曹禺的戏剧中是很少见的。这部在焦母，容貌魁伟却怪异恐怖的主人公逃犯仇虎，以及令人想起蘩漪的、古怪奇特的女性焦家儿媳焦花式之间展开的话剧世界，其主要舞台是郁郁葱葱的森林，它的内容也是奇特诡秘幽怪的。

附加一句，曹禺本来也是对扭曲的、恶的事物有着敏锐感觉的作家。他自己说费力较多的《日出》第三幕中，对聚集了“人类的渣滓”的下等妓院的描写，正是精到地捕捉到了那种阴惨绝望的气氛。还有，曹禺的散文集《迎春集》(北京出版社，1958)所收的《致一个日本姑娘的信》(1956)中提到了他访问日本时，在东京街头看到的“太阳族”和“扒清科(老虎机)”，他把“太阳族”比作过去上海的“阿飞”，描述他们穿着裤管极细的裤子(当时的曼波裤)，观察得非常细致敏锐。当然，这篇散文旨在批判造成日本这种现象的根源所在，但是他在漫步街头的时候就发现这些“黑暗面”并能作出迅速反应，可见剧作家曹禺的感觉是独特而又敏锐的。

写完《雷雨》,渐渐生出一种对于《雷雨》的厌倦。我很讨厌它的结构,我觉出有些"太像戏"了。技巧上,我用得过分。仿佛我只顾贪婪地使用着那简陋的"招数",不想胃里有点装不下,过后我每读一遍《雷雨》便有点要作呕的感觉。我很平铺直叙地写点东西,想敲碎了我从前拾得那一点点浅薄的技巧,老老实实重新学一点较为深刻的。[1]

从这段话中可以看出,年轻的曹禺最初建构了《雷雨》这座完全看不到即兴成分的坚固的虚构之城后所感到的苦恼。为了创作下一部作品,他"厌倦"而且严厉地批判自己的处女作《雷雨》,并试图用与它完全不同的、最朴素浅显的手法来创造一个崭新的戏剧世界。当时他表示自己对契诃夫有同感。从希腊悲剧到契诃夫,这是一个果决的大转换。这样,在《日出》以后的作品中,曹禺几乎不再设计异常的事态,不再使用他所说的"太像戏了"的、客观地说是戏剧性的戏剧创作方法了。纵观曹禺的作品,他的戏剧无论是在技巧上还是内容上,《雷雨》都达到了虚构性凝缩的最高阶段,而此后的作品,除了前面提到的《原野》外,都是亲自捣毁最初构建的完美的幻影世界,并把它拉回到现实的地平线上来的作品。

作者创作态度的这种转变,并不会损害《雷雨》的声誉。因为不管作者事后如何评价和思考,《雷雨》都是一部独立的作品,它用最为精练的方式展现了曹禺的技巧,并且作为悲剧,它近乎完美,这都是不容置疑的事实。

附记

本稿中《雷雨》及"序"均引自《曹禺戏剧集(一)》(上海文化生活出版社,1936)。[2]

(戴焕译)

原载《金泽大学教养部论集·人文科学篇》第十五集,1978年3月

① 《日出·跋》
② 引文原为日语,翻译稿使用《曹禺全集》,花山文艺出版社,1995年。——译者注

近年的《北京人》论

[日]饭塚容①

曹禺的最高杰作，当推《日出》或《北京人》。然而奇怪的是，新中国成立后虽然对《雷雨》和《日出》的论述非常多，《北京人》却常被忽视。从这个意义上说，1979年到1980年逐渐发表的一些关于《北京人》的论文值得关注。以下列举笔者看到的论文(以发表时间为序)：

(1)李关元：《论〈北京人〉》，《钟山》1979年第4期；

(2)李树凯：《〈北京人〉人物论——曾皓，曾方懿，愫方》，《甘肃师范大学学报》1980年第1期；

(3)朱栋霖：《论〈北京人〉》，《文学评论》1980年第3期；

(4)田本相：《〈北京人〉的艺术风格》，《南开学报》1980年第3期；

(5)辛宪锡：《〈北京人〉探疑》，《天津师院学报》1980年第4期；

(6)蔡骧：《北京人》，《钟山》1979年第4期；

(7)夏志清：《曹禺访哥大纪实——兼评〈北京人〉》，收录在香港《明报月刊》1980年第6期的《曹禺特辑》。

比较(1)至(5)的论文，其观点各有微妙的差异，饶有趣味，值得讨论。下面，我将参考(6)和(7)，对此阐述一些我个人的看法。

在讨论各篇论文以前，先介绍一下(1)到(5)各论文的基本观点。

论文(1)的李关元强调将《北京人》看作“喜剧”。他评价说，“《北京人》是曹禺在解放前思想艺术达到巅峰的作品”，但也指出其“思想的局限性”(后述)。

论文(2)的李树凯以“人物论”的形式，着力分析各个出场人物。这种方法钱谷融曾在《〈雷雨〉人物谈》中使用并取得了一定的成果②，相比之下李氏的分析发掘得不够深刻，我们期待他以后对没有论及的出场人物能继续给予贴切的分析。

论文(3)的朱栋霖，并没有对各个人物进行分析，而是总体论述《北京人》描写封建家庭的崩溃。他也把《北京人》看作“喜剧”，但观点多处与李关元尖锐对立。

论文(4)田本相认为，“到了《北京人》，可以说达到他(曹禺)长期来美学向往的一个理想境界”，高度评价了《北京人》。田氏论文在强调该作品的“民族风格”一点上很有特色。

① 饭塚容(1954—)，东京都立大学毕业，现任中央大学教授。

② 见拙稿《关于钱谷融的〈《雷雨》人物谈〉》，载《咿呀》第十四号。

而论文(5)辛宪锡与其他评论家不同，他认为“《北京人》不如《雷雨》和《日出》”，因为没有《雷雨》中的鲁大海和《日出》中的方达生这样积极的人物，这种说法完全不得要领，很教条。但是他指出了交口称赞《北京人》这一派的盲点，是一篇很特别的论文。

下面我们看看这些评论的问题所在。

一、“悲剧”还是“喜剧”？

首先，这些评论就如何看待作品的整体基调有意见分歧。李树凯的论文是“人物论”，性质上决定它不触及该问题，其他四个人的见解则一分为二。

李关元引用马克思《黑格尔法哲学批判》序中“世界历史形式的最后一个阶段就是它的喜剧”一节，认为中国封建阶级当时正进入“喜剧性的阶段”，曹禺正是认识到这一点才采用了“喜剧形式”。与采用“悲剧”形式、流同情之泪的《雷雨》时代相比，可以看到很大的“进展”。李氏随后分析了江泰、曾皓、思懿、文清以及愫方等出场人物，论证他们是“喜剧性”人物。他引用鲁迅、别林斯基的话，总结说江泰的滑稽、曾皓的沦落、思懿的矛盾、文清的毫无价值和愫方的成长都是“喜剧”。

朱栋霖几乎也是同样的立场。引用马克思的做法也几乎相同，认为《北京人》反映了“历史发展的必然”和“历史发展的规律”。得出结论说：“(《北京人》)揭示封建阶级的灭亡，而不带任何感伤、留恋、惋惜、哀悼的情调。”

的确，作者曹禺本人曾说过，“《北京人》不是悲剧而应当是喜剧”[①]，这也是这二人的立论依据。但笔者认为，曹禺这个发言的意思其实是说“《北京人》不必演得很沉郁”。说《北京人》是喜剧，难免有牵强附会之感。相比之下，下述田本相的意见比较有说服力，值得倾听。

> 喜剧和悲剧相互渗透、相互补充，是人类美学感受发展的结果。生活中的悲剧、喜剧的交织、转达、重叠，呈现出生活的丰富性和复杂性，艺术中的悲剧和喜剧的这种情形正标志着对现实生活反映的深化。《北京人》的基调是喜剧的，但绝不是只有一种色调、一种气氛。它的喜剧性中既有无情的嘲笑、公然和隐喻的讽刺，也有微笑的幽默，甚至是闹剧的场面。同时，在总的喜剧氛围中也有着悲剧的气氛。它把丰富的生活色调都反映到它的戏剧世界中。

引用有些长了，但这里“悲喜剧相互交织”的看法是非常正确的。田本相在其他地方也说，“《北京人》在喜剧基调上总是隐约带有些悲剧色彩”，他一方面认为“基调是喜剧”，却又无法完全否定《北京人》的悲剧情调。在我们看来，《北京人》的“基调”当然是悲剧，其中幽默的场面、含泪的微笑等处让人感到曹禺笔致的成熟和《雷雨》时代所没有的从容。也就是说，田本相所说的“基调”和“隐约可见的”正好倒转过来。除了这一点，田本相的分析令人满意。

辛宪锡的意见也基本相同。他列举了阿瑟·米勒的悲剧观点、[②]凤子的喜剧观点[③]，

① 张葆辛：《曹禺同志谈剧作》，载《文艺报》1957年第2期。

② 阿瑟·米勒：《话剧〈北京人〉在纽约上演记》，载《人民日报》，1980年3月29日。

③ 凤子：《寄晓蔺》，载《戏剧报》1957年第9期。

而后援引田本相“悲喜剧相互交织”的观点，说“我认为这样看问题比较妥当”。辛氏承认曹禺试图将《北京人》写成喜剧，但客观上“呈现在观众面前的绝不是喜剧，而是社会正剧”，提出“社会正剧”的观点。辛氏说，“愫方与文清的爱情，曾霆和瑞贞的结合，确实都是悲剧”，这两个情节“都使这个戏染上了浓重的悲剧色彩”。可以说“社会正剧”论很大程度上承认了悲剧性要素。

当然，在讨论上述问题之前，需要明确如何定义悲剧和喜剧的问题。悲剧和喜剧这两个词的语感在中日两国有很大不同。中国一般有喜剧＝积极、悲剧＝消极的印象，因此倾向于肯定前者。而日本比较偏重悲剧，容易认为喜剧是低俗的。这种不同很可能源自民族性和社会环境等方面的差异，同时影响人们如何看待《北京人》。然而既然是评论文学作品，在底线上就不能让步。从这个意义上说，辛宪锡如下的概括足以令人首肯。

> 可见，《北京人》这个戏，正剧、悲剧、喜剧的因素都有。这也不足为奇，生活中也常常有悲喜剧交替出现的现象。

他和田本相一样，认为“悲喜剧交织”是现实生活的原貌。这一解释要比勉强主张完全是喜剧好得多。

二、俄国文学和传统文学的影子

与悲剧还是喜剧的讨论相关的是，近年人们多把《北京人》与契诃夫等俄国作家的作品相比较，或论证《北京人》受其影响。① 曹禺显然从西方文学中学到了很多东西，但是中国的评论家（作者自身也有此倾向）不大愿意承认这一点，至今在评论《雷雨》和《日出》时也很少触及这一点。奇怪的是，唯独论及《北京人》却往往提及契诃夫的《三姐妹》、《樱桃园》以及冈察洛夫的《奥勃洛莫夫》。

李关元提及契诃夫，是要证明《北京人》是“喜剧”。他引用契诃夫因《三姐妹》被理解成悲剧而气愤的话，来说明《北京人》是喜剧。

朱栋霖也指出《北京人》与“轻喜剧”《樱桃园》相似。他认为《北京人》没有《樱桃园》中“感伤的情调”“可怜”和“原谅”，因而更为“进步”。

这样引用契诃夫未免过于草率。进行比较研究，应作更为细致的分析。

辛宪锡一方面认为“《北京人》的题材，与契诃夫的《樱桃园》相类似”，同时指出，与“通俗喜剧”《樱桃园》相比，“整个剧本（《北京人》）的抒情调子，是一种沉郁、徐缓的悲剧情调”，认为两者还是有很大的不同。

田本相的意见也基本相同。他指出，虽然也有契诃夫的影子，但《北京人》“更容易使我们联想到《红楼梦》里所描写的大族名宦家庭”，受《红楼梦》的影响更多一些。田本相是

① 从前的《北京人》论中，并非完全没有从比较文学的角度论述。刘绍铭的《论曹禺的〈北京人〉和柴霍甫的〈伊凡诺夫〉》（香港文艺书屋《曹禺论》所收，1970）即与契诃夫的《伊凡诺夫》进行比较。邵荃麟的《〈北京人〉与〈布雷曹夫〉》（原载《青年文艺》第一卷第二期，1942 年，收于《邵荃麟评论选集》）则将其与果戈理的《布雷乔夫和他们》进行比较。

一贯强调“民族性格”的评论家，他在《〈雷雨〉论》[1]中的这种立场带来了恶果，但在这里的论旨是让人首肯的。曹禺作品中惯有的“洋味”在《北京人》中终于消失了。

其他评论者怎么看待《北京人》与《红楼梦》的关系呢？

李树凯也指出了思懿和王熙凤的类似（田本相进一步指出曾皓与贾政，文清与贾宝玉，陈奶奶与刘姥姥的相像），认为这是旧制度崩溃时激烈的矛盾斗争中产生出的女性典型。而辛宪锡则指出“曾思懿不是王熙凤”，强调她的原创性，但在把思懿看作有魅力的人物这一点上，两个人是一致的。

李关元也论及《红楼梦》，认为《红楼梦》和《北京人》的时代不同，因而也就分别采取了悲剧和喜剧两种不同形式。朱栋霖也在同样的意义上，指出《红楼梦》和巴金的“激流三部曲”都各自具有鲜明的时代“烙印”。

夏志清详细地阐述了这个问题。

> 现代作家写旧式家族，没有一个不受《红楼梦》的影响，曹禺也不例外。《北京人》一开头，六十多岁的陈奶奶从乡下带着孙子小柱儿进城拜见老东家，便让人想起《红楼梦》第六回刘姥姥带了外孙板儿初进荣国府这个节目。[2]

夏志清认为，《红楼梦》中曹雪芹在“宝玉初试云雨情”（第六回前半段）后没有了话茬，于是让刘姥姥出场，这与曹禺为介绍曾家人而设计老奶妈的来访同出一辙。这是很精辟的。

夏氏还指出，愫方让人联想到林黛玉。的确，愫方出身江南名门、寄居曾家的境遇和黛玉相似。虽然性格造型完全不同，但仍有可能受了某种启发。

夏氏进一步指出，曾家的曾，在江南发音与“甄”和“真”同音，与《红楼梦》中的甄（通“真”）、贾（通“假”）两家的姓另有所指一样，“曾”也隐含代表封建社会“真”相的意味。

无论认为《北京人》受了契诃夫等俄国文学家的影响，还是认为受了《红楼梦》等传统文学的影响，这都是读者的自由。可以说，创作《北京人》时，曹禺的消化能力已经有了相当的进步。《日出》暂且不论，《雷雨》和《原野》的中国味儿很稀薄，甚至只要给出场人物换个名字，就可以直接把故事发生的背景换成外国。《北京人》则明显不同。在认识到这一点的基础上，从比较文学的观点来与契诃夫进行比较是非常好的，但是现今中国的评论还没有走到这一步。相反，像田本相那样，从与传统文学的关系方面来思考这个问题，反倒更有说服力。

当然，田本相有过于强调“民族性格”之嫌。

> 只要联系一下，“五四”以来的话剧的欧化倾向，而曹禺却像鲁迅说的那样，把他的注意力集中在探索“我们国人的灵魂”上，这就显得格外可贵了。

这种说法有些过分。引进西方文学的手法绝不是坏事情，曹禺在话剧界是这方面的开路先锋，正因为其他剧作家没有充分做到这一点才从而影响了话剧艺术水平的提高。

---

① 《戏剧艺术论丛》第一辑，1979年10月。

② 译文引自夏志清著《夏志清文学评论集》，台北，联合文学杂志社，1987年8月15日二版，117页。——译者注。

这种把鲁迅的话当作金科玉律，勉强得出结论的做法是应当驳斥的。

三、曾皓和思懿

中国大多数批判家总要把出场人物分为正反两面。就《北京人》来说，一般把曾皓、思懿、文清、江泰看作反面人物，而将愫方、瑞贞、袁家父女看作正面人物。比较普遍的评论模式是，把反面人物写得更丑恶、正面人物写得更积极是曹禺的局限性。

例如，李树凯认为对曾皓这个人物“批判得不够辛辣有力”。而蔡骧却告诉我们下面的事实。

1957 年，中央广播电视剧团演出《北京人》时，观众对思懿和曾皓的评论是思懿“真坏”，曾皓“可怜”。于是导演蔡骧修改了台词和情节。

(1)加强愫方被曾皓奴役的形象；

(2)强调曾皓多疑、伪装弱智；

(3)加强愫方受曾皓迫害的形象；

(4)强调曾皓迫害愫方手段之毒辣。

为什么要这样修改呢？就是要让反面人物更像坏人。简直是荒谬！

关于这一点，只有田本相持有不同意见。他认为，曹禺的特点在于“刻画人物内心世界的丰富性与复杂性”。

> 例如曾皓，这是个反面人物，作家没有把他的思想感情简单化。他极端自私，灵魂深处浸透着肮脏污浊的鬼气，有时显得极为冷酷和残忍；但是，他又显得格外痛苦，老境凄惨，甚至给人以可怜之感。

这个分析是精到的，同时具有正反两面才是人的本相，正因为准确地把握了这一点，曹禺笔下人物才具有凝聚力。

关于思懿，则有比较明显的意见分歧。

田本相说，“思懿是那么一个笑里藏刀、阴险狠毒的人物。但她也有生活空虚之感，觉得人生一切都是假的”，这与对曾皓的评论一样，着眼于人物的正反两面。

辛宪锡对思懿则是同情的。他强调环境的作用，认为“在曾公馆那个特殊的环境里，她养成了一种特殊的性格”。

> 在这个大家庭里，她既是一位强者，又是一位弱者。厉害不过是她的外表，她的内心相当孱弱。她既有威风，又有苦恼。这种种矛盾统一在她身上，就成了“这一个”思懿。

这是辛宪锡对思懿的分析。辛氏认为“对曾思懿矛盾性格中精明厉害的一面，比较容易理解。这里，倒要看看她性格中孱弱无能的一面”，于是用很大的篇幅详述她“性格中孱弱的一面”和“艰难的处境”。

以上田氏和辛氏对思懿的分析非常精到。不过，最早指出思懿软弱一面的并不是这两位。冯亦代有如下阐述。

> 但是她有软弱的一面，那就是她对于生活的恐惧，性格上的乖张，正是她苦

恼的说明；忽视了这一点，就只见她的严酷，而不见她的可怜了。[①]

因此，导演应该使观众对她有所同情。她有她的委屈，她要维持这么一个家庭，丈夫又是这样的靠不住，儿子又不懂事。她不抓钱抓什么？[②]

此外，杨晦站在为思懿辩护一边。他强调“环境的作用”，指出“思懿是后来的周蘩漪”[③]，这饶有趣味。

相比之下，两位李氏的思懿论略显逊色。李树凯虽然认为思懿是“《北京人》里刻画得最为成功的人物”，但认为冯亦代对她寄予同情是错误的，他认为思懿的目的一直是“破坏愫方和文清的关系”。而李关元分析说，思懿最关心的是“夺取祖辈留下的家产”。他批评杨晦，提醒不能“同情”。

然而思懿真实的样子是怎样的呢？她的确有“嫉妒心”和“金钱欲”，但这只是一面。她的言行并不那么有序，相反，有些自暴自弃。因为她已经没有什么目的了，就只有一味地伤害别人。她当然不是什么“了不起”的人物，但也不能不顾她的苦衷，简单地把她抛在一边。

四、愫方及其出走

最近《北京人》评论的焦点之一，就是对愫方的解释。很多评论者把她当作光明的象征，赞赏她是从隐忍转向行动的积极人物。

李关元说她是“喜剧性人物”，当然是正面的意思。她“献身”地生活着，用“痛苦”换来“理解”，“埋葬了旧思想[④]，与瑞贞一起迈开新的一步”。为此，她“曾经”爱着文清完全是搞错了“对象”，最后她醒悟到“反抗才是唯一的出路”。

朱栋霖在全面赞赏愫方这一点上立场相同，论旨比较有说服力。愫方决心出走之前，多次犹豫。有学者认为这是“对旧生活的留恋”而加以批评（后述的李树凯），对此，朱氏则加以反驳，“作为旧时代的女子”加上“生来具有的同情心”，使得“愫方难以轻易走出家庭”，这是很有说服力的。而朱氏对愫方“牺牲精神”的分析，也基本令人首肯。他这样分析愫方的出走：

她的思想与她跟随瑞贞所奔赴的新世界还有距离，但并不像某些“替愫方担忧者”所认为的“从性格发展来看，愫方的出走，却缺乏一些依据”。[⑤]

田本相也从愫方“痛苦的诀别”中看到“勇气和决绝”，高度评价这是“不简单的性格描绘”。对此，我们也有同感。然而“她的确还带着传统的负担和旧的思想的羁绊，但毕竟出走了”一句中，所隐含的只要“出走”就一切都好了的意味，我们却难以赞同。

李树凯的愫方论与这些愫方肯定派完全相反。他强调要批判地看待愫方，甚至说“愫

① 《〈北京人〉的演出》，载《人民日报》，1957 年 4 月 28 日。
② 《〈北京人〉的演出漫谈录》，载《文艺报》1957 年第 10 期。
③ 《曹禺论》，《论文艺运动与社会运动》，香港，汇文阁书店。
④ 日文此处为“旧思想”，但李氏原文为“旧理想”。——译者注。
⑤ “替愫方担忧者”指戴再民。他曾在 1957 年第 9 期的《戏剧报》上发表《替愫方担忧》。

方的思想感情与性格有时给人一种难以名状的嫌恶之感”。例如，他对愫方与瑞贞交谈时(第三幕第一场)表述的人生观表示反感。愫方将献身和忍耐——即所谓自愿奴隶的状态看作幸福，这或许让李氏感到了愫方身上的“封建意识”。然而愫方“我们活着就是这么一大段又凄凉又甜蜜的日子啊”的人生观，确实道出了人生的真谛。

还有，对愫方劝瑞贞与曾霆和好的情节，李氏斥责愫方“使人感到气愤”。他认为愫方在维护封建婚姻。但这种解释很僵化。其他学者举双手称赞愫方的观点固然有些过分，但李氏的驳斥也有些过头。

> 曹禺对愫方的思想感情的过多同情与宣扬，或者说欣赏多于批判，不能不说是作家思想的弱点的表现……这种过分纤细、柔软的情感，弱化了作品的战斗性。

这种意见，完全不着边际。

对于愫方出走，李氏认为“愫方出走，缺乏生活的依据和思想基础”。她决心出走的过程“拖泥带水”，“没有一个坚决的与旧的决绝的思想变化”。因而其出走的目的地“显得模糊不清”，断言“她也会像文清一样，要再转回来的”。这个说法对愫方很苛刻，却也道出了真实的一面。

辛宪锡也反对对愫方寄予过高的希望。他对愫方和瑞贞的出走表示担忧，“瑞贞出走而前途渺茫”。他对“有的同志①强调愫方在剧中的地位，认为她是《北京人》这首诗的诗魄”的观点表示质疑，他认为，愫方在《北京人》中“决不处于中心地位”。

对愫方的评价分歧很大，该如何对待呢？首先，从愫方这个人物总体上看，笔者认为肯定派的意见是妥当的。虽然这是一个被理想化了的人物，但这种程度还是可以接受的。她是一个十分生动的人物形象。至于批判她的封建性，则超出了文学评论的范畴。

当然，她的出走还是给人留有疑问。例如，冈崎俊夫对此作如下阐述：

> 旧世界不断崩溃这一点让人联想起《樱桃园》，然而《樱桃园》揭示了新旧阶级的交替，这里却没有。棺材只是被移到同样需要棺材的邻居家。因此，我们无法知道离家出走的人到底要去哪里。总不能进山像猴子一样生活吧。②

即使考虑到曹禺创作《北京人》时有审查制度及其他制约因素，愫方的出走仍然有些缺乏说服力。

很早就有人指出，对曾家内部的描写无可指摘，但其与外面世界的交涉却描写得不够充分。例如，茅盾举出袁氏父女形象不够丰满、与外界社会的联系稀少、卡车修理工《北京人》的意义很模糊等三点，认为是《北京人》的缺憾。③ 即，对反面人物的描写很到位，而正面人物的塑造却没有什么分量。袁圆是小孩子可以不计，但袁任敢却缺乏生活气息，过于乐观。《北京人》在修订版中由作家本人给删去，可见他不过是个象征性的机器人而已。所谓最“进步的”瑞贞，也毫无活力，没什么分量，因此愫方的出走当然只能模模糊糊。

---

① 指蔡骧。

② 冈崎俊夫：《曹禺的戏剧》，载《剧作》第十一号，1948 年 11 月。

③ 茅盾：《读〈北京人〉》，载《解放日报》，1942 年 8 月 12 日。

当然，为了结束这部剧，也只有让她出走。总比《雷雨》中出场人物不断死去要好一些。这种结尾，恐怕也源于作家曹禺对愫方的"同情"。李树凯如下的分析是很妥当的。

> 作家之所以让愫方出走，在很大程度上是出于对愫方的同情，不忍让她留在那个周围都是芒刺一般的家庭里。

这个分析与胡风相近。[①] 胡风提出："愫方为什么没有选择自杀呢？"而后回答说，"她的出走是很勉强的"，但"要使她自杀，作者一定不肯"。原因是，作者"非常同情这个人物"，他想要肯定这个人物的"牺牲精神""为人民服务的精神"，同时用她的被迫出走，来衬托这个家庭是多么令人窒息。

出走以后怎么样，这个问题最终应该由读者观众来判断。尽管如此，李关元"曹禺总设想这两个人解放后在什么地方工作着，这恐怕不错"[②]的意见，是过于乐观了。

五、文清

在对文清的分析上，李关元和朱栋霖的观点完全对立。

李关元认为文清是"封建文化的结晶"，"毫无价值的喜剧性人物"。

> 尽管曾文清身上有许多魅人的地方，但只要他是一个过着剥削阶级生活的寄生者，把自己的生活建筑在别人的劳动基础上，那他就只能是一个废人。
>
> 曾文清也应该是喜剧人物，因为他是毫无价值的人。鲁迅说过："喜剧是将那无价值的撕破给人看。"[③]尽管对曾文清的遭遇观众有同情，甚至也为他忧伤，然而这种同情和忧伤却不能把我们带出喜剧的藩篱之外。

可见李关元对曾文清的评价是很严厉的。

而朱栋霖在评论文清时显然意识到了李关元的观点。

> 曾文清充当了腐朽的封建思想文化的殉葬品，这个结局有深刻的阶级、社会根源和他个人不可推卸的责任。但也不像某些评论家所说的，他只能是一个无价值的喜剧性人物。
>
> 如果说"悲剧是将人生的有价值的东西毁灭给人看"，那么曾文清可以算得一个悲剧性的形象。曹禺对这个人物的悲剧性处理所产生的控诉力量，比有些同志所设想的喜剧性处理，更深刻有力。

这里说的"某些评论家""有些同志"显然是指李关元。而且关于"悲剧"的一段引文出自鲁迅《再论雷峰塔的倒掉》，也是利用李关元的引文来反论的。[④]

朱氏自己这样看待文清：

---

① 胡风：《论〈北京人〉》，收录在《在混乱里面》，1945 年。

② 颜振奋：《曹禺创作生活片段》，载《剧本》1957 年第 7 期。

③ 《再论雷峰塔的倒掉》。（日文稿中加有鲁迅引文出处，李氏原文中未见。——译者注）

④ 就喜剧还是悲剧的问题上，辛宪锡写道："这既不是'将人生的有价值的东西毁灭给人看'，又不是'将那无价值的撕破给人看'，从而构成了一出严峻的社会正剧的基调。"他对朱栋霖和李关元两方的观点都没有采纳。

> 作为社会的人，都有着复杂多样的思想性格，即使像曾文清一类属于没落阶级阵营的人物，也并非只有腐朽没落的阶级属性，而不具备为人的某些品性。成功的艺术形象都是活生生的、具体的个人，而不是某个阶级概念的简单化身。如果我们撇开僵硬的教条和简单化的阶级分析方法，从作品实际出发，就不难发现，曾文清固然属于看不到光明留在黑暗中的一群，但也有善良、淳厚的人的本性，挣扎求生的人的希望，厌弃黑暗、丑恶的人的因素。

引文有些长，但这个分析很精到，笔者完全赞同。如果将曾文清这个人物形象否定掉，那么《北京人》这部作品本身也就没有什么意义了。

李氏和朱氏虽然在如何评价文清形象的观点上是对立的，但在将造成文清懒惰性格的原因归于“环境”这一点上却是一致的。而且他们在认为文清与“俄罗斯文学中多余的人的典型”奥勃洛莫夫相似这一点上也是相同的。① 李关元将论文第二章“文清论”的题目命名为“中国的奥勃洛莫夫”，指出“这个人物使我们想起冈察洛夫笔下的奥勃洛莫夫”。而朱栋霖则从杜勃罗留波夫的《什么是奥勃洛莫夫性格》一文中引用了下面一段。

> 奥勃洛莫夫并不是一个在天性上已经完全失去自由活动能力的人。他的懒惰，他的冷漠，正是教育和周围环境的产物。

虽然笔者并不赞成这种环境决定一切的论点，但奥勃洛莫夫也好文清也好，他们的确受到了个人努力所无法企及的周围环境的制约。可以说，李关元和朱栋霖两个人的评论基本是得当的。只是和前面提到的与契诃夫的比较一样，两位学者的比较研究都尚有进一步深入的余地。

顺便提一下，田本相也指出文清身上有奥勃洛莫夫和伊凡诺夫的影子，但他马上说明这个形象身上的“民族风格”更为强烈，这正符合他所一贯坚持的立场。

六、“思想的局限性”和“高超的艺术性”

五篇论文中，李树凯做的是人物论，而辛宪锡提出几方面的问题来论述，都没有得出什么结论来。而其他三篇论文总括部分基本也没有什么新意，因为每个人都提到了“思想的局限”。

> 曹禺描写旧式人物基本都是栩栩如生的艺术形象，而描写新式人物却基本都不准确，也不具体。寄希望于原始的“北京人”是很渺茫的。

> 这个分析是很准确的。虽然他的技巧多少弥补了思想上的缺陷，但不能从根本上弥补。要改变这种状况，只有作家找到了马克思主义真理才可能。这是解放以后的事了。

这个结论怎么样呢？解放前曹禺的创造在艺术技巧上非常出色，但思想有局限性——这是长久以来很常见的模式化的意见，但这完全没有意义。如果接受这个观点，就该说解放后的作品很棒，但事实却完全相反。

① 关于文清与奥勃洛莫夫相似这一点，靳以已经指出过。（《北京人——献给石，纪念我们二十年的友谊》，《靳以散文小说集》，1942 年）

田本相也说："从科学的世界观来要求它，用原始人类作为象征，总是向后看的。这正是作家思想的局限。"象征就是象征，怎么会有向前看向后看的问题呢？

与此相反，朱栋霖则认为曹禺将"原始人"作为光明的象征。1929年，北京周口店原始猿人"北京人"的发现，"对于当时在黑暗中摸索社会前进道路的人们来说，是有刺激性的"，这使曹禺"产生了对原始的力的憧憬"，他高度评价了"北京人"寓意之深刻：曹禺"并非主张回复到几十万年前的野蛮时代"，而是要表现"他的朦胧的社会理想"。——这些论述对曹禺是很善意的，但朱氏接下来也这样说：

> 他当时还没有掌握马克思主义，缺少对革命的深入了解。因而他的朦胧的社会理想与他所知道的革命所在地还有距离。他借用原始人生活作为自己对新的社会憧憬与追求的体现，这一做法毕竟不是历史唯物主义的态度。作者思想上的朦胧，使剧本追求光明这一内容缺乏强有力的现实力量。

田本相最后列举了适当的家具、音效、显示北京情调的小道具、烘托季节感的舞台背景、紧凑的结构、象征性的台词等项，指出《北京人》突出的艺术特色来结束文章。李关元也在文中高度评价了象征性的小道具和意味深长的台词。总之，在技巧运用方面，《北京人》已经达到了圆熟的境地。（其实，也该注意到过多地使用道具也有可能成为一种缺陷。）

强调高超的艺术性还是思想的局限性，成为评价《北京人》的分歧点。而我们看到最近评价的基准正从过去注重"思想的局限性"向注重"高超的艺术性"转变。列举的五篇《北京人》论中，也很难说哪一篇更出色，但这些论文正逐渐脱离过去整齐划一的教条的论调。而朱栋霖的文清论、田本相的"悲喜剧相互交织"观点等，诸多精彩之处值得借鉴。另外，相互批判现象的萌芽也让人感到欣喜。

以上是读近年《北京人》论的一些杂感。

附记

本文脱稿后，《文学评论丛刊》第八辑刊登了田本相的《一部现实主义的喜剧——论〈北京人〉》。从题目就可以看出，田氏更加倾向于"喜剧说"，"悲喜剧相互交织"的说法完全不见了踪影。田氏在以前的论文中承认曾皓、思懿身上的积极面，而今却断言他们是毫无价值的"喜剧性人物"，只赞赏愫方（以及她的引导者瑞贞），其论调更接近李关元。田氏最近见到曹禺，似乎从曹禺本人那里得到了"《北京人》是喜剧"的说法，这或许是他观点变化的原因吧。然而，我们认为他的上一篇论文很有见地，因此对他的改变感到有些遗憾。难道对《北京人》的评价，要这样朝着"喜剧""批判曾皓思懿""赞赏愫方"的方向统一起来吗？

（戴焕译）

原载《东京都立大学人文学报》第一五六号，1982年3月31日

基督教式的悲剧

——曹禺的《雷雨》《日出》和《原野》

[日]牧阳一[1]

序言

众所周知，曹禺的处女剧作《雷雨》(1934)给中国戏剧界带来了巨大的轰动，之后发表的《日出》(1936)和《原野》(1937)确立了曹禺在中国戏剧界难以撼动的地位。

为什么曹禺的剧作——特别是第一阶段创作的作品会给中国戏剧界带来极大的冲击呢？这是因为，与以往的中国戏剧相比，他的悲剧具有完全不同的性质。[2]

山本澄子氏在其对中国近代基督教的研究中多次指出，中国的传统思想中没有基督教罪的概念，而中国近代基督教徒的思想也很少表现出与中国思想完全异质的罪的问题以及与其密切相关的救赎罪和末世论。也就是说，近代中国，在中国化的基督教信仰和传教活动中，罪的观念被剔除掉了。[3]

曹禺的悲剧创作正是从基督教中摄取了这个被剔除掉的观念，即从未进入过中国土壤的“原罪”和“对末世的盼望”，这也正是其作品放出异彩的根本原因。

曹禺自己回忆说，很早就接触到了基督教，但并没有成为信仰。[4] 笔者认为，正因为曹禺没有信仰基督教，他的基督教观点才得以在悲剧创作上开花结果。曹禺在基督教中发现了人生的悲剧所在，并尝试据此创作中国传统戏剧中前所未有的悲剧。

从曹禺的经历上看，他在南开话剧团、清华大学外文系吸收了各种西方文学作品的情节和表现技巧，并试图使其中国化。与此同时，他被潜藏在西方文学深处的西方思想——基督教所深深吸引。

---

① 牧阳一(1950—　)，一桥大学毕业，现任琦玉大学教授。

② 例如，老舍在《论悲剧》(《人民日报》,1957年3月18日)中指出，中国的民间戏曲里，有不少出戏是一开头很像悲剧，可是到末尾总来一个大团圆。而《雷雨》发表后二十几年来，中国都没有出现西方文学传统意义上的悲剧。

③ 山本澄子：《中国基督教史研究》，东京大学出版会，1972年，页226及其他。此书后篇就1920年代到1930年代的基督教思想领袖赵紫宸、吴雷川、吴辉宗的著作进行论述，这几个人都主张基督教思想与中国传统文化的融汇和结合，相比之下，他们更重视社会的建设和民族的复兴，而不是个人救赎的问题。

④ 见1986年6月2日曹禺致笔者信。另外，有关曹禺的经历，参考了以下资料：曹树钧《曹禺年表》(《戏剧艺术资料》第五期，1981年12月)，胡叔和《曹禺评传》(正)、(续)(《艺谭》1981年第2、3期)，乌韦克劳德《戏剧家曹禺》(《人物》1981年第4期)，田本相、张靖编著的《曹禺年谱》(南开大学出版社，1985年9月)，田本相《曹禺传》(北京十月文艺出版社，1988年8月)。

对当时的曹禺来说，基督教给他在生活中所面临的罪、死亡的沉重以及生活态度等人生根本问题提供了某种解答。因此，曹禺在形成自己的思想和表现自我的过程中，虽然经历了诸多曲折的摸索，仍旧接受了基督教。

然而，迄今为止对曹禺第一阶段作品的评论认为，《雷雨》的主题是反对封建制度、揭露资本家家庭的丑恶本质，并对作品中所表现出来的命运论思想加以批判，因为它模糊了主题。他们认为《日出》将《雷雨》的家庭悲剧扩展成社会悲剧，因而成就超过了《雷雨》。相反，《原野》虽然是农村题材，却对农村缺乏了解，而且该剧的象征主义倾向偏离了《日出》的现实主义方向。

有些批评者认为，曹禺第一阶段作品的共通之处在于反封建思想和阶级斗争，不同点是现实主义和象征主义，并据此来评价这些作品。与此不同，笔者关注作品中所表现出来的基督教思想，指出第一阶段作品的中心思想是"罪"的问题，并将这一阶段的作品重新解读为表现"原罪"和"对末世的盼望"的基督教式的悲剧。

一、曹禺和基督教

1910年9月24日，当时直隶总督护卫队标统（团长）军人曹德尊和后妻薛氏的次子家宝（字小石）诞生。薛氏在曹禺出生后三天死于产褥热。曹禺后来这样回顾自己的身世："我从小失去了自己的母亲，心灵上是十分孤独而寂寞的。"[①]曹禺在五六岁时从乳母刘氏处得知自己的生命是用母亲的生命换来的。1925年前后，曹禺最爱的姐姐家瑛去世，1929年除夕晚又经历了父亲德尊的死。接连经历亲人的离去，曹禺内心非常痛苦。[②]

曹禺出生后不久，曹家由天津小白楼附近迁到意大利租界二马路三十六号居住。从天津站发出的有轨电车经过这里，终点站有一家法国教堂，在曹家可以听到教堂的钟声。曹禺幼年就常去教堂做弥撒，这使曹禺幼年宛如一张白纸的心灵感受到了从未有过的幸福。这种体验对曹禺的思想产生了很大的影响。青年时代，曹禺接连遭遇姐姐和父亲的死，对生死问题的思考把他带进教堂。曹禺在深奥的宗教教义中寻找救赎。父亲去世后，他更加频繁地出入法国教堂，参观新教的洗礼仪式，参加复活节的活动。他喜欢教堂的寂静，没有人来打扰，曹禺的心也沉醉在教堂庄严、神秘的音乐之中。[③]

再看曹禺的教育环境。曹禺1922年到1929年就读于南开中学和南开大学。时任校长的张伯苓于1909年开始信仰基督教，1910年协同徐汇君与天津教徒组织自立教会，极力谋求中国教会的自立合一，并常年担任天津基督教青年会理事。[④]

---

① 曹禺：《我的生活和创作道路》，载《戏剧论丛》1980年第2期。

② 田本相、张靖编著：《曹禺年谱》，南开大学出版社，1985年9月，页17。另，万家宝（曹禺）的诗《不长久，不长久》（载《南开双周》第一卷第二期，1928年3月）中也有死亡的阴影，待日后另稿详论。

③ 参照《曹禺年谱》。另外，1987年2月笔者访问曹禺先生时，也确认他曾去的是天津老西开教堂（法国教会）。

④ 关于张伯苓与基督教，除参照《中国基督教史研究》外，还参照了王涛《天津市概要》（1929），何凤德《基督教各派传入天津概述》（《天津文史资料选辑》第二辑，1979年9月），杨肖彭《我对张伯苓校长与南开学校的回忆》（《天津文史资料选辑》第八辑，1980年4月）。

当时南开中学组织了绝无仅有的"学校青年会"，与基督教青年会有很大的关联。张伯苓这样讲述他信仰基督教的原因："我信宗教的原因，就是发生于我的爱国心。……敝人今天所谓的宗教，也就是宗教的真义，并非仅仅的讲演神灵，祷告上帝。我们还用这宗教的能力，改造社会，使国家的地位不在外国之下……用宗教的方法去鼓励自己……应当以宗教爱国，不是要狭义的。"[①]南开的教育理念基于张伯苓主张的基督教式的人道主义思想——即人类在神面前的平等共存、变革腐败社会，这对曹禺思想的形成产生了相当大的影响。求学期间曹禺非常尊敬张伯苓，称他为"大先生"。这一时期，曹禺在南开大学图书馆工作，阅读了圣经以及各种有关基督教方面的书籍。

《雷雨》发表以后，1934 年 9 月曹禺受校友杨善荃之邀就任河北女子师范学院外文系教授。尽管此前曾在保定育德中学教过英语，但这时才是曹禺正式从事教育工作。他在该校讲授西方文学和圣经文学。[②]

曹禺因身在天津外国租界、经历至亲的死和在南开受教育而得以接触并接近基督教，开始话剧创作时，他已经在研究圣经了。创作《雷雨》时（1933 年），距他在法国教堂初次接触基督教已过了十几年，此时曹禺应该已经形成了自己对基督教的独特理解。

1933 年上半年，曹禺开始执笔创作构思了五年的《雷雨》。同年春天，他翻译了约翰·高尔斯华绥的话剧《最前的与最后的》，于 5 月 26 日即清华大学建校纪念日在清华大学讲堂同方部演出。上演时的题目为《罪》。

曹禺在南开中学和大学时代一直参加南开新剧团的活动，于 1927 年 7 月、1928 年 10 月和 1929 年 10 月先后参加易卜生《人民公敌》《玩偶之家》，高尔斯华绥《斗争》的演出。1931 年入清华大学后，又在清华演出了《玩偶之家》。这些活动几乎都是在张彭春的指挥下完成的。也就是说，《罪》是曹禺亲自组织、翻译、导演和演出的第一部属于自己的话剧。

很遗憾没有找到演出的剧本，原作梗概大致如下：拉里爱着妓女汪达，而汪达有男人却被这个男人虐待。于是拉里杀了那个男人，事后告诉了做律师的哥哥吉斯，吉斯为保住自己的地位试图隐瞒事实，逼迫汪达和弟弟分手。不久警察抓住一个流浪汉，认定他是凶手而后判了死刑。拉里因自己的罪而受到良心的苛责，十分痛苦，最后留下遗书说明真相，与汪达一起殉情。吉斯在百合花丛中找到了两人的尸体，烧掉遗书毁掉了证据。可以说，遗体周围的百合花象征着两个人纯洁美好的灵魂。

曹禺将题目"the first and the last"翻译为《最前的和最后的》，而演出时改为《罪》。"the first and the last"意为最前的和末后的，正如《以赛亚书》四十四章第六节中记载的："我是首先的，我是末后的，除我以外再没有真神。"也就是说，这个题目意味着囊括一切历史的神的本质。而这部作品的主题则是对人类历史的认识，即从《旧约·创世纪》四章一到十八节记载的该隐杀害弟弟亚伯开始直到现代，人类在不断重复杀害弟弟的"该隐的道路"，直至灭亡。

① 张伯苓：《基督教与爱国》，载《南开周刊》第一卷第五、六号，1925 年 10 月。译文引自《张伯苓教育言论选集》，南开大学出版社，1984 年 9 月，页 144—145。

② 除《曹禺年表》《曹禺传》提到外，《河北省女子师范学校一览》（1934 年 4 月）的页 59，在该校课程表中有圣经文学讲座。

曹禺将该作品改名为《罪》来演出，说明他强烈地意识到了圣经所说的人类的“原罪”，而且这个题目也暗示他对神所规定的“末世”有所认识。

分析曹禺演出《罪》的情况让我们看到，曹禺从基督教中吸收了“原罪”和“末世”的观念，而这也正成为他第一阶段作品群所表现的主题，即“原罪”和“对末世的期盼”。

二、《雷雨》与“原罪”①

经过五年的构思，《雷雨》终于在 1933 年执笔完成，后交给原南开中学同学章靳以，于 1934 年 7 月经巴金校对，发表在《文学季刊》第一卷第三期上。

曹禺在《雷雨》序中说，“有人论断我是易卜生的信徒，或者臆测剧中某些部分承袭了 Euripides 的 Hippolytus 或 Racine 的 Phèdre 灵感”②，的确，该剧在出场人物和结构方面多处与《费德尔》相似，可以认为受了很大影响。

拉辛在《费德尔》序中写道，“这可以显明，她（费德尔）的罪并非出自她自身的意志，而是诸神的惩罚”③，从中可以看出，费德尔所要表现的是对神的信仰与爱、反抗与憎恶，描写了人与神对抗的悲剧。曹禺的《雷雨》也多使用“上帝”“天意”“天”“天命”等词汇，描写了神掌控下的人的命运，也可看作是神的主权意志得以实现的悲剧。

中华人民共和国成立以后，曹禺删去了以基督教会附属医院为舞台背景的序幕和尾声，这很可能是因为此时基督教作为半殖民地半封建社会时期帝国主义列强侵略中国的产物而受到批判的缘故。然而正是这次改编，使我们得到线索，用以探寻曹禺构思和创作《雷雨》时（1928—1933）的思想历程。

在中国，自 1930 年代起，《雷雨》的序幕和尾声就成了批判的对象，人们一直要求将《雷雨》由家庭悲剧改编为以资本家和工人之间对立为背景的反映阶级斗争的戏剧。④

对于中国这种公式化的《雷雨》批判，井波律子指出，“即使作为社会评论站得住脚，从《雷雨》的编剧艺术来看，这种批判显然是不得要领的”，她高度评价了曹禺作为剧作家超群的艺术感觉和技巧。井波指出，序幕和尾声使剧中的时间立体多层化，将主要剧情的悲剧性时间推到遥远的过去，使血腥气减弱，同时又给人以有头有尾的完整印象，在编剧技巧方面具有很高的价值。⑤

笔者同意井波对序幕和尾声的高度评价，但也想指出，曹禺创作序幕和尾声绝不仅仅出于技巧上的考虑。这是因为，对青年时代的曹禺产生很大影响的基督教世界观在初版《雷

① 原罪指亚当最初犯的罪，即试图替代神判断善恶，因为拒绝神而断绝联结人和神的纽带。另，《雷雨》发表时就有人指出其带有浓重的基督教色彩（不凡的《雷雨的上演》，载《天津益世报》，1935 年 8 月 24 日至 29 日），近年有宋剑华《试论〈雷雨〉的基督教色彩》（载《中国现代文学研究丛刊》1988 年第 1 期），但都没有提及曹禺本人对基督教的认识。

② 刘西渭（原名李健吾）的《雷雨》（载《大公报》，1935 年 8 月 31 日）曾如此评论。

③ 拉辛：《费德尔》，内藤濯泽，岩波文库，1958 年 2 月初版。

④ 周扬：《论〈雷雨〉和〈日出〉——并对黄芝冈先生的批评的批评》，载《光明》第二卷八号，1937 年。

⑤ 井波律子：《论〈雷雨〉——寻找原像》，《金泽大学教养学部论集》，1979 年。

雨》，特别是序幕和尾声部分体现得很突出，而基督教思想又与《雷雨》的主题大有关系。

《雷雨》序幕开幕时，教堂的钟声响起，并配有巴赫的《b 小调弥撒曲》。曹禺甚至注明“最好是”该曲。这是曹禺自己去教会时最熟悉的音乐。而该剧最后也是在修女读圣经的场景中落幕。

周朴园把房子捐给教会，将侍萍和蘩漪送进教会医院并去看望她们，以及自己到处寻找所剩的唯一亲人大海的情节，与《费德尔》中忒赛将阿丽丝认作自己孩子的结尾相同，为的是要表明周朴园在“赎罪”。

也就是说，序幕和尾声除了在技巧上起到减少悲剧血腥气的作用外，更表现出曹禺对基督教“罪”的观念的深刻认识。

然而中国的评论却大多否定《雷雨》中所表现出来的命运论观点。[①] 笔者将这种命运论看作曹禺对“神”的存在的认识，并借此来重新解读《雷雨》。首先讨论一下各个剧中人物的“罪”。

《雷雨》中的人物，特别是侍萍，一直被认为是贯穿《雷雨》全剧的命运论观点的代言人。她的台词的确有很多对神的祈祷和诉求，除了“命”“天”这类现实神的存在的词汇以外，还多用“孽”“罪”“罚”等词，对自己所犯的罪表示忏悔。

侍萍的罪是三十年前不顾自己丫鬟的身份，与雇主家少爷周朴园恋爱并发生关系。结果被周朴园抛弃，抱着出生三天的二儿子鲁大海投河自尽未成，侍萍的母亲被气死。从第四幕到十年后的序幕和尾声，侍萍每年除夕都要整晚站在窗边等候大海回来，这与四十年前除夕雪夜她曾和出生三天的孩子一起被周家赶出家门的经历有关。

侍萍抱着出生三天的孩子自杀，与曹禺的生母在他出生三天后去世有关。而除夕之夜，又和曹禺父亲曹德尊去世的时间一致。因自己的出生导致母亲的死这种生来的“罪”，以及父亲的死，都在《雷雨》中留下了阴影。

侍萍被周朴园抛弃后带着孩子谋生受尽苦难。讨饭、缝衣服、当老妈子、在学校里伺候人，为了生存而竭尽全力。侍萍所遭遇的不幸都源于与周朴园的结合，母亲的死也是侍萍的罪孽。

第四幕侍萍得知自己的罪引起了第二个罪——与周朴园生的儿子周萍和与鲁贵生的女儿四凤相爱，她这样说道：

> （沉重的悲伤，低声）啊，天知道谁犯了罪，谁造这种孽！——他们都是可怜的孩子，不知道自己做的是什么。天哪！如果要罚，也罚在我一个人身上；我一个人有罪，我先走错了一步。（伤心地）如今我明白了，事情已经做了，不必再怨这不公平的天，人犯了一次罪过，第二次也就自己跟着来。[②]（下划线为笔者注）

这句台词具体是指侍萍三十年前与周朴园发生关系犯下的罪，如今又在四凤身上重

---

① 例如钱谷融在《〈雷雨〉人物谈》（上海文艺出版社，1980 年 10 月）附录《关于〈雷雨〉的命运观问题》中，认为推动《雷雨》情节发展的动力是剧中人物之间关系的纠葛，否定了其中的命运论观点。

② 为考察曹禺在作品最初发表时的观点，《雷雨》《日出》《原野》均采用上海文化生活出版社的版本。

演，同时也表达了原罪意识：人生来就有罪，而且会不断重复犯罪。

第二幕蘩漪和周萍的对话中，蘩漪说周家的祖先“不曾清白过”，永远都不“干净”，即背负着罪。

萍：哦——（叹一口气）总之，你不该嫁到周家来，周家的空气满是罪恶。

蘩：对了，罪恶，罪恶。你的祖宗就不曾清白过，你们家里永远是不干净。

这和侍萍的台词一样，表现人的本性就是犯罪——不断悖逆神。

下面我们再思考一下与“原罪”意识相对应的“干净的”（无罪的）世界。

第三幕侍萍摸着四凤的头说，“他们是我的干净孩子”，她向神祈祷说孩子们没有罪，所有的罪孽都该由她一个人来承担。“干净”可以理解为“纯洁”的意思，表示没有“罪”，即“没有悖逆神”。

第三幕周冲这样向四凤描绘自己的理想世界。

对了，我同你，我们可以飞，飞到一个真真干净、快乐的地方，那里没有争执、虚伪和不平等的“一个真真干净”的世界。

以上可以看出，侍萍认识到自己是一个罪孽深重的人，因此惧怕神的刑罚和审判殃及“干净”、没有罪孽的孩子们（四凤和周萍）身上。而周冲向往和四凤一起飞到“一个真真干净”的、没有污秽的地方。对他来说，现有的世界本不该存在，真正的世界并不在这里。也就是说，《雷雨》中含有“原罪”和“净化原罪”的思想。

蘩漪说周家“不曾清白过”，周家的罪代表人本身悖逆神所犯的罪，具体说来就是家长周朴园的罪。周朴园的第一个罪是逼得侍萍自杀，第二个罪是用暴力和专制将蘩漪囚禁在家里过着笼中鸟式的生活。第三，周氏家族剥削煤矿工人，靠压榨工人获得财富。然而周朴园只认识到第一项他对侍萍所犯下的罪。第二幕，周朴园与侍萍重逢时，向侍萍认罪，并解释说一直想弥补罪过。

你的生日——四月十八——每年我都记得。一切都照着你是正式嫁过周家的人看，甚至于你因为生萍儿，受了病，总要关窗户，这些习惯我都保留着，为的是不忘你，弥补我的罪过。

到第四幕，他终于认识到自己内心罪孽的全部。

周朴园：（畏缩地）不，不，有些事简直是想不到的。天意很——很有点古怪，今天一天叫我忽然悟到为人太——太冒险，太——太荒唐。

他认识到自己所犯的罪，也明白了“天意”，即神的存在。他祈祷不要再有风波和动摇。

第四幕结尾，所有人物都聚集在周家，周萍的身世真相大白。

周朴园：（沉重地）萍儿，你原谅我。我一生就做错了这一件事。我万没有想到她今天还在，今天找到这儿。我想这只能说是天命。（向鲁妈叹口气）……我对不起你的地方，他会补上的。

周朴园一方面明白了“天命”——神的意志，同时也想到要弥补罪过。然而周萍和四凤是同母异父兄妹的事情已经公开，把整部剧以悲剧结尾。四凤和周冲触电而死，侍萍一声不响地站在那里。这时周家的老仆来劝侍萍哭出来。

老仆:(安慰地)老太太,您别发呆!这不成,您得哭,您得好好哭一场。

鲁侍萍:(无神地)我哭不出来!

老仆:这是天意,没有法子。——可是您自己得哭。

序幕和尾声表明十年以后,侍萍自这场悲剧以来,十年间每天都在哭泣。痛苦流泪,是悔改的表示,无疑也是表白自己罪的一种形式。同时,老仆在第四幕就知道,侍萍现在哭不出来,就会疯掉,会哭一辈子。剧中,老仆人被塑造成一个知晓命运、剧中唯一一个清醒的人物。其他仆人只用甲、乙来表示,可见曹禺在剧中赋予这个人物特殊的意义。老仆将悲惨的结局看作是神的惩罚,从而统括全剧。

另外,《雷雨》第四幕的舞台效果一直使用“闪电”和“雷鸣”,作为对结局的提示。

第三幕,鲁侍萍让四凤发誓再也不见周家的人。

[雷声滚过去]

鲁侍萍:孩子,天上在打着雷,你要是以后忘了妈的话,见了周家的人呢?

四凤:(畏怯地)妈,我不会的,我不会的。

鲁侍萍:孩子,你要说,你要说。假若你忘了妈的话,——[外面的雷声]

四凤:(不顾一切地)那——那天上的雷劈了我。(扑在鲁妈怀里)哦,我的妈呀!(哭出声)

这里的雷声也暗示神的审判,并与悲剧性的结尾相呼应。

《新约·约翰福音》十二章二十七到二十九节中,“雷声”象征着神的声音。而《约伯记》中闪电和雷鸣隐喻来自上天的审判。还有,有时闪电也用来表示耶稣本身(《路加福音》十七章二十四节)。也就是说,《雷雨》第四幕中的“闪电”和“雷鸣”表示神的存在和审判,而序幕和尾声则将舞台放在教会,进一步提示神的存在。

以上我们分析了主要出场人物的罪,特别要注意的是侍萍和蘩漪的台词中潜藏的“原罪”意识。而序幕、尾声和第四幕一直在表现周朴园“赎罪”。还有,周冲台词中提到的对纯洁无罪世界的向往,也可看作是对净化罪的方向性的提示。

《雷雨》描写了人所犯的各种罪,即对神的悖逆,而神对这些罪的惩罚则统括全剧。这提示了神与人的相克以及人可悲的局限性,因此可将该剧看作中国第一部基督教式的悲剧。

三、《日出》与“对末世的盼望”

第二部作品《日出》是曹禺执教于河北女子师范学院期间创作的,1936 年 6 月到 9 月连载于《文季月刊》第一期到第四期。

《日出》主要描写大都市上流社会人们的颓废与堕落,但与此形成鲜明对比的是,第二幕开始和第四幕结尾处插入了劳动号子,以此象征性地表现他们生命的跃动以及善良灵魂的气息。这种对比同时凸显出在看不到“太阳”的黑暗社会中蠢蠢欲动的人们的畸形状态。笔者认为,曹禺为要寻求这世界上并不存在的理想世界(即《雷雨》中周冲台词提到的一个真真干净、快乐、没有争执、没有虚伪、没有不平等的地方），继《雷雨》之后创作了《日出》。

周扬赞赏《日出》在《雷雨》的家庭悲剧基础上进而描写社会悲剧，但也表达了对《日出》的不满。① 他首先指出《日出》对幕后两种势力的描写都不彻底，特别是以金八为代表的大资本家一方，只在我们头脑中留下一点淡淡的影子，而他们作为金融资本家操纵市场的性质以及隐藏在其背后的帝国主义势力都没有被彻底表现出来；其次，也质疑作者没有真正把希望寄托在工人身上。当时正值针对日本侵略东北进行“国防文学论争”的时期，周扬将文学看作保卫祖国、抵抗敌人的手段，他急切地要求文学给出答案。

而日本的曹禺评论的先驱学者目加田诚认为，《日出》的主题在于对现代物质文明的诅咒。他指出，真正牵动作者心的，不是工人和资本家两个阶级的问题，而是如何逃离使人腐败灭亡的物质文明，回归到淳朴自然的世界中去。②

笔者不能认同周扬的观点，目加田诚所否定的劳资斗争确实不是《日出》的主题。这里先假定目加田诚所说的“对物质文明的诅咒”是立足于基督教世界观的，而后依据《圣经》来分析《日出》，以阐明这一观点。

《日出》最初发表时，将《老子》的一节（道德经七十七章一节）和《圣经》中的七节文字附在卷头，初版的文化生活出版社版（1936）和人民文学出版社版（1954）相同，而开明书店版（1951）删去了所有引文，人民文学出版社版（1959）则删除了来自《圣经》的七节引文。欧阳山尊根据 1959 年人民文学出版社的版本，认为文中引用的《老子》“人之道则不然——损不足以奉有余”才是《日出》的主题，即揭露人吃人的社会制度以及沉浸在酒肉中的无知之徒即将崩溃。③ 这个观点已成为现今分析《日出》主题的主流观点。

曹禺曾对《日出》前面的引用文体作过如下叙述。“于是即使见到这本戏种种的弱点、幼稚，我只好闭口无言。唯一的补救方案，就是我在《日出》前面赘附着的八段引文。那引文编排的次序，都很费些思虑，不容颠倒。偏爱的读者如肯多读两遍，略略体会里面的含义，也许可以发现多少欲说不能的话，藏蓄在那几段引文里。”④可见曹禺起初就在引文上花了很多心思。由此可知，《日出》前面的引文是理解全剧的重要线索，以下就以这些引文为线索来分析《日出》的内容和结构。

《文季月刊》上刊载的《日出》引用文，在第三段和第四段之间有两行空白，第五段和第六段之间有一行空白，第七和第八段之间有三行空白，这种分段格式必然蕴含着曹禺的某种意图。（以下引用文按照段数标记为序号①②……

①是前面提到的《老子》中的一节。②是《新约・罗马书》一章二十八到三十二节，“上帝就任凭他们存邪僻之心，行那些不合理的事。装满了各种不义、邪恶、贪婪、恶毒。满心是嫉妒、凶杀、竞争、鬼诈、毒恨。……行这样事的人是当死的。然而他们不但自己去行，还喜欢别人去行。”

① 周扬：《论〈雷雨〉和〈日出〉——并对黄芝冈先生的批评的批评》，载《光明》第二卷八号，1937 年。

② 目加田诚：《曹禺的戏剧》，载《九州大学文学研究》，1951 年 11 月。

③ 欧阳山尊：《〈日出〉导演计划》之《剧本分析》，中国戏剧出版社，1983 年 4 月。

④ 《日出・跋》，文化生活出版社，1936 年。

这里列举了人的各种罪，同时也暗指《日出》人物生活于其中的腐败的世界。聚集在饭店的上流阶级的世界中，没有钱的人也就没有生存价值。有大额存款的寡妇顾八奶奶和面首胡四的丑恶关系，向强者讨好献媚、对弱者残酷无情的秘书李石清，茶房王福升，洋里洋气、虚张声势的轻浮男子张乔治，只顾自己的利益、蛮横无理地解雇职员、逼人自杀的潘经理及其情妇陈白露，他们都沉浸在穷奢极欲的生活之中，已经失去了做人的良心。而第三幕，在“住满了所谓人类的渣滓”的陋巷妓院里，在挣扎于饥饿线上的人们中间，同样蔓延着“贪婪、毒恨、嫉妒、凶杀”。黑三将年幼的小东西卖到妓院，拉不到客人就痛打折磨她至死。黄省三被银行解雇后没有收入陷入贫困，就逼着孩子一起自尽，自己却没死成，最后发疯。李石清奸诈狡猾，虽然爬到了襄理的位置却又被解雇，他心里因此怀着极大的愤恨，当得知潘月亭的银行倒闭时欣喜若狂。

李石清：（低声恶意地）我还要亲眼看着那些十块八块的穷户头，也瞧不起你，侮辱你，挖苦你，骂你，咒你，——哦，他们要宰了你，吃了你呀！（第四幕）

潘月亭满是虚伪的日子终于结束了。他给弱者的轻蔑、侮辱、愚弄和辱骂全都回到了他自己的身上。《日出》所表现的人心与行为的丑恶，都是引文②中所提到的。③是《旧约·耶利米书》四章十九到二十六节。“我的肺腑啊，我的肺腑啊！我心疼痛，我心在我里面烦躁不安，我不能静默不言。因为我已经听见角声和打仗的喊声。毁灭的信息连络不绝。因为全地荒废。我观看地，不料地是空虚混沌；我观看天，天也无光；我观看大山，不料，尽都震动，小山也都摇来摇去；我观看，不料，无人；空中的飞鸟也都躲避。我观看，不料，肥田变为荒地。一切城邑……尽都拆毁。”这段描写的是耶路撒冷陷落，犹大国毁灭的情形。国家动荡混乱，在阴谋之中急速走向灭亡。这也是在腐败之中走向毁灭的《日出》的世界。

④引用的是《新约·帖撒罗尼迦后书》三章六到十节。这里有保罗说“若有人不肯工作，就不可吃饭”的名言，一方面警戒那些不想工作懒散度日的人，一方面具体指导人们的生活态度，劝勉人们要安心做工，积极行善。《日出》中描写一些从不流汗工作、寄生于社会的人，而剧中砸夯工人“日出东来，满天大红！要想得吃饭，可得做工”的歌声与他们形成对比。⑤是《新约·哥林多前书》一章十节，督促人们要团结，不可各自任意行事，分党结派，要同心合一彼此和睦。《日出》所描写的社会就是为了自己的利益而不顾他人的利益，甚至剥削压迫他人，充满了竞争、虚伪和不平等的世界。与此相反，④、⑤提示了曹禺的理想世界。

其后空一行引用的“我是世界的光，跟从我的，就不在黑暗里走，必要得着生命的光”和⑦“复活在我，生命也在我，信我的人虽然死，也必复活”，这来自《新约·约翰福音》八章十二节和十一章二十五节，这里用的是真理和虚伪、信与不信、光与黑暗等二元论的表达方式。《日出》中反复提到原来的丈夫写的小说中的一段话，是小说中一个快死的老人说的，“太阳升起来了，黑暗留在后面；但是太阳不是我们的，我们要睡了”。台词突出表现了光与黑暗的对比，表明自己不在光明中，而在黑暗中睡去，即在等待死亡，以此暗示《日出》中描写的所有人物的死。⑥选自《约翰福音》记载的神迹，该章十一节中耶稣说，“我的朋友拉撒路睡了，我去叫醒他”，并果然是拉撒路从死里复活。这里的睡也是表现“死”的。

另外，圣经中“睡”还表示故意委身于罪的意思。[1]《日出》之所以成为悲剧，是因为女主角陈白露的死，而她的死其实就是委身于罪。她的死让我们起怜悯之心，觉得她除了这条路还有其他的路可以走。比如说虽然潘经理的银行倒闭了，但她可以寻找其他的资助人。然而她察觉到了自己的罪恶，却又没有办法从罪恶中挣脱出来。罪恶是她自己选择的，也该由她自己承担责任。陈白露是受到良心的苛责而选择死的。这里描绘人灵魂的痛苦，可以说表现出了基督教悲剧的特色。然而悲剧并不会在这里就完结。

⑧“我又看见一片新天新地，因为先前的天地已经过去了，海也不再有了”，引自《新约·启示录》二十一章。《启示录》启示说，世界在各样的灾祸中荒废、崩溃，宇宙的秩序陷入混乱，天体也不再按照既定的轨道运行。在一切终了时，要迎来新天新地。这正与《日出》第四幕描绘的张乔治的梦一致。

> 张乔治：(摸着心)白露，我做了一个梦，I Dreamed a dream，哦，可怕，可怕极了。啊，Terrible! Terrible! 啊，我梦见这一楼满是鬼，乱跳乱蹦，楼梯，饭厅，床，沙发底下，桌子上面，一个个啃着活人的脑袋，活人的脑袋，活人的胳膊，活人的大腿，又笑又闹，拿着人的脑袋丢过来，扔过去，嘎嘎地乱叫。<u>忽然轰地一声，地下起了一个雷，这个大楼塌了，你压在底下，我压在底下，许多许多人都压在底下。</u>……(下划线为笔者所加)

《启示录》六章十二到十七节中，第六印揭开，展现大地震动，整个宇宙挪移摇动的情形。“我又看见地大震动，日头变黑像毛巾，满月变红像血，天上的星辰坠落于地，……地上的君王、臣宰、将军、富户、壮士和一切为奴的、自主的，都藏在山洞和岩石穴里，向山和岩石说：‘倒在我们身上吧！把我们藏起来，躲避坐在宝座者的面目和羔羊的忿怒，因为他们忿怒的大日到了，谁能站得住呢？’”这里表明，神创造了天地并管理它，同时也定下了最后的期限。所以，历史并非由结局来赋予意义，也绝不是不断向前发展最终达到完善的东西。终结是神对世界和人的审判，终结意味着世界的灭亡和神新天新地的开始。《日出》中，曹禺就是在寻求包含各种矛盾和腐败的整个世界的毁灭和新生。

“太阳升起来了，黑暗留在后面；但是太阳不是我们的，我们要睡了。”

曹禺说：“这个‘我们’有白露，算上方达生，包含了《日出》里所有的在场人物。这是一个腐烂的阶级的崩溃，他们——不幸的是，黄省三、小东西、翠喜一类的人，也做了无辜的牺牲——将沉沉地睡下去，随着黑夜消逝。”[2]也就是说，《日出》并没有把希望寄托在某个特定的阶级上，和《启示录》中“一切为奴的、自主的”都要完结一样，这里提示的是一切旧世界的崩溃。

《日出》并不仅仅是陈白露忍受不了良心的苛责而犯罪自杀的悲剧，它是更大的悲剧，是暗示世界的毁灭即末世的、具有双重结构的悲剧。

---

① 《日出》中圣经因为使用日本协会文语译本，其他使用新共同译本(1987)(译文引自简化字与现代标点符号的合本圣经——译者注)。关于圣经，主要参照了 Xavier L'eon-Dufour 著《圣经思想事典》(三省堂，1973 年 11 月)，Manfred Lurker 著、池田紘一译《圣经象征事典》(人文书院，1988 年 9 月)。关于“睡”，参照《圣经思想事典》，页 674—675。

② 《日出·跋》。

《雷雨》的成功使曹禺意识到基督教悲剧能够感动观众，于是把基督教思想作为剧本创作的中心力量。对于中国的现实，他在《日出》中表达了"对末世的盼望"，即寻求对蕴含各种矛盾和腐败的现实进行审判的由衷的希望。[①]

四、《原野》和《神曲·地狱篇》

《原野》于 1937 年 4 月到 8 月连载于靳以主编的《文丛》第一卷第二期到第五期。关于对《原野》的评价，钱理群指出，以前从无产阶级文学的角度说它歪曲了农民形象而加以否定，现今又反过来从反帝反封思想出发，说它表现了农民的反抗而加以肯定，他对这两种走极端的评价提出质疑。[②] 笔者认为，《原野》重点不在描写农民，而含有其他主题。

比较文学的方法为我们提供了考察《原野》主题的一个方向。这方面研究的前辈、笔者也多蒙教导的饭塚容现在提出，"（中国现代文学发展过程中）确实曾倾向于借助引进西方文学来构建中国的现代文学，不能因为这种潮流被否定了就把它忽略去不计，相反，通过探究这股潮流如何发展、怎样改变、在哪里消失等问题来梳理中国现代文学，或许更易于阐述中国现代文学"[③]。饭塚容先生将《原野》的各种情节与奥尼尔的《琼斯皇》、奥斯特洛夫斯基的《大雷雨》以及托马斯·哈代的《还乡》进行比较研究后总结道："这样一个宏大的主题——'复仇'与'自责'究竟源自何处呢？——恐怕在希腊戏剧中寻找答案是比较妥当的吧。"[④]但笔者认为，这个自责主题不是源自希腊悲剧，而是源自基督教式的悲剧。

R.B.舒威尔在回顾悲剧体系的著作《悲剧的探究》中这样论述："基督徒生在罪恶之中，不管行善还是作恶，首先要背负亚当的罪生存……对希腊人来说，一切行动都在神的掌管之下，所以他们不论做什么，都不必自己负责任。因此他们不会像基督徒一样感受到灵魂中难以抗拒的自责和凄惨。希腊悲剧中，只有突出强调道德责任时，主人公才会感到自责。因此戏剧中表现背负罪孽并悔改的灵魂，要等到基督教悲剧出现以后。"[⑤]舒威尔认为，表现"自责"之心即背负罪恶而悔改的灵魂，不是希腊悲剧而是基督教悲剧的主题。笔者也认为，与《雷雨》和《日出》相同，《原野》也是表现背负罪恶悔改的灵魂的基督教悲剧。

《原野》的主人公仇虎，土地被焦阎王夺走，父亲被活埋，妹妹被卖抵债，而他自己又被诬告是土匪而投入监狱。仇虎为报仇而越狱逃回村子，此时焦阎王已经不在世，仇虎就杀了他的儿子大星，夺了他的妻子金子。而瞎眼焦母错把孙子小黑子当作仇虎杀死了。

第三幕逃跑一场中，仇虎的眼前出现了各种幻觉，阎王和洪老杀死父亲、抢走妹妹的场面，以及狱中的弟兄们。这种出现过去的幻觉、打鼓的声音等舞台效果，正如曹禺自己所说，[⑥]明显与《琼斯皇》相似。这里需要注意的是表现罪恶感的方式。浸洗会的虔诚信徒琼斯每当产生幻觉时，就祈求耶稣赦免自己的罪。《琼斯皇》似乎也在表现主人公的"自责

① 关于"对末世的盼望"，参照小川国夫《圣经和末世论》（岩波书店，1987 年）。
② 黄子平、陈平原、钱理群：《二十世纪中国文学三人谈》，人民文学出版社，1988 年 9 月。
③ 《奥尼尔·洪深·曹禺——中国对奥尼尔剧的引进》，载《季节》第五号，1977 年 11 月。
④ 饭塚容：《〈原野〉和外国文学再考察》，载《季节》第十号，1981 年 5 月。
⑤ R.B.舒威尔：《悲剧的探究》，上野直藏监译，南云堂，1972 年 1 月，页 88。
⑥ 《原野·附记》，载《文丛》第一卷第五号，1937 年。

之心”，但与强烈突出作为受害者的自我的《原野》相比，在以自责之心唤起观众的同情方面，显得不够深刻。① 仇虎面对幻觉中的大星，反复诉说小黑子不是自己杀的。剧中执拗地反复描写仇虎被罪恶感苛责的情形。

仇虎：（跳起，狂乱地）你们说什么，说什么？小黑子不是我害的，小黑子不是我害的。（跳到井石上，举起两手）啊，天哪！我只杀了孩子的父亲，那是报我仇门两代的冤仇！我并没有害死孩子，叫孩子那么样死！我没有！天哪！（跳下，恳求地）黑子死得惨，是她②奶奶动的手，不怪我，这不怪我！（坐在井石上低头）（第三幕第一景）

仇虎杀死大星后，金子让他擦血，仇虎说：“不用洗，这上面的血洗也洗不干净的。”（第二幕）还有，第三幕第一景：

焦花氏：小心你手上的血会擦到脸上。

仇虎：怕什么，这血擦在哪儿不是一样叫人看出来。血洗得掉，这“心”跟谁能够洗得明白。

“干净”这个词在《雷雨》用得较多，《原野》中也可以理解为“纯洁、无罪”的意思。也就是说，这段台词表明，表面上的血可以洗去，但“心”中的罪是无法洁净的。仇虎强烈地意识到自己的罪，并为此而苦恼。

还有大星死前说的“好黑！好黑的世界！”也在第三幕逃跑的场面里多次重复。这个黑暗的世界象征着《原野》中的整个世界。这一点正反映了前面提到的《新约·约翰福音》中二元对立的表达——真理和虚伪、信与不信、光与黑暗的对峙。黑暗的世界绝不仅仅属于大星，金子听了大星的话说：

焦花氏：（颤抖，低声）他——他像是为我们讲的。

这正是暗示金子和仇虎的命运，实际上也表现出整部《原野》中黑暗的世界。

《原野》第三幕描写仇虎和金子在阴郁的黑森林（黑林子）中东逃西窜。这和《琼斯皇》第三场相同。仇虎看见焦母呼喊着自己亲手杀死的孙子小黑子的名字在黑森林中踽踽而行，就说“这简直是到了地狱”。在中国文学中，这种对森林感到恐怖以及对地狱的联想是很少见的。《原野》中对森林的恐怖感实际上是很西欧式的。把幽暗的森林和地狱联系在一起的构想或许来自《神曲·地狱篇》，曹禺以前读过钱稻孙翻译的《神曲》，③《神曲·地狱篇》中但丁曾在幽暗的森林中迷路。人们惧怕森林是因为这里有地狱的入口，迷路的人会

① 例如高本舍三郎《奥尼尔的象征性——以〈琼斯皇〉为中心》（《明治学院论丛》第三十五期，1954年）指出，琼斯的“罪恶感不过是想起犯的罪，忏悔不过是为保存濒死生命的交换条件，神赦免的意义仅仅在于为他去除苦闷和恐惧”。

② 《曹禺全集》第一卷，花山文艺出版社，1996年7月，页536，此处为“她奶奶”。—译者注。

③ 1921年正值但丁去世一百周年，《小说月报》第二十一卷第九号（9月10日）刊登了钱稻孙翻译的《神曲一脔》，用楚辞的形式与意大利语对译了《地狱篇》一到三曲。（1924年上海商务印书馆出版发行了单行本）另外，《东方杂志》第十八卷第十五期（8月10日）刊登但丁专集，介绍但丁的传略和《神曲》的概要。曹禺的父亲订阅了《东方杂志》，田本相《曹禺传》记载曹禺在《东方杂志》上读到了钱稻孙翻译的《神曲》（页138），疑为《小说月报》的误记。钱稻孙在曹禺就读清华大学时，任外文系教授，担任二年级日语课。1932年春假曾率曹禺等学生来日本旅游。

在茫然徘徊之中掉进大开的地狱之门。可以说，仇虎和金子以为自己所犯下的罪而在通往地狱的森林中彷徨，第三幕舞台上树下的枯井就暗示着地狱的入口。

众所周知，但丁描述的是以圣经为主的基督教世界。《神曲》中描写的是人洗净骄傲、羡慕、愤怒、懒惰、贪婪、吝啬、口腹之欲与肉欲等种种罪行，走向天堂的情形。

而仇虎和金子梦想的理想世界——“金子铺路的地方”暗示着《日出》卷首引用的《启示录》中所表现的末世构想。《启示录》二十一章十八到二十一节中反复提到“墙是碧玉造的，城是精金的，如同明净的玻璃……城内的街道是精金，好像透明的玻璃。”但丁的《神曲》也是以构想《启示录》所说的末世以后的情形为中心创作的，《天堂篇》中描绘了恩典之下的国度的辉煌未来。《原野》中表现出来的对未来的梦想，也与《启示录》对末世之后的构想一致。

以上可以看出，《原野》中幽暗的森林和地狱的形象，以及对黄金城的向往，都是基督教世界观的表现。而主人公仇虎强烈的自责之念，远远超出了《琼斯皇》，这戏剧化地表现出仇虎对自己罪的认识以及因此感到自责和痛苦。《原野》可以看作曹禺的第三部基督教悲剧式的作品。

尾声

《雷雨》《日出》和《原野》虽然题材和表现手法各异，但用基督教对罪的认识这一尺度来衡量时，这三部作品就可以看作一位作家对某种思想的集中表达。在这几部初期作品中，曹禺绝非仅仅吸收了西方现代戏剧的表现手法并对其进行本土化，而是将西方思维的基础即基督教对罪的认识融入了自己的思想。曹禺在基督教中找到了悲剧创作的依据，在其作品中表现了“原罪”和“对末世的盼望”的思想，而这正是中国长期以来都没有能够充分摄取的观念。曹禺“对末世的盼望”，其实是对腐败现实施行公正审判的呼唤。

本文尝试对曹禺的作品进行新的解读，即将曹禺第一阶段的作品整体看作基督教式的悲剧。这一观点尚需更多的论据来印证，但或许能为进一步深入解读曹禺的作品起到抛砖引玉的作用。

（戴焕译）

原载《日本中国学会报》第四十二集，1990 年 10 月

曹禺研究断想

[日]阿部幸夫[①]

在来北京之前,我曾零零星星地思考过曹禺的《原野》一剧,并且想到,如有机会,我希望能够把有关感想加以整理。一言以蔽之,我非常喜欢这个戏,在曹禺作品中对它最有兴趣。我赞成夏衍和唐弢对这个戏的看法[②]。但是,对于《原野》的研究似乎并不像对曹禺其他作品的研究那样多,这是什么原因呢?来到北京之后,我首先拜会了田本相先生。我谈了自己如下的感想:当把剧本看作文学中一种重要的体裁的时候,如果我们承认文学的活动是有意识地不断摸索与实验新事物的过程的话,那么,我认为《原野》在曹禺的创作活动中具有极为重要的意义。我正是在这一意义上注目于《原野》的。

在把"现代话剧"作为综合艺术加以评价的时候,对"剧本"这一部分应该如何看待呢?说得极端一点,把剧本这一文学样式独立出来,与它所连带的导演、演出等一系列活动割裂开来加以考察,这种思维方式,是否真的有其存在的理由?

我并非中国话剧研究的专家,更不是曹禺研究的专家。我只不过是与中国现代文学发生共鸣的那一代人中的一个,几十年来一直在接触中国现代文学。当我面对40年代文学,我遇到了当时文学运动的各个方面的不同特色问题。当时的文学具有"孤岛上海""大后方国统区""解放区"等不同地域特色,有着时代所刻下的印记;就大后方而言,必须考虑到话剧所取得的比小说更大的成就与影响。于是,我面临一个如何评价话剧运动的问题。

当我想到曹禺的时候,我首先注目于驻在四川一个小镇——江安的国立剧专,并且脑海中浮现出在贝拉·巴拉兹的《安魂曲》中译本上演时扮演莫扎特,并且能够演奏竖琴的曹禺的形象。记得有谁这样评价过曹禺:"编、导、演……无不在行的曹禺",这真是中肯的评价。"无不在行"显然是基于对曹禺这一文学家多才多艺的惊叹与敬爱而发出的赞叹之辞。这是他人对曹禺的评价,而曹禺自己呢?他说"写剧本,有时自己导演,或者也登上舞台演出",这应该视为理所当然的"演剧精神"。我认为作为演剧人,在确立现代演剧观时,这一点是非常必要的。这就是我正在思考的问题。就我个人来说,迄今为止,对于曹禺这位文学家,对于他的作品,也与通行的看法一样,只是从"语言大师"的角度去考虑的。现在我产生了这样一种自我反省:仅此真的能够把握曹禺及其作品的全貌吗?我想更进一步、更全面地了解曹禺及其作品。在来天津之前,我用了十天时间在成都、昆明这两个当

① 阿部幸夫(1929—),东京外语大学毕业。曾任实践女子大学教授。

② 夏衍:《懒寻旧梦录》;唐弢:《我爱〈原野〉》。

年的大后方国统区旅行，在旅途中，我更加强烈地感受到和想象到当年大后方的风土人情，同时产生一种强烈的愿望：把曹禺作为一个不断摸索现代演剧的存在方式，不断进行实验，进而培养下一代人，与他们同登舞台这样一个“剧人”来加以研究。因此，我打算把思考的焦点移到“无不在行”这方面来。

在成都的四川省图书馆特藏部，我翻阅了过去的期刊报纸，比如《华西晚报》副刊《文艺》等等。比起副刊本身来，倒是话剧的上演广告更引起我的注意。我极有兴致地注意到了在重庆被逐的中华剧艺社刊登的《第七号风球》的广告，成都前锋剧团刊登的《黑字廿八》的演出广告[①]。尽管我知道并不可能，却仍然在演员表中搜寻曹禺的名字。因为记得在第一届戏剧节的《全民总动员》的演员表中，曹禺曾扮演过资本家侯风元。

我的联想进一步飞跃，不由得记起田汉根据《解放日报》所刊登的一则并不确实的消息所发表的四首绝句《闻〈屈原〉演出成功绝句》[②]。田汉对于当时有关剧作家们串演《屈原》一剧的意见是：

传来妙语满榕都，如此军容盖世无。
独讶聪明黄子布，长空万里饰更夫。

就是说，田汉对于当时文艺界的泰斗们一时兴起而登上舞台这种对于“余技”的热忱是持否定态度的。夏衍对此事的看法也是：“那是在《屈原》公演成功之后，兴致勃勃的文艺工作者们所制造出来的一张《屈原》演员表。”的确，这是一段文坛巨匠们的佳话，并未变成现实，但是它的产生及其所引起的田汉等人的反应，却至少给了我以下两点启示。

首先，这个有关串演《屈原》的讹传虽然只是剧作家们一时兴起的笑谈，但是，我觉得它实际上体现了现代剧那种寄托着演剧人对于演剧运动的热情与理想的存在方式。

演员的阵容极其壮观。郭沫若扮演屈原，马彦祥扮演宋玉，老舍扮演子兰，沈慧扮演南后，于立群扮演婵娟，孙伏园扮演子椒，曹禺扮演靳尚，邓初民扮演张仪，罗荪扮演钓人，王亚平扮演渔夫，孙师毅扮演詹尹，夏衍扮演更夫，陈白尘和常任侠串演群众……[③]

从这张演员表里，可以感受到一种被掩盖了的重要的愿望，即这些人并不是作为“写的人”，即作家，而是作为“演的人”、“导演的人”和“制作的人”而出现；就是说，这是一些追求现代演剧理想的人，他们要使现代演剧成为一种综合性艺术。

如果把曹禺放在这样的背景下加以考察的话，那么我们将考虑到二三十年代在南开新甜团演出易卜生、莫里哀的古典名著的曹禺，以及开始时事新剧创作时的曹禺，考虑到到重庆之后在北碚讲授战时戏剧时的曹禺，以及在川南江安恶劣环境下翻译了墨西哥尼

---

① 夏衍《第七号风球》(原名:《法西斯细菌》)在成都公演(续演)的广告，载 1943 年 8 月 1 日《华西晚报》；曹禺《黑字廿八》(原名:《全民总动员》)由蒋介石成都行辕政治部所属前锋剧团公演，广告载 1943 年 3 月 5 日《华西晚报》。

② 指 1942 年 9 月 7 日延安《解放日报》所载《重庆航讯》。田汉所作诗见桂林出版的《戏剧春秋》第 2 卷第 2 期，1942 年 7 月，夏衍《懒寻旧梦录》。

③ 参见注前文所举《解放日报》。

格利的剧作并命名为《正在想》的曹禺，还有应张骏祥之邀主演贝拉·巴拉兹《安魂曲》的曹禺……我们看到的将是发挥着多方面才能的曹禺，而不仅仅是语言大师。可以说，不仅仅是曹禺，现代的其他剧坛巨匠，无论是力主现代剧必须是“小剧场运动”的张骏祥，还是吴祖光和洪深，正是这些把剧场总体看作话剧创作一个部分的人们，创造了中国现代的话剧运动。

其次，剧作家与演出者的分离，剧本与它的舞台演出的分离，作为一种潜在的习惯，一直左右着作家与批评家，这是一个不容否认的事实。而戏剧作为一种流动的艺术，其生命力并不局限于剧本，剧本完成之后，还需要舞台演出来丰富和发展它的艺术生命。话剧艺术不同于小说、诗歌甚至电影之处，就在于它具有流动的生命，它永远不会被固定。而这一特征似乎并未获得应有的重视。

剧本一旦离开作家之手，它就开始自身的生命历程，其他人(即原作者之外的如导演、演员乃至观众)如何接受它，都是不能加以干涉的。在这之中，既可以为传达作家意图而自编自演，也可以将他人作品按自己意愿再构成为戏剧(如巴金原作、曹禺改编的《家》)。话剧运动正是在这样的活动中成长起来的。我的想法的一个基本点就在于，如果能够把迄今为止曹禺研究的视点稍稍加以变动的话，也许我们可以更深入、更全面地了解曹禺及其作品。

但是，如果真要做到这一点，有必要得到曹禺以及中国现代话剧运动参加者的协助。研究那些没有留下记录的行动、想法、言行等等，都不是在海外埋头于书本的我们力所能及的事。不过，尽管如此，我仍然在寄希望于中国同事们的同时，打算自己做一点力所能及的工作。

原文是《作为演剧人的曹禺研究断想》，实践女子大学编：《实践女子大学纪要》，1992年第34卷。

《正在想》溯源考察:“笑剧”肚子里的填充物

——从墨西哥民俗演剧到曹禺戏剧的道路

[日]阿部幸夫

近来,因为一些机缘得以重新阅读了若干抗战时期重庆的戏剧作品。当时“全面抗战”的目的明确,作品也都忠实于此,虽然有人认为这一时期有“剧本荒”,但也创作并上演了不少值得称道的戏剧作品。然而,另一方面,由于所有的戏剧都集中朝着一个方向发展,再加上“偏重历史剧”的倾向,总有一些沉闷之感挥之不去。说到底,所谓皖南事变前后的国统区戏剧正是存在于这样一个沉闷的时代里。尽管今天说起这个时代不免有隔世之感,然而我仍然觉得这个特定时代的“大后方戏剧运动”是值得今天重新回味的。正是在这样的背景之下,我才想要关注曹禺的独幕剧《正在想》——这一绽放异彩的剧作。初读起来,总觉得作品有点土里土气,其剧情甚至会让一些有识之士觉得这是一出时代错乱的“滑稽闹剧”。然而,事实上,从现代戏剧表演潮流的发展趋势来看,作品中恐怕还是有着某种可以变滑稽搞笑为演技、在愉快中引人思考的东西。为了更为深入地探寻作品的这些特质,我首先把《正在想》和它的源头——墨西哥民俗戏剧原作进行比较阅读,那就是墨西哥剧作家约瑟菲娜·尼格利女士的独幕剧《红丝绒的山羊》,该剧 1936 年 4 月在美国的北卡罗来纳首演。

本文主要目的在于阐述我在阅读英文原作的过程中发出的种种感想。现在唯一可以脱口而出的一点是,该剧以墨西哥大革命为背景。此外,我还注意到了在《红丝绒的山羊》的延长线上,还有尼格利女士的另一部戏剧《索达德拉》(从军妇女之意),该剧以“农民兵的妻子们为题材,反映了墨西哥革命的原始风貌”。

一方面,我从历史、地理角度对 2010 年代以来与墨西哥革命相关的时空进行了总结,当然,另一方面也准备思考梳理一下 1940 年前后的大后方——国统区的中心即作为中国抗战大本营的重庆一方是如何接受这部戏剧的。具体说来,我们就要提及先后搬迁到重庆、江安的一所大力培养戏剧人才的教育机构——国立戏剧学院,以及汇聚于此地的教授阵营——曹禺、黄佐临、张骏祥、丹尼、吴祖光、阎哲吾等人的名字。他们举行戏剧讲座及作为实验性尝试的共同演出(当时可能是每个导演负责一幕剧,严格的导演竞赛公演),并在这样一个浓厚的戏剧氛围下催生出了众人期待的“黄万张小剧场”。就“抗战时期的中国”而言,还有一个现象不容忽视,即全中国并非是彻底一边倒的抗战这一事实。在沦陷区,在日本军部策动之下成立了若干个傀儡政权,特别是经过中日双方当事人犹豫不决的讨价还价之后,汪精卫搞分裂运动,成立南京傀儡政权。曹禺在《正在想》的剧中剧《改良〈平贵回窑〉》中,婉转地以比喻的方式,在笑声中痛斥了傀儡派的行径。这或许也是该剧的一种鉴赏方式,抑或是对它的一种评价。

《墨西哥民俗戏剧》收录了包括《红丝绒的山羊》在内的尼格利戏剧,于1938年刊行,共采录了1935年11月至1936年4月上演的五篇独幕剧。虽然称不上内容介绍,但为每一部作品都做了极简短的说明,在戏剧名后的(　　)内开列如下:

《牙、或是胡子(Tooth or Shave)》(墨西哥民俗喜剧)

《索达德拉(Soldadera)》〈墨西哥革命的戏剧〉

《红丝绒的山羊(The Red Velvet Goat)》(笑声中的悲剧,亦是泪水中的喜剧)

《阿兹台克(Azteca)》(西班牙征服前的墨西哥悲剧)

《星期天的费用五比索(Sunday Costs Five Pesos)》(墨西哥乡村生活喜剧)

毋庸置疑的是,在这五部戏剧之中与曹禺的《正在想》(以下称该剧为《改编》)相对应的是《红丝绒的山羊》。虽然这部戏剧在英语圈中并不十分有名,但在墨西哥则属于广为人知的西班牙戏剧。其根源可以上溯到十七世纪末的"滑稽短剧",那种独幕风俗喜剧以民众生活为题材,世俗性很强,往往以一些较为公共性的场所,如人们容易聚集的客栈或小酒馆的院落作为其天然的舞台。同时,其表演者即便是外行也不会做单纯的看客,而会作为具有独到想法的演员加入这个类似即兴演出的舞台之中。那边是墨西哥乡村都市小酒馆的院落,这边是北京天桥上的露天小剧场,可以称得上是相当均衡、协调的布局了。

据说曹禺《正在想》的首演正是在江安国立剧专。此后,黄佐临、丹尼夫妻将其带到上海,刊登在《剧场艺术》上,由上海戏剧社进行了公演。李健吾的主演十分诙谐幽默,演出自1940年6月持续到夏末。重庆地区的公演于1941年6月在抗建堂举行。尽管是本人自以为是的一得之见,但我依然认为,在当时的重庆,该剧的反响恐怕并不十分理想。指桑骂槐的嘲笑、拐弯抹角的非难,也就是所谓的暗喻,需要在大环境的基础上来理解它,而当时的重庆却缺乏这个环境。《正在想》想要传达的内容、内在的填充物过多,往往是欲言又止。从"大环境"上讲,恐怕还是沦陷区的上海条件更加优越。黄佐临等人成立若干剧团,上演该剧。在抗战胜利后的上海,作为曹禺赴美任职壮行会的祝贺演出,《正在想》也曾在上海辣斐剧院上演。

1942年该独幕剧的部分内容曾被介绍到日本。在中国研究的专业杂志上,以"译注读本"的名目进行了连载。这份读物在翻译后进行了注释,并以注音字母标示了发音,可以说是相当周到,但是,在刊载了全剧的三分之一后便中断了。该杂志的编辑后记中写下了这样一串自戒性的文字:"译注读本,自下月起全面革新。"如果当时是由于改剧本中嗅到了某些危险气息而将其中断的话,那么这种动物性的感觉,恐怕是评价如何理解战争中敌国文艺的唯一一点值得关注之处。以下文字引自该文章:

毋庸赘言,我们应该正确阅读白话小说,然而,必须以正确的感觉区分应该读的和不该读的。……(中略)阅读的目的不应该永远只为了异常的素材和政治上的兴趣。

战争中日本的文化官僚似乎也进行了和重庆相同的言论管制。

(崔颖译)

原载《文学与文化》,2010(04):49-55。

曹禺的《家》和吴天的《家》

[日]饭塚容

一

二十世纪四十年代初继《蜕变》(1939 年创作,1941 年 1 月出版)和《北京人》(1940 年创作,1941 年 12 月出版)之后,曹禺完成了《家》(1942 年创作,同年 12 月出版),此后便在创作上停滞不前,长时间没有发表过完整的剧作,从这个角度来看,《家》在曹禺剧作中所占的位置不同寻常。遗憾的是,这部作品因为是巴金小说的改编,所以一直不受重视。尤其是在日本,几乎没有文章提到过《家》。① 1985 年上海人民艺术剧院来日本演出《家》的时候,比起"曹禺改编",似乎更强调它是"巴金原著"。

本文将曹禺的《家》与在它之前吴天所改编的《家》进行比较,由此突出曹禺的个性。此外,在文稿篇幅允许的范围内,稍微涉及一些中国艺术剧社初次上演该剧时的情况。

曹禺决定改编《家》是在 1940 年 11 月与巴金久别重逢之时。1939 年 4 月,由于任职的国立戏剧学校(1940 年 7 月改名国立戏剧专科学校)搬迁,曹禺也从重庆疏散到江安。而这一年巴金从上海途经昆明、重庆来到江安,在曹禺家待了六天,重温旧谊,两人每晚交谈至深夜。② 聊天中两人谈到了把《家》搬上舞台一事,巴金还将随身带着的吴天的《家》给曹禺看了。

吴天本名为洪为济,江苏扬州人,生于 1912 年,比巴金小八岁,比曹禺小三岁,1927 年在扬州中学时加入共青团,1931 年由于在上海美术专科学校组织抗日运动被迫退学,随即被逮捕。1935 年吴天赴日留学,成为东流社和杂文社(后改名"质文社")的成员,并开始发表剧作,参与话剧导演活动。1936 年回国,因被通缉而逃亡马来亚,1938 年加入马来亚共产党。而后为了躲避英国殖民地当局的逮捕再次回国,并加入中国共产党,同时成为上海剧艺社的剧作家和话剧导演。1946 年后,吴天开始涉足电影的编剧和导演工作,解放后也一直从事与电影有关的职业,直至 1989 年 12 月在广州病逝(吴天之子吴洪平氏示教)。

---

① 唯一一篇提到《家》的论文是山口守的《曹禺〈家〉读后笔记》。(《季节》第十二号,1983 年 12 月)山口氏批判曹禺模糊了"作为将人类固定在一起形成集团的框架,是其'家'所存在的问题",描写了"公式化的爱情悲剧",最后得出结论,认为它"既不是对现实社会中的'家'的批判,也不是纯粹的爱情悲剧,而仅仅是不完全的爱情悲剧——这就是这部戏剧的全部"。

② 巴金返回重庆之后不久就写了《〈蜕变〉后记》(1940 年 12 月 16 日),也回忆到了这个时候的情景。也许巴金为第二年即将出版的《蜕变》写后记,也是因为这时曹禺的委托吧。

吴天的《家》于 1940 年 9 月开始创作，11 月完成，并在 1941 年 2 月由上海剧艺社搬上舞台。[①] 同年 11 月，光明书局出版了单行本(据说还有 1946 年上海永祥印书馆发行的版本，未见)。因此可以推算，巴金当时给曹禺看的是出版前的原稿。在与曹禺小聚之后，巴金回到重庆立刻写了《关于〈雷雨〉——给一个上海友人》(1940 年 11 月 19 日创作，收录于《龙·虎·狗》中)。这篇文章没有用直截了当的方式，而是采用了给吴天回信的方式论述了《家》。可以推测当时吴天很有可能将《家》的剧本寄给原作者巴金，征求巴金的意见。

其实吴天、巴金、曹禺三人通过《雷雨》早已结下不可思议的缘分。众所周知，曹禺的《雷雨》经巴金推荐，于 1934 年 7 月发表在《文学季刊》上。1935 年 4 月，中国留学生在东京神田的一桥讲堂首次上演了这部剧作，而导演正是吴天(与杜宣、刘汝醴共同执导)。[②]

巴金此时正好也在日本，并观看了这场公演。演出的排练场地又恰好在巴金居住的神田中华留日青年会一层大厅，所以巴金在彩排阶段就开始在一旁观看，并为这场公演写下了《〈雷雨〉在东京》一文。[③]

回到原来的话题上，看完了吴天的《家》之后，曹禺大为不满，认为它太拘泥于原著，自己或许更了解巴金的心情，能够创作出更好的剧本。巴金对此表示赞同，于是曹禺下决心改编《家》。

二

那么，令曹禺感到不满的吴天的《家》究竟是一部怎样的作品呢？我们不妨看看光明局的版本。吴天将巴金的原著整编为五幕话剧。

第一幕

高家正堂。大年三十的晚上。高兴地打闹着的海臣和淑华。原本打算全家一起陪着老太爷过年，但是觉慧坚持要出去参加学生运动。觉新不许觉慧出门。觉民从中调停。陈姨太和克明主张按老规矩过年。从小老婆处回来的克定与妻子沈氏吵架。随后放荡的克安也回到家中。全家向老太爷请安。除了周氏、瑞珏之外，鸣凤、婉儿、何嫂、袁成等佣人也集体登场。老太爷察觉觉慧不在，大怒。就在此时，一身白雪的觉慧回到家中。鸣爆竹，全体磕头，落幕。

第二幕

高家花园。梅花盛开。正月元宵前的某一天傍晚。瑞珏与海臣、何嫂一起折梅花。她不知道觉新如此喜爱梅花的原因。接着鸣凤和婉儿上场，说到冯乐山要纳她们二人中的一人作妾的事。偷听到这番话的觉慧安慰鸣凤，并许诺帮

① 上海剧艺社以于伶、阿英等人为中心，创建于 1938 年 7 月。陈西禾、朱端均、洪谟、吴天等人也参与其中。该剧领导了“孤岛”上海的戏剧运动。

② 吴天在《杂文》第二号(1935 年 7 月)上发表《〈雷雨〉的演出》。据这篇文章描述，吴天等人在演出时特别凸显劳动者鲁大海的形象，进行了大胆果断的尝试。

③ 最初发表在《漫画生活》第九期(1935 年 5 月 20 日)。这篇文章虽然也指出了公演不尽如人意，但花了更多的笔墨来表达对不认真观赏公演的观众(中国留学生)的愤怒之情。

助她。三兄弟碰面的时候，陈建云、琴小姐来访。琴带来梅小姐的消息，觉新和梅的可悲恋情此时明了。老太爷邀请冯乐山来看烟花。冯乐山初见鸣凤。与此同时，屋子外面战乱开始，梅小姐逃难来到高家。

第三幕第一场

觉民和觉慧的书斋。鸣凤得知要被嫁到冯家，几次要找觉慧商量，觉慧因为手头繁忙，没有理会。梅拖着病弱的身子要回家。觉民、琴、剑云十分挂虑。觉民批评觉新消极的生活态度。觉新倾诉苦衷。剑云苦恼于对琴的暗恋。觉慧最终从觉民那里得知鸣凤的事，从房间里跑了出去，落幕。

第三幕第二场

花园。时间与第一场重合。出了书斋后，梅和觉新感伤地交谈。梅和瑞珏彼此体谅，互相爱惜。觉民和琴发誓绝不重蹈哥哥们的旧辙。鸣凤听不进婉儿安慰。退场后，觉慧和觉民来寻找鸣凤，未能碰面。最后鸣凤再次出场，一段独白后跳去湖中。

第四幕第一场

高家的正堂。夏日午后。老太爷 66 岁大寿。克安和克定依旧沉迷于大烟和看戏。冯乐山前来说媒，觉民极力反抗。觉慧给觉民打气。觉新无能为力。沈氏向老太爷诉说克定的恶行，克定自己打自己耳光认错。觉慧为觉民的亲事冲撞冯乐山。大怒之下，老太爷昏倒。此时，传来梅小姐病死的消息。

第四幕第二场

高老太爷寝室。陈姨太宣称为了驱邪，请来了端公道士。觉慧强烈反对。一家人到齐的时候，老太爷气绝身亡。陈姨太将老太爷死掉的责任推到觉新身上，并且声称不许瑞珏在家里生产。叔伯们表示赞同。觉新和瑞珏不得已只好服从。

第五幕

城外的小屋。瑞珏暂时的栖身之地。陈姨太等人叮嘱觉新不能见瑞珏。觉新只好在外面的屋子里等。淑华帮忙接生。高家大宅传话来让觉新回去，觉新没有办法只好返回。觉民和琴力图实现婚姻，而觉慧准备离家出走。再次回到城外小屋的觉新仍旧不能进屋见瑞珏，瑞珏生下小孩后死去。觉慧再也无法忍受，下定决心出走。觉新终于答应让他离家。两人紧紧握住对方的手。落幕。

将长篇小说搬上舞台，实在是一项艰难的工作。好在小说《家》的场景基本都限定在高家的宅邸内，且时间跨度不是很长，但是包括佣人在内的登场人物总共将近一百人，将如此众多人物展开的故事重新整理成剧本，也不是件容易的事情。吴天总算是将这些人物、情节整理进第五幕第七场中，而且觉新与梅和瑞珏、觉民与琴、觉慧与鸣凤的爱情问题，觉慧、觉民等人的新思想和学生运动，老太爷和冯乐山的封建家长作风，克安和克定的腐败堕落，以及陈姨太的顽固迷信等重要的主题也都涵盖其中。

然而也确实存在不少缺陷，虽说比起原著更加凝缩，但是仍有男女各十一个人物交替上下场，特别是第三幕第二场，令人眼花缭乱，缺乏技巧。第四幕第二场登场的端公道士等人塑造得不成功。尚未登场的人物名字很唐突地出现在台词中，令人费解。

总的来说，吴天的《家》虽然忠实于原著，但是没有将小说很好地消化，所有人物都均等对待，也就看不到焦点所在，总体给人涣散的印象。

但是也不能说吴天的《家》就是一部失败的作品。实际上，洪谟导演的、上海剧艺社的公演受到了好评，创下了持续三个月长期上演的纪录。如果后来没有出现曹禺改编的版本，吴天的《家》或许能保持更长久的生命力。

此外，根据吴天《家》（光明书局版本）的"后记"所述，吴天在这一剧作上演之后，作品成书出版之前曾将原稿寄给巴金，却不知为何落入商人之手，以至于没有经过原作者同意就公布于世。而此次正式出版由于时间的关系，也没有来得及征求原作者巴金的意见。可见吴天和巴金之间，缺少较为顺畅的交流。协助吴天改编的是李健吾、于伶、陈西禾三人。

三

下面分析曹禺的《家》。该剧为四幕八景，首先看看总体的内容结构。

第一幕第一景

初春的一天。觉新的"洞房"。觉新和瑞珏结婚的日子。迎接来客的王氏和沈氏等。克明教导觉新要负起长子长孙的责任。觉慧劝觉新放弃这没有爱情的婚姻。此外该剧还逐个介绍了狡猾的陈姨太、好操心的周氏以及放荡的克定等人。媒人冯乐山来访高家看上了鸣凤。最后对这场婚姻深感不快的钱太太出现，在与觉新碰面的一刻落幕。

第一幕第二景

景同上。同日午夜。克安、克定等人戏弄新娘，逼她唱歌喝酒。喜娘（刘四姐）代替新娘应对这些调笑。老太爷一声大喝，大家慌忙离开，留下觉新和瑞珏用诗一样的独白吐露心声。躲在床下的小孩们的登场消除了紧张的气氛，于是两人开始无拘束地交谈。

第二幕第一景

两年后的盛夏。觉慧卧室前的小庭院。觉慧考虑与鸣凤结婚。鸣凤坦言只要能够在一起就足够了。被勒令嫁到冯家的鸣凤折回来找觉慧，觉慧因忙于写稿而没有答应与她见面。鸣凤告诉老更夫要去寻死，然后朝湖的方向走去。

第二幕第二景

两个钟头后。深夜。觉新的卧室。屋外有枪声。怕乱兵来袭，于是觉新将慌乱的家人疏散到花园里避难，自己一个人留下守着房子。没多久瑞珏也返回，二人愉悦地畅想美好的未来。这时琴和梅随着母亲钱太太前来避难。

第二幕第三景

半个月后。景同上——觉新的寝室。战乱逐渐平定。钱太太即将回家，她对瑞珏十分满意。梅与觉新共叙往事，陷入感伤之中。梅和瑞珏也成了挚友。

瑞珏甚至想把妻子的位置让给梅,梅对这份体谅十分感激,最后离去。

第三幕第一景

三个月后。秋日黄昏。湖畔楼阁边。老太爷大寿之日。冯乐山这次来给觉民提亲。觉民大怒,托了封信给觉慧之后离家出走。替代鸣凤嫁到冯家的婉儿被残忍虐待。觉慧知道后痛骂冯乐山。克定依旧迷恋女色,沈氏向老太爷告状。看完觉民留下的信后,老太爷昏倒。

第三幕第二景

两个月后。景同上。陈姨太听信端公道士的话,将濒死的老太爷搬到楼阁里,却不愿意找西医给看看,觉慧对此大为愤慨。最终老太爷撒手而去。顽固不化的陈姨太借用血光之灾的迷信,将怀有身孕的瑞珏驱逐出门。

第四幕

一周后。城外钱太太的旧屋里。钱太太等人在为瑞珏的生产作准备。参加游行示威后一直失踪的觉慧偷偷跑来告诉觉新自己要出走。瑞珏被抬进旧屋里。陈姨太带着觉新回老宅。

舞台转暗,翌日清晨。产下一女后的瑞珏生命垂危,与慌忙赶来的觉新互诉衷肠。觉新和琴即将一同出去读书,给觉新带来了觉慧留下的纸条。纸条写着,"大哥……你要大胆,大胆,大胆哪!"从缠脚中解放出来的淑贞登场,此时的她快活自由。瑞珏闭上眼,安静地离去。

曹禺将巴金的《家》(共四十章)的情节进行了大胆的取舍,保留的主题是封建制度下婚姻的不幸,而对原著中的其他要素则极力加以限制。就具体人物来说,比起觉慧,曹禺把重心放在觉新身上。例如曹禺在第一幕所描绘的觉新结婚的场面,在巴金原著的第六章中仅仅是以回忆的方式被轻描淡写带过而已。可见,曹禺的《家》并非单纯的改编,创作的成分占了很大的比例。

下面看创作手法。从执笔的动机来看,曹禺着手改编的时候,强烈意识到吴天改编的《家》的不足,因而努力最大限度地发挥自己的个性。

首先是异常详细的舞台提示,这是贯穿曹禺所有作品的一大特征。这不仅能够为演员提供丰富的意象,而且也使得剧本具有可读性。观众(读者)如果不熟悉原著的话,吴天的《家》有些地方就比较难懂,而曹禺的《家》即使抛开原著,也能够基本理解。

另一大特色就是语言的优美。最有名的就是觉新和瑞珏如诗一般的独白,除了这个场面之外,其他台词的用词也都经过曹禺的慎重挑选,尽可能避免照搬原著的表述。重复同一句台词,或是让一句台词一语双关,这些地方都可以看出曹禺的良苦用心。

此外,将各幕的内容巧妙地与春、夏、秋、冬四个季节相关联的结构安排,许多出其不意的伏笔设置,不断给予暗示的引人入胜的情节展开,杜鹃鸣啼以及木鱼声等音效设计,梅花等具有象征性的事物的设置,这些都是曹禺所擅长的表现技巧。当然,这些技巧既是曹禺的长处,同时也蕴含着成为缺点的风险。对于不喜爱曹禺剧作的人来说,这些很可能变为"做作"和"啰唆"。

四

关于两个改编版本的《家》的场面结构和登场人物，我们再进行稍微详细一点的比较分析。

首先是结构方面。两部作品的第一幕都是介绍人物的场面。吴天选择大年三十开场，从原著第十三章和十五章取材，比较简单而又稳妥地介绍各个人物。而曹禺则如前所述，在第一幕表现出了创作性，不局限于简单的人物介绍，而是埋下许多伏笔。开场可以说是极其复杂的一幕，不仅梅小姐，甚至鸣凤的将来也在第一幕就暗示出来。对于这一点的评价有分歧，有人认为“蕴意深邃”，有人则认为“啰里啰唆”。

吴天版《家》的第二、三幕大体相当于曹禺的第二幕。发生若干个事件，最后交代各个问题的结局。曹禺把问题集中为三点，分配到三个不同的场景中。第一景是鸣凤之死，与原著第十章、十六章、十九章、二十六章大致对应。曹禺添加了疯癫的老更夫这一角色，并且让陈姨太成为左右鸣凤命运的可怕人物。第二景描写了战乱中惊慌失措的高家人，与原著第二十章、二十二章相对应。曹禺做的更改是让瑞珏又回到屋子里，与觉新亲密地交谈。第三景刻画了觉新、梅、瑞珏的三角关系。这一景基于原著第二十一章、二十四章，但改编后钱太太的作用就更大了。

吴天则将这一连串的问题在第二幕里同时加以展示，在第三幕里交代结局。而且他还编入了以下三个问题：觉慧与觉新的对立（原著第十二章）、觉民和琴的恋爱、剑云的单相思（原著第二十七章），使故事情节相当纷乱复杂。笔者觉得至少把剑云的那一部分删去会比较好。

不管怎么说，在有限的场景中容纳原著描绘的内容是十分困难的。吴天改编的第三幕中的第一景和第二景在时间上是重合的，这有些不自然，而曹禺第二幕中的第一景和第二景是同一个夜晚发生的事情，在结构上也有些不合理。

吴天的第四幕和曹禺的第三幕都选择了老太爷大寿之日，即从原著第三十章开始展开剧情。觉民的离家出走和觉新的软弱（原著第三十一章），克定的恶行被揭发后老太爷昏倒（原著第三十三章），最后传来梅小姐的讣告。以此为界进入下一个场景，固执迷信、不肯请西医的陈姨太和觉慧的对立（原著第三十四章），老太爷原谅觉民后死去（原著第三十五章），最后的场景是瑞珏被命令不能在高宅生产，至此落幕。二者在结构上没有多少差异。这一幕曹禺的独创较少。

两个改编版本的最后一幕都是以原著第三十七章瑞珏的死为中心，且都包含觉慧出走的内容，但是在细节处理上还是有很多不同。吴天更忠实原著，而曹禺在这一幕中也进行了大幅度的改动。首先，将瑞珏城外暂住地设定为钱太太所拥有的旧屋，且照顾瑞珏生存的主要也是钱太太。其次，原著中因不能进入“月房”（产妇的房间），觉新在瑞珏死后仍旧无法见上她一面，但曹禺安排两人见面、互诉衷肠，并以此把全剧推向最高潮。这是为了与第一幕相呼应而必须作的更改。还有觉慧的登场方式也有所不同。吴天和原著一样，以觉慧的出走利落地结束全剧；而曹禺则以瑞珏的死拉下帷幕，觉慧的出走完全被当

作附带的主题。

其次是人物的方面。吴天版《家》里的人物没有一个打破原著里的形象，换句话说，改编后没有一个令人印象至深的人物。

或许冯乐山是例外。原著中冯乐山基本没有直接登场，而吴天让他在第二幕、第四幕走上了舞台。或许他认为将冯乐山作为封建权威的象征直接摆在观众眼前效果比较好吧。

曹禺承继了这个改法，并且进一步强化了冯乐山在剧中的作用。在第一幕就早早登场的冯乐山不仅是觉新和瑞珏的媒人，而且交代了陈姨太也是从冯家娶上门的小妾。此外在第四幕中，觉慧参与游行示威后被捕，似乎也正是这个冯乐山指使的。将冯乐山塑造成一个如此罪大恶极的恶棍之后，末了让觉慧吐露说："我现在倒不那么恨他了。我的敌人不是一个冯乐山，而是冯乐山所代表的制度。"

另一个象征权威的人物——老太爷又如何呢？吴天版《家》中的老太爷看到觉慧浑身沾满雪会担心（第一幕）、临终前承认自己犯下的错（第四幕第二场），这显示了他温柔、懦弱的一面，被刻画得与冯乐山截然不同。而曹禺的《家》将焦点集中在冯乐山身上，使老太爷的形象比较模糊，高家内部的坏人角色落在心术不正、不知廉耻的陈姨太头上。

再来看看其他几个曹禺版《家》所塑造的个性人物。

很明显觉新和瑞珏所占的比重特别大。巴金的原著更多的是从觉慧的视角来描写，对不懂得反抗的觉新进行犀利的批判。曹禺的《家》则以同情的笔调来描写封建大家庭里的这两个牺牲品。

此外，曹禺还让钱太太卷入觉新、瑞珏、梅小姐三人的爱情悲剧里，最初极力反对觉新和瑞珏婚姻的钱太太，经过在高家避难的日子，开始疼爱起瑞珏，甚至比疼爱自己的亲生女儿更加疼爱，最后甚至主动照顾瑞珏生小孩。这是原著所没有的，在吴天的《家》里，钱太太甚至都没有登场过。

曹禺还创造了原著中所没有的人物，如喜娘（刘四姐）和老更夫。喜娘在第一幕第二景中，为舞台添加了华丽的色彩（虽然第二幕第三景以及第四幕的再度登场都不够精彩，不怎么令人佩服）。此外，第二幕第一景的老更夫在鸣凤即将自杀这一沉重的场面中，充当了缓和过度紧张气氛的丑角的作用。

说起丑角，还能让人想起克定和克安。与原著和吴天改编版本相比，曹禺笔下的这两个人物都被描绘得极具戏剧性。曹禺在戏剧创作中，经常往里面添加喜剧要素，这两个形象的塑造也是这种创作方式的一种尝试吧。同样的，第一幕第二景的小孩们也有同样的效果。觉英、觉群、觉世从床下面隔一会儿出来一个，引人发笑（两个还好，三个人就有点拖沓了）。吴天版《家》中虽然也给了海臣许多台词，但是比起吴天，还是曹禺在儿童角色的使用上更胜一筹。

另一个在曹禺《家》中被强调的人物是淑贞。第一幕中被强迫裹脚，第二幕里仍是一个不敢一个人走夜路的胆小的形象，但到第四幕放了足，变成一名快活的少女，她与觉慧、觉民、琴一起，起到象征光明未来的作用。

五

最后介绍一下曹禺的《家》初次公演时的反响，以及之后评价的变化。本来应该对吴天版《家》的相关情况也加以整理的，可惜关于它的公演资料不足，后来也基本没有文章涉及这个问题。[①]

曹禺的《家》于 1943 年 4 月 8 日由中国艺术剧社在重庆道门口的银社首次公演。[②] 导演是章泯，演员有金山（饰觉新）、张瑞芳（饰瑞珏）、凌琯如（饰梅小姐）、舒强（饰觉慧）、沙蒙（饰老太爷）、蓝马（饰冯乐山）等人。

查阅当时的《新华日报》可知，先是 1943 年 2 月 20 日的一篇报道，说中国艺术剧社获得这场话剧的演出权，并已将其定为第二次公演的剧目，届时不仅有剧团自己的成员参加，还有来自各地汇集重庆的名人参加，预告这将会是一场群星联手打造的演出。但是 3 月 5 日的报道却说，《家》由于排练不足而延期上演，3 月份先公演《北京人》。直到 3 月 31 日才再度预告 4 月 8 日上演《家》。

由于前来观看的观众不断增加，5 月 10 日刊出广告决定续演。5 月 30 日的续演添加了新的演员，演出一直持续到 6 月 20 日，创下了长时间公演的纪录。之后还到北碚等近郊上演，也取得极大的成功。

剧评方面，沈灵的《〈家〉观后偶感》（《新华日报》，1943 年 4 月 19 日）称赞了章泯的导演才能以及舞台设计，特别是第一幕中“洞房”的设计和第二幕中鸣凤自杀的场面很出色，整体上看舞台动静的平衡处理得很好。但同时也指出，觉慧这个人物在思想上的变化没有充分表现出来，这与曹禺迄今作品中登场的“正面人物”一样，令人感到稍有欠缺。

梁华的《观〈家〉后感》（《新华日报》，1943 年 6 月 14 日）的意见也大体相同。文中指出曹禺的《家》“采用对比手法，描绘出新旧时代正面冲突，在这点上确实有意义”，但是觉慧这个人物是剧中最大的缺陷。觉慧和《原野》中的仇虎、《北京人》里的“北京人”一样，是“抽象感情的化身”，而非“现实中的人”。

此外，郁冰在《觉新与觉慧之间——关于〈家〉的几点感想》（《新华日报》，1943 年 7 月 6 日）中的论点也基本相同，指出“以悲壮的调子唱响大家庭的挽歌，令人感动”，但是无法同情觉新。而反过来本应很可爱的人物觉慧却被刻画成了满口空话的“盲动者”，对此感到不满。

该剧演出虽大获成功，却意外地受到许多严厉的批评。[③] 吕荧的《曹禺的道路》（《抗战

① 最早将吴天的《家》和曹禺的《家》关联起来加以分析的是田本相的《〈家〉论》（收录在《曹禺剧作论》中，中国戏剧出版社，1981 年 12 月）。根据这篇文章可知，相关的论文还有解放前林榕写的《两个〈家〉的剧本》。

② 中国艺术剧社由夏衍、于伶、阳翰笙、章泯、金山等人发起，于 1942 年 12 月成立。第二年 2 月首次公演的剧目是宋之的的《祖国在呼唤》。之后上演曹禺的《北京人》《家》，一跃成为重庆的核心剧团。抗战胜利后，该剧团搬往上海，与重建的上海剧艺社合并。

③ 但也有可能是这类批评刚好较多地出现在我所查阅的《新华日报》上而已。引用华忱之《曹禺剧作艺术探索》（四川文艺出版社，1988 年 7 月）里的话来说，当时李天济《论剧作〈家〉中的人物创造》和刘念渠《生活是要自己征服的——曹禺的新剧作〈家〉书后》（均出自《戏剧日报》第一卷第三期，1943 年），都对曹禺的改编所具有的社会意义进行了高度的评价。

文艺》第九卷三、四期—五、六期，1944 年 9—12 月，但执笔时间为 1943 年 7 月)[①]、小亚的《〈家〉的人物处理问题》(《新华日报》，1947 年 2 月 15 日)、何其芳的《关于〈家〉》(收录于《关于现实主义》，1947 年 2 月执笔)等，都对曹禺的《家》进行了批评，观点大体一致，认为其“狭仄了‘家’的社会本质”，“没有社会学地把握‘家’的最本质的体象”(吕荧)；“过于强调恋爱悲剧，以致把主题的意义——新生的一代反叛封建家庭——冲淡了，给观众最深刻的是一场情致缠绵的恋爱悲剧”(小亚)；“婚姻不自由并不是封建社会的主要矛盾”，批判婚姻不自由的主题“在今天，意义大为减少了”(何其芳)。

尤其是小亚和何其芳的文章，在当时似乎是抱有某种意图来攻击这部作品的。小亚把《家》里的人物分门别类，有(1)高老太爷、冯乐山等当家的，(2)陈姨太等半奴隶半当家的，(3)觉新、觉慧等年轻一代，(4)鸣凤、婉儿等被统治阶级，通过分析曹禺如何刻画这几类人物，从而判定作者的思想立场。小亚评价曹禺如实地描绘出(1)和(2)的残忍和卑劣，这点上是成功的，但是在(3)里边作者偏爱卑怯的利己主义者觉新，且对于(4)里完全忘却自己的阶级、走上恋爱至上道路的鸣凤，作者有过度美化的嫌疑，因此鸣凤的塑造是失败的。这一时期围绕《家》的评论，明显倾向于从阶级斗争的观点出发，对曹禺进行严厉的评判。

解放后，王正的《从巴金的〈家〉到曹禺的〈家〉》(《文学评论》1963 年第 3 期)一下推翻了历史的评价。从二十世纪五十年代开始，曹禺的《家》再度被推上舞台并获得好评，但何其芳等人隐含政治立场判断的公式化的评价仍有留存。王正的论文旨在让人们重新认识曹禺的改编，他认为，若是“拿剧本和小说相对照，的确可以发现两者之间有极大的出入”，“一切都不是原来的样子，一切都经过了改编和发展，一切都是‘改写’和‘再创造’的产物，然而一切又都仍然是小说中所有的或可能有的”，因而对曹禺的改编进行了高度的评价。

“文革”以后，基于胡叔和[②]、田本相[③]、华忱之[④]等人的论文，《家》被定位为曹禺的成功之作，这些论文都对何其芳的公式化评价提出反驳，认为曹禺的作品有效地“批判了封建制度”。

曹禺开始执笔《家》的创作是在 1942 年的夏天，也就是与巴金面谈后的第三年。这一年年初，曹禺辞掉了在国立戏剧专科学校的工作。面对剧专的学生相继被捕，而自家住宅也被搜查，曹禺忍无可忍，离开了江安。

其实当时曹禺的家庭也是问题重重，与妻子郑秀的矛盾加剧，曹禺的心里完全装着另一个女人——方瑞[⑤]。曹禺在《为了不能忘却的纪念——〈家〉重版后记》(1978 年 7 月执

---

① 关于吕荧的论文，请参阅拙稿《吕荧的曹禺观》，中央大学文学部《纪要》文学科五十七号，1986 年 3 月。

② 《杰出的现实主义艺术——谈〈家〉从小说到话剧的创作成就》(《艺谭》1980 年第 6 期)。

③ 《〈家〉论》。

④ 《结构的艺术抒情的诗意——论曹禺〈家〉的创作成就》(《抗战文艺研究》1984 年第 2 期)。

⑤ 别名郑译生。方瑞的妹妹郑宛生以及表弟方琯德都是曹禺在国立戏剧学校的学生，所以当方瑞来到江安后，就结识了曹禺。1950 年曹禺与郑秀离婚，与方瑞结婚。

笔，首次发表于《文汇报》，1978 年 8 月 6 日）中提到了支持自己创作《家》的“我所爱的朋友”。每写完一段便把原稿寄过去，这位朋友就会誊写好寄回，同时附上一封热情鼓励的信。这位“我所爱的朋友”就是方瑞。这一时期曹禺自身的境遇，多少也会给作品的内容带来影响吧。[①]

可以说，这个时期的曹禺正站在人生的转折点上，而《家》是曹禺运用熟练的技法精心创作出来的、最后一部寄托着自身切实情感的作品。此后，曹禺为创作出满足时代要求的全新作品，开始了一段异常艰难的摸索。

1992 年 3 月

附记

承蒙中国艺术研究院话剧研究所所长田本相氏的帮助，让我有幸获得吴天的剧作《家》。在此对田本相氏的厚意表示诚挚的感谢。

（陈颖艳译）

原载《野草》第五十号，1992 年 8 月 1 日

① 已经有人从曹禺的家庭环境出发，尝试《家》的新的解读方式，具体请参考邹红的《话剧〈家〉的改编及其他——兼论曹禺情感生活对其创作的影响》（《中国现代文学研究丛刊》1990 年第 4 期）。

曹禺与厨川白村

［日］牧阳一

一

像鲁迅一边翻译《苦闷的象征》《出了象牙之塔》，一边批判地接受其思想主张那样，二十年代的曹禺也是通过厨川白村，了解了弗洛伊德的精神分析学，并表现在自己的作品中。曹禺的早期作品主要表现的是作为“社会的道德的存在物”之自我与本来的自由的自我“本能”的矛盾、冲突与纠葛，及其从压抑到自由得以张扬的过程。特别是具有强烈的反礼教思想倾向的早期杂文《杂感》（1927 年 4 月）、《偶像孔子》（1927 年 6 月）、《中国人，你听着！》（1927 年 10 月）等，明确主张杂文及文学作品乃是自由之自我受到“礼仪之邦”的“权威”的约束、在“因袭”畸形“社会的压制下而生的苦闷懊恼”的人的“生命力”之表现。

曹禺的《杂感》《偶像孔子》《中国人，你听着！》三篇文章都引用过厨川白村的观点。首先是《杂感》，像上文介绍的那样，对“猥亵”的社会加以“攻击”，是一篇向同时代人诉说青年曹禺对旧社会之“反抗”的作品。在三篇杂感的序言中写道：

> 将那闪电似的，奔流似的，憧憬的情趣，以及向各种现象而产生的心境，它只有天才能为之解释。同时一般庸流复可感触得到的，蓦地把它捉到字块里，无目的地把它写出，无意义地映在痴人的脑海里，这就是“杂感”的真义吧？

这里曹禺表述的观点与厨川白村《苦闷的象征》第一章“创作论”的第二项“创作生活之欲求”的开头是一致的。厨川白村写道：

> 将那闪电似的，奔流似的，蓦地而且几乎是胡乱地突进不息的生命的力，看为人间生活的根本者，是许多近代的思想家所一致的。

正是如此，曹禺说，对于所持有的“闪电似的，奔流似的，蓦地而且几乎是胡乱地突进不息”的“生命力”之表现，正是文学，特别是杂感的精神本质之所在。然而，这种“创作生活的欲求”却受到“社会”的“强制压迫”，曹禺认为：

> 我们将避去凝固和停滞，放弃妥协和降伏，且在疲敝困惫中要为社会夺得自由和解放吧。

而《苦闷的象征》第一章第二项也有相通的表述：

> 永是不愿凝固和停滞，避去妥协和降伏，只寻求着自由和解放的生命的力，是无论有意识地或无意识地，总是不住地从里面热着我们人类的心胸，就在那深

奥处，烈火似的焚烧着，……

两者稍略比较一下，便显示出内容上很大程度的一致性。序言里，曹禺还说：

> 最初的动机不过是在那服从于权威，束缚于因袭畸形社会的压制下而生的苦闷懊恼中，显意识地或潜意识地，影响了自己的心地所发生杂乱无章的感想。

曹禺主张，我们应该谋求从"权威""因袭""畸形社会"之抑压下解放出来，谋求"自由""突进"和"反抗"。厨川白村认为：

> 凡是服从于权威，束缚于因袭，羊一样听话的醉生梦死之徒，以忙杀在利害的打算上，专受物欲的指使，而忘却了自己之为人的全底存在的那些庸流所不会觉得，不会尝到心境——人生的深的兴趣，要而言之，无非是因为强大的两种力的冲突而生的苦闷懊恼的所产罢了。①

这里，两位作家在用语上亦有很大的共通性，而对"权威""因袭""利害的打算""物欲"之否定，其态度完全相同。不过，白村是把顺从"权威""因袭"之社会旧势力的庸众与自己区分开来予以批判的。在这点上，鲁迅则与白村相反，并看到了白村的优越意识与乐天主义。同鲁迅一样，曹禺亦未把庸众与天才置于对立的地位。

其次，我们来看《偶像孔子》一文，这篇文章与《杂感》中对《gentlemen 的态度》、《文凭同教育救国》、《supply and demand》(《供给和需要》)三小篇进行嘲讽一样，是用杂文对"权威"与"因袭"等进行"反抗"的一种实践。文章结尾作者写道：

> 所以现在我们应当打破偶像的崇拜，和一切类似偶像的因袭无理由不合人道的旧思想的权威！

并首先明确表示，要打倒"孔子偶像"这一"因袭"之旧思想的"权威"，指出"礼教"乃是作者自己及中国的青年之敌。另外，《偶像孔子》中有这样一段话："日本的一个文学批评家说：文艺的批评，是以鉴赏者自己的'个性'和'体验'和'生活内容'，而在各人之间有些差别。"此乃是引自厨川白村《苦闷的象征》第二章"鉴赏论"第二项"自己发现的欢喜"中。白村在此节中说过鉴赏即是寻找自己的无意识心理所有的苦闷与作品的共感共鸣点之一种"自我发现"。

在《偶像孔子》中，还出场了一位崇拜孔子、慨叹今不如昔的老先生，曹禺评曰："当然老先生必效忠礼教以死自明，死后谋将北京内务部的褒奖。"这里我发现，"谋将北京内务部的褒奖"一语，与鲁迅译《出了象牙之塔》的"后记"中的字句完全一样，饱含着浓烈的批判意味。鲁迅说：

> 自然，人们中尽不乏面团团地活到八十二、九十，而且心地太平，并无苦恼的，但这是转为来受中国内务部的褒扬而生的人物。必须又作别论。
>
> 生在陈腐的古国的人们，倘不是洪福齐天，将来要得内务部的褒奖的，大抵总觉到一种肿痛，有如生着未破的疮。

这表明曹禺有着与厨川白村相通的文艺观和与鲁迅共通的批判精神，并揭示了隐藏

---

① 《苦闷的象征》，第一章"创作论"，第一项"两种力"。

于中国现实中的根本问题。由此我们清楚了二十年代的曹禺是怎样深刻地捕捉了“反礼教”这一重大问题。

再者，这种痛彻的批判更深刻地表现在杂文《中国人，你听着！》中。文章以“中国人，我真不佩服你！”开头，复以此结尾。认为所谓生活并不会是为了“衣、食、住”，而是为了光明的同情与严肃的真理调和。值得注意的是，这里还表现了曹禺对“梦”的理解：

> 须知睡眠能使你无意识地露示呓语与噩梦，放释醒时的积闷，与今日之恶浊世界暂离。

他认为“梦”乃是自我“无意识”的呈露，摆脱苦闷以得解放。显然，这种看法系依据弗洛伊德理论而来。厨川白村视生命力受到压抑而生之苦闷乃是文艺的根柢。这种生之苦闷包括“梦”里的潜意识、无意识的表现，曹禺的文艺观中所有的对这种特殊的梦的理解大概与厨川白村的理解有关吧。

从上述的考察来看，曹禺接受了厨川白村的影响，并在作品中表现了白村所主张的文艺要从包含“因袭”“权威”的社会“压抑”下解放自己，表现自身作为“社会存在物”与“个人”，“道德存在物”与自我“本能”，以及“神性”与“兽性、恶魔性”，“利他主义”与“利己主义”，“精神”与“物质”，“灵”与“肉”，“理想”与“现实”等多重的二元对立之力的“冲突”“纠葛”中产生的“苦闷懊恼”。当然，厨川白村的思想与中国现实土壤有很大的差异和距离，所以曹禺乃是把“礼仪之邦”的“孝悌忠信、礼义廉耻”“古有明训”之中国礼教视为压抑自我的“因袭”与“权威”的，并主张向此“突进”“反抗”，以张扬自我之“生命力”“生活欲求”与“个性”的。

的确，鲁迅翻译厨川白村《苦闷的象征》《出了象牙之塔》，意在改造“幸存的古国，恃着固有而陈旧的文明，害得一切硬化，终于要走到灭亡的路”之危机状况下的，“陈腐古国”之中国国民性。而白村的著作是在日本的状况下，考查了病症，作出了“诊断之后，开出一点药方来了，则在同病的中国，正可借以供少男少女们的参考或服用……即也能医治中国人一般”。[①] 这种为了青年之启蒙的鲁迅精神与青年曹禺的改革精神是一致的。曹禺正是在接受影响的同时，创作了《偶像孔子》《杂感》《中国人，你听着！》等文。

还有一点值得注意，前面提到的《中国人，你听着！》一文中所描述之“梦”来自弗洛伊德的观点。而曹禺对弗洛伊德精神分析学之兴趣是从厨川白村的著作来的，而且也可以从上述早期作品中镶嵌的“意识地”“潜意识地”“无意识地”等词语中看出来的。

二

上面以曹禺二十年代的早期文学活动为中心，考察了他对厨川白村的理解以及两者的关系。下面要谈的是三十年代，特别是《雷雨》《日出》《原野》的创作。首先要谈谈作为连接曹禺二十年代与三十年代文学创作的译作独幕剧《冬夜》。1928 年夏，曹禺在南开中学毕业后，免试入南开大学政治系，但因对政治经济学不感兴趣，故 1930 年 9 月，与孙毓棠

① 《出了象牙之塔·后记》

等同学一起插班进清华大学西洋文学二年级。改译的《冬夜》与《太太！》，以“小石”为笔名发表于1929年12月《南大周刊》第七十四、七十七期，是曹禺南开时代最后的作品。《太太！》首页上记有“译赠南开新剧团”字样，可知这是专为南开新剧团而译。在中国国内初演《雷雨》的天津孤松剧团于1933年12月1日进行第一次演出时，就公演了小石（曹禺）所译《冬夜》一剧。①

《太太！》是以轻松笔调描写一对夫妻故事的喜剧。《冬夜》的内容则稍许深刻些，叙述的是十多年来始终爱着弟媳的兄长在弟弟的葬礼之后，向弟媳表白了自己的感情，但遭到了对方的拒绝，结果自杀掉了。做女裁缝的阿慈，丈夫死去后，她准备离开农场，夫兄阿光便道：“自己一个人不能走，带着我去，我要跟你结婚。”而阿慈拒绝说：“你完全是疯了！”阿光便用猎枪击穿了自己的头。

这里，令人想起《苦闷的象征》第一章“创作论”第四项“精神分析学”一节中，厨川白村为说明弗洛伊德精神分析理论时所引用的“歇斯底里的女人”，这里写的是妹妹爱恋姐夫的故事。当妹妹得知姐姐的死讯时，心里想到“姐姐既然已经死掉，我就可以和他结婚了”，但实际上，那种想与姐夫结婚的无意识心理在显意识中理由并不充足，因此，她进入了精神上的歇斯底里状态。“弟、妹和嫂嫂、姊夫结婚，……在西洋是看作不伦的事的。”“对于姊夫怀着亲密的意思的这女人，当‘结婚’这一个观念突然浮上心头的时候，便跪在社会底因袭的面前，将这欲望自己压抑阻止了。”

上述两个情节虽有兄爱弟媳与妹爱姐夫之别，但在“不伦”这一点上是相同的。《冬夜》是以长期受社会因袭的压抑，借弟弟死去之机以释放自己久积的压抑之情，结果因遭冷酷的拒绝而自残的形式构成悲剧。弟媳的“结婚？这简直是禽兽！”台词深深刺伤了兄的心，因为兄之所以坚持存在于世上，乃是凭借对弟媳的期盼，所以遭到拒绝后的兄仿佛疯狂似的。剧中的兄，“其有强烈的兴奋性的欲望，即性欲曾经因了（他）自己的道德性，或者周围的事情，受过压抑和阻止，因此（他）的内底生活上，便受了酷烈的创伤”。②

曹禺选择这样的作品具有深刻的意义。首先，与上述所论二十年代曹禺的文学、话剧活动一样，其思想意识与厨川白村的文学是从包含“因袭”“权威”之“社会的压抑”下解放自己表现自我内部作为“社会存在物”与“个人”、“道德存在物”与“本能”这种二元对立的“冲突”“纠葛”“苦闷懊恼”的文艺观有关。其次，是通过厨川白村的文艺观接受了弗洛伊德的精神分析学理论影响。即所谓“抑压虽是因自我而生成的东西，在某种程度上是可以抑制的，但是压抑过多，会使人变成神经症的，而人之所以成为人，最初的一些压抑亦是构成人的要素之一。”③人就是具有这种“矛盾”性，也就是说人乃是“神经症的动物”。由此我想到，曹禺是不是通过改译《冬夜》，使自己接受了表现因病弱而被扭曲了的人类心理的描写手法？即曹禺通过厨川白村，展开了自己对备受社会压抑之苦的本来之人间形象及其

① 石灵：《孤松自白——苦干的二年》，载天津《益世报》，1935年8月16日。

② 《苦闷的象征》。

③ 特里·伊格尔顿：《文学理论导论》(Litterary Theory: An Introduction, 1934)，日译本，大桥洋一译，《文学究竟是什么？》，岩波书店，1985年。

心理的描写。

敏感的读者可以从我的分析想到，曹禺非常巧妙地描写了患有“心理障碍”和“歇斯底里”症的人物是《雷雨》中的蘩漪。蘩漪被周朴园视为“精神症”，劝其饮药。曹禺曾在《雷雨·序》中说，蘩漪是作为最雷雨式的人物，以深切同情和爱被描写的。对曹禺而言，蘩漪是与二十年代厨川白村的文艺观相合的，又经过改译《冬夜》长久思考而描写出来的登场人物。蘩漪的确是既成道德与伦理的叛逆者和破坏者。她因处于“社会存在物”与“个人”、“道德存在物”与自我“本能”中间而苦恼，又因此种苦闷懊恼不能忍受，故成了歇斯底里症者。曹禺则成功地表现出这一深层心理活动。如果说蘩漪是《雷雨》中“动”的表现者，那么侍萍则是“静”的表现者。在漫长的压抑生活中，侍萍始终以低贱之身，忍受痛苦，在迎来最终悲剧之结局时，她的精神状态便彻底崩溃了。两位女人最后一起进了精神病院；蘩漪在笑着，侍萍始终在哭泣（序幕，尾声）。曹禺视蘩漪和侍萍为“精神症的动物”，通过人物描写而加以表现，既成的道德、伦理压碎了她们的“本能”和“个性”。蘩漪的力比多被社会的权威（即代表社会常识的周朴园）所束缚，进而当她与周萍的爱最后破裂时，给了她一决定性的打击。于是她的病态心理达到了极限，也就挣脱了全部的社会、家庭所赋予的压抑。从妻到母的名分彻底地放弃了，于是也就超脱了道德、良知、法之全部的社会压抑，同时，亦将这一切虚伪性暴露于光天化日之下。可以说，破坏既成的观念，揭露虚伪的道德，正是曹禺从二十年代文学活动开始以来，始终不变的文学理念。而其传统的既成观念常常是由男人制作出来的。

萍因出生后便与母亲离别，故而脱离男子本来的自然成长过程而长大成人。“由被阉割之恐惧而断念压抑自己的近亲爱的欲望（恋母情结），以适应现实状况，又因服从父亲而与母亲疏远，但将来要夺得父亲那象征性的占有地位，则作为其无意识心理中的念头而始终存在着。”①这正是从俄狄浦斯自卑情结时期开始到性别化主体的成长过程。但萍是没有经过自我欲望禁忌，并将其隐藏于无意识（俄狄浦斯的自卑情结）中的畸形精神发展者。他爱着自己以为死去了的母亲（侍萍），未经过俄狄浦斯期而成长起来，然后开始爱父亲的妻（蘩漪），构成了向父亲叛逆的第一阶段。这时，他便由在家庭中的父的从属物地位摆脱出来，但“家”（内在化之蘩漪）成了他的一大束缚。这种矛盾给他带来强烈的罪的意识，最终使他抛弃了蘩漪；由此，再次维护了父亲那象征性占有的位置。这便是男性社会所制造出来的“道德”与“伦理”，即萍由从属于周朴园这种形式获得了使自己成为社会存在物的结果。

《原野》中的大星则是停留在俄狄浦斯期，未成为大人者。因此金子提出我与你母亲同时掉河中，你将救助哪一方的诘问时，大星无法作出回答。在母亲与妻之间左右徘徊，正是未成年之男子的特征。

《雷雨》中的周冲是作为充满幻想的理想主义少年来描写的。他是梦幻般的少年，那里没有争执，没有虚伪，没有不平等，是真真干净的世界；而与这样的描写相反，可以称“现

① 特里·伊格尔顿：《文学理论导论》，日译本，大桥洋一译，《文学究竟是什么？》，岩波书店，1985年。

在的世界是不该存在的”。周冲亦是曹禺的代言人，尽管曹禺知道理想世界的虚幻，但周冲的“梦”乃是曹禺内在心灵世界之表现。欲求超脱现存世界的愿望亦正是曹禺的愿望吧。这正是为什么曹禺要赋予“梦”以特殊的意义之原因。

说到“梦”的描写，令我想起《日出》第四幕中张乔治的台词，“忽然轰地一声，地下起了一个雷，这个大楼塌了，你压在底下，我压在底下，许多许多人都压在底下”。这是根据《启示录》第六章十二节而来，我想此剧中之梦是曹禺的内心表露。从二十年代开始便对弗洛伊德精神分析学感兴趣的曹禺，要在作品中插入这一段“梦”以表现作品结构本身不能表现的那部分思想，这是《日出》的一个重要主题。实际上，在《雷雨》周冲的台词中表现的梦与“现在的世界是不该存在的”的思想正是曹禺的思想精神之所在，即期盼通过全部旧世界的崩溃（彻底否定）而获得新生，亦即期盼于腐朽的旧社会中求得公正的裁判。[①]

另外，《原野》中的幻想场面乃是仇虎内心因过于畏惧而产生罪恶感中仍存在着的良心之声的表现。由自己的罪和欲望压抑而形成的仇虎的无意识心理构成了一个与现实迥异的妄想世界。而仇虎所发出的精神分裂式的言语，则创造出了诸种情绪化的意念，形成了作品的“虚构性”，使其艺术性获得了升华。仇虎所幻想的未来是所谓“黄金铺地”，这正与上文提到的《启示录》第二十一章十八、二十一节相似。

曹禺在这三部作品中表现了一种理念，即让他如此感到不满、强烈反抗的这个世界是不会永远存在下去的，也没有存在的价值。这一理念在作品中又借“梦”和“幻想”的形式表现出来，这种方法难道不是系由厨川白村的文艺观为发端，经由精神分析学说的接受过程，最后形成的充满力度的表现方法吗？

原载《曹禺与厨川白村》，田本相、邹红：《海外学者论曹禺》，桂林：广西师范大学出版社，2014 年版。

① 参见拙论：《基督教式的悲剧——曹禺的〈雷雨〉、〈日出〉和〈原野〉》，载《日本中国学会报》第四十二集，1990 年 10 月。

曹禺戏剧的舞台指示

——从《日出》到《北京人》

[日]白井啓介[①]

一、前言

此前，笔者在考察曹禺戏剧的特征时，着眼于其舞台指示，尝试分析了《雷雨》在记述方面的特征，并得出结论：曹禺戏剧的一大特征在于其作品是为“阅读”写作而成的（白井啓介，1994）。曹禺戏剧中，深入刻画人物内心的分析性叙述所占比例巨大，也正是这一特点帮助发挥了剧本的“可阅读性”功能。这些记述，与其说是处女作《雷雨》的表现手法尚且幼稚，不如说是曹禺记述戏剧的根本姿态。而且，这样的剧本记述风格是否在被称为“爱美剧”的中国现代话剧的各个作品中也形成了某种程度上的共通性呢？这值得我们思考。这种记述到底是戏剧作为一种独立文体确立之前的试错，还是应该将其视为过渡阶段的弊病——残留了深厚的以说、唱为母体的小说体的影响？此问题蕴含着与中国现代话剧的文体论相关的重要因素，受到多方面的影响，无法即刻给出答案。

本稿接下来将以同一视点，一方面再次确认先前论文中所提出的观点，另一方面将考察对象扩大至曹禺的其他作品展开分析。

曹禺的戏剧记述方法是他个人独特的创造，还是受了其他的影响？为明确此点，本稿拟对公认曹禺所受影响的国外戏剧作品的舞台指示的记述情况进行探讨。将曹禺的剧作特质与欧美近代戏剧的写作手法进行对比，以明确曹禺剧作的写作特征。

关于舞台指示的定义与区分，笔者在前述分析《雷雨》记述上的特征时已有论述，此处不再赘述。简言之，大致分为场面指定和行为指定，行为指定再细分为出入指定和叙述指定。本稿以场面指定和行为指定中的叙述指定，特别是以人物初次登场时的人物描写为中心进行探讨。

二、国外戏剧的舞台指示记述

春柳社等文明新戏在辛亥革命后逐渐式微，五四运动后，中国对近代戏剧的引进主要以直接引进欧美作品的“爱美剧”运动为中心。1918 年 6 月的《新青年》第 4 卷第 6 号刊登

① 白井啓介(1952—)，博士，日本文教大学大学院言语文化研究科教授，研究方向为中国现代文学、中国现代戏剧中的表现手法、中国电影通史等。代表论文有《两个〈不如归〉——翻译与翻案之间》、《沧海变桑田——上海老电影院变迁纪实》等。

了易卜生特集，采用罗家伦的翻译介绍了《玩偶之家》，并连载了陶履恭译的《人民公敌》，同年10月的第5卷第4号展开了戏剧改良论争。同号刊登了宋春舫的《近世名戏百种目》，其中除易卜生外，还用英文列举丹麦、斯堪的纳维亚、荷兰、德国、法国、英国等欧洲近代戏剧的作品名，为欧美近代戏剧名作的摄取做好了准备工作。20年代，近代戏剧的介绍和翻译盛行，据说翻译出版的作品多达20个国家共200部，此中阅读量较大，上演机会较多的是易卜生、奥斯卡·王尔德、萧伯纳等人的作品。比如：易卜生的《玩偶之家》《幽灵》《人民公敌》分别在1921年以潘家洵的译本《娜拉》《群鬼》《国民公敌》出版，王尔德的《扇误》同样是潘家洵译，1926年出版。此外还翻译了萧伯纳的《华伦夫人之职业》，1923年出版。

在上述被翻译介绍到中国的欧美戏剧中，有人认为部分戏剧对曹禺的戏剧创作产生了影响。接下来，笔者将对这些作品中的舞台指示进行概述。一般来说，进入近代以后，剧作家在创作戏剧作品时预想到阅读戏剧的读者的存在，作品中的舞台指示才逐渐被重视起来。尤其是易卜生后期的作品，其舞台指示比重明显增加。中国翻译出版的易卜生上述著作中，舞台指示也是解读其作品的重要因素。只是其记述在场面指定方面还停留在客观的舞台指定上，对人物的描写也只是叙述性的，没有深入到人物心理。相较于这些作品，十年后的《海达·高布乐》等，其人物指定虽然有所增加，但是对主人公海达·泰斯曼的记述也仅止于容貌外形等比较客观的描写。

> 她是个二十九岁的女人。面貌和身材都带着秀雅不凡的气概。脸色淡白无光。青灰色的眼睛露出一股冷静沉着的神情。棕黄的头发浓淡适中，可是并不太多。

下面来看标榜易卜生主义的萧伯纳的《华伦夫人的职业》①。主人公华伦夫人的女儿薇薇的人物描写如下：

(1)She is an attractive specimen of the sensible，able，highly—educated young middle—class Englishwoman.Age22.Prompt，strong，confident，self—possessed.

关于其母亲华伦夫人的记述如下。

(2)Mrs Warren is between 40 and 50，formerly pretty，showily dressed in a brilliant hat and a gay blouse fitting tightly over her bust and flanked by fashionable sleeves

(3)Rather spoilt and domineering，and decidedly vulgar，but，on the Whole，a genial and fairly presentable old blackguard of a woman.

(2)对外形和姿容作了比较客观的描写，(1)和(3)是规定人物性格和心理的记述。

萧的作品中，与初期作品《华伦夫人的职业》相比，其后期作品的舞台指示的记述样式有些许不同。描写更加详细，内容充满了作者辛辣的观点，作者运用了以多视角深入观察

① 《华伦夫人的职业》，1920年10月，正好是文明新戏和五四文化运动之后现代话剧(爱美剧)这一青黄不接的时期，在上海新舞台，汪优游等以演剧改革为目标的演出以失败告终。关于此事件，濑户宏有「上海 · 新舞台での『ウォー レン夫人の職業』上演をめぐって 一中国近代演劇史 ノー トー」(濑户宏，1985)。

人物的表现手法。比如，关于《卖花女》中心人物之一——希金斯教授的人物描写的舞台指示。

(4) He is of the energetic, scientific type, heartily, even violently interested in everything that can be studied as a scientific subject ,and careless about himself and other people,including their feelings.He is,in fact,but for his years and size,rather like a very impetuous baby" taking notice" eagerly and loudly, and requiring almost as much watching to keep him out of unintended mischief.His manner varies from genial bullying when he is in a good humor to stormy petulance when any thing goes wrong;but he is so entirely frank and void of malice that he remains likeable even in his least reasonable moments.

“若不是看他的个子和年纪，他实在就像一个任性的小孩子，对周围的事物都想管管，如不对他时刻加以注意，他会在无意中闯些乱子。”从这一记述中，我们既可以看到栩栩如生的舞台表现，同时也能看到脱离概念性公式化的人物描写，给希金斯这一人物以充分个性丰富的舞台指示。

接下来，来看尤金·奥尼尔。据说曹禺受其影响最大。奥尼尔在中国的翻译介绍要晚于易卜生和萧伯纳，1924 年，中国国内介绍了其《天边外》和《琼斯皇》。1930 年后，中国出版了各种《天边外》的翻译版本，其中就包括顾仲彝的译本《天边外》。从 20 年代到 40 年代共出版了 17 部奥尼尔的作品，上演了 9 部。其中《天边外》《奇异的插曲》《悲悼》人气最高，连续出版了好几种翻译版本。奥尼尔的舞台指示有详细且比较宏大的记述，虽然《天边外》中这种倾向不明显。与之相对，《奇异的插曲》的人物描写不仅详细，而且个性分明。比如，主人公尼娜的父亲里兹，其登场时人物描写的舞台指示如下：

(5) He Professor Leeds enters, a pleased relieved expression fighting the flurried worry on his face.He is small,slender man of fifty—five,his hair gray,the top of his head bald.His face,prepossessing in spite of its too—small,over—refined features,is that of a retiring, studious nature. He has intelligent 、eyes and a smile that can be ironical. Temperamentally timid,his defense is an assumption of his complacent,superior manner of the classroom to ward the world at large. This defense is strengthened by a natural tendency toward a prim provincialism where practical present — day considerations are concerned (though he is most liberal—even radical— in his tolerant understanding of the manners and morals of Gregce and Irnperial Rome!). This classroom poise of his, however,he cannot quite carry off outside the classroom.……

复杂的内心虽然最开始由表情传达出来，但接下来外形的容貌姿态，头发、眼神等具体的记述，可谓已给人物定型。然后，“他天性羞怯，在教室中以那种高傲、得意的自负举止作为面对整个世界时的自我保护，而这种保护又为一种虑及现实的天生的古板乡土气而加强，尽管他是个极端自由主义者——甚至是激进派——在他对希腊和罗马帝国的风俗与道德的宽容理解之中，然而他无法把那种教室里的姿态用于教室之外。”乍一看，上述内容似乎与人物性格和接下来的情节无关，实际上却能使人联想起其人物形象的设定。

我们再来看指示舞台设定和道具准备的场面指定。下面是《榆树下的欲望》开头的指定。该作认为对《雷雨》的创作产生了影响①。

(6) Two enormous elms are on each side of the house. They bend their trailing branches down over the roof. They appear to protect and at the same time subdue. There is a sinister maternity in their aspect, a crushing, jealous absorption. They have developed from their intimate contact with the life of man in the house an appalling humaneness. They brood oppressively over the house. They are like exhausted women resting their sagging breasts and hands and hair on its roof, and when it rains their tears trickle down monotonously and rot on the shingles.318-14

这里不仅局限于家的两旁有榆树这一直白客观的描写，“这两棵树的外表，使人感到一种不祥的、充满妒意和企图征服一切的母性心理”的记述提示读者此榆树在作品中的象征性作用，而且一直都暗示着情节的发展。此外，“它们层层叠叠地笼罩着屋子，将它压得透不过气来，就像两个精疲力竭的女人，将她们松垂的乳房、双手和头发都耷拉在屋顶上”的这一记述，作为实际的舞台造型再现是比较困难的。

以上，笔者概述了与曹禺关系比较密切的欧美戏剧的舞台指示的表现方式。接下来笔者拟对曹禺的各作品的舞台指示进行探讨。

三、《日出》的舞台指示

关于《日出》的舞台指示，首先，我们照例来看各幕开头记述的场面指定。

第一幕的舞台是都市旅馆的房间。居住在此的是 23 岁的交际花陈白露。围绕她，展开了其与几名男性的交错关系。舞台最开始的场面指定占了 1 页半的篇幅。

> (a)幕升时，室内只有沙发旁阅读灯射出一圈光明。窗前的黄幔幕垂下来，屋内的陈设看不十分清晰，一切丑恶和凌乱还藏在黑暗里。

这一记述弥漫着暗示性的意味，此外几乎都是舞台设定和道具准备等的配置指定。可看作常规的场面指定。

第 2 幕，将主人公们华丽的都市生活描写成充满了如浮草一样的虚饰的生活，暗示了与此截然相反的世界。为此，作者插入了一段建筑工地上工人打桩的歌。

> (b)他们用一种原始的语音来唱出他们的忧郁、痛苦、悲哀和奋斗中的严肃，所以在下面这段夯歌——《小海号》——里找不着一个字，因为用字来表述他的的思想和情感是笨拙而不可能的事。

第 3 幕场景转换为郊区的妓楼。此处又有大篇幅的场面指定。3 页半左右的场面指定中，主要对妓楼及其周边环境进行了详细描写，比起具体的道具准备的指定，大多是状

① “《雷雨》，它与易卜生的《玩偶之家》、《群鬼》，奥尼尔的《榆树下的恋情》、《安娜克里斯蒂》、《悲悼三部曲》，都有不同层面的相似性、可比性。”(田本相，1993:356)

况说明的记述。其中也混入了剧作家主观断定性的记述。

(c)这一条胡同蚂蚁窝似的住满了所谓"人类的渣滓",她们都在饥饿线上奋斗着,与其他瘪着肚皮的人不同的地方是别人可以苦眉愁眼地空着肚子,她们却必须是笑着的。

可见作者在对妓女们的描写中夹杂了同情,然而也可以说作者太过于被固定的观点所左右——这样的世界虽然不道德,但却是应该给予同情的。

第4幕场景是第2幕中旅馆的房间,场面指定只用了1页半。

下面来看行为指定中的人物描写。首先登场的是作品众多人物中比较中心的人物陈白露。她曾是个天真烂漫的少女,现在却成了个陪着男人喝酒跳舞的舞女,过着被有钱人包养的生活。这些情况在她与青梅竹马方达生之间的对话之前并没有提示,她登场时的记述如下。

①她的眼明媚动人,举动机警,一种嘲讽的笑总挂在嘴角。神色不时地露出倦怠和厌恶;这种生活的倦怠是她那种漂泊人特有的性质。

②她爱生活,她也厌恶生活,生活对于她是一串习惯的桎梏,她不再想真实的感情的慰藉。这些年的漂泊教聪明了她,世上并没有她在女孩儿时代所幻梦的爱情。生活是铁一般的真实,有它自来的残忍!习惯,自己所习惯的种种生活的方式,是最狠心的桎梏,使你即使怎样羡慕着自由,怎样憧憬着在情爱里伟大的牺牲(如个说电影中时常夸张地来叙述的),也难以飞出自己的生活的狭之笼。

③因为她试验过的曾经如一个未经世故的傻女孩子,带着如望万花筒那样的惊奇,和一个画儿似的男人飞出这笼;终于,像寓言中那习惯于金丝笼的鸟,已失掉在自由的树林里盘旋的能力和兴趣,又回到自己的丑恶的生活圈子里。

④当然她并不甘心这样生活下去,她很骄傲,她生怕旁人刺痛她的自尊心。但她只有等待,等待着有一天幸运会来叩她的门,她能意外地得一笔财富,使她能独立地生活着。

①是姿容的生动描写。②③是陈白露现今感到疲倦的背景记述,是舞台无法再现的隐藏侧面。为给戏剧读者以提示说明,剧作家用了1页多的篇幅进行了记述。④明确了一点,即戏剧此后的展开中,她即使为钱发愁也绝不会出卖灵魂;但是也为她最后因为有钱人的求爱失去最后的尊严这一结局埋下了伏笔。

接着登场的是方达生和海归张乔治,作者只对二人的年龄、外表进行了描写。关于被当作妓女卖掉而逃到这间屋子的小东西,虽然有比喻性描写和表示情绪的记述,但主要还是姿容和服装的描写。此外,对白露的求爱者银行行长潘月亭的记述多少加入了内情说明性的描写。

⑤潘经理——一块庞然大物,短发已经斑白,行动很迟缓,然而见着白露,他的年纪、举动、态度就突然来得如他自己的儿子一般年轻,而他的最小的少爷已经二十出头了。

然而,从第2幕登场的银行下级书记黄省三和富裕的闲散妇人顾八奶奶的描写中,我们却能看出剧作家的细致入微。

⑥人瘦如柴，额上的青筋像两条小蛇似地隐隐地跳动着，是一个非常神经质而胆小的人。……他这样谦卑，不自信，他 甚至于疑心自己的声音都是为人所不耐的。其实，他的年纪不算大，然而这些年的忧虑、劳碌、失眠和营养缺乏，使他衰弱有如一个老人。纵使还留着一些中年的模样，但我们会惊讶一个将近四十的人，他的背怎么会拱成一道桥，受点刺激，手便如风里的枯叶不停地颤抖起来，而鬓角堆起那样多白发了。

⑦她总是兴高采烈地笑。笑有种种好处，一则显得年轻些，二则自己以为笑的时候仿佛很美，三则那耀眼的金牙只有在笑的当儿才完全地显露出来。于是嘴、眼睛、鼻子挤在一起，笑，笑，以至于笑得令人想哭，想呕吐，想去自杀。她的眉毛是一条线，耳垂叮当地悬着珠光宝气的钻石耳环，说起话来总是指手画脚，摇头摆尾，于是小棒槌似的指头上的宝石以及耳环，光彩四射，惹得人心发慌。由上量到下，她着实是心广体胖，结实得像一条小牛，却不知为什么，她的病很多，动不动便晕的、吐的、痛的，闹个不休。

⑥描写了一个下级职员贫穷、悲哀的人物模型，并将其委屈描写得淋漓尽致。⑦的描写可说是充满了带有恶意的厌恶。下面登场的是行长的秘书李石清，从对他的描写中我们或许也可看出剧作家对此人物流露出的厌恶和悲哀。

⑧李石清由左门上。他原来是大丰银行一个职员，他的狡黠和逢迎的本领使他目前升为潘月亭的秘书。他很猥琐，极力地做出他心目中大人物的气魄，却始终掩饰不住自己的穷酸相，他永远偷偷望着人的眼色，顺从而谄媚地笑着。他嘴角的笑纹呆板板地如木刻上的线条，雕在那卑微而又不甘于贫贱的面型上。当他正颜厉色的时候，我们会发现他脸上有许多经历的皱纹，一条一条的细沟，蓄满了他的人生所遭受的羞辱、穷困和酸辛。在这许多他所羡慕“既富且贵”的人物里，他是时有“自惭形秽”之感的，所以在人前，为怕人的藐视，他时而也扭捏作态无中生有地夸耀一下，然而一想起家里的老小便不由得低下头，忍气吞声受着屈辱。憎恨那些在上的人，他又不得不逢迎他们。于是愤恨倒咽在肚里，只有在回家以后一起发泄在自己可怜的妻儿身上。他是这么一个讨厌而又可悯的性格。

此外，顾八奶奶的小情人胡四，李石清的妻子和老妓女翠喜，以及旅馆的花花公子王福升等都有叙述指定，此处不赘述。如以上所考察的，《日出》的舞台指示中场面指定以情景的客观描写为比较基调，人物描写中包含了有可能左右读者对人物认知的评价，但是相较于《雷雨》可以说是比较合理的记述。只是值得注意的是，剧中人物角色较重，且出场次数较多的方达生的人物描写，相较于其他人物的描写显得极为简略。当然，并不是对其人物的来历和心理状态的记述越冗长，人物描写就越好。应该说，能够随着剧情的发展，在对话与事件中揭示出人物心理的摇曳不定，或者表现出人物之所以呈现出某种状态的心理变化，才更具戏剧性。即舞台指示所示之物在实际的舞台上是无法以所记述的形式那样登场的。在这一意义上，其不是戏剧内在的，而是戏剧外在的要素。

由此可见，《日出》的舞台指示是戏剧内在性处理的结果，有助于舞台的进展。即，此舞台指示不但补足了“阅读性”戏剧的不足，也补足了作为演绎戏剧的一面。方达生这一人物描写之所以简洁，可能是因为剧作家考虑到观众和读者从其与陈白露的对话中，在某种程度上能够理解他的为人以及作最后决断时的犹豫不定。

四、《原野》的舞台指示

下面来看《原野》的舞台指示的情况。此作初演以来褒贬不一，一种说法认为其表现了美的理念，给予其很高的评价；另一种说法则认为是对奥尼尔《琼斯皇》的一种现学现卖，对人物的心理分析过度，太过机械缺乏个性，以图解式的表现贯彻始终①。将这两种评价考虑在内，首先来看舞台开头的场面指定。

首先是序幕的场面指定的记述。用将近1页半的篇幅来设定中心人物仇虎逃亡到的原野。

(d)秋天的傍晚。大地是沉郁的，生命藏在里面。泥土散着香，禾根在土里暗暗滋长。

(e)巨树有庞大的躯干，爬满年老而龟裂的木纹，矗立在莽莽苍苍的原野中，它象征着严肃、险恶、反抗与幽郁，仿佛是那被禁锢的普饶密休士，羁绊在石岩上。

(f)铁轨铸得像乌金，黑黑的两条，在暮霭里闪着亮，一声不响，直伸到天际。它们带来人们的痛苦、快乐和希望。有时巨龙似的列车，喧赫地叫嚣了一阵，喷着火星乱窜的黑烟，风驰电掣地飞驶过来。但立刻又被送走了，还带走了人们的笑和眼泪。陪伴着这对铁轨的有道旁的电线杆，一根接连一根，当野风吹来时，白磁箍上的黑线不断激出微弱的呜呜的声浪。

(g)远处天际外逐渐裂成一张血湖似的破口，张着嘴，泼出幽暗的赭红，像噩梦，在乱峰怪石的黑云层堆点染成万千诡异艳怪的色彩。

(d)与其说是情景的客观性描写，不如说是假托某物的暗喻。(e)也同样具有象征性。(f)让我们可以很容易察觉到一种暗喻，即横跨在原野上的铁路暗示着导向无限的未来，两旁屹立不动的电线杆象征着被这闭塞的村庄社会和家所束缚的人们。(g)暗示此戏剧展开的结局。如此，虽然暗示和暗喻的根基极易破裂，但是可以明确的是，曹禺进行场面设定的目的与其说是外形的状况说明，不如说是为了假托暗喻；与其说此指定是为了舞台上道具准备等的上演，不如说是为了帮助戏剧“阅读”。

第1幕场面转移到焦大星的家，近2页的篇幅指定了屋内的状况和其外部的氛围。

(h)外面有成群的乌鸦在天空盘旋；……盘旋，……不断地呼啸，……风声略

① 马良春·李福田主编《中国文学大辞典》(天津人民出版社、1991年)中关于《原野》的记述(田本相执笔)。同书pp.4793

息，甚至于听得见鸟的翅翼在空气里急促地振激。渐渐风息了，一线阳光也隐匿下去，外面升起秋天的雾，草原上灰沉沉的。厚雾里不知隐藏着些什么，暗寂无声……

第2幕同样是焦大星家的屋内，所以没作过多记述。但是焦大星母亲祭奠其丈夫焦阎王时，为渲染神秘、庄严的气氛，剧作家作了诸多记述。

第3幕的场面是仇虎带着他曾经的恋人、现焦大星妻子焦花氏逃到的森林。第1景到第4景场景分别为岔道、池畔、庙旁，第5景又回到了序幕的原野。比起森林树木的描写和池塘状况的指示，这里的场面指定更着重笔墨描写了森林的神秘性和压迫感。

第1景

(i)这里盘踞着生命的恐怖，原始人想象的荒唐；于是森林里到处蹲伏着恐惧，无数的矮而胖的灌树似乎在草里伺藏着，像多少无头的战鬼，风来时，滚来滚去，如一堆一堆黑团团的肉球。

第2景

(j)惨森森的月亮，为黑云遮了一半，斜嵌在树林上，昏晕晕的白光照着中间的洼地，化成一片诡异如幽灵所居的境界。天上黑云连绵不断，如乌黑的山峦。和地上黑郁郁的树林混成一片原野的神秘。

第5景

(k)乌云透了亮了，幻成一片淡淡的墨海，像一条火龙从海底向上翻，云海的边缘逐渐染透艳丽的金红。浮云散开，云缝里斑斑点点地露出了蔚蓝，左半个天悬着半轮晓月，如同一张薄纸。微风不断地吹着野地。

(l)大地轻轻地呼吸着，巨树还那样严肃，险恶地矗立当中。仍是一个反抗的魂灵。四周草尖光熠熠的，乌黑铁道闪着亮。远处有野鸟和布谷在草里酣畅地欢鸣。

(k)和(l)的记述虽只具备少许的象征性，但是因为是从令人窒息的森林场面转换过来的指定记述，所以也不能说其缺乏具体性。

接下来是行为指定的人物描写。首先是序幕时登场的仇虎。

⑨他怔住了，头朝转那声音的来向，惊愕地谛听。他蓦然跳起来，整个转过身来，面向观众，屏住气息瞭望。——这是一种奇异的感觉，人会惊怪造物者怎么会想出这样一个丑陋的人形：头发像乱麻，硕大无比的怪脸，眉毛垂下来，眼烧着仇恨的火。右腿打成瘸肢，背凸起仿佛藏着一个小包袱。筋肉暴突，腿是两根铁柱。身上一件密结纽拌的蓝布褂，被有刺的铁丝戳些个窟窿，破烂处露出毛茸茸的前胸。下面围着“腰里硬”，——一种既宽且大的黑皮带，——前面有一块瓦大的钢带扣，贼亮贼亮的。他眼里闪出凶狠、狡恶、狡诈与嫉恨，是个刚从地狱里逃出来的人。

这里比较具体地描写了人物的外形容貌，但并不像《雷雨》《日出》的人物描写一样有明显的心理隐喻。仇虎身上充满了从社会和人际关系的束缚中解脱出来的原始力量，是

反社会存在的象征。从对他的描写中我们可看出剧作家当时的偏好。之后，比如对“人会惊怪造物者怎么会想出这样一个丑陋的人形”等部分进行了改写，仇虎转变成为善良的存在(秦川，1991:956)。但是笔者认为隐藏这样一种邪恶的存在才更能象征原野内含的原始生命力。

此后，序幕中继白傻子之后登场的有焦花氏和焦大星，还有焦母。背景说明和心理形成的过程都有或多或少的叙述，分量较重的是姿容和外形的描写，当然也有对人物心理和境遇的说明性叙述。

⑩女人长得很妖冶，乌黑的头发，厚嘴唇，长长的眉毛，一对明亮亮的黑眼睛里面蓄满魅惑和强悍。脸生得丰满，黑里透出健康的褐红；身材不十分高，却也娉娉婷婷，走起路来，顾盼自得，自来一种风流。她穿着大红的裤袄，头上梳成肥圆圆的盘髻。腕上的镀金镯子骄傲地随着她走路的颤摇摆动。她的声音很低，甚至于有些哑，然而十分入耳、诱惑。

⑪他畏惧他的母亲，却十分爱恋自己的艳丽的妻，妻与母为他尖锐的争斗使他由苦恼而趋于怯弱。他现在毫不吃力地背着一个大包袱，稳稳地迈着大步。

⑫她有着失了瞳仁的人的猜疑，性情急躁；敏锐的耳朵四方八面地谛听着。她的声音尖锐而肯定。她还穿着丈夫的孝，灰布褂，外面罩上一件黑坎肩，灰布裤，从头到尾非常整洁。

⑩⑪⑫分别是对焦花氏、焦大星和焦母的描写。⑩不仅描写了焦花氏的姿容，也混入了对她的评价判断(“诱惑”)的要素。⑪对苦恼于母亲与妻子纠葛之间的焦大星精神崩溃的状况进行了说明。到这一阶段，读者已经能够预想到母亲、妻子和大星三者之间岌岌可危的关系的末路。从⑫中，我们甚至可以感到剧作家对于盲人性质的预判和断定。《原野》的舞台指示包含了先于说明性叙述、戏剧展开、预知人物命运的人物描写，但是整体来看，主要是关于外形和姿容、场面状况的客观性指定。虽然被批评说“对人物的心理分析过度，太过机械缺乏个性，图解式的表现贯彻始终”，但是实际的舞台指示的人物描写中性格类型化和一贯的人性评语已经销声匿迹，而更倾向于用姿容和行动的客观描写来指定人物。

五、《蜕变》的舞台指示

再来看《蜕变》的舞台指示。此作品于1940年抗日战争时期出版，当时备受好评。洪深曾说：“如果我们打算推荐十部必须阅读的抗战剧本的话——如果自己限制数目，不使超过十部的话，那么，《蜕变》就是其中的一部。”[①]只是我们应该考虑到，洪深的这一评价与此戏剧为宣传抗日战争所发挥的社会教育作用分不开。无论好坏，因为此作品成立于这

---

① 洪深在《抗战十年来中国的戏剧运动与教育》中，列举了包括《蜕变》在内的以下9篇。1.流寇队长(王震之)2.国家至上(老舍・宋之的)3.心防(夏衍)4.秋收(陈白尘)5.秋声赋(田汉)6.夜上海(于伶)7.屈原(郭沫若)8.忠王李秀成(欧阳予倩)9.同志，你走错了路！(姚仲明・陈波儿 等集团创作)。详参(洪深，1988:252)。

一社会运动和政治动向的关联中，我们便无法忽视戏剧本身之外的某些要素。

首先，舞台道具准备等的场面指定。戏剧由四幕构成。第1幕和第2幕的时间是1938年，第3幕是1939年，第4幕是1940年，在时间的推移中显示事态的变迁。第1幕的开头部分，舞台是医院，其作为变迁的出发点，从医院的环境状况到时代的气氛都作了详细的叙述。

(m)南京失守前数月，许多机关仓皇搬到后方来。于是一个省立的后方医院也随着惶乱的人群，奉命迁移到后方一个小城。院长、医官、职员、差役，都扶老携幼，带了他们所能撤运的箱子、柜子、碗儿、罐儿，以及公文档案、医药用品，辗转流徙，逃到数千里外的一个异乡。

(n)搬来几将三整月了。刚到的时候，大家的情绪颇为激昂，组织宣传队、训练班，全院的人都精神抖擞，十分活跃。过了不久，上面的人开始和当地士绅往来密切。先仅仅打牌酗酒，后来便互相勾结，做国难生意。主客相约"有难同当，有福同享"。于是在下面的也逐渐懈怠，习于苟且。久之全院的公务人员仿佛成了一座积满尘垢的老钟，起初只是工作迟缓，以后便索性不动。

(o)抗战只半年，在这个小小的病院里，历来行政机构的弱点，都一一暴露出来，迫切等待政府毫不姑息地予以严厉的鞭策、纠正和改进。

(m)明显是情况说明，是解说时代性和整体社会环境的记述。(n)是限定戏剧展开场所和戏剧开始的前提。对于阅读戏剧的读者来说，此记述为其知道戏剧背景提供了必要的信息。但是这在演出舞台上是无法登场和难以再现的要素。(o)也是情况说明，但与(m)(n)相比，是基于某种程度的价值判断的记述，或者可以说是剧作家的期望。第1幕用2页多篇幅记述这一场面指定后，终于进入了对戏剧舞台——医院办公室的具体描写。

第2幕是医院的门诊室。此处以舞台的道具准备为中心，大致客观地对作品中心人物丁医生的门诊室进行了描写。

第3幕，医院被改组，大幅度改善了沉闷气氛，具体描写如下：

(p)从那时起到现在，整整一年有半。医院里的行政人员易旧换新，变动很大。工作中，多少惨痛的牺牲，使人们在不断的经验与学习 里逐渐树立一个合理的制度。这制度有了守法的长官偕同下属来遵随，大家工作的态度和效能也慢慢入了正轨。现在院里的公务人员，权责划清、系统分明而且勤有奖、惰有罚，一年来，奉公守法、勤奋服务的风气已经形成，虽然勇于负责的进取精神还有待培养。

此记述渲染烘托了第3幕的整体气氛。以此气氛为前提，第1幕到第3幕具体的室内配置等另行指定。(p)的记述主要是与之相关的状况指定。

第4幕是10个月之后的医院的状况指定。

(q)这时我们已看出抗战中事实的迫切需要，逼使此机关的长官再不能以个人的好恶亲疏为进退人员的标准，于是大批不得力的人员遭受了不可避免的淘汰，而今日的干部大半是富有青年气质的人们。感谢贤明的新官吏如梁公仰先

> 生者，在这一部分的公务人员的心里，已逐渐培植出一个勇敢的新的负责观念。大家在自己的职责内感到必须（如梁专员所说的）“自动找事做，尽量求完全”。开始造成一种崭新的政治风气的先声。
>
> (r)所以制度成，风气定，做事的效率也日见激增。大批的治愈伤兵，受了身体上和心理上的治疗与陶冶，变成更健全的民族斗士，或者转院，或者归集管理处，或者迫不及待，自动请求提前入伍。种种表现出前因后果的事实，证明在抗战过程中，中国的行政官吏早晚必要蜕掉那一层腐旧的躯壳，迈进一个新的时代。

(q)远远超越了场面指定的范围，几乎都是状况见闻的报告；抗日战争中组织失去后方活力，(r)则是剧作家对组织改革的愿望，甚至像是一种诉诸理想的呼吁。场面指定中，如此直接地表达自己的主张可以说是《蜕变》的舞台指示的特征之一。那么，人物描写怎么样呢？

作品中，登场人物虽然多，但是区别比较明显。首先来看关于院长秦仲宣的描写。

> ⑬院外人和秦院长谈过话的，绝少不惊服他遣词用字的巧妙的。他与外人谈起事来——自然对院中下属也如此，不过总变些花样，不大显然——有一个特征，在一般情形下几乎是一律地模棱两可，不着边际。“大概”“恐怕”“也许”这一类的词句，一直不离嘴边。和他谈上一点钟，很少听见他肯定地说出什么办法来，总是在不痛不痒模模糊糊的口头语里莫名其妙地作了结束。院中盛行两句打油诗：“大概或者也许是，我想恐怕不见得。”就是为纪念秦院长的“言语天才”而咏的。固然他对于院中下属——尤其是低级职员——是另一种气派和口吻，但对公事的精神则内外无论，总是一致。
>
> ⑭所以他遇着大事要办，只好应付一下，小事就索性置之不理。等到事情办得出了差池，而下属又无其他对付方法，必须“请示”，逼到他头上的时候，他就强词夺理，把一切责任推到下属身上，发一顿院长威风，乱骂一阵，以“不了了之”的态度依然莫名其妙地作了结束。反正现在是省立医院，上面不来督察，能敷衍一阵就敷衍一阵。

这里的叙述虽然是典型的消极主义，但是⑬的记述带有些许诙谐，⑭加入了更多的非难，显示了不可救药的小人物位居人上时可能发生的逃避责任的构图。但是，记述不仅停留在院长是个消极主义的标本，也言及了此人物的苦衷，所以并非是完全的非难和攻击。但是，看⑬⑭的人物描写，人物的评判便一目了然，可以说无论好坏善恶一登场便已注定。下面是与此院长有亲属关系，被称为“伪组织”的女性的描写。

> ⑮“伪组织”年岁有二十七八，出身暧昧，早年斫丧过甚，到了现在面容已有些衰老。她瘦骨棱棱，一身过分艳丽的衣服，包起里面丑陋的肉体。她厚涂脂粉，狭长脸，眼泡微微有些肿，红嘴唇里露出一颗黄晶晶的金牙。她的眼睛很大，生得水灵灵的迷人，如今看人不时还不免那种“未免有情”的神色。她染上很深的恶嗜好，她的声音时而有些喑哑。

此记述基本是外形容貌的描写，不过这里明确表现出了剧作家对这一女性的好恶。尽管说她用华美的服装和浓厚的妆容包裹着丑陋的肉体，一双媚眼分外撩人，但是吸食鸦片、声音喑哑等情况的说明，显然告诉读者此女并非良家妇女，因为这一形象大多是黑社会的情妇或者来往于大老板之间的女性的特定姿态。

我们再来看关于秦院长的外甥，医院总务主任马登科的描写。

> ⑯马主任素来聪明自负，一种踌躇满志的神色，咄咄逼人，全院中几乎无人不厌恶，尤其是直属他手下的孔秋萍。他好吹善捧，浅薄空虚，年岁不过三十二，而"狡""伪""私""惰"的习性已经发挥尽致，不可救药。幼时无教育，年长又和腐败的老父执们久处，耳濡目染，都是蝇营狗苟的勾当。

为人巧言令色、被周围人极其厌恶，从⑯记述的成长过程来看，这是一个否定性的角色，他完全与善良和正义无缘，而且毫无可取之处。与之相对，致力于改善医院停滞和不正之风，实行良心医疗的代表——丁医生登场。

> ⑰她性子颇偏急。自从加入了这个后方医院，她已一再约束自己，学习着必要的忍耐和迁就。然而尽管在医务上有时作不得已的退让，她私下认定在任何情形下她决不肯迁就到容忍那些腐败自私的官吏的地步。她所受的高深的科学教育不但使她成为中国名医，并且使她养成爱真理、爱她的职业所具有的仁侠精神的习性。
>
> ⑱抗战开始，她立刻依她所信仰的，为民族捐弃在上海一个名医的舒适生活，兴奋地投入了伤兵医院。早年在国外，和她同去就学的她所深爱的丈夫，即因病死去，以后医院事业便占据了她的心灵。现在她的十七岁正在求学的独儿，在开战之后立刻自动加入战地服务团，参加工作，她更是了无牵挂，按她一直信仰着的精神为着人们活着。

⑱记述了这名女医生为给抗日战争出一份力，放弃了在上海当名医的生活，投入到内地医院等的经过。这些都可视为人物现在境遇的背景说明。与⑯马登科的来历说明相比有明显的区别，能明确知晓剧作家的立场。如⑰所记述，丁医生虽然现在不得志，但是具有严于律己的高度伦理观，具有医者的仁心和热爱真理的精神，可谓是近代中国的知识分子的典型。为呼应丁医生的孤立奋斗，政府派遣的改革调查干部梁公仰于第2幕登场。

> ⑲他略微驼背，举止仿佛笨缓，但实际遇了大事，他行动走路既准且快。他目光含蓄而有神采，但他第一个印象并不引人注意。除非细细端详，一般人总看不出在他自然的收敛中，蕴藏着多少智慧、经历，了解和做事的精力。……他深知中国官场的人情世故，然而遇见他所痛心疾首的事情，他又忍不住恶毒地讽刺，甚至于痛骂，毫不假借。……

该形象是曹禺心中的理想官员像，但是从⑲的记述来看，其描写有些许拘谨。当然，这里是为了塑造一个能准确处理实际业务、有必要时甚至亲自搬运伤兵、没有任何官威的实际业务型的官员，而不是一副高高在上嘴脸的领导者。梁公仰这一人物的人格是在戏剧发展的对话和行动等小细节中显示出来的，比如即使亲戚来访也不给予特别待遇。

如果说梁公仰和丁医生是推进改革的正义派，那么院长等人就是作为打倒对象的保守派。在此两者之间逐一登场的有为自保而犹豫踌躇的，在这抑郁的境遇中找到自己的目标并站在改革一方的，以及渐渐加入到医院改革和抗日战争大潮流中去的医院职员等。比如改组以后在医院依然热心工作的谢宗奋，其描写如下。

⑳他是一个二十七岁的青年，离学校不久。家贫，毕业后就在各机关谋生，赡养全家。抗战后决定在军队中服务，但为家人劝阻，最近介绍入后方医院，抱满腔热望，想为国尽力。现在事与愿违，心情颇为懊丧。

此戏剧的目的是提倡全民一致抗日，一开始谢宗奋就被定位为与此相符的人物角色。

以上《蜕变》的舞台指示中，场面指定非常明显地加入了作者的意志，时代性和社会环境如(m)(n)所描述的，都由作者的口直接说明。此外如(r)所述，也加入了作者自己的主张。关于人物的叙述，其善恶、好恶非常明了，人物一登场是好是坏读者一看便知。受到嫌恶的人物要么是天生的恶者(例⑯)，要么是不负责任的消极主义(例⑬⑭)；得到支持的人物不是理想崇高、人格高尚的知识分子(例⑰)，就是比起名誉和个人幸福，优先考虑国家，热衷于公务的官员。当然，舞台上展开的对话和行为，当然会使得人物的特征更加显著，但是这样的舞台指示对人物的评价判断太过明了。洪深说《蜕变》是"抗日战争必读戏剧"，从此就可看出此作品是一种带有政治色彩的宣传，其舞台指示中也表现出了这种特征。

六、《北京人》的舞台指示

接下来探讨同样在抗日战争中发表、初演的《北京人》的舞台指示。此作品与《蜕变》的社会运动和政治变动形成对比，通过描写因支付棺材费产生的纠纷来揭示北京传统世家的没落，为此，作者将舞台设置在北京的老式住房中，对之进行了详细的描述。作品由三幕构成，第3幕分为第1景和第2景，尽管之间存在着时间的推移，但三幕皆以曾家客厅为舞台。

第1幕开头的场面指定长达5页篇幅，大多是对曾家客厅详细、客观的描写。当然其中也有对住房来历和缘由的叙述以及预测事态进展的记述。

(s)讲起来这小花厅原是昔日一个谈机密话的地方。当这曾家家运旺盛的时代，宾客盈门，敬德公这位起家立业的祖先创下了一条规矩：体己的亲友们都照例请到此地来坐候……

(t)如今过了几十年了，这间屋子依然是曾家子孙们聚谈的所在。因为一则家世的光辉和祖宗的遗爱都仿佛集中在这块地方，不肖的子孙纵不能再像往日敬德公那样光大门第，而缅怀已逝的繁华，对于这间笑谈坐息过王公大人的地方也不免徘徊低首，不忍遽去；再则统管家务的大奶奶(敬德公的孙媳)和她丈夫就住在右边隔壁，吩咐和商量一切自然离不开这个地方。……所以至今虽然家道衰微，以至于连大客厅和西厢房都不得已让租与一个研究人类学的学者，但这一面的房屋再也不肯轻易让外人居用。这是曾家最后的一座堡垒。

第2幕是第1幕的夜景，虽能看见一些暗示性的比喻，但大体上都是具体的描写。

第3幕描写的是一个月左右之后，此世家家道中落的情形。记述完昔日豪华的观菊宴之后，又稍判断性地讲述了现今萧条的景象。

(u)像往日那般快乐和气概于今在曾家这间屋子里已找不出半点痕迹，惨淡的情况代替了当年的盛景。现在这深秋的傍晚——离第二幕有一个多月——更是处处显得零落衰败的样子，隔扇上的蓝纱都褪了色，有一两扇已经换上普通糊窗子用的高丽纸，但也泛黄了。

第3幕，记述长达三页多的场面指定中，除了对屋内详细的情景描写外，对屋外的响声和叫卖声也进行了描写，可见剧作家缜密的气氛渲染手法。第1幕记述了曾文清饲养的鸽子振翅高飞之际响彻云霄的笛声，第3幕的叙述已经不单是外界的响声，而是象征着哀叹曾家没落的哀怨声。

(v)在苍茫的尘雾里传来城墙上还未归营的号手吹着的号声。这来自遥远、孤独的角声，打在人的心坎上说不出的熨帖而又凄凉，像一个多情的幽灵独自追念着那不可唤回的渺若烟云的以往，又是惋惜，又是哀伤，那样充满了怨望和依恋，在薄寒的空气中不住地振抖。

《北京人》的场面指定虽然篇幅冗长且记述详细，却不给人以冗长多余的印象。确实，(v)中加入了预感世家没落的描写，(s)(t)也对住宅的来历进行了详细说明，但是这些描写并不显得突兀。笔者认为这点与此作品的特征关联紧密，即此作品是以"阅读"为前提的戏剧；也可能由于舞台指示的叙述本身十分耐人寻味，情景描写意味深长的缘故。

再来看人物初次登场时的人物描写。《北京人》场面指定的叙述比较紧凑，人物描写和其他作品一样，给人一种详细且宏大的印象。描写中详细地叙述了其人物的成长过程和经历，而且关于人物的性格和气质还加入了剧作家自己的判断。这像是对这些旧来知识分子家庭的自责和自我批判。

比如，第1幕一开始便登场的曾思懿的描写。

㉑曾思懿(大奶奶的名字)，是一个自小便在士大夫家庭熏陶出来的女人。自命知书达礼，精明干练，整天满脸堆着笑容，心里却藏着刀，虚伪、自私、多话，从来不知自省。平素以为自己既慷慨又大方，而周围的人都是谋害她的狼鼠。嘴头上总嚷着"谦忍为怀"，而心中无时不在打算占人的便宜，处处思量着"不能栽了跟头"。一向是猜忌多疑的，还偏偏误认是自己感觉的敏锐：任何一段谈话她都像听得出是恶意的攻讦，背后一定含有阴谋、计算，成天战战兢兢，好在自己造想的权诈诡秘的空气中勾心斗角。

㉒总之，她自认是聪明人，能干人，厉害人，有抱负的人；只可惜错嫁在一个衰微的士大夫家，怨艾自己为什么偏偏生成是一个妇道。

㉑叙述说明了世家太太爱摆架子、虚荣心强又猜忌多疑的心理。正因为作者对该类人物知之甚深，对其所作的描写才没有流于观念，可以说，这些描写，让人从中读到了只有她才具有的独特的个性。㉑说明了此女性的好胜和无处发泄的愤怒激增的原因。可说是

了解她现在心理状态的一个易懂的示例。只是这些叙述性指定与其说是舞台指示，不如说是带有一种演出家演出笔记性质的记述。即给演员示例某一情况，演员据此进行心理再体验，最后完成角色扮演，可以说这是为此所进行的侧面的、辅助性的记述。作为剧作家对出场人物的指定性叙述，它限定得过于死板，甚至给人一种固定得让人无法动弹的感觉。曾思懿的丈夫曾文清的人物描写也长达2页篇幅，大部分是对他的出身的描写。还描写了他形如躯壳般空虚的现状，即虽洗练风雅却有失生命力的穷途末路的生活现状。

> ㉓他生长在北平的书香门第，下棋，赋诗，作画，很自然地在他的生活里占了很多的时间。北平的岁月是悠闲的，春天放风筝，夏夜游北海，秋天逛西山看红叶，冬天早晨在霁雪时的窗下作画。寂寞时徘徊赋诗，心境恬淡时独坐品茗，半生都在空洞的悠忽中度过。
>
> ㉔又是从小为母亲所溺爱的，早年结婚，身体孱弱，语音清虚，行动飘然。小地方看去，他绝顶聪明，儿时即有“神童”之誉。但如今三十六岁了，却故我依然，活得是那般无能力，无魂魄，终日像落掉了什么。……这是一个士大夫家庭的子弟，染受了过度的腐烂的北平士大夫文化的结果。他一半成了精神上的瘫痪。

这里有指责北京传统的知识分子家庭稍欠缺生命力且趋向没落的意味，还有过于扩散曾文清个案的问题，整体伴有些许渺茫的倾向。

另一方面，剧作家在对愫方的描写中融入了大量心思。她是曾文清的表妹，用诗和曾文清互通心意，甘愿忍受佣人般的对待。

> ㉕愫方这个名字是不足以表现出来这位苍白女子的性格的。她也就有三十岁上下的模样，出身江南的名门世家，父亲也是个名士。名士风流，身后非常萧条；后来寡母弃世，自己的姨母派人接来，从此就遵守母亲的遗嘱，长住在北平曾家，再没有回过江南。
>
> ㉖伶仃孤独，多年寄居在亲戚家中的生活养成她一种惊人的耐性，她低着眉头听着许多刺耳的话。只有在偶尔和文清的诗画往还中，她似乎不自知地淡淡泄出一点抑郁的情感。她充分了解这个整日在沉溺中讨生活着的中年人。她哀怜他甚于哀怜自己。她温厚而慷慨，时常忘却自己的幸福和健康，抚爱着和她同样不幸的人们。然而她并不懦弱，她的固执在她的无尽的耐性中时常倔强地表露出来。

人物一登场就描述了其天生所具有的惊人的耐性，以及和文清的关系。这个女性所具有的耐性和无私的爱情，正是中国古典诗歌中所称颂的包容和温厚，可谓是中国女性所寻求的德性的代表。作者同情愫方，同时，由于其悲惨的境遇，作者更想从她身上寻求志操坚定这一旧道德观中的正统女性形象，所以才作如此指定吧。

关于曾家当主曾皓的描写，剧作家非常严格。

> ㉗他吝啬，自私，非常怕死，整天进吃补药，相信一切益寿延年的偏方。过去一直在家里享用祖上的遗产，过了几十年的舒适日子。偶尔出门做官，补过几次缺，都不久挂冠引退，重回到北平闭门纳福。

㉘他的自私常是不自觉的。譬如他对愫方总以自己在护养着一个无告的孤女。事实上愫方哀怜他，沉默地庇护他，多少忧烦的事隐瞒着他，为他遮蔽大大小小无数次的风雨。当他有时觉出她的心有些摇动时，他便猝然张皇得不能自主，几乎是下意识地故意慌乱而过分地显露老人失倚的种种衰弱和痛苦，期想更深地感动她的情感，成为他永远的奴隶。

这里写出了一个依靠着祖上的财产，碌碌无为，逍遥自在过日子的人物形象。作者非常严厉地叙述了建立在愫方牺牲之上的老人的安逸、任性和自私。但是另一方面，也描写出了想要重振一家之主威严的老人内心是如何的脆弱和空虚。

相对于曾家的人物，租房的人类学者袁任敢和他的女儿袁圆虽然配属于他们之下，但是这两父女的描写与上述曾家人的描写形成鲜明的对比。如下所示，袁圆是一个十分健康、泼辣的女孩。

㉙她满脸顽皮相，整天在家里翻天覆地，没有一丝儿安闲。时常和男孩儿们一同玩耍嬉戏，简直忘却自己还是个千金的女儿。她现在十六岁了，看起来，有时比这大，有时比这小。论身体的发育，十七八岁的女孩也没有她这般丰满；论她的心理，则如夏午的雨云，阴晴万变。

当然，关于她的成长过程我们也能从她母亲早逝，在人类学者父亲的发掘调查中成长起来等的记述中知晓一二。这样的姿容和举止可以说是中国近代文学作品中常用的新式女性的典型形象。三四十年代的电影中打破常识和旧观念的女性形象大致就是这种气质①。

以上我们探讨了《北京人》的舞台指示，此后登场的还有曾皓的孙子辈曾霆和其妻曾瑞贞，还有曾文清的妹妹曾文彩和其丈夫江泰等。其人物描写和上述人物描写没有太大差别。或许因为题材是曹禺所熟悉的，所以相较于《蜕变》，其人物描写少了几分生硬，特别是对走向没落的人物的描写极其细致，破绽也极少。与之相比，对于本应与之进行对比的新人物形象的描写，显得有些类型化。不管怎么说，与其他作品相同的是，剧作家在对人物的来历、成长过程以及其人物自身的描写中加入了自己的好恶。场面指定比较紧凑，人物描写方面既有成熟的人物描写，也有稍微类型化、欠缺精彩的人物描写。

七、结语——曹禺戏剧舞台指示的特征

以上探讨了曹禺各戏剧的舞台指示，其一大特征便是记述篇幅宏大。场面指定不局限于以舞台上的道具准备的指定，有状况说明、时代背景说明，还有预知作品展开的氛围的记述。此外也可散见带有作者主观判断的记述。这些表现与其说是对舞台实际配置的指定，不如说是对“阅读性”戏剧的周到准备。如暗喻和暗示的象征性描写所示，叙述事物的表现比起再现于舞台的事物所占比重更大。

---

① 如孙瑜1934年导演的青春体育电影《体育皇后》中（联华影业公司）黎莉莉所扮演的主人公林璎正是这一泼辣女孩的形象。

关于人物指定，虽有些作品主要描写外形和姿容，但大多数都是对人物成长过程及境遇的背景说明，或者是带有剧作家评定的人物记述。当然，并不是不能写出剧作家的好恶，例如，萧伯纳就有包含辛辣批评的记述（例④）；奥尼尔也一样，如《奇妙的插剧》中里兹的描写（例⑤），其中包含着对人物的评价判断。那么，曹禺戏剧与这两者相比有何不同呢？笔者认为曹禺的记述太过拘泥于一些固定性价值观的评价。不仅是《蜕变》中的丁医生（例⑰⑱），甚至在对反面人物的描写中（例⑮⑯），这点都相当显著。《原野》中的仇虎（例⑨），之后被改写成一个善人的姿态，从这一改变来看，我们可以认为曹禺的人物描写始终限于时代所容许的价值观之内。《北京人》对没落一方的人物描写非常精彩（例㉒㉖㉘），与此相对，新生一侧的人物描写（例㉙）却让人感觉公式化的刻板，这或许也是因为上述理由。

此外，记述的分量也不能完全无视。比如易卜生的《海达·高布乐》中的海达等，仅以29岁这一指定，就能充分表现出她所处过渡期的不安心理，甚至给予她最后的自杀以理由。与之相比，曹禺戏剧作品的人物指定从人物的外形姿容到其人生经历、具体的性格癖好等都进行了冗长的记述，尽管如此，有时仍然无法突出该人物所特有的、鲜明的特征。在曹禺戏剧的人物中，没有如此费尽心思的年龄指定，在以上作品的舞台指示中找不出这样的例句。

那么接下来还剩一个问题，即曹禺的舞台指示来自于何处？是来自于前面所引用、例证的萧伯纳和奥尼尔的影响？还是由来于中国戏剧自身独特的表现特质？或者是曹禺独特的性质？至少本稿的讨论很难承认萧伯纳、奥尼尔的舞台指示的记述和曹禺的舞台指示之间有什么显著的影响关系或相关关系。不过，要想进一步探讨这一问题就有必要探讨历史性的因果关系，也有必要将曹禺的戏剧与其同时期的剧作家的戏剧进行对照。甚至还有必要和中国现代文学其他领域的表现手法进行比较。以上诸点他日另稿再作考察，本稿仅对曹禺戏剧舞台指示的特征进行探讨。

广东外语外贸大学日语语言文学专业2016级研究生李木子翻译

原载于《文学部纪要》（第8卷），文教大学出版，1994.12，P165—195

曹禺《雷雨》中的人称代名词
——从语言角度验证人物关系

[日]今井敬子

前言

本文将尝试通过把小说中使用的语言标识置于通篇小说的视野之中，在文本情节发展中分析其作用特征。具体来说，提取曹禺戏剧《雷雨》台词中的人称代名词（以第二人称、第三人称为主），同时如有必要也会参考打招呼用语，从语用论和篇章功能语法的角度对之进行考察。然后，就具体人物而言，试验证文本中这些标识的使用特性如何反映了剧中的人物关系和人物特性。

本文主要由以下几部分组成。

1.主要人物及故事梗概

2.人称代名词的使用基准和使用范围

3.人物关系的个案验证

3.1 鲁侍萍和周朴园

3.2 周蘩漪和周萍

3.3 鲁四凤和鲁贵、周萍、周冲

引用例全部出自《曹禺文集第一卷》（中国戏剧出版社 1988）中所收录的《雷雨》[①]。

1.主要人物及故事梗概

主要人物有两家——经营矿产的周家四口及其家仆鲁家四口。周家有一家之主朴园（55 岁）、其妻蘩漪（35 岁）、朴园前妻所生长子萍（28 岁），以及蘩漪所生次子冲（17 岁）。朴园是拥有绝对权威的暴君式的丈夫和父亲。蘩漪和其继子萍乱伦，但打算结束这段关系的周萍和执着于此的蘩漪处于对立关系。而周冲则是活在纯真的美梦中的人物。

另一方面，鲁家有一家之主鲁贵（48 岁）、其妻侍萍（47 岁）、侍萍带来的“拖油瓶”大海（27 岁）、鲁贵与侍萍之女四凤（18 岁）四人，鲁贵是周家的佣人，侍萍离家独自在远方工作，大海是周家煤矿工人运动的领导者，四凤是周家的侍女。四凤与周家长子萍是地下恋

① 《雷雨》的初版登载于 1934 年《文学季刊》第一卷第三期，1936 年由文化生活出版社作为单行本发行。新中国成立后，作者删除了序幕和尾声，还对相当一部分进行了重写，《曹禺文集》是文化生活出版社出版的，包含有序幕和尾声，保有了重写前的样子。

人，她同时也被萍的弟弟冲深爱着。

30 年前，在南方小镇上的周家工作的侍女侍萍（当时叫梅侍萍）与公子哥儿朴园相爱，生下两子（萍和大海）。她在生下大海后立刻被抛弃，被赶了出去。30 年后，在北方之地，由于侍萍与朴园那意想不到的再会，侍萍实际上是萍的生母，相爱的萍和四凤是同母兄妹，这一切的秘密都被揭晓。因受到打击而冲出房外的四凤和跑去追她的冲碰到了庭院的电线，触电而死，而萍用手枪自杀了。大海则失踪了。失去孩子的三位家长被留了下来，其中两人——侍萍和蘩漪疯了。

由四幕构成的戏剧，在某个夏日早晨到次日凌晨的短短时间内，于有限的空间里（周家的客厅和鲁家）开始、展开、结束。除了主要的四幕之外，还设置了序幕和尾声，在尾声中，时间转移到了十年后的冬天，曾经的周家宅邸如今变为教会附属医院，年老的朴园前来探望入院的蘩漪和侍萍。

2.人称代名词的使用基准和使用范围

小论中，主要讨论单数第二人称和单数第三人称的指示。首先，从经常使用的第二人称的使用情况来看。

汉语的单数第二人称代名词中，有“ni(你)”和其敬体“nin(您)”这两种形态[①]。二者根据场景和人物之间的上下、亲疏关系之不同分开使用，众所周知，“nin”代表尊敬或疏远，“ni”含有亲近或轻蔑的语感。

从《雷雨》文本的开始到结尾，考察指代者（发话者）和指代对象（在第二人称代名词的情况下即听者）的各个关系，使用的第二人称代名词可以区分为以下几种情况。

A.专用“ni”或者“nin”（基本上只使用其中一个）

B.“ni”和“nin”一起用

关于 B，以同一场景中的一段对话为单位进行调查，可以分为以下几种情况。

B_1：起初用“ni”或者“nin”中的其中一个，随着对话的进行（时间的流逝），向使用另外一个过渡。

B_2：“ni”和“nin”这两者在一段对话中交互、或者以过渡的形式进行使用

B_3：在某段对话（场景）中，只使用“ni”或者“nin”中的其中一个，在另一段对话（场景）中只使用另一个。

像 A 那样只使用其中一个的情况，有关“ni”的案例可以在许多人物关系中广泛见到，但只使用“nin”的情况则比较有限。其代表有子女→父母（指代者→指代对象）这种情况。比如，在周家，兄弟二人用“nin”指代父母。而在鲁家，兄妹二人用“nin”指代母亲[②]，只对父亲鲁贵用“ni”。由此我们可以看出，在子女→父母的情况下，用“nin”是标准的，对鲁贵使用时则脱离了这个标准。对于鲁贵，儿子大海始终用“ni”进行指代。这是因为大海瞧不起

① 小论中，用拼音“ni”表示“你”，用拼音“nin”表示“您”。下同。

② 但是，子女→母亲的两例——四凤→侍萍以及周冲→蘩漪使用“ni”的情况各见到两例。

对周家卑躬屈膝的继父鲁贵，所以不使用指代应该尊敬的长辈对象的“nin”，而是用“ni”。并且，女儿四凤在使用“nin”的基础上，兼用“ni”。这种情况被分在 B_2 中。

被认为是专用“nin”的是佣人→主人的情况。这种情况稍微有些复杂，比如鲁贵对蘩漪、萍、冲用“nin”来指代。四凤对蘩漪用“nin”，对冲用“ni”来指代①。对萍则分别使用两者，所以被分在 B_3。就这样，即便两人同为佣人之身，但实际上可以从鲁贵和四凤的使用状况的区别，可以窥见其立场的不同。

周家的一家之主朴园是最少被人称代名词指代的人。鲁贵、四凤也对其不用代名词，而是用“老爷”进行指代，这是关于“nin”的使用在敬语上的制约发挥了作用。但是，考虑到在第三幕中没有特定名字的下人用“nin”进行了指代，大概可以理解为佣人→主人用“nin”是比较标准的。

B 与 A 不同，它只存在于限定关系中。

B_1 这一类有这样一个特征——随着时间的流逝，指代者与指代对象的上下、亲疏关系发生了变化。显著的例子是侍萍→朴园，两个人没想到还能有再会之时，面对朴园，侍萍在逐渐了解来历的过程中，可以看到从“nin”到“ni”的明显转变。并且，在周萍→侍萍的情况下，初次见面时用“ni”，之后知道其为四凤母亲后用“nin”来指代。这些虽然不是在同一段对话中进行转变的，但也符合这一类型，被分在其下。

B_2 这一类型中，指示者和指示对象的关系是单一而固定的，心理上的距离、说话效果等成为重要原因。不存在将“ni”和“nin”同等频率使用的例子，两者中必有一个使用程度更高。显著的例子就是四凤→鲁贵，虽然基本使用的是“nin”，但在一定程度上会使用“ni”。四凤→周冲基本用“ni”，为了强调侍女→主人的关系而用“nin”来指代的情况可以看到有 2 例。这两例是在连续使用“nin”的情况下，偶尔插入“ni”的形式。

B_3 这一类型中，指示者和指示对象有着多重关系的情况下，灵活地将“ni”和“nin”交替使用。典型的例子有周萍→蘩漪，只有他们俩的时候（曾是情人关系）用“ni”，在第三者的面前（母子关系）用“nin”。并且，四凤→周萍，因对话的时候几乎都只有他们两个人，使用的也都是“ni”，所以看起来像是专用“ni”的情况，但实际上因为还存在有一例中第三者同席的情况下用了“nin”，把其作为将两者一起用的情况会更好。

单数第三人称代名词“ta”②，存在指代说话者眼前的人物（现场指示）和指代话语中出现的人物（文脉指示）这两种情况。并且，与第二人称的情况不同，还存在指代对象与听者是不同的人，听者的立场影响到“ta”的选择使用的情况。

敬语上的使用制约在“ta”上也得到了承认，关于这一点木村（1990）已经解释得很详细了。但是在《雷雨》中，现场指示的“ta”因用例太少，很难判断。文脉指示的情况下，用例不够充分。即便如此，也能看出关于说话对象（听者）的影响存在一定倾向。也就是说，子女

① 但是，四凤→周冲使用“nin”的情况可见到两例。两例皆出现在同一场面，都是为了达到说话效果才使用的。具体可参照 3-3 节。

② 小论中，用拼音“ta”来表示“他”及“她”。但是，在必要的情况下用汉字来表示，将两者区分开写。

→父母用“ta”进行指代。佣人→主人，鲁贵和四凤对于朴园时尽量避免用“ta”，而是使用“大少爷”来指代。另一方面，可以看到这样一种倾向，对于蘩漪、周萍和周冲，听者为说话者方(鲁家一家等)的时候用“ta”来指代他们，当听者为指代对象方(周家家族)的时候很难用“ta”。

除此之外，在文本中来看“ta”的话，可以看出在以下两种用法中有显著特征。

C：文脉指示的情况下，先行词不存在于前后的文脉，或者说，即便有了先行词也难以理解。就全体来看，这种用法并不多，蘩漪作为指代者的例子最多。

D：用“ta”来指代第三人称之外(第一人称、第二人称)的情况，我们可以从中看到指示的变换。总数量较少，与蘩漪相关的例子最多。

在以上指出的整体情况的基础上，接下来笔者将就以上分类中的B、C、D，将主要人物中的侍萍、蘩漪以及四凤三位女性置于关注的焦点，边举出具体例子边进行分析。

3.人物关系的个案验证

3.1 鲁侍萍、周朴园和周萍

从鲁侍萍的话语中可以看出，随着对话的进行，人物关系发生转变的情况下第二人称代名词的典型用法。

《雷雨》中，有三个侍萍——过去周家的侍女梅侍萍、周萍的“已故”生母侍萍以及鲁侍萍。第一幕最后的部分中，朴园与其子萍就周萍的亡母侍萍有一段较长的对话，在三个侍萍中，首先是她首当其冲出现在众人面前。朴园将亡妻侍萍的照片装饰在房间里，依照其生前习惯，即便是夏天也将房间的窗子紧紧闭上，教导苦于堕落生活的儿子萍不要过得让亡母蒙羞。

鲁侍萍到了第二幕才首次登场，是八个主要人物中最迟登场的，但她的出现成为关键线索，使得所有秘密被发掘，最终走向破灭的结局。

她以被蘩漪叫过去拜访周家宅邸的形式登场。蘩漪为儿子冲对四凤抱有的纯真爱恋而感到危险(同时也想断了周萍和四凤的关系)，想要解雇四凤，想对身为其母亲的侍萍嘱咐一番。

周家以前处在南方无锡之地，之后移居北方。侍萍被朴园抛弃后，尝尽所有辛酸，如今成为了鲁贵之妻，她在不知其丈夫和女儿工作的宅邸就是当时周家的情况下前来拜访。看到了保存得一如往昔的房间的样子，和衣柜上所谓“周家家主前妻兼长子亡母”的照片，她知道了这就是她过去侍奉过的周家。

在那之后，侍萍错失了出房间的机会，没想到撞见了正要进来的朴园。朴园最初以为这是新来的侍女，什么都没有意识到，但他察觉到了侍萍的举止和无锡口音。两人就这样展开了对话，这成了戏剧前半的高潮。

侍萍被朴园问到，回答说是在无锡长大的，对话开始了。她最初用“老爷”指代朴园，还未使用人称代名词。

朴：(沉思)三十多年前，是的，很远啦，我想想，我大概是二十多岁的时候。

那时候我还在无锡呢。

侍:老爷①是那个地方的人?

侍萍从见面的那一刻就知道对方是朴园了,她巧妙地接着话。朴园言及过去在无锡有一位梅姑娘投河自杀的事,侍萍以四凤母亲的名义,用"ta"指代"梅姑娘",讲述了成为街头巷尾话题的她那苦难的半生。

其间,用"老爷"指代的有3次,之后首次使用"nin"。最初较之单纯只用"nin"来指代,采用了敬重程度更高的"老爷,nin……"这一模式,例如以下这例。侍萍将那位梅姑娘还活着且就在此地的事告知朴园后:

朴:什么?她就在这儿。此地?

侍:嗯,就在此地。

朴:哦!

侍:老爷,您想见一见她呢。

朴:不,不,谢谢你。

在此之后,同一对话中以"老爷"与"nin"并用的形式为主,逐渐增加了使用"nin"的频率(其中"老爷"出现3次,"nin"出现2次)。

不久,侍萍谈到了曾为朴园绣上花的衬衣,朴园终于注意到眼前的女人就是侍萍。之后,指代侍萍的方式切换成了"ni"。

朴:(徐徐立起)哦,你,你,你是——

鲁:我是从前伺候过老爷的下人。

朴:哦,侍萍!(低声)怎么,是你?

鲁:你自然想不到,侍萍的相貌有一天也会老得连你都不认识了。

朴:你——侍萍?(不觉地望望柜上的相片,又望鲁妈。)

鲁:朴园,你找侍萍么?侍萍在这儿。

侍萍最初只是胆怯地回答着朴园的问题,一边一点一点将对方渴望获得的信息透露出来,一边渐渐掌握对话的主动权,终于亲口揭开了自己的身世。在此之后,侍萍在两人一连串的对话中,一直用"ni"指代朴园。

如上所述,一系列对话中指代的方式呈"'老爷'→'老爷'和'nin'混用→'nin'→'ni'"转变。从"老爷"到"ni"的过程使得时间从现在的鲁侍萍追溯到30年前的鲁侍萍,是重新规定侍萍与朴园的关系的过程。侍萍和朴园与其他人物不同,舞台提示中并未详细说明其人物特性,因为"主要通过对话和独白揭露来历及心理"②,所以第二幕这部分的一段对

① 关于引用例中作为问题的标识,在人称代名词下用"",在先行词和打招呼用语等固有名词、普通名词下用""。再者,台词后面的数字表示幕数及页码(比如,1-11表示第一幕,第11页)。并且,由于日语中通常回避使用人称代名词的情况很多,所以不一定能原原本本将原文的人称代名词译出,比如通过普通名词的使用、文体的差别等方法来进行协调。引用例中的汉字为了便于印刷而替换为日语中通用的汉字。

② 白井(1994)8页。并且,他还指出充实的舞台提示是《雷雨》的一大特征,其作为可读戏剧具备叙述性和文学性。

话信息量极大。

侍萍与朴园约定好不再相见后分别。但是，在此之后，她没想到会再次和朴园见面，这时她用“nin”进行了指代。第四幕尾声中，蘩漪瞒着准备出发离开的周萍和四凤，将丈夫朴园叫了过来。从楼梯上下来的朴园看到了本该说好不再回来的侍萍，不由得将她的名字脱口而出。就这样，四凤的母亲实际上是周萍的母亲这件事在恰好在场的剧中全员面前揭露了出来。这是第四幕的高潮。这时，侍萍正打算否认自己是萍的生母，用“nin”来指代“老爷朴园”。她已经同意让什么都不知道的四凤和周萍走了，事到如今不能揭露真相：

朴：（明白地）怎么——（向鲁妈）侍萍，你到底还是回来了。

蘩：（惊）什么？

鲁：（慌）不，不，您弄错了。

尽管她抵死否认，但一切都已经明了。这也导致了四凤和前去追她的冲因触碰到漏电的电线而死，大海失踪。以下是朴园打算下令去追回大海的台词：

朴：（哀伤地）我丢了一个儿子，不能再丢第二个了。（三人都坐下来）

鲁：都去吧！让他去了也好，我知道这孩子。他恨你，我知道他不会回来见你的。

在此，侍萍再次用“ni”指代朴园。紧接着，周萍的枪声响起，全剧终。

通过描述十年后场景的序幕和尾声，我们能够得知两人一直在等待失踪的大海归来。如果大海回来的话，应该会展开新的故事，但是从尾声中朴园的台词可以看出其可能性微乎其微。朴园和侍萍是戏剧源头上的一对男女，所有的事件以两人为最初起点而发生。在尾声中可以看到两人相聚在一起，戏剧结束。

周萍初次与鲁侍萍相遇时，前来周家交涉的大海因朴园的处理措施而生气暴动，与其发生了争斗。侍萍不禁跑到周萍面前，哭泣着袒护大海。侍萍已经从朴园那里得知眼前的青年就是周萍，而对于周萍而言，一位不曾谋面的女性突然出现了：

萍：你是谁？

侍：我是你——你打的这个人的妈。

在此之后，知道对方是四凤的母亲后，就称其为“鲁奶奶”，称谓也变成了“nin”。

萍：鲁奶奶，请您相信我，我一定好好地待她，我们现在决定就走。

然而，周萍之后知道了侍萍是他本该已故的生母。侍萍对于他而言，和他之间的关系呈“不曾见过的女性→大海的母亲→四凤的母亲→自己的生母”持续变化着。对于周萍而言，想象里美化过的母亲和实际的母亲（侍萍）的身影差别太大，并且她还是自己恋人四凤的母亲，这一现实让人难以容忍。围绕着周萍的女性不只有蘩漪和四凤两人，还有他幻想中的生母。最后，直面了其生母带来的可怕现实的他无法再忍受，自绝了生路。

3.2.周蘩漪和周萍

周蘩漪并不是分开使用“ni”和“nin”的指代者，而是指代对象，并且，她在关于“ta”的用法中有显著特征。

周家的长子萍经常用“nin”指代父亲，而对母亲蘩漪则清楚地区别使用指示代词——

在第三者面前用“nin”，在只有他们俩在的场合用“ni”。他用“nin”指代蘩漪时，是应将其作为母亲来对待的公开场合，用“ni”指代，且称其为蘩漪则是在面对曾经的情人、如今的重担之时。

以下是蘩漪和周冲交谈中途周萍进来时的对话：

冲：哥哥。

萍：你在这儿。

蘩：（觉得没有理她）萍！

萍：哦？（低了头，又抬起）您——您也在这儿。

在文中，周萍曾特意称蘩漪为“母亲”。那时，萍避开父母正打算经过的时候被朴园叫住了。萍正打算离开这一潭死水得应该重生的周家：

朴：你不是明天早车走吗？

萍：我忽然想起今天夜晚两点半有一趟车，我预备现在就走。

蘩：（忽然）现在？

萍：嗯。

蘩：（有意义地）心里就这样急吗？

萍：是，母亲。

在上面的例子中萍称其为“母亲”后不久，朴园就退场了，只剩下他们两人，萍将人称代词切换成“ni”来指代蘩漪。下面的对话中，周萍说的“我的母亲”指的是“已故的生母”。

萍：你——（故意恶狠狠地）你自己要走这一条路，我有什么办法？

蘩：（愤怒地）什么，你忘记你自己的母亲也被你父亲气死的么？

萍：（一了百了，更狠毒地激惹她）我母亲不像你，她懂得爱！她爱自己的儿子，她没有对不起我父亲。

蘩漪在朴园之妻、萍及冲的母亲、萍的情人这三个立场中，除开身为冲的母亲这个身份以外，其余一切都很失败。执着于前妻的朴园、不停美化亡母的周萍，以及这样的自己，三人组成了三角状态，但只有蘩漪一人被疏间。而且，被丈夫当作精神病，曾经的情人周萍如今也疏远了自己。“朴园只叫我生了冲儿”，“受父子两代人的屈辱”，她的确孤独而悲惨地生存着。

最后，蘩漪将她和周萍的关系都揭露了出来。与之前不同，面对这样的她，即便在第三者面前周萍也用“ni”来指代。

下面的对话是戏剧的尾声中，周萍打算带四凤离开家时，蘩漪堵在他们面前的场景。她为了让单恋着四凤的儿子冲看到这一事态，将冲叫了过来。看到出现的冲，周萍对蘩漪道：

萍：（焦躁，向蘩漪）你这是干什么？

蘩：（嘲弄地）我叫你弟弟来给你们送行。

萍：（气愤）你真卑——

蘩漪甚至呼唤了朴园，其结果导致从朴园口中得知了所有的一切。蘩漪在正好在场的剧中人物的面前，扮演了导致最后毁灭的诱因角色。

如上，蘩漪并不是指代者，而是指代对象，并且，她还是她所留恋的周萍用“ni”“nin”区别指代的对象，犹如一味被动、被强行自我分裂的存在，但是另一方面，可以看出她作为“ta”的使用者，在“ta”的使用中有着显著特征。

《雷雨》中，在“ta”的文脉指示的例子中，我们可以看到没有先行词，直接进行指代或因为难以找到先行词，听者无法特别指定指代对象的情况。这样的“ta”的例子有6例，其使用者中使用最多的是蘩漪(3例)①。下面的例子中，因为先行词与“ta”的指代对象难以联系起来，所以变得很难理解。

蘩：你父亲干什么呢？

凤：大概跟着老爷买檀香去啦。——他说，他问太太的病。

蘩：他倒是惦记着我。(停一下忽然)他现在还没起来么？

凤：谁？

蘩：(没有想到四凤这样问，忙收敛一下)嗯，——自然是大少爷。

问题中的“ta”在较引用例较前的前文中存在先行词“大少爷”，但是在此之后，插入了其他人(鲁贵)作为话题人物，并且，因为前文中用“ta”进行了指代，分别指代不同人物的两个“ta”很接近，所以指示对象变得很难理解。

以上对话中的话题在那之后由“大少爷”转移到四凤，甚至谈及“老爷”，此后，蘩漪突然再次用“ta”指代“大少爷”。接下来所引用的地方是以“老爷”为话题的部分的途中开始的：

凤：我怕老爷念经吃素，不喜欢我们伺候他，听说老爷一向是讨厌女人家的。

蘩：哦，(看四凤，想着自己的经历)嗯，(低语)难说得很。(忽而抬起头来，眼睛张开)这么说，他在这几天就走，究竟到什么地方去呢？

凤：(胆怯地)您说的是大少爷？

就这样，一段对话中，反复使用了难以特别指定指代对象的“ta”。从餐厅里出来的蘩漪突然对周萍说道：

蘩：(向周萍)他上哪儿去了？

萍：(莫名其妙)谁？

蘩：你父亲。

接着是对周萍说的台词，“ta”的先行词“失望的女人”指代说话者蘩漪，她在该用第一人称的地方用了“ta”。

蘩：(冷笑)小心，小心！你不要把一个失望的女人逼得太狠了，她是什么事都做得出来的。

用“ta”来指代自己的例子还有一个。那是她在萍、侍萍、四凤面前对儿子冲说的台词：

① 将蘩漪以外的例子用指代者→指代对象(听者)来表示的话，鲁贵→周萍(四凤)、大海→朴园(鲁贵和四凤)、周冲→四凤的秘密恋人(四凤)各有一例。

蘩：……（略）你的母亲早死了，早叫你父亲压死了，闷死了。现在我不是你的母亲。她是见着周萍又活了的女人，（不顾一切地）她也是要一个男人真爱她，要真真活着的女人！

下例紧接上面台词，是对萍说的台词的后半部分，用"ta"来指代听者萍。与上例中的指代自身的"ta"呼应使用。

蘩：……（略）你的父亲只叫我生了冲了，然而我的心，我这个人还是我的。（指萍）就只有他才要了我整个的人，可是他现在不要我，又不要我了。

再举一个用第三人称指代本该用第二人称指代对象的例子。这是周萍不理蘩漪和周冲说的话，准备离开房间时的场景：

冲：不，哥哥，母亲说好久不见你。你不愿意一齐坐一坐，谈谈么？

蘩：你看，你让哥哥歇一歇，他愿意一个人坐着的。

萍：（有些烦）那也不见得，我总怕父亲回来，您很忙，所以——

冲：你不知道母亲病了么？

蘩：你哥哥怎么会把我的病放在心上？

上例中，周萍用"nin"指代蘩漪，与此相对，蘩漪将周冲作为听者，仿佛周萍是第三者似的，用"ni 哥哥""他"来指代周萍。

如上，可以窥见，不明确表示指代对象，而是回避直接指代似的用"ta"来指代的使用方式是蘩漪和其他人交流的应有状态的特征，可以说这表现出她常常朝他人竖起刺的性格上的一个侧面。

曹禺说蘩漪是具备极端、矛盾这些特征的最"雷雨的"人物形象（《雷雨》序），这一特性符合上面的诸例中看到的蘩漪。

在序幕和尾声中，年老的朴园前来探望住院了的蘩漪和侍萍[①]。在序幕中，朴园不留神朝着侍萍病房的方向走去，被教会病院的修女提醒道："你的太太在楼上呢。"在尾声中，朴园呼唤着从病房里出来等待大海的侍萍。然而，因为只有蘩漪一人大吵大闹、乱冲乱撞，是个让人无从处理的病人，所以舞台上看不到她的任何身影。与朴园对侍萍的关心相比可以看出，蘩漪在这里也得不到充分的照顾。

3.3 鲁四凤和鲁贵、周萍、周冲

从鲁四凤的话语中可以看到其根据心理因素、角色与立场之不同来区别使用指代词的典型例子。

四凤的父亲鲁贵是个贪婪而精明的佣人，他知道同在周家做女佣的女儿四凤和周萍是地下恋人关系，他通过透露这个消息去讨要零钱，用来喝酒赌博。

四凤对这样的父亲基本都用"nin"来指代，但也会用"ni"（可以看到有 12 例，其中 10

① 牧（1990）将《雷雨》置于基督教式的悲剧，认为序幕和尾声在描写朴园的赎罪的层面上具备积极性的意义。

例是在主语位置上)。并且,尽管很少,但她也使用比"nin"更敬重的"nin 老人家"(2 例)。下例中,一段对话里称呼呈"nin 老人家"→"nin"→"ni"的形式进行变化。

贵:(着急)凤儿,你这孩子是什么心思?你可是我的亲生孩子。

凤:(嘲笑地)亲生的女儿也没有法子把自己卖了,替您老人家还赌账啊?

贵:(严重地)孩子,你可放明白点,你妈疼你,只在嘴上,我可是把你的什么要紧的事情,都处处替你想。

凤:(明白地,但是不知他闹的什么把戏)您心里又要说什么?

贵:(停一停,四面望了一望,更近地逼着四凤,佯笑)我说,大少爷常跟我提过你,大少爷,他说——

凤:(管不住自己)大少爷,大少爷,你疯了!

四凤尽管厌恶父亲,对其不堪忍受,但她与完全不将其作为父亲的哥哥大海不同,她怀着"他总归是自己的父亲"的想法接受了父亲,所以她时而哄着对方,时而拿出强硬的态度,用各种策略来对付父亲。[①] 在上例之后,她再次用回了"nin",但根据与父亲之间的这种偶尔心理上的距离的变化,也会调节人称代词的使用方式。

四凤和鲁贵的对话中,可以看到多例如下例般用"ta"暗指周萍的用法。

贵:(笑,掩饰自己)你看,你看,你又那样。急,急,急什么?我不跟你要钱。喂,我说,我说的是——(低声)他——不是也不断地塞给你钱花么?

凤:(惊讶地)他?谁呀?

贵:(索性说出来)大少爷。

凤:(红脸,声略高,走到鲁贵面前)谁说大少爷给我钱?爸爸,您别又穷疯了,胡说乱道的。

鲁贵在上面的对话中,没有用"大少爷"(周萍)作为先行词就用"ta"进行了指代。这是为了透露"大少爷"和四凤的特别关系,故意暧昧地进行指代。

下例中,鲁贵讲述了男"鬼"和女"鬼"出现的事,其中"ta"的用法令人瞩目。

凤:鬼么?什么样?(停一下,鲁贵四面望一望)谁?

贵:我这才看见那个女鬼呀,(回头低声)——是我们的太太。

凤:太太?——那个男的呢?

贵:那个男鬼,你别怕,——就是大少爷。

凤:他?

贵:就是他,他同他的后娘就在这屋子里闹鬼呢。

"男鬼女鬼"暗示蘩漪和周萍的秘密关系。四凤听到"女鬼"是"太太"后,反复确认了"太太"这个词,听到"男鬼"是"大少爷"之后,并没有重复"大少爷"这个词,而是用"ta"来指代,由此可以看到其差异。由于前面紧跟先行词"大少爷",所以这个"ta"也可以看作是文脉指示的常见用法,但是与其这么说,不如理解为是毫无防备的四凤不留神通过用"ta"进

① 吉村(1964)的研究中,举出了四凤对鲁贵说出的辛辣话语。

行指代自己透露了其与“大少爷”的特别关系。

作为周家女佣的四凤尽管对“太太”蘩漪用“nin”来指代(因为她和“老爷”朴园的对话极少,没有见到用称呼的情况),但对其子周萍和周冲常常用“ni”进行指代,而她那有着彻底的下人举止的父亲鲁贵对周萍和周冲都常常用“nin”来指代,两者形成鲜明对比。

四凤与周萍是地下恋人关系,两人有着主仆和恋人这双重关系。关系的双重性导致她在第三者面前称周萍为“大少爷”,在只有他们二人的时候用“萍”来称呼。但是,她在第二人称代名词的使用中,除了极少例之外基本都采用“ni”来指代。这是因为四凤与周萍对话的时候基本都是有着恋爱关系的两人单独说话的情况,所以“ni”的使用就很醒目了。

在第三者面前的对话中,用“nin”来指代的例子只有一个。四凤去迎接到达周家宅邸的母亲侍萍时,周萍说:“四凤,见着你妈,跟我问问好。”四凤简单地回答道:“谢谢您,回头见。”在前来通知母亲到来的鲁贵面前选择用“nin”指代周萍。即便是从这一例来看,可以推断出四凤将“ni”和“nin”分开使用,对周萍常用“萍”的情况使其立场具有特征。[①]

四凤被周家解雇,周萍在次日前往矿产的前一天晚上,周萍强行拜访鲁家去见四凤。他与拒绝让他进家门的四凤拉拉扯扯。这一场景中只有他们两人。对着执拗着不肯回去的周萍,四凤不同于通常直称其名“萍”,而是称呼其为“大少爷”,两人立场的不同立刻显现。

凤:(苦痛地)啊,大少爷,这不是你的公馆,你饶了我吧。

凤:(哀诉地)哦,大少爷,你别再缠我好不好?

只有这两个地方四凤用“大少爷”这个称呼,即便如此也不用“nin”来指代,而是用“ni”。

四凤在第三者的面前称呼周萍的情景还有一个。接近尾声时,她得到了哥哥大海的理解,两人立刻离开家,打算再次出发。母亲侍萍知道四凤和周萍是同母兄妹,但她没有说出来,她正要一个劲儿地阻止他们俩走。这时,四凤将心里藏着的事实告诉了她。

凤:萍,我总是瞒着你;也不肯告诉您(乞怜地望着鲁妈)妈,您——

四凤话语中的“ni”指的是周萍,“nin”指的是母亲侍萍。上面的场景中,因为对面前的侍萍和大海而言,四凤和周萍之间的关系已经明确了,所以用的是“ni”。

四凤称周萍的弟弟周冲为“二少爷”,同时用“ni”来指代。原本场景就存在限制,在第一幕蘩漪、周冲、四凤三人的对话中,不对“二少爷”用其一直使用的人称代词是因为蘩漪在。但是,即便是在鲁家人面前对他用人称代词也常选择“ni”。这是因为周冲是平等主义者,向四凤求过婚,而且也比四凤年少(小1岁)等等,成了她选用“ni”的原因。

四凤被解雇的晚上,周冲被母亲告知后来鲁家拜访。鲁家出来迎接的有鲁贵和四凤,如下例所示,鲁贵对周冲用“nin”,四凤却对周冲用“ni”:

贵:二少爷,您先坐下。四凤,(指圆椅)你把那张好椅子拿过来。

① 同为曹禺戏剧的《家》(巴金同名小说的戏剧化1942年作)中,时代设定在1925年以前,以年轻的主人觉慧与女佣鸣凤之间的悲惨恋爱为中心思想进行了描写。巴金的原作中,鸣凤用“ni”指代觉慧,但是在曹禺的戏剧中则用“nin”。觉慧曾这样说过:“鸣凤,我跟你说过多少次。你为什么还是‘您’哪‘您’的称呼我呢?”由此可知“nin”的选择使用是有意识而为的。(曹禺戏剧集《家》四川文艺出版社,1985,122页。)

冲：（见四凤不说话）四凤，怎么，你不舒服么？

凤：没有。——（规规矩矩地）二少爷，你到这里来干什么？要是太太知道了，你——

周冲在鼓励被解雇的四凤时情绪高涨，袒露了平时的想法，对于四凤而言这些话反而更令人困扰。在此，四凤对周冲用了两次“nin”。这是唯一对他用“nin”的地方。

冲：不，你不是个平常的女人，你有力量，你能吃苦，……（中略）我讨厌我的父亲，我们都是被压迫的人，我们是一样。

凤：二少爷，您渴了吧，我给您倒一杯茶。（站起倒茶）

冲：不，不要。

凤：不，让我再伺候伺候您。

四凤平时就对周冲那单方面的爱感到无奈。上面的例子中，她试图用“nin”来冲淡周冲多余的爱恋，唤醒其主人和佣人的身份关系。

四凤被周家兄弟俩深爱、珍视。她的存在与单纯的侍女明显不同，她一方面在周家享受着舒适体面，同时也害怕被以守本分为信条的母亲侍萍知道。其父鲁贵和兄长大海深切了解她这种矛盾心理。鲁贵在知其矛盾心理的情况下，执意想要以周萍为话题，大海评价四凤“被周家奢华的生活迷惑了，如今看贫困的自己家不顺眼了”。从用“ni”指代周萍的情况设定占大多数来看，充分表明了四凤的立场。

另一方面，围绕周萍与四凤呈三角关系的蘩漪成为“ni”和“nin”区别指代的对象，与此相比，两位女性立场的对比历然在目。

结语

本文中主要提取了第二人称代名词的选择使用以及第三人称代名词的一些用法，对个案进行语用论式分析的同时，在与剧本内容相关的基础上试分析这些人称指代标识在文本中是如何作为指标发挥作用的。不用说，仅从人称代名词的分析只能得到有限的结果，但笔者认为复杂的人物关系在有关反映着人称代词用法的例子中，能够推导出一定程度的特征。

笔者抽出许多语言标识，欲将此仅在人称指示代词中设定参数的这次试验作为多角度、立体地进行分析的最初阶段。

（柴佳西安外国语大学日语语言文学专业 2016 级研究生翻译）

原载《人文论集》（48 卷 1 号）（静冈大学人文学部出版），1997.7，第 A209—A229 页。

《北京人》人物形象小考

——探索袁圆真切形象

[日]白井啓介

一、开场白

曹禺剧作五十年来名声宏达，戏剧演出和文学创作两面都享有极高的声誉。其剧本以描绘翔实逼真著称，不仅台词语言之切实如真，而且舞台指示描写栩栩如生，令人赞叹不已。

这里我将着眼于剧本中舞台指示描绘，通过进一步探讨《北京人》人物形象塑造的成就和解读实际人物形象，由此来探索其中一部分人物的具体切实活象。

二、西方剧本中的舞台指示

一般而言，构成戏剧剧本的两大部分是台词和舞台指示。在戏剧悠久的历史之中剧本的舞台指示是后起的，其历史远远不及台词。从戏剧学理论来看，舞台指示可以分为两种：一种是表示舞台地点、时间、场面等基本情况，我们可以把它叫作场面指定。另一种是制定人物出入，描绘人物形状或人物特性（包括心理状态）的叙述，我们可以把它叫作叙述指定。这种叙述指定可分为两种，一是出入指定，二是人物指定。

舞台指示一般认为是能把戏剧作品划入近代戏剧范畴与否的标志之一，因为戏剧剧本的历史是由简短向详细具体方向演变而来的。古代戏剧一般只是台词，比如希腊戏剧剧本只有台词或诗词，根本没有舞台指示。中世纪以后戏剧开始有简单的人物出入指示或人物动作方式的描绘，譬如莎士比亚、莫里哀剧本除了台词以外还有一点点的人物出入指定，但基本上还没有对人物服装、年龄、所处状态等的描绘。莎士比亚名著《哈姆雷特》，主人公哈姆雷特出场时的描写只有出入的行为指定。

近代戏剧大师，亨利克·易卜生的剧本中舞台指示开始还不多。举例说，在中国最有名而且最有影响的《玩偶之家》（又名《娜拉》，写于 1879 年）中，开幕时对娜拉所赋予的叙述也只不过这样简短几行：

（1）外厅门铃响。等一会儿听得见门开了。娜拉从外走进来，口里哼哼着调子极高兴的样子，身上穿着出门的衣服拿了几个小包放在右边桌上。再推开客厅的门进去了。同时大门外有一个挑夫拿了一株圣诞树（西洋的风俗当耶稣圣诞的第一夜家家有二株圣诞树。树上点着灯烛，凡一家人互相馈送的东西都挂在树上待每个人亲自去拿）和一个篮儿

给那开门的伊妈①。

由此可见《娜拉》剧本中的舞台指示基本上只描绘她行为的状态和服装、道具等本人形状。

再来看一下在中国话剧发展历程中有过一定影响的萧伯纳所著的《华伦夫人之职业》(写于 1893 年)的例子。第一幕开始对华伦夫人的女儿薇薇其人的介绍也就只有简洁的数行。

(2)薇薇的样子,正是英国中等社会聪明能干、受过高等教育年轻女子的代表。年纪 22 岁。敏捷果敢,从容坚定。衣服虽极平常简易,却绝不散漫。腰间带上挂着许多零碎物件,其中有支自来水笔同一把裁纸刀②。

这些对薇薇的人物指定描写,除了对年龄的指定,22 岁一语稍微可见作者的独特见解以外,其他几乎都没有任何可观的描写。基本上基于人物外貌客观表现来指示其人属性、行动形式,这些属于比较普通的手法,只是笼统地赋予人物性格分类概念。这些指示还称不上个性鲜明,尚无由任何类似人物代替的具体的、特征显著的描绘。华伦夫人本身的描绘也大致相同。

下面再举一例来看看舞台指示的演变过程。这是在中国现代话剧发展历程中有一时期备受欢迎的奥斯卡·王尔德的《温德米尔夫人的扇子》(初演于 1892 年)的例子。它第一幕开始时描述温德米尔夫人的人物指示只有短短几句话。它本来没有写人物属性和她所处的境遇等关系到人物形象塑造的描绘,把王尔德原著改译(或可说本土化)成全都中国化的《少奶奶的扇子》里面,洪深却在同一个场面给少奶奶更详细更深刻的而且具有人物定性的描绘:

(3)徐少奶奶年纪约二十来岁,相貌秀丽,穿一身紫色印度绸的衫裙。她的举动,活泼中仍有规矩。她的仪态,和蔼中带点凛严,尚未脱女学生的身份,曾受过甚优美的教育。现在伏着书桌忙写书信③。

"和蔼"的"凛严"、"尚未脱女学生的身份"、"曾受过甚优美的教育"这些描绘,我们从中可以了解人物所属的范畴,不过还抓不住其人其时特有的心理状态,换句话说,这些描绘只提供类型分类的依据,没有涉及人物的心理处境。

在写《华伦夫人之职业》之际,对舞台场面指定和人物描叙未花很多篇幅的萧伯纳(参看上面的例(2)),后来逐渐采用详细具体、人物有显著个性的描绘,还插入出自剧作家角度的评语。譬如他在最著名的《Pygmalion》(中译题目《卖花女》/著名音乐剧《My Fair Lady 窈窕淑女》的原作)(初演于 1913 年)中,对主要人物之一希金斯教授出场时的人物指定已经足以发展到像小说一般的人物描绘。

跨入二十世纪后,剧作家所描绘的人物指定愈加详细,逐渐形成类似小说的叙述方

① 译文据罗家伦《娜拉》,《新青年》第四卷第六号,上海书店影印本第四卷,1918 年,508 页。

② 译文据潘家洵《华伦夫人之职业》(《新潮》第二卷第一号,上海书店影印本第二册,1919 年,106 页。

③ 《洪深文集》第一卷,中国戏剧出版社,1957 年,107 页。

式，并占据舞台指示的主流地位。尤其对心理表现的描叙越来越多，譬如美国尤金·奥尼尔(1888—1953年)那一类表现主义派多用浓厚象征性的描绘来指定舞台陈设和人物指定。他剧作生涯的中期作品《榆树下的欲望》(写于1924年)，开幕就有极为富于老母亲象征的描绘来表现笼罩整个房子和舞台空间环境的场面指定。

(4)农舍的两侧各有一棵硕大无朋的榆树。那弯曲伸展的树枝覆盖着屋顶，既像在卫护它，又像在压抑它。这两棵树的外表，使人感到一种不祥的、充满妒意和企图征服一切的母性心理。由于和这屋里人相处久了，居然令人吃惊地有了灵性。它们层层叠叠地笼罩着屋子，将他压得透不过气来，就像两个精疲力竭的女人，将她们松垂的乳房、双手和头发都耷拉在屋顶上。①。

西方近现代戏剧从十九世纪到二十世纪，剧本结构中的舞台指示逐渐占据重要地位，向人物指定的描绘愈加详尽，从外面客观描叙到深挖心理深层的表现愈加尖锐的方向发展。正当西方戏剧剧本人物指定描叙向心理剖析充足方向发展之时，中国话剧开始走上其历程。

三、现代中国话剧与舞台指示

跨入二十世纪才出现的中国话剧，在戏剧全球互动的环境下，部分作品无法避免地受到了西方和日本的影响，剧本创作的结构和写法，无论台词构成还是舞台指示都或多或少地受到了种种影响。不过二十世纪初创作的中国话剧剧本，并非全都受到外来形式的影响，也有一部分是汲取了中国传统戏曲剧本创作的手法②。

二十世纪二十年代现代话剧刚刚走上上海等大都市的舞台，这个时期的欧阳予倩、田汉、洪深被称为三大戏剧家，他们的写剧手法各有特点。

首先以洪深为例。洪深所编剧本的舞台指示，也有详细具体的描绘，不过他涉及人物内心心理状态的表现比较谨慎，持客观观察的视点来显示人物。通过描绘人物的外表状态和处境，来掌握其人物应有的心理状态。他的主要特点是扎实描写出人物行为和观察所得来的差异，很少表白自己对人物的主观性判断、剖析。他回国后执笔的第一篇"改译"剧(或可说本土化作品)《赵阎王》(写于1922年)充分显示出他对舞台指示的非凡见识和应有的技巧。此剧中对人物的指定基本上用具体行为来显示其身份、性格和处境。其描绘手法、表现形式和前面已提及的《少奶奶的扇子》中人物指定(参看例(3))极为相同。

其次看田汉剧本的例子。田汉写舞台指示，无论场面指定还是人物指定都是相当简短的，他似乎认为只要写了地点、时间、人物外貌，剧作家的任务就完成了。他的早期名作《获虎之夜》(写于1922年)里面，主要角色莲姑出场时赋予的人物指定仅有以下寥寥几字：

---

① 译文据汪义群《榆树下的欲望》，载于《奥尼尔剧作选》，人民文学出版社，2007年，110页。

② 春柳社所编《不如归》里面的舞台指示明显地吸收了传统戏曲的描叙方法。详细考证请查看拙著《文明新戏与现代话剧之剧本——中国话剧史研究札记(2)》，《爱知大学文学会论丛》第71辑，1982年，149—168页。

(5)莲姑，十八九岁、山家装束而不掩其美，将泡好的茶用盘子托着先奉其祖母，次奉其父，然后走出“火房”送给她家的佣工们[1]。

这里赋予的人物指定非常简短，不过通过对演员要求的行为就可以看到这个人物的属性和人性。她把泡好的茶按顺序依次奉献，没有弄错顺序，说明她已经是一个懂事的姑娘，而且还是一个在传统规范方面规规矩矩的姑娘。

最后来看一下欧阳予倩舞台指示的特点。欧阳予倩的剧本与洪深同属一类，他也常用人物行为来显示其人物特性。他的早期话剧《泼妇》(写于 1922 年)里面，对主人公“泼妇”于素心出场时的人物指定基本上是对人物要求的行为指定，而不是对人物心理和人物处境的描写，这个人物指定只描写人物出场时所要做的行为和在场人物所需要的反应。这里值得一提的是，于素心这个后来被迫转变为反抗的妇女，当初是以送给婆婆自己缝制的衣服和鞋子这些行为来显示她本来是属于传统规范里的孝顺媳妇，而她的这些特性都是用具体行为来表现出来的。

与上述二十年代的大家相比，就舞台指示而论曹禺剧本显然有了很大的发展，而且还开创了新的叙述方法来指定剧中每个人物。无论描写舞台场面和陈设，还是人物指定，都基于深刻透彻的观察来赋予活生生的叙述，致使人物形象与舞台上行为(包括台词发话)完美结合，为读者和演员在了解人物、塑造人物形象上提供了十分可靠的依据。

北大孙庆生教授曾经提出令人信服的看法：曹禺的“舞台指示”比一般作家写得详细具体，特别是对人物，从外貌到内心，从性格到环境都能作总体的介绍或深得要领的描绘，并且文笔优美，情文并茂，一方面可以帮助读者理解剧情和人物，一方面也增强了剧本的可读性和吸引力。曹禺的剧本拥有广大读者，这同他在语言上达到的成就是分不开的[2]。

与上面所概观的二十年代剧作家相比，曹禺剧本中舞台指示以极为详细具体且带有文学性叙述的特点值得进一步探究。

四、《北京人》中人物指定

现在人们都认为，《北京人》毫无疑问是曹禺剧作中最为杰出的一部剧本，它同时也是中国现代话剧作品中不可磨灭的高峰。正如田本相教授早已评价过的：“《北京人》是曹禺解放前戏剧创作的高峰，无论他的思想还是艺术都标志着曹禺剧作的最高成就。”[3]

曹禺在《北京人》里描写他最熟悉的人物，而且表现出他最心爱的却又最痛恨的老北京的生活方式和文化气息。这种二律背反的理念都注入戏中各个人物里。

剧本开头首先列举剧中全体人物，这种排列顺序也是值得注意的。这个人物表不是按人物出场顺序排列的，而是按照中国以往有之的老规矩，从上到下，自近至远的，也就是说以曾家里所占位置为准的次序来列举的。曾皓在剧中是曾家人物中最后才出场的，然

① 《田汉全集》第一卷，花山文艺出版社，2000 年，181 页。
② 孙庆生《曹禺论》，北京大学出版社，1986 年，200 页。
③ 田本相《曹禺剧作论》，中国戏剧出版社，1981 年，185 页。

而他排在第一名。对他赋予的人物指定有长达 1200 多字的描绘，剧作家用如此庞大的篇幅表达他所处的困境及其来源。这位名门大宅的家长想要维持家道盛旺，却无法阻止衰败，因此他虽想保持家长的威严，然而却已经处在十分脆弱的状态。

曾皓害怕的曾家当家大奶奶曾思懿，曹禺费尽笔墨详细而生动地描绘这位旧式家庭里成长起来仍在掌管快要衰退的大宅门的大奶奶。曹禺把她描写为自小在士大夫家庭里熏陶出来却无法大显身手，只会安分管家的自尊心极强的妇女，非常巧妙地把两个对立面兼并在一个人的身上，成功地塑造了人物的复杂属性。既"阴狠""笑里藏刀"，又"胆小如鼠""怕贼、怕穷、怕死"。这位管家太太同时具有这两方面的心性，而且这两个心性是难以调解的。描写这样错综复杂的人物，给予曾思懿的人物指定可称是恰如其分。

对曾思懿的丈夫曾文清的描绘也可说是细腻到无法以别的表现代替的程度，令人有哀愁凄凉之感。

(6)又是从小为母亲所溺爱的，早年结婚，身体孱弱，语音清虚，行动飘然。小地方看去，他绝顶聪明，儿时即有"神童"之誉。但如今三十六岁了，(中略)种种对生活的厌倦和失望甚至使他懒于宣泄心中的苦痛，懒到他不想感觉自己还有感觉，懒到能使一个有眼的人，看得穿："这只是一个生命的空壳"，虽然他很温文有力的，时而神采焕发，清奇飘逸。这是一个士大夫家庭的子弟，染受了过度的腐烂的北平士大夫文化的结果。他一半成了精神上的瘫痪。

这里很少夹杂着剧作家的主观性判断和武断，而是根据人物的处境和精神状态延伸描绘其应有的后果，换句话说，是通过描写人物成长中积累的种种因素和机制来合理赋予因之而来的人物性格特质。为了说明曾文清现在"活得是那无能力，无魂魄，终日像落掉了什么"的根源和来历，曹禺细腻描写他"从小为母亲所溺爱的，早年结婚"，还有"染受了过度的腐烂的北平士大夫文化的结果"等来历根源。这里集中表现出曹禺描绘塑造人物上的一个特点。

曾家人物中，曹禺笔下最为留情的人物算是愫方。她被塑造成为具有"惊人的耐性"而"温厚而慷慨，时常忘却自己的幸福和健康，抚爱着和她同样不幸的人们"，这样一个百分之百可敬可亲的人，她能诗会画，是中国传统文化的优良继承者。谁能否定这样一个具备中国文化精髓的杰出人才呢？她不仅品德无比高尚，又有深厚的文化素养，这样的人物在实际生活中实属罕见，就像是天上的白云一样，是一个可望不可及的理想的人物。不仅在中国人心目中，而且在东方人心目中也是一个人们翘首企望、人见人爱的人物。

上面我们已了解到，对于曾家人物的塑造，曹禺花费大量笔墨详细生动地描绘了每个人物，而且这些描绘极富技巧。曾家每个人物都是从传统文化生活方式里熏陶出来的，因而难以适应现代生活方式，与世无争、深居简出，仿佛成为世外隐士。因此有些人觉得曾家人既无骨气又活力不足，甚至认为他们已被现代社会淘汰应该唾弃。不过，曾家人虽然确实已经活力颓丧，奄奄一息，但他们还有他们独特的而且不被任何人所代替的人品。譬如，曾皓尽管"吝啬，自私，非常怕死"，但还具有"曾家人通有的清秀之气"，也有像"他想最稳妥的办法是'容忍'，然而'容忍'久了也使他气郁"这样令人哀怜之处。曾文清同样也是

具有多层面的人物，他即便是“一个士大夫家庭的子弟，染受了过度的腐烂的北平士大夫文化的结果。他一半成了精神上的瘫痪”，但“小地方看去，他绝顶聪明，儿时即有“神童”之誉”（参见例 6），是一个不可厚非的人。

很多读者和观众都把同情的眼光集中在愫方的身上，她除了有惹人哀怜的地方，还有依依不舍、踌躇不前的，让人着急的摇摆不定的一面。一般认为最被人讨厌的曾家女婿江泰也有正反两面。他虽有“好吹嘘，总爱夸显过去他若何的阔绰豪放，怎样得到朋友们的崇拜和称赞”的可鄙的一面，同时也有“很率直，肯说老实话，有时也很公平”的可爱的一面。

这样，曾家人每一个都有被人否定的一面，同时也有让人谅解甚至哀怜的一面。除此之外，还有涉及很多人性面的因素，这正是《北京人》人物塑造方面成功之所在。

五、袁圆人物塑造

在《北京人》的人物当中，同上面提及的曾家人物相比，人物配置上以位于在天涯海角之地的袁圆最具异彩。一边是成熟到顶已走下坡的曾家人，另一边则是一尘不染、留有原始生命力的“野”姑娘，这两者之间的对比非常鲜明。

对袁圆给予的人物指定也相当周至，为深挖其心理提供了依据。对她的描叙要点如下：

（7）论身体发育，十七八岁的女孩也没有她这般丰满；论她的心理，则如夏午的雨云，阴晴万变。正哭得伤心，转眼就开怀大笑，笑得高兴时忽然面颊上又挂起可笑的泪珠，活脱脱像一个莫名其妙的娃娃。

（8）她一切都来得自然简单，率直爽朗，无论如何顽皮，绝无一丝不快的造作之感。

（9）她幼年丧母，哺育教育都归思想“古怪”的父亲一手包办。

（10）当这袁博士正聚精会神地研究原始“北京人”的头骨的时候，在他的圆儿的想象中，小屋子早变成四十万年前民德尔冰期的森林，她持弓挟矢，光腿赤脚，半裸着上身，披起原来铺在地上的虎皮，在地板上扮起日常父亲描述得活灵活现的猿人模样。

例（7）是对她外表形状和行为机制的描叙，由此显露出曹禺心爱的健康活泼、不拘老规矩的新人形象。例（8）似乎是在这些行为上要添加的调味品一般，剧作家对人物要求附上的一些色彩。例（9）说明她行为机制从何而来的种种因素之一，也是构成她错综复杂多面心理的来源之一。例（10）假借故事一般的幻想情节来烘托袁圆会做出的行为，这也是表示她多面性质之一，也表示异想天开的袁圆其人的特性。这里连一般属性所得归纳起来的行为机制都没有显示，比如《华伦夫人之职业》里面赋予给薇薇的“英国中等社会聪明能干，受过高等教育年轻女子的代表。年纪 22 岁。敏捷果敢，从容坚定”（参见例（2））那样的描绘，根本没有提到过。因此，塑造袁圆这一新人物时，我们一点线索都没有，茫无头绪。曾家人物，因为有历史遗留下来的很多参照物，或者老北京可能到处都有的是，所以猜想其形象也有一定的依据，可是袁圆这个人物，就因为她是超出常规而从来没存在过的新人物，那么其真人实像要到哪里去寻找参照才好呢？

曾家人物，描绘非常具体细腻，而且总带有历史遗留下来的一些影子以助我们建立其形象。恰恰相反，袁圆这个新生人物前所未有，无处寻找具体参照物，这就是袁圆人物形象探索上的最大问题之所在。袁圆人物形象总觉得难以领会，塑造其具体形象也不容易完成。这就是《北京人》人物指定描绘中最为遗憾的美中不足之处。

六、尾声：寻找袁圆真人实像

上面已提到过，袁圆人物形象在《北京人》人物中难以领会，形象最不具有具体真实性。那么，她的真人实像真的绝对无法寻找吗？我们的看法是：在当代北京少女及年轻妇女当中，肯定无法寻找。但是如果回溯到三十年代摩登世面上寻找的话或许能得到答案。

(11)三十年代中国国产电影是在塑造"新女性"形象上提供了多彩多样的类型。譬如有胡蝶所扮演的类型，还有阮玲玉所塑造的既摩登又质朴、既华丽又哀愁的形象，这些"新女性"形象必定给当时的观众和年轻人提供新时代生活中的新的参照物。这些女性形象中，我看最近乎于《北京人》袁圆形象的是黎莉莉所塑造的形象。她在《体育皇后》[①]中塑造的林璎，给我们提供了非常生动的形象。电影开头那一系列镜头（参看电影片段），既活泼又健康，既有"身体发育，十七八岁的女孩也没有她这般丰满"的体态，又有"心理则如夏午的雨云，阴晴万变。正哭得伤心，转眼就开怀大笑""活脱脱像一个莫名其妙的娃娃"的神情和举止。

(12)袁圆这个人物在《北京人》剧中似乎只是一个带有机制的角色，就是引导瑞贞和愫方冲破曾家牢笼的作用，角色明确，但她本身的具体形象略微不够完美。我们认为跨越艺术界限从邻近领域借取参照物，再回到自身的领域进行解读，这是一个可以突破目前尚无法跨越的难关的办法。我认为把黎莉莉所塑造的林璎形象作为参照物来解读袁圆人物形象将会为我们带来意想不到的收获。

原载《纪念曹禺百周年国际研讨会论文集》，206—215，2012 年 10 月

① 联华影片公司 1934 年出品，1934 年 4 月 4 日于上海金城大戏院首演。罗明佑制片，孙瑜编导，裘逸章摄影，黎莉莉、张翼、尚冠武等出演。

纪念曹禺先生

[日]伊藤巴子[①]

尊敬的各位代表、各位来宾，下午好！我叫伊藤巴子。我这次能有机会参加曹禺先生诞辰100周年纪念活动，首先向田本相老师以及各个主办单位表示衷心的感谢。

回想起来，我第一次访问贵国是在1965年。那时候我们下火车后步行穿越国境，再坐四天三夜的火车才来到北京。那一次的代表团是以千田是也先生为团长的1965年日本新剧界访华演出团，人员总数达250人，包括著名演员泷泽修先生、杉村春子女士在内。由日本十五个新剧团联合组织而举行演出。那时在中国全国各地边演出边旅行，逗留了三个月。

提及曹禺先生与日本的关系，众所周知的是，1935年他的《雷雨》曾在东京神田一桥讲堂由在日中国留学生演出，那时日本不少新剧演员主动为他们的演出提供了帮助。

有关曹禺先生我有一件至今难忘的事情。那是1982年曹禺先生72岁的时候访问日本(这也算是他最后一次访日)，我那时全程接待中国戏剧家代表团。曹禺先生带他夫人一起来。这时候他留给我的印象和在中国看到的不一样。在日本逗留的最后一天，要回国到成田机场时他才发现他们两人的机票不见了，夫人听了这话很生气，曹禺先生似乎解释似的说：我很可能在酒店房间里把机票撕掉了。我们想尽办法向中国国际航空公司求助，当时出面的一位领导从容回复说：没问题，请他题几个字就可以补发机票。就这样曹禺先生终于顺利坐上飞机回国了。通过这件事，我亲身领会到曹禺先生的威望。

曹禺先生晚年住院的时候，我来探望他。那时他向我们微微地摆手，给我留下了深刻的印象。这是我们最后的见面。

为了纪念曹禺先生诞辰一百周年，我们话剧人社今年在日本出版了两大本曹禺先生作品翻译集。曹禺先生的代表作品《雷雨》《日出》《原野》《北京人》都翻成日语收录在内。曹禺先生的作品，早已在1935年由影山三郎翻译过，如今已经75年的时光过去了。尾崎

---

① 伊藤巴子(いとう・ともこ，1931—2016)，本名舟本巴子，出生于东京，日本著名话剧艺术家、表演艺术家。1954年毕业于俳优座演剧研究所附属养成所，同年走上舞台，主演《在森林中生存》而名声大噪，参与组织“剧团仲间”，主演的剧目还有《乞丐与王子》等等。曾经担任日中演剧交流话剧人社理事长。晚年主要致力于儿童话剧的编导与普及工作。热爱曹禺戏剧，并多次访问中国。曾获得山本安英奖、日本儿童演剧协会奖、纪伊国屋书店演剧奖等。主要著作有《舞台历程—凛然》。

宏次先生是日本戏剧评论家，曾出版过有关曹禺的书，在书里他说：曹禺是中国现代性的爱情观的追求者。这是他所有作品的重要的基础。我不是研究曹禺的专家，只是作为一个戏剧工作者参与话剧人社的活动。可是我相信他的作品一定为中国和日本的文化交流起着伟大的推动作用。我诚恳希望将来中国和日本的年轻学者在研究曹禺先生的共同平台上更好地促进学术和艺术交流。

谢谢各位！

2010年9月24日

2010年曹禺国际学术研讨会（潜江）会议致辞

曹禺与日本

[日]铃木直子[1]

序

代表中国现代话剧的剧作家曹禺(1910—1996)在他的一生中曾到过日本三次。把访问日本的感受写成文章,这篇文章就是《三访日本》(1982)[2]。《三访日本》是曹禺第三次访日实现的时候写成的,1982 年 10 月他作为中国戏剧家代表团团长来日本,文中描写了他三次访日的经历和对日本的印象。1982 年 10 月 22 日他来到早稻田大学,那年恰值早稻田大学创立一百周年,他顺便到我们坪内博士纪念演剧博物馆来参观。在演剧博物馆的定期刊物《演剧博物馆馆报》第 49 号上有关于这个时期的相关记录。[3]

回顾曹禺的访日,1982 年以前的两次访日,按照《三访日本》来看,首次来访是 1933 年的春天,第二次是 1956 年的夏天。1933 年的访问正好在清华大学时代的春假,1956 年的访问目的是参加第 2 届禁止原子弹大会。本论考证曹禺三次访日之中首次访日的日期,以及介绍曹禺与日本戏剧的关系,等等。

曹禺的首次访日

有关曹禺的首次访日,有几篇文章。首先我们看看《三访日本》。

> 朋友们,我们是最近几年来日本访问的第三个中国戏剧家代表团。一九八○年于伶先生曾率领一个代表团到这里来过……
>
> 我曾到过日本三次。一九三三年,我在大学就要毕业,放春假时,来到这里。那时我才二十三岁,一句日语也不会讲,但是像我一样年轻的日本大学生们,跟我用笔,用半通不通的文字,开怀畅谈,交谈得十分热烈。我想起那满目浓艳的樱花,好像一片片彩云,真不知那些脚踏木屐、穿着裙子式的学生装的同学们,现在在哪儿?在做什么工作?他们记得我吗?当然,我们都老了。可是在我的脑海里,他们永远那么年轻。
>
> 第二次到日本是一九五六年的夏天,我四十六岁,十几天的访问仿佛一瞬。

① 铃木直子,日本早稻田大学演剧博物馆助教。

② 原载《光明日报》(1982 年 11 月 3 日)。本论参照《曹禺全集》第 6 卷,花山文艺出版社,1996 年。

③ 《演剧博物馆馆报》第 49 号,1983 年 5 月发刊,15 页。

我遇见了千田是也、杉村春子、泷泽修、木下顺二、山本安英各位先生，结识了许许多多话剧界的朋友……

还有一篇曹禺的回忆《今日送来长相欢——热烈欢迎日本歌舞伎访华使节团》(1979)[①]。文中说：

一九三三年我在东京时，曾看过当时歌舞伎的名优尾上菊五郎演出，剧名叫《义经千本樱》。

从这个记述中，我们知道他首次来访日本的时候观看过歌舞伎的演出。

还有其他资料，《曹禺研究资料》[②]上有这样的记述：

1933 年　24 岁

春假，参加由钱稻孙带队的清华大学赴日本旅行团。游览了东京、神户、横滨、大阪、京都、奈良、日晃等地。年轻的曹禺一句日语也不会讲，但是用笔通过半通不通的文字和日本大学生们进行了热烈的交谈。在那里，他第一次看歌舞伎。在《义经千本樱》中，他看到菊五郎举着纸伞从花道上低回徐缓地舞过来，那凝练的美使之神往。到东京后的第三天，他和同学孙浩然曾冒雨摸到筑地小剧场看戏。曹禺回忆当时的情景道，那天演出的是北欧剧目《好望号》，我们听不懂日语，却被演员们真实、诚挚、干净的表演紧紧抓住。戏演完后，我们和日本观众一起为他们鼓掌。日本话剧深深的现实主义传统，从那时起一直使我萦怀不止。

《曹禺研究资料》上的记述，原本是根据曹禺本身的回忆，所以上述的三篇文章全部以 1933 年曹禺首次来访的年头，没有差别。不过曹禺的年龄有“23 岁”和“24 岁”的两种，不一致。

从上述内容，尤其是曹禺的看戏经历来看，我对他 1933 年的访日日期表示怀疑。那时曹禺看的戏是歌舞伎《义经千本樱》及筑地小剧场的《好望号》，曹禺春天来到日本。可是我查了歌舞伎和筑地小剧场的演出记录，找不到这两场戏的演出记录[③]。

筑地小剧场演出的《好望号》的作者是荷兰剧作家海耶曼(Herman Heijermans1864.12.3—1934.11.22)，日语的剧名叫作《帆船天佑丸》。海耶曼是荷兰著名的剧作家及小说家，他的笔名有英语的 Samuel Falkland 等。曾做过新闻记者，发表了戏剧《犹太人区》(1899)《好望号》(1900)等三十一部作品。他的作品当时欧洲各地都演出过。日本翻译的《好望号》即《天佑丸》，是 1928 年由久保荣翻成日语，《白耳义・和兰(比利时・荷兰)近代剧集》(世界戏剧全集刊行会)收录了。《天佑丸》的原名是荷兰语的《Op Hoop Van Zegen》，Francica deGraf 把这部作品翻成德语，德语的剧名意味着《向庆祝的希望》，久保荣翻译时参考德语版和 Christpher St.John’s 的英文版。

筑地小剧场的《天佑丸》有 1934 年 4 月的演出记录。根据早稻田大学坪内博士纪念演

① 原载《北京日报》，1979 年 1 月 8 日。

② 田本相、胡叔和编，中国戏剧出版社，1981 年。

③ 歌舞伎演出目录、有关筑地小剧场的演出参照《筑地小剧场》(东京不二出版 1986 年)《我的筑地小剧场续编》(浅野时一郎续我的筑地小剧场刊行汇编，1981 年 9 月)等。

剧博物馆演出数据库，我们知道演出时间为1934年4月10日至4月22日，八田元夫导演、久保荣翻译，作为新筑地剧团五周年纪念公演演出。数据上有数据备注，应该存在有关资料宣传单、说明书、戏票，但是非常遗憾的是，现在这些资料不知在哪里。

从《天佑丸》的演出日期，可以推测曹禺的首次访问不是1933年，实际上是1934年。当时的报道也证实了这个推测。下面看看1934年的清华大学学生的来访报道。

1934年4月清华大学学生来访的消息登载于《读卖新闻》《东京朝日新闻》《帝国大学新闻》上。《读卖新闻》晨报上刊登："北平清华大学学生访日参观团一行卅三名由日语讲师钱稻孙率领，坐八日进港的大阪商船长城丸登陆神户。至四月廿日大约两周，预定考察京阪、东京方面。"

《东京朝日新闻》晨报上刊登："北平清华大学男女学生三十二名由钱稻孙讲师率领，利用三个星期的春假来到日本考察。八日到了神户，九日上午十点十五分到达东京站，抵达神田三崎町日华学会。从前北平大学其他学校曾屡次来参观日本，可是最近因为带有浓厚的排日色彩，所以清华大学此次为首次的参观旅行，通过这三个星期在日本的经历，大大地提高了对日本的了解。第一天的九日从下午两点开始参拜明治神宫，出发漫游。"

《读卖新闻》与《东京朝日新闻》的报道中，来访人数(三十三名、三十二名)不一致。

还有一个消息，《帝国大学新闻》第524号(1934年4月16日)上刊登"清华大学生来学惊叹图书馆"，根据这个报道我们知道四月九日他们参观了帝国大学(现东京大学)："九日北京清华大学学生一行参观本校，今年三月去中国考察的石井学生主事陪同参观大讲堂图书馆等，看到完整的设备、规模很大，带着充满佩服的心情回国了。"

从上面的三种报道来看，曹禺的首日来访并不是1933年春天，而是1934年4月8日至20日。1934年春天来到日本的曹禺，这年夏天从清华大学毕业，7月份《雷雨》登载于《文学季刊》。在日本的看戏经历，对《雷雨》的创作有没有直接关系，现在还无法下结论，但当时很狂热的筑地小剧场和日本传统戏曲歌舞伎的看戏经历一定给曹禺带来了新的影响。尤其是《天佑丸》即《好望号》，当时的剧评对于剧本和演员的表演都给予了很高的评价[①]，这对于曹禺来说是了解日本新剧的一个难得的机会。

在日本演出的曹禺作品

关于在日本演出的曹禺作品，已经有了研究成果，比如说濑户宏老师的《中国戏剧的二十世纪》、饭塚容老师的《1930年代在日本中国留学生的戏剧运动》[②]和《曹禺作品演出史》(2009年第15届中国戏剧视觉讲座资料)等等。饭塚容老师把曹禺的四部代表作《雷雨》《日出》《北京人》《原野》在中日两国的演出进行了调查整理。我参考这些研究成果，加上早稻田大学演剧博物馆收藏的演出资料，来对曹禺作品在日本的演出进行再整理。

① 《天佑丸》的剧评有《东京朝日新闻》(1934年4月13日)、长谷川时雨《母亲的叹息——〈帆船天佑丸〉…筑地小剧场》、《帝国大学新闻》(第254号1934年4月16日)、染谷格《力演〈帆船天佑丸〉新筑地剧团公演》。长谷川、染谷都赞赏海耶曼的原作和主演细川ちか子的表演，染谷加上赞扬八田元夫。

② 中央大学《人文学纪要》42号。

众所周知，在日本曾演出过曹禺的第一部作品《雷雨》。这部作品刊载于 1934 年 7 月的《文学季刊》第一卷三期，1935 年 4 月在东京神田一桥讲堂演出了。这次演出以中国留学生为中心，作为中华话剧同好会的第一届演出，是“以东京横滨地区的中国人为对象”①的。观众差不多都是中国人，用中文演出。当时帝国大学戏剧研究会会员的大学生影山三郎也去看了这次演出，所以几天后在《帝国大学新闻》上登载了影山的剧评②。到了 1936 年，影山与留学生邢振铎合译，由东京汽笛社出版了《雷雨》日文版。1953 年，影山的改译版《雷雨》又出版了。

1935 年之后，《雷雨》于 1957 年 2 月 5 日至 10 日由稻之会剧团演出于神田一桥讲堂。稻之会剧团是 1954 年成立的业余剧团，这次的《雷雨》是他们的第六届演出。关口润导演、影山三郎翻译的。此后，稻之会剧团 1958 年 10 月演出《日出》（第八届演出，翻译者梁梦廻），1959 年 10 月演出《原野》（第十届演出，翻译者梁梦廻），导演每次都由关口润担任。演剧博物馆收藏了这四次演出的说明书。

除了稻之会以外，其他两个剧团也演出过曹禺作品。一个剧团叫作新协剧团，另一个剧团是民艺剧团。新协剧团成立于 1934 年，1950 年代演出过曹禺作品。文艺导演部的团员有村山知义、久保荣等，在表演部有细川ちか子、赤木兰子、泷泽修等，顾问有秋田雨雀等。1935 年以后杉本良吉、北林谷荣、山本安英等都参加了。该团是村山知义为了新剧的大同团结，合并中央剧场、美术座、新筑地剧团的一部分组成的。1940 年被解散暂停活动，团员加入日本移动戏剧联盟进行戏剧活动。1946 年 1 月重新开始了第二次新协剧团的活动，除了村山知义以外，还有土方与士、八天元夫、宇野重吉（1947 年他创办民众艺术剧场，退出新协剧团）、井山正夫等著名的戏剧家都参加了。1951 年与莆田研二创办的中央艺术剧场合并，作为东京艺术座继续活动。

跟其他剧团不一样，1955 年新协剧团选择了《蜕变》《明朗的天》，这些作品是曹禺 1940 年代完成的新作。《蜕变》从 1955 年 5 月 23 日至 6 月 3 日进行了演出（第 65 届演出），由中国文学研究家松枝茂夫和吉田幸夫翻译，村山知义做导演。战争结束后他们从中国话剧作品当中大胆地选择了曹禺 1940 年代的作品。因为那时正在北京演出《明朗的天》并获得了好评，所以剧团那年 7 月份又演出了《明朗的天》。导演还是村山知义，剧团委托黎波进行翻译，黎波也参照神户外语大学的大芝孝的译本完成了剧本③。

民艺剧团以民众艺术剧场为前身，创立于 1950 年。1947 年泷泽修、宇野重吉、北林谷荣等创办的民众艺术剧场曾与新协剧团合作演出，但 1949 年解散了，1950 年重新开始了作为民艺剧团的活动，一直持续到现在。曹禺的《雷雨》1981 年 11 月演出，这是民艺首次演出中国的戏剧作品。当时的翻译和导演都是由内山鹑担任的。

在日本演出过的曹禺作品如下。除了 1935 年和 1937 年中国留学生的演出以外，其他

---

① 日文版《雷雨》（未来社 1953 年）的翻译者影山三郎的后记参照（316 页）。

② 《帝国大学新闻》第 576 号《理解吧中国戏剧》。

③ 村山知义《导演的发言》（《明朗的天》说明书 4 页）参照。

演出都是由日本剧团来演的。

【在日本演出的曹禺作品】

1935.4.27—29,5.11,5.12	《雷雨》(东京神田一桥讲堂)中国话剧同好会
1937.3.19—21	《日出》(东京神田一桥讲堂)中华国际戏剧协会
1955.5.23—6.3	《蜕变》新协剧团第65届演出 *
1955.7.6—17	《明朗的天》(东京神田一桥讲堂)新协剧团第66届演出 *
1957.2.5—10	《雷雨》(东京神田一桥讲堂)稻之会剧团第6届演出 *
1958.10.28—11.3	《日出》(东京本乡公开堂、千叶船桥、中央公民馆、玉浦和埼玉公馆、国铁大堂)剧团稻之会第8届演出 *
1959.11	《原野》稻之会剧团第10届演出 *
1961.9	《雷雨》(名古屋剧团圆集)
1961.10	《日出》稻之会剧团第? 届演出
1962.9	《雷雨》(岐阜はぐるま剧团)
1963.10.3—6	《雷雨》稻之会剧团第14届演出 *
1981.11—1982.3	《日出》民艺剧团
1981.11.19	岐阜产业文化会馆、11.20—21大垣市文化会馆
1981.11.30	名古屋名铁大厅、12.2福井市文化会馆、12.3小浜市文化会馆
1981.12.5	中津川市文化会馆、12.9—27东京三越皇家剧场
1982.3.5—10	神户市文化厅、3.11—14京都京都会馆第二厅
1982.3.15	京都府立文化艺术会馆、3.16—20大阪厚生年金会馆中厅
2003.11	《日出》天地剧团

注：* 演剧博物馆有说明书

中日戏剧交流

上述的曹禺作品在日本的演出历史,与中日文化交流的历史应该有很大关系。

战争以前在日本演出的中国话剧,主要人员就是中国留学生,是以留学生为中心的演出活动。1907年开始在中国首次演出的新剧团春柳社的团员也是留学生。曹禺来访的1934年左右,在日本已经存在着几个戏剧团体了。秋田雨雀在1935年写的一篇文章里提到当时在东京活跃着的中国戏剧团体。

> 于东京作为移民艺术的中国戏剧运动,那么反映什么社会观念呢? 从节目、导演方法等来观察,我总觉得完全清算有着时代的政治的机械的反映,把重点放在进步的艺术的创造方面。虽然各个剧团的节目、导演方法有许多特色,但是现在看不出来那样的特色有差异完全区别戏剧体系。譬如在东京组成的三个剧

团；中华同学新剧、中国国际戏剧协进会以及中华戏剧座谈会，他们的剧目比较来看，最初的中华同学新剧和最后的中华戏剧座谈会，他们反映比较进步的社会观念，我觉得中华国际戏剧协进会即是中间派，立足契诃夫那样的戏剧方法。即东京的中国戏剧团体可以划分为两种体系，一个是契诃夫那样的戏剧体系，一个是进步的戏剧体系。

秋田说的“契诃夫那样的戏剧体系”和“进步的戏剧体系”，也可以理解为“艺术的”“左翼的”。1930年代的东京的戏剧情况，1934年筑地小剧场分裂渐渐地左翼化了，在戏剧界出现了左翼戏剧潮流。中华国际戏剧协进会以中国旅行剧团的舞美主任吴研声为中心，组成于1935年。吴研声1935年5月份来日本学习舞台美术，当时成了日本舞台美术家伊藤熹朔的门生①。同年10月中华国际戏剧协进会在神田中华民国青年馆创立②，他们多次在筑地小剧场演戏。中华国际戏剧协进会有日本顾问，比如说伊藤熹朔、山野菊太郎、铃木英辅等等。

如上所述，1930年代日本戏剧界接纳中国的戏剧人员，并保持了中日戏剧方面的交流关系。1935年至1937年之间，在日本由中国留学生进行的演出活动特别活跃。中国留学生最后的精彩演出活动就是曹禺《日出》的演出。据当时担任主演的凤子说，她的复旦同学严兴坤的丈夫林一屏组织中华留东同学会话剧团，代表话剧团邀她来日本参加《日出》的演出③。

经过战争后，中国日本之间的新剧交流，直到1950年代才重新开始。1957年日本新剧团首次访华，那时日本新剧代表团除了团长土方于士以外，还有村山知义、戌井一郎、宇野重吉、真山美保等。日本新剧代表团之前，1955年歌舞伎演员市川猿之助访华演出，千田是也访华，进行有关中日文化交流的协议，次年杉村春子等作为亚洲联队文化艺术使节团访华。因此在战争后的日本，曹禺作品的演出从1955年开始，因为戏剧家的访华带来了两国戏剧家直接交流的机会。1956年曹禺本人也实现了第二次访日，这次与久保荣进行了会谈④。要说1956年，值得一提的还有中国京剧团的来访。以梅兰芳为团长、欧阳予倩为副团长的中国京剧团5月份来到日本，1950年代是战争后恢复中日文化交流时机成熟的时期。

到了1960年代，开始了日本新剧团的访华演出。1960年第一次访华演出的新剧团有村山知义团长、杉村春子、千田是也、泷泽修、山本安英等共70多人，对于日本新剧来说，这一次既是首次访华演出，又是首次海外演出。此次演出了《女人的一生》《夕鹤》等日本新剧的代表剧。1965年第二次访华演出，日本新剧团泷泽修团长、东野英治郎、杉村春子等72个人参加了。之后日本新剧团第三次访华演出是在1981年，千田是也团长、杉村春

① 《日本舞台移到民国新剧》《东京朝日新闻》，1935年5月2日。

② 《诞辰中华新剧团》，《东京朝日新闻》，1935年10月15日。

③ 凤子《重访“一桥讲堂”》，《人民戏剧》，1981年第7期。

④ 有关这次的曹禺来访，中国文学家庆应大学教授奥野信太郎写了曹禺介绍信息。《来访剧作家曹禺》，《东京朝日新闻》，1956年8月5日。与久保会谈刊载于《东京朝日新闻》8月27日。

子、水上勉、吉佐和子等 51 人参加了。次年，曹禺第三次访日。

小结

本论整理了曹禺与日本的关系及在日本演出的曹禺作品、中日戏剧交流，战争以前的 1930 年代曹禺作品在日本和中国差不多同时演出，日本积极地翻译了他的作品，这个事实象征了中日之间新剧的同时代性。战后，曹禺与同时期的日本戏剧家互相进行了交流，可是到了 1980 年代以后，在日本不要说他的作品，连他的存在也不知道的年轻人越来越多了。值此曹禺诞辰一百周年之际，回顾他与日本的戏剧史，重新了解现在仍在继续演出的曹禺作品的普遍性和文学价值，能够对于曹禺生活的时代有新的认识。我希望今后曹禺作品不仅在中国，在日本的舞台上也能长久演出。

原载《演剧映像学：演剧博物馆グローバルCOE 纪要》，2010 年第 2 期。

曹禺:爱和激情的戏剧

——他的三大剧本《雷雨》《日出》《北京人》

[日]内山鹑

一

曹禺的戏剧作品并不多,三十年代创作的《雷雨》《日出》《北京人》等三部作品应是他的代表作(《北京人》是在1941年发表的,也就是三十年代末写成的,所以,也可以称之为三十年代的作品吧)。因为这些作品里描写的都是作者所熟悉的世界,又是最适合他资质的戏,所以说是作者深刻地观察、仔细地钻研的作品。

在我们日本有位叫久保荣(1901—1958)的剧作家,他写了《火山灰地》这个分为两部的大型作品,从而成为三十年代日本新剧的顶峰。他曾说过"现实主义者的眼光可以预见时代"这句话。曹禺这三部作品的确"预见了时代"。

曹禺是位激情的作家。激情支撑着他的创作。毫无疑问,这种激情使曹禺创作出了活生生的、伤痕累累的剧本,并使《雷雨》与《日出》具有特殊的魅力。但是,在岁月的流逝和历史的洗礼下,曹禺作品的生动性已变得难于解读。1981年,我在北京观看了《日出》的演出,当时我感到由于出演的年轻演员没能完全理解解放前的生活情况,特别是对大财主和贫苦人的形象塑造很不成功。原来日本演员对阶级性的理解要比中国年轻人强一些,可是,现在百分之九十的日本人都有中产阶级的意识,所以,对这种形象也不太理解。

曹禺的激情是面向着人世间所有的不合理、不公平、欺诈、残暴的。在这激情的深处含有对人类及贫者和被压迫者深深的爱。这个爱唤起了他无法抑制的激情。所以,曹禺的激情也可以说是一种愤怒。同被这种激情强有力驱使下而创作的《雷雨》《日出》相比,后来写作《北京人》时,也许由于作者对自己的激情有了较为客观的看法,使他在现实主义戏剧的创作上有了明显的客观性。其结果虽然减少了那种伤痕累累的描写,但却使他增加了普遍的现实性。

二

爱是革命精神的源泉,爱也是人类自由的衡量器。

曹禺在处女作《雷雨》中,以周萍和四凤的相思相爱为中心,牵连到蘩漪对周萍的爱,周冲对四凤的爱,又插入鲁侍萍和四凤、大海,蘩漪和周冲等母女、兄妹的错综复杂的爱。从青年男女恋爱的四角关系为中心,以母子之爱为阻力全面展开。在背景上,又描写了鲁大海同志般的爱。在戏中，雷雨象征着一切阻碍爱的力量，并以此暗示着超越人类的强大力量。

但是，他们却看不见这种超越人类的力量，所以，也就无法斗争。在希腊戏剧中，“上帝”给主人公带来“命运”，主人公同命运抗争，从而产生了戏剧性的纠葛。俄狄浦斯也是这样塑造出来的英雄。

现代日本具有代表性的剧作家木下顺二（1941—）曾写下了《子午线上安魂曲》（1979），翻开了日本现代戏剧史上新的一页。这是把日本中世纪说唱文学故事《平家物语》置于宇宙广阔的视野之中，改写成了朗诵剧。如果你从高空的子午线上来看，人就只有芝麻粒大小了，但猛地接近一看，人却意外的巨大。虽然震撼时代的源平两家之战是非常壮烈的，但从子午线上来看，那只不过是个小小的冲突。在剧中，木下顺二描写了一个不惜牺牲生命的同命运挑战的武将。一部要演四个多小时的大型作品，这就是《子午线上安魂曲》。

曹禺的《雷雨》里，人对超越人的力量到底是被动的，无法对此挑战，这的确是作品的一个弱点吧。因而“巧凑戏”的一面突出出来，被批判为“宿命戏”或“近亲相爱戏”。可是，无论曹禺所写的爱看起来如何微小，如何具有个人性，他却相信爱所具有的巨大意义，对阻碍爱的实现的暴力挑战了的。

当时，封建制度被认为是历史的一部分，是个人的力量无法改变的，是像“命令”一样有超越人的力量的，因而作品带有一定的悲观性。但毫无疑问，《雷雨》就是追求爱的实现的悲痛呼唤。

曹禺接着发表的作品有了惊人的展开。在《日出》中他着重写了爱被扼杀。他选的舞台是爱的不毛之地——半资本主义半殖民地的大城市，是人吃人的、血肉横飞的人间地狱。无论是上流社会的高级饭店还是最下等的妓院，爱都被完全窒息。

“难道你不需要一点真正的感情，真正的爱？！”

“爱？什么是爱？你是个小孩子！我不跟你谈了。”

其实，方达生同周冲一样并不知一点爱，而最渴望爱的是陈白露。陈白露曾经跟一个很像方达生的诗人结婚，但后来却一再受挫，“一辈子卖给这个地方”。那她为何要自尽呢？这就是《日出》的关键，也是演出时最难表现之处。

方达生的突然出现，给她一个重新凝视自己的机会，她估计了抢救钻到她怀里的小东西是易如反掌的；当她发现背后的黑暗势力时，越发斗志昂扬，燃起了爱的热情。可以说，白露为了挽救小东西豁出了爱的实现与自己的性命。终究是失掉了一切，当她发现自己连小东西都救不了时，不得不陷于自我厌弃的状态。仿佛她“一辈子卖给这个地方”以来纠缠着她的对自己人生的怀疑胀大了。自问自答，自己还有什么活头？第三幕是在社会最底层，惟妙惟肖地描写了翠喜对小东西的爱和小东西的自杀。这一幕里虽然没有陈白露的出场，但却使我们深深感受到她的绝望。对于盼望“太阳升起来”的人们来说，太阳就是爱的象征。

日本的久保荣同曹禺一样，也是一位小资产阶级知识分子，他努力改造自己，不断探索现实主义的创作方法，他曾写道：

“如果要想使环境和性格具有典型性，必须以生产领域为基础，在此基础上，比例正确地描写出综合性的社会形象，这是我从前就提出的主张。”①

这一主张在三十年代是先进的理论主张，曹禺比《火山灰地》早两年，已在《日出》中，即使没能“以生产领域为基础”但却尽力地“比例正确地描写出综合性的社会形象”。更进一步来说，曹禺热心于描写的是人和人的爱，爱是曹禺的终生主题。

三

其后，在《原野》中又进一步描写“生产领域”，在《黑字二十八》和《蜕变》中进一步描写了抗战现场。写了《日出》五年之后，他又回到了自己的天地，创作了《北京人》。由于当时处在抗战时期，这部作品没有受到应有的重视，被认为是从《原野》和《蜕变》的一大倒退。事实上，《北京人》却是曹禺剧作的一大飞跃。

许多人都说，《北京人》就是中国的《樱桃园》。樱桃园相当于曾家的棺材，罗包辛便是曾公馆隔壁的杜家；或者还可以说这场戏像是《三姊妹》，那场戏像《万尼亚舅舅》，这场又像《海鸥》，总之到处都可看到契诃夫的影子。即使如此，《北京人》还是中国的作品，展现着曹禺的戏剧世界。倘若不承认曹禺是创作的话，那么莎士比亚和布莱希特也就应骂为大盗贼了。

《北京人》究竟还是喜剧，这一注释对于一直被认为悲剧作家的曹禺来说，似乎具有重要的意义。《北京人》虽然还是把像《雷雨》一样的封建家庭搬上了舞台，但却有着决定性的不同。首先是《北京人》表现出了大的时代潮流，再就是它让激情潜藏于深处，客观地去看待时代和人类社会。虽然曹禺没有契诃夫那种医生的冷静，并自称“我是一个不能冷静的人”，但是我们却能清楚地看到他完全客观的冷静态度。这种客观性使作品带上了喜剧性的味道。剧中人物越是认真就越充满滑稽可笑。我们不能忽视这种滑稽可笑。它不仅是讽刺的笑，而且是具有启发性的微笑，也能够启发爱情的哭笑。由于是和当时的社会情况无关的题材，也许是时代与人物有一定的距离，由此，《北京人》就成为喜剧了吧。

久保荣也承认契诃夫的伟大性，在第二次世界大战期间，他一边学习《樱桃园》，一边创作了《苹果园日记》，战后上演了，却被误认为和《火山灰地》相比，是一大倒退。事实并非如此，我所导演的民艺剧团的舞台就足以证明这一点。久保荣在三十年代曾这样写道：“契诃夫现实主义的伟大性在于看起来他好像只描写了日常生活琐碎，但却非常细致地表现了生活在19世纪末农奴解放后的俄国，曾经历了大的时代变革的各种人物……如果我们真是要想创作名副其实的‘现代戏剧’的话，就这样，必须要去塑造‘决无反复的’现代典型环境和典型人物形象，把我们所生活的时代的‘历史特性’在作品中鲜明而细致地刻画出来。”②

① 《烧炭窑·后记》。

② 《迷路了的现实主义》。

曹禺明确地追求“决无反复的”事物，创造出了客观现实主义的创作方法。三十年代，是世界现实主义戏剧艺术的高峰，产生了许多具有进步意义的杰作。日本也和中国一样，取得了丰富的成果，但是三十年代，日本已开始侵略中国，走上了法西斯军国主义的道路，中国正处于抗战和摆脱封建制度和殖民地压迫的斗争之中。虽然两国所走的道路完全相反，在世界范围内，艺术家们却在追求着同一个目标。

四

曹禺的作品常常会出现残酷而刻薄的场面。描写这种场面，并使之登上舞台，都是以作者对爱的信赖为前提的。那么作者是怎样看待残酷性这一问题呢？残酷性的表现也各不相同，从《雷雨》到《北京人》就表现了不同特色的残酷性。

例如在《雷雨》中，有周朴园强迫妻子喝药的场面和剧终三个年轻人死的结局，但是最残酷的大概还是根本不知爱的存在，毫不介意地说出真相的周朴园吧。周朴园不仅不知道儿子行为不伦，就连儿子现在正在谈恋爱也全然不知。没有爱的生活使他对爱的想象力也麻痹了。当事人虽然没有意识到，但却逼死了自己的儿子，因此，再没有比这更残酷的事了。包括喝药的方面，这些都是对加害于人的残酷行为的表现。这些现实生活里大量存在的事实激发起了曹禺的激情，这是毫无疑问的。

《日出》中小东西的自杀和黄省三的惨相都是惨不忍睹的，而作者的描写让观众和读者从受害者的眼中目击这一残酷的现实。有关《日出》中小东西的上吊，曹禺在剧本第三幕的附记中曾说过：“写完第三幕便觉得小东西的死太惨了，太刺目了。然而为着看戏的人们这末尾的惊吓又怕过了分。我曾经将结尾改成小东西没有死成，过度的恐惧使她鼓不起勇气把头颈伸进那绳套里，终于扑在地上哀泣起来。”但是从这篇《附记》里也可以看到，这种处理方法并不是曹禺的本意，残酷的上吊场面的创造才是曹禺真正的本意，也是追求爱的激情这一作家特长所决定的。1981年日本民艺剧团公演中实际上小东西是吊在舞台中央的，这使满场观众倒吸一口气。如果没有这令人震惊的场面，陈白露自杀的根据也就变得含糊不清了。第三幕的全部删除就更不用提了。

这样令人震惊而悲愤的残酷性在《原野》里小黑子被扑杀场景上也可以体会到，但到《北京人》时却有了本质的转变。例如，在说媒一场中，曾皓、曾思懿、江泰三人表面上假仁假义地在听取愫方的意见，实际上却想根据自己的利害得失去操纵愫方。

曾思懿：（连忙）是呀，愫妹妹，你要多想想，不要屡次辜负姨夫的好意，以后真是耽误了自己——

曾　皓：（也抢着说）思懿，你让她自己想想。这是她一辈子的事情，答应不答应都在她自己，（假笑）我们最好只做个参谋。愫方，你自己说，你以为如何？

江　泰：（忍不住）这有什么问题？袁先生并不是个可怕的怪物！……

这就不难看出他们结伙整治哑口无言的愫方的狠毒用心，如果身处愫方处境去看，那就有悲剧性。可是，当事人一言不发，周围的人却顶起牛来了，为了各自的企图而拼命劝说的样子，难道不滑稽吗？这完全是喜剧。在这里，曹禺冷静地面对着加害人的残酷阴险，将愤怒的激情化作嗤笑的匕首，将残酷阴险表现为滑稽可笑。

在《北京人》中最残酷的可能就是曾文清回家了吧。就在愫方刚刚表达完她的爱的理想之后，曾文清终于回家来了，她的理想被相对化了。愫方的爱之梦被毁灭，至于文清的爱情也完全被背叛。这种残酷性不是表面的，也不是行害者对受害者的残酷折磨，而是表现为受害者之间的背叛行为，是一种深刻的入木三分的残酷性。这是因为作者的表现方法也随着对人的认识更加深化了。这些笔锋表现了作者深化的激情和描写的真实客观性。

五

1951年开明书店出版的《曹禺选集》中首次展现出和当初上海文化生活出版社出版时完全不同的三部作品。这次修改也根据他的激情。解放被认为是爱的世界的实现，从解放的欢乐出发去改写，使自己的旧作多少能适合于当时的时代。

> 现在想想，倒也记得动手的时候确实要提出一些问题，说明一些道理。但我终于是凭一些激动的情绪去写，我没有在写作的时候追根问底，把造成这些罪恶的基本根源说清楚。①

但是我认为，艺术并不是为了“提出问题”或“说明道理”而存在的，更不是为了把“罪恶的基本根源说清楚”而存在的。

但是，最终在三年后出版的《曹禺剧本选》中，恢复了作品的本来面目。1981年《日出》上演时，我率先到曹禺在北京的住宅里访问了他，那时他对我说：“我很想将开明书店版的《曹禺选集》全部烧弃。”

戏剧评论也是促使作者修改剧本的原因之一，目光短浅的评论有百害而无一利。可以推测到在解放后中国毫无间断的革命运动中，无论是创作还是评论都很难保持坚强的自信。中国评论界依然是公式化的、教条化的东西较多吧！并不仅是评论，而且也关系到有关导演、演员的演出方法。例如《日出》上演中，一个导演曾说由于第三幕里“翠喜骂要饭的，小东西向黑三跪下求饶”等，“和人物的性格、身份以及规定情境不符合”，所以“应该加以修改或删去”，作者也同意了，在以后的版本中进行了修改。这不就是概念化的人物理解，不就是对现实主义作品的唯心的修改吗？然而，1988年底开始出版的《曹禺文集》还是根据最初的版本进行编集，我认为这一点具有较大的意义。

久保荣在三十年代很不满意当时的新剧评论，通过自身的几次实践和尝试后，他这样写道：

“如果将这几篇文章作为一个牺牲品，为了明确表达我们对最近新剧评论容易陷入独断化紊乱的艺术态度，对于花一年时间创作的作品，必须花一年心血去评论，是我所感到喜出望外的。”②

---

① 《曹禺选集·序言》。

② 《〈海援队〉的剧作法》。

“对于花一年时间创作的作品，必须花一年心血去评论”，这当然是很困难的事，但是，如果文学、戏剧评论都采取这种态度的话，我们不就可以不走许多弯路了吗？

在新中国社会主义运动的大曲折中，曹禺继续持剧作之笔，用他那高水平高技巧的作品去继续追求爱的主题。但我认为没有可以和《雷雨》《日出》《北京人》等相提并论的作品。特别是《北京人》，它不仅是曹禺的最高杰作，也是可以列入20世纪30年代世界戏剧中现实主义高峰的作品。

日本的木下顺二曾经说过：“剧作方法并不在于技巧，而在于思想。”[①]曹禺这三篇巨作正是这句话的完美体现。

1991年南开大学曹禺研究国际学术研讨会论文

① 《新剧》。

日本曹禺研究史简介

[日]饭塚容

曹禺的剧作跟日本因缘不浅，比如他的处女作《雷雨》是在东京由留日中国学生剧团首演的。东京帝国大学学生影山三郎看了这个演出，很受感动，写《应该了解中国戏剧》一篇文章，发表在《帝国大学新闻》第576期（1935年5月6日）。这就是日本介绍《雷雨》的嚆矢。同时他跟中国留学生邢振铎一起开始翻译《雷雨》，1936年2月由东京汽笛社出版。这本书收入秋田雨雀、郭沫若和曹禺的序文。关于这些经过影山三郎写过一篇回忆文。①

这以外30年代早就有两种《曹禺论》。一篇是土居治撰写的《曹禺论》②，一篇是野中修撰写的《曹禺论》③。虽然都是不到四千字日文的短论，但是作为同时代的评论，很值得注目。这两篇短论对曹禺戏剧的评论截然相反。土居治认为曹禺的剧作是命运的悲剧，缺乏现实生活的反映。他甚至说《雷雨》《日出》都不出乎“习作”的水平。跟他相反，野中修给这些剧本很高的评价。他说：“曹禺不但是优秀的剧作家，而且是优秀的人道主义者”“春柳社以来中国话剧经过30年的岁月，带来最大收获的功名毫无疑问应该授予曹禺。”

40年代没有显著的研究成果。1940年5月，中村贡撰写《曹禺》，评论《雷雨》与《日出》。1943年8月，东京青年书房出版服部隆造翻译的《北京人》。1948年11月，冈崎俊夫撰写《曹禺的戏剧》④评论《雷雨》《日出》《北京人》《蜕变》。另外还有几篇，都不过是很简单的介绍文。进一步的曹禺剧作研究，到了五十年代才蓬勃地展开。

从1951年6月到1952年10月，佐藤一郎在《三田文学》上接连发表五篇论文，系统地分析《雷雨》《日出》《北京人》《蜕变》《原野》。他说，悲剧精神和民族意识的结合就是曹禺剧作的特点。他把曹禺的创作道路分为两期，说：曹禺以《雷雨》震撼了剧坛，到《日出》得了飞跃的进步，在《原野》走“宝贵的弯路”，到《北京人》显示最大的成熟。这些是第一期作品系统。佐藤以为，这时期，曹禺用“象征的写实主义”写戏。《蜕变》的写作方法跟第一期作品完全两样。佐藤把它叫作“彻底的现实主义”。他说，《蜕变》到《桥》就是曹禺第二期的作品系统。

这个时期，目加田诚也撰写《曹禺的戏剧》⑤。他详细地介绍曹禺的主要剧作，并且指

① 见《悲剧喜剧》第370—373期，1981年。

② 《中国文学月报》第22期，1937年1月。

③ 《燕京文学》第1期，1939年4月。

④ 《剧作》第17期。

⑤ 《文学研究》第42期，1951年11月。

出欧美近代戏剧的影响。

还有大芝孝写的《新旧〈雷雨〉比较研究》①。他把1934年发表于《文学季刊》的旧版《雷雨》和1951年开明书店《曹禺选集》所收的新版《雷雨》校对一下，说：曹禺的修改适合于新中国社会的要求，获得很大的成功。以后，他又写《曹禺的新作》②，对曹禺解放以后的作品《明朗的天》《胆剑篇》给予很高的评价。

另外，梁梦廻撰写《曹禺》③，把曹禺的作品分为三期。第一期作品，《雷雨》《日出》《原野》当中，他认为《日出》水平最高。因为没带《雷雨》那样"宿命的神秘的色彩"，也没显示《原野》那样"太多的技巧"。对于第二期作品，《蜕变》《北京人》《家》，他的评论如下：《蜕变》的人物形象缺乏现实的真实性，不能满足观众的要求。《北京人》没有完全写出大家庭没落的必然性，远不如《日出》。据巴金长篇小说改编的《家》，实际上可以说是曹禺的创作，用"诗的语言"写的好作品。分为第三期的作品虽然只有《明朗的天》一篇，但是梁梦廻的评价非常高，把它叫作"巨大的收获"。

60年代出现了两位女研究家。一个叫宅间园子，撰写《曹禺〈雷雨〉的悲剧性与社会性》④。她说：《雷雨》基本上是"一篇命运悲剧"。第一幕和第二幕，对社会矛盾的描写比较多，相当尖锐。但到第三幕和第四幕，作者的兴趣渐渐离开这些问题，转向于"人的憎恨、冷酷、报仇"等感情方面。但她认为，这就是作者要写的主题。缺乏社会性不是由于作者思想的限制，而是为了提高悲剧效果不得不减少那方面的描写。

另一个女研究家吉村尚子撰写《中国女人会话的特征》⑤。她从《雷雨》《日出》《北京人》的女人会话中，抽出使人感到"厉害"的词句。她指出，中国女人不论身份高低，都用各种日本人所回避的词句和骂人的话。

另外，男研究家也有不少成就，比如芦田肇以《日出》为例分析曹禺笔下的小市民形象⑥。他说，《日出》的许多人物都是中国小市民的典型，会议而且有些人物是曹禺自身的投影。

吉田幸夫，1967年2月发表《曹禺〈雷雨〉与〈北京人〉的修改情况》⑦以来，一直研究曹禺剧作的修改问题。

70年代，有两篇《雷雨》论。一篇是名和又介的《〈雷雨〉论稿》⑧，他探讨这部剧作中"双重乱伦关系"的来源。他指出，继母与继子的乱伦显然受到欧里庇得斯《希波吕托斯》的影响。继母对继子的爱情在剧中引起很大的作用。兄妹之间的乱伦可能是被易卜生

① 《神户外大论丛》第7卷第1—3期。
② 《神户外大论丛》第16卷第3期。
③ 《新剧》第6卷第9期，1959年5月。
④ 《中国文艺座谈会札记》第14期，1963年12月。
⑤ 《中京大学论丛》第5期，1964年12月。
⑥ 《中国的小市民》，见《近代中国的思想与文学》，1967年7月。
⑦ 《现代中国语总合研究会会报》第2期。
⑧ 《野草》第14、15期，1974年4月。

《群鬼》启发的。没有出息的少爷跟女佣人重复他父亲所犯的错误。

另一篇是井波律子的《〈雷雨〉论》[①]。她认为,《雷雨》是一部无可挑剔的悲剧作品。她指出,这部悲剧成功的来源在于“时间和地点的集中”“紧凑的结构”“像惊险剧一样的手法”和“故意夸大的人物形象”。她对《雷雨》的评价很高,认为以后的作品都比不上它。

70年代后半期出现了年轻的曹禺研究家饭塚容,1976年以来陆续发表十几篇论文,这些论文可以分为两大类。一类是剖析曹禺剧作所受外国文学影响的著述,比如《奥尼尔·洪深·曹禺》[②]和《再论〈原野〉与外国文学》[③]。另一类是对于中国曹禺研究加以述评的论文。比如《关于钱谷融〈《雷雨》人物谈〉》[④]《最近的〈北京人〉论》[⑤]《〈大公报·文艺〉上〈日出〉集体批评》[⑥]《〈原野〉的再评价》[⑦]《吕荧的曹禺观》[⑧]等。

到了80年代曹禺第三次访日(1982年),上海人民艺术剧院也访日演出曹禺改编的《家》(1985年),关于这些有不少报道。另外内山鹑翻译的《日出》,发表于《悲剧喜剧》第375—376期(1982年1—2月),杨为夫·瞿麦翻译《家》发表于《剧场》第511期(1985年9月)。

80年代后半期,出现了更年轻的曹禺研究专家牧阳一。他写《关于万家宝作〈偶像孔子〉》[⑨]以及《曹禺的小说〈今宵酒醒何处〉》[⑩],是介绍曹禺早期创作的宝贵资料。后来他又写了《作为基督教悲剧的〈雷雨〉〈日出〉〈原野〉》[⑪],分析曹禺剧作和基督教的关系,获得了不少研究成果。总而言之,日本曹禺研究进入了新的阶段。

原载田本相、邹红:《海外学者论曹禺》,桂林:广西师范大学出版社,2014年版。

① 《金泽大学教养部论丛》第15期,1987年3月。
② 《季节》第5期,1977年11月。
③ 《季节》第10期,1981年5月。
④ 《咿哑》第14期,1981年12月。
⑤ 《人文学报》第156期,1982年3月。
⑥ 《季节》第11期,1982年7月。
⑦ 《中央大学一百周年纪念论文集》,1985年10月。
⑧ 《中央大学文学部纪要》第118期,1986年3月。
⑨ 《中国近代文学研究》第1期,1987年9月。
⑩ 《中国近代文学研究》第2期,1988年12月。
⑪ 《日本中国学会报》第42期,1990年10月。

曹禺简介[①]

[日]吉田幸夫[②]

作者曹禺，原名万家宝，1909年生于天津，祖籍湖北潜江县，父亲曾担任四川军阀的幕僚陆军中将。曹禺生活在堪称天津四大名门的家庭中，一直在祖母的关爱下成长。从天津南开中学毕业后，考入北京国立清华大学，攻读希腊悲剧专业。处女作《雷雨》是其在清华大学攻读研究生期间的作品，时年二十三岁，也是从那时起开始使用笔名“曹禺”。作品在杂志《文学季刊》上发表之初，并没有引起太多关注。但第二年，即1935年4月27至29日这三天，在日中国留学生组织的“中华话剧同好会”在东京神田的一桥讲堂举行的首次公演上，《雷雨》取得了空前的成功。从此，《雷雨》之名也在中国国内广为流传，“曹禺”自然也成为人们谈论的话题。之后，这部被誉为“中国话剧之经典”的悲剧每每上演都座无虚席，伴随着《雷雨》之名，剧中人物朴园、侍萍、四凤等也成为家喻户晓的名字。据说在香港，《雷雨》还被拍成了电影。

1936年，曹禺的第二部作品《日出》在巴金等主编的《文季月刊》上发表，并获得《大公报》的文艺奖金。（这部作品继《雷雨》后，也由留学生在日本上演。）

1937年，《原野》发表。曹禺任南京国立戏剧学校教授，不久中日战争爆发。

1938年元旦，“中华全国戏剧界抗敌协会”在汉口成立，曹禺当选为理事，之后由于战局的变化，协会被迫转移至重庆，抗敌期间，中国的戏剧运动呈现出了前所未有的盛况。为了通过戏剧的方式，呼吁民众的抗敌意识，强化后方阵营组织，出现了大批的街头戏剧、独幕剧以及多幕剧，到1942年春，其数量已达四十二种之多。1939年10月10日，为庆祝“国庆节”，第一届戏剧节隆重召开。在此届戏剧节上，除田汉、欧阳予倩、洪深等资深戏剧家之外，新兴剧作家的登场也格外令人瞩目，甚至连郭沫若、老舍等诗人、小说家也纷纷跻身于戏剧界。另外，演出的话剧团，有官方的，有民间的，还有国立戏剧学校（曹禺时任该校教务总长）等。据1939年的统计，当时全国的话剧工作者达十三万人之多。在这样的时局中，斗争对象明确、前进方向坚定的曹禺，充分发挥了他作为戏剧界第一人的作用，完成了讴歌抗战必胜信念的作品《蜕变》。（当时曹禺随戏专疏散到后方，迁居至四川省江安，寄居在一乡绅家中。当时的住所，楼下为家人居住，楼上则充当书房。据说这部作品是曹禺在每天蓬头垢面很少下楼的情况下完成的。）

---

① 本文似为《北京人》译者序。

② 吉田幸夫（1921—），九州大学毕业。曾任北九州大学教授。

然而好景不长，随着战争的延续，国共两党矛盾日趋激烈。国民政府再次发起了对左翼的镇压，戏剧发展也不得不面临着严格的审查制度、重税、剧场限制等重重关卡。1941年发生的“皖南事变”(安徽省南部的新四军遭到国民党军队的袭击，蒙受巨大损失）打碎了国民指望国共合作建立民族统一战线取得抗战最后胜利的愿望。之后，愈来愈残酷的文化镇压，加上骇人听闻的物价暴涨、横行的黑市买卖等造成的日常生活的极度窘迫，把当时所有有良知的作家文人都逼到了迷茫与绝望之中。

几年前欧阳予倩和山尊父子随同访日京剧团一行来日，译者曾在座谈会上听到两位相继谈起抗战时期中国戏剧的状况。据说，《蜕变》在发表之初，当局还奖励其上演，但不久，剧中对旧式官僚的尖锐批判使当局不悦，在“把这儿改了，把那儿删了”的喝令之余，最终被禁演。

1956年，曹禺来日时讲述了《蜕变》受压制的情况。

> 在最后一幕中，有一个场景是丁大夫在阳台上挥舞伤兵送的肚兜。他们说不许挥红旗。可中国的肚兜都是红色的。我并没有要刻意去挥红旗，那只不过是一个偶然的巧合而已——(《与曹禺座谈》，载《剧场》1956年十月号。)

像这样疯狂的压制，现在或许可以说它“荒唐”，并一笑置之。但当时遭受这种责难的曹禺，他黯然的心境是远远超出我们想象的吧。在事关国家民族兴亡的抗战时局下，使全国民众为之震撼的强烈爱国热情让曹禺忘却了之前一直贯穿他作品中的命运论者的悲剧观，使他从完全不同的观点，形象地描绘出了推动抗战和从抗战中逃脱的两类人。而当抗战胜利之梦即将破碎时，他又恢复到一个喜爱以主人公自杀来结尾的悲剧作家，创作了《北京人》和《家》。值得我们关注的是，分别代表曹禺作品“阴暗”两个极端思想的《蜕变》和《北京人》却在同一年——1941年11月和12月问世。在如此短的时间内，居然写出如此意趣迥异的作品，这使我们看出，当时作者所面临的现实是多么瞬息万变，而现实给作者的打击又是何等沉重。

“在蒋管区的抗战文学不得不遭受了多方面的迫害。作者既脱离了抗战的工作岗位，只好回到都市的小亭子间里，和实际斗争隔绝了……环顾四周，好像围着黑暗而沉重的铁幕，而瞻望前途，又似乎看不到确实的一线光明，他们或者消沉，或者悲愤……而创作倾向，也就自然容易回到旧的道路上，或者是客观的现实主义，或者是革命的浪漫主义……只是形式的或为低诉，或为狂呼而已。”

以上是蔡仪在《中国新文学史讲话》中的论述，可以说恰当地解释了从《蜕变》到《北京人》的转变。

1942年，巴金的小说《家》被曹禺改编成话剧，再次控诉了集中反映人吃人的封建礼教思想结合点的家的问题。

1945年，抗战结束之后，他的第七部作品《桥》(二幕剧)问世。

1946年，曹禺和老舍一起被邀至美国，到各地的大学作关于中国话剧的演讲。回国后在清华大学任教，但后因国共矛盾激化，前往香港避难。

1947年，创作剧本《艳阳天》，并被邀担任导演，据说该作品得以在各地上演。

1954 年,《明朗的天》(四幕剧)问世。该作品于 1956 年,与《蜕变》一起,由新协戏剧社在东京上演。

1961 年,历史剧《胆剑篇》发表于《人民文学》。

此外,还有独幕剧《正在想》(1940),《曹禺独幕剧集》,以及易卜生话剧的翻译等。

曹禺在除上述的剧作活动和电影导演之外,还曾自己登台做过演员。据说曹禺在学生时代就男扮女装(易卜生《玩偶之家》中的娜拉等)演过戏,后来他在四川省江安的国立戏剧学校任教时,还在当时重庆唯一一家上演话剧的剧院"扩建堂"里,出演了话剧《安魂曲》的主角莫扎特。

关于《北京人》的文本事宜

《北京人》的文本,据译者所知,共有以下四个版本:

A 版本:1941 年,上海,文化生活出版社版(《曹禺戏剧集(四)》);

B 版本:1951 年,上海,开明书店版(收于《曹禺选集》);

C 版本:1954 年,北京,人民文学出版社(收于《曹禺剧本选》);

D 版本:1959 年,北京,人民文学出版社(收于《曹禺选集》)。

下面简要介绍一下以上四个版本的异同和修改情况。修改幅度最大的当数从 A 版本向 B 版本的改动,这次修改使剧本的主题发生了根本性的变化。虽说出场人物的名字没有变化,但性格却完全不同了。比如,和被传统道德束缚得无法喘息的曾家人形成鲜明对比,散发着率直爽朗、天真无邪魅力的袁圆,在 B 版本中就完全丧失了她的生气与活力。A 版本中那个光着身子在家中乱跑、玩泼水、和男孩子玩摔跤的袁圆,在 B 版本中却爬到屋顶去修补漏雨的地方了。而悲剧的女主人公愫方也不再对读者和观众流泪了,例如原来的"不住地流下眼泪"变为"冷冷地",由"眼中噙着眼泪"修改为"压抑着心中的愤怒"。另外,原来那个年幼无知的乡下孩子小柱儿,成为一年辛苦到头仍然吃不饱穿不暖的农民,看到城里的资产阶级不劳而获游手好闲,感到无比愤怒,不禁喊出要闹革命打倒这些家伙的话。除此之外,袁任敢也由一个不懂人情世故的学究变成了一个有着明确政治理念的仿佛是党的领导人的形象。

关于修改的缘由,作者曾作过这样的论述。

"如今想来,当初的确想提出一些问题,阐明一些道理。然而,因为当时情绪比较激动,因而并没有能够彻底追究罪责的根源何在""我知道修改作品是如何的麻烦,那绝不亚于创作一篇新的作品,但我还是坚持这样做,为的就是想能够给今天的读者观众带去些许益处"。(B 版本"自序")那时中华人民共和国刚成立不久,作者为了尽量给原作赋予现实意义,才倾注心血进行修改。

但是 B 版本的寿命却意外的短暂,到了 1954 年,他再次修改,C 版本面世。作者在这一版的"前言"中说:"现在看来,还是保持原来的风貌好一些。如果日后还有人上演,我希望采用这个本子。"所谓"保持原来的面貌"并不是指把 A 版本原原本本地还原了,而是说,在删除那个长得像北京猿人似的汽车修理工的"北京人"形象后,再对修辞进行大幅度修改，在此基础上，还原剧本的主题和上场人物的性格。

在1959年版《曹禺选集》中，《北京人》被第三次修改，但这次仅限于一两处文字的改动，而且通篇也仅有三四处而已。（顺便提一下，《雷雨》《日出》也和《北京人》一样，进行了第三次修改。但在修辞上是首次做大幅度修改。）因此，我们可以认为《北京人》实际上就三个不同的版本。

本翻译依照D版本。这是最新的文本，而且与作者自己希望采用的C版本基本上没有什么不同。同时，与作者在三十岁左右时写就的A版本相比，这一版果断地删除了一些繁枝冗节，这也是我选取它的原因。

以下是各版本的字数统计（台词部分）：

A版本32000字余；

B版本30000字余；

C、D版本35000字余。

另外，关于曹禺剧本的日译本有以下几种：

《雷雨》（影山三郎、邢振铎合译，1936年Sairen社出版，1953年未来社出版）；

《北京人》（服部隆造译，1943年青年书房昭光社出版，戏剧A版本翻译）；

《日出》（奥野信太郎、佐藤一郎合译，1955年河出书房出版，据1936年版本翻译；另有松枝茂夫译，1962年平凡社出版，依据1959年版本翻译）；

《蜕变》（松枝茂夫、吉田幸夫合译，1955年河出书房出版）。

本次翻译参考了服部隆造氏翻译的《北京人》。

（蔡晓辉译）

原载田本相、邹红：《海外学者论曹禺》，桂林：广西师范大学出版社，2014年版。

曹禺剧作在韩国

［韩］韩相德[1]

对于曹禺作品的文学的艺术的成就，大多数的评论家、研究家异口同声一致称赞。田本相说："在中国剧坛的名人录中，曹禺的名字犹如闪闪发光的瑰宝，为中国话剧赢得了世界的声誉。他是走向世界的中国剧作家之一。"他"学习和溶化了中外戏剧精华，以其杰出的现实主义戏剧艺术，为丰富和发展中国话剧的现实主义流派作出了巨大成绩。"[2]这个评价，是公允客观的。

曹禺作品的出现，在中国话剧创作上，不断获得崭新的成就，因此，人们从多方面的视角，进行着广泛而深入的探讨。他的大部分作品，在各国各地区，被翻译出版了单行本，不但把他的作品搬上舞台，而且对曹禺及其剧作进行评价和研究。在韩国，也把他的作品翻译出来，出版了单行本。他的作品数次演出，受到了热烈的欢迎。现在韩国的年轻学者们正开始对曹禺的作品展开研究，但这只是一个起步。由于缺乏同外界的交流，因此，大部分的中国人都不知道曹禺作品在韩国的演出和研究情况。

于是，我想有必要介绍一下曹禺作品在韩国的演出和研究概况。

（一）

曹禺的处女作《雷雨》的韩文翻译本有两种。第一种是 1946 年 2 月由宣文社（金光洲译）出版的单行本，第二种是 1989 年由中央日报社（中国现代文学全集第 18 卷，金宗玄译）出版的，这个译本没有《序幕》和《尾声》。此外，《日出》《蜕变》也被金光洲翻译后演出了，但是，没有出版。在韩国，《雷雨》这个作品有着特别的遭遇，由于韩国的现代政治历史的起伏周折，以及政治、观念等方面的差异，致使《雷雨》经受了许多考验。

到现在为止，《雷雨》共有四次演出。第一次是 1946 年 7 月由乐浪剧会演出的，观众大约有 75000 名左右。第二次是 1950 年 6 月由中央国立剧团演出的，剧场 1500 客席，场场皆满，立席也没有空，演出受到热烈的欢迎。没有看到的人都希望再增加演出，于是进行了延长演出。这样《雷雨》的演出，在韩国新剧史上，创下了前所未有的纪录。对于这样的情况，著名的剧作家车凡锡说："《雷雨》获得了空前绝后的成功。在韩国话剧史上是少见的。原来预定演出两个星期，但大概延长演出一个月。看到观众排队的样子，我觉得好像

① 韩相德：韩国学者，著有《曹禺三部曲研究》。
② 田本相：《大胆创造、勇于探索》，《中国话剧艺术家传》。

站在汉城的光化门的十字路口看到了韩国话剧的希望似的。”①但是在演出中发生韩国“6·25”战争，由于要向南方避难，因此中断演出。第三次是1953年由新协剧团（新剧协议会）在避难地大丘、釜山等地演出的。收复汉城之后，在汉城再次演出，给因战争荒芜了的观众的心，带来无限的欣慰和喜悦。这次演出也受到了热烈的欢迎，于是，剧团决定加演。但这时，韩国的有关当局才知道曹禺是一位持不同的意识形态的中共作家，因此禁止演出。从此以后，曹禺的作品成为政治的牺牲物，被禁止在韩国演出。

其后，1988年韩国举行奥运会，随着韩中文化交流日趋活跃和政治障碍被超越，《雷雨》才又出现在舞台上。换句话说，曹禺的作品是经过禁演长达38年后才被解禁的。这第四次演出是于1988年10月由中央国立剧场为开馆15周年纪念而演出的。元老演员金东园说：“我1946年扮演周冲，1950年扮演周朴园，1953年扮演周萍，1988年再扮演周朴园，把三个人物都演过了。”还说：“我爱《雷雨》。《雷雨》是不要什么解说或加注的话剧。它本身具有迷住观众的吸引力。特别是，这个戏具有大胆缜密的构思和优秀的组织，因此，无论扮演什么人物也会入迷的。我爱这个话剧。”②但是，1988年《雷雨》的演出较之以前的不够理想，其原因如金东园所说“这是时代变化了的缘故”。③

1945年，韩国解放后，韩国的舞台更加活跃起来，这时曹禺的作品得到更多的介绍。1946年，革命剧场演出《日出》。同年，女人小剧场演出《蜕变》。特别是，《日出》没有删改，当时创造了演出时间最长的新纪录。④

那么，对在韩国获得成功的曹禺作品，翻译者的见解怎么样？对于曹禺作品的特色，译者金光洲说：“曹禺作品的基石是根据中国历史和社会，并由此结构出人物的命运，用大胆缜密的构思和优秀的构成手法，描写出在极端和矛盾里形成的深刻和痴情的命运，这就是它的特色，也是它的魅力。”一些学者说，《雷雨》就是“痴情的”，也是“侵犯后母的剧”云云，金光洲对这样表面的见解说：“《雷雨》的表面事实也许是痴情的。不过，透过这些表面事实，看到的是这部作品的根本在于提出更重大更深刻的人生问题。曹禺在《雷雨》里想表现的既不是作品表面的东方道德和无视伦理的单纯色情的世界，也不是低俗的痴情的世界，而是关于原始的本能的人性的弱点，更是严肃强烈的人性肉搏。”关于登场人物，他还说：“这里的登场人物，不但是只在中国社会看得到的典型人物，而且是在人间社会中各个地方都能看得出来的典型人间群像。换句话说，曹禺巧妙地把握住了那些不能把握自己的命运而在罪恶之中挣扎的人们的心理。曹禺在他的作品中深刻地表现了在人们的人生中，那些既不是因果，也不是仇恨的大自然的残酷。那自然的冷酷和对命运的不可抗拒的自然的规律。”金光洲说：“如果说《雷雨》是由于一个人的罪恶而导致的人生悲剧，那么，不能不说这个话剧就正是对乱伦、痴情的一种严肃的扬善弃恶的劝诱。”⑤

① 《雷雨》表演简章，1988年10月16日。

② 同上。

③ 金东园同笔者谈话记录，1993年7月5日。

④ 同上。

⑤ 《雷雨》表演简章。

综上所述，可以看到曹禺作品在韩国的演出情况。《雷雨》在韩国新剧史上，创造了前所未有的新纪录，而且他的作品受到了韩国观众的热烈欢迎。

（二）

跟前述一样，曹禺和韩国的因缘很长久，但是因为政治的、价值观念等方面的差异，在一段相当长的时间里没有得到演出和研究。所以对曹禺的作品的研究起步较晚，到80年代后半期才真正开始。到目前为止，可看到的发表的论文共有5篇。其中最早的是1981年池荣在教授的《剧作家曹禺小考》，另外四篇都是硕士学位论文，即1987年赵炳一撰写的《曹禺初期戏剧研究》，1988年金成童撰写的《曹禺的〈雷雨〉研究》，1990年金汉成撰写的《曹禺的〈雷雨〉研究》和李美卿撰写的《曹禺的〈日出〉研究》。

这些论文的共同的特征是对作家的生涯、作品的创作背景、主题思想、组织结构、人物典型等的全盘的考察。所以，可以说论文的模式都是大同小异。但在内容上，各有一说。

下面，想分别就这些论文的内容作些具体的介绍。

首先，赵炳一的《曹禺初期戏剧研究》。他评价作品持批判的现实主义立场。在“论文的叙述方法”中，他说：“作品的批判形式多样，而且评价作品的方法也不少，所以研究评价作品可以具有不同的出发点，或是采用别的角度。”他在这样的前提下展开论述。他强调“《雷雨》《日出》是揭露社会的作品”，还说：“《雷雨》可以说是在宿命的立场上描写封建旧家庭的没落的作品，《日出》是在资本主义面临大危机的1930年代都市背景下，通过堕落的群像和深受苦痛的下层民众的生活，暴露出来深刻的社会矛盾的作品。”在主题思想分析中，他探讨了作品主题和作家的世界观之关系，说：“在《雷雨·序》和《日出·跋》提出的主题和通过作品分析后归纳的主题有点儿差异。”赵炳一认为：“产生这一现象的原因，主要是作家创作中未能获得充分的社会病理现象的社会科学的考察。”还说：“因曹禺在宿命的立场上，把握周朴园的罪恶，所以这样的错误给《雷雨》的主题思想传达带来不良的影响。”

李美卿着重剖析《日出》的主题思想、文学的成就和局限性。

在主题思想分析上，她认为，作品主题是两个方面：

1.以“损不足以奉有余”可能集约的经济的侧面。

2.以卖淫制度暴露黑暗社会。

这些问题的提出，紧密地构成登场人物之间的复杂多样的极限对立和冲突形式。她还提出，作品的成功原因就在于“对立人物之间复杂的联系”。通过人物之间的冲突，揭露30年代特有的卖淫势力和跟随个性解放的潮流的诸矛盾，而且揭示出恶势力的必然灭亡。人物之间冲突有两种：社会的冲突和个人的冲突。社会的冲突是上流社会的人物同下层社会的人物之冲突，个人的冲突是陈白露的内心冲突、陈白露和方达生、金八和潘月亭、潘月亭和李石清的冲突。特别是陈白露和方达生的冲突深刻反映出伦理的价值观和金钱、爱情观念的冲突。她把《日出》的艺术成就概括为六个方面：

1.舞台和演出方面的特色。

2.语言上的洗练美。

3.诗意的抒情。

4.喜剧的色彩。

5.现实主义的成果。

6.对女性问题的关心。

她指出《日出》的局限性:原来话剧受限制于时间、空间,所以演出时间不可太长,也不可随便改变舞台场面。在这样的情况下,显得《日出》是太长,不可不改变内容。这时,也许形成与作者意图不一样的面貌,她认为是《日出》创作的局限。

金汉成的《曹禺的〈雷雨〉研究》着重论述了《雷雨》的创作背景。他把《雷雨》的创作背景概括为三个方面:一是时代环境的影响——《雷雨》产生于中国话剧的发展和辛亥革命后的社会变动的背景下,所以作品多少反映了劳工运动的发展、半封建社会的状况和女性解放的启蒙思想潮流。二是希腊悲剧技巧和手法的相似之点。换言之,曹禺运用了希腊古典剧的宿命、形式、情势。特别是《雷雨》善于吸收西洋的回溯、发现的逆行剧构成法。三是受自然主义影响——曹禺的作品是社会主义、批判现实主义的风格,而且,还有浓厚的自然主义特色,并进而提出作品的中心思想。他认为,《雷雨》的中心思想是宿命论和反封建思想。这个作品构成以反封建思想为本质的主题,以宿命论为次要的主题。

金成童的《曹禺的〈雷雨〉研究》着重提出"主题思想和典型性"。它在序论中说:在国内外,《雷雨》受到好评,而且,它体现了中国话剧的新水平。其原因基于作品自身的感受性质,此外,它写得符合当时的时代真实,符合读者和观众的感受性的内容等。他认为"人道主义精神和爱国主义思想"非常紧密地联系在一起,这两个精神及思想的基础是反帝、反封建的精神。

在对人物之间的矛盾和主题的分析中,他提出:《雷雨》的成功原因,主要是由人物之间的矛盾所显示的复杂性和集中性,登场人物之矛盾反映了半封建半殖民地社会的诸矛盾,并且,揭示了封建大家庭的必然的灭亡命运。他把人物之间的对立概括为三个方面:1.基本对立面(周朴园和鲁侍萍)——封建伦理秩序的反人道的性格。2.主要对立面(蘩漪和周萍)——对封建伦理的追随和叛逆的道德的矛盾冲突,3.次要的对立面(周朴园和蘩漪、大海和周朴园)——封建道德的崩溃和对抗。

在人物的典型性分析中,他认为,周朴园是封建的伪善者,蘩漪就是对抗封建道德的牺牲者。

到目前为止,我介绍了四篇论文,遗憾的是限于篇幅的关系不能作更详细的介绍。尤其是,我担心在翻译过程中,误译研究者的论旨。如果有错误的话,请诸位批评指正。

原载《戏剧》(中央戏剧学院学报)1995 年第 3 期

论曹禺的家族文化意识

[韩]赵浚熙[1]

把家族文化引入历史视野加以考察，是曹禺作的又一次文化远行。

曹禺的家族文化意识显得较为含蓄，因为他没有像巴金那样明朗、激烈的家庭文化意识。曹禺作品世界所蕴含的价值、情绪、意念的内容相当丰富，各种因素之间的矛盾、交叉、重叠、牵挂也相当复杂。因此，也很难以统一的线索、一贯的思路、明确的评断给予干脆明快的定说。曹禺的家族文化意识也就沉浸在由一系列或隐或现的意义、情绪、意念所构成的张力场中。曹禺并没有把家族制度作为一个单独的目标来加以审视和体验，他的创作是他敏锐地体验生活、体验人生、关注人的生命的精神结晶。他的思维个性、精神气质是纯粹的艺术型的，不长于思辨，对世界、人生对象作出感性的洞察体验。他往往倾注了他全部的生命热情去拥抱对象。因此，他的体验和感受是最真切，关涉对象神髓的连血带肉的东西。作家往往来不及分辨主题、情绪的具体走向，就连血及肉地把理性的、直觉的、情绪的东西一齐刨出来。这样所呈现的作品形态也就具有相当丰富的精神内涵，而这些浑融不分的动感的文本形态无法条分缕析地用理性分析的网络一次打捞干净。它为人们提供了无数次解读的机会，而每一次的解读的结果都有可能与自己已有或他人的感受不尽相同。曹禺作品意义的多义性和浑融性，给人们感觉其具有开采不尽的诱惑力，同时也意味着研究曹禺作品意义内涵的难度。

鉴于以上的情况，从家族文化视角透视曹禺作品，虽有一定的难度，可有开掘的魅力。

曹禺的家族文化意识可从如下几个层面加以理解：

(一)曹禺的家族文化态度

与巴金对待家族文化态度有着相近的地方，曹禺对传统家族制度是持批判态度的。这可从《雷雨》《北京人》《家》中明显地表现出来。他们这一代作家继承了“五四”作家的反封建传统，从“人”的启蒙意识、人道主义立场上批判封建家族制度的罪恶，揭露封建专制、礼教对人的自由的剥夺、人性的压抑、精神的摧残。不过，他们与上一代作家在具体表现时又有着显著的差异：“五四”一代作家的反封建，除了像鲁迅等少数作家之外，在涉及封建家族的弊害对“人”的摧残时，多流于理念的“呐喊”，在深度、广度以及文学表现上还做得不够。巴金、曹禺这一代作家，在艺术上拓展了主题的表现空间，同时也在人物形象的

① 赵浚熙：韩国学者。

心灵深度上作出了可贵的掘进。巴金把“五四”时期的反封建的思想引到了真正意义上的封建大家庭，通过广阔的家庭社会化场面来展示家族礼教的弊害，通过封建大家庭中不同角色的命运来生动地展示家族命运，从而把具有深度的时代主题有效和谐地融化在一系列血肉丰满的人物形象中，从而把“五四”时期过于匆促、过于急切的“呐喊”从容地淋漓尽致地表现出来。曹禺并没有单纯地把“反封建”理解成浅层次的主题。他的兴趣在“人生”和“人”方面，而这其中又不排斥反封建，因“人生”中包含有反封建的因素。曹禺在关注人生、体验人生时也把这个问题包融在其文本的人生风景线之中了。

曹禺的家族文化态度并没有直接通过作者的评论加以表现，而是借助于形象渗透在剧情之中。仔细揣摩可从中悟出精神来。

对于传统家长制度的“吃人”性的揭示，曹禺没有简单化给它定罪，而是通过活生生的生活形态直观地加以表现，体现了人生的复杂性以及人的精神世界的丰富性。《雷雨》的反封建色彩也是很浓的，但剧情没有把悲剧根源直接归咎于某一个人。周朴园是悲剧的主要制造者，但不是悲剧产生的唯一原因。《雷雨》的精彩和深刻之处在于主题的指向不在于单个的人，而在于“人”的根本上的狂妄、贪欲和无知。《雷雨》中的八个人，谁也不能推掉全部的责任，虽然程度各有不同。蘩漪、鲁侍萍、四凤她们本身是受害者，她们理应受到人们的同情。她们善良的愿望、合理的追求也应该给以满足。可因种种原因，美好的希望遭到无情的践踏。传统家族文化确也束缚了她们的合理欲求。悲剧的根源也不仅在于家族文化上，问题的复杂性就在这里。循着复杂的思路走下去，很自然地把人们引向了更加深沉的地方。“命运”不仅是剧中人的体验，也成了诱惑读者或观众的“谜”。作家的家族文化态度是由复杂的剧情渗透出来的。从人道的立场上，作者是否定这种家族文化意识的。周朴园的专制行为应当遭到作者拒绝。可作家不仅限于此，他由此深入到更加深广的领域探讨社会、人生的复杂性。

曹禺对家族文化的表现，既有浓郁的时代现实感，又有深沉的历史文化意识。曹禺的敏锐感觉常能及时、深刻地把握到家族文化的现实性和历史性。现实生活中的家庭命运如何呢？特别在金钱主义控制着社会命脉的现实处境之下，家庭与强大的金钱社会之间的关系如何呢？《日出》就深刻地揭示了这个问题。这是曹禺突破前辈的地方。在强大的金钱势力面前，家庭显得十分脆弱。社会赋予家族文化以新的面目和命运。显然，《日出》中的社会逻辑处于作家的意识核心。现实中的黑暗显然是作者否定的东西。

把家族文化引入历史视野加以考察，是曹禺作的又一次文化远行。思考历史中的家族文化，作者也没有轻易下断语。在总体倾向上，既否定了传统文化中的落后成分，又对传统文化中的美怀有深情。总之，曹禺的家族文化态度不是盲目、简单化的，而是充满辩证思想的。

（二）曹禺的家族文化意识的内容

(1)命运层面的家族文化意识

这主要体现在曹禺早期创作，集中体现于《雷雨》中。从作家自己的陈述、作品本身所

昭示的意义以及评论者的解读文字，都实实在在地说明了曹禺早期创作流露了明显的命运意识。有评论者说曹禺有宿命论思想。其实，这从理论上给曹禺丰富的命运意识贴上标签，从而否定了曹禺对人生命运独特思考感悟的做法，是不符合文本实际的。

曹禺早期的命运意识集中从《雷雨》中表现出来。而《雷雨》的命运意识，又是通过周家的家庭悲剧、人物命运悲剧体现出来的。作家从周家悲剧的错综复杂感悟到“宇宙里斗争的‘残忍’和‘冷酷’”。可依靠他当时的经验和智性，又无法揭开这种悲剧的谜底。“我始终不能给他以适当的命名，也没有能力来形容它的真实相。因为它太大，太复杂。”作家敏锐地感受到在这“残忍”和“冷酷”的背后，有一种非他的经验所能抓住的“力量”于冥冥之中控制着人世的命运。虽然，作家并不能以“命运”的名字来解释他的困惑，因为他所感受的这种力量本身太大、太复杂，作家也不想用“命运”这一富有歧义，也常能遭人误解的概念把这一典型的中国家庭悲剧与古希腊悲剧混同。不过《雷雨》也确有古希腊命运悲剧的精神胎记。在《雷雨》主题的深层次中，在“反封建”与“个性解放”这一主题层面的背后，“命运”的意涵以曹禺体验的方式透视出来了。《雷雨》的深层魅力来自于他对人生命运之谜的敏感把握与不倦的探寻。

(2)社会层面的家族文化意识

曹禺并没有执迷于他对人生命运之谜的困惑。他的视线很快走向了动荡而又真实的社会现实。有评论者认为：“将这样的社会题材搬上舞台，以我所见，《日出》是第一回。”①“《日出》不是这个主题（指《雷雨》中所表现的主题）的简单重复，而是它的发展与深化。《雷雨》写封建专制主义对人的压迫和虐杀，《日出》则将主题的核心‘人’放到金钱统治的社会上来考察，人与金钱化的半殖民地半封建社会的冲突是《日出》动作的基础，是戏剧的基本矛盾，这是扣住了时代社会的特征的。因此所谓‘人之道损不足以奉有余’就不是浮面地写剥削、压迫，而是深入社会的核心‘人’，揭露了金钱统治的黑暗社会对人的吞噬、毁灭，对人的精神追求的扼杀。”②继《雷雨》之后，曹禺面临着一个“超越”的问题。他不愿沿着《雷雨》的路子走下去，对于一位富有创造意识的作家来说，随着他的思想意识、对社会人生的理解的丰富，他开始自觉地“试探一次新路”。事实证明，《日出》是成功的。它把主题的视野引向了社会这样广阔的天地，由对天地间的“残忍”和“冷酷”的困惑，开始向“人之道损不足以奉有余”的观照，对社会理解的广度及深度有了明显的进步，主题显得更加明确，可有一点却没有变化：作家对人的命运的关注。

从家族文化视点来考察《日出》，表面上，作品的家族文化色彩淡化了。被推到了社会形态的背后作为后景处理的，强调了家庭的社会功能。这是由主题的需要决定的。作家不再把剧情束缚在家族这根线索上。作家发现，在残酷的金钱势力的统治之下，“家庭”显得十分脆弱。从陈白露、李石清、黄省三等家庭悲剧中就能清楚地证明这一点。作家深刻地发现，金钱统治给人们精神世界造成了深重的灾难。在《日出》中，作家主题的社会性关

① 茅盾《渴望早早排演》，载《大公报》1937年1月1日。

② 朱栋霖《论〈日出〉与陈白露的悲剧形象》，载《南京大学学报》1981年第2期。

注占据着十分重要的位置。对社会恶势力的批判压倒了“个性解放”的主题，占了上风。金钱势力构成了一股冲击家庭的强大的力量。有了金钱，潘月亭可以肆意玩弄女性。没有钱，陈白露脆弱的爱的小巢很快就在风雨中倾覆。李石清为了养家糊口，拼命地使出他的小聪明，也没能摆脱被金钱吃掉的命运。黄省三这位在金钱社会里的弱者，为了活命，拼命替人卖命，结果还是被潘月亭踢出门外。悲苦无助的他无力养活他的爱子，最后出现他毒杀全家的惨剧。金钱成了社会和家庭的主宰，它成了决定人的命运悲喜的主导力量。

从表面看，《日出》与传统意义上的家族文化没有什么太大的联系。可深入思考，可以看出，金钱这种力量既是中国进入现代社会不可忽视的瓦解传统家族的重要冲力，又是从经济基础上破坏新、旧家庭的悲剧根源，更是人的精神悲剧的深层根据。中国古老的宗法家族制度在强大的金钱势力之下，也变得十分脆弱，至于一般的平民家庭，更是时刻面临着生存的危机。

(3)历史层面中的家族文化

在《北京人》中，作家则开始思考历史与家族文化的关系。人是历史和家庭的主体，可人的命运也被历史和家族的命运决定着。剧作选择了作家熟悉的封建家庭的生活来写，“把矛头对准那像棺材一样腐朽的社会制度，挖开眼前反动腐朽统治的根基；同时，把真正的希望——对革命的希望真切地展示出来”。[①] 中国多灾多难的命运，逼促作家由现实追溯上去，反思中国的传统历史，从历史中寻找灾难的根源和摆脱困境的希望。作品又一次把主题的落脚点放到封建家庭这一中心题材上面。封建家庭既背负了沉重的历史负担，又面临着严峻的新的挑战。作家把这样的家庭放在历史的“火山口”，于这种情境下，鞭打人的灵魂，观察人的命运，反思历史的行程。

剧情被安排在曾家这样的没落封建家庭之中，展示了“封建大家庭的种种腐败、崩溃、痛苦万状，走投无路而拼命挣扎，面子上的堂皇但里面却包藏着种种罪恶的那一幅图画”。[②] 与此相对照的，作家还展示了袁氏一家的命运，在袁氏父女身上保留着北京人祖先原有的那种单纯、勇敢、敢爱敢恨的精神气质。两相对比，深沉的历史反思就从剧情中流现出来了。人类在封建历史中，虽然积聚了丰厚精致的文化资源，可这种文化在封建家族环境中，其负面的作用越来越大，对人和社会的进步产生了巨大的负面影响。而这种负面影响尤其在历史转折关头显得更加突出。

作家把曾家的命运放到中国历史的大背景中加以反思，其主题开掘之深，艺术表现之从容纯熟，是其他主题难以企及的。

(4)家族文化的深层透示

《原野》的问世，评论界一时哗然，否定其成就的评论很多。这与评论者所持的评价标准有关。如果以社会学标准来评判《原野》，就会得出“失真”的结论。其实《原野》的含义

① 田本相《一部现实主义的喜剧——论〈北京人〉》，载《文学评论丛刊》第八辑。

② 胡风《论曹禺的〈北京人〉》，载《青年文艺》1942年第一卷第一期。

远不是这样表面化、社会化的。在《原野》中，作家把他在《雷雨》《日出》《北京人》中未能充分展开的情绪得到了进一步的张扬。在这部剧作中，作家似乎走得离评论者的社会标准更远了。作品涉及人的精神世界的深层，作家撇开了人的外在条件的种种束缚，直接进入人的灵魂世界的深层，挖掘人的意识底层的秘密。在风格上，带有表现主义的精神。

《原野》在主题上显然走得更远，它揭示了人的“爱”“复仇”等贯穿人类精神史的“母题”。这里的“爱”主要包含两个层面的内容：“爱情”与“母爱”。曹禺在揭示这类“母题”时，既体现了人类共同的精神内涵，又表现了他对中国民族化的人的精神苦闷的深刻理解。

焦母对儿子的爱是相当自私的，以占有为目的。她只允许焦大星担任“儿子”这种角色，而剥夺儿子的爱情权利。儿子爱另一个女人，也就意味着对母爱的轻视。她更不能容忍儿媳金子对焦大星的占有。但是金子热烈的“情爱”也无法忍受丈夫永远在婆婆面前充当懦弱的儿子，两个女人因为一个男人而相互嫉恨，充满敌意。这既体现了中国宗法社会中男权统治在女性深层意识中刻下的不可磨灭的精神烙印，又体现了女性天性中的弱点。“复仇”也是人类弱点的又一体现。不过，在中国的宗法历史长河中，“复仇”又与宗法社会中特有的“家族”观念纠缠在一起，显得十分复杂。这既体现了一种民族风俗，又是人的弱点在“家”问题上的一种表现。在揭示这样的“母题”时，作家充分展现了人物精神世界的紧张、焦灼、痛苦与矛盾，内在精神的紧张激烈的冲突已经冲破了人的外在社会属性的束缚。作家深入挖掘人物意识乃至潜意识的丰富性和复杂性。作品在展示“爱”与“复仇”的母题时，又把这些母题与家族文化紧紧地联系在一起了。

家族矛盾、仇恨成了《原野》剧情动作的焦点，没有家族仇恨，剧情就无法推动起来，人物内心世界的紧张也无法充分地产生。剧情中一系列的动作和人物痛苦均由“家族”仇恨来提供动力。不过，作家在展现家族仇恨时，并没有从外在的矛盾抓起，而是把这种矛盾深入到人物的灵魂深处，把战场拉到了人们内在的隐秘世界，展示人物的心灵的紧张，从意识、潜意识角度来挖掘矛盾的内容。这样，在表现“家族文化”的深度上又掘进了一步。由“内视点”来观照“家庭文化”，这无论在主题上还是艺术上，都是很大的超越。

选自《曹禺研究论集——纪念曹禺逝世周年学术研讨会论文集》，田本相、刘绍本、曹桂方主编，花山文艺出版社1998年出版

欧美研究

一个异邦人的意见

［英］H.E.谢迪克[①]

《日出》在我所见到的现代中国戏剧中是最有力的一部。它可以毫无羞惭地与易卜生和高尔绥华兹[②]的社会剧的杰作并肩而立。我很愿知道作者由这些西洋戏剧家究竟有意识地承受了多少影响。作者心灵里实有一个预言者的激动，他看到了当前社会机构整个的腐烂，人类的贪婪（李石清为了金钱竟自牺牲了妻儿老小，见第四幕）、残酷（小东西和翠喜的遭际，见第三幕）、虚伪（金八，潘月亭，甚而李石清）、忌恨（像潘月亭之对李石清，第四幕）、不公（为了给无用的胡四谋个位置，十五个工人被辞了工，见第二幕）。这剧是对着藉投机和剥削而存在的整个寄生的社会机构一个严厉的攻击，从那个用他卑污的爪涂黑了世界的霸王金八，而且不止一个，“金八多得很……在这地方有时像臭虫一样，到处都是”（第四幕），那些潘月亭、李石清、顾八奶奶、胡四、乔治，直到他们那群流氓的奴隶、蛮横的阿根、那个痞棍窑伙黑三。衬着并且生存在这黑暗世界里还有光明的力量。在潘月亭的性格里，偶尔便还有一点好心。顾八奶奶有时也透露些仁慈。在第三幕末尾，连小顺子都对小东西说了点软话。但更重要的是方达生，他那淳朴乡愿的灵魂为他所看出的另一个伟大世界而感动得挺立起来，为了信念，他反抗起金八和他所代表的。露露，虽然她说“我是一辈子卖给这地方的”，有着更清晰的视像（Vision），终于她按着自己的路愉快地步入黎明，那仅剩给她的唯一的路。在背景上，太阳于清晨钻入了旅馆的房间，那簇耐性的工人正为着一个新的建筑打着地基，他们闪亮的肩背触到阳光益发显得壮美，他们的夯歌使得阿根很不舒服。

露露是这剧中伟大的人物创造。她美丽而且活泼，聪明而且举止果毅。起初像是好讥讽而且贪婪，不久我们才发现她对不幸者是那样慷慨而且充满了同情心。她是陷入了社会的圈套，又凭了她的能力在身份上保持相当的骄傲。但她过后发现自己原属于另一世界，却被卖到这里，但是发现得已晚了。剧中有些感人的地方如她在玻璃的冰霜上玩耍如一个孩子，在小东西的初次危险度过后，又沉浸于鸟儿、阳光、春天和青春的幻想。（第一幕）她本质上是纯洁、诚实，而且可爱的。凡是心中有一丝善良的人都必爱她并羡慕她。因此，连潘月亭上场时，剧本都这样说：“行动很迟缓，然而见着露露，他的年纪、举动、态

① H.E.谢迪克（Prof.H.E.Shadick）：英国学者，时任燕京大学西洋文学系主任。

② John Galsworthy，今译为约翰·高尔斯华绥，英国作家。——编者注

度，就突然来得如他自己的儿子一般年轻。”（第一幕）虽然方达生的清教徒的性格为露露的举止深感震吓，到最后他终于凑近了她，坚求她与他同走，只是他的礼教束缚和书生迂腐抑制他去挽她的胳膊。她的聪明和幽默感（sense of humour）相当于她的细腻情感和女性的温存。她对顾八奶奶的讪笑，她坚持要叫潘月亭“我的可怜的老爸爸”，她递方达生烟卷，这些都说明着她的好脾气，可也显露出他们的柔弱处。露露是一个美丽的完全的创造。

其余的人物则比较肤浅些，有些是单纯的典型。“幽默”的角色，表现着某种人性的缺疵，作用多在增加谐趣。所以我们有留学生乔治，一个中国的 Perigrine①，那个风流的半老徐娘的顾八奶奶，尽力学着年轻时髦，——一个中国的 Lady Wishfort②，白相人胡四，“中国第一美男子”，一个中国的 Beau Brummel③，乡下道德家方达生，一个中国的 Downright。方、潘、李个性比较强烈些。

作者显然善于运用精彩的口语的对话——我所读过的现代剧中大半都有着这个伟大的进步。他使用的象征的确富诗意，增助了本剧氛围的统一。我们有太阳，有工人的大合唱，邻近楼房的剪影、安眠药、那本书《日出》，和小东西，这些统统象征着露露的新曙光。戏剧的讽刺（Dramatic Irony）在他手中运用成为一个有力的工具。在许多例子中，我想特别提出三条来。当顾八奶奶把她的钱信任地托给潘月亭，不久，阿根宣告新闻记者张先生来了。在最后一幕，露露对爱情的幻灭：“爱情……现在我才明白这句话的意思”（第二幕），那意思是双关的。当顾八奶奶和张乔治都请她做伴娘时，那是一个很辛辣的讽刺。但是一个最美丽动人的例子却是那个充满讽刺的隐喻，露露对方达生说，她以前有过一个丈夫，有点像他，后来，孩子死了，“那根绳子断了”，（第四幕）他走掉了。惟一的缺罅是她说她手里拿着的那本书便是他做的，因而这样容易使观众将那人当成实有的。

本剧在严肃甚而恐怖与诙谐的配合上是恰到好处的。如同那小东西可笑的相貌但是惨淡凄凉的身世。

它主要的缺憾是结构的欠统一。第三幕本身是一段极美妙的写实，作者可以不必担心会被观众视为淫荡。但这幕仅是一个插曲，一个穿插，如果删掉，与全剧的一贯毫无损失裂痕。即使将这幕删去，读者也还不容易找到一个清楚的结构。我们不再能看到作者在《雷雨》中那种坚定的不可避闪的发展了。人物与人物之间主要的冲突多是双层的，露露和方达生，露露又和她自己，新的露露和旧的露露。在这后面，还演着金八与潘月亭、潘月亭和李石清的冲突，但那些与其说是佐助戏剧的完整，毋宁说是社会背景的渲染。自然偶尔也与剧情发生关系，如潘月亭的破产说明了他还不了露露的账，因而部分地造成了她的惨淡结局。但是这个线索也似乎还欠明晰。我也找不到方达生在本剧中的作用究竟是什么。唯一比较易解的诠释是我在本文开首说过的，方的出场代表光明与黑暗，公义与横

① 可译作“异国游客”。——编者注

② 今译作威士弗特夫人，英国剧作家威廉·康格里夫剧作《如此世道》中女主角的姨母。——编者注

③ 原文作“Brlmmel”。今译作博·布鲁梅尔，19世纪伦敦社交界名流，以穿着考究、引领时尚潮流闻名。——编者注

暴，善良与邪恶的冲突，然而这些仍是太空泛，太模糊，本身不够明显。

结构以外，还有一个缺憾，那是行文的冗赘。这部剧太长了。读者兴趣时常为那些极长的对话抹淡了。人物出场次数嫌太繁。同时，作者似还犯了“重描”（Over-emphasis）的毛病。如黄省三出场太多了，而且也说得太多，这反而消减了作者原来的用意。那原应是文学作品中，代表“薪奴”（Wages-slaves）和他们的冷酷待遇一个最有力的表现，结果却变成一个讨厌的舞台上的“狂言”（Theatrical rant）了。

总括说来，这部剧是一个极伟大的作品，作者对女性人物有着深切的体验，又为一种社会正义的渴望所感动而完成的。我们翘首等待作者第三部充满了丰富想象的新作。

原编者按：“英美人怎样论鲁迅”特刊出后，承许多朋友垂询那位英国人究竟是谁，对鲁迅先生的作品看得那样仔细，说得又头头是道。今天读者又看到他评论我们最近问世的一本戏剧了。如果我说出他同时还在读着辛弃疾苏东坡的诗词，研究着中国农村社会学时，打听的人一定更多了。本文作者谢迪克教授 Prof. H.E.Shadick 系北平燕大西洋文学系主任。异于许多西洋人，他不用一点皮毛知识对本国人自诩权威，他是想凭直接阅读认识“第一手”的文艺的中国。在我们的通讯中，他时常犀利地发挥他读《子夜》、读《边城》、读《雷雨》、读《灭亡》的印象，连本刊上登的短文章他都一篇不落掉。最近，在他给我的信中，（写完这评文后）提及《日出》他说：“在社会资料的丰富和露露这个人物的创造上，作者显然比在《雷雨》中进步多了，但在结构上则不如。如果他第三出戏能包容《雷雨》和《日出》的共同优点，我确信我们将有一部伟作可读了。”

原载《大公报·文艺》（天津版）第 273 期，1936 年 12 月 27 日）

曹禺的宇宙观

[法]明兴礼[①]原著　郭士浩[②]译述

(一)自然与原始的天性

像磁电一般受着大地穹苍季节星宿的感应在旷野的大自然的背景下,将自己完全交付给本能的"原始人",是曹禺的宇宙观的第一个因素。无生命的大自然与原始的天性,在宇宙的舞台上扮演起来,产生了悲剧——《雷雨》《日出》《原野》。

在《雷雨》的序文上作者说"《雷雨》所显示的……是我觉得的天地间的残忍,是宇宙里斗争的冷酷"。在描写蘩漪的性格上他铸出了一个狂热的、烈情的、一个最"雷雨的"的个性。

戏剧收场的日子,暴风雨来了。雷雨交加,激情在每个人物的心上骚乱地鼓荡起来,周萍不畏惧他的父亲,虽然他是如此的可怕;鲁大海是一种犷悍的、强蛮的、不可阻拦的力量,在狂风暴雨的面前他没有退下阵。人们仍然为本能支配着,在他们的心上没有完全熄灭的蛮性的趋向,很容易地把他们又带回来。

在《日出》里,几乎全剧是在黑夜里进行着。陈的客厅是一个没有阳光的地牢,黑暗里囿囚着年轻的弱女,是和方逃到日出的地方去呢,还是作最后的辞别把自己埋葬在死亡的黑暗里呢?陈选择了后者。"太阳不是我们的,我们要睡了。"然而太阳并不关心这样的死亡,它照例升起来,像平常一样,抚了一会儿人生的梦:残酷的自然嘲笑着我们。为了满足本能的欲望,一个金八,一个潘,一个李,把一切人抛向死亡和自杀。原始的蛮性践踏着弱者在狡黠的竞争里找到来去自由的路了。

《原野》是在旷野的大自然的色彩下又一个新的本能的发作。在《原野》里生命是活泼的、热烈的、沸腾的。仇虎的死使人想象在森林里被追猎的野兽。金子对她婆婆的恨,对她丈夫的苛虐,对仇虎的爱,也不是较少一点蛮性的。

雷和雨,太阳的升起,荒凉的原野,这样的题目已经说出天地的影响了,它紧抓住了人

① 明兴礼,原载《大公报》时署名"法司铎",法国耶稣会会士,第一位法国巴金研究学者,其博士论文 Sommets de la Littérature Chinoise Contemporaine 中文译本《中国现代文学的巅峰》由香港新生出版社出版。

② 郭士浩:南开大学经济系教授,经济史学家、诗人。

类，在他的身上活动起来。自然催醒了人们兽类的本能，在他的蛮性上给予力量，曹禺在他的三部曲里表现给我们这种自然的盲力和原始本能的叛乱。

（二）罪的世界

从艺术的观点上看，有人责备作者在《雷雨》里过分着重了命运。从道德的观点来看，我们也能作同样的责问。把四凤的死完全归咎于自然的不仁，这是对个人的责任忽视了，把过错的界限推得太远了。

事实上，这三篇戏剧是奠基在罪的上面，罪是文化的磐石，它用作戏剧动作的法则，而且还是结论。

朴园和鲁的放荡，陈的烦恼的生活和她的社会上奴属的地位，刁阎王和刁氏[1]的罪行，都是孕育悲剧良好的园地。另一方面，周萍和蘩漪的关系，以及以后对四凤的情爱，李和潘的敌对的野心，做母亲的残忍，金子的不贞，仇虎复仇的意念：这样多的罪愆引三篇戏剧到他们的收场。许多无罪者是倒毙死了，但是一般讲，罪在统治者，而罪的代价是死亡。罪的世界是作者在三篇戏剧里表现给我们的宇宙观。大自然在原始的蛮性里引诱着人们，人们也在这里应答着而决定了自己的命运。

虽然在曹禺的戏剧里也令人猜想一种超人的力量。但这是黑暗的魔的力量，而不是善良的天神的力量。黑的精灵在人们心上喷吐着毒氛，这是作者选择表现给我们的。但是另外一个精灵，光明的天使，仁慈的力量呢？在作者的作品里是付之阙如了，不管他们的性格和生命，曹禺的人物，这样讲来，也可以说没有性格。他们很少自己和自己斗争。在《雷雨》里，蘩漪一些也不悔。在《原野》和《日出》里也看不到一丝大的痕迹。总之，在这三部曲里都是道德观念很贫乏的人物。从道德的眼光看，这只不过是屈伏于自然法则的傀儡和不负责任的罪人而已。

没有上帝的宇宙，没有仁慈的宇宙：在戏剧的舞台上和在人生的舞台上一样是显然贫乏了。

（三）家庭和社会的不谐

假如曹禺对性格的描写很逼真，他也绘出了近代中国社会一部分的肖像。渲染着以前数代革命的饥渴仍然没有熄灭。他批评封建的家庭，把小资产阶级的腐败赤裸地暴露了。

家庭的不谐常常是婚姻不和的结果。就像在巴金的《家》里觉慧不能和鸣凤结婚一样，在《雷雨》里朴园不能娶鲁侍萍：因为大家的孩子不能娶低户的女人。在《原野》里，金

① 原文如此，当为“焦阎王和焦氏”，曹禺剧作《原野》中的人物。——编者注

子是配得上仇虎；大星对于这棵荒原里的野草相形是太暗淡了。但是不幸的婚姻还不是家庭败坏唯一的原因。婆媳间的敌视，父子意见的分歧，也是打破家庭平衡的原因。然而最根本的也许还是太原始的个性，和个性太完全的缘故吧。

在激烈的人们的口味上，曹禺的第一篇戏剧是太缺乏社会改革的理想了。在周和鲁的家庭联系上，与其求援于命运，何苦旋转于鲁大海和周萍的阶级对立上呢？罢工的事件在全剧的组织上仅是无关重要的一段插曲。然而曹禺写出了因为缺乏坚固的团结，在一个残酷的日子里罢工的事被阻挠了。作者用了更辛辣的讽刺，藉这插曲，清楚地说明贿赂对阻挠改革上是怎样的成功了。

在《日出》里找到了对现代社会一切丰富的批评。生命上有这样多的丑恶，卑污；世界上将没有了日出。小东西的惨酷的遭遇，黄的被革职，李和被辞退的书记面对面的讽刺，都在这里揭露了。生命对弱小者是艰难的！他们是注定了要消灭的，这是求活的斗争里的法则。

金八，这个神秘的人物，他是黑暗的魔王，在他的手里牵动着玩具的线。金八统治着。但是，假如他统治着，是不是因为人们放弃了道的规律，或者，更清楚地说，放弃了福音呢？是的，他们是罪的奴隶，被判处死刑了。罪的世界是存在的，但是光明也是存在的，它驱散了黑暗，甚至最悲惨的，它也给还生命，作者也引了约翰福音的文字“我是世界的光，跟从我的，就不在黑暗里走，必要得着生命的光”。

然而，虽然作者在《日出》的开端引了这样一节，他并不相信基督，生命的光。他敏锐地感觉到盖在地球上的黑影，而对在灵魂深处滤着的光明，他却是盲目的。在最隐秘的地方进行着的剧他遗缺了，他的世界观还欠丰富，他的作品也因而少了些悲剧性。

从社会的观点看，《原野》不像《日出》那样丰富。作品给我们的是农民社会的不公平。广大的原野就是中华，仇虎是一个民族性格。就像英国的画家 Turner① 几笔颜色便赋给画以生命，曹禺也运用了这种技巧刻画出一个观念。在《日出》里，几片安眠药片象征着有夜猫子眼睛的鬼的烦闷的生活，在《原野》里一双铁镣象征着对奴役的斗争。对复仇精神的歌颂，对家庭或社会的不公平的反抗，对自由的生命理想的赞扬是《原野》的社会姿态。

（四）结论

在《日出》的结尾，作者借着批评方达生批评了自己，也批评了一切书呆子性格，空抱着一腔同情和理想，而实际无补于事的好心人。

做群众的领导者，就像作灵魂的指导者，他自己应该先稳固地站在真理上面。曹禺承认他自己没有发现真理，也没有发现道路。他像在他的时代他的国度里许多读书人一样，

① 今译作透纳，威廉·透纳（William Turner，1775—1851），英国画坛最杰出的水彩画画家——编者注

哲学的思想还很茫然，宗教的信念仍在怀疑。

巴金要请我们对梦的仁爱献身；曹禺指示给我们原始的人类，把黄金的时代放在遥远的过去。我们不能在想象的过去或是在梦幻的将来找到我们的理想。我们只有穿过基督神圣的生命，在帮助人们去获得光明里满足我们自己。

创造人的上帝说过：

“我是世界的光，跟从我的，就不在黑暗里走，必要得着生命的光。”

原载《大公报》（天津）1946 年 2 月 26 日

论曹禺的创作

[苏联]B.彼得罗夫[1]著　曹树钧[2]译

一

在中国古典戏剧丰富多彩的形式中，由许多世纪的传统形成了主要的风格特征是：中国戏曲剧本在旧剧舞台上演出就像歌剧演出一样，同西方戏剧文学的主要形式不同，对白只是戏剧行动的组成部分之一。中国戏曲的第二个特点是有固定的角色类型：每个人物都有程式化的化妆、手势、步伐、表情和服装。剧作家只能够按照有感染力的固定的角色类型、按照有感染力的圈定的形式进行写作。

在中国的戏剧创作中，传统的体裁几乎全被中国风格的形式统治着。一直到20世纪初，在欧洲戏剧形式的影响下，现代的通常被称为对话的戏剧——话剧这一形式才在中国诞生了。话剧对中国剧场来说完全是崭新的现象，它的诞生被认为是开创了中国戏剧史上一个新的历史时期。

中国话剧的第一批剧本的故事情节是根据小仲马的《茶花女》和比契尔·斯陀夫人的《汤姆叔叔的小屋》改编的。这些剧本是由中国在日本的一批留学生改编和演出的。1906年一批年轻的戏剧爱好者，其中有今天著名的剧作家和导演欧阳予倩，他们组成了一个文艺团体“春柳社”。这个团体从1913年开始就在中国本土用现代剧的形式进行广泛的宣传演出。春柳社的参加者不仅为中国文学创造了一种新的体裁，而且带来了剧本新的内容和现实主义的风格。他们的戏剧，在那时被称为著名的文明戏，对中国戏剧创作的现实主义发展起了重要的作用。

1919年反帝反封建的五四运动开始的文学革命思想鼓舞了中国作家进行反对反动的封建文学、反对模仿、反对占统治地位的僵死的书面语言——文言的斗争，为建设新的现实主义文学和新的文学语言——白话的斗争。在文学革命和五四运动的思想影响下，新型的中国戏剧创作又获得了发展。在戏剧创作中，传统的体裁几乎完全由新的体裁——

① B.彼得罗夫：苏联著名汉学家、学者。这篇论文收录于1961年1月苏联艺术出版社出版的俄文版《曹禺戏剧集》。

② 曹树钧：上海戏剧学院教授，中国曹禺研究学会副会长。

话剧所取代。这种体裁开辟了最广泛的创造性的可能，无论是在内容方面，还是在形式、语言和结构方面。题材和人物选择的自由允许作家勇敢地面向社会生活的各个方面。

用现代话剧体裁创作的第一批中国话剧在20年代就已经尖锐地提出了一些为进步知识分子和青年所激动的社会问题。田汉的《咖啡店之一夜》《午饭之前》《获虎之夜》，丁西林的《压迫》《亲爱的丈夫》，欧阳予倩的《回家以后》《泼妇》，熊佛西的《一片爱国心》《青春的悲哀》就是反对封建婚姻制度，在家庭生活中反对专制和专横，鼓吹妇女、青年的权利和个性解放的。有一些作家（例如郭沫若的三部曲的剧作《三个叛逆的女性》）则是通过历史故事提出了这些问题。

新的中国戏剧创作的创作思想的原则在1921年5月发表的民众戏剧社宣言中就已经形成。这篇宣言阐述了戏剧创作应该为进步事业服务，应该面向生活，确立现实主义创作原则。新文学的拥护者广泛地宣传易卜生、契诃夫、萧伯纳、托尔斯泰、斯特林堡的剧本。西方古典作家受到进步知识分子热烈的欢迎，并对形成新时期中国新型戏剧创作产生了重大的影响。但是，富有创造性的中国戏剧创作早在它迈开创作活动第一步时就已经探索了自己的风格，形成了自己特有的艺术手法。

在国家政治事件的影响下，尤其是在1924—1927年斗争尖锐的第一次国内革命战争时期，中国革命的戏剧创作和演剧传统就开始形成了。1930年成立的中国左翼戏剧家联盟的参加者对中国新戏剧的发展作出了突出的贡献。中国革命话剧奠基人之一的田汉这一时期的创作活动是突出的富有成效的。田汉的剧本《顾正红之死》，是以1925年反帝的“五卅”运动中工人阶级英勇斗争的史实为基础而创作出来的，它是中国革命剧作家创作的充满革命浪漫主义政治激情的作品的一个突出的例子。这个剧本鲜明地表现了中国人民对帝国主义的仇恨。田汉还创作了一些反映中国现实生活中最迫切的问题和事件的剧本，其中有反映青年爱国运动的《回春之曲》、反映工人和资本家矛盾的《火的跳舞》、妇女从事抗日斗争的《暴风雨中的七个女性》、描写农村破产的《洪水》等。

爱国主义的情节、政治色彩的浓烈和对政治生活的迅速反映是30年代中国话剧创作在革命方向上的一个特点。楼适夷的剧本《活路》《SOS》，郑伯奇的三部曲《抗争》，宋之的的《烙痕》，阳翰笙的《前夜》，号召正直的中国人为捍卫民族利益而斗争。许多历史题材剧本也是为这样一个目的服务的。夏衍在剧本《自由魂》中歌颂了勇敢的爱国者秋瑾为使中国从封建王朝压迫下解放出来而进行的斗争。

在中国30年代文学中还出现了杰出的戏剧家洪深的批判现实主义的作品。在早期剧本《赵阎王》中，他就向“今天的强权者”发出挑战，抨击了富豪的罪恶。1930—1932年，洪深写出了描写中国农村生活的著名的三部曲《五奎桥》《香稻米》和《青龙潭》。这些作品真实地描写了农民对地主的惩罚、迷信的统治和农村经济的破产。洪深的三部曲是中国新文学的巨大的创造性的胜利。

在30年代，除了我们已经知道的田汉、欧阳予倩、洪深这些在当时已经著名的剧作家的作品之外，还出现了阿英、陈白尘、尤竞（于伶）等各种不同风格的戏剧创作。有巨大的独特的才华的艺术家曹禺也在这一时期开始自己的文学活动，进入了中国剧作家的行列。

二

曹禺（作家原名万家宝），生于1910年，湖北省潜江县人，生于一个富裕的封建军阀家庭。童年时代，他在家里和传统的私塾里接受旧式教育，将儒家的“四书”、古典的诗歌和优美散文背得烂熟。这些作品都是用僵死的、听不懂的书面语言写成的。未来剧作家的父亲同他那个圈子许多顽固的、守旧的人不同，他允许他的儿子阅读《红楼梦》和《西游记》等长篇小说，而这些作品在当时则被认为是由下等作者写的。因为在儒家正统观点看来，这些用“粗俗”的接近口语的文字写成的作品包含着破坏这个制度基础的平等思想。

童年时候，曹禺就开始接触戏剧。母亲带他看京戏和地方戏的演出，以后又观看了当时称为“文明戏”的话剧演出。在很小的时候，曹禺就很幸运地不止一次地看过著名的演员龚云甫、陈德霖、杨小楼的演出。看了这些演出使他觉得——用他自己的话来说：“戏原来是这样一个美妙迷人的东西！”

从小形成的对文学、戏剧的爱好，到曹禺进天津南开中学学习时又有了巩固和发展。他阅读了很多面向中国社会生活、唤起人民觉悟的中国新文学的作品。从鲁迅和其他进步作家的作品中，他懂得了文学负有反映人民生活，给人民指出进步道路的使命。在刚开始学习外语的时候，曹禺就已经试着比较快地阅读西方作家的长篇小说和剧本的原著。他曾经反复谛听著名莎士比亚剧本角色的扮演者爱伦·特蕾的读词唱片。这不仅帮助他掌握英语，而且对于他研究伟大剧作家的创作也有很大好处。

曹禺还参加了南开学校新剧团体，并在业余演出中扮演角色。在这一团体中，他曾经演出过易卜生的《人民公敌》《娜拉》，莫里哀的《吝啬鬼》等剧目和第一批中国话剧剧本。以下的事实是曹禺回忆起过去的生活时讲到的。天津的军阀诸玉璞竟如此害怕新思潮，以为“有一个姓易的青年”即易卜生骂他是“革命”的敌人，竟派官员到南开中学禁演易卜生的《人民公敌》。当时青年对戏剧的爱好在很大程度上是同对祖国的政治热情联系在一起的。1925年“五卅”时期，反帝的学生运动号召抵制日货，南开中学的戏剧团体就演出了业余创作的反映这些事件的剧本。

中学毕业之后，曹禺进入北京清华大学外文系学习。作为一个大学生，他整天坐在图书馆里阅读。在开始自己的创作活动时，曹禺不仅很熟悉中国古典文学和新文学，而且获得了广泛的法国、英国、俄国文学史的知识。他尤其喜欢19世纪20世纪的作家，其中包括契诃夫。在回忆起阅读《三姐妹》在他头脑中留下的印象时，曹禺写道："在这出伟大的戏里没有一点张牙舞爪的穿插，走进走出的是活人，有灵魂的活人，……剧本是那样抓牢了我的魂魄，我几乎停止了气息……我想再拜一个伟大的老师，低首下气地做一个低劣的学徒。"

在清华大学，曹禺开始尝试着自己文学方面的能力，编辑过大学生刊物，译过几篇莫伯桑[1]的作品。

1933年创作的四幕话剧《雷雨》是标志曹禺有巨大文学才能的第一部作品。作家靳以和巴金读过剧本的原稿之后，于1934年立即将它发表在由他们主编的杂志《文学季刊》上，并于1936年发行单行本。很快剧本由一批热爱戏剧的中国留学生在杜宣、吴天的导演下于东京演出了。

《雷雨》鲜明地、充分地表现了曹禺的才华。这第一部戏剧作品给他带来了广泛的声望和荣誉。批评家们把这个剧本看作是中国现代文学的杰出的成果。《雷雨》成为中国剧院的保留剧目，二十年来在舞台上屡演不衰。它再版了三十多次。

三

《雷雨》的戏剧情节是在20年代一个富裕的资本家周朴园家里展开的。从表面看，周朴园是一个道貌岸然的人，是平静的完满的家庭的捍卫者，实际上，他是一个傲慢、自私的伪君子。正是这些特征的揭露，使曹禺创造了资本家典型代表的形象，在那时这个阶级尽管还年轻，但已经是中国社会的腐败的阶级。周朴园标榜的秩序带有许多封建家庭残余的东西。除周朴园自己外，这个家对于所有的人来说，已经变成一座监牢。周朴园口口声声追求高尚的道德，但如果事情涉及金钱时，他就准备蔑视一切他喜欢的道德原则。为了金钱，他在建造堤坝时淹死了几千个工人。金钱对他来说就是名誉和良心的尺度。

虚伪的资产阶级道德和封建的专横结合在一起，使周家像生锈一样分崩离析了。内部矛盾的更加尖锐化使致命的结局变得更加不可避免。当周朴园从关心家庭的财富出发维护自己的秩序时，他的年轻妻子蘩漪不堪熬苦受难，企图起来反对这一秩序。她将希望寄托在她的儿子周萍身上，然而这大大地错了，因为周萍在很多方面都同那个作为好人物的代表的父亲很相像，因此家庭冲突的悲剧性就更加强了。由于被痛苦的矛盾折磨得要死，周萍要找"活力"，新的感情刺激，于是他又爱上了侍女四凤。

在《雷雨》中，蘩漪的形象是最有力和最深刻的。这是一个美丽、聪明的妇女，表面看来文静甚至是城府很深的，但她能全身心地去爱和憎。

在剧本"序"中，曹禺这样谈到蘩漪：

① 原文如此，今译为莫泊桑。——编者注

受着人的嫉恶，社会的压制，这样抑郁终身，呼吸不着一口自由的空气的女人在我们这个社会里不知有多少吧。在遭遇这样不幸的女人里蘩漪自然是值得赞美的。她有火炽的热情，一颗强悍的心，她敢冲破一切的桎梏，做一次困兽的搏斗。

蘩漪渴望自由和爱情。为了获得自己的自由，她不惜做出一切，甚至同周萍发生暧昧关系。她死命地为获得自己对周萍的爱情而斗争，尽管这个爱情既没有给她带来幸福，也没有给她带来解放。周朴园的罪恶造成了蘩漪的悲惨命运，但是如果更深一步看的话，在他后面的是一个专横、暴力统治着的社会，这个社会只给妇女以虚假的自由。蘩漪毁灭的主要原因是丑恶社会的统治，“她的命运是无可挽回的时代的悲剧”。

在《雷雨》中，曹禺不仅从家庭方面揭露了周朴园的表现，致使鲁侍萍和蘩漪成为受害者，他的儿子们也是如此。而且它还展示了资产阶级和无产阶级、富裕的世界和穷困的世界之间的矛盾。剧本揭露了周朴园及和他一样的人依靠权力和地位使得正直的人民遭到毁灭的命运。在这方面的揭露中，鲁大海的形象起着重要的作用。曹禺对这些劳动人民寄托着同情。

在剧本中，鲁大海的形象有着很大的思想容量。周朴园在他身上看出中国工人阶级是自己的死敌和掘墓人。鲁大海为人自信而有主见，他知道真理在工人阶级方面，他像火山一样暂时满蓄着自己的力量。尽管他的精神世界在剧作家的描写中有些简单化，但是我们从鲁大海的言行中还是可以感觉到工人阶级所特有的力量、坚定性和决心。他的行动已经不仅仅是出于自发的抗议，而是有着对剥削者自觉的憎恨。他是有组织的阶级斗争的参加者。正是鲁大海这一形象的主要特征，使它同当时中国文学中常见的关于工人斗争的作品区别开来，在那些作品中工人仅仅被描写为“被侮辱和被欺凌的”形象，或者是脱离群众的孤军奋战式的个人奋斗的斗士。但从这个形象的思想来看，曹禺最终还是没有能摆脱许多资产阶级、小资产阶级作家所固有的主要缺陷：从鲁大海对资本家的态度来看，他还是一个“穿着工人衣服的小资产阶级”。

剧本《雷雨》的意义是很巨大的。曹禺在剧中不仅揭露了建筑在阶级压迫基础上的社会罪恶，指出了周家的悲剧是基于不可调和的内部矛盾产生的，而且还指出了周家的悲剧也是由于社会制度的代表者周朴园的罪恶造成的，这是旧中国不可避免要发生的现象。

1934 年，曹禺从清华大学毕业后到了上海。在上海，一幅资本主义化的大城市的画面赤裸裸地展现在他的面前。当时的上海是一个充满了投机家、买办、流氓、卖淫者（妓女）和穷苦人的城市。马路上巡捕在侮辱人，而外国帝国主义分子却感觉自己是主人。只承认强有力和高贵的人，出卖人的名誉和肉体的腐朽的社会激起了曹禺极大的愤慨。剧本《日出》就是在这一时期构思产生的。

话剧《日出》写于1935年，而在1936年6月发表在《文季月刊》杂志上。第一次演出《日出》的是复旦大学的业余剧社，该剧社是由当时已经知名的导演和剧作家欧阳予倩领导的。在剧本《日出》中，剧作家意图像一份判决书那样，控诉“生活主人”的虚伪和腐败。从这个目的出发，曹禺揭露这些人，希望中国社会能够从他们的桎梏中解放出来，他公开地宣布同这样的人不妥协的态度：

“……我更恨人群中一些冥顽不化的自命为‘人’的这一类的动物。……他们闭着眼，情愿做地穴里的鼹鼠，避开阳光，鸵鸟似的把头插在愚蠢里。我忍耐不下了，我渴望着一线阳光。……我要写一点东西，宣泄这一腔的愤懑，我要喊‘你们的末日到了！’”

在《日出》中，曹禺塑造了一系列反面人物的形象：在剧中没有登场的操纵公债投机市场的大流氓金八，银行家潘月亭，游手好闲的张乔治，青红帮小头目黑三，面首胡四，旅馆茶房王福升，秘书李石清等。这些人灵魂肮脏、残忍，不知道什么良心谴责。他们中间的每一个人都将自己的幸福建筑在别人的痛苦之上。他们干着的净是倾轧、敲诈、欺骗和收买的勾当。曹禺揭示了当时的中国的现存制度只能使像金八这样的资本家、渣滓得到好处。他们彼此竞争，欺压穷人，使整个社会处在恐怖之中。但是他们的统治是不会长久的，未来属于热爱劳动的人们，而不是属于他们——这是曹禺力图要让《日出》的读者得出的结论。

在剧中，读者看到了旧社会的许多牺牲品。三个孩子靠他抚养的银行小职员有着可怕的命运。绰号小东西的姑娘从小就被卖到了肮脏的地方。如果说，在上海大旅馆的豪华的房间里，道德败坏的罪行还是在假仁假义的假面具掩盖之下进行的话，那么，在三等妓院出卖人的肉体的地方已经是赤裸裸地在进行着。读到剧本第三幕挣扎在这个妓院的人物之一翠喜发出的控诉，没有一个人不感到激动和愤怒。

由于作家对陈白露这个人物的内心世界有着深刻的理解，因此剧本主角复杂而又鲜明的形象的揭示是很令人信服的。陈白露厌恶她周围的环境，但是她又过惯了优裕和游手好闲的生活，不想同他们一刀两断。她依靠银行家和实业家过活，但又从心底里鄙视他们。她老是同生活中的苦难相遇，是很不幸的，但她又似乎追求幸福和无忧无虑的生活。陈白露很快就相信，当周围都是谎言和罪恶时，要想正直地生活是不可能的。为了反对现存的秩序，她在自己身上找不到足够的力量，她自己宣判了自己的死刑。但是，周围世界的丑恶还没有泯灭她灵魂中善良的感情。陈白露保护小东西，尽管这有同她的富裕的保护人发生冲突的危险。这件事情虽然是突然发生的，但它却写出了陈白露的人性、她的内心的高尚。

在《日出》中，曹禺不仅仅是暴露。他企图指出，他并不认为世界是漆黑一团的，他要寻找“黑暗王国的一线光明”。在剧中，方达生就是这样的正义的寻找者。他幻想拯救人们，并真诚地努力帮助穷人。他也想挽救陈白露，但所有这些都不过是一个不切实际的知识分子的幻想，一个没有力量的、空想的书呆子——在这个特征中抽象的人道主义始终同幻想联系在一起。方达生单独行动，他缺乏对生活的切实的、清醒的看法。

剧本《日出》发表之后，立即在中国批评家中引起了热烈的争论，产生了各种不同的意见。一种意见责备曹禺将方达生理想化了，另一种意见认为第三幕是多余的，还有的人对剧本没有暗示资本的主人表示惋惜。但是批评家和作家们有一点意见是一致的，他们都高度评价这个剧本，认为它不仅“是中国现代戏剧创作的不寻常的飞跃”，而且也是中国文学史上优秀的一页。

在剧本《原野》(1937 年)中，曹禺将戏剧情节从城市转向农村，描写了一个名叫仇虎的农民越狱后为死去的父亲复仇的过程。剧本的主人公是被玷污到可惊的、极其残酷地步的人物。剧作家想反映中国农村尖锐的冲突——农民对地主专横的抗议和他们向压迫者复仇的斗争。但是作者只是一般地知道农民生活不好，对当时农村阶级斗争实质并没有认识清楚，曹禺将流血的复仇思想放到了首位，让它代替了阶级斗争问题。因此，这是曹禺的一个不成功的创作。主要人物仇虎充满浪漫主义色彩，但他只是单枪匹马想复仇，只同自己的敌人清算，不是一个为自己阶级利益而斗争的战士。尽管如此，剧本《原野》还是暴露了中国现实生活中许多丑恶的现象。

四

在 30 年代，属于批判现实主义的进步作家照例还落在人民群众的革命斗争后面。但是他们已经不能同旧世界的秩序和平共处，真实地描写了中国的现实生活，着重批判了社会的弊端。这些特征也是曹禺创作初期阶段即创作《雷雨》《日出》时期所具有的。

曹禺描写了“旧社会苦难的人们”，他的作品有着尖锐的揭露特征。尽管按出身来说，作者是属于统治阶级，但是他十分明确地主、资本家的社会是必然要灭亡的，它有着不可调和的矛盾，是一个垂死挣扎的社会。曹禺的剧本打击了整个寄生的社会制度，他剧本的主要意义也就在这里。

曹禺具有人道和自由的思想，批判了社会的弊端，感到工人阶级是富有生命力的力量，负有从根本上改造整个社会的使命，但是由于作家既没有足够的生活经验，又没有形成正确的政治观点，他读了许多书，企图从书本中找生活问题的答案。然而，要彻底地弄清楚这些复杂的问题，只有依靠先进的科学的世界观才有可能。然而作家当时同无产阶级的阶级斗争和马克思主义思想还有相当一段距离。不是革命观点促使他批判社会，而是抽象的、超出阶级利益之外的“正义感”，尽管他的同情明显地是在被压迫的劳动者这一边。不公平使得曹禺“没有片刻的安宁”，但是，他在揭露这个社会有害的东西时，并不是始终明白造成社会灾难的原因和根源的。

曹禺懂得，作家在批判社会的灾难时，努力确立自己的正面理想，比单纯地揭露旧世界的各种罪恶更有效得多。他相信未来是属于人民的。在《雷雨》中，他努力创造来自人民的工人形象，能够体现新生活理想的形象。但是，剧作家还没有能解决正面人物塑造的问题。在《雷雨》中，来自人民的人物游离在主要的情节线之外，在《日出》中这样的人物又为象征所代替，而《原野》中的仇虎，怎么也不能看作是作家理想的表现。

正像曹禺自己所说的，他"很着力地写了一些反动统治者所豢养的爪牙，他们如何荒淫残暴，却未曾写出当时严肃的革命工作者，他们向敌人作生死斗争的正面力量"。

在剧本《日出》中工人的歌曲告诉人们，正义的世界将是由他们来建成，而不是像方达生那样只有软弱无力的幻想的人们。在《原野》中，仇虎请爱人转告同志们："告诉他们，叫他们别怕势力，别怕难，告诉他们我们现在要拼，得出去，有一天我们的子孙会起来的。"换句话说，曹禺知道，中国必将开始新的生活，光明和自由将给人们带来欢乐。但是他不能向读者和观众指出，应该怎样才能使人们接近在剧中象征着幸福未来的太阳。

曹禺了解许多西方作家。中国的评论家们从《雷雨》中找到欧里庇得斯《希波吕托斯》和易卜生《群鬼》影响的痕迹。同样，在《日出》中我们可以感受到契诃夫的影响。但是，在这些剧本中已经形成了曹禺独特的创作风格的基本特征：它表现在形象的塑造上，语言和结构的创造上。

曹禺采用了不同的结构手法，但这并不破坏他风格的统一。将偶然事件作为剧本情节的组成部分之一——这是曹禺剧本的一个特点，这种偶然事件能进一步促进情节的发展。尤其是《雷雨》中触电结局、《日出》中安眠药的安排，这样的情节起着很大的作用。这些东西的多次提醒，使读者感到剧中发生的悲剧是不可避免的。在曹禺的剧本中，当人物的情绪十分高涨时，那些具有象征意义的背景是十分重要的。当鲁侍萍要求女儿起誓，窗外那引起妇女恐惧的雷声和闪电的光亮就已经预示了人物不幸的命运（《雷雨》）。在宁静的深夜里，在决定小东西命运的那个非常不幸的时候，人们听到了小贩的单调的凄凉的卖硬面饽饽的叫卖声和妇女被接回家的哭声，这些都增加了令人窒息的苦闷（《日出》）。

在情节的进行过程中，曹禺喜欢作详细的情景说明和人物性格特征的描述，这是他创作风格的一个特点。他描述人物的外貌、性格和过去的生活。作者用高度技巧写出的这个独特的叙述部分，对用动作和对话在自然的变换中塑造性格上起了绝对不可忽视的作用。

五

在抗日战争时期（1937—1945 年），中国进步的作家为捍卫中国人民的利益奋起投入驱逐侵略者、争取民族解放的斗争之中。宣传鼓动的独幕剧这种样式获得了广泛的普及。这些描写迫切事件的剧本号召中国的爱国者团结起来同敌人进行斗争，它们描述中国战士、游击队的英雄行为，痛斥侵略者和摧残沦陷区和平居民的野兽。在战争年代，戏剧创作具有特别重要的意义——戏剧成为对群众进行政治动员的有效武器。在话剧体裁中，除了一些短小的鼓动剧之外，剧作家们还创作了大型的现实主义作品，反映前线和后方的生活。洪深、夏衍、陈白尘、宋之的就写了这样的剧本。在郭沫若、阳翰笙、阿英、欧阳予倩的历史剧中，再现了中国人民过去的英雄事件。

战争年代，曹禺继续从事教学活动。他转移到重庆，在国立戏剧专科学校任教。这一时期，他创作的作品有话剧《蜕变》《北京人》《正在想》《家》。

1941 年 1 月初版的四幕剧《蜕变》的题材是曹禺在全国爱国主义情绪高涨的情况下产生的。同中国人民民族解放战争联系在一起的事件就是作家对这一情况的直接反应。这个戏的主要情节写一个姓丁的女医生同专员梁公仰从事后方医院改造工作的过程。尤其吸引人的是丁院长的形象。因为她有善良的同情心，人们都称她为“伤兵的母亲”。她准备为民族解放事业贡献出自己一切的力量和智慧，在梁公仰的形象上，曹禺想描写一个“新的官员”，他不是为个人飞黄腾达，而是将为民族和国家服务看得高于一切。

作家相信，在中国经受了严酷考验的年代里，人们会变得更美好、更勇敢、更正直。在民族解放战争爱国主义的口号鼓舞下，曹禺决心写出在艰苦斗争里“酝酿着、育化着”的新的力量和新的生命，他认为这新的力量和新的生命是应无限量地拿出勇敢来扶持的。

在揭示剧中正面人物性格时，曹禺想歌颂战士的意志和对未来生活方式革新的希望。他把部分的事实——后方医院发生的事件，看作是整个社会“蜕变”的征兆。事实上，在国民党统治区，剧作家可能看到过类似的人物，但他明显地夸大了他们的能力，错误地以为他们的力量足以在一夜之间结束现存秩序的守旧性。这些人物的目的缺乏阶级基础，他们企图为人民服务，但却游离于人民之外。曹禺将愿望作为现实的存在来写，因此，《蜕变》中的正面人物多少是被理想化了。

剧本《蜕变》在一定内容上反映了中国进步知识分子的情绪和特征，他们希望采用一定的方式改造旧社会，但是他们认为中国走向新生活不是通过严峻的社会斗争，而是像自然现象那样地进行新陈代谢。

这是剧本不足的方面。但是，它的爱国主义倾向性和作家对新的力量的热烈的信仰给读者和观众留下了极其深刻的印象。巴金在读了《蜕变》之后写道：“这剧本抓住了我的灵魂。我是被感动，我惭愧，我感激，我看到大的希望，我得着大的勇气。”

1940 年创作、1941 年 12 月出版的三幕剧《北京人》，再现了旧的封建家庭曾家由富裕、豪华转向衰败的历史。从表面看，曾家还是尊重旧的传统的。家长曾皓老头是封建道德和父权制的维护者。他的行动常常使人们感觉到他是个老顽固，他根本不重视周围人的人格。在曾家，一切都是可以预料到的。他的居民不是在那儿过日子，而成天战战兢兢的。灰心及由于争吵和丑闻带来的烦恼死缠着他们。他们中间的一个是利己主义者，另一个则是懦夫。曾皓怜悯自己的温柔的、无依无靠的侄女愫方，却又拒不安排她的生活，不希望失掉照顾自己的人。曾文清爱愫方，但是他的道路是平坦的，他怕经常的争吵，不敢跨出决定性的一步，以保护愫方不受曾思懿的中伤和侮辱。曾家人将他们的自私和怯懦隐藏在伪善的空话之中。

剧本的主人公空想着，但是找不到挽救的方法。屋子的居民意识到自己是没有希望的，必然是衰亡的。江泰说："我们只会叹气、做梦、苦恼！"这些行尸走肉，他们并不会真正地生活、工作和恋爱。曾家的寄生性是他们灭亡的原因之一。

曾家的崩溃意味着封建的生活方式和寄生阶层的死亡是历史的判决。但是，在《北京人》中，剧作家按照自己的创作原则正确地寻找着希望的幼芽。在曾家，他不仅揭露了腐朽的一面，而且展现了有着善良灵魂的人们。愫方和瑞贞从曾家出走了。这是年轻的妇女反抗压迫和专横的抗议，虽然她们还不知道应该为争取新的生活、为寻找幸福而斗争，剧作家也没有给他们暗示这一点。曹禺将"北京居民"同他们的自由的高傲的祖先的化身——"北京人"的象征的身影相对照。人类学学者袁任敢，一个有着新的进步信念的人说"人们在过去"，曹禺用他的话说："那时候的人要爱就爱，要恨就恨，要哭就哭，要喊就喊。他们自由地活着，没有礼教来拘束，没有文明来捆绑，没有虚伪，没有欺诈，没有阴险，没有陷害……"

不是由寄生虫，而是由愿意劳动的人们来建设新世界。未来属于"儿女一代"——袁圆、小柱儿，他们纯洁的心没有为虚伪为贪婪所玷污。虽然杜家代替了僵死的曾家，但他们死亡的日子也快到了。曾皓同杜家争夺棺材的斗争——这用中国文学史家刘绶松的话来说"完全是一种暗示"。作为剧中封建势力代表的曾皓同"暴发户"资产阶级商人一起在"走向没落"。剧本《北京人》的进步意义也正在这里。

封建家长制家庭的瓦解在另一个剧本——1941 年的剧本《家》中又得到展现。但是，在这里这个主题已经决定于别的方面。剧作家将注意力集中在描写青年人内心深处迫切要求解决的希望，他们要求子孙后代幸福和有起码的做人的权利。剧本《家》是根据中国著名作家巴金的同名长篇小说改编的，但是它却有着独立的艺术意义。首先，由于体裁的局限和舞台的特点，不允许曹禺像长篇小说那样广泛地展开高家发生的各种事件的画面。这个高家在许多方面使我们想起《北京人》里的曾家。在尖锐的戏剧情节中心的是三个主人公——觉新、瑞珏和梅的命运，他们的爱情悲剧。剧本首先把锋芒指向封建制度的不合理，揭露了它剥夺青年恋爱的权利。

战争年代曹禺的作品提出了中国社会生活中重要的问题,在生活的尖锐的矛盾中现实主义地展现了现实生活。为了确立新的富有生命力的东西,这些剧本始终贯穿着对一切旧的、腐朽的事物的否定。它们没有曹禺早期作品的宿命情绪。动作的紧张性、形象的精确描绘、对话的生动性、结构手法的严密,所有这些熟练掌握的戏剧技巧,充分表现了这位富有才能的爱国作家的才华。尽管剧作家的正面纲领还是不明确、含糊不清的,他对旧社会的批评也还不能同人民群众的革命斗争的任务联系起来,但是,看不到像《蜕变》《北京人》《家》这些战争年代中国戏剧创作的突出现象及这些剧本的巨大价值无疑是不正确的。

六

1945 年抗战胜利后,曹禺赴美讲学一年,之后回上海在文华电影公司任编辑和编剧。1947 年起,他在实验戏剧学校任教学工作。这一时期,曹禺很少写作。在同报社记者的一次谈话中他说:“我怀疑我还能不能再写出什么东西,甚至我想改行。”主要由于国民党腐败政权的统治,剧作家在某种程度上经历了创作危机。仅仅在 1946 年 4 月—5 月的《文艺复兴》杂志上发表了一个剧本第一幕的两场。这个剧本是 1944—1945 年开始创作的,但没有写完。曹禺想创作一个描写战争年代不依赖外国资本,努力发展中国民族工业的工业题材的剧本。这个剧本的主人公——钢铁公司经理朱才福寻找改革中国经济使之独立的道路。他不懂得,中国只有在人民群众胜利的条件下才能实现工业化。朱才福不相信人民群众的力量,剧本《桥》的主题是同茅盾的剧本《清明前后》相呼应的。在中国争取民主自由、团结一切爱国人士反对蒋介石集团独裁统治和外国干涉者的斗争事业中,这样的描写民族资产阶级的剧本是符合当时的要求的。

1949 年夏,中国人民解放军的部队迅速解放北京后,曹禺为参加筹备第一次全国文学艺术工作者代表大会,回到了古老的首都。为了表达自己对这个规模空前的中国进步文化活动的态度,曹禺在《人民日报》上写道:“艺术家的责任就是要发展文学事业,为工农兵服务,为建设新中国文化服务。”曹禺热烈拥护中国人民革命的伟大胜利。从中华人民共和国诞生的第一天起,他就积极投入中国人民建设新社会的斗争。他参加了许多方面的社会活动和国事活动,这大大地促进了剧作家新的思想立场的巩固。曹禺是中国作协书记处书记、剧协副主席、中央戏剧学院副院长和北京人民艺术剧院院长,大型文学杂志《剧本》《收获》的编辑之一。1954 年,曹禺被选为全国人民代表大会代表。他积极地参加保卫世界和平的运动。他的对国家政治文化生活中重要事件发表看法的文章经常出现在报刊杂志上。

1950 年,曹禺参加了淮河治理工程,1952 年参加了安徽省土地改革工作。同人民群众的直接的紧密联系给作家留下了深刻的印象，帮助他更充分地理解人民群众在社会生活中的作用，理解为革命所解放了的普通劳动人民的才能。曹禺说："劳动人民的智慧和勇敢教育了我。党的关怀和支持给了我信心和力量。"在社会主义改造伟大思想鼓舞下，作家决心按照新的方式表现世界，他又拿起了笔。"讴歌共产主义道德，与人民的生活和火热的斗争声息相通，这是我们剧本的主要的突出的特征。"曹禺在作协第二次理事扩大会上这样说。其作品《明朗的天》体现了这一特征。这个剧本发表在 1954 年 9 月—10 月的《剧本》月刊上，以后又出了单行本。它受到了读者和观众的热烈欢迎。但曹禺并不满足初稿的成就，他继续对剧本进行加工，对它作了两次修改。

《明朗的天》是一部描写知识分子思想改造的剧本。剧作家在剧本中描述了中国知识分子如何摆脱帝国主义思想意识和个人主义道德观念的毒害，终于走上为人民服务道路的过程。这是现代中国文学中一个现实的和复杂的主题之一。曹禺正确地揭示了这一生活真理：知识分子思想改造的艰巨性和它在中国共产党领导下能够获得改造的这样一个必然的规律。《明朗的天》是根据剧作家 1952 年初在北京协和医院三个月工作收集的素材创作而成的。那时候他参加了北京市委领导的知识分子思想改造的工作组到过这家医院。协和医院原系美国"石油大王"洛克菲勒所创办，自然地在这里可以特别明显地感觉到美国资产阶级思想的影响。因此，知识分子思想改造的工作在这里就需要战胜许多困难。在这个工作的过程中，曹禺就已经酝酿剧本《明朗的天》的构思。

《明朗的天》第一幕再现了帝国主义分子贾克逊控制燕仁医院和附属医院年代形成的令人窒息的环境。这个医院是美国人对中国进行文化侵略的据点之一。美国科学的优越性、美国生活方式、美国民主的思想影响着知识分子。美国人多次说科学要脱离政治舞台，但是他们却给国民党特务任意镇压对他们不满的人、在医院工作的共产党员的充分的自由。

细菌学家凌士湘是剧本《明朗的天》中处于矛盾冲突中心的主人公。他无限热爱自己的事业。为了科学愿意牺牲自己的一切。热情地充满信心地谈到医学学者的义务："死亡是我们必须征服的敌人。……我们一辈子就为的是救人。"

凌士湘将自己献身给科学，以为这样有助于拯救祖国。有人在北京解放以后要求他离开祖国，他回答说："做一个科学家，我首先是中国的！"但凌士湘是属于不问政治的中国知识分子的那部分人的代表。政治上的近视妨碍他识破科学的敌人贾克逊。他甚至在思想上容忍为了试验牺牲人的生命，现实的事件一步一步地解决了凌专家的错觉。事实揭露了假学者贾克逊，他在若干年后利用了凌士湘的研究成果在朝鲜组织细菌战。凌士湘的"纯科学"的信仰、脱离政治的自由毁灭了，新的思想逐渐树立了起来。凌士湘后来到了朝鲜，为了在那里、在前线同帝国主义带给人们的死亡作斗争，抢救生命。

《明朗的天》的政治意义就在于，剧本提出了现实的问题："在尖锐的阶级斗争条件下，学者能够脱离政治，为'纯科学'服务吗?"不能——生活回答了这个问题，而曹禺向读者和观众明确地作出了这个回答。

在描写凌专家思想转变和医院整个集体的改造过程中，曹禺强调了中国共产党党组织的作用。医院党委书记董观山在对知识分子做工作的过程中表现了对知识分子巨大的鼓励和关怀，很有分寸，没有一点急躁情绪。在董观山的形象中，曹禺努力体现新人的优秀品质和经过战火锻炼以及党的教育的干部的高度觉悟。舞台上还出现的第二个具有崇高的精神品质的共产党人——庄政委，用评论家张光年的话来说："增强了剧本的道德力量。"这个真正的人具有勇敢、沉着、坚定，对党无比忠诚的特征。他为了未来生活和斗争："要爱护青年……不要在这种时候使她失去信心。这是下一代。"深信年轻一代有广阔前途的钢厂老工人赵树德赞同庄政委的思想。他的儿子赵铁生，就是建设未来的这一代，他充分地意识到自己是新中国政权的主人。普通的工人和党的干部在曹禺的创作中还是崭新的主人公，在这些形象中体现了他对劳动人民的热爱和对共产党的无限敬仰。

爱国主义、人道主义，对人的精神解放、对未来新生活的向往，是曹禺剧本贯穿的思想。作家牢固地站在民主的立场上，向旧世界发起进攻。

《明朗的天》是用曹禺特有的艺术风格写成的，但这个剧本同以往作品的区别是，它鲜明地表现了作者的政治热情，宣传了新的社会主义的思想。新的政治斗争影响了作家的创作方法。"《明朗的天》的出现，就显然有别于批判现实主义，而是属于社会主义现实主义的范畴了。"《明朗的天》是曹禺创作的一个巨大的进展，对中国现代戏剧创作的发展具有重要的意义。在中国第一届话剧会演中，剧本《明朗的天》获一等奖。

评价生活问题和现象的高度的思想性、党性同鲜明的艺术特色，形象揭示和深刻的心理描绘的统一，使《明朗的天》列入当代优秀文学作品的行列之中。

曹禺的富于才华的剧本多年来在舞台上屡演不衰，一直受到中国观众的热烈欢迎。对人、对自己人民的热爱，对不义和社会罪恶的仇恨，是曹禺这位极其谦逊和对自己要求严格的剧作家进行创造性探索的基础。现实主义的深度、他的创作的人道主义、鲜明独特的创作风格，使曹禺不仅获得了全民族的而且是全世界的声誉。曹禺的剧本已被译成多种文字。在我国，他的《雷雨》已在许多剧院获得演出成功。

曹禺经过四分之一世纪艰巨、顽强的劳动，备尝创作的甘苦，朝着一个目标努力向前奋斗。曹禺并不满足于已经达到的成就，他正开辟新的创作道路，考虑新的创作计划。卓越的剧作家正把自己的劳动和才能贡献给今天的社会主义事业。

（译自 1961 年俄文版《曹禺戏剧集》第二卷）

（附作者的话）

曹禺

感谢苏联艺术出版社，使我的剧本能够同苏联读者见面。我认为翻译朋友们热情地努力地将这些剧本译成了优美的俄语。这些都使我深为感动和激动。

这个俄文戏剧集的出版使我回忆起了多年来苏联文学对我的巨大的、深刻的影响。我不能忘记在大学学习时许多的夜晚阅读《铁流》《毁灭》《静静的顿河》和别的苏联文学作品时所感受到的那种心灵的激动。在国民党搞白色恐怖的条件下，阅读苏联文学作品遇到巨大的困难。假如在一个偶然的情况下我得到了这样的书，就会紧紧抓住不放，好像得了宝贝似的，从早读到深夜，又急忙转到别的人手里，使他们也能看到新世界的光芒，人类的曙光。后来我们又接触了特列乌夫、包戈廷、柯涅楚克和别的作家的戏剧创作，他们向我们展现了在苏维埃的土地上诞生起来的新的主人公和新的人物。苏联文学和苏联戏剧回答了为什么写和怎样写的问题。当然，中国民族戏剧的传统和现代戏剧对我的各方面的影响也是很重要的。中国的民族戏剧深刻地表现了反对残忍和暴行的斗争精神，中国的现代戏剧从诞生的时候起就同人民的反帝反封建的斗争紧密地联系在一起。

在这个两卷集里收了四个剧本：《雷雨》（1934 年）、《日出》（1936 年）、《北京人》（1940 年）、《明朗的天》（1954 年）。前三个剧本是解放前写的。《雷雨》描写的是本世纪 20 年代，一个资本家家庭里发生的故事。《日出》反映的是解放前中国一个大城市的社会生活，“损不足以奉有余”的社会制度。《北京人》写的是一个革命时期日益败落的封建家庭末日的剧本。解放后我开始为新时代而写作，创作了剧本《明朗的天》，这是一个以旧知识分子在党的领导下进行思想改造为主题的剧本。值得庆幸的是，苦难、不幸、绝望、毁灭人的时代一去不复返了。我一生中从来没有像现在这样以巨大的热情和信心展望未来。应该指出的是，这些过去的作品都还是很不成熟的。但是我们生活的时代鼓舞着、激励着我们，我们有可能创作出比过去更好的作品。

（原文附记）1961 年 1 月苏联艺术出版社出版了《曹禺戏剧集》，共二卷。第一卷收了《雷雨》《日出》两个剧本，前面有曹禺写的“作者的话”（国内尚未发表）。第二卷收了《北京人》《明朗的天》两个剧本，最后附有一篇一万五千字的长篇学术论文《论曹禺的创作》，现特将两卷中的两篇文章译出，供研究曹禺著作参考用。

原载曹树钧《走向世界的曹禺》，天地出版社，1995 年 11 月，附录一

戏剧家曹禺

[德]乌韦·克劳特[①]

今年年初，曹禺在美国讲课期间接受《新闻周刊》记者采访时说："为艺术而艺术只适用于富人。"在这一年中，中国首屈一指的戏剧家曹禺还访问了瑞士、英国。

1933年，当曹禺刚刚23岁时，他写出了第一个剧本《雷雨》，于是声誉鹊起。同他的其他剧作一样，《雷雨》是中国近代白话剧的先驱之一。他的剧作有多种外文译本，有的被搬上国外舞台，由外国人上演。

经过"文化大革命"的十年沉默以后，70岁的曹禺又于去年写出了第一部新作《王昭君》，在由曹禺本人任院长的北京人民艺术剧院演出。他又再次受到海外重视，请他讲课的邀请信接踵而来。外国代表团把在北京受到他的接见看作是一种荣誉。外国出版商纷纷计划翻译出版他的作品的普及本。

曹禺写现代剧，也写历史剧。他曾受过西方戏剧的影响。他自己认为爱国主义是他最重要的气质。他喜欢跳舞，也爱开玩笑，喜欢用德文原文朗诵歌德的诗。本文以曹禺所说的他接受过的"时间最长的采访"为基础，介绍他作为作家的一生。

曹禺早期的剧作，植根于他童年和青少年生活。他回忆说："从前，我家里有许多仆人，有车夫，两个丫头，一个管家，一个厨子，一个下手，三四个料理家务的，还有一个小男孩，专门伺候我。"曹禺全家四口，有三个嗜好鸦片。他父亲用古文写过诗、文章和小说，有的还在佛教报纸上发表过。曹禺自幼接触文学，要归功于这位对自己的诗文颇为得意的父亲。

曹禺是他父亲的掌上明珠，大家都说这个孩子"聪明过人"。

他的祖父原本是乡村里一位贫穷的教书先生。曹禺的父亲在日本学过军事，回国后当上了高官，"类似军阀，相当于一个师长，其实他从来没打过仗"。曹禺说他父亲是个"保守的、沉湎过去的贪官污吏。不过他钦佩列宁，因为列宁使俄国变得强大起来"。他的第一个妻子是个农村姑娘，生过一子一女。曹禺是他第二个妻子的独生子，产后三天，曹禺的母亲去世了。曹禺的父亲又跟他母亲的孪生妹妹结婚。这位后娘很关心幼小的曹禺。

孩提时代的曹禺一心想当个发明家，他自己设计了一只小汽艇。但他父亲却教他写诗。十岁那年，他写出了如下诗句：

大雪纷纷下，穷人归无家。

① 乌韦·克劳特，德国友人，时任中国外文出版社翻译。

上中学以前，曹禺已经读过中国古典名著《红楼梦》，他贪婪地读了莫泊桑的短篇小说、查理·兰姆的《莎士比亚戏剧故事集》，他特别喜爱《鲁滨逊漂流①记》。他回忆说："我十一二岁的时候，曾经跟着后妈看过'文明戏'，那是一种新颖的舞台艺术，是话剧的前身。我还看过许多京剧，见过许多有名气的大明星。我记得所有的传奇式人物，他们极有风度、极有个性。我也看地方戏。后来我又成了一个电影迷。我最先看到的电影是查理·卓别林演的。"

曹禺在南开中学上过学。中国许多著名的领袖和艺术家在这所学校学习过，其中最杰出的无疑是周恩来总理。正是在这里，曹禺成了南开新话剧小组的演员，开始了他的漫长的话剧生涯。他演过高尔斯华绥的《斗争》中的资本家，也演过莫里哀的《悭吝人》、霍普特曼的《织工》和易卜生戏剧中的角色。他早就读过这些作品的英文本子。他也能看歌德、克洛普斯托克和其他一些德国作家的原著。

曹禺的父亲希望他儿子学医，因此当曹禺还在中学念书时就两次投考北京协和医学院，但都没考上，中学毕业后，他进入南开大学学习政治经济学和比较政治学。但是他对这些学科毫无兴趣，于是又进清华大学，专攻西方语言和文学。他告诉我说，其实他并没有认真上过课，而是把全部时间用来"读剧本和长篇小说"。他说："希腊悲剧给我的印象很深，我最喜欢索福克勒斯和欧里庇得斯。我得到学校图书馆的特别许可，可以进入书库并在那里看书。从老子到佛教、到基督教，一直到马克思，我什么都看。我读过几章《资本论》，可是没看懂。"1927 年上海大屠杀发生以后，蒋介石分子杀害能抓到的所有进步人士，曹禺"开始憎恨国民党、同情共产党"。他解释说："那么多人死于非命，中国给军阀搞得四分五裂，人们卖儿鬻女，有些外国人穿着皮靴踢打中国百姓，车夫昏倒暴死街头，有些人参加了共产党，有些人模模糊糊地滋长了救国救民的思想。有一次，国民党派出一个走卒出任清华校长，学生们举行罢课以示抗议，我也毫不犹豫地加入了他们的行列。"

到处是饥饿，到处是痛苦。"我相信这个社会制度必须粉碎，这在我，在我们一代人中的许许多多人，都是明确的。郭沫若的长诗《凤凰涅槃》写的就是捣毁旧社会、建立新制度。改革不会是平平静静的，而是爆炸性的。凤凰死去的时候迸发出火来，它自己被烧成灰烬，然后，一只新的凤凰冉冉升起。虽说那时候我对这首诗的理解并不透彻，但我知道应该捣毁什么。"

所有这一切促使他写出了第一个剧本《雷雨》。当时他是大学最后一年的学生。他遵循传统的创作原则：时间、地点和情节必须集中。剧本在六个月内写成了，可是稿子在一位当编辑的朋友的抽屉里压了一年。后来多亏作家巴金偶然看到才得以发表。这个剧本首先由留日中国学生把它搬上舞台。当时，郭沫若还为日文版的《雷雨》作了序。

曹禺喜欢写他熟悉的人物。《雷雨》中塑造的人物他无疑是熟知的，譬如资本家周朴园。富家子弟周朴园早年留学德国，对此他引以为傲。他相信中国必须工业化，可是他却又镇压矿工、压制家庭中的其他成员。他所谓的救国只是一句空话。他活像个独裁者。他的年轻的妻子周蘩漪虽然想出走，但到底还是忍气吞声熬过了 17 年。社会压力迫使他

① 原文作"飘流"。——编者注

们住在一起。曹禺说:“我见过许多这种情况,夫妻不和,可又不得不住在一起。那全是因为孔子讲过婚姻大事得由父母作主。我非常同情蘩漪,后来在‘文化大革命’中,我因为她而遭到严厉批判。”这出戏是曹禺根据自己的经历和“读书以后”的想象写成的。他强调说:“我爱读希腊剧,伊芙琴尼亚遇见弟弟的场面对我很有影响。在我的戏里,鲁侍萍再次出现时,周朴园的阶级立场是很清楚的。他问她:‘你在这儿干什么?’她只能回答:‘命!’”但曹禺并不是在写命运。周朴园以为她是要钱,便给了她五千美元。这时候,鲁侍萍才看穿了他的为人。她的痛苦是无法用钱来偿还的。

曹禺在那时候是否相信中国会有新的未来?“那时候,到处都有罢工,”他说,“但大多数都失败了。鲁大海仍然显得幼稚。我自己对革命胜利的信心不足。那时,长征还没开始。当然,我还是抱有希望的。”

1935年,《雷雨》在北京第一次公演。现在已经是电影导演的陶金担任了周萍这个角色。当时在场看戏的还有警察,后来他们向当局告发。陶金回忆说:“国民党说我们这出戏有伤风化,儿子跟后娘偷情不会有好影响,少爷和丫头恋爱同样很糟。于是,这出戏被认为是有害的。一星期以后,警察抓走了八个主要演员,我是其中一个。我们被戴上手铐脚镣,并遭到拷打。他们逼着我们跪下,打我们,要我们承认是共产党。”

1933年,曹禺毕业后,在离北京不远的河北省保定市一所中学教英文。不久,他回清华做了一年研究生。然后,他又应天津女子师范学院之聘,当了教授。他在谈起自己的专业时开玩笑说:“我称自己是业余剧作家,因为我老是忙别的事。教书只是为了糊口。我只能在业余时间写点东西。解放以后,我成了中央戏剧学院的名誉院长、戏剧家协会主席、北京人民艺术剧院院长。我从来就不是专业剧作家!”

1919年的“五四”民主革命运动之后,许多青年人不知道应该怎样反对由不讲道理的父亲专制的家长制家庭中的封建主义。曹禺目睹过封建主义的种种罪恶,这一切在他的心灵上留下了不可磨灭的印象。做父亲的可以无缘无故地殴打儿子,甚至打断他的双腿,而自己却可以讨小老婆。曹禺是这样解释他的思想逐步发展的过程的:“我们看不到家庭以外的世界,但是通过文学,我们逐渐从广义上懂得了什么叫封建主义。只有消灭封建主义,才能救国。清王朝、大小军阀就是封建主义、战争和贪官污吏的象征。我们在外国列强、教会和租界流氓的欺压下吃尽苦头。早在懂得什么叫帝国主义之前,我们就已经痛恨外国人、鸦片和一切腐败的东西。后来我们才认识到并不是所有外国人都是坏人。我们看到外国人和北方军阀把不平等条约强加在我们国家的头上。今天,我深信社会主义,但是我首先是一个爱国者。我痛恨落后、邪恶势力,我决心把我最痛恨的东西诉诸笔端。”

1934年,曹禺完成了第二部剧本《日出》。写完《雷雨》以后,他才认识到,原来他的写作动机正是二千年前哲学家老子说过的一句话:“天之道,损有余而补不足,人之道则不然,损不足以奉有余。”这也正是《日出》的主题思想。世界不能再这样滑下去,否则总有一天会毁灭的。人民必须齐心合力,去创造一个新世界。

白天,曹禺从事教学,晚上,他埋头写他的《日出》。剧本侧重中国社会半殖民地的一面。故事以一个像上海似的大城市作为背景,尽管在许多方面取材于天津。尤其是第三幕,是作者深入调查天津妓院的结果。由于他是教授,有这样身份的人是不易接近妓院的，这给他搜集材料带来一些困难。按他所说，他接触过“许多黑暗社会的人物”。他说：“我不得不跟流氓交朋友，要不然就会遇到麻烦。我不敢独自到那些地方去。在天津，三等妓院所在的地区，都是暗无天日的地方。动刀杀人，无奇不有。我听见乞丐在妓院里打着竹板唱着小曲，但我没法把词记下来。唯一跟他们接触的办法是到他们住宿的便宜的、尽是跳蚤的旅店去。”

《日出》的主人公陈白露是一个敏感的妓女，她在豪华的旅馆的套间里接待社会上各种各样的人物。曹禺曾经认识一个姑娘，一个大学生，她的遭遇跟陈白露差不多，当然她不是唯一的模特儿。陈白露是好几个人的化身。有些批评家把注意力集中在颇有色彩的一些人物身上，而不是陈白露本人和她的悲剧，这使曹禺很不安。《雷雨》中的周蘩漪则是另一种类型的女人。曹禺对这一问题的看法是很有意思的。“蘩漪反抗了，但这种反抗带有破坏性，她并没有真正的目标。在那样一种社会里，我同情蘩漪。她是一位英雄，因为她敢于打破一切枷锁。是的，她行为不检，做了种种错事，但这也需要勇气。白露不是叛逆者，第四幕里，她谈到自己的身世，反映出她的精神状态。尽管她出生在受人尊重的家庭，尽管她曾经是一位聪明的学生，但是她被社会吞噬了。”

另一个重要人物叫方达生，他的年纪和陈白露相仿。他俩是青梅竹马，现在他想跟她结婚。曹禺认为他是一个“幼稚的但相当认真的知识分子”。当人们问曹禺为什么把他写得那么幼稚，他解释说，那时候，大多数知识分子都比较幼稚，但他们不满现状，希望推翻当时的制度。在方达生眼里，白露仍然是那个两小无猜的姑娘。正是因为这个原因，白露很清楚她不能跟着他去。

在《日出》的原序里，曹禺从《圣经》里引用有关世界末日的句子，因为这些话说出了他对这个腐败的封建社会的感受。他强调说这并不是说他信奉基督教。相反，这是“蒙蔽书刊检查员的必要”手段。他解释说：“我要的是把我的思想传递给读者，对《圣经》的引文，谁也不敢提出异议，所以这正是我表达思想的办法。最后一段说的是近在咫尺的天国。我要使现行的社会制度像罪恶之地狱那样毁灭，同时，我希望天国——当然是指一个新社会——行将诞生。”那就是他在 1949 年中华人民共和国成立前的信念。他接着说：“一个腐朽的社会注定要被消灭的。从某种意义上来说，这是我的宣言。一个新社会必将出现并且取而代之。我知道，工人会成为新社会的主人，尽管当时我没有用‘无产阶级’这个字眼。在这出戏里，工人们正在建造大楼和他们唱的歌都具有象征意义。”

1935 年，《日出》发表在由巴金和靳以主编的《文季月刊》上。不久，这出戏由业余团体首次搬上舞台，很快就正式演出，成了叫座的话剧。延安也上演了。但是这一消息触怒了国民党，他们的特务立刻搜查了曹禺的寓所。曹禺说，写这个剧本时他已经相当成熟了。与《雷雨》相比较，他更喜欢哪一个戏呢？他坦率地说：“两个都不怎么喜欢。”这似乎过于谦逊了。在中国，观众的反映也不一样，但是大多数人认为《日出》更加深刻一些。

曹禺全家为他成名而感到自傲，于是便去看他的戏。“老爷太太们都喜欢《日出》，所有体面的市民也喜欢它，”他说，“他们认为那只是很好的娱乐。他们并不理解剧中反映他们、即寄生虫阶级的句子：‘太阳出来了，黑暗留在后面。但太阳不是我们的，我们要睡了。’”

紧接着，曹禺着手创作《原野》，这出戏和前二出合在一起被认为是三部曲。《原野》英文版即将由美国出版。这是曹禺唯一以农村为背景的戏，讲的是一个农民的遭遇，他的亲人被地主害死了，自己也被关进大牢，但最后终于逃了出来。后来他回来报仇，可是地主已死，而地主的儿子却跟他爱的女人结了婚，并且生了一个孩子，于是他杀死了地主的儿子和孙子，在地主的走卒追赶下，他与情人双双逃进森林，临死以前，他对她说："去找我的兄弟吧。"兄弟指的是其他造反农民。戏的结尾告诉人们，个人复仇是不够的，要团结起来。

曹禺说："对一个普通的专业剧团来说，演《雷雨》会获得成功，演《日出》会轰动，演《原野》会失败，因为太难演了。"

1936 年，曹禺来到南京，不久中日战争爆发了。共产党没找他，他又"过于胆怯去接近他们"。他说："我怕自己受不了苦。然而，在南京，我反对国民党。他们逮捕一切进步人士。有人以为我是共产党，连我未来的岳父也认为我是共产党，所以他反对这门婚事。我二十九岁结婚，不幸，婚姻很不美满，解放后就离婚了，那时我已是四十开外的人了。我那位岳父是检察官，可谓是高官了。我厌恶那个家庭。"

在南京，曹禺在国民党办的戏剧学院教书。每逢他讲课的时候，大教室挤得水泄不通，有一百多个学生在外面听课。有时他还在上海复旦大学兼课。两年以后，日本人占领南京，曹禺迁居四川。在四川省江安县，又一所戏剧学院创立了，曹禺就在那里执教，除了教书以外，他于 1940 年写了以爱国主义为主题的剧本《蜕变》，剧本在一个月里就写成了，但准备材料费了两年时间。曹禺说，虽然这出戏以医院作背景，"其实，我写的是戏剧学院的事儿，当时很受欢迎。国民党企图把这出戏说成是拥护他们的，但我实在是在赞扬共产党"。曹禺相信，中日战争必将以中国获胜而告结束，同时，它也将揭露国民党政权的腐败。表面上，国民党应该与共产党协力作战，但实际上，它却逮捕和杀害共产党人。

《蜕变》的主角不是国民党成员，而是一个共产党人。曹禺说：虽然这没有明说，但观众是清楚的，梁巡长是共产党。"我们在国民党的统治下，因此我不能公开梁巡长的身份。书报检查员无法删掉戏中任何一句话，因为他找不到一句明显的反国民党的话。但是大家心里都清楚，梁巡长不是国民党，因为国民党里没有这样的人。大家还知道，不光警察是共产党，在政府内阁身居高位的也有共产党。那时候，我深信共产党必将赢得胜利。"

曹禺认为剧中有一个情节寓意很深。丁医生救活了一个伤兵。伤兵的祖母为了表达她的感激之情，送给丁医生的小孙子一条红肚兜。在华北，这种肚兜通常都是红颜色的。剧的结尾是丁医生送别痊愈的伤兵重返前线，她挥动着红肚兜同那个伤兵告别。曹禺解释道：这表明她是一个真正的爱国知识分子。红肚兜具有象征意义！后来发生了这样一件事——蒋介石看了这个剧之后，训斥坐在他身旁的宣传部长说："笨蛋！那个女人在挥舞红旗！你瞎了眼吗?!"

1940 年，曹禺还发表了他唯一的独幕喜剧。一些人认为这是一部极其重要的剧作，有人甚至盛赞它是中国本世纪"最杰出的笑剧"。这出名为《正在想》的独幕剧是根据墨西哥作家约瑟菲纳·尼格里(Josephina Niggli)的《红色丝绒外套》(The Red Velvet Coat)改编的。曹禺认为原作是个"很富有乡土气息的作品"。他把该剧的背景搬到了北京天桥，那里是各种艺人麇集的地方。他写这幕剧的目的是为了讽刺大汉奸汪精卫。"但是，人们大多把它当成一幕滑稽喜剧，”曹禺告诉我说，“了解它的真正目的的人很少。”

1940 年是曹禺创作的丰产年，他那年创作的第三个剧本是《北京人》。这个剧很出色，在海外引起了极大的兴趣，德译本不久即将在西德出版。这个剧反映了二十年代末一个中国旧世家的衰崩。为什么定名为《北京人》呢？一则是因为故事发生在北京，再则是因为剧中有个次要角色，人类学者袁任敢的司机，长得膀阔腰圆，绰号叫“北京人”，而且人们对不久前在北京附近发现的史前猿人化石还记忆犹新。曹禺在 1978 年重印的《曹禺选集》的“后记”中写道：“写《北京人》时，我的诅咒比较明确些了。那种封建主义、资产阶级是早晚要进棺材的，他们在争抢着寿木。而这个人世，需要更新的血液和生命。”这个话剧今年在中国重新上演，获得了成功。

巴金，著名的《激流》三部曲的作者，是曹禺多年的至交。1941 年春，曹禺决定将巴金三部曲的第一部《家》改编成剧本。他在同年夏天着手改编前，反复研读了这部小说。“我选择了三个人物作为剧本的主角——大儿媳、大儿子和三儿子，”他说道，“其他人物则围绕着他们活动。我对现实生活中像他们这样的人有所了解。”正当他在进行这一改编工作的时候，国民党加剧迫害进步人士，逮捕革命者。曹禺的家遭到搜查，文化界的特务对他进行监视。因此，他迁居到国民党的战时首都重庆。他认为，因为他颇有名气，国民党不会在那里谋害他。他住在一艘小火轮上，在船上的餐厅里进行写作。每当他写完一幕，他就交给他最亲密的朋友——后来她成了他的第二个妻子。当时曹禺非常贫困，只能抽最便宜的香烟。他后来的妻子常常送他几包烟，使他创作时能有烟抽。船长对他也很友好，免费让他住在船上，只收膳食费。

《家》的剧本脱稿后，曹禺说他“心里有些忐忑不安，因为我在小说之外增添了一些东西。我加了几处内心独白，让每个人物能表达出他头脑中的想法。在中国话剧中还是破天荒第一次运用这种手法。我在最近创作的《王昭君》一剧中又再次运用了这种手法。当时我怕巴金会不高兴，可是他看了我的手稿后一个字也没改动。于是这个剧本就送去出版了。”

在重庆首次公演时，剧中的大儿媳由张瑞芳扮演，在扮演这个角色的演员中曹禺最欣赏她。大儿子由当时的知名演员、现任导演的金山扮演。张瑞芳在五十年代摄制的电影《家》中仍扮演大儿媳，她回忆道：“当时重庆的观众简直发狂了。这个剧像舞台上的一次爆炸。”

在那段时间，曹禺同时致力于翻译《罗米欧与朱丽叶》。他在中央电影制片厂谋到了一个挂名的职务，微薄的薪金使他间或能请朋友喝杯茶。他曾一度停止写作。当时对书刊的审查越来越严，《家》被禁演了。

直到 1945 年，曹禺的《桥》才在上海的一家杂志《复活》上发表，虽然那时他只写完了两幕。其故事情节——用剧作家自己的话来说——是关于“一个知识分子的遭遇，一个知识分子的悲剧”。该剧表达了工业救国的思想，“但是国民党对此并不感兴趣，他们只醉心于搞股票交易。”曹禺补充道，“剧中的斗争表现在民族资本家同官僚资本家之间。我使观众能一目了然地看出剧中的官僚资本家的形象是按照蒋介石的连襟、国民党财阀孔祥熙塑造的。桥，是一种象征。我的意图是：要到达彼岸的幸福世界，就需要修一座桥。人们不得不站在水中修桥，甚至变成桥的一部分，让别人踏着他们走向彼岸。”

曹禺用了半年时间在重庆一家钢铁厂里体验生活。他对中国当时不同阶级的本质有很明确的政治见解。曹禺说：“我同情民族资产阶级，因为我感到他们在设法为国家作贡献。在他们同官僚资本家的斗争中，应该支持谁，是毫无疑问的。”

1946 年，抗战胜利后，曹禺同小说《骆驼祥子》的作者、著名作家老舍一道赴美讲学。在那里，他们感到遗憾的是没被介绍同像海明威、斯坦贝克这样的作家认识。在一次茶会上，曹禺同林语堂就他的《吾土与吾民》一书发生了争执，他坚持“文学作品应该具有社会意义，否则就毫无价值”。

在纽约和好莱坞，曹禺有幸两次会见德国作家布莱希特。“同他见面是我那次访问中最难忘的大事。”曹禺说，“他对人和蔼可亲，热爱中国。他请我和老舍到他家喝茶，我们用英语交谈。布莱希特是个大人物，但他并不摆架子。他很富于同情心，待人随和。我问他：‘你为什么不到中国去？’他回答说：‘我打算去，但现在还不是时候。’”

使曹禺最反感的是对美国黑人的种族歧视。甚至老舍和他自己也遭到某种程度的种族歧视。曹禺在美国总共待了十一个月。由于思乡，他常听莫扎特和巴赫的唱片或者坐在酒吧里喝酒。后来他编造了个母亲染疾，他必须回国的借口，高高兴兴地离开了美国。老舍继续留在那里。

回到上海后，曹禺参加了一个进步的电影制片厂工作，写出了《艳阳天》的电影剧本并亲自担任导演。曹禺觉得他生就不是当导演的材料，而且一再表示他当时那样做只是为了挣钱维持生活。但是，看过这部 1948 年拍摄的电影的中外电影评论家，都认为他这唯一的一次尝试是成功的，对他从此不再涉足影坛而感到惋惜。曹禺说：“我写的故事情节是抨击国民党的，因为他们同曾经在战争中与日本人勾结的汉奸合作。他们非但不把这些汉奸关进监狱，反而纵容他们。我这部影片中的主人公是个律师，他迫使国民党承认一个人是汉奸并把他关进监狱。但是，黑社会的犯罪集团也是受国民党操纵的。一天，那个汉奸去打伤了那个律师并捣毁了他的家。最后，律师同他的侄女一道奔赴解放区。因那部电影是在上海拍摄的，我只能间接地表达我的意图。我不能公然宣称国民党同汉奸们狼狈为奸，而只能暗示出这一点。但当时对这部影片仍有许多误解。”尽管导演工作使他感到精疲力竭，但他发现石挥是个很有天分的演员。《艳阳天》是解放以前曹禺的最后一部作品。

1949 年，曹禺应邀赴京参加了第一届中国人民政治协商会议，其后成立了人民政府和所属各部。虽然他“讨厌行政工作”，但是，作为文化界知名人士，他担任了中央戏剧学院的副院长，该院院长是欧阳予倩。

这时出现了一个根本性的问题。曹禺过去一直是揭露腐败的旧社会并为新社会的诞生而奋斗，现在新社会已建立，他该写什么样的主题呢？他感到自己对工人、农民的生活一无所知，对共产党的认识也很肤浅。他过去的话剧在一定程度上是根据他的亲身经历写的，因而能给观众一种真实可信的感觉。可是现在，他必须开辟他自己没多大把握的新领域。由于希望摧毁旧的社会秩序，他成了作家。现在他又必须为建立新的社会秩序作出贡献。

曹禺告诉我说，创作解放后第一个剧本对他是个“棘手的问题”。《明朗的天》写于1954年，故事发生在中华人民共和国成立后的一家医院里。

曹禺发现这个剧本很难写，因为他本人就是一个正在接受思想改造的知识分子。“我所反映的都是真人真事，因为我曾到原协和医院，即现在的首都医院，去体验过生活。那里揭发出来的问题触目惊心，都是真实的。当然，那里的工作人员也曾为中国做过一些事情。从现在的观点来看，这个剧有些片面，但在当时它是为其目的服务的。美国当时十分反华，很自然我的剧本只能那样写。”

曹禺自称他不是个勇士，因而他在重庆期间没有加入共产党。按他的说法是：“每个共产党员的脑袋都是拴在裤腰带上的，随时都有掉脑袋的可能。”他是在“和平时期”，于1956年作为第一批知识分子被接受入党的。

曹禺的创作方法是怎样的呢？他说他夜以继日地工作，直至写完一个剧本并反复加工修改。他通常是事先考虑得非常成熟了才动笔，但即使是这样他仍要作些修改。他不像许多作家那样将生活中的素材记在本子上，而大多是依靠自己的观察。但是对于历史剧，他则要做一些研究和收集资料的工作。

曹禺说：“我创作的人物来自我亲身经历中的观察积累。在创作上，最重要的是要具有宏博的阅历。现在我了解的人少得可怜，因为我有点与世隔绝。”这无疑是他转而选择写历史剧的部分原因，虽然这种剧的主题具有现实意义。1961年他创作了第一部历史剧《胆剑篇》。剧本是由他和北京人民艺术剧院的导演梅阡、演员于是之合作的。当时正值中苏关系破裂后不久。曹禺解释道，那时苏联人撤走了他们在中国的所有的专家，我们的许多工业项目被挂了起来。我们所有的人都感到，我们必须自力更生，决不能妥协让步。

曹禺告诉我说：“这个剧于一九六一年首次上演后，观众立即领略到其中的寓意：中国人民必须奋发图强，不能依赖别人的援助。”曹禺为写该剧曾做过大量研究工作，因此，虽然有上百个剧目都反映这同一主题，但《胆剑篇》仍独占鳌头。

在创作这个剧本时，曹禺感到的主要困难在于使用什么语言。他解释说：“我采用了半文半白的语言，在对话中夹杂了大量文言，以赋予这个剧一种历史色彩。有的观众听不大懂，但他们可通过演员的动作、表情抓住故事情节。我认为这是我写得比较好的一个剧本，即使到现在它也经历住了时间的考验。”

1960年初，曹禺曾考虑写一个以王昭君的故事为题材的剧本。中苏关系的破裂中断了他的计划。正当他准备重新开始创作这个剧本时，1966年开始的“文化大革命”使一切都中断了。曹禺也经受了精神上的折磨和大量苦难。他的妻子也去世了。一直到1978年他才恢复了人艺院长职务并被选为人大代表。

“文化大革命”后，曹禺显得非常苍老、衰弱，走路时总要拄着手杖。然而，他以惊人的速度恢复了他的青春和活力，他那种朝气连青年人也会感到羡慕。不久，他就开始埋头于《王昭君》的创作。

曹禺说：“我很少写女的反面人物。我非常同情女性。我笔下的大多数女性人物或多或少都是值得同情的。”他接着开玩笑说：“我是个妇女解放运动的积极支持者！”剧本出版后，人们在书店外面排着队等着购买。

"在这个剧本中我采用了某种与《胆剑篇》截然不同的手法,"曹禺说,"因为年轻一代理解文言和古典寓意有很大困难,于是我就尽量避免,而让剧中人说一种能让青年观众听得懂的现代语言。与此同时,我运用了一些古代的暗喻使该剧保持一种历史的气氛。例如,王昭君唱的那支情歌就是直接采用的一首古代民歌。把这支歌放在恰当的戏剧情节之中,它不仅表达了男女之间的爱情,而且也反映出对不同民族之间友谊的向往。"

曹禺写这个剧的意图是要表明:中国各民族之间的团结和友谊在当前具有极其重要的意义。他希望他的这一意图"已通过剧中人物,真实、自然而又巧妙地传达给观众了"。《王昭君》上演后深受中外观众欢迎。外国观众很喜欢剧中的语言、传统表演风格、演员的优美动作以及紧张的戏剧气氛。

也许知识分子更欣赏这个剧,情况是不是这样呢?被曹禺挑选扮演王昭君这一角色的女演员狄辛不这么认为。她说:"普通群众同知识分子一样喜欢这个剧。作家和知识分子钦佩它的语言,农民和工人喜欢它是因为曹禺采用了大量全国人民都熟悉的民间传说。"曹禺当然不是想在舞台上给观众上枯燥的历史课。"他的目的不是那样。"在剧中扮演匈奴单于的蓝天野在回答戏剧评论家时说,"这个剧是根据许多传说编写的,因此王昭君的形象被理想化了。这个剧具有诗意,但是也充满了生气。"

曹禺本人也充满了生气!不久前他又结婚了。他担任了全国人民代表大会常务委员、戏剧家协会主席和北京人民艺术剧院院长等许多职务,但他看起来是很愉快的。在美国《新闻周刊》采访他时,他诙谐地称自己是个"超级明星"。现在他正在将《王昭君》改编成电影剧本,上海电影制片厂不久将开始拍摄这部影片。另外,他还耗费了许多精力来促进中国同其他国家的戏剧交流。在他访问西欧和美国期间,他发现,尽管中国现代话剧已有七十年历史,但是除了一些汉学家和专家外,国外很少有人对它有所了解,人们耳闻目睹的只是中国的京戏和杂技。但是,由于更多的剧本被译成外文,对中国话剧的兴趣正在增长,一些中国话剧已在国外上演。在纽约,观众看了《日出》的演出后,有的观众说他们更加理解了中国为什么会爆发革命。《日出》是在"拉—马马"(La—Mama)剧院上演的,几年前那里还曾上演过《雷雨》。纽约哥伦比亚大学还上演过《北京人》,香港曾上演过曹禺的笑剧《正在想》。《王昭君》剧组去年秋天曾赴香港演出。曹禺在美国看了演出他的话剧后说:"中国话剧可以由外国演员上演,这方面没有什么障碍。"

(胡光　王明杰译)

原载《人物》1981 年第 4 期

《原野》中的民间小调

[美]杰西卡·梅格妮[1]

本文的聚焦点并不直接在于《原野》中重大的主题和主要的结构，而是在于全部主题和结构中一个较小的组成部分——穿插于第一、二、三幕的动作过程中的民间小调。曾经是戏剧的源泉的歌曲，经常被剧作家用来强化主题、组织结构和表现感召性目标。曹禺对于中国和西方的戏剧传统的熟知促成了他对于民间小调的熟练运用，就像古希腊悲剧中的歌队一样，这些民间小调以一种富于感召力的方式被用来合成戏剧动作和戏剧主题。它们提供了单纯的动作和对话所不能提供的东西，它们虽然被融入戏剧动作之中，但又存在于别一种的感性层面上。

民间小调的运用有利于为剧作提供出一种乡土气息。剧中的第一首歌出现于第一幕的开幕。它是由隐匿在石屋里的仇虎唱出的，他的声调是粗哑低沉的，中间还夹着粗野低沉的笑声。这首情歌很简单："正月里探妹正月正，我与那小妹妹去逛花灯。花灯是假的呦，妹子，我试试你的心哪，咦哈呀呼嘿！"对于这首歌应该注意以下几点：首先，这首情歌的内容和对它的处理方式是相矛盾的。曹禺特别提示了歌声中所夹带着的粗哑、野蛮的笑声。这个矛盾有利于发掘出情歌本身的情感底蕴，反过来，它又为开幕时的整个舞台制造出一种紧张气氛（仇虎是被追捕的逃犯，他和金子的相会是秘密进行的）。这种紧张气氛又点化出了两个人物性格之中的矛盾和他们相互间的矛盾关系。一方面，他们各自都是柔情和粗野的混合体，两个人都具备着爱与恨、善意与罪恶、忠诚与背叛、文雅与野蛮的双重性格。金子称仇虎为"丑八怪"，赶他去找自己的窝，然而，这些语言里化入了信誓旦旦的柔情蜜意。回报她的是过分的强力："痛——？你看，我更——叫你痛，叫你一辈子也忘不了我！"开幕时的这首诗所交代出的是戏剧场面本身的紧张气氛和明显的矛盾。

这第一首歌所提供出的是第一幕，特别是第一幕中有关仇虎和金子的场面的一个缩影。仇虎确实在探望值得他爱同时又作为他报复焦家的一个工具的花金子。花金子也确实要逛出家门——与仇虎一块逃往"黄金铺地"的地方去。这出逃最终可以被看作是对于逛花灯的照应的，正像花灯为他们的双双逃往黄金铺地的地方提供出了一个幻影一样。

仇虎对于金子的初步拒绝所引起的两个人之间的吵闹被常五醉醺醺的破锣般的唱歌

① 杰西卡·梅格妮：美国俄亥俄大学艺术学院比较艺术系教授，这篇论文是提交于1991年8月首届曹禺研究国际学术讨论会的会议论文。

声所打断:“送情郎送至大门外,问一声我的郎,你多咱回来?回来不回,给奴家一个信,免的是,叫奴家挂在心怀!”在第二次重复唱出这个情歌时,常五略去了后面一句话。在这首情歌的情感素质和进一步制造紧张气氛的戏剧处理之间也有一个矛盾。常五的来访并不是盲目的、偶然的,他是受了焦母的指派来监视她的儿媳的。在交谈和品酒过程中,常五泄露了大星就要回来的秘密,而且警告金子说,仇虎是为报仇而返乡的。对于这第二首情歌,可以以它折射出的两种不同动作的两种途径来解释。这里的“情郎”指示着大星的外出,关于他的回返的提问“你多咱回来?”又可直接与常五发出的大星马上要回来的警告相联系。后面一行在重唱时被省略的事实又为金子的并不为大星的安危担忧反倒更担忧大星回来的时间埋下了伏笔。这种释义与花金子为置身于险境之中的仇虎的紧急出逃的真正担忧形成了一个鲜明的对比(她跟随仇虎出奔在这时还没有决定下来)。从结构意义上说,这首歌把过去、现在和将来的一连串事件串在了一起。从主题意义上说,这首歌的全部释义是与花金子对于丈夫和情人的不同感受相对应的。从技巧上看,常五的歌声对于金子和仇虎的中止吵闹是一个实际的警告。而情歌由常五醉意地唱出对于仇虎和金子的出奔是富有意义的。常五是兴冲冲地唱着歌退场的,观众所能听到的歌词只是第一行“送情郎送至大门外……”这句歌词所唱出的正是花金子马上要做的事情。

第一幕里的下一首歌出现在花金子下定决心要随仇虎一块私奔之后。就她来说,对于“黄金铺地的地方”的神往是一个非常甜蜜的时刻,尽管仇虎向她承认,“黄金铺地的地方”并不存在,花金子却并不接受这样的事实:“有!我梦见过。”随之而来,是她对于童年的回忆。

> 花:(忽然)你记得我们小的时候么:有一天我梳着油亮亮两个小辫,在我家里小窗户下面纺着线等你?
>
> 仇:(眼睛发着光)嗯,那时,我爸爸还活着,我天天跟着爸爸在田里看地放牛。
>
> 花:我还记得那时我纺线时唱的歌呢:“大麦绿油油、红高粱漫过山头了,我从窗口还望不见你,我的心更愁了,更——”
>
> 仇:(忽然硬起来)别说了,你忘了大星要回来啦么?

这一个伴有民歌小调的场面高度召唤着他们黄金般的未来之梦,又连接着他们对于少年时代真诚相爱的黄金般的回忆。无论是过去还是将来都是对于眼前的复仇的一种超脱。这个场面所提供的是实施复仇行动之前的一个短暂的延宕。然而,这情歌终于被打断了,“我从窗口还望不见你,我的心更愁了,更……”这打断是对于将来的一个预示。死亡将永远地把仇虎从花金子心灵的窗口带走。即使是我们童年的纯情和记忆之中的感伤的阴影,也会变成成年的现实。在原野(或命运)的暴戾的主宰下,金子和仇虎的爱情并不能完美地实现。

第一幕中白傻子鼓号齐鸣,大喊大叫地上场和他的顺口溜“新媳妇好看,傻——傻子看了直打转，新媳妇丑，傻——傻子抹头往外走”是对于焦母把花金子定性为“婊子”和“老虎”的一种调侃。白傻子承认自己喜欢漂亮女人正好与焦母所提出的建议——“傻子，别娶好看的媳妇。‘好看的媳妇败了家……’”——相对立。白傻子的歌唱预兆着花金子向大星坦白自己的不贞和自己要随仇虎出走的打算。

也许，对于民间小调的最有意义的使用还在于第二幕和第三幕。第一幕中的每首情歌都为情绪和动作的某些方面埋下了伏线，而第二幕和第三幕中的民间小调则直接诉诸该剧的主题和核心命题：什么是正义？

第二幕还是伴随着仇虎的歌声开场的(仇虎照样是隐匿在视线看不到的地方)：

> ……初一十五庙门开，牛头马面哪两边排。……殿前的判官呀掌着生死的簿，……青脸的小鬼哟，手拿拘魂的牌。……阎王老爷哟当中坐，一阵哪阴风啊，吹了个女鬼来。……

这首歌是分成两个片段先后唱出的，后面两句是重唱时所用。这种方式的处理是令人丧胆的，歌唱的结果是对于孩子睡眠的惊吓和搅扰，它的氛围是绝望而预示着恶兆的。

这首歌是关系着地狱中的主宰者阎罗王的，在寻常的迷信观念中，阎罗王是今生来世的正义的化身。按照这种信仰，阎罗王能够补偿人世间的冤屈，鉴别生前有没有昭然的善行和罪恶，公正地行使奖赏和惩罚。阎罗殿就是最后审判的圣殿。在杀死大星的复仇行动之前引入这首歌曲，其意义是显而易见的。它所反映的是仇虎在全剧始终所坚信的关于正义问题的先入之见。(剧中关于正义问题有三次辩论，每一次都是在仇虎和金子之间展开的。它的复杂性得到了全面的展现：杀死凶手焦阎王的后裔是正义的吗？要到理想中的黄金铺地的地方必须以仇杀为先决条件吗？接受焦母所要付出的代价而放弃仇杀的行动是正义的吗？杀死孩子是正义的吗？)关于这些问题的苦恼预兆性囊括着第二幕中的主要动作。这首民间小调以片段的形式重复出现为这种苦恼和关于正义问题的核心命题埋下了伏线。

这首民间小调的最重要的作用是为第三幕中的第五个幻觉作准备。实际上，这首歌成了这最后一个幻觉的基础，在这个幻觉中，仇虎的父亲和妹妹是作为①被告出现在阎罗殿的。如果阎罗殿能够完全像仇虎所期望的那样，那么，杀人复仇的仇虎就将受到罚罪，因为他没有充分利用人世和阴间的法律职能，僭越了阎罗王的职权。在仇虎心目中，偏袒焦阎王而惩罚他父亲和妹妹的阎罗王终于暴露出了其受贿枉法的本来面目，正义的圣殿也不过是一场闹剧，阎罗王与焦阎王其实是一路货色，在幻觉境界中他们甚至于合为一体。这场滑稽审判的闹剧又由于白傻子单调的歌唱声而得到了进一步的强化。

在这最后一次幻觉中，仇虎领悟到自己的行动是正义的。对于像他这样的人，无论是在人世间还是在地狱里都不会有正义而言。迷信观念中原有的一个主持正义的法庭由于

① 原文作“做为”。——编者注

白傻子含混的歌唱和阎罗王(焦阎王)狰狞的狂笑被处理成了滑稽丑怪。雄鸡的叫声象征着“清晨”——这首歌则像对于正义的圣殿的信仰一样,是归属于漫漫黑夜的。随着清晨的到来,仇虎从罪恶和痛苦中得到了解脱。

在以上所述的各个例证中,民间小调直接关系着现实中的动作和象征性动作,而且大大强化着该剧的主题思想。但是,它们最大的贡献是感召力。这些民间小调制造出了一种情愫和氛围,比起戏剧动作和散漫而无逻辑的对话来,这种情愫和氛围存在于一个更高的层面之上。像一种共鸣一样,他们在观众们的感觉的边缘编织着符咒。

(刘珏、张本译　曲红卫校)

选自《中外学者论曹禺》,田本相、刘家鸣主编,南开大学出版社,1992年10月第1版

实用智慧的条件

[美]罗伯特·沃特曼①

关于中国杰出剧作家的生平和著作有如此优秀的研究，以至于宣称自己将会有所发现的人会被认为是冒昧的。对于一个西方人来说，没有足够的本领去理解曹禺语言的精美，而向中国观众评论曹禺的作品，将意味着更大的冒昧。

在中西文化交流中，以曹禺戏剧作为一座桥梁，是极富于成效的。在西方人，关于一部或几部曹禺戏剧的研究会成为他学习中国艺术的一种学历；对于一个中国艺术家或者学者来说，西方人基于不同文化的理解对于曹禺戏剧的理解可以呈现出一个天然的“窗口”。

在英语国度，曹禺研究的主流是指明西方影响在曹禺早期剧作中所占据的优先地位。人们已经在索福克勒斯的三部曲和曹禺最初的三个剧本之间作过比较，其中关于《雷雨》的研究揭示出了它与《俄狄浦斯王》的渊源，特别是人物性格中逐渐形成的对于悲剧过失的负罪感。另外的两部戏剧在支配性动作的构思和布局上也呈现了其他的类似之处。同样的，人们会提出诸如周家和鲁家是不是关于凯普莱特家族和蒙太古家族的陌生回忆的问题。实际上，《雷雨》的结尾正可看作是对于《罗密欧与朱丽叶》一剧中亲王的最后讲话的一个响应，他说：“……我也因为忽视了他们的争执，失去了一个体面的亲戚。这一切都是惩罚。”

同样的，关于易卜生的影响也为人们所研究。无论文化和环境的差别有多么巨大，周家的家庭环境与海尔茂家不公平的状况之间的对应关系是显而易见的。与此相仿，“话剧”对于中国戏剧文学的传入和中国戏剧文学与布莱希特的社会现实主义戏剧之间的联系都会提供给西方人一些归根于他自己的戏剧传统的知识。

用粗俗浅显的话直白来说，通过各种西方传统媒介来研究中国的艺术作品，是超越不了“它提醒我”的探索性阶段的。这种以丢掉中国艺术品所独具的特色为代价的研究是简单而偏执的。当她们真正地提出一种观点的时候，最值得珍重的东西——中国文化的独具特色却遭到了贬损。

我下一步要提出的观点，关系着致力于研究评述艺术品的批评家和学者的地位。在西方某些学术圈子里，作为对于注重作品本身的研究方法的一种逆反，关注所谓的进步方法已成为一种时髦，运用这种方法的根本危险在于它对作品本身的打乱。举例来说，被称

① 罗伯特·沃特曼：美国俄亥俄大学艺术学院比较艺术系教授，这篇论文是提交于1991年8月首届曹禺研究国际学术讨论会的会议论文。

为“解构主义”的分析方法，为了测定一种特殊的信息，建议对作品固有的内容施以编码，使作品的内容脱离至关重要的文化条件和审美条件。当然，一系列“方法”并不是从艺术家那里而从学术圈子里冒出来的。无论这些方法在阐释艺术作品的意义时如何缜密巧妙，它们都不是“艺术”，无论它如何适用于批评者和研究者的获取艺术作品的审美品性，事实依然是，批评者和研究者本人并不是艺术逻辑的实施者和艺术智慧的证明者。从根本上说，必须先有了艺术家的作品，然后才有批评者和研究者的发挥作用。

一些有价值的英文版的《雷雨》研究强调了它的若干主题。该剧对于中国家庭传统的制度的攻击被断定为最具支配地位的主题之一。受到注意的第二个主题是政治高调，它把该剧解释成暴露中国封建社会的罪恶。后来，批评家又非难这种评论，指出了剧作家的神秘主义观念所带来的不足之处。曹禺关于自己写作时被激情所操纵的描绘为这种观点提供了正式的依据。另有一些人在继续以《雷雨》对于古希腊戏剧的借鉴为例证来说明西方戏剧对于中国“话剧”的影响。

这个目录可以继续排下去，而研究《雷雨》的学者和批评者对于它都是熟知的。这里既没有复述它们的必要也没有排斥某一种研究方法和某一种观点的必要。不过，这里的某些东西是令人烦恼的。对于一个初次严肃思考这部作品的人来说，学术文献好像[①]集中于鉴别和解释作品的样式是从哪里来的；作品本身和剧作家个人的生活；受到了什么样的影响；作品中所体现出的“政治观念”的内容和形式；作品对于传统制度的激烈攻击。对不熟悉全部曹禺研究和曹禺批评的人来说，这也是一个固定的目录。然而，所有这一切都不是作品本身，无从解释作品具有持久声誉的原因之所在。简直可以这样说，这部作品正处于被附加物所淹没的危险之中。

但是，“戏剧就是戏剧”，它如自然人性本身一样直接而多变，是取之不竭的审美和文化的源泉，提供着许多不同层面的意义。如果它值得人们继续予以关注，那是由于可以在它的表面意旨之外发现某种象征意义，以及它对于普遍意义上的宇宙人生所提供出的独到见解。

基于中国文化与中国艺术之间的关系的了解，我在这里以寻求审美品质作为深入研究《雷雨》英文译本的门径。既然戏剧中的某种构成因素关涉着视觉形象和文学形象的叙事性序列，那么，考察一下别一种处理语言和形象的传统方法是不无裨益的。我是一个十分推崇中国传统绘画的西方人。在画面中包含一首诗篇的传统是中国绘画的优秀品性之一，同样引人入胜的是书法和绘画的结合。客观地看，诗和画合起来共同创造了既不是纯视觉形象也不是纯文学形象的第三种东西，撇开支配绘画实践几个世纪的所有规则不论，它与手写笔迹一样既亲切又富于个性；其结果，一方面是高度的个性化，同时又是对于主观精神而非客观事实的含蓄表现。这种精神成了“诗画”的终极意义。但它只对能够识破画面背后的隐秘的人来说才是可以接受的。

作为研究中国艺术的西方人，如果我们能够理解中国绘画中的“桃”和“李”，那么，我们也许可以提出这样的问题：“这种视觉和诗意相结合的形象塑造原则有助于我们理解别

① 原文作“好象”。——编者注

一种中国艺术样式吗?”我们来检验一下这个设想。在中国叙事性的卷轴画中,画面形象几乎是与画轴的打开一起移动的。场景伴着叙事的步伐向两边伸展,每一个动态的形象在流动的事件中占据着属于它自己的基本时刻。映衬着全部事件的是一个暗示着自然界的坚定背景。序列形象中的某一点存在着一个更为重要的形象,这一个形象会使我们觉得如在眼前。对于这个在全部形象系列中具有决定意义的形象的处理是判断这幅画的价值的最重要的审美准绳。

在《雷雨》第三幕中,周冲来到鲁贵和鲁妈家中,对四凤说:

周冲:四凤,你不要为这一点小事来忧愁。世界大得很,你应当读书,你就知道世界上有过许多人跟我们一样地忍受着痛苦,慢慢地苦干,以后又得到快乐。

鲁四凤:唉,女人究竟是女人!(忽然)你听,(蛙鸣)蛤蟆怎么不睡觉,半夜三更的还叫呢?

周冲:不,你不是个平常的女人,你有力量,你能吃苦,我们都还年轻,我们将来一定在这世界为着人类谋幸福。我恨这不平等的社会,我恨只讲强权的人,我讨厌我的父亲,我们都是被压迫人,我们是一样。——

鲁四凤:二少爷,您渴了吧,我跟您倒一杯茶。(站起倒茶)

周冲:不,不要。

鲁四凤:不,让我再伺候伺候您。

周冲:你不要这样说话,现在的世界是不该存在的。我从来没有把你当作我的底下人,你是我的凤姐姐,你是我引路的人,我们的真世界不在这儿。

鲁四凤:哦,你真会说话。

周冲:有时我就忘了现在,(梦幻地)忘了家,忘了你,忘了母亲,并且忘了我自己。我想,我像是在一个冬天的早晨,非常明亮的天空,……在天边的海上……哦,有一条轻得像海燕似的小帆船,在海风吹得紧,海上的空气闻得出,有点腥有点咸的时候,白色的帆张得满满地,像一只鹰的翅膀斜贴在海面上飞,飞,向着天边飞。那时天边上只淡淡地浮着两三片白云,我们坐在船头,望着前面,前面就是我们的世界。

在第四幕,周萍,周蘩漪,四凤……

周萍:(向蘩漪)怎么你一个人在外面偷听!

周蘩漪:嗯,不只我,还有人呢。(向饭厅上)出来呀,你!

[冲由饭厅上,畏缩地。]

鲁四凤:(惊愕)二少爷!

周冲:(不安地)四凤!

周萍:(不高兴,向弟)弟弟,你怎么这样不懂事?

周冲:(莫名其妙地)妈叫我来的,我不知道你们这是干什么。

周蘩漪:(冷冷地)现在你就明白了。

周萍:(焦躁,向蘩漪)你这是干什么?

周蘩漪:(嘲弄地)我叫你弟弟来跟你们送行。

周萍：（气愤）你真卑——

周冲：哥哥！

周萍：弟弟，我对不起！——（突向蘩漪）不过世界上没有像你这样的母亲！

周冲：（迷惑地）妈，这是怎么回事？

……后来，有如下的舞台提示：

［远处听见四凤的惨叫声，冲狂呼四凤，过后冲也发出惨叫。］

周冲第三幕中所说的"我忘了家……"显现出了这个人物的性格。在该剧中，这即使不是唯一的一例，也该算作是剧中人物显露自己内心情感的少数几例对话中的一例（在其他情况下，人物性格和内在思想大多是通过舞台提示提供的。）另外，这段内省式的对话又是剧中少数几例既关乎着"一个冬天的早晨""明亮的天空""无边的海上"之类的自然景色，又满带着诗情画意的思想表白的一例。它的抒情风格与其他对话中的残酷无情的现实主义风格之间形成了一个明显的反差。在剧中这一短暂的瞬间，西方影响消失了，对于中国家庭和封建制度的攻击没有了，"话剧"与中国传统戏曲之间的差异也不存在了。

如果关于卷轴画传统的推论是有效的，那么，周冲这段话所奠定的就是剧中的中心形象。它在形式和内容两个方面都不同于其他的对话。如果没有它，第四幕中落在周冲头上的命运将不过是既往行动的后果。有周冲的这种富于个性色彩的形象留在心目中，他在第四幕所说的"妈，这是怎么回事？"就显出一种超出字面意义之外的辛辣味道。周冲着了魔一般的心碎在舞台上是看不到的，然而，它却凝定在了观者（或读者）的精神世界之中。

对于剧中人物不作孤立的性格刻画，是剧场中自古有之的传统智慧，作为这一美学原则的落实，它要求于观者（读者）的是在现实主义的表面现象之外去寻求与周冲相一致的文化线索。无论如何，我不是以权威的身份发言的，但是我认为周冲是既朴素又纯真的。在我看来，他是一个最典型的"中国"性格。抛开现实主义的标准不论，就其象征意义来说，他是最重要的核心形象。相比之下，西方影响、社会和政治的形态、古典传统的断裂、剧作家生活的传记性或自传性的细节都变得无足轻重，甚至于完全消失。这里的悲剧是"本真的丧失"。

我们常常会观察到，关于过去的历史和文化的感性知识是目前的实用智慧的先决条件。现在已经到了承认曹禺的《雷雨》为历史性的艺术品的时候了。我坚持认为，这部作品和它所体现的文化价值之所以会被保存下来，是因为它超越了表面的主题和素材进而达到了更具普遍意义的层面上。

实用智慧的条件需要东方和西方的每一个观者（或读者）提出答案。本真的丧失是一个永恒的预言吗？肯定地说，文化和审美的价值存在于它的终极性质疑之中。

（刘珏译　曲红卫校）

选自《中外学者论曹禺》，田本相、刘家鸣主编，南开大学出版社，1992年10月第1版

《曹禺论》自序

[美]刘绍铭[1]

曹禺的《雷雨》，发表于一九三四年。由于他善于运用以英国 Scribe[2] 为首的“情节剧”(well-made play)公式，加上内容所宣传的正是当年闹得正热的易卜生思想，所以每逢各地上演，盛况空前。而由田汉及欧阳予倩等人极力介绍鼓吹与惨淡经营的剧运，亦因《雷雨》一剧卖座奇佳，奠定了话剧的商业基础。在受欢迎的程度来讲，话剧当然不及拥有大多数中产阶级的京戏和各种地方戏，但作为宣传西方生活思想的媒介来说，话剧在五四时代之能深入民间，之能获广大学生及知识分子的支持，则非京戏所能比拟。

剧运既因《雷雨》而成功，搞话剧的人——包括老板、演员、导演与同情剧运的批判家——对曹禺之才华与贡献，当然感恩戴德。且《雷雨》一剧，无论就题材或舞台技术来说，确给予中国观众耳目一新的感觉。盖曹禺出身清华外文系，西洋文学名著涉猎自广，就拿《雷雨》来说，主题即渊源于希腊悲剧 Hippolytus[3]，技巧师承于易卜生的《鬼》。此中底细，对研究西洋文学的人来说，当然不难看出。但三四十年代的观众，除了少部分学养有素的剧评人外，对此剧的来龙去脉弄不清楚。以为曹禺所用的各种吸引观众注意力的玄虚手法，乃其石破天惊之创。于是你称我颂，使一个初出茅庐的万家宝，给“成功冲昏了头脑”，危危然有一派宗师之概。

但话得分开来说，一个作家之成就高低，我们不能以他所用的题材新旧来衡量。换句话说，《雷雨》之失败，并非由于题材和技巧是拾人“牙慧”得来，而是曹禺对这种“牙慧”，未能善加运用而已。因世界上之大作家，其作品之能驰誉世界，并非因他的作品创造了我们前所未见的人物，或道出我们闻所未闻的事。他们伟大之处，是时时刻刻对我们自以为是或自以为认识已深的情境和人物了解的“挑战”。换句话说，西方的文坛巨人如马罗(Christopher Marlowe)、莎士比亚、赖辛[4](Racine)、歌德，甚至杜思托也夫斯基[5]等人，都拾过人的“牙慧”——他们要不是借用流传已广的神话就是重编一个旧的故事(或历史故事)。但分别最大的地方就是他们每每能以自己的天才，在这旧瓶中注上新酒。

① 刘绍铭：美籍华人学者、作家、评论家，先后任教于香港中文大学崇基学院、国立新加坡大学、夏威夷大学、美国威斯康辛大学、香港岭南大学等。

② 今译作斯克里布，法国佳构剧代表剧作家——编者注，下同。

③ 今译作《希波吕托斯》。

④ 今译作拉辛。

⑤ 今译作陀思妥耶夫斯基。

现在举些较知名的例子。马罗与歌德写的浮士德出售灵魂与魔鬼的故事，并非他们自创，而是民间传诵已广的神话。但马罗以这故事为骨干，写出 The Tragic History of Dr. Faust，成为最能反映英国文艺复兴时期精神的代表作：冒险好奇的精神，追求权力财富的欲望，和对中世纪教会给人类能力与活动范围狭义的解释，表示出无可奈何的抗议。

但这故事一落到歌德手上，却成德国文艺浪漫主义的代表作。要对这两个浮士德诗剧作一介绍，实非本文范围所能及。然而，如果要用三言两语把马罗的浮士德与歌德的浮士德的异同处交代一下，那么，可以这么说：前者的“出卖灵魂”所追寻的是刺激(sensation)，后者所求的是经验(experience)。

法国新古典主义戏剧大师赖辛最享盛名之作 Pheadra①，剧情所根据的，无非是 Euripides② 在 Hippolytus③ 所用过的“后母勾引少主”不遂的神话。然此二剧最大不同的地方是：Euripides 把这个“精神乱伦”的惨剧，归咎到上天两个争风吃醋的女神去。因此，我们每读这出希腊戏剧时，感情上总隔了一重，觉得这些傀儡虽然可怜，但罪不在他们，而是捉弄他们二人命运的女神。

到了赖辛手上，这个神话变了质。虽然，为了保存这原来故事的骨干，赖辛不得不将这段“孽缘”的起因推卸到女神相争这一段过节上，然处理手法与前人大相径庭。在 Euripides 剧中，王子 Hippolytus 崇武尚实，不近女色，是一个不折不扣的武松型的女人恨者(misogynist)。赖辛写此剧时，觉得他这种性格不太近情理，故将他人性化，使他暗恋其俘虏 Aricia④ 公主。

赖辛在处理这故事时的另一新措施是转移重点：将“两神相争”这一纷端尽量少提。如此一来，Pheadra 马上变了人的故事，而非神的故事。皇后 Pheadra 那段挚恋，缘出于自己的无可控制的激情(Passion)，因此应视为人类弱点，与神无关。(赖辛的功力，全放在描写皇后的心理状态上，此点可由他用 Pheadra 作戏名看出。)

比较文学所涉及的范围繁多，但追寻一部作品的来龙去脉，是其领域之一。我上面所举的两个简短例子，主要的目的亦无非是希望在短短的几百字间介绍一下探索来龙去脉的途径而已。除了研究“故事新编”式的神话演变外，研究比较文学的人，有时可以从研究“同类人物”的时代演变着手。我上面所举的杜思托也夫斯基，他的《白痴》(The idiot)，就是例子中的荦荦大者。杜氏在写《白痴》前，曾为此书的主角 Prince Mushkin⑤ 造型大感烦恼。盖他写本书的野心，是要创造一个道德上完整无缺的人。但他深知世途多诈，求一“道德完整无缺”的人，谈何容易？在他看来，在小说中创造这类人物仍能取信于人的，只有两类人物：一是上天下凡以赎众生的人物——如耶稣基督；一是自成道德境界，在思想上有“假作真时假亦真”能量的人物——如堂吉诃德。杜氏著名的痴人 Prince Mushkin 就

① 即《费德尔》。

② 即欧里庇得斯。

③ 今译作希波吕托斯或依包利特。

④ 今译作阿丽丝。

⑤ 今译作梅什金公爵。

糅合了这两种品质而成。

但这本小说的价值，不因作者“模仿”圣经与《堂吉诃德》而贬值。这一点，曹禺没有认识到。盖《雷雨》出版后，他因其故事源流曾为当时某些批评家指出而不安，乃扭扭捏捏地在序言中写下如此的解释：

> 我很钦佩，有许多人肯费了时间和精力，使用了说不尽的语言来替我的剧本下注脚。在国内这次公演之后更时常地有人论断我是易卜生的信徒，或者臆测剧中某些部分是承袭了 Euripides 的 Hippolytus 的 Phedre 的灵感。认真讲，这多少对我是个惊讶。我是我自己——一个渺小的自己：我不能窥探这些大师们的艰深，犹如黑夜的甲虫想象不来白昼的明朗。在过去的十几年，固然也读过几本戏，演过几次戏，但尽管我用了力量来思索，我追忆不出哪一点是在故意模拟谁。也许在所谓“潜意识”的下层，我自己欺骗了自己：我是一个忘恩的仆隶，一缕一缕地抽出主人家的金线，织好了自己丑陋的衣服，而否认这些褪了色（因为到了我的手里）的金线也还是主人家的。

曹禺的问题，不在“偷了大师们的金线”，而是未能好好地利用这些“金线”。其实，中国自新文学运动以还，中国的小说家、诗人或剧作家，不管是能读外文也好，不能读外文也好，总多多少少因翻译关系受了些外来文学的影响。但在作品上表现外来文学影响最突出的，想首推曹禺。这就是我去研究他的理由。

笔者的《雷雨》与《日出》的英文原文在美国发表后，曾就正于林以亮。林先生认为，我不应在曹禺的身上花这么大的功夫，因为他的作品浅薄得不能入流派。

我同意林先生对曹禺的批评。但我不认为把功夫花在他身上是浪费。不错，曹禺浅薄，但在中国剧作家中，他是最受读者和观众欢迎的。而且，研究中国近代文学史的，不提话剧则已，一提话剧，曹禺不但占一席位，而且占极其重要的一席位（与他齐名的田汉和洪深，现在重读，远较曹禺“浅薄”）。就因为曹禺在话剧史中有如此重要的历史地位，因为他的作品拥有如此多的读者，因为他的戏路曾被后期学写戏剧的青年模仿过，因为他的作品华而不实但却往往被对文学批判毫无修养的人瞎捧一番——我才立意研究曹禺，以正视听。

选自《曹禺论》文艺书屋（香港）1970 年版

从比较文学的观点去看《日出》

[美]刘绍铭

一

站在艺术进展过程来说，1934 年 1936 年这两年间[①]对曹禺是非常重要的一段日子，因为在这两年中，他渐渐发觉到自己以《雷雨》为代表的戏剧路线的缺点。“写完《雷雨》，渐渐生出一种对《雷雨》的厌倦。我很讨厌它的结构，我觉出有些‘太像戏’了。技巧上，我用得过分。仿佛我只顾贪婪地使用着那简陋的‘招数’，不想胃里有点装不下，过后我每读一遍《雷雨》便有点要作呕的感觉。”以上是他自己在《日出》的跋言中所抒发的对《雷雨》的看法。

由是观之，《日出》之作，该是曹禺有意扬弃“情节戏”机械化技巧的明朗表示了。换句话说，他再也不师奉 Scribe[②] 的派路而转向柴霍甫（即契诃夫）“使人泫然的戏剧”（tearful drama）[③]学习：

> 我记起几年前着了迷，沉醉于柴霍甫深邃艰深的艺术里，一颗沉重的心怎样为他的戏感动着。读毕了《三姐妹》，我阖上了眼，眼前展开那一幅秋天的忧郁，马夏（Masha）、哀林娜（Irina）、阿尔加（Olga）那三个有大眼睛的姐妹悲哀地倚在一起。眼里浮起湿润的忧愁，静静地听着窗外远奏着欢乐的进行曲，那充满了欢欣的生命的愉快的军乐渐远渐微，已消失在空虚里。静默中，仿佛年长的姐姐阿尔加喃喃地低述他们生活的悒郁，希望的渺茫，徒然地工作，徒然地生存着，我的眼渐为浮起的泪水模糊起来成了一片，再也抬不起头来。

我们现在先不讨论柴霍甫的《三姐妹》是否如曹禺所言，是一个失望的和悲哀的戏剧。不过，在上面引出的这小小的一段跋言中，却含示着一个要点：曹禺艺术观之转变。尤其值得注意的是，在柴霍甫如许著名的剧本中，曹禺特好《三姐妹》，单拿这点来说，已证明曹

① 即介乎《雷雨》与《日出》之间的日子。

② 今译作斯克里布，法国佳构剧剧作家——编者注

③ 据 David Magarshack 说，柴霍甫生平最恨人家把他的喜剧错作悲剧看。拿《樱桃园》为例。该剧演出后，会有一称 Nemirovich-Danchenko 者致电报给柴氏，说他此中哭哭啼啼的人物太多。柴氏仍就此答辩道：“这些你所谓的哭哭啼啼的人在哪里？据我所知本剧仅有一人够得上这资格，那就是 Varya。但这女孩天生就是这么一个爱哭爱闹的泪人儿，因此她的哭哭啼啼不会使观众产生任何悲沉的感觉。不错，我通常在舞台说明中写下‘涕泪交流’四字，但这无非表示在场人物当时的心境，而非真指‘涕泪’而言。”见 Magarshack 著 Chekhov the Dramatist（New York，1960），P.274。

禺艺术趣味的进步了。因为这部被俄国著名批评家与翻译家 David Magarshack[1] 列为四大“静态剧”(plays of indirect action)之一的《三姐妹》，在表面上看来，鲜有为《雷雨》的剧作家所感兴趣的地方。因为他是柴霍甫“静态剧”的代表作之一，故《三姐妹》并无对社会或个人施以任何攻击，无宣传任何“社会福音”，而且，与曹禺创作路线更截然不同的是：此剧并无可以肯定的“中心思想”。其实，凭曹禺过去的艺术趣味来推测，即使他对《三姐妹》的反应如当年托尔斯泰一样恶劣，我们一点也不奇怪。

据说托尔斯泰有一次在与柴霍甫谈话中，会直接提及后者的剧本。“你知我是受不了莎士比亚的，”托氏对柴霍甫说，“但你的剧本可更糟。别的不说，莎氏最少还会拉着他的读者的衣领，把他带至某一终点而不致使他半途迷路。但我们跟着你的主角跑到哪儿去？从沙发走一段——然后再跑回来？”同时，他还恐怕他对柴霍甫的戏剧批评不切实际，因此，有一次遇到一位朋友时，他特别指出不喜欢《三姐妹》的理由。他说：“虽然我甚爱柴霍甫为人并极看得起他的作品，但他的《三姐妹》，我确受不了，不管我怎样迫着我自己，我也无法看完它。究竟它讲的是什么东西？”[2]

而触发曹禺对柴霍甫剧艺注意的，正是这位俄国大师独有的戏剧的无始无终性(dramatic inconclusiveness)。把柴氏那种看上去轻而易举，其实计划周详的制造气氛与雕刻人物的方法与矫揉造作的“情节戏”技巧比较一下，他不禁赞叹说：“然而在这出伟大的戏里没有一点张牙舞爪的穿插，走进走出，是活人，有灵魂的活人，不见一段惊心动魄的场面。结构很平淡，剧情人物也没有什么起伏发展，却那样抓牢了我的魂魄，我几乎停住了气息，一直昏迷在那悲哀的氛围里。”

由是观之，《日出》实在可以算是曹禺的一个实验剧，因为他企图在此剧中把他所了解的柴霍甫的剧艺的精髓——“剧情”与“人物处理”——表现出来。因此，在此剧中他一改《雷雨》手法，不再将全剧的动向中心系于一个要角身上，而设法使每一个角色分负其责。这种人物处理方法，他命名为“横断面的描写”，因为他认为在《日出》描写的现实只是社会的一个横断面，而非一个人或几个人一生的故事。亦为此原因，该剧中的人物，不能以“主角”或“配角”名之。因为，正如曹禺在跋言中所言，这个剧本如同“无数的沙砾积成的一座小丘，每粒沙都有同等造山的功绩。”

除了他对角色的了解有所变化外，曹禺在《日出》中表现出来的另一个戏剧观念的转变是情节的重要性，这在理论上说来也是必然的事。因为《日出》中的人物既要以横断面姿态出现，那么在剧情(迄今为止，曹禺对剧情的了解是十分浅薄的“故弄玄虚”手法，此点在《雷雨》中看到)的发展，必得与各角色符合。换句话说，《日出》既无一个能与周蘩漪等量齐观的主角，则故事之安排，必须如章鱼的触角一样，延伸到每一个人物去，便无厚此薄彼之感。

以上曹禺对柴霍甫艺术见解的论述，就人物处理与剧情安排来说，虽无石破天惊之点，但也无不是之处。因为，正如我们从 Magarshack 所言看到，柴氏的“静态剧”在人物和

① 今译做马加歇克，英国翻译家、文学批评家——编者注

② 见 Chekhov the Dramatist，P.15。

剧情两方面，确注重不卖弄玄虚与不滥制造歇斯底里式的情感。但本文之目标，不在探讨曹禺研究柴氏剧艺之得失，而是他本人在《日出》中实验“静态剧”的结果。

二

作为一个仿效柴霍甫的戏路而写成的实验剧本看，《日出》写得坏得可以。因为，除了动机以外，该剧没有一点与柴氏相像的地方。不错，《日出》中的人物大致说来均符合剧作者本身对这种“新创戏剧”所要求的标准。也就是说，在是剧中，没有一个是配角人物，每一个人都有举足轻重的分量。为此原因，小东西——一个十六岁未足的童娼——在剧本中所占的位置，所享受到的“戏剧尊严”，比诸身为银行经理的潘月亭，有过之无不及。即就剧情来说，为了配合剧中各人物的多角度发展，也确扬弃了“情节戏”的取巧关子，让故事自由发展，不像《雷雨》那样，剧情的一纵一放，全为制造紧张气氛而定。

但即使《日出》达到了剧作者在跋言中所拟的两点，这并非代表其艺术性的成功。因为，不管曹禺对柴氏的戏剧方法怎样崇拜，柴氏的方法仅是一种方法而已，不是一件艺术品，更非是一种用来衡量艺术高低的标准——不管曹禺把它运用得怎样到家。

归根究底来说，《日出》的问题不在技巧上，而在曹禺对柴氏戏剧精神的了解不足。因为，“静态剧”的创作原则不外系于一个基本信念：客观的态度是艺术成功的要素，非此不足以表达真实的人生。由此看来，单是运用这“静态剧”的技巧而忽略了与此技巧依附的精神，不单在情理看来有些本末倒置，而且是废而无功。

《日出》的失败我们一点也不觉得奇怪。如在《雷雨》一样，作者无法调和艺术家与生俱来的两种激情：一种是扬善去恶的社会批评家的良知，另一种是为艺术而艺术论的超然心境。他对自己的苦衷在跋言中有如下记述：

> 我应该告罪的是我还年轻，我有着一般年轻人按捺不住的习惯，问题临到头上，恨不得立刻搜索出一个答案；苦思不得的时候便瞑眩不安。流着汗，急躁地锤击着自己，如同肚内错投了一服致命的药剂。这些年在这光怪陆离的社会里流荡着，我看见多少梦魇一般的可怖的人事，这些印象我至死不会忘却；它们化成多少严重的问题，死命地突击着我，这些问题灼热我的情绪，增强我的不平之感，有如一个热病患者，我整日觉得身旁有一个催命的鬼低低地在耳边催促我，折磨我，使我得不到片刻的宁贴。我羡慕那些有一双透明的慧眼的人，静静地沉思体会这包罗万象的人生，参悟出来个中道理，我也爱那朴野的耕田大汉，睁大一对孩子似的无邪的眼，健旺得如一条母牛，不深虑地过着淳朴真挚的日子。两种可钦羡的人我都学不到，而自己又不甘于模棱地活下去，于是便如痴如醉地陷在煎灼的火坑里。

但不幸的是，上面这种把《日出》不成熟的责任，推到作者“年轻人按捺不住的习惯”上，很难令人置信。而且，作者的借口给人一个很危险的印象，盖依作者的解释来看，假如他年事稍长，较沉得住气，他将会写出比《日出》更成熟的作品。但照事实而论，作品的成熟与年纪的关系，并不如曹禺想象中那么简单。就在这一问题上，曹禺——包括不少其他的西方批评家——对柴霍甫的作品，常常发生误解。

盖尽管柴氏早年对倡导艺术的中立性不遗余力，他后来却逐渐领悟到，一个大作家与普通作家的分野，无非是前者的作品中包含着与他所处的时代有关问题的“道德责任感”。但不幸的是一般批评柴霍甫的大多数人都忽略了这点。因此，试举 Desmond Mac Carthy[①] 为例。在他眼中，柴氏除了是一个“无情节、无戏剧效果”的戏剧开山祖外，还是一个“无作为时代的代言人和诗人”(the poet and apologist of ineffectualness)[②]。但熟悉柴氏的人都知道，柴氏不但是一个艺术家，而且还是一个热爱人类、为谋求人类幸福而努力的医生。由于曹禺对柴氏的信仰缺乏了解，因此他读完了《三姐妹》的时候为它们“悲剧氛围”所染，以致泪为之泫。他大概未了解到，《三姐妹》不但不是悲剧，而且是一部宣扬勇气、重证生命价值的剧本。尽管三姐妹平时对生命诸多幻想，但广陵一散，她们却有面对现实的勇气：

> 玛夏：呵，你听听！那乐队，他们快要离开我们啦……他们中的其中一个将从此一去不回，剩下我们，孤零零的，重新开始我们的生活。但我们非继续活下去不可，非继续活下去不可。
>
> 哀林娜：(她的头伏在阿尔加的胸前)总有一天我们会找出一个答案，为什么这些事情会发生，为什么人类要受苦受罪？那时候，我们再用不着在猜谜的心情中过日子了。但在这日子到临前，我们总得生活下去。
>
> 阿尔加：(双手搂着她的两个姐妹)你们听，那乐队奏的音乐多兴高采烈！真的，我现在觉得我要继续活下去了。老天爷，这种日子总会过的，而我们自己亦会很快地被人遗忘。他们根本不知道有过我们这样的三个人存在过，当然不会记起我们的样子和声音了。但不管怎样，我们的痛苦可能会为后世带来幸福。不，我的姐妹，我们还没有这么快完蛋呢！我们得生活下去。[③]

从以上这一段引话可以看出，曹禺与柴霍甫对艺术的用途的看法，虽有共同点，但写出来的剧本却无柴氏的气味，究其原因，无非是对现实的描述与看法不同而已。套用一句在小说批评中几乎是陈腔滥调但却非常恰当的话：曹禺与柴氏的技巧不同之处乃是“述评方法”(the art of telling)与“表现方法”(the art of showing)的不同之处。凡柴霍甫要表现的地方，曹禺概以述评方法处之。顾名思义，剧中凡有述评的地方，述评人就非得现身不可，而曹禺的剧作家身份亦因此需要变成社会评论家了。

为了用实例去比较述评方法与表现方法不同之点，以下我将分论曹禺的《日出》与柴霍甫的《樱桃园》两剧。

三

我之将此二剧相提并论，乃因它们同是以文化过渡时期为题材。但题材虽有类似之处，手法却截然不同，所得到的效果当然也不同。这便是我以比较文学方法来讨论此二剧

① 戴斯蒙德·麦肯锡，英国作家与批评家——编者注

② 见 Chekhov the Dramatist，P.18.

③ Anton Chekhov，Plays，trans.Elisaveta Fen (Penguin Book 1959)，P.329.

的理由之一。

在柴霍甫的时候，“Mother Russia”面临破产，因此她在“樱桃园”中的儿女正为着如何处理某些剩余的地产而争吵。

Madame Ranyevskaia[①]（在此剧中是所有没落王孙的化身）适刚从巴黎回来不久，就从Lopahin[②]处得到她的樱桃园行将变卖以清债务的消息。惊魂稍定之后，她说：“但……但老天，假如我们整个国家中真的有一样出类拔萃的东西，那就是我们的樱桃园。”[③]但在Lopahin看来，这樱桃园之所以“出类拔萃”，无非是因为它“每年一亩最少能值二十五卢布的价钱”。[④] 如果我们将这樱桃园作为一个家族身价与地位的象征来看，那么，此樱桃园之后来易主（把树木伐下以建避暑屋宇之用），实表示新旧秩序交替的最好象征。

《日出》亦可视为记录旧秩序之逝去的一个剧本，与《樱桃园》不同点是：前者所攻击的是在中国已成败蚀之象的资本主义，后者所描写的却是俄国的破落户的情形。

虽然曹禺在《日出》中并没有言明故事发生的地点[⑤]，但从舞台说明与剧中人物的身份推测，我们不难看出“XX旅馆”的所在地必是一个极大的商业城市如上海或天津之类。因为只有此等城市才能容纳得如许诸色人等，包括银行经理、交际花、留学生、童娼、流氓和“面首”等。

幕开时，方达生蹑手蹑脚地跟着陈白露走进后者的“休息室”中。方达生是个年约廿五的“理想型”青年，刚从乡下出来探望这位青梅竹马的朋友。但不幸的是，现时这个陈白露，已非是他所习知的拖着马尾辫的小姑娘，而是一个高等的娼妓了。当然，他对她过的这种生活非常失望，所以在一时意气之下，竟当着她责她是一个“随便的女人”。跟着，为了要协助她脱离这种堕落的生活，他诚意地向她求婚。但他万万想不到陈白露对他的“热诚”不但毫不领情，反问他一句：“你有多少钱？”而且，当方达生提醒她，说她这种以身卖钱的生活是极不名誉的时候，她答达生那段话之口气与措词，几疑蘩漪复生：

> 白露：可怜，达生，你真是个书呆子。你以为这些名誉的人物弄来的钱就名誉么？我这里很有几个场面上的人物，你可以瞧瞧，种种色色：银行家、实业家、做小官的都有。假若你认为他们的职业是名誉的，那我这样弄来的钱比他们还名誉得多。
>
> 达生：我不明白你究竟是什么意思，也许名誉的看法——
>
> 白露：嗯，也许名誉的看法，你跟我有些不同。我没故意害过人，我没有故意把人家吃的饭硬抢到自己的碗里，我同他们一样爱钱，想法子弄钱，但我弄来的钱是我牺牲我最宝贵的东西换来的。我没有费着脑子骗过人，我没有用过方法抢过人，我的生活是别人甘心愿意来维持的，因为我牺牲过我自己。我对男人尽

① 今译作朗涅夫斯卡娅夫人——编者注

② 今译作罗巴辛——编者注

③ Plays，P.343。

④ Plays，P.343。

⑤ 在数年前一访问中，曹禺曾表示过《日出》的背景是在天津。见 Yang Yu，“Interview：the Playwright Ts'ao Yu” Chinese Literatute（Nov 1968）P.103。

过女子最可怜的义务，我享着女人最应该享的权利。

陈白露上面所指的“名誉人物”中，大丰银行经理潘月亭就是其中之一。而且，在他破产前，是“甘心愿意来维持”陈白露“舒服”生活的人。为了讨好顾八奶奶——她是大股东之一——他不惜辞掉银行里几个低级职员，俾能讨一闲缺，把她的“面首”胡四安插进去。被解雇的人员中有银行小书记黄省三。为了使一家五口(除他夫妇外尚有三子女)无断炊之虞，他不惜声泪俱下地跑到旅馆来哀恳银行秘书李石清，要求复职，宁愿加时减薪。但李的反应却是一副瞧不起的神气：

李：你这个人真麻烦。经理会管你这样的事？你们这样的人，就是这点毛病。总把自己看得太重，换句话说，就是太自私。你想潘经理这样忙，会管你这样的小事？不过，奇怪，你干了三四年，就一点存蓄也没有？

黄：(苦笑)存蓄？一个月十三块来钱，养一大家子人？存蓄？

李：我不是说你的薪水。从薪水里，自然是挤不出油水来。可是——在别的地方，你难道没有得到一点的好处？

黄：没有，我做事凭良心，李先生。

李：我说——你没有从笔墨纸张里找点好处？

黄：天地良心，我没有，你可以问庶务刘去。

李：哼，你这傻子，这时候你还讲良心！怪不得你现在这么可怜了。好吧，你走吧。

对李石清来说，黄省三的“愚昧”实在无可救药。他患了肺病，拉不起黄包车，亦不肯“从善如流”，听李石清的话去干偷盗的勾当(李对黄说：“你大声说出来，这怕什么？‘偷！’‘偷！’这有什么做不得，有钱的人的钱可以从人家手里大把地抢，你没有胆子，你怎么不能偷？”)因此在李石清看来，黄省三舍自杀一途外，无他法，因为“这世界不是替你这样的人预备的”。

李石清所指的世界是所有以营利为中心的社会(acquisitive society)的缩影。曹禺在《日出》的扉页上引了一段《道德经》，对这种以权和利为一切道德价值标准的社会，描写得颇为贴切：“天之道其犹张弓与！高者抑之，下者举之；有余者损之，不足者补之。天之道损有余而补不足；人之道则不然，损不足以奉有余。”

黄省三在这种社会中既受到了剥削、折磨，失掉了一切正正当当的谋生机会，于是只有适自杀一途来解决问题。但后来他自杀未遂，反被法庭控告，这一节给《日出》带来了最戏剧化的一幕，也是曹禺对这个“人吃人”的社会攻击得最厉害的一段：

黄：你们为什么不让我死？(神经错乱，以为仍在法庭)我没有犯神经病！我跟你说，庭长！那时，我实在没有犯神经病！我很清楚，我自己买的鸦片烟。庭长，那钱是潘经理给我的三块钱，两块钱还了房钱，我拿一块钱买的鸦片烟。庭长，我自己买的红糖和烟掺好，叫孩子们喝的，我亲手把他们毒死的。可是你们为什么要救我？我没有钱再买烟，你们难道就不许我跳河？

在《日出》中，与黄省三的悲惨遭遇差堪比拟的乃是小东西——一个不足十六岁却成为流氓头子金八俎上肉的女孩子。为了逃避金八的爪牙，她无意中闯进了陈白露的套房求庇护，但不幸被茶房王福升出卖为娼，终于上吊自尽。

以上两例，足见《日出》对这种建立于“适者生存”理论的社会的严厉谴责。但要注意的是，在《日出》一剧的内容中，“适者”二字，不作能力或才能理解。黄省三之“不适”于在这社会中生存，并不是说他的办事能力比潘月亭或其他类似这种人差，而是因他不肯与这一类人一样的埋没良心。

但尽管黄省三与小东西二人命运凄惨如此，《日出》却不是一个悲不胜抑的剧本，因为每一次当我们为上述两人的身世感到绝望的时候，窗外马上传来打桩工人的英雄调子《小海号》，把凝结在我们心中的抑郁一冲而散。虽然这种小调有曲无词——“因为用字来表达他们的思想和情感是笨拙而不可能的事”——这种歌声却有如“一群含着愤怒的冤魂，抑郁暗塞地哼着，充满着警戒和恐吓”的效果，提醒我们说这不过是吃人社会在其历史性毁灭的过程中的最后一个阶段。而不久——一如本剧命题所预言——太阳将东升。大概是为了配合这种预言，潘月亭出其不意地因股票大降而破产，陈白露顿失靠山，服安眠药自杀。但依我看来，陈白露之自杀名虽为无能应付债主，实乃她拒绝“自新”机会之惩罚。

而柴霍甫与曹禺二人剧艺之差异，亦联于此关节。

四

在“评述”此剧的过程中，曹禺会屡次不能自已，越过了剧作家的责任而变成了一个“品头论足”的评判员。在《日出》中最能代表他这种态度的是他对顾八奶奶的描写。为了指出曹禺越份之处，在某些形容词上我特加上标线：

> 顾八奶奶进——一个俗不可耐的肥胖女人。穿一件花旗袍镶着灿烂的金边，颜色鲜艳夺目，紧紧地箍在她身上。走起路来，小鲸鱼似的；肥硕的臀峰，一起一伏，惹得人眼花缭乱，叫人想起在这一层衣服所包裹的除了肉和粗恶之外，不知道还有些什么。她脸上皱纹很多，但是她将脂粉砌成一道墙，把这些许多深深的纹路遮藏着。她总是兴高采烈地笑。笑有种种好处，一则显得年轻些，二则自己以为笑的时候仿佛很美，三则那耀眼的金牙只有大笑的当儿才完全地显露出来。于是嘴、眼睛、鼻子挤在一起，笑，笑，以致笑得令人想哭，想呕吐，想去自杀。

以上所录者，约为“描写”顾八奶奶的舞台说明之一半。值得注意的是这一段轻佻浮躁的文字，与剧中部份紧缩而哀恸的气氛异常不调和。而我抄录这段文字的理由，却是借此来证明我以上说过的话：曹禺的爱恶到不能自已时，每将剧作家与评判员的职责混淆不清。为此原因，他所写的有关顾八奶奶的身份和性格，已越舞台说明之范围而沦入带有成见的人身攻击了。（曹禺怎么知道观众看了顾八奶奶后“想哭，想呕吐，想去自杀”？）

曹禺这种带有个人爱恶成见的描写，不幸并不限于顾八奶奶一人。试看“一面狡猾的面孔，带着谄媚卑屈的神气”的王福升：

> 福：（愉快地骂着他）我在这儿旅馆看见你三次，你都不认识我，就凭你这点王八记性，你还找事呢！（拉着黄，不由分说，用力向外一推）去你个蛋吧。
>
> 黄：（踉跄摔在门框，几乎瘫在那儿，干咳）你为什么骂人？我知道我穷，可是

你不能骂我是王八，我不是王八，我跟你讲，我不是。你，你为什么——

福：（恶意的玩笑）那你问你家里去，我哪儿知道？（拍着他的肩，狞笑）好，好，你不是王八，你儿子是王八的蛋，好吧？

黄：（突然好像疯狂起来，他立起来，仿佛要以全身的重量压死面前这个禽兽，举起手）你这个，你这个东西，我要——

福：（活脱脱一个流氓，竖起眉毛，挺起胸脯，抓着黄胸前的衣服，低沉而威吓的声音）你要敢骂我一句，敢动一下子手，我就打死你！

这一段黄省三与王福升的对话，可值得注意的，不是中国话骂人的艺术，而是我加上标线的舞台说明。

本文引述到这，我们对曹禺人物造型的基本方法，已初具了解。这方法说出来其实很简单：在《日出》中，所有的"好人"如黄省三与小东西，几乎绝无例外的是受迫害者。"谁受迫害，就是好人"——这一造型的方程式限制了曹禺对复杂与暧昧不明白的人性的了解。举个浅显的例子：黄省三虽然困窘，穷得连买为自杀用的鸦片烟钱都没有，但他却不敢忽略他应付的两块钱房租给"大地主"。

对比之下，所谓"名誉人物"如潘月亭、顾八奶奶，和那个无所不在的金八真是可憎可鄙了。他们背天而行，"损不足以奉有余"。但我们得把问题分清楚，他们因什么而可鄙？因他们的人格？或因他们代表着财富和权势？换句话说，潘月亭之可恶处，是他的为人？或因他们代表的是有钱的银行经理阶级？照以上所举的例子来看，我们相信，他的可恶之处是身份问题。这种有钱有势的人，想进曹禺的天国，要比进圣经所在的天国难多了。但受曹禺歧视和排挤的有钱有势的人，可到柴霍甫的世界去申述他们基本的人权。

就拿《樱桃园》这喜剧来说罢。在此剧中，滑稽人物放眼皆是。如 Ranyevskaia① 夫人，家里用人，"穷得要吃干豆度日"，自己施舍穷人时一出手就是大钞，因她说找不到零钱。如 Gayev②，她的弟弟，一个白日梦者，生平每到无以自处的尴尬场面时就哼着"我打进了中袋！我打进了中袋"的桌球术语来解圆场。如那个脾气暴躁但永不结业的学生 Trofimov③，他能刚对 Ranyevskaia 夫人说完他不会为儿女琐事所扰后，转过头来，看到 Ania④，即改口赞叹说："Ania，我的明星，我的春花！"最后，我们还可举出那位频频看表、唯恐别人不知他是新贵忙人的 Lopahin⑤。

但最值得注意的是，全剧里没有一个角色被柴霍甫像曹禺对顾八奶奶那么恶意诬害。更难得的是这些角色虽然滑稽，却无失他们做人的尊严。Ranyevskaia 夫人之可笑，是因为在她周围急剧变动的社会环境中，她的生活方式与思想已脱离时代了。除此之外，她足以令人发噱的地方很多。譬如说她这把年纪，女儿都可以嫁人了，自己却常在"缅怀无邪童年"的日子中过活，拒绝接受青春逝去的事实。她宅心慈祥，乐善好施，但自己却是个笨

① 今译作郎涅夫斯卡雅——编者注，下同。
② 今译作加耶夫。
③ 今译作特罗菲莫夫。
④ 今译作安妮雅。
⑤ 今译作拉巴辛。

手笨脚的人，因此受她帮助的人，亦受“越帮越忙”之累。这些“条件”，再加上她是一个没落的俄国贵族，如以曹禺的眼光看来，绝不会比顾八奶奶可爱。幸好她没有落到曹禺手里，否则单凭她中年发胖这一点，已足够令曹禺把她写成一条身上长满粗恶肌肉的“小鲸鱼”的资格了。但在《樱桃园》中，她给我们的印象是一位心地慈厚、手足无措的女人，虽然有时可怜复可笑，但无论如何是一个和蔼可亲的人。

对待 Lopahin，柴霍甫的态度更是温和。本来，若是由《日出》的作者来处理的话，Lopahin 比 Ranyevskaia 夫人更易于嘲弄，因为他毕竟是个由农奴转为大暴发户的地主，市侩味实在难免(他常常口口声声地说：“没关系，一切由我付好了。”)但柴霍甫对他非但一无成见，且爱护有加，此点可由他致 K.S.Stanislavsky① 一函中可看出：“Lopahin 一角，可说是为你而写的。如果你为某些理由不喜欢他，那么选 Gayev 吧。但要注意的是，Lopahin 虽是个做生意的人，但他的为人却规矩得很。因此，凡饰演他的人必须举止有方，像一个受过教育的人，决不能把他演成猥猥琐琐。我之相信此主要角色会由你扮演而显得活灵活现，就是这个理由。总之，你不干时，你挑演员时请记得，假如 Lopahin 果是一个唯利是图的商人时，他就不会得到如 Varya② 这么一个虔诚和严肃的女孩子的爱了。”③

柴霍甫之所以不厌其详地向 Stanislavsky 解释 Lopahin 此角色，当然有其不得已的苦衷。因为不论中外我们对商人之看法，成见已深，不论在小说、戏剧或诗歌，舍孜孜为利之徒外，商人实难以第二种姿态出现。我们不妨就近看看《日出》的潘月亭，只见他“一块庞然大物，头发已经斑白，行动很迟缓，然而见着白露，他的年纪、举动、态度就突然来得如他自己的儿子一般年轻，……他的秃顶油亮亮的，眼睛眯得小小的，鼻子像个狮子狗，有两撇胡子，一张大嘴，金质的牙时常在呵呵大笑的时刻，夸耀地闪烁着。”

曹禺的舞台说明特色之一就是不厌其详。对角色绘影绘色的描写，当然用心在增加演员对剧中人物的了解。但毛病是一个演员若是一丝不苟地依着这种“说明”去做，即使他有极高演戏天才，也受限制。而站在读者的立场说，看了这一段对潘经理的描写——狮子狗鼻、大嘴、金牙、外露、呵呵大笑——除了把他看作市侩俗物外，还有什么别的印象可言？

但柴霍甫对 Lopahin 一角的处理，手法完全异样。不错，Lopahin 非异人，他如任何一双手闯出江山来的企业家一样，骄傲、自信心强、间或会自我怜惜和盛气凌人，但归根究底他是个贫贱出身的人，因此，他的傲气与他的天生自卑感常相与俱来。试看下面一段话：

> Lopahin：我常记得，当我十五岁那年，我父亲打我，一掌掴到我的面上去，直掴得我鼻子鲜血直流……于是，Liubov Andryeena④——她那时年纪尚轻，身段仍纤小——拉了我进来，就是这房间的洗盥处，不，那时候这该是育婴室吧？“别哭，小农夫，”她说，“这点小痛楚一下子就会过去的。”(略顿)“小农夫！”……但她说对了，我父亲的确是农夫。但那有什么关系，我现在不是好好的衣衫笔挺么？

① 今译作斯坦尼斯拉夫斯基。

② 今译作伏尔娅。

③ 见 Anton Chekhok，Letters on the Short Story，the Drama and other Literary Topics，ed.Louis S. Friedland (New York，1964)P.159.

④ 即柳苞芙·郎涅夫斯卡雅——编者注

白外套，棕皮鞋……但话可说回来，狗嘴确长不出象牙，我现在虽然阔了，但谁一眼都可以看出，我骨子里不外是一个农夫而已。[①]

上面这一段 Lopahin 在《樱桃园》开始时所说的独白，可算柴霍甫艺术最高之表现。因柴氏用字虽少，却不但能把这暴发户两种冲突的心理——傲慢与自卑感——丝丝入扣地表现出来，而且还埋了一条伏线，使读者或观众隐隐觉得此剧之中心，将沿着这个新贵与其孩提时代的“保护人”的微妙关系发展出来。

如果我们以此角度看，那么，《樱桃园》之以拍卖地产（由 Lopahin 暗地以高价买来）结束，乃势所必然的事。因为 Lopahin 尽管对他幼年的保护人感激不已。他毕竟是赤贫出身，现在“翻身”机会到来，使他能与 Ranyevskaia“看齐”，他当然不会放过。而 Ranyevskaia 这块樱桃园，这时对他来说，实代表着他终身所追求的可望而不可即的东西：身份和地位。

但柴霍甫处理 Lopahin 这种错综复杂的性格，并不像曹禺那样以心理分析家姿态出现。我们之所以从 Lopahin 身上获得以上印象，完全是从揣摩他的对话（或独白）、观察他神经紧张的小动作（如频频看表、手拿着香槟酒杯时之手足无措或当拍卖完毕后，别人问他谁买了樱桃园时他那种尴尬表情）而来。

但与潘月亭对比，二人身份相同，分别何止天渊？

在本文结束之前，兹特引一段 Constantin Stanislavsky 论柴霍甫“无始无终”艺术的话：

> 有许多剧本，你初读时，不会觉得它有任何深度。读完后，你会说：“还不错。但我仍不觉得它有什么了不起的地方。里面所载的，亦合情合理。但合情合理的事，我们老早就知道，用不着它来告诉我们。”
>
> 大致说来，我们初与这一类剧本接触时，易感失望。同时，读后若有人要我们发表读后感的话，我们可能一字说不出，因这类剧本的情节或故事，三言两语就能交代。但如果你有耐心再读一遍，你会得到新发现。假如你是演员的话，把同样的角色演上千百遍，你可能在每次上演时体悟到某些东西，好像这剧本内蕴藏着一个无穷无尽的创作之泉，或是一朵鲜花，隐隐在它四周散发着如诗的清氛。
>
> 有些剧本主题朴实无华——且主题本身可能索然无味，但这看似朴实无华的主题往往包含万古常新的真理，慧眼之人，一看就知道这种剧本并非为一时一地之趣而写，实乃继往开来之不朽之作。
>
> “柴霍甫就是如此的一个作家。”[②]

而曹禺的《日出》，并非这一类剧本。

原载《明报月刊》二卷九期

① Plays，P.333—334.

② Constantin Stanislavsky，My Life in Art，trans.J.J.Robbins，(New York，1924) PP.346-347.

《中国现代小说史》曹禺部分

[美]夏志清[1]

中国早期的剧作家，曾经想以现代西方式的戏剧与京剧之类的传统戏和电影相抗衡，争取观众的兴趣。但是他们的企图屡次失败。到了30年代中期，西方式的戏剧，终于在沿海诸城市的中产阶级中，建立起商业上的地位。这种成绩，差不多是曹禺一个人的功劳。曹禺在战前的三个剧本，《雷雨》《日出》和《原野》，无论在什么地方上演，都受到热烈的欢迎。由于他的成功，几个剧团乃应运而生，不少作家也因此改行写剧本。如果没有这一开端的话，那么在内地和已沦陷的上海，战时群众对现代话剧的反应就不会有这么迅速和热烈。

曹禺毕业于清华大学外文系，是一位非常用心的剧作家，但很容易受当时社会潮流左右。虽然他尽力模仿易卜生和奥尼尔，并借用希腊悲剧中的某些熟悉的情节，他初期的三部剧本，基本上还属于认真创作的通俗剧（melodrama）的范围。这些剧本迁就中产阶级观众对中国社会某些陈腐事物的通常反应，宣扬浅薄的左派观点，虽然这些观点，只有非常严格的马克思主义批评家才会提出异议。曹禺自命是一位严肃的艺术家。他在《日出》的跋中说，他虽然非常仰慕契诃夫，但是因为缺乏很成熟的观众，所以他无法试图依照契诃夫的方法来创作。他的剧本一直未能以成熟和朴实的笔法表现生活，这暴露了他的粗俗。曹禺一本正经地引用命运、遗传律、弱肉强食的自然现象和阶级斗争以增强他剧本的戏剧效果，但是这种拼凑，只表示他自己缺乏一种个人的悲剧视景而已。

曹禺在战时写了一部振奋人心的爱国剧《蜕变》，一部反映封建社会式微的悲剧《北京人》，又改编过《罗密欧与朱丽叶》和巴金的《家》。所有这些剧本叫座力都很强，文艺批评界的反应也很好，但是只有在《北京人》（虽然他用人猿来作为进化之必然象征用得非常牵强，但这仍是他所写过的最好的剧本）中，他才对被困在没落的旧礼教传统中的弱者，表示了最大的同情。

曹禺的成就，比其他同期的剧作家高出许多，一般人光拿这一点来设想，以为现代戏剧在战时，已到了真正的开花结果阶段，这种看法并不正确。事实上，这时期成熟的戏剧非常少。当时最受欢迎的剧本，如曹禺的《蜕变》、老舍和宋之的的《国家至上》、夏衍的《法西斯细菌》、吴祖光的《正气歌》、郭沫若的《屈原》等，用今日的眼光来看只是一般的爱国宣传作品。

（国雄译）

节选自【美】夏志清《中国现代小说史》，浙江人民出版社2016年11月第1版，P350—352第13章抗战期间及胜利以后的中国文学，英文初版1961年，耶鲁大学出版社

① 夏志清：美籍华裔学者、文学评论家，美国哥伦比亚大学东亚语言文化系教授。

《北京人》:戏评及剧评

[美]夏志清

我在《中国现代小说史》里对曹禺批评较苛,唯独对《北京人》另眼相看,认为它比《雷雨》《日出》《原野》好得多。戏里人猿这个象征虽然用得非常牵强,作者"对被困在没落的旧礼教中的弱者,表示了最大的同情"。(台版《中国现代小说史》,页330)后来刘绍铭写曹禺博士论文,同意我的看法,也肯定《北京人》为曹禺真正的杰作。这几年因为教书的关系,每年重读一遍《雷雨》《日出》,《雷雨》我一直认为不佳,对《日出》却增加了不少好感,曹禺处理银行经理潘月亭、书记李石清、小职员黄省三三人之间的关系,尤其精彩。有机会真想把曹禺全部作品看一遍,再来评断它们的高下。

这次看完戏,重读《北京人》,效果毕竟差一些。只有最好的诗剧,看完戏再读一遍,往往味道更浓。中文话剧,要让人百看不厌,百读不厌,简直不大可能。《北京人》第一幕在舞台上展开,很引人入胜,但重读该幕,就觉得处理的章法较乱,一个人上台不到两三分钟,又给叫下去了,再换几个人上来。当然,《北京人》里那些长篇布景描写、人物介绍,曹禺是用了心写的,重读很有意思。

曹禺自己是旧式家庭出身,对旧人物了解较深,对当年的新派少年所知较浅,往往捉摸不到他们的个性深处。《雷雨》那个手拿网球拍子的天真少年周冲,他在舞台上一言一行,无一是处,简直很可笑。同样情形,《北京人》里那位人类学专家袁任敢的女儿也令人生厌:袁圆除了身体好,两腿粗壮以外,哪一点儿比得上曾家的孙媳妇瑞贞?她的小丈夫曾廷一点也不爱她,而去同袁圆泼水玩,实在是说不通的。当然,那时书香人家的子弟,不仅为礼教束缚,身体实在也太坏,曹禺为袁圆塑造了一个不懂礼貌、短裤粗腿女孩子的形象,主要把她当作健康的象征对待。

原版《北京人》(1940)里更有一个原始人式的健康象征,他是袁任敢"学术勘察队里的一个修理卡车的巨人"(原版页131—132):

> 蓦然门开,如一个巨灵自天而降,陡地出现了这个"猩猩似的野东西"。
>
> 他约莫七尺多高,熊腰虎背,大半裸身,披着半个兽皮,浑身上下毛茸茸的。两眼炯炯发光,嵌在深陷的眼眶内,塌鼻子,大嘴,下巴伸出去有如人猿,头发也似人猿一样,低低压在黑而浓的粗眉上。深褐色的皮肤下,筋肉一粒一粒凸出有如棕色的枣栗。他的巨大的手掌似乎轻轻一扭便可扭断了任何敌人的脖颈。他整个是力量,野得可怕的力量,充沛丰满的生命和人类日后无穷的希望,都似在这个人身内藏蓄着。

我把原版《北京人》里这段描写抄下来，因为新加坡、美国各地可买到的改订本里这个“猩猩似的野东西”再也见不到了。代替他的仅是在第二幕反映在纸窗上的一个巨大纸剪的“北京人”的侧影。3月28日我同曹禺的旅伴英若诚先生同桌吃午饭。我问他为什么曹禺把那个“北京人”的角色去掉了。他说一般中国人身高不到六尺，演员里面要找一个“七尺巨人”实在非常困难；加上后来曹禺自己也不信这一套了，才把这个角色去掉了。戏台上见不到“猩猩似的野东西”了，《北京人》里赞扬原始人精神的就剩了袁任敢这段话：

你看，这就是当初的北京人。那时候的人要爱就爱，要恨就恨，要哭就哭，要喊就喊，他们自由地活着，没有礼教来束缚，没有文明来捆绑，没有虚伪，没有欺诈，没有阴险，没有陷害，太阳晒着，风吹着，雨淋着，没有现在这么多人吃人的礼教同文明，而他们是非常快活的。

袁任敢谐音“猿人敢”，只有原始的猿人才敢这样地活着。曾家的祖孙三代就不敢。祖父曾皓一天到晚想着那口漆了几百道漆的棺材，实在舍不得把它让债主拿走。象征他儿子曾文清的则是那只有翅不会飞、甘愿在笼子里过日子的名种鸽子。它的名字叫“孤独”。到戏末了，曾家两个女性——瑞贞和愫方——觉醒了，她们由袁任敢领路离开了家。她们到哪里去呢？戏里没有说明。《北京人》的时代是二十年代末期，至迟是三十年代初期，二人实在没有地方可走。但《北京人》是1940年才上演的戏，到那时，共产党已在延安立足，曹禺既不明说这两位女性到那里去，思想“前进”的观众们我想都会假定她们的目的地是延安。

现代作家写中国旧式家庭，没有一个不受《红楼梦》的影响，曹禺也不例外。《北京人》一开头，六十多岁的陈奶妈从乡下带了孙子小柱儿进城拜见老东家，使人想起《红楼梦》第六回刘姥姥带了外孙小板儿初进荣国府这个节目。事实上，曹雪芹写完“贾宝玉初试云雨情”后，找不到一个头绪可作纲领，才写起刘姥姥这一家人来；曹禺要把曾家一家人介绍给我们，实在也没有比借用老佣人重访旧东家这个节目更经济了。第一个接待她的主人是熙凤式的主妇曾思懿，她的丈夫文清上午十一时许还在床上抽鸦片，一时不便接见他幼年的奶妈。曾文清三十六岁，是旧式家庭的典型人物，处境同巴金小说《家》里的高觉新有相似处，但更富真实感，更值得同情。觉新仅是任人摆布的傀儡，文清没有什么人害他，主要是自己不争气。他琴棋书画无一不精，谋生的本领却一点也没有，加上抽了鸦片，更无法振作起来。他的戏不算多，但他的悲剧——戏末了吞服生鸦片以求解脱——道尽了旧式书香人家必然的没落。

刘绍铭称曾文清为“多余的人”，论文里有专著把他同契诃夫《伊凡诺夫》里的主角相比。但在我看来，曾文清完全是旧中国的产物，曹禺写他时，似乎无必要再在他身上加一些契诃夫“多余的人”的特征。剧本里带些俄国人味道的倒是曾家的留学生女婿江泰和曾皓的姨侄女愫方。二人都是中国人，但他们的谈吐、行动和处事的态度，使我想起好多俄国小说戏剧里的角色来。江泰不得意，酗酒打太太摔家具，话特别多，他是陀思妥耶夫斯基长篇小说里常见到的丑角。这样的角色，在中国现代小说里并不多见，曹禺把他移植到中国家庭里来，实在难能可贵。江泰此人爱说大话并无理想，骨子里他是旧中国一心想发财、想做官的那型人物，但同时见闻较广，有些科学头脑，把中国社会上、家庭里的一切“虚伪”“欺诈”早就看穿了，所以骂起人来，虽是酒言酒语，却是句句实话。袁任敢从原始人的立场来批判中国人的懦弱，江泰以留学生“实验主义”的观点来大骂中国，因此第二幕里二人一唱一和，谈话非常投机。但袁任敢仅是曹禺的代言人，自己没有戏；江泰是中国知识分子间另一种“多余的人”，他手里老握着那半瓶白兰地，同曾文清手里的烟枪一样，同样象征他的懦弱和言行不一致的矛盾。他的造型非常成功。

愫方登场前，曹禺写了一大段身世交代，立刻让我们联想到林黛玉来。

> 愫方有三十岁上下的模样，生在江南的世家。父亲也是个名士。名士风流，身后非常萧条；不久母亲又弃世，自己的姨母派人来接，从此就遵守母亲的遗嘱，长住在北平曾家，再没有回过江南老家。

江南人念起来，“曾”“甄”“真”，三字同音，我想曹禺给北平那家书香之家起个“曾”姓，很可能想表示把他们比作《红楼梦》里甄、贾两家更代表封建社会“真”实性的一家。但愫方搬居曾家，自己年纪已不小，宝玉（文清）早已娶了亲，最疼爱她的贾母（曾姨母）不久也去世了，她寄居姨母家唯一的任务就是服侍姨父，当“曾皓的拐杖”。愫方虽也擅长琴棋书画，带些才女的气质，但她的个性同黛玉完全不一样，因为自己爱着文清，竟对他所有的亲人都觉得可爱，自己忍苦受辱而口无怨言。她具有俄罗斯伟大女性的气质，在一个没落、无望的中国家庭里，更显得其人格之高贵。最后她对文清完全失望了，才有毅然走出家门的决心。

引导她出走的是瑞贞，这个不讨丈夫、婆婆欢喜的小媳妇。她很“忧郁而沉默”，但不甘屈服于现实，肯为自己的前途而奋斗。给她勇气奋斗的是五四以来新出版的书籍，那几个“为她介绍书籍以及帮助她认识其他方面的诚恳的朋友”也给她不少鼓励。她是新女性，但并没有高觉慧这类“新青年”的骄气，平日生活上还是遭人冷落、虐待的小媳妇。好多年前我初读巴金的小说，发现其中青年男女常常讨论他们读过的书籍，觉得有些好笑，因为在大半英美小说名著里面，书本的地位极不重要，男女主人公思想的改变，或者对人的觉悟，都是凭他们在实际生活中体验出来的：从书本中得到的知识算不得是真的。但对当时中国青年而言，最能鼓励他们的良师益友的确是书籍杂志，而不是同他们代沟甚深的长辈和教师（当然有新思想的老师例外）。《红楼梦》里，宝玉、黛玉、湘云、香菱他们都是爱读书的，但是读来读去就是那几类的老书，没有法子锻炼他们的志气，为自己个人的幸福而奋斗。有一次茗烟给宝玉买了好多种香艳小说和戏曲，那些书带进了大观园，算是件了不起的大事。但假如茗烟能买到几期《新青年》，宝玉看后，让黛玉、宝钗她们传观，情形就会大不相同了。她们真会起了思想革命，觉得结社吟诗的生活毫无意义，读《南华经》以求超脱尘世更是没出息的想法。以五四时期的眼光来看大观园里那些聪明绝顶的男女青年，他们最大的悲剧就是看不到新书的悲剧。瑞贞比起黛玉她们来，谈不上有什么才貌，但她读了些新书，做人的勇气大增，且可开导她的愫姨。

节选自夏志清《曹禺访哥大纪实——兼评〈北京人〉》，田本相、邹红主编《海外学者论曹禺》，桂林：广西师范大学出版社 2014 年 5 月版，334—338 页

《剑桥中国文学史》曹禺部分

[美]王德威[1]

戏剧方面，年轻剧作家曹禺（1910—1996）的作品《雷雨》（1933）1934 年在山东济南上演，引发轰动。接下来的两年中，此剧在上海、南京甚至东京频繁演出。1938 年，有两部据此改编的电影公映。众所周知，这部戏剧的成功标志着现代中国话剧的黄金时代的到来。

《雷雨》出版时，曹禺仍是清华大学的一名在校学生。话剧讲述了煤矿老板周朴园的发迹和衰落史。他在事业和家庭中建立了一个专制的王国。富丽堂皇的周公馆里隐藏着一个家庭秘密，引发了一系列爆炸性情节：继母与继子之间、同父异母的兄妹之间的乱伦情爱，没人要的孤儿，失踪的兄弟，子孙的反抗，阶级斗争，接踵而至。全剧在一个雷雨天急转直下，在这样一个时刻，所有禁忌都被揭开，周家遽然走向毁灭。

人们不难辨识出曹禺对西方作品的借鉴，其中包括易卜生的《群鬼》、拉辛的《费得尔》、奥斯特洛夫斯基的《大雷雨》和奥尼尔的《榆树下的欲望》。曹禺在剧中植入了一种特别的视角，观照着蹒跚前行中的中国情感、道德和政治体系。他对令人窒息的儒家家庭观念的控诉，对命运和人性弱点的忧虑，对摧毁一切的宿命力量的暗示，都深刻地影响了 1930 年代的观众——他们何尝不正深陷于历史的雷雨之中。同样值得关注的是剧本的文学性，细腻的舞台描写和精细的文辞出色地展示了话剧对戏剧和文学的影响。

《雷雨》之后，曹禺接连出版了两部更为引人注意的剧本：《日出》（1936）和《原野》（1937）。《日出》通过一个交际花的堕落和死亡展现了五光十色的上海都会中的丛林法则。《原野》挖掘禁忌之爱、家族恩怨、谋杀企图，揭示了原始状态下人类的欲望与冲动。

[节选自（美）孙康宜、宇文所安主编，刘倩等译《剑桥中国文学史》（下卷）生活·读书·新知三联书店 2013 年 6 月版，556—557 页]

① 王德威：出生于台湾，文学评论家。先后任台湾大学、哈佛大学、哥伦比亚大学东亚语言文化系教授。

《哥伦比亚中国文学史》曹禺部分

[美]陈小媚[1]

不过，二十世纪三十年代戏剧中，女性追求自由恋爱和自我独立的五四主题得到最生动表达的作品莫过于曹禺的《雷雨》(1933)。在许多戏剧史学者看来，这部分水岭作品标志着现代中国戏剧的成熟。曹禺创作《雷雨》时年仅二十三岁，当时的他除了接触中国经典戏剧之外，已经饱学了大量西方戏剧，如希腊戏剧家、莎士比亚、易卜生、尤金·奥尼尔、契诃夫等剧作家的作品。四幕《雷雨》是一部结构出众的作品，围绕着两个家庭秘密而互相纠葛的三十年之间的戏剧冲突而展开，这些秘密的揭开和冲突的展开都发生在二十四小时之内。鲁妈来到富裕的周家，女儿四凤在那里做侍女。她惊怖地发现四凤和周家少爷周萍相爱了，而周萍却是自己三十年前留在周家的私生子。鲁妈发现女儿正在重复自己多年前的悲剧，那时也是周家侍女的鲁妈爱上了周家的大少爷周朴园。周朴园在鲁妈为他生下两个儿子之后，将她踢出周家。这样一个乱伦故事由于周萍在数年前与不堪丈夫冷漠和冷酷的继母周蘩漪之间的乱伦关系而变得更加复杂。整部剧以鲁四凤、周萍、周萍之弟周冲的悲惨死亡，以及蘩漪的发疯，鲁妈悲痛欲绝、失去生活的意义而告终。

和易卜生《玩偶之家》不同，该剧的结尾是一位孤独的大家长待在空旷的舞台上，象征了一个破碎的“家庭”(这个“家庭”从来没有真实存在过)的空空如也。和勇于离家出走的娜拉不同，周蘩漪和鲁妈是中国离家女性所面临陷阱的一个缩影：鲁妈三十年前离开周家，并决心“永远不见周家的人”，最后只让她可怕地意识到自己女儿落入她曾经不顾一切想逃离的同一个周家。周蘩漪二十年前带着找到真爱的希望离开父母的家，结果是来到了另一个像牢笼的家庭，并从此再无离开的可能性。她在鲁四凤的房间里绝望地想要报复周萍，还有她可怜地苦苦哀求周萍带她走，这些体现出了她的绝望，以及对拥有属于自己的家的无望憧憬。

这些人物所表达的一种深深的无家感，实际上让人想起易卜生的《玩偶之家》——曹禺非常钟爱这部作品。1928年，年仅十八岁的曹禺据说是在中国舞台上第一位扮演娜拉的(男扮女角是当时的舞台风俗)，当时的他还是天津南开中学一名学生。曹禺在易卜生等西方剧作家的影响下写成的这部《雷雨》在东京成功首演，而东京正是中国早一辈剧作家实践现代中国戏剧的发源地。现代中国戏剧的轨道，至少从地理上而言，似乎画了一个

① 陈小媚，美籍华裔学者，美国加利福尼亚大学戴维斯分校教授，著有《哥伦比亚中国现代戏剧选》，是《哥伦比亚中国文学史》第四十二章“二十世纪的话剧”部分的撰写者。

圈。曹禺的《雷雨》是上演频率最高的中国话剧之一。二十世纪三十年代中国旅行剧团(中国第一家非国立的职业话剧社)排演的《雷雨》受欢迎境况,以及解放后《雷雨》被誉为描写"旧社会大家庭"罪恶的经典话剧,都证明了这一点。后来,曹禺自己在不同场合都认同了这一解读。1934年《雷雨》序言中表达的"作者意图"则与解读并不一致。在此序言中,曹禺提出这部作品是一种情感的汹涌所促成的。"对宇宙间许多神秘的事物一种不可言喻的憧憬"抓住了他,促使他把个体的命运写下来。新中国建立后,曹禺对《雷雨》进行了修改,结尾有一定改变:鲁妈和周朴园的第二子鲁大海决心回到矿场,领导工人罢工,进一步强化了与官方意识形态联系在一起的普罗戏剧和阶级斗争主题。

或许由于一个长期而复杂的文学接受史,曹禺的第二部作品《日出》(1936)被一些戏剧史学者视为比《雷雨》更好的作品。《日出》的场景在三十年代一间豪华的宾馆房间和三流妓院之间切换,讲述了交际花陈白露(她的地位介于妓女和歌伎之间)的故事,有钱人认她做了干女儿,并包下她所有高档生活的花销。不过,陈白露对自己这种寄生虫式生活的憎恶体现在她试图解救妓院中坠入风尘的十几岁女孩"小东西"的努力之中。像其他娜拉式的人物一样,陈白露在与丈夫离婚之后(丈夫是个诗人,深爱着她,但无法抚平她对平淡婚姻的厌倦情绪),也感觉自己困在了城市中。债台高筑的陈白露拒绝了一位孩提时代的好友(他来到上海想把她带回乡间老家)的求婚,对"自由的爱情"感觉到了幻灭,于是选择自杀来逃避巨额的宾馆账单。至少在《日出》中,追求情感独立和经济独立的失败解释了一位离家(包括父母的家和丈夫的家)出走的中国女性的最终悲剧。

因为《日出》是对旧上海的腐败堕落的揭露这一潜在解释,这部作品会成为上演频率最高的中国话剧也便不难理解了。陈白露临死前说"太阳升起来了,黑暗留在后面"——伴随着她的话音的是工地上工人们为一栋新建筑奠基的声音,在中华人民共和国对这部作品的接受中很自然地就被解读为对新社会的呼吁。

节选自《哥伦比亚中国文学史》(下卷),(美)梅维恒主编,马小悟等译,新星出版社2016年7月,951页

后　记

曹禺的戏剧在海外的翻译、演出和接受是中国现代文学海外传播的经典案例，海外学者对此多有关注，也贡献出许多珍贵的研究成果，为曹禺剧作的跨文化接受和传播提供了可能性和便利，为国内的曹禺研究提供了新颖的方法论和价值观参照，是曹禺经典化过程中必不可少的环节，具有不容忽视的学术价值。而国内对这部分内容尚缺乏大规模集中的整理，因此《曹禺研究长编》将海外研究单设一卷，力求收集尽可能全面和权威的资料，为研究者提供必要的参考。

本卷资料汇编涉及日本、韩国、欧美地区的曹禺研究文献，这些材料散见于 20 世纪 30 年代至今各国的报纸专栏、杂志、书评、文学史、专著和学术论文，时间跨度长、文献来源庞杂，给资料的收集和整理带来了诸多不便。在选编的过程中，我们力求达到研究国度的全面性，研究学者的广泛性，研究视角与研究内容的多元性与立体性。此次选编的研究论文与纪念文章，日本 30 篇、韩国 2 篇、欧美 12 篇，从研究资料整理的视角观之，虽然未能做到搜求务尽，但基本达到了编者预期的目的。

田本相先生主编的《中外学者论曹禺》和《海外学者论曹禺》珠玉在前，前辈学人筚路蓝缕的努力为我们的编选工作提供了大量宝贵的材料，本卷文献的成型更是凝结了整个湖北大学文学院和《曹禺研究资料长编》项目组成员的努力：在历时三年的编选过程中，编者常常为了落实一个模糊的人名或年代辗转求助于多种电子数据库，有些材料是在各地师友的帮助下在海外图书馆查阅影印到的，很多老师在编撰自己负责的内容时将有关海外研究的材料提供给我们，叶萍教授更是几次亲赴日本查找和核对原始文献，文艺学研究生乔伊兰、陈倩、张义明，17 基地班的王志广、张令芷，18 级基地班的张若霜等各位同学都在后期的文字处理和校对工作中付出了辛勤的劳动，限于篇幅无法一一列出他们的名字，现有的成果是集体智慧和汗水的结晶，在此一并致谢！

在整理资料的过程中，我们也发现曹禺海外研究具有巨大的拓展空间：尚有许多原始材料没有来得及翻译；尚有许多已翻译的材料存在不少错误，亟待我们去校正；尚有较新的研究成果无法获取并编入集中……同时，曹禺海外研究也是一个进行中的过程，相关文献的收集和整编远未穷尽，由于信息获取渠道和语言文化差异的限制，本卷资料中难免有疏漏和错讹，我们期待通过今后的不断修订和完善为曹禺研究添砖加瓦，也恳请读者批评指正。

最后，需要特别说明的是：本书作为湖北大学中国语言文学学科建设的重要成果，其编选和出版得到了湖北大学“中国文化传承与发展”省级优势特色学科群和湖北大学“中国语言文学与哲学文化”省级一流学科建设项目的大力支持，在此一并感谢。

唐小娟　叶　萍

2020年8月于湖大琴园